春潮NOV+

回到分歧的路口

蚁

［上册］

［美］
查理·考夫曼
著

靳婷婷
译

中信出版集团｜北京

图书在版编目（CIP）数据

蚁 / (美) 查理·考夫曼著；靳婷婷译. -- 北京：
中信出版社, 2023.8
书名原文: Antkind
ISBN 978-7-5217-5460-5

Ⅰ.①蚁… Ⅱ.①查…②靳… Ⅲ.①长篇小说－美
国－现代 Ⅳ.①I712.45

中国国家版本馆CIP数据核字(2023)第069200号

Antkind by Charlie Kaufman
Copyright © 2020 by Charlie Kaufman
Simplified Chinese translation copyright © 2023 by CITIC Press Corporation
ALL RIGHTS RESERVED
本书仅限中国大陆地区发行销售

蚁

著　者：［美］查理·考夫曼
译　者：靳婷婷
出版发行：中信出版集团股份有限公司
　　　　　（北京市朝阳区东三环北路27号嘉铭中心　邮编　100020）
承印者：天津丰富彩艺印刷有限公司

开　本：880mm×1230mm　1/32　　印　张：29　字　数：600千字
版　次：2023年8月第1版　　　　　　印　次：2023年8月第1次印刷
京权图字：01-2020-5154
书　号：ISBN 978-7-5217-5460-5
定　价：129.00元（全两册）

火焰，带有浓浓的美国气息，

它那凄凉孤寂，

它那终结一切而转瞬即逝的胜利，

与我们多像。

    ——拉里·李维斯，《余烬与我的故事》

你的双眼被烟雾蒙蔽

你的双眼被烟雾蒙蔽

你的双眼被烟雾蒙蔽

你的双眼被烟雾蒙蔽

     ——《你的双眼被烟雾蒙蔽》

它"砰"的一声落了下来，不见出处，全然无时、浑然无序，仿佛从未来或往昔抛出，却落在了这里，落在了此刻与此地。而此刻，可以是任何时刻，也就是说，没错，此刻即虚无。

原来，这是一部电影。

赫伯特和邓纳姆骑自行车（1896 年）

赫伯特正跟我一块儿骑着自行车到阿纳塔斯西亚岛去。那里新架了一座桥。那天是 1896 年 11 月 30 日，天快黑了，但还将黑未黑。我不知道那天的天气具体怎么样，因为那么久之前人们还没有天气预报，但是，我们身在佛罗里达，所以无论是什么季节，天气应该都很暖和。话说回来，我们正在吵吵嚷嚷、打打闹闹，小男孩儿就是这副德行，而我们俩又正好都是小男孩儿，况且还是两个精力充沛得使不完的小男孩儿。我正想给赫伯特讲个离奇的鬼故事，因为我知道他特别不经吓，每次拿他开涮都很有趣。我之所以跟赫伯特认识，是因为修女在我们俩很小的时候收留了我们。我俩都是在托罗马托墓地被人找到的弃婴，我可没胡说八道，仔细想想，这件事本身就够吓人的。就这样，修女收留了我们，我们就是这样认识的。

1

现在，帕金斯寡妇收养了我们俩，她说自己上了年纪、孤苦伶仃，想要在身边养几个小男孩儿，好感觉重焕青春、不那么无依无靠。但是，先别管这些了，我们正骑着自行车往新月海滩去呢，那儿可适合钓大西洋黄鱼了。天还没有完全黑下来，我们抓起钓竿，扔下自行车，开始往海边走去。

"那是什么？"赫伯特问道。

我还真说不上来，不过，反正我打算吓吓他，就回答："可能是鬼吧，赫伯特。"

一听到这话，赫伯特就想赶紧逃回城里，所以我安慰他，我是在跟他说笑呢，鬼怪什么的根本就不存在。他好像被说服了，觉得走近点一探究竟或许不是个坏主意。

带着些忐忑，赫伯特同意继续朝那堆肉疙瘩靠近——叫它肉疙瘩，是因为它看起来就是这副模样，跟肉疙瘩没什么差别。

老天，那肉疙瘩可真大！我虽然不是什么测量专家，但估摸着这东西得有六米长、三米宽。它是白色的，长着四条腿，摸起来跟橡胶一样硬邦邦的，就像我上次过生日时帕金斯寡妇送我的科尔切斯特牌运动鞋的鞋底，那是我 10 岁的生日。赫伯特怎么都不肯碰那东西，但我却摸个没完。

"你觉得这是什么？"赫伯特问道。

"不知道，赫伯特，"我回答，"谁知道这浩瀚的大海给我们带上岸的是什么呢？谁又能窥探那渊黑而晦暗的汪洋里潜伏着什么呢？这就有点像，那话是怎么说的来着？有点像对人心及其不可知性的隐喻。"

赫伯特心不在焉地点点头。这些话他早就听过。虽然我俩情同手足，性格却一点儿也不一样。赫伯特对精神和思想这档子事儿不感兴趣。不夸张地说，他更像一个实用主义者，但他还是会耐着性子听我推测，而我也很享受他这么捧我的场。于是我继续说："修女们在孤儿院教我们的《圣经》里满是关于鱼的象征。我从《圣经》里了解到，无论是东方还是别的地方，几乎所有的民间神话里都会出现鱼。告诉你，我听说有一个叫卡尔·荣哥[1]的瑞士年轻人，把鱼当成无意识的象征——是无意志还是无意识来着？我老是记不清。"

赫伯特耸了耸肩。

"反正，"我继续说，"这让我想起了犹太人《圣经》里的那个约拿。他因为逃避上帝的旨意，落得被大鱼吞进肚里的下场。过了一段时间，上帝让那条鱼把他吐在岸上。这东西是不是跟约拿正相反？是不是上帝命令哪个大块头把这条'鱼'吞下，又把它吐在这儿的？我知道，《圣经》不该按字面意思读，而应该，怎么说来着？应该像读寓言故事那样理解。但是，这一大块不知是什么的像鱼一样的东西就摆在我们面前，还长着四条腿呢！看上去就像一条海里的狗，或者半只章鱼，或者三分之二只蚂蚁。简直太不可思议了！"

我看看赫伯特，只见他正心不在焉地拿棍子戳着怪物。

"来吧，"我说，"我们用海带把它绑到自行车上，拉回城里去。"

和所有人一样，赫伯特特别喜欢完成任务，他双眼随之一亮，我们便动起手来。把这团肉疙瘩固定好后，我们骑上自行车，准备离开。海带很快就绷断了，害得赫伯特和我从自行车上摔下来，跌进了一条沟里，这说明海怪要比我们原先估计的更重。我已经跟你

1　此处指瑞士心理学家卡尔·荣格。叙述者文化程度不高，说错了名字。（如无特别说明，本书注释均为译者注。）

们说过了，我可不是什么称重或测量专家。

赫伯特提议，我们应该到镇上去找韦伯医生。他是圣奥古斯丁最有学问的人，也是通晓自然世界运行规律的专家。他还是盲聋哑学校的医生，我们最后就是在学校里找到他的，他正在给两个没有视力的小男孩儿量体温。

"有什么问题吗，小家伙们？"他问道。这问题是问我们的，而不是问那两个盲童，因为我猜他早就知道那两个孩子有什么问题。

"我们想告诉你，我们刚刚在新月海滩上发现了一头海怪。"我气喘吁吁、上气不接下气地说。

"是真的吗，赫伯特？"韦伯医生问赫伯特。

赫伯特点点头，然后补充道："我们觉得，这海怪是犹太人《圣经》里的东西。"

这话虽不完全正确，但我真没想到，赫伯特居然听进去了这么多。

"好吧，这事儿我得等到明天才能调查。这儿有一屋子没有视力的孩子，我得给他们测量记录生命体征呢。还有一学校没有听力的孩子。"

韦伯医生急急忙忙地走开去处理工作了，就在这时，一道灵光突然闪现，来势凶猛，简直把我闪得眼花缭乱。

"赫伯特，"我问，"那堆肉疙瘩会不会是我们自己呢？"

"这话怎么说？"赫伯特问道。

"比如说，世界上有很多个你和很多个我——"

"你和我？"

"没错，你和我，这些是来自未来的你和我的后代，在回到当下的旅途中挤在一起，成了这一堆恶心畸形的肉疙瘩。所以说，海滩

4

上的东西或许根本就不是海怪，而是我们俩。"

"你和我吗？"

"这只是一个推想，但还真的挺让人好奇的。"

1

　　我的络腮胡真是一道奇观。这是惠特曼、拉斯普京、达尔文式的络腮胡，却是我独一无二的标志。这是一件精美绝伦的工艺品，颜色花白，质地如钢丝棉和棉花糖一般，因为太长、太纤乱、太难打理，算不上时髦。正是出于这个原因，正是因为这络腮胡不合时尚，它才成了一份最有力的声明。这胡子在说，我才不"惠"（惠特曼的"惠"）在乎什么时不时尚，也不会关心什么好不好看。这络腮胡对于我的窄脸来说实在太宽、太大了。配上我的光头，又显得太过"上轻下重"。我的胡子拒人于千里之外。也就是说，如果你想接近我，就得按照我的规矩来。三十年来，我的胡子一直是这个式样，真希望胡须复兴的风潮也有我的一份功劳。但实际上，当今的胡子完全属于另一物种，绝大多数都太过讲究，比起直接把脸刮得干干净净，这种胡子反而要费更多的工夫打理。此外，那种比较蓬松饱满的胡子，搭配的是传统意义上俊朗的面孔，适合假充樵夫风格的汉子，或是在家自酿啤酒的男人。那种都市型男、一身"阳刚"行头的男人，很招女士青睐，但我的风格截然不同。我带着一种目中无人的派头，直男气十足，不修边幅，既像犹太教徒，又像知识分子，还有一种革命者的气势。这身打扮告诉你，我对时尚不感兴趣，我乖僻古怪、不苟言笑。这让我有机会通过你对我的评价反过来评判你。对我避而远之？那你就浅薄之至。对我嗤之以鼻？那你就庸俗至极。对我厌恶反感？那就……姑且算你是一介俗人吧。

这丛络腮胡把我从上唇延伸到胸骨的一片葡萄酒斑胎记掩盖得严严实实，但这只是它第三重要的功能，至多第二重要。这丛络腮胡是我的名片，让我在千篇一律的汪洋中使人过目难忘，搭配我那透出猫头鹰般庄重儒雅之气的金属边眼镜、鹰钩鼻、如乌鸦一样漆黑而深陷的双眸，还有让我无论被讽刺漫画家画成鸟类还是人，都会显得活灵活现的白头海雕式秃头，都是那么相得益彰。我书房的墙壁上就装点着这样几幅裱好的漫画像，全都曾登载在几家规模虽小但名声赫赫的影评刊物上（出于哲学、道德、私人以及日程安排的考量，我拒绝拍照）。我最喜欢的，是一幅通常被称为"颠倒双面画"的漫画。倒挂着的时候，画中的我看上去挺像白人版唐·金[1]。作为一名无可救药的拳击爱好者和考究成癖的学者，我觉得这种视觉上的双关着实滑稽，还特意把这幅漫画颠倒过来的版本用作我著作中的作者照片。那本著作名为《阳刚宗教之没落：乔伊斯·卡罗尔·欧茨、乔治·普林普顿、诺曼·梅勒、A. J. 利柏林[2]，偶露杀气的拳击文学史，甜蜜的科学[3]及其由来》。不可思议的是，撞脸唐·金的错觉也能延伸到现实生活中。在瑜伽课上做完支撑头部倒立的体式后，那些老女人便经常围上来，叽叽喳喳地评论，说我看上去跟

---

1 唐·金：美国著名拳击经纪人。
2 这几个人都是20世纪美国著名作家或记者，均在作品中使用过拳击元素。
3 拳击又被人称为"甜蜜的科学"。体育记者皮尔斯·埃根曾说拳击是一门充满暴力的甜蜜科学，A. J. 利柏林也在著作《甜蜜的科学》中这样定义拳击。

"那个可怕的拳击人"像是一个模子里刻出来的。我推想，这就是她们调情的方式。这些人老珠黄、调嘴弄舌的闲妇，把瑜伽垫卷起来夹在腋下或是套在肩带里，一边拖拖沓沓地往前扭，一边对着一个冷漠的世界大谈自己的灵性修炼——无论是在瑜伽课上还是午餐时，无论是在购物时还是在无爱的婚姻里，她们都滔滔不绝、喋喋不休。不过，我来这里纯粹是为了锻炼。我不会特地穿什么瑜伽服，也不听老师在开始上课时扯个没完、乌七八糟的东方宗教经文。我甚至连短裤和T恤都不屑穿。灰色的正装西裤和白色的扣领衬衫最适合我；腰间系着皮带，脚踩黑色牛津皮鞋，右边的后裤袋里鼓鼓囊囊地塞着钱包。我相信，这身装束把我的立场表达得很清楚。我不人云亦云，也不趋附时髦，就算哪天难得在公园里骑自行车放松心情，我也会是同一身行头。我才不想穿那种满是商标的氨纶运动服呢。我不需要任何人把我当成一个正儿八经的自行车手看待，不需要任何人对我抱有任何见解。我只是在骑自行车而已，就这么简单。如果你想对这件事抱有见解，那悉听尊便，反正我不在乎。我得承认，我之所以会骑自行车、上瑜伽课，都是我女朋友的功劳。她是位家喻户晓的电视演员，在20世纪90年代的一部情景喜剧和好几部电视电影里都塑造过贤惠而性感的母亲形象，因此被人熟知。你一定听说过她。你可能会说，我作为一个上了年纪的学者型作家，对她"高攀不上"，那你就大错特错了。告诉你吧，我写过一本由独立出版社发行的、在业界颇具威信的批评性传记，我俩在签售会上相遇时——

有什么东西（是鹿吗）冲到了我的车前。等等！这里有鹿吗？我好像在哪儿读到过这里有鹿。我得查查看。是那种长着尖牙的鹿吗？真有长着尖牙的鹿吗？我不知道这是不是我想象出来的，如果不是，我不知道我为什么会把这种东西跟佛罗里达联系在一起。到了目的地，我得查查这件事。无论刚才的东西是什么，它都早已跑远了。

*

我在黑暗之中朝着圣奥古斯丁驶去。刚才，我的思绪沉浸于那段关于胡子的独白，在长途自驾时，我的思绪常会四处漫游，任何旅途中都是如此。在很多场合，我都发表过这段独白，无论是在图书签售会，还是在 92 街希伯来青年协会餐厅的集会上。我并不介意他们喜不喜欢，但他们的确挺喜欢的。我只是在分享一些真实的琐事而已。对我来说，真理就是一切的主人——如果我也有所谓“主人”的话。温度计显示，车外气温 32℃。根据我前额的汗液光泽度，现在的湿度应该是 89%（在哈佛大学，人们昵称我为“人体湿度计”）。车头灯光所及之处是蜂拥如潮的虫子，噼里啪啦地撞在风挡玻璃上，被我的雨刷器涂抹开来。按照我的半专业估测，这是一群叫作“毛蚋”的虫子——它们被形象地称为“爱虫”、“蜜月蝇”，或“双头蝇”，因为它们即便在交配完成之后仍会连体飞行，而我在翻云覆雨后，也非常享受跟非裔美国女友相偎。她的名字你们一定知道。如果我和她能够以这种姿势飞过佛罗里达的夜空，我一定会乐意至极，即便冒着被某个巨人的风挡玻璃撞得粉身碎骨的危险。一时间，我迷失在这种充满肉欲和致命危险的场景之中。“啪嗒”一声清晰的响动，将我从令人分心的旅途幻想中带回现实。我看到，一只体形奇大的怪异昆虫在玻璃上撞了个粉碎，我估摸那正是玻璃西北象限的正中心。

高速公路上空无一人，虚空的两侧偶尔会出现某家闪着荧光的快餐店，这些店虽然开着，却没有顾客。停车场里空空如也。快餐店的名字也很陌生：劲猛餐厅、瑞士折刀餐吧、米克汉堡。这些前不着村后不着店的餐厅，给人一种不祥的预感。什么样的客人会来这儿吃饭？原料供应从何而来？运输冷冻汉堡肉饼的卡车是从某处的"劲猛仓库"来这儿送货吗？这场景很难想象。或许从纽约开车过来是个错误。我本以为这段旅途有助于冥想深思，能让我有时间构思我的书、想想玛拉、想想黛西、想想格雷斯、想想我距离曾为自己规划的一切是多么遥远。这一切是怎么发生的？我还有没有机会搞清楚自己到底是谁？那个未曾被世界裹挟、尚未变成这个讨厌的……"东西"的自己？

不管怎样，就像那些蠢货所言：这都是老皇历了。那么久远的事情已经搞不清楚了，就如在徒劳的考古发掘后胡乱猜测。我的愤愤不平从何而来？我为什么会无缘无故地哭泣？又为什么会爱上那个全食超市的女人？我知道亚马逊公司是世界一切罪恶的根源，但即便在全食超市被亚马逊收购后，我也依然爱着她。好吧，也不能说亚马逊是一切罪恶的根源，但贝索斯正在一步步让罪恶笼罩"一切"。我想要证明什么？我他妈的到底想要证明些什么？我继续朝未来迈进，离我这只"破碎的陶罐"仍然崭新的时刻越来越远，离它的使命尚且清晰的时刻越来越远，那时候它被创造出来，是为了承载某种早已被人遗忘的东西。它是为了承载怎样的痛苦而被创造出来的？或是为了承载窘迫？伤逝？快乐？抑或是永远尘封的未被满足的需求？现在的我已年近花甲，头顶牛山濯濯，灰白的胡子蓬乱邋遢，我彻夜开车，只是为了完成一本关于性别和电影的书，一本不会给我带来任何收益，也无人问津的书。这是我想做的事情吗？我是自己想要成为的人吗？那些讥笑我的人口中，这副跟我绝配的可笑面容，真的是我想要的吗？当然不是，但木已成舟。我想要成为一个健全的人。我不想再厌恶自己。我想要顺眼的长相。我希望父母在一百万年前就能给予我他们可能从未给过我的爱。或许，他们曾经是给过我这些爱的。我觉得是这样，但面对这个永远填不满的窟窿，这种相信自己招人厌恶、可悲可恶的念头，我却找不出其他的解释理由。我用恳求的目光，在每一张面孔上搜索着反证。我希望人们用觊觎的眼光看我——就像我觊觎那些女人一样，那些走过我身边却对我视而不见的女人。不可一世，不受他人左右。或许这就是我留胡子的原因。这种抗议的方式过犹不及，仿佛在说：我不需要你们来爱我，不需要你们被我吸引，让我用这胡子来证明。我偏要看起来像个可笑的知识分子，我偏要看上去脏兮兮的，好像身上有异味一样。年轻些的时候，我一直抱着些许的希望，希望自己能变得迷人些。这就是人们给那些可悲而丑陋的孩子灌输的"丑小鸭变天鹅"的谎言，仿佛是为了做鹅肝酱而往鹅肚里硬填玉米一样。我去健身房运动，坚持跑步，还买了一些时髦的衣服。当时流行宽腰带，我就买了我能找到的最宽的腰带。为了买这些腰带，我不得不大老远跑到了林顿赫斯特。我让新泽西州威霍肯的一位裁缝把腰带孔改大，他也曾为大卫·索尔[1]做过类似的活计。但是，随着头发渐渐稀疏、脸庞越发苍老，我再也无法否认自己的丑陋，于是，

---

1 大卫·索尔：20 世纪 70 年代美国著名演员、歌星。

我干脆反其道而行之。或许我能打造出睿智的形象。或许，厚重的老花镜片后那双昏花蒙眬的眼睛，能给人留下深沉甚至和蔼的印象。这是我所能期望的最好的结果了，而这种装扮也的确吸引了别人的注意。毫无疑问，在我背后窃笑的人的确存在，但我的坚持表明了我对标准审美的蔑视，也凸显出我的独立自主。

　　这一招的确起了些许作用。我的现任女友，也就是那个让我的婚姻走向终点的女子，是一位演员。她美艳动人，在90年代的一部情景喜剧中担任女主角，你们一定听说过她。我相信，吸引她的，是我这副桀骜不驯的知识分子模样，还有我的上一本著作。她是非裔美国人，这一点并没有什么重要意义，只是我绝没料到会发生这种事：我从未想过，一个非裔美国女子会对我产生兴趣。从任何角度说，我都不是一个四肢发达、头脑简单的汉子，而她不仅漂亮迷人，还要比我小十五岁。她读过我关于威廉·格雷夫斯[1]及其纪录片《共生心理分类学》的著作，还以粉丝的身份给我写了一封信。你们一定知道她是谁。她漂亮极了。我不愿提她的名字。我们一相遇，我那泥沼中的婚姻便顿时变得不可忍受。这个非裔美国女子就是我曾经梦想却以为不可能成真的一切。她还参演过好几部电影呢。我曾经在文章中对这些电影有过探讨，还特地对她的表演给过好评。不难看出，她是个博览群书的人。她很风趣，而我们的谈话是如此流畅：机智、热烈、将情感全然裸露。借着咖啡、香烟（我很多年前就戒了烟，但说不清为什么，一跟她在一起我就又抽了起来）和性爱提神，我们经常彻夜长谈。我真不知道，原来我的床上本事这

1　威廉·格雷夫斯：美国纪录片导演，非裔美国电影人先驱。

么棒。第一次上床的那天晚上，我觉得她会拿我跟强壮的非裔美国人做比较，因此扭扭捏捏、羞愧难当。接着，我们就这个问题进行了开诚布公的交谈。她向我解释说，我的这种假设带有种族主义色彩，我需要坦诚地审视这种偏见。男方投入在性爱中的感情，才是最有效的催情剂。她最后总结道，我需要认清自己的优势，虽然这些优势似乎与我们正在探讨的问题无关。毫无疑问，她是正确的。她是一个充满智慧的非裔美国女性，而且非常懂得肉欲享受。无论是品尝美食、沐浴、阅读还是性爱，她生活中的每一件事都带着一种全身心的沉浸，是我在任何人身上见所未见的。我要从她身上学的东西，实在太多了。

几十年来，我竖起了一些高墙，它们必须被推倒。这是她告诉我的，我也在努力。我和她一起上瑜伽课，还总是站在她的身后，好欣赏她那迷人的非洲式美臀。我竟然能碰触这美臀，这幸运简直让人难以置信。她还报名了周末静修课，要我一起参加，时间安排在七月，我心里很是忐忑。掌握做爱技巧诚然重要，但我不确定自己和陌生人进行这种亲密接触时能有多坦然。我的女朋友之前参加过这种课程，还说那是一段颠覆人生的经历，但我不习惯在陌生人面前赤身裸体。这不仅关乎尺寸，还牵扯到体毛的问题。现如今，对于男人而言，任何部位的体毛都被视为丑陋之物，更别提体毛浓密了（对于女人也一样，咱们不要为了这种性别上的双标问题争执不休，"成年女性佯装低幼"的社会习气并不罕见）。我拒绝成为蜜蜡或机器脱毛文化的一分子。在我看来，这不仅浅薄虚荣，也缺乏男子气概，因此，我就只有自惭形秽的份儿了。我的女朋友说，这门课程能极大地改善我们的性生活，好处甚多，但我却不禁感觉，她的言下之意是我们的性生活没能让她得到满足。她矢口否认，说报名课程的意义在于激发精神交流和摆脱恐惧，我觉得这个答案还是可以接受的。只是，我太重视这段感情了，因为它不仅新鲜刺激，还不可否认地带有异域情趣。要考虑的事情很多，而这些"爱虫"仍然不停地拍打在我的风挡玻璃上。雨刷器好像也派不上用场，只能把这些虫子涂抹得到处都是。我想找一家加油站，哪怕是劲猛餐厅也行，好弄些水和纸巾。但是四周什么都没有，只是黑黢黢的一片。

告诉我，一切是怎么开始的。

一切始于一辆车内，开车的是我。是我，也不是我。你懂我的意思吗？那是夜晚，一片昏暗，或者应该说是伸手不见五指的漆黑。一条空空如也的高速公路，两旁是幽暗的树丛。车头灯光照见之处，成群的飞蛾和硬壳昆虫猛撞着风挡玻璃，把内脏残留在上面。我胡乱拨弄着收音机的旋钮。我心神不定，如坐针毡。我是不是喝了太多的咖啡？先是喝了星巴克，然后又去了唐恩都乐。当然，唐恩都乐的咖啡做得更好。星巴克是给蠢人喝的"聪明水"，堪称咖啡界的克里斯托弗·诺兰，唐恩都乐则是不修边幅的下里巴人，就如贾德·阿帕图电影中那种单纯而真诚的乐趣，不附庸风雅，而是实实在在，带着人情味。克里斯托弗·诺兰，你最好别跟我斗，你必输无疑。我知道你的底细，也知道我是咱们两人之中更聪明的那个。很长时间里，收音机调频里什么信号都没有，突然，混杂着电流噪声的古巴流行音乐响了起来。我的手指开始在方向盘上轻敲，仿佛不受自己的控制。一切都在跃动，一切都是鲜活的，心脏狂跳，血液奔涌，额头渗出的汗珠滑落下来。然后，一位牧师的声音响起："你能一直听见，却听不清晰，你能一直看见，却看不真切。"信号又消失了。之后，牧师的声音又响了起来，接着又是一阵杂音。在这没有信号的电流噪声中，虫子拍打风挡玻璃的啪嗒声不绝于耳。牧师的声音再次响起——我关掉了他的声音。轮胎发出嗡嗡声，四下一片漆黑，天开始下起蒙蒙细雨。这是怎么做到的？他是怎么让雨点落下的？是奇幻的诡计，是一重幻象，是通过几十年的熟能生巧和反复尝试创造出的世界奇观。前方有一道刺眼的荧光，是一家快餐店，劲猛餐厅。这虚无之中的劲猛餐厅。这虚空之中的劲猛餐厅。这存在于蒙蒙细雨、雨刷器、虫子和黑暗之中的劲猛餐厅。停车场空空如也，餐厅里没有一人。虽然开店营业，却空无一人。我从未听说过世上有这么一家劲猛餐厅。陌生的快餐店会让人心生不安，就像超市货架上的杂牌罐头。每当看到"尼伦牌正品"金枪鱼罐头时，我就胆战心惊。我始终受不了这个牌子。就算"尼伦牌正品"承诺他家的鱼是钓上来的，过程中没有伤及海豚，罐头里装的是泉水，采用了全新的改良口感，我也无法强迫自己去买它。沿途有好几家这种奇怪的快餐店：瑞士折刀餐吧、莫尔库斯小屋、伊普餐厅。每一家都空空如也，都荧光闪闪。有谁会在那里吃饭呢？在白天，这些快餐店或许不会让人产生如此不祥的感觉。

不管怎样，我还是放慢了速度，把车开进了停车场。风挡玻璃上的虫子几乎完全遮挡了我的视线。我能看见，却看不真切——全是虫子；我能听见，却听不清晰——全是虫子。我需要纸巾和水。一名穿着紫、绿、金三色制服的非裔美国少女听到了我轮胎碾轧在石砾上的声音，带着怀疑的表情从厨房里探出头来。我把车停好，朝着她走去。她耷拉着眼皮看着我。

"欢迎来到劲猛餐厅，"她口不应心地说，"请问想点什么？"

"你好，我只想借用一下你们的洗手间。"我边说，边儒雅地去"儒"厕。

我被自己想出来的谐音梗逗乐了。我暗下决心，日后一定要在什么地方用上这个笑话，我马上要为"国际古董电影放映机爱好者协会"（ISAMPE）做演讲，或许可以在那时抖这个包袱。那群人可有趣了。

男厕所简直一片狼藉。真不知道人们都在公共厕所里做些什么勾当，竟能把粪便抹在墙上。这种情况并不罕见，但即便如此，又能怎样呢？那恶臭令人无法忍受，厕所里也没有纸巾，只有一台干手机，这让我很是糟心，因为这就意味着我没法在开门时不碰门把手，而那门把手，是我无论如何也不想碰的。

我用左手的拇指和小指扭动了门把手。

"左手的拇指和小指。"我说道。在找到像样的肥皂和水之前，我得让自己牢记不要用哪几根手指揉眼睛或伸到口鼻里。

"我只是想找些水和纸巾，来擦风挡玻璃。"我对那个非裔美国少女说。

"你得买点东西才行。"

"好吧。你有什么推荐的？"

"我推荐你买点东西，先生。"

"好吧。我要一杯可口可乐。"

"要多大的？"

"大杯。"

"我们有小杯、中杯、巨杯。"

"巨杯可口可乐？还有这种叫法？"

"没错，就叫巨杯可口可乐。"

"那就点巨杯吧。"

"我们没有可口可乐。"

"好吧，你们有什么？"

"劲猛原味'步道牌'可乐，劲猛原味'步道牌'根汁——"

"好，可乐吧。"

"多大的？"

"大杯。"

"巨杯吗？"

"对，巨杯，不好意思。"

"还要什么？"

我想让她喜欢我。我希望她知道，我不是那种养尊处优的浑蛋北方犹太佬。我的女朋友是非裔美国人，我希望她能知道这一点。我不知道该如何在这段谈话中提及此事，但我能感觉到她对我的厌恶，也想让她知道，我没有敌意。我还想让她明白，我不是犹太人。历史上，非裔美国人和犹太人的关系一度闹得挺紧张。一直以来，这张酷似犹太人的脸都是我麻烦的源头。正因如此，我才会抓住一切机会刷信用卡。我要刷卡来买这杯劲猛可乐，这样一来，说不定我能在不经意打开钱包时，露出我那非裔美国女友的照片。而这个女孩也会看到，我姓罗森堡，这可不是犹太姓——确切来说，它不只是个犹太姓。不过她会知道吗？推定她没受过良好教育是不对的，这是种族歧视。我的非裔美国女友总说，我得把自我优越感收起来。尽管如此，我遇见过的许多人——来自不同的人种和族群，都不知道罗森堡不是——不仅仅是犹太姓。我还以为他们知道呢。在后来

17

的谈话中，他们会提到犹太人大屠杀、光明节陀螺或是犹太鱼丸冻，想要表现得热情友好，跟我拉近关系。而我会利用这个机会告诉他们，罗森堡实际上是个德国——

"还点什么？"她又说了一遍。

"我还得买别的东西才能拿到纸巾吗？"

"最底消费 5 美元。"她一边说，一边指了指一块并不存在的标示。

我想要纠正她，应该说最"低"消费，但还是憋住了。

一旦我们成了朋友，就有足够的时间去聊这件事了。我看了看她头顶的菜单："劲猛汉堡好吃吗？"

她盯着自己的指甲，等我做决定。

"就点那个吧。"

"还要别的吗？"

"不用了，就这么多。"

"5.37 美元。"

我拿出钱包，露出女朋友的照片。你们一定认识她，她在 90 年代的一部情景喜剧里扮演一位贤惠而性感的年轻母亲。我不会提她的名字，但她既漂亮又聪明，既风趣又睿智，还是个非裔美国人。她更喜欢别人使用"黑人"这个称呼，我没办法违背自己受过的教育[1]，但我正在努力尝试。柜台后面的女孩没有看我的钱包。我把信用卡递给她，她接过去，端详了一番，然后还给我。

"我们不收信用卡。"她说。

那她干吗还接过去呢？我递给她 6 美元。她数出零钱，又点了

---

1 在美国，"黑人"（black）已被大多数人视为带有冒犯色彩的称谓，因而被更为中立客观的"非裔美国人"（Africa American）取代。——编者注

一遍，然后放在柜台上。她为什么不愿碰我的手？

"能再给我一些纸巾和一杯水吗？"

她叹了一口气，好像我是在要求她这周末帮我搬家，然后便消失在柜台后面，我猜，那就是他们放水和纸巾的地方。一个穿着同款彩色制服的年轻非裔美国小伙儿探出头来看了看我，我微笑着点点头，他便消失了。那女孩带着一个袋子、两小杯水和三张纸巾回来了。

"我能不能多要点纸巾？风挡玻璃上的虫子可多了。"

她用一副难以置信的神情盯着我看了良久，我估摸着有五分钟，然后转身消失在柜台后。我真的很需要让她喜欢我。怎么才能改变她对我的看法呢？她知不知道，我写了一本关于传奇非裔美国影人威廉·格雷夫斯的书？他的纪实/叙事影片《共生心理分类学》如此超前于时代，因此我称他为美国电影界的文森特·梵高。然而现在我已经意识到，把一位非裔美国艺术家比作一位欧洲白人男性艺术家，这种表达认可的方式本身就带有种族主义色彩。何况，梵高已经死了。我忘了，梵高不仅死了，还是个异性恋。还有……他还是个顺性别[1]。话说回来，她到底知不知道那本书是我写的呢？有没有什么办法挑起这个话头？我不是种族主义者，一点边也不沾。她又拿了三张纸巾走回来，他们的纸巾分配器肯定是一次出三张纸巾。

"你知道威廉·格雷夫斯吗？"我试探着问道。

那个年轻人又把头伸了出来，样子虎视眈眈，好像我是在跟那女孩求欢一样。

"没事儿，"我说，"谢谢你的纸巾和水。"

---

1 顺性别：指完全接受自己的生理特征和生理性别的人，是"跨性别"的反义词。

我转身准备离开。这时，有人带着嘘声长出了一口气，不知是她还是那个男孩，或许柜台后面还有另一个专门负责叹气的非裔美国人。我没有回头去看。我心痛，我孤寂，我想要被爱。我一踏出劲猛餐厅，门就在身后被锁上了。室内的灯光熄灭，只在停车场留下一片暗红。我回过头去，看到窗户里"关店休息"的霓虹灯招牌亮着光。他们都到哪里去了？ 收拾打扫时不需要开灯吗？ 他们有车吗？

2

外面的氛围阴森森的。飞虫嗡嗡，蛙鸣阵阵。我把食物和饮品放进车里，用沾湿的纸巾擦洗风挡玻璃。虫子像凡士林膏一样被涂抹开来，纸巾很快就不能用了。现在的风挡玻璃比刚才还要模糊不清。抓狂之下，我决定用自己的衬衣去擦。风挡玻璃西北象限上的一只硬壳昆虫粘得很牢。我用摸过厕所门把手的左手小指指甲刮蹭。为了声援澳大利亚的"男人美甲"活动，也为了遮掩一种虽不严重但非常有碍美观的"水手甲"指甲病，我把这个指甲涂成了大红色。我建议你们不要上网查这种病的图片。这只昆虫的尸体被抠下来时已支离破碎，内脏呈亮黑色。不知怎的，它的身体内部竟还在动，就像刚刚被扒了皮的人，只算是苟延残喘。在这一瞬间，我与自然世界进行了一次玄奥的交流，仿佛我与这只昆虫承认了彼此的存在，跨越了物种，也穿越了时间。我觉得，它好像有话要对我说。我是否在它的眼中看到了泪水？这是只什么虫？作为一位业余的昆虫学家，我对昆虫的种类相当了解，但从很多方面而言，佛罗里达和任何地方都不同。连这里的昆虫都很怪异，我怀疑它们也有种族主义倾向。我用衬衣把那虫子压死。跟众生一样，它正在痛苦挣扎。我做了正确的事。

一个念头突然闪过：或许这是一台极小的无人机。根本就不是昆虫，而是一台嗡嗡作响的微型无人机。我听说真有这种东西，它们充斥在我们周围，用闭路系统监视着一切，也监视着每个人。难道是我被人盯上了，还是说这次相撞纯属意外？政府为什么想要监视我呢？抑或监视我的是非政府组织？说不定是某个人？我的影评人同行有能力掌控，或者买得起这种高科技产品吗？是不是阿尔蒙德·怀特[1]搞的鬼？会是曼诺拉·达尔吉斯[2]吗？还是我的哪个死对头？说不准，是哪个想让我遭殃的人，或是想赶在我之前发稿的人。我经常感到有某种力量在跟我作对，想要把我压垮。或许，是这台机器自己想除掉我。娱乐行业的年产值高达万亿美元。伙计们，这可是笔大生意。除了赚取巨额金钱，这个行业对公众舆论、文化变迁和失当教育有着巨大的影响，更不必说政府的绥靖手段和愚民政策了。这个行业不愿真相被曝光于世。我经常琢磨，我的事业为何会一次次止步不前。或许，这不能归于偶然。我把那台无人机从衬衣上扯下来，仔细端详着，将黑色的"皮肉"剥去。在表皮之下，我看到了一具小型骨架。人类社会丧尽天良地将电子和生物科技结合在一起，到底制造出了什么玩意儿？思考这个问题时，我借用了伟大的桃乐茜·帕克（但她的重要性却被一些十几岁的女孩严重高估）的话：这到底是什么玩意儿[3]？阿尔蒙德·怀特是个怪胎，这件事明显是他的做派。

1　阿尔蒙德·怀特：美国影评人、音乐评论家。
2　曼诺拉·达尔吉斯：《纽约时报》影评人。
3　桃乐茜·帕克：美国作家、诗人、评论家。"这到底是什么玩意儿"是她1987年传记的副书名。

22

为防止这台可恶的无人机受损后仍能记录我的行踪，我用脚把它踩碎，然后放进副驾驶位的手套箱里，留待稍后查看。虽然我确实上过六周的原子层沉积课程，学习过这种薄膜制备技术，却并不是什么电子专家，因为我误读了学习材料附录里的课程描述，还以为这是一门以支持厌食症为主题的电影制作课程。

忙乎到最后，我只清理干净了驾驶座一侧的一小块玻璃，面积相当于一只中号比萨。这就够了。我光着上身钻回这辆租来的车中，开上了高速路。没承想，可乐还不错。没有可口可乐那么甜，柑橘味更强烈。我觉得可能是葡萄柚味，但不能确定。是西柚味吗？为了拿准味道，我不住地咂嘴，用舌头轻触上腭。这似乎是鉴别口味时不可或缺的一步，但我的妻子从不这么做，二十年来，我一直有这个习惯，而她再也无法忍受了。我能说什么呢？我就爱这么品尝味道。我家的每个人都是这么品咂滋味的。整整三年，每到感恩节终了之时，在我们开车回家的途中，妻子都会告诉我她想要离婚。每一次都以她的回心转意收场，但第四年的时候，离婚却是我提出来的。这主要是因为，我在《威廉·格雷夫斯与非裔美国人身份之非裔美国人影坛》这本传记的签售会上遇到了眼下这个非裔美国女子。这本书对她的触动很大，她觉得我对她的种族和文化有非常深刻的思考（这是她的原话！），完全没想到我竟然不是非裔美国人。我特地不在影评中放入自己的照片，也不写全名。"B. 罗森堡"这个中性的名字（为了向伟大的 B. 鲁比·里奇 [1] 致敬，有时也会写成"B. 鲁比·罗森堡"）能让读者摆脱对于作者的先入之见。诚然，她

1　B. 鲁比·里奇：美国学者、小众电影影评人。

对极限飞盘冠军、非裔美国人嘉伦·罗森伯格的开创性著作非常熟悉，因此在读这本书的时候对我的种族抱有先入之见，但值得称赞的是（我并不是因为她的种族才称赞她的！），在得知我所属的人种后，她仍欣赏这部作品——即便当时她以为我是犹太人。她是个受过良好教育的女人，因此我很吃惊，她竟不知道罗森堡不只是犹太姓。我跟她提过这件事。她说："我当然知道，但是犹太血统是母系传承的[1]，所以我觉得，如果你父亲姓罗森堡，母亲姓温伯格，也不是不可能[2]。"首先，她真是我的梦中情人。其次，我告诉她，不是的，我母亲的娘家姓不是温伯格，而是罗森伯格，和嘉伦同姓，但根据宗谱网站上的信息，很遗憾，他俩没有血缘关系，从其他十五处资料中得出的也是这个结果。我需要她明白这一点。没错，罗森伯格可以是个犹太姓，但我并不是犹太人。我指出，臭名昭著的纳粹党成员阿尔弗雷德·罗森堡是个心狠手辣的反犹分子，我觉得我跟他有点远亲关系。因此，关于我并非犹太人一事，这就是我的论点。

"你看起来像犹太人。"她说。

"的确有人这么说过，但你必须搞清楚，我不是犹太人。"

"好吧。你那本关于格雷夫斯的书太精彩了。"

她真是太棒了。她融合了电视上所有正面的非裔美国角色，集其优点于一身，而这些角色被创造出来，就是为了抗衡和推翻我们整天在新闻上看到的黑人负面刻板形象。她能言善辩，受过良好教育，爱好运动，美艳动人，魅力十足，而且极其通达。我想，我或许有机会跟她恋爱。这会大大提升我的自我价值感，也会对我在学

---

1 以色列只承认母系传承的犹太血统。
2 此处意指主人公的母亲是犹太人，主人公有犹太血统，却使用了父亲的非犹太姓氏。

术界的地位产生极为积极的影响。我约她出去喝咖啡。我可没有把她当成某种跳板、某件势在必得的东西，或是可以为履历增光的经验。好吧，我确实想过这些事儿，但又不愿往这些事儿上想。我打算处理这些龌龊的念想，把它们打消掉。我知道，这些想法是错误的。我也知道，它们并不能代表我的思想全貌。因此，我把这些念头藏在心里，转而把注意力放在我对这个女人发自内心的渴慕上。最终，那份由非裔美国人身份带来的新鲜感会消失殆尽，我心底剩下的，便是对她纯粹的爱情，无论她是什么肤色，甚至是没有肤色——一个透明的女人。但我也明白，我对女性的整体感情并不纯粹。吸引力在其中扮演了至关重要的角色，而这是欠妥的。当然，对我来说，任何异域的人种、文化或是民族特色都有其吸引力，如果我的女友是柬埔寨、毛利、法国、冰岛、墨西哥或因纽特人，我也会一样兴致勃勃，至少是差不太多。在这一点上，我需要对自己有更深入的了解。我必须时刻与自己的直觉做斗争。

左手的拇指和小指。

左手的拇指和小指。

我经常觉得有人在监视我。我觉得，自己的生活正在被一些看不见的势力观察着，而这些势力会按照它们觉得合适的方式调整我的生活，阻挠我、羞辱我。我担心，那台被摧毁的无人机中，追踪装置仍在正常运行，此刻正粘在我的鞋底上。

我开向海滩，用劲猛餐厅的汽水吸管把无人机像一颗豌豆一般吹到海里，然后用海带使劲擦了擦鞋底。倏然之间，一股强烈的孤独感袭来。或许是因为大海，这广袤的海洋。或许这些感觉是大海带来的。眺望大海时，我经常感到某种悲伤的乡愁。我是不是忆起了四十万亿年前[1]，自己身为海洋生物时依傍着深海热泉生活在大洋之中的情景？

我来到圣奥古斯丁市中心。时间尚早，城市还在睡梦之中。和当今的所有事物一样，这座城市也越发染上了迪士尼乐园的色彩。魔幻的城堡，典雅的建筑。这些建筑确实存在，但不知为何，始终有一种虚假浮夸和盲目崇拜的感觉。我为我们这些世界各地的游客、为这些穿着戏服的城市、为我们无法在真实的地方真正地活着而悲哀。现在是早上5点。那只一口未动的劲猛汉堡还放在副驾驶位上，车里弥漫着一股洋葱和汗液的味道。我拨通了女朋友的手机。现在是突尼斯早上10点，打电话应该没什么大碍。她正在那里拍一部电影，导演的名字你一定听说过。我不会提他的名字，我只想说，他是位正儿八经的电影人，而这部电影对她的事业来说将是一座重要的里程碑。所以，尽管我对她的思念已是前所未有的强烈，但对于她接下这个角色的决定，我不仅尊重，甚至赞许。可是我要承认，我的心受伤了。我们起了些争执，对此我心有羞愧。我们的恋爱才刚刚萌芽，很是脆弱，在这个节骨眼上硬插进来一段长期的分离，这让我忧心忡忡。而她对此表现出的淡淡态度让我无法忽略。不消说，片场一定有一些来自世界各地、英气逼人的非裔美国男演员。她年轻漂亮，在性爱上又自由开放，所以，尽管我支持她的事业，甚至引以为豪，不安全感也无法抹去。我恨自己如此不安，真的，但这感觉实实在在。我经常给她打电话，她经常无法接听。他们一拍就是一整天。我不会提及这部影片的内容，但可以告诉你，它讲

---

1 地球上出现生物的时间应为四十亿年前，此处为B记忆错误。

述的是一个众所周知的历史事件，无时无刻不在发生。为了影片的逼真性，他们必须时刻拍摄。顺带提一句，我当然是对此最积极的拥护者之一——只需读读我的专论《一日抵一日：电影逼真艺术的没落》，你就能找到我对这个问题态度鲜明的实证。总之，她能接电话，真是一大惊喜。

"你好，B。"（为了在工作中保持中性身份，我特地不用自己的真名。）

"你好，L。（为了保护她的隐私，我也没用她真名的首字母。）你刚好有空，真是太好了。"

"嗯。"

"一切顺利吗？我刚到圣奥古斯丁。开了好长一段路。"

"我挺好。"她说。

她从来不会说"我挺好"。不知怎么，这话听起来很正式，有种疏远的感觉。

"那就好，"我说，"拍摄顺利吗？"

"挺好的。"

她说了两次"挺好"。

"好的，好的。"

我说了两次"好的"，我也不知道为什么要这样做。我只知道，第二个"好"会削弱第一个"好"，让整句话都不那么"好"。这些我都明白。我不是有意这么说的，再说什么又算是"有意"呢？

"好吧，"她说，"你今天有什么安排？"

"我去公寓办理入住，也许睡上几个小时，然后去历史协会。我下午三点约好了和会长见面。"

"好嘞。"她说。

她从来不会说"好嘞"。"好嘞"的意思就是"这件事提不起我的兴趣，但我又想不出还有什么别的回答"。

"我想你。"我硬着头皮说。

"我也想。"

回答得太快了，连宾语都没有。

"好吧。"我说。

"好吧？"她问。

她听出来我不开心，想让我给个解释。

"嗯，"我说，"只是想打个招呼。我该去睄会儿了。"

我回话时也不用宾语，还用了"睄会儿"这个词，我从来不这样说。为什么要这么说话？我自己都不清楚。这个词听起来很随意，还有点儿硬汉的做派，会不会让我显得像个私家侦探？不知道。一会儿我得查查它的词源。现在我只知道，我讨厌那帮年轻英俊的非裔美国演员，讨厌他们的装腔作势和从容自信，讨厌他们健硕发达的躯干。将大把的时间和精力投注在锻炼身体上，这究竟有多自恋，她难道看不出来吗？可能看不出来吧。毕竟，练习瑜伽、铁人三项、普拉提、拳击和现代舞的她，自己也钟爱健美。但是在这一点上女性与男性不同，不是吗？在朝着"无性别化"稳步前行的社会中，我们不愿承认这一点，但事实确实如此。女性会因这种形式的自我雕琢打扮受到赞美和奖励，如今越来越多的男人也是如此。诚然，理想的传统美国男子汉形象是肌肉发达、力大无穷的，但拥有发达体魄的初衷不是为了炫耀，不是为了增肌而增肌。我们欣赏那些通过工作或运动练出肌肉的男人，而不是那些因为自我意识膨胀而追求肌肉感的男人。在历史上，健美往往与男同性恋画上等号，这难道只是偶然吗？肌肉是一种装饰，肌肉是一套行头，但是现在，浑身肌肉、光着上身、做过指甲、除过毛发的异性恋男人却也成了一道常见的风景。我想在这里稍作说明：我承认，我对于男同性恋群体的确有着一些刻板印象，我也正在努力改变。做个男人好难，尤其是白人男性，你得到的同情很少，人们会没完没了地指责你是个既得利益者，训诫你："住嘴。你已经享受过好日子了，现在该站到一边去自怨自艾了。"我向来喜欢自怨自艾，但如果这种态度是别人强加于我的，我就会非常厌烦。如果要自怨自艾，我希望这是我个人的选择，或者至少是出于我自己的精神机能障碍。

"好吧，"她说，"睡个好觉，B。回聊。"

模棱两可。含糊其词。拿腔拿调。消极对抗。

"我明天再打电话，"我说，我偏要来个主动攻击，"跟你说说发生了什么。"

"好。"她说道。

但这句"好"说得不是时候。说这句话，是要考虑最佳时机的。如果说得太快，就有强行做作、操之过急的感觉，仿佛在掩饰真相。如果说得太慢，则会给人心烦意乱、怒火中烧的感觉，仿佛背后是无声的叹息。

"好嘞。"我说道。

我从不会说"好嘞"。

"好嘞。"她回答。

她也从不会说"好嘞"。

"好好睡会儿。"她补充道。

"我会的。爱你。"

"爱你。"

我恼羞成怒地挂了电话。心痛、嫉妒、怨恨、孤单和无奈的僵局搅成了一锅粥。我知道，如果我是个潇洒、成功、年轻的非裔美国人，一切都会迎刃而解。最不济，如果我能变成她，事情也会简单很多。如果我像她那么美丽，人人都会爱慕我、同情我的遭遇，我作为一名非裔美国女性，在这个种族歧视严重的社会中所克服的一切困难，都会将人们深深打动。要是那样该有多好，我在心里默念。想想看，如果能随时随地在镜中欣赏自己的倩影，我会在社交中变得有多么自信。劲猛餐厅的女服务员会对我笑脸相迎，会因为我是她的同胞姐妹而免费送我几百张纸巾。或许，我们甚至可以同床共枕。一想到这种事，一想到与劲猛餐厅那个闷闷不乐的女服务员偷情，我就欲火焚身。我从后视镜里瞥到了真实的自己：苍老、秃顶、干瘪、杂乱而灰白的长胡子、戴着眼镜、鹰钩鼻、长着一张犹太人的脸。我顿时萎靡不振，觉得形单影只。

我的侧腰隐隐作痛。是岔气了吗？还是肾病？阑尾炎？会不会是癌症？这种疼痛已经持续了一段时间，时隐时现。痛感停止时，我便会把它忘记，专注于其他的疼痛。它卷土重来时我会想：怎么又来了？我该去看看医生，但如果身体真有什么，我可不想知道，这只会加速我的死亡，我会感到绝望，缴械投降。这一点我很确定。这样一来，我就不能工作了。但我需要工作，工作是我活下去的动力，希望下一部作品会为我赢来关注，是我活下去的动力。目标总在下一件事上。

我找到了一座公寓楼，位于城外的一个小区里。我不确定这种建筑风格叫什么，但整体看来，它就像一座巨人小屋，高三层，每层大约有八间公寓。在这座校园一样的小区里有好几座这样的公寓楼，全都是淡黄色的。小区里有一个坑坑洼洼的网球场，空空荡荡，连球网都没有。这儿的租金很便宜。我这本著作的预付款少得可怜。猫途鹰网站[1]对这个地方的唯一一条评价是这样的："走路上班很近，我没车，这儿离公交车站很进（错字），离饭店也很近。"我不禁怜悯起这个写评论的男人（或许是女人，也可能是变性人），但也担心自己会碰巧跟他（她、彼）成为邻居，得开车载他（她、彼）去公司和饭馆。当然，"彼"是所有中性代词中我最喜欢的一个，或许是因为这个词有一定的渊源和历史，在两性分化严重的时代就被发明出来，恰有一种寓意深远的先见之明。我将这个人称代词化为己用，但除了偶尔用第三人称指代自己，我几乎用不到这个词。在著作前勒口的作者简介中，我当然会用到它："B. 罗森伯格·罗森堡是一位影评作家。彼曾于1998年、2003年和2011年荣获米尔顿·布拉德利影评荣誉证书。彼于曼哈顿上城的豪伊·谢尔曼动物园管理员学校教授电影研究选修课。彼热爱烹饪，自认为是一位很有水准的厨师。世界上最伟大的厨师之中，很多都是女性。"之所以把最后一句话硬插进去，是因为时至今日，指明这一点仍是必要的，这真是一种悲哀。

3

时间到了早上 8 点，我敲响了公寓管理员的门。应门的是一位芦柴一般瘦高的老人，他递给我一张沾着污渍的复印纸，上面写着："我读唇语。请清晰咬字，说话时不要背对着我，也不要捂嘴。你不必提高音量，也不需要放慢语速。如果你有外国口音，请在纸张下方的空白处标出，因为口音会影响你说某些词语时的唇形。我擅长读西班牙（只包括古巴和墨西哥）、中国、以色列、法国、越南和荷兰口音的英语。其他口音几乎都读不出来，因此需要使用纸笔。如支付小费，我很愿意提供纸笔。"

我在纸上写下"美国口音"，然后把纸递他。

他拿着纸读了好长一段时间，长到我有时间从 1 默数到 30，并在每个数字后面都加上一只绵羊。他抬眼点了点头。我告诉他我叫 B，是来这儿租房的。他点点头。这时，我突然想到了一项实验。我不知道为什么会想到这个实验，或许与刚才打电话后未消的火气有关吧，反正，我决定试试看只跟他对口型会发生什么。我不出声地说道："房间打扫好了吗？"他点点头走开，拿着一把钥匙回来，指了指楼上。看来这招挺管用的。我又对口型道："谢谢你。"他点点头，微微一笑，然后在纸上写道："你为什么只张嘴不出声？"

我大吃一惊，先是犹豫了一下，然后对口型说："只是做个实验。你是怎么看出来的？"

"你说话的时候没有喘气。"

"真有意思！"我笑了。的确太有意思了，这让我对聋哑人群的了解加深了许多。

以后，我要试着一边呼吸一边跟他对口型。这需要下点功夫，但我觉得我能做到。熟能生巧嘛。

公寓跟我预想的差不多。房间毫无特点，有淡黄色的床罩和窗帘，看上去挺干净的，一股来苏尔消毒液的味儿。阳光为屋里染上一层金黄。

左手的拇指和小指！

浴室很干净。我打开酒店里用的那种象牙牌香皂，把手洗净。真是松了口气。旅途中想找个像样的厕所总是那么考验人。

*

我仰面躺在铺好的床上，一面凝视天花板，一面练习边呼吸边对口型。我发现，用嘴边呼吸边对口型会发出一种声音，是一种类似耳语的声响：聋人的耳语。我尝试着边用鼻子呼吸边对口型。这样做不会发出声响，只需要稍加练习。这让我想到了小时候练习一手揉肚子一手拍头的事。当时的我差点自豪得找不到北。我真是个蠢货，我心想，跟其他傻孩子没什么区别，没什么出众之处。我学习成绩不错，但从来没当过第一名，老是在二三名转悠。我不是象棋神童。从没有人在商场里找到我妈，自称是星探，说我是个电影演员的苗子。没有成年人性侵过我。只有一个女孩儿给我寄过情书，而她只能算普通，既不是最漂亮的，也不是最聪明的，甚至还不如那个性格孤僻、郁郁寡欢、带点艺术气息的梅利弗拉·凡尼斯特罗斯基。不，那个爱慕我的女孩儿毫无特点，肯定没人爱。她看上去很不自信，毫无性格，棕头发，棕眼睛，肤色苍白，鼻子也不可爱。

这提醒了我，我再次开始边对口型边用鼻子呼吸。这一次呼气的时候，我注意到有烟从鼻孔中冒了出来。真奇怪。我看了看自己的右手，发现手里夹着一根香烟。真奇怪，我没有点烟，我连烟都没有，五个月前已经戒了。真奇怪。这东西是怎么跑到我手里来的？我必须承认，这香烟味道不错，但戒烟实在太难了，我一定是出于某种原因无意间重拾了旧习。买烟、点烟、把烟吸到嘴里，这些我都全无印象。瘾就像一只强大的野兽。我要把这些香烟撕碎，扔到屋外去。先等我把这根抽完吧。前一晚我经历了太多，需要放松一下。现在的我，全然享受着这位由白纸卷成的老友的陪伴，我把烟深深吸进肺部，再吐出来，看着烟雾朝天花板蜿蜒缭绕。

1995 年 8 月 9 日，是我最后一次有意识地抽烟。那是杰瑞·加西亚[1] 去世的当天。他是个烟鬼，死于心脏病。

或者是在 1995 年的圣诞节。迪恩·马丁[2] 在那天离世，死于肺癌。在比利·怀尔德的杰作《红唇相吻》中，迪恩·马丁颠覆常规的表演引得满座皆惊，只比查理·考夫曼的电影中，演员讽刺自己的"新颖"创意早了"区区"三十年。

我脑中响起迪恩·马丁《爱情的魔力》的副歌，随之沉沉睡去。

---

1 杰瑞·加西亚：美国歌手、音乐人、吉他手。
2 迪恩·马丁：美国歌手、演员、喜剧人。

*

　　我在公寓里，但这儿又是一家医院，我就住在这里，但这儿不知为何堆满了衣物。屋里很暗，我正在写着什么。是一本书吗？我在一句话中写下了"unvicissitudinously"[1]这个词，然后盯着看了起来。我不记得这个词是什么意思。我试着拆解它的拉丁词根词缀，想要弄个明白。"unvic""issit""udinou""sly"，这些部分都没有意义。好吧，"sly"是"狡猾"的意思，但其他都毫无意义，这一点我几乎可以肯定。一位医生拿着几张贴在泡沫芯板上的照片走了进来，都是我的侧面照，每一张照片上的鼻子都有所不同。

　　"你可以从中挑选。"他说。

　　我仔细看了看这些标记着整形名称的照片。狮子鼻、圆翘鼻、罗马鼻、希腊鼻、非裔美国鼻、日本鼻。

　　"我不知道，"我说，"我必须换个新鼻子吗？非裔美国鼻和非洲鼻有什么不同吗？"

　　我在梦中突然意识到，女朋友电影里的演员并不都是美国人，我却把他们统称为"非裔美国人"。我羞愧难当。她听到我说这话了吗？我真是个该死的种族主义者！

　　"我为什么非要整个新鼻子呢？"我问，"这样一来，我不就成骗子了吗？"

　　"手术时间已经安排好了，"医生解释说，"如果你取消，会给很多人造成麻烦。工作人员已经腾出了时间，鼻子也预订好了。你就

1　这是作者根据"vicissitudinous"（饱经沧桑）自创的词汇。

破例为别人着想一次吧。"

他说得没错，我得为别人着想。那就破例一次吧。

"你喜欢哪个鼻型？"我问。

"哪种适合你？法布雷鼻子吧。"

他翻来翻去，抽出一张照片，照片上的我长着娜内特·法布雷[1]的鼻子。

我喜欢这鼻子。小巧玲珑，俏皮可爱，但我不觉得它适合我的脸。医生告诉我，接下来可能还会有一系列后续手术，假以时日，随着我的改头换面，这鼻子就合适了。

"呃……"

"你的脸就是你呈现给世界的门面，"他说，"必须修整好。"

我点了点头，但还是不确定。他在法布雷鼻子的照片上打了个钩，然后递给一个穿着外科手术服、戴着口罩的男人。

我在林间散步。我的脸上缠着绷带，除了双眼，整张脸都被裹了个严严实实，真不知道我该怎么吃东西和呼吸。我一只手插在口袋里摆弄着钥匙。我发现，钥匙链竟是我以前的鼻子，凭手感就能摸出。我的鼻翼上有颗小痣。我心想，他们还送了我一个纪念品，真是挺周到的。在小道上，一条狗朝我跑来。我慌了神，身体紧张起来。那是一条德国牧羊犬，身后不远处跟着一位慢跑的女士。她看到了我惊慌失措的样子，却什么也没对我说，没有抱歉的笑容，甚至连声招呼都没打。更奇怪的是，她似乎很生气。

"B，"她说，"回来。"那条狗跟我同名，都使用着这个非同寻常

1　娜内特·法布雷：美国女演员、歌手、舞者。

的名字。她从我身边跑过，一声招呼也没打。她的狗没拴狗绳，我敢肯定，这么做是违法的。犯错的人是她，如果我愿意的话完全可以报警。我有权利这么做，是她有错在先的。

她跑过我身边时，我没好气地说了一句"谢谢您劳神"，尽可能拿出最讽刺的口气，但她连头都没有回。她是不是戴着耳机呢？我回忆跟她打照面时的情景。她没戴耳机。她能听到，却在这儿跟我装聋。

"说句'对不起'会死吗？臭婊子。"我说道，声音不够大，她可能没听见。我怒火中烧，感觉自己仿佛是隐形的。但愿她没听到我的话。她对我不以为意。她觉得我不堪入目，没必要对着我搔首弄姿，就连最基本的礼仪都不值得拿出来。我恨她，却也因为恨她而对自己心生厌恶。我厌恶自己对她上心，厌恶自己为她动怒。话说回来，她为什么就不能礼貌点呢？一个人怎么可以这么糟糕？我讨厌人类。但愿她没听到我的话。为什么我在她看来就那么不堪入目呢？她至少也该因为我脸上缠着绷带而对我有点同情呀。脸上缠着绷带的人应该得到同情，这是社会规则。作为慢跑者，她还挺好看的，有那种"专心致志、坚毅强壮"的美，有那种运动文胸和背心带来的美。或许，是绷带下面露出的灰白长胡子让她对我心生厌烦吧。我应该主动示好吗？为了打破冷场，我应该告诉她，她的狗跟我同名，那名字非常罕见。她为什么对狗那么温柔，却对我如此冷漠？我很愿意当她的狗，这样，她就会爱我了。这样，我就能把鼻子往她身上拱，而她则会咯咯笑着把我推开。或者，她可能会让我稍稍嗅一下。如果我是一条狗的话，做什么都无伤大雅。我的新鼻子，娜内特·法布雷同款鼻子。我一边难以自控地幻想着那个女人汗涔涔的胯部，一边想象她的狗长着法布雷鼻子的样子。女性的胯部比男性更易出汗，这是我从什么地方读到的。我回头看向她沿着小道跑步的身影，紧盯着她的屁股。我太孤单了。她永远也不会爱我的。我继续往前走，一只啄木鸟落在我身边一棵树的树干上。我停下脚步，我们彼此对视。我用跟婴儿和动物说话时才会用的童声向它问好。

"你好呀，啄木鸟。你好呀。你好呀。你今天过得怎么样？你好。你好。"

它跳到了树后面，什么回应都没给。真不是东西。

*

伊芙琳，我曾经爱过的伊芙琳，已经离我而去的伊芙琳。如果我的人生中还存在某种能被称为"温存"的东西，那一定是她带来的——伊芙琳，早已远去的伊芙琳，直到现在，我仍感觉她随时会打来电话，但她没有。她不会，她不能，她不想，她可能已经对我失去了兴趣，她可能已经过世了，她可能正和别人一起欢笑，她可能已经徐娘半老，她可能风韵犹存，她可能根本不会想起我，她可能重返校园，成了心理学家、律师、艺术博物馆的总监。我无从知晓。网络上寻不到她的痕迹。或许她已经死了，或是换了姓氏、随了夫姓。我可以雇一位私家侦探，但这又有什么意义呢？我造的孽还不够吗？我难道不该克制收敛，少在这世上作恶吗？或许，我该试试冥想。我一直都觉得自己和东方宗教哲学更契合。而当一个人不再那么关注"自我"时，或许就会变得更有吸引力。皱纹虽不会消失，却能变得魅力十足，就像乔治·克鲁尼眼角那千金难买的迷人纹路。

4

我把车停在圣奥古斯丁电影史保护协会（SASFPSAFH）前，这是一幢小型建筑，看上去有如一头畸形的怪物，丑得不堪入目，在设计上有意将西班牙基础建筑风格与《黑湖妖潭》里的怪物头部结合在一起——这部电影或许是与圣奥古斯丁相关的影视作品中最有名的一部；实际上，整部电影几乎都是在附近的帕拉特卡拍摄的。除了怪兽的"双眼"之外，整座建筑没有其他窗户，因此，我与协会会长欧律狄斯·斯纳普特姆见面时，大厅里漆黑一片。她是一个矮小滚圆的女人，脑袋和手指都小得不成比例。

"原来你是男的呀，"这是她跟我说的第一句话，"当然，我读过你的作品，但你的性别对我来说一直是个谜。说实话，我还以为你是个女人呢。"

"好吧，就当你是在夸我吧。"我回答道，一来是为了避免冷场，二来是因为在尊重女性一事上，没有谁比我做得更到位。

"你可能会错意了……"她一边说，一边做了模棱两可而又颇不耐烦的"算了"的手势，"言归正传，这边来。"

然后，她便带着我穿过走廊，走上台阶。

"地下室位于下巴处，"她告诉我，"也就是怪物的下巴。你可能已经看出来了，这座建筑是按照《黑湖妖潭》中怪物头部的形状建成的，电影是在附近的帕拉特卡拍摄的。言归正传，你申请的物料已经准备好了。下巴里的任何东西都不能带走。需要放映底片的时候，从下巴走到第一层的左鳃处。跟着路标走，别忘了把下巴锁上。左鳃是一号放映室，是怪物视角的左鳃，也就是说，要把自己想象成怪物。不过，所有房间都有明确的标记，如果你迷了路，就打我的手机，我来接你，但我估计用不着，所有房间都有明确的标记。左鳃从来不上锁，用完后别锁上，这是出于消防安全考虑。"

她把下巴打开，我走了进去，她在我身后把门关上，留下我独自和演讲所需的材料待在一起。我看到墙上安装了三台监控摄像头。这地方可真是戒备森严。

《最终，我破茧成蝶：美国电影中的性别与变性》，这是我的专著暂定的书名，而这部专著将对美国变性电影史做出缜密的审视，这一点或许是不言而喻的。令人惊讶的是，现存资料中，首部探索这一领域的电影，竟是1914年的默片《弗州迷魅》，拍摄地点就在圣奥古斯丁。这部电影的梗概是：一名年轻女子吞下一粒魔法种子后，变成了一位顺性别、异性恋本位的男子，并拥有了所有相应的习惯和欲望。最后，她的未婚夫也试着吃下了一粒魔法种子，开始头戴女士圆帽、身穿裙装上街行走，却惹来愤怒市民的追打。这部电影就如一粒妙趣横生的时间胶囊，将为我的整本著作奠定基调。

我开始埋头工作，认真研读起导演西德尼·德鲁的笔记来。"做一个女人意味着什么，意义又是什么？"他在整整一百年前颇有先见之明地写道，"这个问题，是我们必须通过这部电影来阐明的。身为女人，这究竟是一场纯粹的命运的意外，还是一项使命，抑或是一份最为崇高的事业？小小一粒魔法种子，便能改变我们称之为'女人'的神奇生物，仅凭这一点，我们就可以证明人性可塑。不难想象，在遥远的未来，科学家们将设计出一粒这样的种子，他们或许会称之为药片，或者将之做成某种油膏。到那时，地球上会有多少幸运之人能够服用这种药片、涂抹这种药膏或油膏呢？我敢说，许多人为了了解异性对世界的体验，都会将这东西一口吞下。古希腊神话中的特伊西亚斯就在女神赫拉的强迫下经历了性别的转变，以女儿身生活了多年，之后他得出结论，女性享受到的性快感比男性多九倍。我肯定会不假思索地吞下这种药品，或是将它涂抹于家庭医生建议的部位。好奇心会驱使我这样做。"

我用拇指和食指捏住鼻梁。德鲁的笔记读起来很令人扫兴，逻辑混乱、语无伦次、恋性成癖。西德尼·德鲁曾在一部舞台剧中担任男主角，他的妻子担任女主角，但海报上的主演信息却是"西德尼·德鲁先生和夫人"，将他妻子格拉迪斯·兰金的身份完全抹去，这件事非常能说明问题。兰金死后，她在舞台剧中的角色由德鲁的第二任妻子露西尔·麦克维扮演，她在海报上的署名仍是（猜猜看）"德鲁夫人"，和前一任妻子一样被抹去了身份。德鲁是不是希望通过服药来抹去自己的身份，成为他妻子这样的"男性附属品"？我觉得，对于这种化身女性的幻想，他并没有考虑得太深入。我翻看着桌上的文件，突然发现了伊迪丝·斯托里的笔记本。她是一位女演员（我更喜欢用不分性别的中性词汇来指代演员，但我的编辑说时机还不成熟），在电影中扮演变成男性的莉莉安·特拉弗斯小姐（或女士）。我随意翻开笔记本，发现了这样一句话："我已经仔细研

41

究了男性的动作。男性走路时习惯摆动他们宽阔的肩膀，与我们这些摇曳生姿的女性截然不同。我会努力尝试那种带有强烈男子气概的步伐，因为这种步伐给我自信和强大的感觉，换句话说，就是阳刚之气。"

依我看，斯托里女士恐怕和她的导演一样无知。我叹了口气，允许自己稍稍放松一下，查看电邮、脸书、推特以及我经常访问的各种网站："网络剪贴板"、"唇膏之家"、"猎人杂志网"、"不正常的威廉"[1]、"沙袋网"、"书记员报告网"、"胜肽网"、"好莱坞八卦网"、"彭博顿牌工艺品网"、"涂鸦墙网"、"欢乐满人间烟囱清扫服务网"、"政治科技网"、"贝蒂娃娃资料网"和"女士专用交友网"。

我在日记中写道：

> 亲爱的日记，今天是我58岁的生日，但还没有一个人给我发邮件祝贺。我的女朋友可能还在拍戏，我们之间有很长的时差，因此现在我还抱有期待。我只在脸书上收到了43条"生日快乐"的信息。据统计，人们平均会收到79条脸书庆生信息，而我的数字要比平均数低36。耶稣是33岁去世的，而33加3正好是36。这是巧合吗？我好孤独。

我看不惯德鲁和斯托里对性别问题的过度简化。我们真的能把对于性别的思考简化为男女生理构造上的差异吗？那屁股较大的男性怎么办？我们这些屁股稍微丰满一些的男人，就不是男人了吗？

---

1 原文为"William's Anomalies"，应该是从"威廉斯式症候群"（Williams syndrome）引申而来。

宽肩的女人呢？我们能把性别差异简化为生殖器的差异吗？那么双性人呢？或者简化为染色体上的差异？那 XXY 染色体人呢？XYY 染色体人呢？YYY 染色体人呢？XYXYX 染色体人呢？那些罕见但也同样存在的 Z 染色体人呢？当前的科学研究告诉我们，这些人之间并不存在明确的界线，而任何企图控制性别的行为，都是生物领域的法西斯主义，简直能让希特勒含笑九泉。

休息一下，看看电子邮件。

再看看脸书。

什么也没有。

我知道，如果我的孩子在今天诞生，我便会以"性别开放"的方式来抚养他，也就是不透露孩子的性别——性别不但不会外传给任何人，就连性别开放的婴儿本人也不知道。我的孩子出生时，这种绝妙的选择尚不存在，我相信，他们因此承受了巨大的痛苦。

*

我那位头发浓密的兄弟拉瓦锡也忘记了，连一句简单的"生日快乐"都没跟我说。他跟非裔美国女性交往过吗？我对此深表怀疑。因此，尽管他总是宣扬着自己事业和性爱上的成功（这么做本身就是对女性的不公），他也并不是什么叛逆者，而是一直在划定好的种族范畴中明哲保身。他跟男人上过床吗？怎么可能！尽管他发量惊人，还经营着一家生意兴隆的葡萄酒经销公司，但我才是叛逆者。并不是说我跟男人上过床，但我敢这么做。我爱上的是人，而不是身体的部位。我愿意跟男人上床！我甚至不会刻意强调这一点。就让这成为一场意外惊喜吧。

为了抑制自己的愤怒，我一头扎进那堆文件中。我要用研究来浇灭怒火。只要在这条路上坚持走下去，我就终能熬出头。我发现，地下室里存有德鲁导演的手绘草图、手抄的惠特曼诗句以及男女臀肩比例数据。这让人不得不思考起他可能抱有的动机。他（她、彼）是否在与自己的性别畸形恐惧症、性别焦虑症、跨性别恐惧症、性别不耐受症角力呢？可悲的是，这些我们所有人都可能沾染的病症多得无穷无尽。人类这种动物就是这样。这是一种多么可悲的生存状态。在我们之中，没有一个人能完全接受自己的身体，没有一个人能与上天赋予我们的身份全然和解。就像那位了不起的医生所说，面容便是我们展示给世界的门面，而身体也同样是我们展示给世界的门面。生殖器也是如此。如果我在心中将自己视为日本漫画中典型的"人妻"，20岁，拥有一双深情忧郁、大得吓人的眼睛，噘起的嘴唇，或许留着一头可爱的"男孩式"短发，长着一对小巧玲珑的乳房（大小说不定可以随着我的心情而变化），那么，我不就真的变成这样一个角色了吗？或许有的时候，我会感觉自己身材丰腴，甚至可以说是丰乳肥臀（髋部比现在还大），屁股圆滚滚的，捏上去（但必须是在我同意的前提下！）很有手感。或许有的时候，我是个慢跑的女人，身材轻盈、乳房娇小，还能化身"假小子"，和男人称兄道弟，可讨他们喜欢了。或许我是一位秘书，确保将每个人照顾周到。我会去买咖啡，会将烤好的曲奇带到办公室来。如果我眼中的自己是这样的，那么我便会要求别人也这样看待我。我们在他人眼中的形象，难道不该与我们理想的形象一致吗？什么样的文化会禁止人们按喜好来展现自我？这就是变性人面对的难题。纵观历史，西方社会一直将变性文化强压至地底，塞进下水道和暗巷中。《弗州迷魅》里的市民为什么要追打那位丈夫？他们为什么会因一个人的着装选择及举止仪态感到不安？当然，这部电影的态度并非完全开明。除了在性别问题上的保守论调，电影还涉及引人不适的种族问题。片中的每个非裔美国人，都由涂黑了脸的白人演员扮演，角色的妆容也存在着让人不舒服的纰漏。绝大多数的角色只是涂黑了脸、戴上了假发，但也有一些角色刻意突显滑稽和丑陋的妆容，通过黑脸突出淡色的双唇。即便如此，这还不是影片对于种族的刻画中最引人注目和让人不安的地方。当莉莉安（现已变成了劳伦斯）想雇男仆而不是女佣时，她（他）便强迫（！）女佣简吃下一粒药片。女佣的变性过程迅猛可怕（在吃药时摄入了一些酒精）。我们在影片中看到，她不仅变成了一个男人，还变成了一个黑人、一个野蛮人。劳伦斯征服女性后，与"战利品"打情骂俏、甜言蜜语，而变成了男性的简，则为了争取女性的芳心将男性竞争者打得半死。

*

我将天鹅绒般丝滑的烟雾深深吸进肺里。等等，我对点这支烟完全没有印象，况且到处都是"禁止吸烟"的标志。电影资料馆里不准吸烟，这是理所当然的事。这我知道。就连最稚嫩的儿童对此也心知肚明，即便他们根本就不懂电影研究和氧化还原反应是怎么一回事。我把烟头掐灭，但在此之前我已吸完了这支烟，然后又吸了另一支烟。

我稍稍休息了一下，在未来著作的名词列表中添加了新条目：

小圈子

顽皮

漫不经心

家庭主妇

地方病

紧张的洋葱

情绪止血带

居伊·德波[1]

文化勃起

社会迫移

《卢迪老师》[2]

恶意的忽视

我为什么没法专注于手头的任务？我得把注意力转回工作上。

木纹考古学

秃顶

"神垒手"巴比特[3]

性别开放的婴儿

莱米·马尔多纳多[4]

2008 年犹太逾越节人造黄油短缺

---

1 居伊·德波：法国哲学家、导演。

2 《卢迪老师》：德国作家赫尔曼·黑塞长篇小说《玻璃球游戏》的别名。

3 巴比特：美国棒球选手。

4 莱米·马尔多纳多：积极宣传性少数文化的美国舞者。

5

在圣奥古斯丁的出租屋里,我正忙着评论《弗州迷魅》的服装设计。我给这一段文字取名为《退回性别,拆开裙装》,灵感来自伟大的非裔美国作曲家斯科特和布莱克威尔创作的歌曲《退回原主》,其中有一句歌词:"退回原主,地址不详。"在工作中,我觉得玩些文字游戏无伤大雅。

走廊对面的房间里,传来一声刺耳的怒吼。

"他妈的浑蛋。你这个小杂种,可恶的犹太佬。按我说的做!"

我吃了一惊。哪个可怜的犹太人在受此虐待?我虽不是犹太人,但也不能对五花八门的反犹主义听之任之。我该叫警察吗?还是不要多管闲事?家庭纠纷犯不着叫警察来调停,发脾气是人之常情,何况我又人生地不熟的,难道真想用这种方式给邻里留下第一印象?另外,人们普遍认为我是个犹太人,我的干涉或许会被视为"犹太人护内行为",很多人认为这是犹太人拉帮结派的行为,因此它颇受指摘。这么想来,报警对当地犹太群体而言或许弊大于利。我必须把所有潜在的后果考虑周全。

接下来,我听到"砰"的一声,然后是玻璃摔碎的声音。紧接着,又是"砰"的一声。

从良心上讲，不插手是不行了。想想基蒂·吉诺维斯[1]。哈伦·埃利森[2]曾经把 36 个置若罔闻的目击者称为"36 个浑蛋"。我可不想被埃利森称为"浑蛋"，虽然事实证明，针对吉诺维斯事件目击者的报道有所歪曲，而且埃利森本人是个讨厌的主儿。关键在于，大家仍然相信这些针对目击者的报道属实，而埃利森是正确的。我们都知道，感知就是一切。只需问问那些曾被人冤枉猥亵儿童的人，你就明白了。他们能为自己正名吗？答案是否定的。这句话，我是站在同情者的角度说的。准确来说，我同情的是被冤枉的人，而不是猥亵儿童的罪犯，更不是纳粹主义——如果你出于某种原因而做此推测的话。但我要说明一点，在我们的社会中，人们对于眼中的任何反常现象，都抱着一种道德恐慌的心态。我们的国家已然变成了一个政治正确的顺民聚居地。我发现，这种观点让我更容易接受来自他人的批评，更重要的是，就连自我批评也变得顺耳了。话说回来，或许勇气就意味着在面对自我批评时依然勇往直前。

我决定等邻居再次做出暴力虐待的行为。如果他有什么动作，我就采取行动。

"去你妈的，希伯来人！"他大喊道。

我拿起钥匙，离开房间，敲响对方的房门。

开门的是个上了年纪的老人。

"哦，是你呀。"他平静地说。

1　1964 年，年轻的基蒂·吉诺维斯在纽约皇后区遇害身亡，据《纽约时报》报道，当时在场的目击者均未报警或援救。

2　哈伦·埃利森：美国科幻小说家，曾以基蒂·吉诺维斯事件为灵感创作短篇小说《被虐之狗的悲鸣》。

"不好意思，因为我们共用一道隔墙，我听到了一些骚动。屋里的人都还好吗？"我一边说，一边试图看清他身后黑乎乎的公寓。我担心或许有人正在虐待这位站在我面前的犹太老人。

"只有我一个人，"他告诉我，"我一个人住。我一直都是一个人住。我是个老头子。"他补充道，仿佛这与我们的话题有什么密切关系，仿佛这不是不言而喻的事实。

"我听到有人喊叫，好像有谁在骂犹太佬。如果没别人的话，您刚才是跟谁说话？或者说，如果您没跟别人说话，那刚才是谁在跟您说话？"

"我在跟你说话呀。"他神秘兮兮地说。

"首先，我不是犹太人，"我条件反射似的带着戒备回答，"另外，刚才您骂别人犹太佬或是有人骂您犹太佬的时候，我并不在您屋里。"

"我知道，"他说，"我很高兴咱们终于又能以文明的方式交谈了。"

"我完全不明白您在说什么，"我回答，"我和您之前从没见过面。实际上，这是我第一次来圣奥古斯丁。"

"我年纪大了，孤苦伶仃。"他又无缘无故地声明了一次。

我恍然大悟：好吧，又是这一套，这个老人想找个朋友。这种情况我遇到过多少次了？真该发明一个针对老年人的精神病专有名词。

"我年纪大了，孤苦伶仃，时日不多了，"他继续说，"也许，我因为自我封闭而虚度了人生。年轻的时候，我没有自信跟姑娘聊天。年岁就这样过去了，这是一种必然，未来也还是如此。到了今天，我还是从未体验过女性的爱，也从没交过一个朋友。现在，你终于活生生地出现在我眼前了，一个可以交谈的人，一个可以分享我生活和工作的人。"

"您听着,"我说,"我只会在佛罗里达待很短一段时间,在此期间有大量工作要做。我知道您很孤独,也理解您的孤独,我自己也踏在通向老年的路上,大家都一样。所以说,我实在没时间从写作中抽身陪您。"

"哦?你在写什么?"他问道,苍白古怪的脸上露出令人生厌的诡异窃笑。

"我在研究一部 1914 年拍摄于圣奥古斯丁的小众默片。"

"《弗州迷魅》。"他说道。这不是在提问。

"您怎么知道的?"我问。

"我就是影片里的小男孩儿,英戈·卡特伯斯。我的名字在演职人员表里。"

"片子里没有小男孩儿。"我一边说,一边索尽枯肠地想要确定。毋庸置疑,我是这部片子的研究专家,已经看了几千遍之多,不仅正着看过,还倒着看过,我就是这样看自己感兴趣的电影的。不消说,这能让我将一部片子视为一个结构形式,而不是一段故事,就像是把一个人的脸颠倒后,对于鼻子、眼睛和诸如此类[1]器官的先入之见就不会妨碍我跟随真正的情节推进了。除此之外,我遵从当代物理学理论,相信时间之箭是虚幻的,而因果关系则纯粹是我们自己创造出来的概念。实际上,每个故事都有无数个版本,第一个版本就是简单直白的传统叙事:这件事发生了,然后那件事因此发生;第二个版本是:事件是量子化的、彼此分离的、独立发生的,并且

---

[1] 原文为 "et chetera",是 "et cetera"(诸如此类)的误写,本书中多次出现了这个拼错的词汇。

可以，哦不，应该是必须通过想象可及的所有顺序加以审视，才能理解其整体含义。当然，电影界的伟大知识分子勒内·肖万在影片《芥末》中以最简单的方式探讨了这一概念，这部电影必须以正放和倒放两种形式观看，"核心时刻"则位于电影正中间，发生在丈夫杰拉德和妻子克莱尔之间。在正放的版本中，克莱尔为杰拉德端上了一盘香肠。杰拉德问家里有没有芥末，克莱尔回答："哦，真不好意思，杰拉德，我今天到集市去了，但忘了买芥末。我明天再买。""没关系，亲爱的。"他回答道，然后两人接吻。接下来的一个镜头是克莱尔在集市上，只见她面带甜蜜的笑容，深情款款地为丈夫挑选了一罐芥末。而在倒放的版本中，我们看到克莱尔先是深情款款地挑选芥末，接下来却向丈夫矢口否认自己买过芥末的事实。诡诈的克莱尔。她为何要剥夺丈夫吃芥末的权利呢？当然，这两个场景之后（或者说之前）的一切，都被这种或是出于背叛或是出于善意的举动染上了一层色彩。这部电影以克莱尔的离世作为结尾（或开头），这种设定使得她在倒放的版本中成了一个幽灵，让故事更加扑朔迷离。肖万的实验作品震惊了整个电影圈，从理论上来说，若将所有场景随机重排，留出更多空间对这个量子化的世界做出更为复杂和多样的解读，这部影片应该也能站住脚。不管怎样（我不闲扯了），对于所有有价值的电影，我都是这样观看的。还有一次，我把显示器上下颠倒，以防自己将引力视为电影情节中理所当然的存在。我们往往会忽略这一点：想要真正理解人物的处境、理解人物之间的引力，真实的引力是不可或缺的。没有人能避免真实引力强加的负担，同时也不该对引力的恩赐不知感激，是引力让我们不至于飘向太空、在宇宙真空中爆炸等等（我虽不是科学家，但终归在哈佛大学辅修过空白恐惧症研究）。真正伟大和内省的电影人物对这种二元性是有所感知的，只有上下颠倒地观看他们的动作，我们才会发现，他们走出的每一步都既是一种祈祷，也是一种诅咒。

那个老人紧盯着我。

"在《弗州迷魅》里，观众看不见我，"他说，"电影是通过我的视角拍摄的。导演在探索电影形式，拍摄每个镜头时，我都站在摄像机下方。我个头矮小、头顶扁平，很容易藏在摄像机下。演职人员表里有我的名字：未露面的男孩——英戈·卡特伯斯饰。"

"还真是！"我说道。

突然之间，我彻底懂得了这部电影的意义。那个男孩！那个未露面的男孩！他当然就是整个故事的讲述者！就是产生这段梦境的人！这下一切都被颠覆了！而这又引出了多少新问题啊。为什么要用一个小男孩呢？导演为什么要选一个——

"等等，1914年的时候您多大？"

"6岁。"他说。

导演为什么要选一个明显还未发育的6岁男孩来做这个梦？何况这还是一段关于成年女性的幻想？这也太——

"等等，您是1908年出生的？"

"1914年是动荡的一年，"老人没有回答我的问题，自顾自地说下去，"那时我们知道，距离我们加入第一次世界大战还有三年时间，而打完这一仗不久，第二次世界大战就要拉开帷幕，德国人真是守时得可怕。就这样——"

"您怎么知道未来会发生什么？"我问道。

他告诉我："当时有一些预言家，深谙时间的量子化性质。物理学是一个新兴领域，人人都在追赶潮流——画家、作家，甚至是算命师。事实并不总如其表象。"

"这我知道，"我说，"这是我刚刚告诉您的！您读过我关于《芥末》的著作吗？"

"我对美食没什么兴趣。"

"我说的是电影《芥末》。"

"哦，"他说，"还没，但那本书放在我的床头柜上呢。"

"真的吗？"

"当然了。"

"为什么说'当然了'？"我问道。

他迟疑了一下，然后有点过于急切地回答道："因为我一直都对电影感兴趣。总之，我想说的是，当时的世界处在变化之中。女人开始质疑自己的社会角色，男人很快就会离家万里、战死沙场。电影艺术虽不能说尚处在婴儿期，但肯定处在青少年时期。我记得，那个时期好像被称为'Hebe 时代'。"

"Hebe？是诋毁犹太人的那个词吗[1]？"

"不是，是那种恋癖。"他回答。

"哦，是啊。是恋犹太人吧？不，不对，这个词听着耳熟，但我就是想不起来了。"

"正因为有这个时代，才出现了各种各样的探索和成长之痛，还有人对'电影之母'戏剧和'电影之父'文学强加给电影的局限性进行了质疑。"

---

[1] 英戈说的"Hebe"指"hebephilia"（对青春期前期少年的恋癖）。"Hebe"原指希腊神话中掌管青春的赫柏女神，引申为青春之意，但在俚语中也有诋毁犹太人的意思。

"您是个影迷吗？"我问道。突然之间，眼前这个纸片般干瘪苍白的犹太人（他是犹太人吧？）显得高大起来。

"如果你说的影迷，是指那种会被电影或是电影胶片点燃性欲的人，那答案是肯定的。"

"我不是那个意思。我是说热爱电影艺术的人。"

"电影艺术我也爱——"

"我是指柏拉图式的爱。"

"哦，柏拉图式的爱我也有。我对有些电影的爱就像是友谊，对有些电影的爱则要更深。"

我从来没有这样形容过自己对电影的感情，但我明白他的意思。突然之间，一股亲切感油然而生。我应该在这里补充一点，一直以来，我都非常嫌恶老年人。我知道，这是一种不被社会认可的态度，因此我从不与外人言说。而现在，随着自己也逐渐年老体衰，我发现这种嫌恶越发开始内指。我并未对老年人产生从前没有过的同情，而是对他们和自己都越发厌恶。我会带着嫉妒，眼巴巴地看着年轻人，欣赏着他们紧致的皮肤、敏锐的思想、完美的体态、自信的气场、手臂上的文身，还有身上穿孔打眼儿的部位。诚然，我觉得，他们是一群愚蠢而肤浅的人，工厂生产的平檐棒球帽上还贴着价签，对国际时事一无所知，对我视而不见，从不为我怦然心动，也不对我心生敬仰。偶尔会有一群青少年躲在 7-11 便利店门口的停车场里对我大喊"秃子""大胡子""秃头""胡子男""秃顶""胡子脸"，而我则会对他们大吼："你们也有变老死去的一天。"有时候，即使这些年轻人什么都没说，我也照样会冲着他们大吼。然而，我并不嫌弃那些上了年纪的天才导演。戈达尔风格的导演、梅尔维尔风格的导演[1]，那些引领新浪潮的电影人。我没有同性恋倾向，但确实会对这些男人产生某种情愫。或许是因为我把他们看作父辈、神和一家之主一般的存在。或许是因为我希望得到他们的注意，希望他们也给予我同等的热爱和崇拜。这该如何实现呢？你看，如果我能写一篇专论，以电影史上前所未有的方式去阐释他们的作品，一定会有所助益。我甚至可以指出作品中连他们自己都从未意识到的亮点。然而，这种事并没有发生，而随着这些导演一个接一个离世，它发生的可能性也被大大削弱了。我常常会想，年轻貌美的女孩有机会接触到年长的天才艺术家，只因这些男人想要跟她上床，这真是太不公平了。而我则不得不呕心沥血、殚精竭虑地理解和阐释他们的作品。我以我的真知灼见来致敬他们，却什么也没得到，这便是最严重的性别歧视。他们为什么不能爱我呢？我父亲为什么不能爱我本来的模样呢？一直以来，他的爱都取决于我能否向他证明自己的价值，从不以我的可爱或性感为基础——我觉得，我小时候就是可爱和性感的化身。想象一下《选妻记》里的布兰登·克鲁兹和《绽放》里的女主角马伊姆·拜力克，两者融合在一起，就是我小时候的样子。我就是美的化身。如果阿伦·雷乃[2]在我还是个孩子的时候对我产生了兴趣，我一定会受宠若惊，但很显然，现在再说这些，已为时太晚。

不知何故，这个念头时常会浮现于脑海：我会把自己想象成一个完全实心的存在。没有骨头，没有血液，没有内脏，橡胶质地般的身体全由金属架撑起。对于一个生物而言，这样的构造堪称完美。

---

1 让－吕克·戈达尔和让－皮埃尔·梅尔维尔均为法国新浪潮电影代表人物。
2 阿伦·雷乃：法国导演、编剧。

我不必再为肾病担心，因为我的肾脏是固体橡胶做的，而固体橡胶是不会被病痛侵袭的，这我查过了。同样，牙齿出问题的时候，我也会想，如果人们长着喙，那世界会变得多美好呀，我是说用喙代替牙齿，而不是像黑格尔和施莱格尔[1]一样既长喙又长牙。不用说也知道，既长喙又长牙是多此一举。

我重新拉回思绪：这位老人"年老"的事实不会改变，他也不可能变成阿伦·雷乃。如果我必须讨好某个老人，那他一定得是个公认的天才，诗人、艺术家。年轻的时候，我希望自己能成为这样的老人，就算是现在我也抱着同样的希望，但达成这个目标的时间不多了。现在，我只是天才的崇拜者，是有反犹和种族主义倾向的伟大人物以及虐待女性的杰出艺术家们的辩护人。天才人物的怪癖必须得到谅解，我知道这个观点颇具争议。艺术家必须拥有表达和探索自己灵魂最黑暗区域的自由。就如冥后珀耳塞福涅每年必须在冥界度过一半的时间，这些天才也必须深入挖掘自己的暗面，才能为我们带来赖以生存的果实。石榴这种象征着生命、死亡、王权、生育、耶稣受难、阳刚之气等意象的水果，当然是珀耳塞福涅的化身。石榴将她永远地禁锢在了冥界——虽然中间穿插着半年的探亲假[2]。我们会因此而鄙弃她吗？不，我们反而会颂扬她，因为她的出现会带来春天。如果我们寄望一块田地复苏，有时就得让田地休耕。如果我们想找到万事万物的意义，天才就必须偶尔落入种族主义的泥沼。纵观历史，憎恨犹太人、鄙视黑人、物化女性的天才不计其

1　此处指 1946 年动画片《黑科尔和杰科尔》中的角色，是两只鸟。B 记错了名字。

2　在希腊神话中，冥王哈迪斯引诱珀耳塞福涅吃下了六颗冥界的石榴籽，导致她一年中必须在冥界居住六个月。

数。难道我们要因此而埋没他们的伟大成就吗？答案是一声响亮的"不"，我们不能这样做。包括你我在内，所有人都是凡夫俗子，所有人都不完美。偏见是在进化过程中被植入我们基因的。我们需要知道老虎是一种危险的动物，但无须知道，并非所有老虎都是危险的。了解某一只老虎的个性，并不能满足我们的生存需求。诚然，这么做或许会让我们成为更开化的个体，能让我们和一些老虎成为朋友，对这些，我完全认同，我举双手赞成，但我们必须意识到，人类有一种部落本能，其基础是生存的本能，所以要接受这一点。我们可以为之痛心疾首，谴责它、痛斥它，但也要认识到，这是根植于人性之中的特点，因此要多加包容，用同情心对待。谢谢大家，晚安。以上是我在贝茨学院放映室进行的一段即兴演讲，席间嘘声此起彼伏。那时，我是贝茨学院电影系的访问影评人，职责就是在学生放映影片时坐在后排，一边用钢笔在笔记本上不耐烦地敲来敲去，一边长吁短叹。

老人目不转睛地盯着我。不知我们已经在房间门口站了多久，我寻找着线索：刚才天是亮的吗？现在天已经黑下来了。我记不得了，刚才天可能是亮的吧。当然了，在今天的某个时刻天是亮着的，这一点几乎可以确定。

"时间不早了。"我说。

他问我愿不愿意进屋来。他又一次告诉我，他一生都是在孤独中度过的，饱受社交恐惧之苦，决定在暮年改变自己的处世方式。他现在意识到，自己的各种恐惧使他的生活乐趣大打折扣。他从未感受过女人怀抱的温暖，从未与男性友人把酒言欢，从没跟伙伴一起看过足球赛，从没有过一个伙伴，也从没跟伙伴打过台球。他有些难为情地承认，这其实是他平生第一次说出"伙伴"这个字眼。他告诉我，没想到自己还挺喜欢这个字眼的。它听起来很友善，就像人们形容葡萄酒一样，"带有一种馥郁的芳香"。

我告诉他，我很忙。

他伤心地点点头。

这时，我的心头浮现出一个想法：友善点，他毕竟是个老人；但转念一想：还是别太友善了，我可不想让他觉得每次碰到我，我都要停下来跟他长谈；然后我又想：总有一天我也会老的，那时候如果没人愿意跟我说话怎么办？之后我又想：哎呀，凡事都有因果报应，如果我对他不好，说不定也会有不好的事情发生在我身上；接着，我又想起了那部梅格·瑞恩变成老男人的电影[1]。我并不相信那套互换灵魂的无稽之谈，但那部片子确实提出了一些颇有道理的观点。我也绝不是在影射梅格·瑞恩如今已人老珠黄，但电影确实让人想起她曾经是位清纯可人的大众情人，而我们这个社会又是一如既往地喜新厌旧。最后我想：这位老人也曾经年轻过——就像从前的梅格·瑞恩那样青春焕发，但是现在，曾经的青春已无迹可寻。我们都被困在当下，老人是年老的，年轻人是年轻的，男孩就是男孩。我们无法将人生视为一段旅程。我们现在所处的地方，并不是我们的起步之地，也并不是我们将要去往的地方。不要仅仅把这位老人当作提醒我们"人终有一死"的符号，而是要把他当作一个人，一个可能有过，甚至仍然拥有许多有趣想法和精彩人生的人，这一点至关重要。

---

1 此处指 1992 年的美国电影《神魂颠倒第六感》，梅格·瑞恩饰演的女主角在被一位老先生亲吻时与他互换了灵魂。

58

"我有事要忙。"我说。

"好吧。我还以为你不会再说话了。你老是这么呆呆地盯着我，挺奇怪的。"

"我刚才有点神游。"我掩饰道。然后我想：那部电影好像叫《一吻定情》。不对，不叫这个名字。

"我真羡慕你们这些年轻人，什么神游啦、橡胶手环啦，还有艾博牌眼镜啦。"

"什么？"

"眼镜，你还没戴艾博眼镜呢？"

"我根本听不懂你在说什么。"

"有的时候，我的思维挺跳跃的。告诉你吧，我有时会做一种梦。"

又来了，我心想。

"你为什么这么说？"他问。

"您说什么？"

"你为什么说'又来了'？"

"我说了吗？我还以为自己只是在心里想了想呢。"

"准确地说，你不仅想了，还说出来了。"

我心想（这次没说出来吧？）：你这个阴险狡猾的浑蛋，我最好赶紧走。

我想转身走开，实际上也正在转身。我真的转身了，但不知为何转得非常缓慢，仿佛是慢镜头一般，就在这时，我注意到一件事情。

他正在按摩太阳穴，我突然意识到，他的脸上或许带着妆。在他那揉花了的太阳穴处，能看到色泽更深的皮肤。我顿时怀疑，他可能是一个化着美国白人妆的非裔美国人，这种妆容更常被称为白脸妆、鬼脸妆、白粉脸妆、白人寒碜脸，或是小丑白。

"您是非裔美国人吗？"我问道。

"不是！"他怒吼一声，把门狠狠地关上。

但我觉得他是。现在，我想要了解他，简直迫不及待了。我用力敲响他的门。

"我想进去坐坐，"我说，"我改主意了。您在吗？"

"滚开，犹太佬。"他吼道。

"我不是犹太人。"我对着我们之间的木门解释道。

没有任何回应。他不相信我。有人说，人只在审视别人时才能真正看清自己。或许，他对自己的种族矢口否认，所以认为我也是这样的人。但是，我的确不是犹太人，我真的不是。我要搜集那些看起来像犹太人的人，把他们的影像用幻灯片一帧帧放给他看。一定有林戈·斯塔尔[1]，他虽然有只大鼻子，却不是犹太人。我突然想起，英戈的名字和林戈很像。区别只在于首字母 R，而 R 又是我姓氏的首字母。R+Ingo（英戈）=Ringo（林戈）。我在脑海中将这个等式刻在树干上，外面画了颗桃心。我隔着门把这一切解释给他听。

"R 加英戈等于林戈。"我重复道。这感觉就如宇宙般玄妙，仿佛是命中注定。或许，我们最终的交集会在苍穹之上形成一颗新星。我接着解释道，林戈的姓氏"斯塔尔"与星星（star）同音，因此我才会认为，我们的关系或许会形成一颗新星。

真该死，我本该一开始就同意去他房间做客的。当时我还有机会。我的脑子是不是短路了？就算他是个白人，我也该博得他的好

1　林戈·斯塔尔：英国音乐人，曾任"披头士"乐队鼓手。

感，讨好他的代价根本不值一提，这样一来，我就能打听到他参演《弗州迷魅》的经历了。有的时候，我真搞不清楚自己在想什么、为什么这么想，甚至连什么时候想了哪些事也摸不透。我的思绪会以千里的时速狂飙，从一个话题横冲直撞到另一个。我必须学会控制自己的思绪，让佛教徒所谓的"心猿"安静下来，即便这猿猴般的特质是我智慧的副产品。然而，也恰恰是这超凡的智慧，让我成了一只被拴住的猿猴，成了众神之间一个从不过时、玄之又玄的笑柄。

"走开。"他说道。

6

我暂时选择了放弃。回到公寓后，我发现自己无法安心工作，便在我的博客"诗歌与古玩"上发布了一首诗：

家。

终于到了家。

突然回到家。

永远不回家。

总是待在家。

此生没有家。

我要回家。

再见了家。

破碎的家。

告别我家。

哦，家，你到哪里去了？

哦，家呀。

哦。

结语：家是一个很有力量的词汇。

研究课题：在其他语言中也是这样吗？有没有一种语言是不包含"家"这个词的？生活在这种语言文化中的人，会有怎样的思想？他们会怎样形容自己的住处呢？重读沃尔夫[1]的著作！！！这或许是个有重大意义的课题！！！

我盯着屏幕看了几个小时，不停地刷新，希望有评论出现，但什么也没有出现。

我再次敲响老人的门，准备再跟他辩辩理。门开了，现在，他脸上的妆容已经卸去，我能看出，他是个老态龙钟的非裔美国人。天哪，我能从他身上学到多少东西，能跟他一起游览多少美景啊。然而，不化妆的他显得更加古怪而疏离了。我想让他知道，我没有恶意。老天，作为一个非裔美国人，他曾饱览过怎样的世事？在他身为非裔美国人的漫长而艰辛的一生中，他曾游历过怎样的地方？他出生于1908年。或许他的父母当过奴隶。他的祖父母一定当过。他羸弱而驼背，却又如此高大。他穿着一双带矫形功能的米色耐克运动鞋，这种鞋如今成了街谈巷议的焦点：在佛罗里达，几位老人曾因为穿着这种鞋而被另外几位老人杀害。

"我对您没有恶意。"我解释道。

他没有回答。可能是没听见我的话吧。

"我对您没有恶意。"我提高嗓门又说了一遍。

他对我露了露牙床。

---

1 美国语言学家本杰明·李·沃尔夫曾提出"语言相对论"，认为语言结构的差异决定了说话者对世界的感知和形成概念的方式。

"我能不能邀请您来我屋里喝茶？"我问。

他没有回答。

"我写过一本关于威廉·格雷夫斯的专著，他是一位伟大的非裔美国电影人先锋。"

我奋力想抓住救命稻草。他警惕所有白人，这对我很不公平。我知道这种本能从何而来，却无力将之改变。就像孩子们常说的，"我不是你想象的那种人"，我努力使出浑身解数。

"我女朋友是非裔美国人。"我趁他关门的时候说。

回到自己的房间后，我花了好几个小时从猫眼往外看。这有点变态。他一直没有离开自己的公寓。我想出了一个又一个计划，又将它们一个接一个地放弃。我该找他借点做馅饼的食材吗？我打算去趟杂货店，他需要我帮他带点什么吗？他知不知道哪家不错的理发店？收垃圾的车几号上门来着？他闻到什么东西烧焦的气味了吗？

这时，他的门开了。他悄悄往走廊里瞅了瞅，然后直直盯着我的房门。他这是在有意躲我吗？在这个节骨眼上，这种做法几乎有些绝情，但我还是不动声色地向外窥视。我要等他完全站在走廊里，等他关上身后的门、就算碰上我也来不及回屋时再出现。他走出来，关上房门。我也做了一样的事。

"哦，您好呀，"我说道，"我叫 B。我们见过面，当时您还穿着戏服呢。我们还聊过天。"

他没有回话。

"我有个非裔美国女朋友。或许您对我还有印象。"

他拖着米色船形矫形运动鞋里的双脚，朝着楼梯缓缓前行。

"您看，我是这样想的，既然做了邻居，我们就应该交换钥匙，以免遇到紧急情况。"

我担心自己操之过急，于是试着往回收。

"或者茶也行。我不是说我们该交换茶，而是说我们应该一起喝一杯。"

没有回应。

正在这时，奇迹发生了。他从楼梯上摔了下去。他就这么结结实实地滚了下去，仿佛被人推了一把似的。我担心旁人会觉得他是被推下去的，并断定推他的人是我。我没有推他，也绝不可能干这种事。我怎么可能干这种事呢？我狂奔回我的公寓，关上房门，等待哪位房客听到他跌倒和呻吟的声音，出来搭一把手，然后我就可以跟上去帮忙。这样，我就有不在场证明了。接着我意识到，这栋楼里的其他房客一定不是聋人就是盲人，要么就是又聋又盲。万幸的是，点评网站上那个没有车子的可怜人（他也是个聋子）恰巧在这时走了进来。

"我要带他去医院！"我在我的房间门口大喊道，"我有车！"

他当然没有听到我的声音，开始拖动英戈，估计是往最近的公交车站去吧。我跑下楼梯，猛摇邻居的胳膊，引起他的注意。他抬起头，看着我。

"我带他去医院，我有车。"我朝他对着口型（用的是我已经练得纯熟的鼻子呼吸法）。他点点头。我担心，得知我有车后，这个没有车的可怜人会让我开车载他，但这是我唯一的机会，必须紧紧抓住，就像索尔·贝娄（犹太人之光！）在《抓住时机》里教导我们的那样。

在去急救中心的路上，我又一次试着挑起话头。

"我叫B，"我告诉他，"或许您还记得，咱们聊过天。"

我解释说，B是我名字的首字母，我在工作和生活中都会用到这个称呼，以防众多读者和私下认识我的人在阅读我的影评著作时因为对我有性别预设而被干扰。

他一言不发。

"我没推您。"生怕他听不清楚，这句话我几乎是尖叫着说出口的。

我必须让他知道。

"我的女朋友是非裔美国人。"这句话我完全是大声吼出来的。

这一点，我也必须让他明白。

他朝我看了一眼，然后直勾勾地盯着前方，说道："以利沙从那里上伯特利去，正上去的时候，有些童子从城里出来，戏笑他说：'秃头的上去吧。秃头的上去吧。'他回头看见，就奉耶和华的名咒诅他们。于是有两头母熊从林中出来，撕裂他们中的四十二个童子。《列王纪下》，2：23—24。"

"上帝啊，这是《圣经》里的话？"我说道，"老天爷，这是什么鬼东西？"

不知他是在嘲笑我的秃头，还是在拿熊来威胁我。

*

他在桌前填表，我在一旁看着。他今年119岁！他不该是116岁吗？不管那么多了，对这两个岁数的人来说，摔跤都是常事，不能怪别人，更不能怪我。我可没有推他。说实话，这个年纪还能自己走路，可真是个奇迹。简直太神了，他应该感谢我救了他，而不是把责任往我身上推。

趁他忙着找医保卡的时候，我在他的紧急联络人一栏写下了我的名字。护士问我是不是他儿子，这让我又惊又喜。我清白了。真等不及把这件事告诉我的女朋友。

"不是的，"我说，"我只是他的朋友。"

我并不是说跨种族的友谊不值一提。

开车回公寓的途中，英戈一反常态，变得健谈起来。或许是因为止痛药，或许是因为我救了他的命，无论如何，终于能和他成为朋友，我心满意足。作为一位逐渐成熟、以弗朗兹·博厄斯[1] 自比的业余人类学家，文化人类学一直是我的一大爱好，而今，一个承载着历史的人从天而降，让我如获至宝。（在征得英戈同意后，）我打开了我 1953 年款的 Nagra II 盘式磁带录音机，这台机器本身就是一件古董。

"2019 年 11 月 4 日，我正在佛罗里达州的圣奥古斯丁，和一位名叫英戈·卡特伯斯的非裔美国老先生在一起。您是哪一年出生的，卡特伯斯先生？"

"我是 1900 年出生的。"

"这么说，您已经 119 岁了。"我说。

"没错。"

"我怎么记得您之前说的是 1908 年？"

"1900 年。"

"好吧。请问您最早的记忆是什么？"

"是过去的还是未来的？"他问道。

"您说的'未来'是什么意思？"

---

1 弗朗兹·博厄斯：德裔美国人类学家，现代人类学先驱。

"因为记忆是双向的。"

"双向的？"

"没错。重忆未来跟重忆过去差不多。从你所在的时间点出发，距离越远，记忆就越模糊。两个方向都是如此。"

我的面前是一个十字路口。我该顺着这个人的无厘头思路往下走，还是把他往更合逻辑的讨论上引导呢？我不得不承认，作为魔幻现实主义的信徒，我至少在此刻被英戈对于未来的记忆所吸引。当然，我还注意到，他说话的方式又一次发生了变化。毕竟我也学习过言语模式，曾在谢菲尔德大学罗杰·K.库尔教授的指导下，完成了论文《言语模式：从口吃到絮叨，从结巴到叽咕，从哼唧到吟诵》。

哦，对了，标题中还有"从嘟囔到咕哝"。

"您能不能给我举个例子，说一件您记得但还没有发生的事？"

"非要问的话，我就给你举个例子。在未来，脑视成了街谈巷议的话题。"

"脑视？"

"没错。"

"您能深入讲讲吗？"

"我能'神'什么'将'什么？"

"脑视是什么？"

"就是脑视一切啊。脑视嘛。"

"但这是什么东西？"

"脑视嘛，就像广播和电视一样，但是这东西存在于人的大脑里。"

"哦，您是说把节目直接投射到人的脑子里？"

"人人都知道脑视。"

"但那是未来的事。"

"对。"

"在未来，您的脑子里有脑视吗？"我问道。

"没有。脑视出现的时候，我已经死了。"

"哦。"

"我已经129岁了，你他妈的以为我能活到那时候？"

"对，您说得对。所以说，您能记起您死后发生的事情？"

"只能记起几件，而且记不太清。人们管这东西叫脑视，尽人皆知。"

"哦。您还能记起什么未来的事？"我问道。

"未来的汽车。"

"它们什么样？"

"它们是银色的。人人都在讨论银车，说个不停，银车这、银车那的。"

"他们都说些什么呢？"

"'我买了一辆未来汽车'之类的。反正就是银色的车嘛。我有点记不清了，毕竟这是未来发生的事。"

"这些未来的汽车有什么不寻常的特征或性能吗？"

"它们能飞。如果你想的话，也能当船使。"

我突然担心这个调查方向得不出什么结果，于是话锋一转。

"我们来聊聊您的过去怎么样？"

"我都无所谓。"

"哦，那就好。您现在还在工作吗，英戈？"

"我退休了。"

"那您之前是做什么工作的？"

"我是盲聋哑学校的勤杂工，学校就在圣奥古斯丁。"

"您什么时候开始在那儿工作？"

"早上6点。每天如此，风雨无阻。"

"不好意思，我是问您从哪年开始工作的。"

"哦，老天啊，可能是1920年吧。差不多就那会儿。"

"您一辈子都在那儿工作吗？"

"一直到1995年。"

"也就是在那儿待了七十五年。"

"我没算过。"

"是七十五年。"我说。

"就照你说的吧。"

"就是七十五年。"

"那就听你的。"

"是七十五年没错。"

"行，行。"

"想让我拿计算器算给您看吗？"

"我的艾博老花镜落在楼梯上了。"

"您喜欢您的工作吗？"

"喜欢。那儿的人很好，对我也不赖。"

"好，那很好。"

"我喜欢跟盲人和聋哑人在一起。"

"为什么呢？"

"不好说。"他回答。

"随便说说看。"

"我喜欢盲人和聋哑人，因为他们不通过眼睛和耳朵去评判别人。"

"明白了。"

"但我必须承认，盲人会凭声音判断人，聋人会凭长相判断人。从这一点上看，那些又聋又盲的人是最好的，不过只有一种残疾的人也要好过那些既能看又能听的人，也就是所谓的健全人。他们最让我浑身不舒服了。"

"这么说，您是个敏感的人？"

"你说什么？ 敏什么？"

"您担心别人对您评头论足吗？"

"我不喜欢被人评价，除了上帝他老人家。"

"也是，谁喜欢呢！"

"你说什么？"

"我是在表示赞同，被人评头论足的滋味不好受。"

"哦。"

"您结过婚吗？ 有孩子吗？"

"没有。我一直很忙。再说了，姑娘们好像也从来都对我没什么兴趣。我并不是怪她们。人与人之间的好感是没来由的，有人说这是化学反应，你会因为身上的某种化学物质而发出某种气味。我可从来没闻到过什么气味，但还是会对一些姑娘动心，所以我真说不清。"

"您有没有主动约过哪个姑娘？"

"没有。我看得出，她们不希望我这么做。她们的眼睛在说：拜托，别主动约我。这是那些眼不瞎的姑娘，而那些眼瞎的姑娘则会用耳朵告诉我。所以，一看到那种眼睛或耳朵，我就继续埋头往前走。但这不是说我不喜欢她们，我只是把喜欢埋在心里。我会在心底幻想这些姑娘，编造一些关于她们的故事。"

"您写故事吗？"

"不完全算。"

"什么叫'不完全算'？"

"嗯，我确实会编故事，但这些故事是讲给自己的。这些故事是我的伴儿。我觉得很孤单，一直如此。我有电视机，也订阅《电视指南》，但有的时候我会编些故事自娱自乐。那时候脑视还没被发明出来，真是太遗憾了。脑视还没问世，我就要死了。你知道脑视的原理吗？"

"呃，不知道。我几分钟前才刚刚听说这东西。"我说道。

"脑视能通过某种看不见的射线钻进人的大脑。"

"跟无线电波一样？"

"听起来好像是这么回事，我可不是什么科学专家。这些看不见的射线会给你讲一个故事，你在自己的大脑里就能看到。它和电视机不同，电视机里只能播一个故事，放给所有人看；脑视能把你的想法混进故事里，所以你看到的故事就像是你和脑视一起编出来的一样。"

"就像私人定制的个性化故事。"

"什么意思？"

"人和脑视一起编故事。"

"我就是这个意思，而且你也在故事里。我提到这一点了吗？你也可以进入故事里，如果你愿意的话。"

"听上去是个有趣的发明，而且真是一点也不吓人。"我说了句反话。

"是啊，真希望我能活着看到脑视。"

"您愿不愿意出现在自己的脑视故事里？"

"不愿意，我不太喜欢看自己。"

"在脑视里也不行吗？"

"估计不行。"

"但您可以在脑视里把自己想象成任何样子。"

"是啊，但这么一来，那就不是我了。"

"也是。"

"我真希望脑视问世的时候自己还活着，那样就快捷容易多了。"

"什么快捷容易多了？"

"比我现在编故事快捷容易多了。脑视编故事很快，这也是未来人们谈论脑视时公认的一件事。"英戈说。

"您能跟我说说您编的故事吗？"

他沉默了，像之前那样呆呆地看向远方。我耐心等着。他在考虑要不要告诉我吗？我觉得应该是的。他舔了舔嘴唇，好像正准备张口，但双眼仍然盯着远方。

"我不能讲给你听。"

我一下子泄了气。

"但或许我能拿给你看。"他说。

"这么说，您是个画家咯？您准备给我看图片？"

"我画画儿，搞点建筑，也做些工艺品之类的，还有缝纫。反正只要有需要，我就会做这类工艺品。"

"太棒了！我非常想看看这件作品！它是展出在画廊还是——"

"在我的公寓。我得放给你看。"

"是电影吗？"

"对，我正在拍电影。"

我不是在做梦吧？这可是一位年老、隐遁、古怪、很可能已经精神错乱的非裔美国电影人。毫无疑问，这就是所谓的"局外艺术"[1]。我居然误打误撞地发现了如此神奇的东西。我脑中不断闪现出达尔格[2]的身影。是时候抖出那个事关重大的问题了。

"有多少人看过您的电影？"

"你说什么？"

"您有没有把电影给别人看过？"

求求你，说"没有"。

"这部电影不适合给别人看。它是给我自己看的。没有其他人看过。"他说。

我何德何能，竟然遇到了这等好事？无论这部电影有多么粗糙、多么业余，抑或观影体验有多么让人如坐针毡，我都能把它包装成人类学的宝藏。下辈子完全可以靠它吃饭了。我终于得以扳开权威电影界那拘谨的双腿了。

---

1 局外艺术：也称素人艺术，指自学者或无经验的创作者创作的艺术，创作者与主流艺术界或艺术机构几乎没有接触，作品通常在死后才被发现。

2 亨利·达尔格：美国作家、艺术家，局外艺术的代表人物之一，生前在医院做勤杂工，与世隔绝，无亲无故，死后作品被房东发现。

7

回到公寓，我扶着英戈走进他的房间（谢天谢地，他只是扭伤了关节）。他的房间简直跟我的如出一辙，又暗又闷，硬纸箱一直堆到天花板。他是个囤积狂！简直再好不过了！这些纸箱老旧残破，是几十年前的东西，上面有"建筑""老人""暴风云""镜头之外"等标签。简直太棒了！英戈·卡特伯斯究竟何许人也？我到底撞上了什么惊天发现？

"箱子真多呀。"我说道，希望能鼓励他做些解释。

他无动于衷，于是，我变换了策略。

"那么，这些箱子里装的是什么呢？"

他还是不愿开口，我又试了一次。

"我能看看箱子里的东西吗？"

他回答道："现在，你们快去准备一辆新车，把两头从未负过轭的母牛，把它们套在车上，然后把小牛带回牛圈里。你们要把耶和华的约柜放在车上，旁边放上箱子，里面装上赔罪的金物，送这辆车上路。你们要留意观察，如果车朝以色列边境的伯示麦去，这大灾难就是耶和华降给我们的。如果不朝那方向走，就知道不是他在惩罚我们，是我们偶然遇见的。非利士人一一照做，他们牵来两头还在哺养小牛的母牛，把它们套在车上，把小牛关在圈里，把耶和华的约柜和装金鼠以及金毒疮的箱子放在车上。牛边走边叫，不偏不倚，径直朝伯示麦去。非利士的首领跟在后面，直到伯示麦的边界。伯示麦人正在山谷里收割麦子，抬头看见约柜，就欢喜了。车来到了伯示麦人约书亚的田间就停下了，那里有一块大磐石。民众劈开车子，把两头母牛献给耶和华做燔祭。利未人抬下耶和华的约柜和装着金物的箱子，放在大磐石上。当日伯示麦人向耶和华献上了燔祭和其他祭物。《撒母耳记上》，6：8—15。"

"您是同意了吗？"

他用那双充满血丝的年老的眼睛盯着我。

"好吧，咱们以后再说。我只是好奇罢了。您可真是难以捉摸，英戈·卡特伯特，真是难以捉摸。"

"卡特伯斯。"

"我刚才说什么？"

"卡特伯特。"

"应该是什么？"

"卡特伯斯。"

"记住啦，'卡特'后面加个'伯斯'，记住啦。"

我朝门靠近，准备出去，突然，我在旁边的一个房间里看到了一样东西。这是一个精心制作的微缩景观：一条满是精致小人偶的城市街道。我还认出了这是我居住的街区，西44街和第十大道的交叉口。那儿是唐恩都乐，那儿是 H&R 布洛克税务公司，简直不可思议。我几乎喘不过气来。英戈一瘸一拐地走到卧室门口，把门关上。

"我能进去看看吗？"我问道。

他那双充满血丝、蒙眬昏花的眼睛向我投来老态龙钟的目光。

"那就以后再说吧。"我说道，然后便离开了。

*

回到公寓里，我点开了自己的博客，还是没有评论。然后，为了说服老人，我试着在网上搜索《圣经》里有没有黑人允许白人观看微缩城市景观的段落，但没有什么收获。我在《路加福音》里找到了一句"凡求你的，就给他"，但这话不够具体（更不必说出自福音里最矫情的《路加福音》）。在理想的情况下，这句话应该是："将你的工艺品展示给有求之人，主耶和华如是说。"但我根本找不到类似的东西。在《圣经》里找答案的工程就暂时到此为止吧，我给在斯坦福大学研究《圣经》的朋友欧基·马尔洛克打了电话，但他没有接。我留了言，但不抱什么希望，因为我曾在几年前告诉他《圣经》就是一派胡言，是沙漠里原始游牧民族的胡思乱想。那次我们不欢而散，可作为一个无神论者，这么说是我的职责。

我狠狠敲响了英戈的门。他应门后，我主动提出要帮他去买东西，因为他现在不便走动。他叹口气，点了点头，我便走进屋去。卧室的门仍紧闭着。

"我的提议您考虑过了吗？"我问道。

英戈没有回答，只是一瘸一拐地走到堆得满满当当的厨房案台边，在记事本上写了起来。我在屋里环视了一圈，希望能找到答案，但目之所及只有箱子。或许有几百个，或许有上千个，也可能有几百万个——所有箱子上都有标记："汽车"，"消防员"，"天气"，"土

77

著"，"糕点"，"树木（棕榈树、云杉）"……

英戈拿着写好的清单走过来：全脂牛奶、整鸡、全麦面包、打孔机、蜜桃罐头（带糖水的）、哈瓦尔酥糖、混合奶油、安妮·海瑟薇主演的《历劫俏佳人》影碟、黑线、豇豆、番茄酱、胶水、胡萝卜、花生酱（不带果仁）、150 包拉面（各种口味）、50 罐尼伦牌金枪鱼（改良口感型）、80 罐尼姆毕牌鸡肉面条汤、4.5 公斤博尔顿鸡蛋粉、2.3 公斤弗里普奶粉、0.45 公斤普罗奇诺粉（滑石粉）、一千只盒子（空盒）。

我点点头。

"对了，您卧室里微缩的纽约市街景是做什么用的呢？介意我问问吗？"

他什么也没说。

"问这个问题，"我说，"是因为我觉得它看上去太熟悉了，而您可能会觉得这一点很有趣，哈哈。说实话，在您猛地关上门之前，我大致扫了一眼，发现这模型很像我现在居住的那条街。好吧，也不能说是现在居住的，因为我现在跟您是邻居，我是说我自己的公寓所在的地方、我不住在这儿的时候居住的地方，也就是我常住的地方。所以我才会问您，这就是我好奇的原因。不管这是不是巧合，反正我可以帮您检查这个模型是否准确，说不定这能对您有所帮助。另外，您为什么偏偏将这个模型摆在屋里，我对此也有一丁点的好奇。所以……我才会……在这个……时候……对您……提……这个要求。"

在几声只能用"刺耳"来形容的鼻哨式呼吸后，英戈发话了。

"掩盖的事情没有不露出来的，隐藏的事没有不被人知道的。因此，你们在暗中所说的，将要在明处被人听见；在密室附耳所说的，将要在屋顶上被人宣扬。《路加福音》，12：2—3。"

真巧，这就是我刚才想找的《圣经》经文。原来这段话就藏在矫揉造作的《路加福音》里。英戈先下手为强，给我来了个下马威。真是个老奸巨猾的东西。

*

去超市的路上，我自娱自乐地列举着电影编剧可以用到的叙事冲突类型：

人与人（包括男人、女人、非男非女的人、孩子）

人与己

人与社会

人与机器

人与超自然因素

人与神（包括女神）

人与两人（或三人、多人，诸如此类）

人与一切

人与虚无

人与一些事物

人与疾病

（病）人与所有性别的健康人

人与愚蠢

人与记忆（记忆可以被当作地图，不过是一种手绘的、不完整的、错误百出的地图。它让你知道某个地点的存在，但你不能凭借地图到达那里。想要到达，你需要一台电脑。电脑是精准的。电脑不会认为你母亲比一把椅子更重要，也不会觉得你母亲没占据的空间要比她占据的空间重要，要比桌上的那杯水、透过窗户洒进屋的阳光、天鹅绒窗帘、她对她父亲的爱、门廊前的台阶或是台阶上的裂痕重要。正因如此，人类必须与电脑做斗争。）

　　人与电脑

　　人与时间

　　人与命运

　　人与市场

　　人与克隆人

嗯……

　　人与气味

嗯……

　　人与无味

嗯……

　　人与某种气味

嗯……

肯定还有更多，但我心里现在装着别的事情。这家温迪克西超市有一个足球场那么大，我是指超大型足球场，而不是一般的足球场。在农产品区挑胡萝卜时，我又一次想起了我所在街区的微缩模型。我不是个相信命运的人，但我的生活环境又为何会出现在那位非裔美国老先生的公寓里呢？我挑了一袋胡萝卜。看上去，我是遇见了什么危险刺激，甚至超越现实的东西。作为一个信奉理性、法治的公开无神论者，我并不相信有什么肉眼看不见的灵界，但这件事怎么都说不通。英戈·卡特伯斯到底是什么来头？我找到了卖胶水的货架，竟然有这么多选择！生产金枪鱼罐头的尼伦公司还生产胶水，我该不该感到不安呢？他是姓卡特伯斯还是卡特伯特来着？不管怎样，我几乎可以肯定他是非裔美国人，除非他还另外化了妆。珊迪牌环保胶水看上去不错。老天，想想他有过多么丰富的人生经历，我必须得挑起他的兴趣才行。我的种族优势庇护着我，而英戈就是那把斧头，要将我一直以来的庇护劈开。哈瓦尔酥糖很难找。我应该训练自己的双眼，像对待心目中的白人男性偶像那样，用敬畏的目光看他。按照商品名称的首字母，哈瓦尔酥糖被摆在卡瓦尔酥糖下面（我不得不询问了一位理货员）。我可以把他想象成伟大的法国影人、才华横溢的反犹分子戈达尔，不过要把他看作天才艺术家戈达尔，而不是才华横溢的反犹分子戈达尔。我觉得这一招行得通，我就是这样看待戈达尔本人的。我发现，不带果仁的花生酱原来并不是"丝滑花生酱"。

"这是美国南方特有的东西。"另一位理货员解释道。

*

开车返回的路上，一个有关电影表达的难题完全占据了我的思绪：电影几乎是没办法将某种气味有效传达给观众的。可是如果观众又聋又盲，电影内容就必须时时刻刻以气味传达。这要如何做到呢？我得问问我的朋友罗密欧·奎奴亚，他是一位鼻子艺术家。

然后我又想：不知道有没有可能嗅到未来？如果我有命名的权利，我就会把这种能力称为"预嗅力"。我的思绪如闪电般迸发。这是一种迹象，说明我终于对某件事来了兴致。

趁着英戈把食品杂物拿出来的空当，我试着闯入他的视线。他那双布满血丝的昏花老眼变得目光涣散。他是不是要哭了？或许穷其一生，都没有人把他看成一位不反犹的戈达尔。我想没有谁会这样看待他，尤其他还是个非裔美国人。美国的非裔群体就是这个处境。他过去是铂尔曼酒店的行李员吗？还是一名小佃农？哦，等一下，他告诉过我他的职业，但我想不起来了。好像已经录下来了。不管怎样，如果可以说服英戈敞开心扉，我能从他身上学到多少东西呀，可他偏偏是个沉默寡言的人。没有人能够体察他目睹过的疮痍，尤其是我，拥有白皙的皮肤和哈佛大学文凭的我。不可否认，我曾经像流浪汉一样徒步旅行、搭乘火车，也在他们的营地里露宿过，但这只是为了完成纽约新学院的暑期课程作业，过程得到了联合太平洋铁路公司的批准，我们的营地是拟建出来的，流浪汉则由"正直公民喜剧团"的演员即兴出演。这种体验当然让我们品尝了一把生活漂泊不定的滋味，但总归还有一道安全网的庇护。有一天，德里克·威尔金森在吃"流浪汉午餐"（豆子是由一家加工坚果产品的工厂制作的）时出现了过敏反应，一位手持肾上腺素注射器、严阵以待的护士（打扮成铁路警察的样子）立刻采取了行动。可以想象，一位对坚果过敏的真正的流浪汉在这种情况下是孤立无援的，男女都一样。"流浪汉都是男性"的假设一定阻碍了许多女流浪汉的梦想，这是我作为一个白人男性难以想象的。或许，将所有流浪汉都称呼为"彼"比较合适。

"好吧，"我故意一字一字地说，"我必须跟您说'再会'了，因为我还有工作要马上处理。"

我和气地点点头，朝门口转身，右肩微微向后靠，等待着英戈乞求我再多待一小会儿、轻抚我的肩头。"不要走！"他会这样说，但这只是我的奢望而已。话已出口，我不得不穿过走廊，摸索钥匙，回到房间，关上房门。我一边站在原地，透过猫眼窥视着英戈的情况，一边模拟出渐行渐远的脚步声。我不确定我想看到些什么，但通过研究艾伦·阿尔伯特·方特[1]那些富有开创性但被人低估的作品，我发现，认为自己生活在监视中的人，和认为自己没有被监视的人，两者的行为是有所不同的。

英戈什么动静也没有。

---

1 艾伦·阿尔伯特·方特：电视节目《隐藏摄像机》的制作人和主持人。

8

垂头丧气的我，只得继续研究《弗州迷魅》，却几乎提不起一丝热情。当然，这份工作很有意义，也非常重要，英戈的电影则很可能只是一堆垃圾，并非因为他是非裔美国人，而是因为几乎所有人的作品都是垃圾。我父亲常说，烂片是常规，神作是例外。可话说回来，这部电影或许提供了一个窗口，能让我们一窥英戈作为非裔美国人经历的种种磨难。我可以想象，他将如何在这部小电影中以逊色得多的技巧像米绍[1]在《藩篱之内》中那样探讨种族问题。这部电影很可能是一件稀有古董（说不定可以发布在"诗歌与古玩"上！）。隐藏的天才可不是随随便便就能遇到的，如果英戈不为人知，背后一定有充分的理由。有的人（比如我自己）不温不火是说不通的，只能归结为时运不济，或是有人在暗中诋毁，因为我一直以来都敢于对权威讲真话，也因为那伙犹太人——

就在这时，我的电话铃响了起来。来电号码是本地的，但我从未见过。我在城里无亲无故，只认识电影协会的那个小脑袋馆长、

1　此处指非裔美国电影人奥斯卡·米绍。

公寓管理员，还有——

"我是英戈·卡特伯斯。"

"英戈！"

"我住你对面。"

"没错！"

"我跟你是邻居。"

"对，对。"我说。

"我看了你的电影。"他说。

我吃了一惊，还没人看过我的电影呢。

"《引力的本质》？"我得问清楚。

"我觉得影评人写的不对，"他说，"这部片子不像他们说的那样粗制滥造、自命不凡、无法代入、浅薄幼稚、不堪入目、矫揉造作、完全无法代入——"

"您已经说过'无法代入'了。"

"我刚才说的是'无法代入'，不是'完全无法代入'，这是从两篇不同的影评里摘出来的，两种说法都不适合评价你的电影。主人公 B. 罗森斯托克·罗森茨威格的困境非常打动我，他和他心目中的女主角比萨多拉·伦肯一样，都在努力表现出真实的姿态——我说的不是在舞蹈世界里做出真实的姿势，而是在思想领域。"

"评论家的嘴太毒了，"我说，"谢谢您。"

"和你一样，我也是个电影人。"他说。

"没错，我知道！"

"我在想，"他继续说，"不知你愿不愿意评价一下我的处女作，作品还没人看过。"

"太荣幸了！我愿意！"

"这么做的原因，我就不透露了，但我自有考虑。"

"我明白。"

"也许这些原因等你到了人生的某个阶段就不言自明了。"

"好的。"

"但我不能也不愿告诉你。"他说。

"让时间给我答案吧。"我赞同道。

"不过我可以告诉你一件事：没有人只拥有一种身份。只有傻瓜才觉得人只拥有一种身份，但就连傻瓜也不只拥有一种身份。"

"很有道——"

"因为有的时候，傻瓜才是最有智慧的人。'不理解一个人的时候，我们往往会把对方当成傻瓜。'这是卡尔·荣格的话，其中包含着很多真理。当然了，荣格对我的作品，乃至整个 20 世纪都产生了巨大的影响，他提出了集体无意志的概念。"

"无意识。"我纠正道。

"你说什么？"他问。

"是集体无意识。"我说。

"我就是这么说的。"

但他不是这么说的。

不管这么多了。这位英戈·卡特伯斯真是让人惊喜不断，现在，他说话的口气简直跟我一模一样。荣格的这句名言是我的人生写照，我不知援引过多少次了！我的朋友欧基会非常拙劣（但又很幽默）地模仿我背诵这句话时的样子（但他竟能完整背下来！），我不得不说，眼前的英戈看上去简直跟欧基一模一样。英戈是在模仿我吗？

还是在模仿欧基？抑或他是一个跟我兴趣相仿、拥有多重性格的人？我真是个糟糕的种族主义者！不管那么多了！我要去看他的电影！

*

在昏暗的公寓里，我坐在一把硬背木椅上，面对三脚架上的便携式电影屏幕，英戈则在我身后把放映机插好。放映机响起了令人欣慰的熟悉嗡鸣，没有开场字幕，没有开场音乐，英戈的电影就这样开始了。影片是黑白的（他竟没对我透露如此重要的信息！），非常具有年代感，是一部质朴而迷人的定格动画片。容我稍作暂停，介绍一下这种艺术形式的历史。定格动画有时也被称为停格动画、逐帧道具动画、实体动画、三维动画、关节动画，或黏土动画（这种直白的说法有失准确），拥有几乎与电影本身一样漫长的历史。最早的一部是海因里希·特里姆彻 1891 年的短片《我没有眼珠》[1]。片中，两颗眼珠从一个男人的脸上掉落下来，长时间在地板上打转。这部电影极其重要，除了在动画史上具有重大意义外，还有两个原因：首先，这是第一部角色的眼珠掉出来的电影；第二，这种艺术手法成了罗马尼亚默片和日本早期有声电影中的一大主题。在罗马尼亚电影中，"掉落眼珠"的画面象征着罗马尼亚与特兰西瓦尼亚、布科维纳、比萨拉比亚的合并，而日本电影则使用这种手法营造直白的喜剧效果，片中经常会有刚刚失明的角色大喊："现在，我终于能通过这两颗眼球的视角看东西了！"抑或："从地上看，我是多么

---

1 该片为作者虚构，最早的定格动画电影应是 1898 年的美国短片《矮胖马戏团》。

高大啊！"最终，这种手法在日本电影中随处可见，引得一位日本影评人精辟地调侃道："看到这么多眼珠子掉在地上，观众巴不得让自己的眼珠子也掉在地上，这样就不必再多看一部眼珠子落地的电影了。"当然，这句话用日语说来会显得更精辟，一个方块字便含有丰富的意蕴。

黑色牵引片上，一长条锯齿状划痕出现在屏幕右侧，这就是我眼前英戈作品的片头。这道划痕在欢跳了一段时间后消失，然后又重新出现，变成了由点和短线组成的某种莫尔斯电码，而后消失得无影无踪，取而代之的，是用来进行影片校准的"瓷器姑娘"[1]。

啊，这电影界大名鼎鼎、如花似玉的瓷器姑娘，她那多彩的面容，是之后所有镜头的校准标尺——她既是观察者，也是被观察者；既是可见的，又是未见的。从这独立自持、平静温婉、如蒙娜丽莎一般微笑着的美人的身体中，摩墨斯[2]一跃而出，这谐谑者，这阴毒的喜剧之神，这被逐出天庭的侮辱的化身，他邪恶的笑声超越了阻隔观众与影人的第五道墙，虽看不见却无处不在。他与忧伤女神俄匊斯[3]是双胞胎，而她，则准备着用难以摆脱的焦虑将我们裹挟。就这样，影片正式开始了：一个孩子出生了——当然，影片是无声的，链轮发出濒死般的低沉声音，旋转快门如华盛顿广场上的疯子般飞转，这是已将我们抛弃了的发条宇宙发出的不可规避、冷漠无情的背景音。现在我们见证的，是世界的起源，与库尔贝画作中的景象不同，它咧开大口，昭示出一个未来的世界，随着胎头着冠，一个全新的意

---

1 瓷器姑娘：电影术语，指一种测试胶片。在进行电影校准时，一名女子的形象会伴随彩条出现在胶片牵引片中，长度通常为一到四帧。
2 摩墨斯：希腊神话中的嘲弄、谴责、讽刺之神，也是作家和诗人的守护神。
3 俄匊斯：希腊神话中象征穷困、忧伤和焦虑的女神。

识被推入，表面看来，这意识仿佛被包着皮肤的外壳保护着，但与此同时，又易受影响、易被污染，胎儿的囟门被赤裸裸地暴露给我们，除此之外，还有什么象征手法能更好地表明婴儿的开放性和彻彻底底的脆弱呢？在接下来的几个月里，婴儿的头盖骨会长合在一起，意味着随之而来的思想封闭，以及不可规避的"自我"与"世界"的可悲隔绝，这样的隐喻，难道只是个意外？

胜出的永远是"小我"，从来都是如此。而这带来了怎样的代价呀？

现在，一个头戴大礼帽、身穿燕尾服的男人吃力地从屏幕右边走到屏幕左边，更准确地说，这是一个男人造型的木偶。是不是起了风暴？看起来好像是，因为这男人身子前倾，手扶帽子。他身后的背景板上描绘出一条城市的街道，虽然画得粗糙，但仍赏心悦目。

镜头切至一个人类的头骨内部。

不消说，在这部电影开始拍摄的 1916 年（或者这是英戈出生的年份？），定格动画尚处于发展初期，技术在许多方面都很原始，但是，这部片子的内容却并非当时定格动画通常拍摄的新奇魔术，可谓一次令人震惊的革命性突破。这部电影似乎是在假设，如果每个人头脑中的喜悦、恐惧、愤怒等拟人化情绪都在为争夺控制权交战，那会是怎样一幅景象呢？诚然，即便在 1916 年，这也不是什么新奇的想法，只要阅读过丹尼·丹尼特[1]的作品或是熟悉"小小人[2]论证"，

1　此处指丹尼尔·克莱门特·丹尼特三世，美国哲学家、作家、认知科学家，主要研究认知科学等相关领域。

2　小小人：又译霍尔蒙克斯，指中世纪欧洲炼金术士创造的"人造人"，在 16 世纪的炼金术传说和 19 世纪的小说中很流行。当时认为，一个人能看到屏幕上的影像，是因为光线穿过他的眼睛投射在视网膜上，让大脑中小小人看到了影像，而小小人的大脑中也有小小人，如此类推，造成无限循环谬误。

便会明白这个幼稚得可爱的想法包含着怎样的谬误。但是，天哪，英戈对这个想法进行了多么绝妙的发挥！当时有限的技术，或许会对逊色一筹的艺术家造成工作阻碍，但英戈却利用断断续续的画面探索这量子化的内在宇宙，在这里，体验并非如流体般流畅，分散的片段将思维过程分割成碎片，理性的局限如神经末梢般暴露在外。请记住，这部电影诞生于杜尚的《下楼梯的裸女：第二号》在纽约军械库艺术展上引起轰动的短短三年后。英戈知道这幅画吗？还是说，这幅画就存在于时代精神之中呢？当然了，当时的未来主义者们已经对这幅画做出了解读。不管怎样，在电影中这个类似工厂的大脑内部，小小人们正进行着斗争。画面中还有两扇代表双眼的窗户，俯瞰着外面的世界。我们到底是在通过谁的双眼看世界？眼下这仍是一个谜。不过，我们能够辨识出所有交战的情绪。接下来，在两扇窗户之后，我们看到了一个女孩。微小的生物们暂时停止了打斗，凝视着这个站在镜前顾盼自己美貌的年轻女子。与他们一样，她也是一个人偶，但她可以进入的世界，是他们只能透过监牢的窗户看到的。现在，她正注视着这个世界。他们无法移开视线，最终还是她含羞一笑，将目光挪开。字幕称她为"宠儿"，这是不言自明的事。

脑内的交战继续进行。

切至男子抵御狂风的画面。

男性人偶向前缓慢移动了五秒，然后向后滑去，像个哑剧艺术表演者，或是在上演迈克尔·杰克逊精彩的"太空滑步"。不过这个人似乎真的置身于狂风大作的环境中，因为有各种各样的东西从他身边刮过：一辆婴儿车、一个穿着旱冰鞋的小男孩、一张翻滚而过的报纸——它被简单地表现为一块硬纸板，头版始终朝向观众。报上的字迹能看清吗？我试着转动脑袋，与翻滚的报纸同步。还真能看清！起码能看清一部分！头版标题是《预计有大风暴来袭》。真是太有趣了！

回到分娩的场景：婴儿降生的奇迹与悲剧，竟然全部由模仿生物体制作的无生命道具表现出来，这一切都清楚地呈现在观众眼前。婴儿出生了，母亲暂时不用再承受张开四肢的受辱感。脐带被剪断，这是另一个隐喻：这块哭号着的肉疙瘩被赋予了人的身份。这是一个白人男婴——生来就有特权。分娩是在晚上进行的，这是个古怪而罕见的情节设定，因为绝大多数分娩都是在清晨进行的。英戈是不是想要告诉我们些什么？这位母亲是不是黑夜女神倪克斯[1]？如果是这样，那么这对双胞胎（没错，另一个孩子也即将降生！）果然就如我所想，是谐谑之神摩墨斯和忧郁之神俄匊斯了。在第一次世界大战前夕，他们会为这世界带来什么呢？那个男孩是不是正在嘲笑自己妹妹那"有所缺失的"生殖器？当然，我们现在知道，弗洛伊德不仅理论有缺陷、有厌女倾向、深陷子宫妒慕，最终还患上了口腔癌，但是在那个弗洛伊德的理论仍然新颖有趣的年代，英戈难道不会对他产生一丁点的兴趣吗？再说，将忧郁奉为己道的不仅有俄匊斯，或许还有千千万万的女性（这真不幸），迫于社会的压力，她不得不将这痛苦内化。这痛苦吞噬着她，让她饱受摧残，也由此蔓延至她的全身，从她的毛孔中渗出滴下，让身边的人遭受感染，而他们又进一步感染了更多的人，就这样，整个世界都包裹在痛苦之中。婴儿们一个个降生于世，而随着他们的出生，20世纪尽人皆知的恐怖也拉开了序幕，这便是人类历史上最血腥的世纪。

1　希腊神话中，倪克斯是摩墨斯和俄匊斯的母亲。——编者注

9

一个巨大而畸形的奇怪物体从天而降，掉落在戴礼帽的男人身后。这物体一定是黏土捏成的（顺便说一句，在许多创世神话中，人类也是由黏土捏成的），因为它一触地便摔得扁平。又一个物体掉落下来，有一种只能被形容为"黑色液体"的东西从中渗出。撇开这些来势凶猛、四分五裂的可怕"血球"不谈，我觉得这是一种稚拙却很吸引人的表现手法。男人继续从屏幕一端跋涉到另一端，而他的旅途也让我开始思考自己对于天气的热爱，天气的复杂、威力及反复无常的性质。当然，天气堪比最精美的艺术：它可以在同一时间无形无迹地向数不清的方向延展。观察微风中的一棵树，你马上就能发现，风并非均匀地吹来，而是分成一股股气流撩动着每一片树叶和每一根树枝。树木、树叶和树枝同时上下跃动、左右翻滚、打转画圆。虽说让英戈感兴趣的，似乎是天气中潜藏的喜剧元素，而我则更愿意将天气喻为命运的引擎，但我还是感觉到了一丝与他的亲近——等等，那是什么？只见戴礼帽的男人突然被风刮得四处飘摇，燕尾服的下摆在身后高高翘起，他试图平息风的无礼之举，礼帽却滚出了屏幕右侧。一只玩具气球被吹向观众，另一只玩具气球则被吹离观众。男人在原地顺时针打转，就像孩子的陀螺。正在这时，那个滑旱冰的男孩又被吹回镜头前，绕着男人逆时针打起转来。动画的手法虽然稚拙，但它探索的概念却只能用深刻来形容。而且它简直太好笑了！哈哈！尤其当男人一屁股摔在地上继续旋转的时候，他就像是在围着一根直捣在他肠子里的柱子转圈。哈！

不一会儿，小男孩因为转速太快而飞了起来，消失在天际。说时迟那时快，男孩的一只旱冰鞋打在了男人头上，而在下一个时机刚刚好的瞬间，另一只鞋也落在了他的头上。他茫然地看着自己那被吹跑了的礼帽又被吹回屏幕之中，然后又被一阵大风卷起吹高。礼帽在风中翻滚，镜头随之推进——飘过建筑物，进入由棉絮制成的涌动云朵，然后飘入苍穹之中。镜头最初与礼帽齐平，然后升到上方，俯视那个看着帽子往上飘的男子，又降到下方，仰视着狂风呼啸的天空。现在，礼帽进入云层之中，云朵展现出不断变幻的形态，旋卷着掠过。眨眼之间，电影就从一部简单的喜剧过渡为超验与绝美的佳作。黑白的云朵之中电闪雷鸣，这顶"勇敢"的礼帽正从一片心碎的雾海中穿过。刚才狂暴的天气已归于虚无缥缈，随着礼帽继续上升，雾气也逐渐变淡。很快，这顶成为电影主角的礼帽便在云层之上俯视。它邈远的下方，是被云层遮蔽的孤独地球，观众正通过礼帽的视角俯瞰世界！我们在太空中悠然地打着滚，地球已经成为一个充斥着电闪雷鸣的遥远回忆，黢黑的苍穹中点缀着明亮的光点。很显然，这段旅程受到了乔治·梅里爱[1]作品的影响，但这部电影中的动画让那时的其他任何作品都相形见绌。坦白说，这

---

1 乔治·梅里爱：法国著名导演，被誉为戏剧电影之父，代表作有《月球旅行记》《奇幻旅程》《天文学家之梦》等，发明了快动作、慢动作、叠印、淡出等剪辑技术。

些动画手法也超越了我迄今为止看过的所有作品，但韦斯·安德森的《了不起的狐狸爸爸》或许是个例外，后者有如一场花样百出的视觉盛宴，无论从哪个角度看来都惊喜百出，也让观众可以通过重复观影值回票价。当然，将英戈的作品与安德森先生的作品相提并论是一种巨大的不公，因为安德森先生是一位受过高等教育的美学家，而英戈只是一个在铂尔曼酒店当行李员（或许吧）、出身佃农家庭的人（可能吧）。虽然我必须在看完全片前保留意见，但我的确相信，针对这种怪诞独特又不幸被时代遗弃了的艺术形式，这两个人在圣殿中几乎是平起平坐的。

礼帽在某个天体上落定。这显然不是我们太阳系中的行星，因为礼帽落在了一片麦田般的人偶手臂中，在宇宙的微风中，这些手臂沙沙地轻摆着。虽然影片没有给出任何解释，但现在，这顶礼帽突然有了生命。我们俯视着它徜徉在"麦臂"之中，漫无目的、万念俱灰。毋庸置疑，这顶礼帽就是哈立·哈勒尔[1]。英戈到底是如何建立起这种联系的？这还是个谜。毕竟，这仍是一顶礼帽，但我毫不动摇地笃信它已经变成了哈勒尔。或许，作为佃农之子的英戈从未读过《荒原狼》（不过他对荣格很熟悉，所以难说……），但仍有某种神圣的力量将哈勒尔的性格注入这顶礼帽，尤其是他那让人一览无余的绝望。见证着这顶礼帽的旅程，我发现自己渐渐代入了它。我也变成了哈立·哈勒尔，你瞧，面对周遭的漠然无知，我也同样满心绝望。就这样，我跟随着这个"帽子版"哈勒尔，在资产阶级的俗世之中展开了对意义的追寻，在此过程中，我为众生流下了一

1　哈立·哈勒尔：赫尔曼·黑塞长篇小说《荒原狼》中的主人公。

滴眼泪。突然之间，地势发生了变化，我们（也就是帽子和我）来到了一座大得离奇的山峰前，它让人想到了道马尔[1]的《相似山》，当然，距离这部小说问世还有几十年的时间。不再漫无目的的帽子开始向山顶攀登。我站在上方，看着它奋力朝我爬来。此时的我就在山顶，我们将在这里相聚，但是在这种场景中，我又变成了谁呢？它爬呀爬呀，一寸寸地向我挪移，最后来到我的面前，仰起没有眼睛的脸看着我，而我则感觉内心溢满了爱意。我向下伸手，把帽子捡拾起来，用已经化成两道光的双手将它戴在头上。由于帽子现在在我的头顶，我已经看不见它（如果向上看能瞥到一小块帽檐）。过了一小会儿，我把帽子摘下，现在，它自己也发出了光芒。我像扔飞盘一样将帽子甩出，看它旋转着穿过黑色的太空，朝着遥远的地球飞去。我发现自己和帽子在一起，又一次进入了地球的大气层中，在仍然翻涌的风暴中来回颠簸（时间在大气层中是不是凝固了？）。我们终于穿破了云层，看到那位先生正抬头看着天空。那顶发着光的礼帽落在他的头上，让他被一股重获的宁静充盈。他继续逆风而行，现在的他，已是神清气爽、生机勃勃。突然，大风从一棵树上扯下一根巨大的树枝，直直地打在他的头上，把他的头像一颗葡萄一样压碎，那油黑的鲜血飞溅得到处都是。他一命呜呼。

*

两个孩子出生了——这是一对双胞胎，我认为他们是摩墨斯和俄匊斯，但英戈却把他们称为巴德和黛西（通过屏幕右侧出现的怪

1　道马尔：法国超现实主义作家、批评家和诗人。

异手语字母表和符号表示），两个名字都跟植物有关[1]，暗示着两人都是"土地之子"。英戈为他们选择的姓氏"马德"，显然也让这个判断更加有据可循[2]。巴德·马德和黛西·马德如影随形，他们总是黏在一起，不跟其他任何人玩。他们用一套发明出来的密语交流（屏幕左侧出现符号）。他们穿着同款幼儿围裙。20世纪早期，人们会将小男孩和小女孩统统打扮成小女孩的模样，这种传统将婴儿和女性进行了令人不适的类比（女性永远不会随着年龄增长脱下裙装，男性却会随着裤子的加长一步步迈向成年），而这也暗示着，男孩子的男子气概是需要后天"赚来的"：所有胎儿一开始都是女性，所谓"男性"特征，都是日后发展出来的。男性的阴茎是自己"赚来的"。至少，这是我们祖先（更不必说我自己的父亲杰里米）的理念。还有一种观点或许能让我们更为准确地理解这种遗传学奇事：男性在女性理想性征的基础上进行了过度发育，超出了理想状态。如同长出了一副庞大笨拙的鹿角、最终因此灭绝的爱尔兰麋鹿，大量的睾丸素使男性发育出了阴茎，而这简直就是最难打理和控制的鹿角（可不要把鹿角跟女性的胸部混为一谈[3]）。有人打趣地将阴茎称为男性的第二大脑，但这种幽默又可怜的说法也有其事实的根基。我们必须像英戈一样思考：这些难以控制的"鹿角"能否让世界变得更加美好，还是会为所有人掘下坟墓？

后来，后来，后来！在玩抓子游戏[4]时，巴德和黛西闹翻了，巴德意外将黛西残忍杀害，这象征着他对女性自我的斩断。

1　"巴德"（Bud）有"萌芽"之意，"黛西"（Daisy）则有"小雏菊"之意。

2　"马德"（Mudd）与"泥土"（mud）同音。

3　"鹿角"（rack）一词在英文俚语中有"女性胸部"的意思。

4　抓子游戏：一种儿童游戏，类似抓拐。——编者注备注：

沃尔夫冈·泡利[1]？

他的理论是不是叫"中间一元论"？

还是"自旋理论"[2]？

必须深入调查，搞清懂！

当然，这是一场由抓子游戏和双胞胎之父从战场上带回的刺刀引发的意外。这次刀法粗糙的"自我切割"经历萦绕在巴德心间，导致他一生被分离焦虑症所困。他与一位未来搭档（这是一段字幕告诉我们的）分分合合（也就是心灵的"缝缝补补"！），就是为了修复他那被斩断的灵魂。这让人联想到氢原子和氧原子永不停歇地融合为水再分解成两个原子的过程，也让我们认识到，这一过程就好比马德和莫洛伊（又有一段字幕告诉我们，他就是马德未来的搭档）没完没了分分合合、缝缝补补的"迷你版本"。（麻雀虽小，但五脏俱全！）

备注：

水的分解？这个得好好研究！我带上《拉奇诺夫[3]传》了吗？赶紧抽空查看一下汽车后备厢（或者叫汽车行李厢）！

---

1 沃尔夫冈·泡利：美籍奥地利科学家、物理学家，曾与荣格共同进行"中立一元论"的相关研究。

2 自旋理论：指泡利不相容原理，此处是 B 不了解理论名称，写错了单词。

3 德米特里·拉奇诺夫：俄国物理学家、电气工程师、发明家，曾研究水电解问题。

若是将这个比喻进一步延伸，马德一人便拥有二元真相，因为黛西永远都是他灵魂的一部分。她的离去，在他的生命中留下了永远的伤痕，它们作为记忆留存下来，影响着他的每一个决定。如此说来，马德就是那两个氢原子，而莫洛伊则是那一个氧原子。马德具有爆炸性，莫洛伊具有腐蚀性。然而，两人在一起时，却能合力支撑起生命。毋庸置疑，英戈通过字幕向我们传达的寓意一定在此。

　　屏幕黑了下来，可怕而阴晦的黑色。嘎，嘎，嘎，嘎……

10

"这是第一卷胶片，"英戈告诉我，然后补充道，"这是一部喜剧。"

"太棒了，"我说，"还有多长？ 如果您不介意的话，我想把整部片子看完。"

"有三个月长。"他说。

"三个月，整整三个月吗？"

他点点头，用那双倦怠、昏花、布满血丝、目光呆滞的非裔美国人的眼睛，睿智地打量着我。

"跟您确认一下，"我又问了一次，"这部片子有三个月长？"

"差不多吧，我已经制作了九十年。大概就是这么长时间。"

"您知道这部片子比当今最长的电影还要长大约三倍吗？ 我知道这个信息，因为我写过一篇特别长的论文，把论文篇幅搞到那么长是为了致敬，论文的主题是超长电影，题为《确实如此：当代快餐电影文化对于超长电影的低估》。您读过吗？"

"它就放在我的床头柜上呢。"他说。

"好吧，如果有空闲时间，就请读读吧。空闲时间还不够，得用一年才能读完。我的意思是，您的这部电影单凭长度就已达成一大成就了。叫作什么？”

他想了想。

“我觉得我也会把这叫作一大成就。”

“不，我是说电影。它叫什么？”

“你是问片名叫什么，还是在问我对这部电影的昵称？”

“片名。”我说道。

“没有片名，但我把这部电影称为我的女朋友。”

“这太天才了。《没有片名，但我把这部电影称为我的女朋友》。”

“不。片子没有片名。”

“所以您的意思是，没有片名，而不是说片名叫《没有片名》？”

“你现在好像在故意装疯卖傻。”

“嗯，我——”

“一部电影有片名，是为了让观众在买票或者和朋友讨论时用这个名字指代它。目的是给营销方一个卖点，是为了把电影缩减成一行易于管理和理解的文字。”

“哦，但我就是喜欢片名。我很享受构思巧妙片名的过程。”

“我无意和公众分享这部片子，所以不需要片名。”他说道。

“好吧，我理解。容我稍微跑个题：为什么每次跟您说话，您的声音都不一样？”

“你在预示什么？”

“应该是‘暗示’什么。”

“那就‘暗示’吧。”

“我也不知道。从医院回来的时候，您在车里的说话方式有很重的传统文化韵味。有一次，您给我的回答全部援引自《圣经》。”

"我是某人或某事创造出来的作品，你也是。神就照着自己的形象造人。《创世记》，1：27。"

"看，我觉得您最后加上这句话，是因为我刚才说过，您有引用《圣经》经文的习惯。"

"你是这部电影唯一的观众。看完全片之后，我就将它销毁。如果我死了，你就代我将它销毁。这是规矩。"

我点点头，但不消说，我是不会把电影销毁的。如果英戈是卡夫卡，那我就是他的传记作者马克斯·布罗德。即便这部电影接下来长达三个月的内容只是无法理解的胡言乱语，我也必须将之保留给后世。全世界都必须看到它，但最重要的是，我必须要看七遍才行。

"我看七遍后就会把它销毁。在这件事上，我这么疯狂是有原因的——当然，我在其他问题上也挺不正常！哈哈！您看，任何有重要意义的电影都应该至少看七遍。我在批判性观影一事上有丰富的试错经验，刚开始的时候，我是《哈佛深红报》一名初出茅庐的影评人，这是哈佛大学的学生日报，我是哈佛的学生。然后，我又为各种报刊、期刊，这刊那刊创作影评，还给施莱默零售公司的产品目录试写了两个月的影评专栏，这些经验让我有机会打磨观影技巧。掌握这种技巧的过程可真是艰苦非凡。容我解释：第一次观影只靠右脑完成，也就是负责'心灵感应'的脑中枢。经过多年的训练后，我能够全盘接受影片对我的洗礼。我摘掉了那顶评论家的'帽子'（您对帽子再熟悉不过了！），以一个门外汉的眼光来观看电影，也就是说，我不会进入大脑中那座庞大的电影历史图书馆，不会搜索导演的其他电影作品作为参考资料或'回声'。这种观影方式，要放到稍后再进行，而右脑观影时，我和普通的男人、女人、彼人无异。

我将这种观影称为'无名猿体验'，取这个名字，是因为猿猴缺乏理智和自我意识，拥有不加节制的野性。归根结底，'感受电影'必须放在首位，这或许也是最重要的观影方式。所以，第一步就是：没错，这部电影会让我不由自主地大笑、哭泣，或思考。第二步则是探究为什么。第二次观影时，我会脱下'无名猿'的'帽子'，戴上心理学家的'帽子'——我比了个引号的手势，因为我说的并不是真正的帽子，而是一种对待电影的态度或方法，为了将每次观影体验完全区分开来，我会在过程中想象自己戴着各种各样的帽子。在我眼里，心理学家的'帽子'是一顶经过改制的特里比软帽，因为杜·莫里耶的小说[1]至少有部分内容与人类心理有关。我常常说，我既是特里比又是斯文加利[2]，但与此同时，我谁都不是，而是莫里耶本人。啊哈！这种寻找'为什么'的观影过程需要我深入挖掘自己的心灵，找到我与这部电影的个人关联。这部电影为什么是关于我的？我必须提出这个问题。这或许是最涉及本质的观影方式。英戈，您或许知道，我有一篇关于电影《天才一族》[3]的论文现在非常出名，论文的题目是《父与安德子》——这本身就是对屠格涅夫的小说《父与子》的演绎，我把'安德'作为前缀放在'子'前，为的就是对韦斯·安德森的姓氏致敬，同时也是为了提及西班牙独木舟运动员安德·伊罗赛基，而这篇论文，就是我在'第一阶段观影'中重要的个人探索产物。我能理解安德森片中所有的儿子和所有的父亲，连格温妮丝·帕特洛饰演的女儿也很让我有代入感，这是读者一眼就

1　英国作家乔治·杜·莫里耶曾创作小说《软帽子》，特里比是小说主人公。

2　斯文加利：《软帽子》中的人物。

3　《天才一族》：韦斯·安德森执导的电影。

能明白的事。但对于外行读者而言，我将对自己心灵的探索与伊罗赛基驾驭湍急河水的能力联系在一起，或许就不那么显而易见了。

第三步涉及'方法'。进行这一阶段的观影时，我会运用我丰富的知识，探索导演如何营造出他（她、彼）的效果。那个'摇镜'为什么是必不可少的？为什么要在这儿用'24毫米镜头'？另外，我还会研究'并列'、'场面调度'、'走位'，以及'歌舞选段'，以弄清这些电影技巧如何迫使我在'无名猿'观影阶段不由自主地哭泣、大笑或思考——别忘了，那是第一步。此外，在这一阶段，我还会注意导演对其他电影的参考引用。像斯科塞斯或塔伦蒂诺这样的导演，对电影艺术的知识如百科全书般广博，因此这一步涉及的工作量浩大。当然，我对塔伦蒂诺的作品并不怎么欣赏，因为他沉迷于虚假而刻板的非裔美国文化，而且对暴力有一种幼稚的痴迷，这些都让我大失所望。但是，他擅长构建出不同寻常的摄影'角度'，最著名的要数那出人意料的'后备厢镜头'（英国人称之为'行李厢镜头'，法国人叫它'后盖厢镜头'，美属萨摩亚人则会说'车后座镜头'）。

第四步：倒放。这一步旨在将影片视为一种'非线性叙事的先锋派外语实验'。换句话说，这个过程让我把影片看成一组不受意义羁绊的图像。亲爱的英戈，这一步让我有机会将影片视为纯粹的美学结构。在人类这一物种的体内，根植着询问原因的基因。建立因果关系是我们与生俱来的天赋，但毋庸置疑，'为什么'是一种只属于人类的概念。在我看来，它并不是这个宇宙的特征，宇宙不会提问。宇宙并不好奇微波炉的运作原理。宇宙本然如此。因此，通过剥离叙事，因果关系和原因的概念被剔除，假定的秩序也消失不见，我们就能用宇宙本身的视角来观看电影了——至少，这是我的心愿。第五步：上下颠倒。我们美国人总爱把重力视为理所当然的存在，我觉得你应该也会同意这一点；或许其他文化也是如此，我觉得我没有资格批判。在美国，重力是司空见惯的存在：东西会往地上掉，习惯就好。忽视重力对我们和物质世界的影响，就是忽视重力对我们灵魂的影响。上下颠倒的观影体验能让我把注意力放在电影的这个方面。许多电影人对重力的思考并不比普通民众多，但在极少数难得的范例（比如阿帕图的作品！）中，每一帧画面都见证着导演与地心引力的斗争。如果我没有上下颠倒着看《四十而惑》[1]——顺带提一句，倒过来看，片子就成了《十四而惑》，这可不是巧合，因为它讲的不就是巨婴生小孩儿的故事嘛！对不对？如果没有将画面颠倒，我就永远也不能领会保罗·路德坐在马桶上跟莱斯利·曼恩对话那场戏的深意。他其实是在防止自己的大便满屋子乱飞。不难看出，他是在阿帕图导演的指导下若无其事地坐在马桶上的。这场戏表面上的笑点是，这对夫妻结婚已久，两人之间已没有什么神秘感可言，即便一边'上大号'一边交谈也毫不羞耻；但上下颠倒过来，你就能一眼看出，保罗·路德其实正在拼死挣扎，不让粪便喷溅，充斥他的人生。而塔伦蒂诺那些备受推崇的作品虽有气势恢宏的场景，却永远也不可能像阿帕图的三俗电影那样探索地心引力的威力。上下颠倒观影后，在第六步中，我会以传统的方式把电影再看一遍，以巩固我的观影感受，并确定电影在我诸多榜单上的排名（如果它排得进去），包括今年最佳影片榜、十年最佳影片榜、世纪最佳影片榜、史上最佳影片榜。接下来，我会再按类型把上面的

---

1 《四十而惑》：贾德·阿帕图导演的通俗喜剧片。——编者注

榜单进一步细分：恐怖片、喜剧片、西部片、惊悚片、动作片、剧情片、科幻片、战争片、外语片。然后再按演员细分：男演员、女演员、彼演员、男配角、女配角、彼配角、全体演员、全体彼演员。接着再按导演、摄影、剪辑、配乐、编剧、选角分榜，还有性少数佳作榜。这是一项耗时巨大的任务。如果没有这些由真正受过教育的影评人列出的榜单，普通观众便会任由好莱坞宣传方和马屁精名人摆布。第七步：不看电影。这就是以清晰视角观看所有影片的七步法。哦对了，英戈，你的电影是喜剧，可真有趣——欸？这句话本身就挺有趣的！我得拿它作为我的演讲《阿帕图之歌》的开场白。这是我下个月要给音乐总监工会做的演讲，地点在西4街麦当劳二楼。我刚才想说的是，喜剧的核心并不是智慧和良善，而是重力和愚昧。一个能掌控自己处境的人没什么好笑的，一个理解自己人生的人也没什么好笑的。那么，为什么一个跌倒的人能逗人笑呢？为什么一个疯疯癫癫的人可笑呢？他们真的可笑吗？在现实生活中，如果一个人身体受了伤，这好笑吗？在现实生活中，如果一个人不知所措、茫然若失，这好笑吗？对于绝大多数人来说，答案都是否定的。可电影中的此类场景为什么就能引人发笑呢？原因是多方面的。从某种程度上，或许可以说，人们认为电影里的此类场景是虚构的，没有人真的受伤。当然了，一些喜剧演员曾在表演中途猝死于舞台，观众则以为这是演出内容，大笑叫好，这种非常具有代表性的事例也是存在的，哈利·爱因斯坦和迪克·肖恩就是两个著名的例子。让我们假设这个东西，这台包含着物理、渴望、死亡和虚妄，不停运转着的机器是一台鲁布·戈德堡机器[1]，不追求效率和目

1　鲁布·戈德堡机器：美国漫画家鲁布·戈德堡在作品中虚构的一种机器，被设计得非常复杂，以迂回曲折的方法处理简单的工作，给人滑稽、荒谬感。——编者注

的，只是为了让某个《克苏鲁神话》里的怪物作为消遣观看。我们可以对着《巨蟒剧团之飞翔的马戏团》中一个伙计四肢被截断的暴力镜头开心大笑，因为我们知道，这是虚构的，但是，那只怪物却会为现实中一个人的四肢被截断而发笑，因为这当中的痛苦与它自己无关。但话说回来，根据我已经看到的内容，我觉得您的电影更像阿帕图的而不是洛夫克拉夫特[1]的，您对您创造的角色有真正的怜悯和共情，对吗？"

我抬眼看去，发现英戈一副心不在焉的样子。他正在数药片。（他的药盒足有挂历那么大，同时也真的就是一张挂在墙上的挂历。）他听到我说的话了吗？这让我想起了动物园管理员高中那些忘恩负义的学生。他们倒不会在我的课上数药片（因为他们还都年轻气盛），却会发短信、看电脑上的八卦新闻、擅自离堂，经常走了就不再回来。我不是那种纪律严明的老师，根本不沾边。我相信，当学生停止发短信、抬头看向讲台时，他们便会发现老师就在眼前。我不是《吾爱吾师》中的西德尼·波蒂埃，不是《桃李满门》里的桑迪·丹尼斯，不是《春风不化雨》里的简·布罗迪，不是《万世师表》中的奇普斯老师，也不是罗宾·威廉姆斯扮演的七位启发人心的老师中的任何一位（分别出自电影《老师，帮帮忙！》《年度最佳老师2》《关爱学生的老师》《萨瓦尔多·萨珀斯坦教授和索尔伯里高中可怜的学生》《老师，再帮帮忙！》《我是老师，我爱你们》《死亡诗社》[2]）。只要你索取，我就是智慧的源泉。我是一种自由。如果你需

---

1 霍华德·菲利普·洛夫克拉夫特：美国恐怖、科幻与奇幻小说作家，《克苏鲁神话》是其代表作品之一。

2 除《死亡诗社》外，以上罗宾·威廉姆斯的电影均为作者虚构。

要，我会随叫随到。在那之前，我要尽情讲课，仿佛无人聆听；我要尽情书写，仿佛无人阅读；我要尽情去爱，仿佛世界上所有人都已消亡。

这时，英戈已经分好了药片，抬起头来。

"哦，你在呀。那么，你愿意看剩下的电影吗？"

"愿意，愿意，看一千遍也愿意！好吧，严格来说是看七遍，只看七遍，鉴于刚才提到的观影技巧，另外，这部电影显然太长了。"

"那我们这样做，"他说，"电影时长三个月，包括预定的如厕、吃饭和睡眠的时间。我希望这部电影会因为无休止而进入你的心灵，从而影响你的梦境。就像是一种假定'艺术家和观众关系对等'的电影实验，观众在看完全片后无法确定影片在哪一刻终止，而他的梦境又从哪一刻开始——或者是她的梦境。"

"或者是彼的梦境。"

"当然了，我也会有意将观众的梦境向某个方向推动，但最终，观众赋予电影的内容很大程度上取决于他自身的心灵。"

"跟脑视有点像。"

"什么？"

"这跟脑视有点像。"我又说了一遍。

"第一次上厕所的时间是影片开始后五小时处。"他没搭理我，自顾自地往下说。

"你得去你自己的厕所，我的厕所是任何人都禁止使用的，除我之外。我不但能用，而且一定会用。"

"您的语气听起来又跟我一样了。"

"先生，就算你这么说，我也不会让你进我的厕所。"

"行，但您的语气真像我，有时候还像欧基。挺瘆人的。"

"我不知道'欧基'是什么。你准备好开始了吗？"

"让我准备一下。"我说。

"好呀，准备吧。"

"好，我正在准备呢。"

"行。"

我快速吸入一口气，激活了灵魂中的"无名猿"——在研习了多年东方宗教后，我练成了几乎可以瞬间激活"无名猿"的本领。

"开始吧。"我像猿猴似的咕哝了一声。

接下来的十七天，我是在一段朦胧混沌又美轮美奂的纷纭乱梦中度过的，电影不可思议的流光溢彩中，穿插着拉面、忘记打给我女朋友的电话、尼伦牌正品金枪鱼、噩梦、上厕所，以及与英戈关于胶水的神秘而简短的交流。我哭泣。我大笑。我抱怨。我哀叹。我冒汗。我志得意满地在空中挥拳。我穿越到了一个充斥着陌生情感的国度，一个我或许终生都在试图规避的国度。包罗万象，精彩纷呈。

第十七天，大概在下午三点零五分到三点零八分之间，英戈死了。胶片放完后没有被即时更换，因此我扭头看向身后，发现他的身子压在拐杖上，仍然站立在那里。我给他做了心肺复苏，其实我并不懂心肺复苏术，但我记得我的确对他进行了捶打，好像是打在了胸口上。无济于事。我凝视着他那双空洞而呆滞的非裔美国人眼睛，哭了起来。

＊

感伤之际，几天前与英戈的一次夜话如游魂般萦绕脑中。那时，他正在帮我掖被子。

"'未见之人'有很多。"他说。

"未见之人？"

"就是看不到的人。"

"原来如此。"我回答。

"我是说电影里。"

"这些人在电影里？"

"他们在电影里是看不到的。"

"这么说，他们不在电影里咯？"

"他们在，但镜头没有对着他们。就像镜头不会对准我们绝大多数人。"

"所以，这多多少少算是个抽象的说法。"

"不是的。这些人偶真的被做出来了，和那些可见的人偶一样精致。他们的动作也是一格格摆出来的，他们也度过了自己的一生，只是没有被摄像机捕捉，只被我一人见证了。"

"您帮他们摆好了动作，却没有把这拍出来。"

"这让我的工作量翻了六倍。如果没进行这一步，我的电影十五年就能拍好了。但这是必要的牺牲。"

"可是，这是为了什么呢？"

"因为'未见之人'也真实地活着。如果我不将他们视作活生生的人，谁还会呢？"

"但是，为什么不把他们拍下来，让全世界看到呢？"

"因为他们是'未见的'。如果有人看见了'未见之人'，那'未见之人'就不是'未见之人'了。"

"那您至少做了些文字记录吧？他们的名字？他们的爱情？他们的家庭？"

"只记在了我的脑子里。这么多年来，很多细节和名字我都淡忘了。他们成了模糊的一团，成了一种概念，成了一件虫蛀了的'记忆外衣'。我死的时候，这些剩下的记忆也要跟我一起入土。"

"这听起来不合理，而且也太可惜了。"我说道。

"这个世界就是如此。"

"您能不能给我看看这些人偶呢？"

"不能。"

"那您能不能给我讲讲？"

"只能给你讲讲总体的数据，我只记得数字。20 岁以上的黑人男性有 1573 个。"

"您制作了 1573 个 20 岁以上的黑人男性人偶。"

"还给他们摆了动作。"

"这工作量太庞大了。"

"还不够，远远不够，永远都不够，但这是我力所能及的。我的时间是有限的。20 岁以上的黑人女性有 1612 个。"

"老天爷。"我说。

"20 岁以下的黑人男性有 1309 个。20 岁以下的黑人女性有 1387 个，其中有 8 个'冒险女孩'。"

"冒险女孩？"

"我对她们特别感兴趣。"英戈说。

"对谁感兴趣？"

"冒险女孩。她们问世时，我还很年轻，我以为她们能名声大噪。我给她们提供了一切机会。我把她们塑造成战士。我赋予她们聪明智慧。我让她们在'未见'的地方破案。我把她们装扮成性感的盗马贼。我热爱过她们，偏爱过她们。我曾经想象自己就是她们，但是，我错了。"

"您怎么错了？"

"即便我能掌控她们的命运，我本人也仍然是个'未见之人'。我无能为力，只能做'未见女孩'的'未见之神'。就这样，她们奋力拼搏着。我爱过她们，但最终，她们跌回了被人忽视的汪洋，做着吃力不讨好的工作，失去了激情的火花，在劲猛餐厅打工度日。人们现在管这叫情绪劳动[1]。这是不可避免的命运，我现在明白了。"

"我能看看她们吗？"

"不行，还活着的只剩下几个了，她们年老寂寥。哪怕你自己也是个'未见之人'，她们还是让你不忍直视。真是惨不忍睹。勾起这些情绪不是明智之举。最好还是去看那些'可见之人'吧。'未见之人'是'可见之人'的观众。他们此生是为了见证，而不是被见证。"

1　情绪劳动：要求员工在工作中展现某种特定情绪，以达成工作目标，在服务业中最为常见。

11

据悉，英戈·卡特伯斯没有直系亲属。不过他曾经提出过要求，希望被埋葬在紧靠"十二英里沼泽"南侧的无尽公墓，在"好美味"冰激凌连锁店后、"冰冰凉"冰激凌连锁店前。公寓管理员给了我一个信封，里面装着四百美元。奇怪，上面竟写着我的名字。为什么葬礼的事会落在我的头上？我百思不解，但说实话，能控制英戈本人，并得到他遗产和财务的掌控权，正是我梦寐以求的。因此，虽然这四百张皱巴巴的一美元钞票根本不足以支付定制棺材、墓碑，聘请牧师，落葬和在"好美味"冰激凌店里接待宾客的费用（备注：看看"冰冰凉"冰激凌店是不是更划算），但我很乐意从嫁入豪门的姐姐那里借一大笔钱来填补差价。我知道，在将来，会有无数人到英戈的坟墓前朝圣。我想要确保这里能够满足这些尚未出生的信众的期待——他们或许有几千人，或许有几百万人，甚至更多。我需要一句墓志铭，得深刻点儿，既能彰显英戈·卡特伯斯在文化上的重要性，又能把我跟他紧紧联系在一起。我的脑海中立即浮现出亚历山大·蒲柏为牛顿写的墓志铭："自然与自然之道藏于幽冥：上帝说，让牛顿来吧！一切便绽放光明。蒲柏题。"或许我也能创造出类似的意境。"卡特伯斯如时空，无影无形，但缺之不可。B. 罗森伯格·罗森堡题。"或是："无名英雄终扬名。B. 罗森伯格·罗森堡题。""茕茕子立，撼人万千。B. 罗森伯格·罗森堡题。""卡特伯斯在人生的第 32850 天长眠。B. 罗森伯格·罗森堡题。""世界从来不配拥有如你这般美好的非裔美国灵魂。B. 罗森伯格·罗森堡题。"

我选定了"无名英雄"的版本，又加了一句："就这样，世界之心为你破碎。"我雇了一名摄影师来拍摄葬礼。我知道，葬礼现场只有我和雇来的浸礼会牧师（英戈一定是浸礼会教徒！），这会让我占据有利的位置，在未来公众脑海中强化我与英戈之间的关联。我真的成了为卡夫卡作传的布罗德。作为布罗德，我的人生蓝图业已铺开：遗嘱执行人、传记作者、研究员、知己、紧急联络人，还有朋友。我专门把葬礼安排在预报会有倾盆大雨的日子，因为雨伞和泥浆非常具有视觉冲击力和葬礼的阴郁感，能够凸显出深入骨髓的悲恸、苦难和孤寂。除此之外，对我来说，在那一天表现出肝肠寸断的样子并不难。我的确会黯然神伤，但我并不是个擅长落泪的人，虽然已经报名参加过几节导演表演课、两节影评人表演课和一节观众表演课。在大雨中，我的脸庞会被打湿，因此就不必担心表演的真实感了。我从当地一家电影制作器械配给中心租了一台降雨机，以备不时之需。

*

参加完英戈的葬礼、吃完了"冰冰凉"冰激凌店的美味冰沙后，我回到家，想到了英戈马上就要开启的从"未见之人"变为"可见之人"的旅途，以及那些他试图一起带上旅途的"未见之人"。我承认，

113

就像马克斯·布罗德违背了卡夫卡的遗愿[1]一样，我也必须违背英戈的遗愿，在他的箱子里寻找那些"未见之人"。我相信，他们就是界定出英戈电影"正空间"的"负空间"，因此从今天开始，直到永远，他们都应该因自己的功绩受到认可和赞颂。或许在未来，有人会用他们拍出另一部片子来。或许，那就是现在，因为，现在的我们就置身于未来之中。或许，这就是英戈生前的理想。这部电影可以由我来拍。没有谁应当在"不可见"的人生中默默无闻地活着、默默无闻地死去，即便是人偶也不应如此。我想起了我装在钱包里、为自己找灵感的塑封小卡片："批判是艺术的窗口和枝形吊灯，它照亮了笼罩艺术的黑暗，否则，艺术或许只能处在晦暗中难辨踪迹，抑或全然无人见证。乔治·简·内森。"作为一个影评人，我身处黑暗之中，无人见证，但我存在着（我确实存在着！），我的时机也已经到来。我要带上这些不幸之人。通过对这部影片无休无止的研究，我将挖掘出这些"未见之人"的身份，把每个个体都摸清楚。我要成为英戈世界中的霍华德·津恩[2]，这并不是说无人关注的非裔美国人需要一位犹太历史学家来彰显他们的身份，不过我仍会扮演这个角色，虽然我并不是犹太人。

在参加完葬礼开车回家的路上，我突然想到，英戈的墓地必须要有更令人兴奋的东西。要让朝圣者们对这趟假期朝圣之旅满意，要让点评网站上的分数吸引到合适的人群，这里就必须具有一定的娱乐价值。别自欺欺人了，这毕竟是美国。我设想的是一架巨大的滑

1　卡夫卡在遗嘱中交代马克斯·布罗德焚毁自己的所有遗稿，但布罗德违背了好友的请求，整理和出版了这些作品。——编者注

2　霍华德·津恩：犹太历史学家，他的研究始终关注广大底层劳动者和社会弱势群体。——编者注

梯，有 30 米高。滑梯的一侧是一溜石板，每一块上都刻着英戈的脸，每一块上的表情都有细微的差别。朝圣者们从滑梯上滑下来，向侧面看去时，在这神奇的"花岗岩影院"中，英戈的脸庞就仿佛动了起来。或许，它可以展露出一个微笑。没错，我知道阿尔弗雷德·希区柯克的长眠之地也有这样一架滑梯，展露出他眨眼的动作。如今，他性虐待的行为被公之于众，抗议者们便坚持要将滑梯撤下，换上一架由女性创造的讴歌女性的滑梯，向那些事业和生活被这个恶毒厌女者毁掉的女性致敬[1]（或许可以换成蒂比·海德伦[2]眨眼的动作？但作为男人，我无权发表意见）。我觉得是时候（虽然在这一点上，我也无权发表意见）打倒希区柯克了。他的大男子主义已经强烈到了毒害他人的境地。不要让身材小巧的托比·琼斯[3]扮演他，这会大大削弱他残暴兽性的形象。从现在起，应该有人强迫哈维·韦恩斯坦[4]在一场无尽的独角戏巡演中扮演希区柯克，就像詹姆斯·奥尼尔[5]不得不在晚年不停扮演嫉妒山伯爵[6]一样，我忘了他这么做是为了弥补什么过失[7]，还是因为嫉妒捅了什么篓子。我打了几个电话，不是为了讨论那个有关韦恩斯坦的创意（可以以后再议），而是找了一位石雕师、一位水滑梯雕刻师、一位城市规划专员。我又给姐姐

1　有关希区柯克墓地滑梯的事情，均为作者杜撰。——编者注

2　蒂比·海德伦：美国女演员，称希区柯克曾在拍摄《群鸟》和《艳贼》时对她性侵。

3　托比·琼斯：英国演员，曾在 2012 年的电视电影《金发缪斯》中扮演希区柯克。

4　哈维·韦恩斯坦：美国制片、导演、编剧、演员，因性侵多名女性被判入狱。

5　詹姆斯·奥尼尔：爱尔兰裔美国演员，曾多次卷入性丑闻。

6　此处 B 将"基督山伯爵"（Count of Monte Cristo）误写为"Count of Monte Crisco"。"Crisco"是一个植物油品牌，后文也相应提到奥尼尔出演这个角色可能是因为蔬菜短缺。出于谐音梗的考虑，此处意译为"嫉妒山伯爵"，并将后文奥尼尔的出演原因译为"因为嫉妒捅了什么篓子"。

7　尽管拥有过人的才华和相貌，奥尼尔却因私生活不检点而事业受阻，迫于生计，他不得不参加了 6000 多次《基督山伯爵》的演出。

打了电话，想再借一大笔钱。

我在英戈的公寓里漫步，第一次在这里感受到了一种奇妙的自由。他没有在监视，没有人在监视。我翻开他的箱子。这么做是有违道德的，我就像是在窥探一个人的心灵深处，一个极为孤僻之人的心灵深处，但是现在，我成了英戈在这个世界上的代言人，他自己的声音则永远地寂默了下来。这个世界需要英戈，或许现在要比以往任何时候都更迫切，因此打理他的作品、彰显他的内心便至关重要，而如果要进行这些工作，我就必须从本质上变成英戈，除此之外别无他法。他的箱子里装满了人偶的身体，成百上千甚至成千上万具小小的身体，或许有数百万具也未可知。这些人偶做工精美，拥有可以活动的关节和柔软可塑的脸庞，身穿做工精美的小巧服装，没有任何细节能逃过英戈的双眼：银行家、外科医生、女舍监、护士长、士兵、水手，还有不同年龄段的马德和莫洛伊。他们全都在这儿，电影中的所有角色、所有群演，每一位都被小心翼翼、严严实实地裹在包装纸里，就像是圣诞节（或光明节）时售卖的一只只沙梨。我还发现了微型的路灯，按年代分类的汽车，猫狗，内部穿线以便摆出被大风刮过城市街道的形态、印着错视画的报纸，枝叶可以节节弯折的树木，一名手风琴师，他的猴子，消防栓，消防栓上的猴子，电线杆，啤酒瓶，餐具，一箱箱鞋子和手袋，市内公交车和缆车，铁轨，鸽子，机器人，一把爪状的铲子，理查德·尼克松，彩色玻璃，中央公园的旋转木马，原子弹，报亭，沙粒大小的顶针，调酒师，音乐剧《汉密尔顿》里的所有白人演员[1]，伞兵，梅西百货公司的感恩节巡游花车。你能想到的一切，几乎都可以在这些箱子里

---

1 《汉密尔顿》大量使用了非裔、亚裔、拉丁裔等有色人种演员，来扮演美国历史上的"白人领袖"。——编者注

找到。其中一只特别大的箱子里只装着一个人偶，这是一个年轻俊朗的男子，大概 25 岁左右，五官棱角分明，神似电影明星洛克·哈德森或者特洛伊·多纳胡。这是我迄今为止见过的最大的人偶，可能比其他人偶大九到十倍。他是不是这部电影里的巨人呢？目前为止，我大概看了电影的六分之一，还没有见到这样的角色。我小心翼翼地把他包好，重新放回"硬纸板棺材"里。我坐下来，深深折服于英戈制作和保存这些雕刻作品时的细致、付出的关爱，以及他给予这些作品的尊重。我很高兴自己已开始为英戈修建一座像样的纪念碑了。我也很欣慰，他终于能够像尊重自己的"孩子"（或者，按照英戈来回变换的身份，有时他也会像非洲人一样叫他们"孩儿"[1]）一样，受到我的尊重。

没想到，一滴泪珠竟从我脸庞上滚落。我伸出舌头舔了舔，品尝这柔软温情中的咸味。这让我想起，我们都来自海洋。如此说来，我们大家都是兄弟。我们曾经是鱼兄鱼弟（鱼姐鱼妹、鱼彼鱼彼），现在又成了人类的兄弟或姐妹——或者，考虑到那些非男非女、性别中立的人，也可以说我们是同胞。我突然发现了与其他箱子分开放置的一只箱子，几乎隐匿在一张陈旧发灰的沙发后。这只箱子一定很重要。每个人都会把对于自己最为重要的东西藏匿起来，害怕暴露自己最深沉、最私密的思想，担心它们被暴露给他人和世界后，会受到腐蚀和污染。我要呵护英戈的秘密。我要紧紧守护它、保护它。当然，我也要与全世界分享它，因为这就是我肩负的使命，但无论这秘密是什么，我都要确保它能得到充分的理解。最终，英戈

---

1 原文为"chirren"，是美国南方非裔的方言。

一定会得到他一生都在渴望的理解，而这份理解也是我们人人都在渴望的。真希望我也能找到一个我这样的人，保护我、珍惜我，在我死后将我的人生分享给整个世界。但是，呜呼哀哉，我并不会分身大法。

我打开这只被藏起来的箱子，里面装满了年久泛黄的笔记本。真是遇到宝了。这是英戈用文字记录的自己。我要带着一丝不苟的态度和最大的包容来阅读这些笔记，再将他的文字变成我的文字，使之更好地被人们理解，并将它们与全世界（其他人）分享。不消说，这些原始的资料会被存档，供学者们世世代代研习，但就如任何复杂的文本都需要通过解读才能被外行人欣赏，一位生活无法自理、遭人误解的电影天才词不达意的胡言乱语，也必须经过一番解读才行。我把最上面的笔记本拿出来，随意翻到一页，大声读了起来。

我们被藏起来了。不只是黑人，还有那些精神失常、体弱多病、穷困潦倒、卑鄙无耻、罪恶深重之人。我们居住在贫民窟、监狱、福利机构、流浪汉营地。每一个人都隐藏在视线之外，只留下白人的喜剧被人见证。我的目标就是举起一面镜子照向社会，但是，一面镜子能照见的，只是那些能被看见的东西。我的镜头就是这样一面镜子，但那些"未见之人"并非不存在，他们只是藏在了镜头之外。因此，我要让那些"未见之人"也活动起来，让那些来去匆匆、不被注意的生命动起来。我要让他们活动起来，把他们铭记于脑海，但不去记录。这样，我的镜头便成了最真实的镜子，而这部电影也将以独一无二的视角反映这个世界。这就像我在学校照顾盲童。他们躲在学校中，不被人看见，而我们这些有视力的人则不忍看到他看不见的样子。他们有碍观瞻，他们会让我们想起自己是多么脆弱。如果这些不幸的人生活在我们之中，我们就无法顺利无阻地演出这一场人间喜剧，而演出是必不可少的。因此，我们必须强颜欢笑，以图让自己开心。

我合上笔记本，静静地坐了很久。解读这些语无伦次的胡话非常困难，但这样的任务本来就不可能容易。毕竟，英戈是一位局外艺术家。与许多自学成才的人一样，他很可能存在沟通障碍。毕生的事业已摆在我的面前。英戈！我永远感激您，亲爱的无法自理生活的英戈，感谢您把这样一项艰巨的任务交给我。我知道，无论身在何处，您也会对我心怀感激。

那个巨人到底是干什么用的呢？毫无疑问，时间会给出答案。

我搜遍了整间公寓，却找不到那些扮演"未见之人"的人偶。英戈对"未见"的态度如此纯粹，或许，这些人偶根本就不存在？事实上，这件事听上去都像天方夜谭，但不可能，作为一个研究人性、肢体语言，甚至手舞这门偏现代艺术（为了写作论文《作为喜剧工具的双手：从皮影人偶戏到布列松[1]，再从布列松到皮影人偶戏》，我曾有幸采访过优雅的爱尔兰手舞演员兼编舞苏珊娜·克利里）的学生，我对此深感自豪，也很明白英戈讲的是实话。我继续探寻，寻找隐蔽的嵌板、活板门、假墙和假天花板。和我的行事态度一样，我翻找得很彻底。在找到的东西中，唯一引起我兴趣的是一张泛黄

---

1 罗伯特·布列松：法国导演。

的手绘地图，也就是这间公寓的建筑草图，上面画着一个"×"。难道，那个画"×"的地方就是埋葬"未见之人"的巨大坟墓？嗯，不管是什么，都值得调查一番。

我从五金店买了一把鹤嘴锄和一把铁锹，开始挖起来。天气闷热而潮湿。作为一名活跃的击剑手和资深剑客，我强壮的身体可能是这个年龄段的任何人都不具备的，但即使如此，这也是一项极其累人的工作。此外，我并没有寻求或征得公寓管理员的许可，这更是给整件事平添了沉重的压力，保准对心脏没什么好处。但我仍然坚持着。挖了大概四十五分钟，也可能只有四十四分钟后，我碰到了一个硬物。这是一颗头颅的颅顶，一颗非常小的头颅。功夫不负有心人。我取出考古工具，也就是那些我总会随身携带、以进行精密作业的器物——抹子、软毛牙刷以及专业的牙科工具（镰状探针、牙周探头、唇颊牵开器），开始行动起来。不到五个小时，我就发现了约莫1000个不同人种、民族和年龄段的人偶，有的是仆人装扮，有的是煤矿工人装扮，有的是流水线工人、士兵、报童、妓女、农场工人，其中有一个看起来像动物园管理员，但我不确定，因为制服的一部分已经被真菌腐蚀了。目之所及，浩浩荡荡，不见尽头。"未见之人"已不再隐匿。很快，我们就能一起走出黑暗，踏出这漆黑的剧场，步入光明之中。我们将被人看见。我要成为他们的领袖，这并不是因为我是"白人救世主"，不，不是，而是因为我是唯一一个有生命的人。我想打电话给女朋友，告诉她这个消息。电话又一次转到了语音信箱。我气急败坏地捶墙，然后继续看电影，严格遵守英戈定下的时间表和规矩（但我还是用了他的卫生间，虽然脏乱不堪，但毕竟只有几步远）。不幸的是，现在我得自己换胶片了。我曾经想过雇个当地的小男生帮忙（有点像在犹太节日被雇来帮忙的异教徒），但却担心他会把内容泄露给媒体。接下来的两个月零二十天对我的精神产生了累积效应。我与这部电影之间所有的界线都消失了。相比看这部电影之前的自己，我变得无限强大，也无比虚弱。就好像被丧尸真菌操控的蚂蚁一样，我也魂不附体、心无旁骛、废寝忘食地为英戈的电影卖命。我虽意志薄弱，但也不惜赴汤蹈火，我要确保这部电影能广为流传、大受重视、饱受赞扬，这已成为我毕生的事业，是无可辩驳的事实。虽然就像那些蚂蚁一样，这份事业多半会让我的大脑崩裂（但愿这只是个比喻），但我不以为意，在所不辞。我把胶片堆在我的公寓里，把剩下的布景和人偶也一起拿走。这些东西几乎把后室堆满了，这间屋子本来是我缝纫工艺品的地方。我环视着这个空间，思绪情不自禁地飘摇，幻想今后可能会获得的赞赏奉承、各种演讲邀约、诺贝尔影评人奖和普利策深刻洞见奖。我的身心焕然一新、活力充盈。我不能否认，这份活力之中包含着某种与性相关的因素，我打了一次飞机，又给女朋友打了一通电话，接着又一次愤怒地捶墙。

12

我决定在海滩上给我的编辑打电话。我选择的地点正是很久以前圣奥古斯丁水怪被冲上岸的地方，这似乎很有象征意义，因为英戈的电影就是一只来自他灵魂黑暗深海里的外星巨兽。这通电话必须要在这里打。这里有一座北佛罗里达州神秘动物学会委托亨利·摩尔制作的雕塑。雕塑底部有一块牌子，我读了读上面的文字。

1896 年 11 月 30 日，一个无法辨识的生物被冲上了这处海岸，先是被称为圣奥古斯丁水怪，后来又被称为格罗布斯特[1]。此后，这个没有脸和双眼的生物一直激发着生物学家、鱼类学家和神秘动物学家的想象力。这个没有形状、类似生物的非生物，这个散发着臭气、不断腐烂的团块，这个体态庞大、看似脑满肠肥的怪物究竟是什么，竟能激起诸多猜测，让人们对它的身份及意义产生如此荒谬的推想？它会不会只是一种类似油脂块的东西，也就是现代科学推测会在不久的将来堵塞大型城

1　原文为"globster"，指大型神秘海洋动物尸体。——编者注

市下水管道的物质呢？若真是如此庞大的生物，又怎会没有脑子、肌肉、骨骼、嘴巴和肛门呢？相较对神秘海怪的痴迷，我们对这一堆胶状物的兴趣，更能反映人类本性。事实证明，我们是一种古怪疯癫的生物，只会徒劳地寻找生命的意义。必须指出，除了人类，万物都不会问"为什么"，包括宇宙本身。

——爱德华·卡钦-塔尔博士

这尊雕像是费尔南多·波特罗设计的（而不是上文所说的亨利·摩尔），由圣奥古斯丁儿童铸造厂的小工匠们建造，不仅表现出了一种天真烂漫的生机，也凸显出了铸造厂孤儿工匠们技术上的明显缺陷。但即便如此，这尊长达 1524 米（大约要比怪物本身长 30 倍）的雕塑也算是铸造作品中的庞然大物了。这些儿童铸造工值得被赞扬，就算技术匮乏，至少也充满了蛮勇和机智。

古老的格罗布斯特让我思索着时光的流逝。一百多年前，就在这个地方，发生了一件意义深远的事，但如今，放眼整个宇宙不过短短一瞬，这件事便消失得无影无踪，只剩下一座 1524 米长的纪念碑。我们每个人都是时间流逝的牺牲品、因果关系的牺牲品，我一边沉思，一边把这句话记在笔记本上，供日后玩味。没有什么人、什么事能重要到几十载后都不被人淡忘。如今，还有人记得伯特伦·格雷尔顿、戴维斯·希姆、马格努斯·普拉特或克拉维亚·斯塔姆吗？这些人都称得上各自时代中最受瞩目的名人，可答案只是一句响亮的"不记得"。其中两位仍然在世的事实只会让我的观点更具说服力，并更加凸显出他俩在养老社区里的孤苦伶仃。我们身处一个瞬息万变、颠倒错乱的时代。一个 2000 年出生的孩子一生中会改变 50.7 万次想法，次数要比仅仅早生六十年的孩子多两倍。这是为什么呢？"这世界是个流动之地，"伟大的民族植物学家克拉维亚·斯塔姆这样解释，"真理就像一丛永远盛放花朵的灌木。一朵花向我们绽放时，另一朵与之矛盾的花也随之开放。哪一朵花才是真理？根据当代的理论，最新绽放的那朵花是真实的。因此，我们必须永远与时俱进，即便这会创造出一个无限复杂的世界。我们不能像古谚里所说的那样居功自傲、止步不前。我们必须跟上不断变化的真理。求求大家不要把我淡忘。"

我默默思考了一会儿自己那部关于未知生物的剧本，那是我第一部以未知生物为主题的剧本，当时我在林迪斯法恩圣科尔曼男校上初中一年级，剧本是"电影中未知生物"课的作业（众所周知，我的教授小威廉·迪尔在日后创作了一部名叫《大脚哈利》的无聊闹剧[1]）。我的剧本叫《特伦可》，不用解释就知道，它写的是 1924 年被冲上南非海岸、被称为"特伦可"的深海怪尸。1852 年，英国皇家海军的伯肯黑德号在开普敦海岸沉没，我觉得"特伦可"很可能是某种"鼠魔"，由这些葬身海底的英勇船员的灵魂凝结而成。这种解释只是我的一己之见，但我觉得它能被科学加以证实，为海军恐怖电影开拓一个精彩纷呈的新方向。自从看了威廉·南利的《海盗旗》（1952 年）[2] 后，我就对这种类型的影片产生了痴迷，这部电影讲的是有据可查的"1822 年 11 月 9 日行动"，但是在南利的版本中，被杀死的海盗们凝结成了一具深海怪尸，被冲上了古巴海岸，困扰着原住民的生活。不知我当时的剧本现在何方。

1　这部剧集的确存在，讲述了一户美国家庭遇到山林中"大脚巨人"的故事。——编者注

2　威廉·南利实际上是一位游乐园创始人，他在 1951 年于纽约长岛创办南利游乐园，园中有一家叫作"海盗旗"的餐厅。此处 B 将不同记忆混淆。

我从白日梦中惊醒，拨通了编辑阿维德·奇姆的电话，他享有一份独特"殊荣"：他是唯一一位在十五起残忍谋杀案的十五场审判中都被判无罪的电影杂志编辑。他是个轻言细语的人。

"你到底出什么事儿了？"他压低声音问我。

"我偶然发现了一部或许是有史以来最伟大的电影杰作，我敢说它不但空前，而且绝后。之所以加上'绝后'，可不只是为了夸大渲染，我是有根据的。"

"又来了。"

"也可以说，我的反常是事出有因的。欲知原因，只需等到——"

"B，你这段说辞我已经听过了——"

"这部片子可不一样。阿维德，它吞没我、孕育我、嫁给我、杀死我、吃下我，又把我排出，接着再一次与我结合、把我排出。于是这片沃土上便盛开出灿烂的花朵。"

"好，行。那篇关于《弗州迷魅》性别问题的文章写得怎么样了？"

"听我说，那部片子一文不值。我想围绕这部伟大的作品写点儿什么。"

"B，我现在忙得焦头烂额。威尔克的论文《成长事大：蒂比·沃克和〈黛绿年华〉的世界》今天交稿，标题需要大改一番。你不能老这么朝三暮四的。"

"这世上有关《黛绿年华》的影评还不嫌多吗？我那篇《洗'白'：既然〈黛绿年华〉男主角的姓氏和'东方'谐音[1]，为什么不选个亚裔演员，为什么不干脆把他的姓改成'东方'？》还不足以把

---

1 《黛绿年华》的男主角名为亨利·欧利安特（Henry Orient），其姓氏"Orient"有"东方""亚洲"的意思。

这部电影结结实实地甩到垃圾箱里去吗？"

"我记得那篇论文。你知道谐音'东方'不代表他就是个亚洲人，对吧？"

"我现在正在把一部或许有史以来最伟大的电影大作带到你面前，它不仅空前，而且绝后。我等于是把这部片子献到了你的手中。"

"我知道，你刚才说过了。"

"不对。我刚才说的是电影'杰作'，不是'大作'。"

"B，我得先挂了。"

"我有没有告诉你，除了我和现已离世的创作者外，这部片子还没有任何人看过？也就是说这可是独家内容，绝版呀！"

"你刚刚不就告诉我了嘛。创作者不是你杀的吧？因为鉴于我在法律上的处境，我得远离——"

"我觉得这东西可以变现，阿维德。想想看，达尔格的作品现在有多值钱。"

"威尔克马上就到了。"

"这位先生是个天才，我可不是因为他是个男人才这样说的，我没有性别歧视的意思。如果创作者是个女人，我照样会说她是个天才，只是不会用'先生'这个称谓了。除此之外，他还是个非裔美国人。最近的奥斯卡可是'黑'得厉害呀，戴维斯，想想看，我们能沉浸于荣耀之中——"

"你为什么叫我戴维斯？"

"这是一部三个月长的大作。他为了这部片子花了九十年的时间。你——"

"三个月？你是说，三个月才能看完吗？"

"差不多吧，里面还留出了上厕所的时间。简直是一气呵成。"

"好吧，我的好奇心被勾起来了。电影讲了什么？"

"老天啊，简直是包罗万象。这是一部喜剧，讲的是幽默之殇——暂且叫对喜剧的批判吧。这部片子预言了喜剧未来的终结、被废止的必然性，以及人类学会同情、永远不再嘲笑别人、永远不再欢笑的需求。这部电影讲了种族歧视，我告诉你了吗？电影是由一个非裔美国人创作的，却连一个非裔美国人也没有描写。让我给你讲讲原因！这部电影讲了时光，讲时光如何如箭般飞逝，又如何如镖般回旋。这部电影还讲了诡计、虚构，以及我们文化中真相的匮乏。阿维德，这部电影还讲了卑鄙，讲了块宇宙理论[1]，讲了电影的未来和过去、过去和未来。这部电影还讲了你，戴维斯，也讲了我，就是字面意思上的你和我。这部电影真的是关于你和我的，但更多还是关于我。"

"好吧。这样吧，B，把电影带回纽约，让我们看一看。如果真像你说的那样——"

"是真的。"

"如果真像你说的那样——"

"是真的！"

"该死，你让我把话说完！"他低语道，"如果真像你说的——"

他暂停了一下，我忍住没吱声。

"——那样，你就可以为它写影评了。另外，那篇《弗州迷魅》的影评计划发表在十月刊上，所以你必须得写完。把你的笔记电邮

---

1 块宇宙理论认为过去和现在都存在，而未来还不存在。当下是一种客观属性，随着时间的推移，更多的东西会被逐渐揭露出来。

给丁斯莫尔，我把这个任务交给他／她[1]了。这反正是他／她擅长的领域，他／她会完成的。"

"彼会。"

"你说什么？"

"我把任务交给彼了。这反正是彼擅长的领域，彼会完成的。"

"我听不懂你在说什么，我现在真的很忙。我刚才说过，威尔克已经差不多——"

"用第三人称'他／她'代指，不但在语法上有瑕疵，审美上也说不过去。当今的人类处于不断丰富变化的性别频谱中，针对非男女两性代词问题，'彼'才是更好的答案。"

"是丁斯莫尔要求用'他／她'的。用什么性别代词，是丁斯莫尔自己的选择。"

"回纽约后我会跟彼聊聊，我觉得彼会同意我的看法的。彼是个讲理的……性别不明之人。"

"那也别忘了把笔记发给他／她。"

"彼。"

"再见了，B。"

阿维德挂了电话。

我把我的笔记发给丁斯莫尔，并附上一段标注，内容尖刻而隐晦，彼是看不懂的（虽然身为性少数群体的一员而备受社会保护，但这仍改变不了彼低能的事实）。不用多说就知道，无论彼写了什么，彼的影评都会引得大家交口称赞。凭借自己艰难坎坷的人生经

---

1 从后文看，丁斯莫尔是一位变性男子，因此这里阿维德使用了"they"这一中性代词，中文进行了意译。

历，以及从中喷薄而出的"知识"，彼的影评尚未问世，就确定了它会获得赞誉。而我的论文总要与这样的思想对抗。我以为自己是谁？我只是一个养尊处优的白人，竟敢对一篇只有性少数群体才有权评判的文章大放厥词。坦白说，我很高兴能对这种事情避而远之。当然，一旦将非裔美国人英戈的电影公之于众，我也会面对类似的指责，但是我毕竟将英戈从默默无闻中解救了出来，应该免受这种平日被视为理所当然的责难。

打包行李的时候，我玩味着《纽约客》杰出影评人理查德·布罗迪的至理名言："单纯爱一部电影是不够的，重要的是用正确的理由去爱它。"千言万语都在这一句之中。这也是我写影评的原因：让观众们认识到一部电影好在哪里。当然，布罗迪和我都热爱韦斯·安德森的所有作品，也都确切地知道这些作品妙在哪里。我们在美食酒吧里度过了无数个夜晚，滔滔不绝、口若悬河、天南海北地讨论安德森，有时也打趣地叫他"神奇的安德森"，以防与那个段子手"吹牛的安德森"混淆。

啊，年轻人的爱情。《月升王国》把这种真情实感刻画得淋漓尽致，或许是有史以来将之刻画得最成功的电影。不消说，电影展现了安德森本人的种种可爱怪癖——因为哪有真抽烟斗的小男孩呢？哈哈。但是，又有哪个小男孩没在心中幻想过自己抽烟斗的样子？一个都没有！而这也正是他把同时代影人甩在身后、抛进历史垃圾堆的优势所在。他明白电影是一个将内心外化的机遇（也是义务！）。他将这项任务精准执行，就如马戏团神枪手阿道夫·托佩韦恩将香烟从爱人"铃铃"[1]的双唇之间射掉一般精准。在这个比喻中，作为观众的我们便是铃铃。你看，安德森的电影中是不存在误差的。我就是那个抽烟斗的男孩（老天，他是怎么把我的心思摸得如此通透），你也是。或许身心俱疲、愤世嫉俗的你会拒绝承认这个事实，但是不管你怎么想，事实就是事实。如果你是位女性，那你就是片中穿乌鸦服装的女孩。别不承认。安德森是我们柔软内心的记录者，因此理应获得我们的赞誉——你们的赞誉和我的赞誉。记得在《了不起的狐狸爸爸》（精彩的片子）的放映会上，我见过他可爱的女朋友，被她的魅力征服，一直到现在，我都坚信安德森了解纯爱的滋味，那种"了解"的纯粹度，是你我永远无法企及的。不过我或许要比你们离他更近，因为他的女朋友有黎巴嫩血统，而我的女朋友则有非洲血统——不是说这两个地方离得很近，而是相较我和我女朋友的种族差异，她们两人之间的差异更小。我说的就是这种"近"。

---

1 阿道夫·托佩韦恩是美国神枪手，与妻子伊丽莎白（昵称"铃铃"）搭档巡演。

13

　　我把行李装上巨大的卡车，兴奋地想象着即将在编辑办公室进行的演讲。我的身影会出现在纽约市著名影评区（7街到25街之间的街区中段，面朝上城区，位于东侧）的正中心。在这片街道上，即便看到达文·普鲁姆或阿莫代尔·金斯利在路上徘徊，手中拿着笔，深深沉浸在伟大崇高的畅想之中，也并非什么怪事。很快，我也会以这种姿态徜徉在街上，丝毫察觉不到有哪个胸怀大志、名不见经传却自命不凡的后起之秀在眼睁睁盯着我的身影。普鲁姆、金斯利、罗森堡，在熙熙攘攘的大道上擦肩而过时，我们会彼此点头，以示敬意。

　　开车回程的感觉与去时截然不同。这辆搬家卡车满载着英戈的杰作和所有现存的道具布景，包括那些被找回的"未见之人"，而开着这辆庞大卡车的我，满脑子只有这部电影。现在的我，的确已脱胎换骨，随着电影画面在脑中舞动，我仍在不断进化。劲猛餐厅的收银员不会再惹我烦心。她若是把我当成一个老气横秋的犹太人或是对我有其他什么糟糕的印象，那就随她吧。现在的我已经有了目标，已经百毒不侵。英戈的电影是我的疫苗，是从天而降的甘露。

我贪婪地汲取它时，脑子就像一台弹球机一般飞速运转：等一下，这个场景是什么意思？那个时刻有什么用意？那个角色是什么身份？我必须赶紧安排第二次观影，还有第三次。别忘了倒放和上下颠倒地看。这或许需要一年时间，也许更长（时间不是问题，因为它并不像从前的 B 所想的那样存在）。我要对这部电影了如指掌。我要成为它的拥护者、追随者、最重要的布道者。将会有成千上万的人甘愿拜倒在这部电影脚下，而他们将乖乖接受我的解读。我至高无上的权力将遭人觊觎，但我欢迎这些企图推翻我的努力。放马来吧，小子们。我是唯一一个认识英戈的人，说到底，我才是他最好的朋友。我带他去过医院。我是他入院时的紧急联系人。我参加过他的葬礼。我独自一人为他撰写了墓志铭。我是专家。没错，我是当之无愧的英戈研究专家。尽管放马过来吧。

开到劲猛餐厅附近时，我想起了那些迸溅在风挡玻璃上的昆虫。这些虫子现在都不见了踪影，这不仅奇怪，而且简直让人有些不安。我在佛罗里达的这几个月里，世界真的发生了如此翻天覆地的变化吗？我们置身于环境危机和大规模的物种灭绝之中，对于任何有思想的人来说，这都不是什么新闻，但此刻我顿悟到，我们也置身于一场大规模的文化灭绝之中。而这场文化灭绝的罪魁祸首，便是自我、野心和贪婪。我们只想让自己的种子生根发芽，不惜牺牲别人的种子，由此糟蹋了创意滋生的生态环境。虽然我们都希望自己的风挡玻璃干净透亮，但如果没有了昆虫，整个生态系统就会毁于一旦。我神游其中的创意世界也是如此。这条思路我还没有完全想透，却感觉颇有深意。或许的确如此，或许英戈强烈的隐私意识和抵制名利诱惑的姿态已经影响了我。我思考了自己性格的两面性。毋庸

132

置疑，艺术对我来说的确有着至高无上的意义，但从某种角度来说，我确实渴望名声大噪。很显然，追逐名誉不是我内心的主要驱动力，但我怀疑这份野心就在那里，虽被深深掩埋，却也蠢蠢欲动。这部电影将我的渴求以及它可能造成的危害暴露了出来。我真的想要违背艺术家的意愿，将这部电影公之于众吗？我是不是在遵奉卑鄙之神（女神、彼神）的意旨？风挡玻璃能保持干净透明，是因为我们出于自己的方便和利益对昆虫进行了杀戮。不，唯有先搞清楚自己的动机，我才能与全世界分享这部电影。在确定自己的行为不是被自我膨胀驱使之前，我不能让自己的私欲伤害世界。

我仔细琢磨着这段话：

> 动物会发出声响，这是不可改变的事实。它们需要关注。动物比植物嘈杂，植物比矿物嘈杂，因此动物，尤其是人类，天生就喜欢夸张做戏。动物并不比其他物种更重要，却认为自己意义重大。只需研究一下林奈[1]的学说，你就会明白这一点。分类法的核心就在于此。分类法不涉及等级高低，每种因素的权重都是相同的，全然相同、别无二致。举个简单的例子，这就好比让你判断一只球上的哪个部分最重要——这个问题没有答案，因为问题本身就不成立。你或许认为，人类得到的关注最多——会叫的孩子有奶吃，吱吱叫的轮子会先被上油，这很不公平，但我们也必须思考：这种不公平是对谁而言的？人类就是那只球上最受瞩目的部分：球触地弹起时，人类是最先着

1　卡尔·林奈：瑞典植物动物学家，定义了生物属种，创造了统一的生物命名系统。

地的部分，但最后变形毁坏的是整只球。

——德贝卡·德马克斯，《寻找 X 的答案》

就这样，压在我灵魂上的一块巨石被抬了起来，上帝保佑德贝卡。我心如止水，欣然自得。我给女友打电话，想告诉她我的想法。她没有接电话，我猛捶卡车喇叭。

*

白天的劲猛餐厅看上去截然不同，它俨然成了一座耀眼而欢乐的路边灯塔。餐厅的吉祥物是一把拟人的锤子，面带微笑，精神昂扬，长着两条腿，在餐厅的荧光招牌顶部热情迎客。它身披红色的超级英雄斗篷，穿着一件胸前印有"劲猛餐厅"醒目大字的蓝色弹力紧身衣，手握一只汉堡和一把锅铲，仿佛正被一个看不见的凶徒追赶似的。我应该停下车来，或许可以点一巨杯他家著名的"劲猛原味'步道牌'可乐"，解解嘴馋、补充营养，也借此向这个地区告别致意。

（或许她今天上班。）

（我不在乎。）

（但她可能就在里面。）

毕竟佐治亚州汇合码头以北，就一家劲猛餐厅也找不到了。或许等我功成名就的时候，可以把劲猛餐厅的业务扩张至纽约大都会地区。当然，只有明确了自己不会对这种名利有丝毫欲望，我才会追逐它。只有无欲无求时，我才会汲汲营营。

如果真有那一天，这或许会让她对我另眼相看。我或许可以把她调往北方，提拔她当地区经理。我可以把她介绍给我的非裔美国女友，一起在周末聚聚。

我把租来的卡车开进停车场，停在较远处的杂草中，一来是卡车在画线的空间里停不下，二来我也不是个粗鲁之人。我是个好人，心地良善。或许她正透过窗户往外看，将我的良善尽收眼底。

从停车场另一头徒步到餐厅，简直举步维艰。我的鞋子被熔化的柏油粘住。室外温度至少有三十七八度，等到我走到门口的时候，已是汗流浃背。这可不是给人留下良好第二印象的好方法。

她就在那儿，在柜台后面，穿着同样的服装，带着同样的表情。但我已今非昔比，相信她也注意到了。我向她走去，迈着轻快的步伐，眼里闪着俏皮的光芒。

"你好呀！"我说。

"欢迎来到劲猛餐厅。请问您想点什么？"

"能再见到你真好！"我说。

餐厅仍然空空荡荡，或者说是又一次空空荡荡（说不定在我上次走后与此次到来之间，餐厅里一直座无虚席）。那个年轻男子又从后面探出头来，用和上次一样的怀疑目光打量着我，然后像上次一样消失了。

"请问您想点什么？"她问。

"你还记得我吗？我就是差不多三个月前来要水和纸巾的那个人。"

"你要点餐吗？"

"我就是那个要把风挡玻璃上的虫子擦干净的人。"

"要点东西吗？"

"要，"我一边说一边扫了一眼她身后墙上的菜单，看看有没有新品、今日特供，或是当日例汤，但什么也没有，"我要一杯劲猛原味'步道牌'可乐——"

"什么杯——"

"巨杯。嗯……劲猛双层墨西哥塔可汉堡怎么样？"

她在收银机上敲了几个按钮。

"还要什么吗？"

"不好意思，我刚才是问你觉得塔可汉堡怎么样。我还没打算点——"

"那就是说，你不要咯？"

"我不知道。我只是想问……对了，你是电影迷吗？"

"先生，我是不会和你去看电影的。"

"不，我只是……那是我的卡车——确切说是租来的，满满当当地装着一部我发现的电影，是由一位圣奥古斯丁的非裔美国先生拍摄的。你说不定还听说过他呢。是部动画电影。"

她呆望着我。

"就是跟卡通片差不多。"我说。

"我知道动画是什么意思。"

"当然，我无意冒犯——言归正传，那位先生过世了，我要把他的电影带到纽约做进一步的研究。电影中所有的人偶、道具和布景也都装在车里，塞得满满的，但是如果你想看的话，我可以拿出几样东西给你看。制作工艺非常精湛。那位先生是非裔美国人，跟我的女朋友一样，也跟你一样。"

"电影是关于火的吗？"

她动心了！

"还真可以这么说。你问得真巧，电影的最后真的有一场大火。你喜欢关于火的电影，对吗？"

"没什么兴趣。"

"哦，那你问这个干什么？"

突然之间，我有些不耐烦起来。

"我只是想，既然在冒烟，或许你运送的是拍电影用的火什么的。"

"不好意思，你说——"

我转过头去，看到卡车里冒出滚滚浓烟。

"老天爷！"

我朝门飞奔而去。

"我还以为这是谷克多[1]的梗，"她说，"有人问过他，会从一幢失火的房子里带走什么——"

"我知道这句话！"

"他的回答是，我要把火带走。所以我以为你可能正在运送火，和谷克多一样。"

我爱上了她，但现在是十万火急的时候。

我奋力冲过停车场，每一步都得把脚从柏油中拽出来。我想要打开后车厢，但门把手烫得惊人，我不得不把手猛抽回来。我扯下我的衬衣，把手包在里面，又试了一次。门总算打开了，但灌入车厢的空气引发了回燃（朗森·霍华德执导了一部糟糕的电影，讲的也是回燃[2]，硬是把救火拍得啰唆又无比沉闷），把我结结实实地甩到

1　让·谷克多：法国诗人、小说家、剧作家、设计师、编剧、艺术家、导演。
2　此处指朗·霍华德 1991 年执导的电影《回火》。

137

卡车后面、我自己那辆车的风挡玻璃上。我的头狠狠撞在玻璃上，又一次想起了迸溅的虫子。我站起身，发现自己刚才正好撞在那只神秘的"无人机虫子"葬身的西北象限上，留下了一块血迹。与它一样，我也在风挡玻璃上留下了自己的精髓，但现在可不是感叹冥思的时候。

我强迫自己朝那有毒的滚滚浓烟靠近，试图尽己所能挽救英戈的电影。浓烟灌入了我的双眼、嘴巴和肺部。我看不见东西，也不能思考。随着身上仅剩的衣服被火吞噬，我想起了1911年的电影《但丁的地狱》（导演是贝托里尼、帕多万和德里格罗），主要是因为片中那些赤裸的、痛苦扭动的身体与现在的我如出一辙，也是因为片中那场地狱之火。在那个时代，这是一部超凡的电影，也是意大利拍摄的第一部长篇电影。我的络腮胡被烧焦了。除了烟雾，我什么都看不见。这又让我想起了《但丁的地狱》中的算命师，为了惩罚他们在人间占卜，他们必须在朝前走时把头扭向背后。没错，这整段经历都像极了地狱中的景象。我担心自己离死不远了，高温和缺氧让我神志不清，这时，一件奇怪的事情发生了。有什么东西从我眼前闪过，不，那不是我的人生，而是英戈的电影。我把电影又看了一遍，一切都历历在目，每一处细节、每一个镜头角度、每一次面部抽动、每一句对白、每一处音乐起始，每一个舞蹈选段。仿佛有人告诉我，英戈的电影就是我真实的人生，而现在的人生已经走到了尽头，但我仍奇迹般地一往无前，那英勇的架势连我自己也从未料想到（我曾经想象过自己在某些情况下临危不惧的样子，尤其是不惧强权讲出真话，或是大胆乘坐某些游乐设施）。英戈的电影已经成了我的孩子，身为母亲，我必须跨越不可逾越的障碍去拯救它。我必须调动超人的力量，把压在我孩子身上的卡车抬起来——这个比喻并不恰当，因为卡车其实是着了火，而孩子被困其中，不是被压在轮胎下。"我的孩子，我的孩子，我的孩子"，我爬进这辆拖挂式卡车、进入炼狱之时，脑中反复响起这样的吟咏。接下来一片虚无。这是一种无以名状、空空如也的境界，用"虚无"来形容或许最为确切。正如"零"在数学史上具有革命意义一样，虚无的意义也一定会在未来的某个时刻被人类理解。我没有体验到任何体验，从字面上看，这句话似乎自相矛盾：我体验到了"非体验"。但情况确实如此，我会努力把这种感觉描绘出来。想象一个空无一物的大房间，努力想象。现在，把房间去掉，把"自己正在想象"这件事去掉，把"去掉自己正在想象这件事"去掉，然后一遍又一遍地重复这个过程。最后，把"一遍又一遍"基于的时间概念也去掉。这，就是虚无。

14

我睁开双眼，又因为刺眼而模糊的白光将眼睛眯起。远处传来水下钟声，我是在水底吗？我到底在哪里？一张模糊的面容浮现在我的视野中，看着我。我是站着的吗？如果是，这张脸怎么会斜着伸过来？

"你好啊，瞌睡虫。"这张脸的主人说。

说话的是个女人（原谅我的用词，我头昏脑涨，没有精力探讨他身为变性人的可能性），我意识到我正仰卧着。我仍然不知道自己身在何处。

"我在哪儿？"我问，为的是搞清我在哪儿。

"你在北卡罗来纳州伯恩斯维尔的伯恩斯和史瑞伯·伯恩烧伤医院。"

我花了好长时间才反应过来[1]。

"也就是说，我被烧伤了？"

"没错。"

---

1 "伯恩"（Burn）与"烧伤"同音。

"我在这儿多久了？"

"三个月了。你一直处于药物引起的昏迷状态，这是不幸中的万幸，因为绝大多数难熬的治疗已经在此期间做完了。"

"我的名字……是莫洛伊吗？"

"不，亲爱的。哎呀，乖乖，你不记得自己是谁了吗？"

"我以为我可能是个叫莫洛伊的喜剧演员。"

"不，你的名字叫巴拉姆·罗森堡。"

"哦，对，但我对外使用的名字是B，这样我就不会把男性身份当作耀武扬威的工具了。"

这句话是我机械地背出来的，说得含混不清，既无分量，又无意义。

"我懂了。"她说道。

我不觉得她懂。老实说，现在就连我自己也搞不懂了。她把了把我的脉搏。

"我是不是毁容了？"我问道，顿时乱了方寸。

"我们不知道你来之前是什么样子，所以很难判断。网上没有你的照片，只有一张上下颠倒的漫画，印在一本晦涩难懂的书的护封上，我们花了6美分，从阿里伯里斯旧书网上买了这本书。我们仔细看了你的驾照，但上面的照片太小，不知为什么要比一般的驾照照片小得多。我们不想把你的脸重塑得太小，因此尽可能用坐标纸把照片等比例放大。来，你自己看一看。"

她举起一面镜子对着我的脸。虽然害怕，我还是强迫自己去看。没想到效果还不错。虽然络腮胡没有了，但葡萄酒色的胎记也不见了踪影。感觉不错。我不觉得有人能看出我经历过火灾，但我的鼻子看起来的确更大了。

"我的鼻子看起来的确更大了。"

"是吗？我们不得不给你重做了鼻子。当然了，驾照上的照片不是侧面照，所以看不太出来原样。我们只能根据你的宗教传统推测你可能的鼻形。"

"什么意思？"

"什么'什么意思'？"

"你的话是什么意思？"我问道。

"哦，是这样，你叫罗森伯格·罗森堡嘛，我们还以为——"

"如果你们以为我是犹太人，那你们就错了。"

说完我犹豫了起来。我不觉得我是犹太人，我很肯定自己不是犹太人。现在的我虽然昏昏沉沉，但对这一点还是相当有把握的。

"对不起，先生。这是我们的失误。我们的确擅自给你做了割礼，我们以为你没有做过割礼，是因为父母和割礼执行人的疏忽。再说我们正好也需要为你的鼻子进行皮肤移植。"

"等等，你说什么？"

"抱歉，先生，让我把医生叫来，他能给你一个更好的解释。"

"你是说我鼻子上的皮肤是阴茎包皮？"

"只有一部分是。因为鼻子比较大，我们光用包皮还不够，确切地说，你的阴茎虽然不算很小，但也算偏小。我把医生叫来，他能把整个流程解释给你听。"

她匆匆离开了房间。我在镜子里端详着自己的新面孔。情况没有想象的那么糟。他们的植皮手术做得挺细致，我看起来不像个烧伤病人，甚至比之前还显得年轻些呢。我正要拿着镜子往阴茎照，医生迈着轻快的步伐走了进来。

"罗森堡先生，你好。我是艾迪森－赫迪森医生。"

他跟我握了握手，从墙上的消毒液器里往手上挤了些抗菌凝胶，以同样轻快的节奏搓搓双手。

"你今天感觉怎么样？"

"还行，但记忆很模糊。"

"嗯，你一直处于药物引起的昏迷状态，已经三个月了。你的记忆有可能会在未来的某个时间点恢复，也有可能恢复不了。"

他拿着手电筒往我眼睛里照去。

"嗯——"他说道。

"你刚才说我的记忆有可能恢复不了了？"

"恢复不了的例子也有。研究表明，药物引起的昏迷或许会对大脑造成长期的伤害。事实上，任何形式的昏迷都有可能造成这种影响。但愿不会吧，我们当然希望不会。"

"我记不起来我是怎么被烧伤的了。"我说。

"嗯，我想是卡车起火。"他含糊其词地回答道，转而向别人求援，"伯妮斯？"

那位护士走了进来。

"罗森斯坦先生是怎么烧伤的？"

"汉堡。"她说。

"汉堡。"他对我重复道，"估计是你烧烤的时候汉堡的油起了火。"

"不对，"护士纠正道，"我是说他姓罗森汉堡，烧伤是因为卡车起火。"

"我记得我姓罗森堡。"我说。

"我就知道是卡车起火，"医生沾沾自喜地说，"我刚才不就是这么说的嘛！"

"我不记得我有卡车。"我说。

"是租来的，"护士说，"劲猛餐厅的收银员——"

"我可喜欢劲猛餐厅了。"医生说。

护士一边翻看着记录，一边重复道："这个叫拉迪卡·霍华德的收银员告诉消防员，你跟她说卡车里有一部电影。她说你是个'老是骚扰她的犹太疯子'，这虽然不是什么重要信息，但既然记录在了这里，我觉得应该让你知道。"

我冥思苦想。我确实记得有一部电影，我正带着这部电影往纽约驶去，但除此之外，我什么都记不得了。

"从火灾里抢救出来了什么吗？"

护士把橱柜打开，取出一只小塑料袋递给我。袋子里是一个烧焦的木偶，看上去像一头驴子，或者毛驴，我记不起这二者有何区别了。是骡子吗？木偶有用铰链固定的腿、尾巴和脑袋。是西部驮货物的吗？我仔细研究，想努力回忆起什么，什么都行，但脑子仍是空空如也。袋子里还有一样东西：一帧胶片。我把胶片举到灯光下，上面是一个穿着格子西装、戴着圆顶高帽的胖子。他面对着镜头，露出腼腆、顽皮而怪异的微笑。他的头顶上好像有一根铁棒——模糊的影迹表示，这东西正在以极快的速度向他移动。是不是有人要用铁棒打他的头？如果真是这样，此时的他仍对即将到来的厄运浑然不觉。日常生活中的我们又何尝不是如此呢？我默想着。这时，一个词凭空跃入脑中，仿佛来自某个深邃隐秘之处。我脱口而出：

"莫洛伊。"

这个词是什么意思？又从何而来？它就像是那根飞降的铁棒，竟然不请自来地落入了我的意识之中。我记得，莫洛伊是萨缪尔·巴克利·贝克特的小说《莫洛伊》的同名主人公。我从未读过这本书，但听人提起过它63次了，还多次装出一副读过它的样子。难道，我脑海中的莫洛伊就是指这本书？答案不得而知。或许，我能在这本书中找到答案。我又想起，当我从昏迷中苏醒过来的时候，曾经怀疑自己叫莫洛伊。看来，莫洛伊是一切的关键。

"这家烧伤医院的图书馆里有没有一本叫《莫洛伊》的小说？"我问。

"没有，"护士回答，"这里是医院，所以我们的图书馆里只有以医院为故事场景的小说。如果你感兴趣的话，我们有《马龙之死》，出自同一位作者之手，故事就发生在医院里。"

"我没兴趣，不过《莫洛伊》《马龙之死》《无法称呼的人》不是三部曲吗？"

"没错，但那两本书的故事跟医院无关，所以被我们剔除了。我们的图书馆只收藏跟医院有关的书。如果你愿意，我们可以在亚马逊网站上帮你订购，希望书能在你五天后出院前送到。我们没有购买亚马逊的金牌会员服务[1]。"

"好，拜托了。"我说。

*

接下来的五天，我躺在医院里，等待着出院的那一天，脑子则

1　亚马逊的金牌会员能享受更快捷的商品寄送服务。

在不停地思考。不再纠结两眼之间的鼻子究竟比原来大了多少时，我就会探索脑中新空出来的区域，仿佛这是拔去一颗牙齿后留下的空缺，我用灵魂的舌头探触着它，戳捅着这片空间。这一片空白，这片德国人称为"leerstelle"的虚空，便是我激情的余烬，而我的激情，便是英戈的电影。

回忆的碎片一点点回到了脑中，它们不是对于电影本身的记忆，而是与电影相关的一切。英戈是一个身材魁梧而心智迟钝的瑞典人，大腹便便、发育不良、粗陋笨拙。奇怪的是，他有着浓密的头发：白发剪得整整齐齐，发型保守。但是除了头发，他活脱脱就是犹太教中的黏土魔像[1]，鼻子又扁又塌，嘴唇又厚又鼓。很难想象他曾经英俊过，甚至曾经像样过。专门研究人类欲望的科学家告诉我们，对称的五官是最吸引人的。英戈的五官并不对称，他那宽扁的鼻子是一团不规则的肉，朝右侧歪去，蒙眬昏花的眯缝眼大小不一，苍白的嘴唇仿佛在试图朝左歪斜。虽然五官一团糟，他的面孔却毫无特点。如果暂时把目光移开，我便回忆不起他的样子来。英戈的成长过程一定很孤独。女人虽然对好看乃至英俊的男子放不下心，但仍然渴望得到他们。一张让人没有印象的脸，意味着性格上的缺陷，缺乏雄心壮志，散发着循规蹈矩的恶臭。我从未被视作传统意义上的英俊之人（只有我的母亲这样认为，哈哈），却让人过目不忘，正因为这一点，我对女士们还是有一定吸引力的。她们或许是看到了我眼中的智慧，或许是听到了我口中的慈悲——不过谦逊是我引以为豪的特质，因此仅仅是这样推测，也会让我有些难为情。或许是

1　黏土魔像：犹太教传说中因被施巫术而能够自由行动的人偶。

我额头上因深思熟虑留下的皱纹吸引了她们吧。这些，我都无从判断。但是在英戈身上却找不出什么鲜明的性格，能看到的只是一片空虚、一片茫然。我并不是说他看上去像个没有情绪的机器人，因为机器人也可以被赋予酷似人类的外貌。英戈只是一座创造到一半就惨遭抛弃的雕塑。现在一切都太晚了，这尊雕像因年代久远而瓦解剥落，一点点化作尘土。他留下了什么呢？他在这颗星球上度过的漫长一生中，留下了什么值得展现于世的功绩？什么也没有。光是想想这个家伙，我们就会心生怜悯，但他的面容却完全不给我们同情的机会。所以我们只能感觉到愤怒。英戈的漠然，让我们不足以对他产生怜悯、展现出完整的人类感情。他那双不起眼的小眼睛在恳求着说"爱我吧"，却没有任何值得爱的特质。他的刻薄让我怒火中烧，让我忍不住想要蓄势给他一拳。我研习过拳击艺术，动作当然拳拳到肉，即使他身材魁梧，我也知道自己一定能将他打倒。但我不会打他，这让我成了我们两人之中宽宏大量的一方。

我无惧他的狂妄自大。我是不会被他牵着鼻子走的。他告诉我，他称得上是一位影人，而我使出了浑身解数，才没有对着他那张未发育好的脸大笑出来。不是吹牛，我一眼就能辨认出某人是不是艺术家，暂且称这为我的"艺术雷达"吧。这种判断并非基于外表。在我看来，萨姆·谢泼德和查尔斯·布考斯基都充满了鲜明的艺术气质，这种气质藏在他们的眼睛里——对于极少数盲人艺术家而言，这种气质藏在他们的指尖。盲人电影人科特斯·奥涅金就是如此，令人称奇的是，他还兼任自己电影的摄影师（他的确雇用了一位调焦员，但她也是盲人）。在演员表演时，他所使用的"感知场景"技巧（他的电影用的全是大特写，而且每个镜头里都会出现他的手）打造出了一种我在任何电影中都未曾见过的亲密感，也让他成了"盲人反性骚扰运动"的抨击目标。奥涅金的电影《再次寻回》讲述了两位失散四十年的退休老人重燃爱火的故事，堪称有史以来最色情的电影。年老的身体做爱的场景，加上精细勾勒出这两具身体轮廓的"第五只手"，都让观影者的体验强度呈指数级激增。为了写作论文《奥涅金的感官电影》，我对他进行了深度采访。他要求我们坐得近一些，可以彼此触摸到。他在整个采访过程中抚摸着我的脸，有时还会把手指伸进我的嘴里，以便"感受一下有多湿"。我记得自己当时心想，这是我有生以来经历的最真实也最不真实——可能还是最真实的谈话。我必须承认，某些语句的确有色情意味，我并无同性恋倾向，但在那个饮下了太多热茜娜酒的夜晚，我的确为这位盲眼的天才倾倒，这位失了明的伦勃朗。我不后悔，怎会有人在享受过真正的圣餐后心生悔意呢？这些行为和特质英戈都不具备。他的双眼如腐烂的葡萄般湿软无神，香肠状的手指如陈年梅子般干瘪起皱。你不是奥涅金！我在脑海中尖叫道，你不是我最最珍爱的科特斯！我一边想，一边等待他对我说出那句命中注定的话：

"你愿意看我的电影吗？"

恕我直言，卡通的形式有千千万万，但我对哪一种都无甚兴趣。对我来说，卡通画面太过黏腻、太过煽情，从本质上说并非电影，而是对某个瞬间的捕捉、对某个瞬间的操纵。我们能够欣赏插画家、电脑绘图师，或是黏土技师的技能，却不能完全沉浸其中。它总是隔着一层纱，然而电影从诞生的那一刻起，便专注于牵绊转瞬即逝的事物，这在人类历史上一直是不可能实现的。当然，在此之前静态照片已经出现了。照片很神奇，但它只能暂停时间、扼杀时间，动态画面捕捉的却是鲜活的时光，是一只生活在封闭栖息地中的蝴蝶，而不是被固定在一块木板上的标本。大家都知道，骗术师、魔术师（很遗憾，我必须把动画师归入魔术师的类别）自古就有，其中像梅里爱这样的创新者虽然拥趸众多，但在我看来，他从来都算不上令人叹服的天才。我必须强调，梅里爱是一位舞台魔术师，他的兴趣不在于揭露生活的真相，而是利用新的表现形式步步推动戏剧的骗局。也就是说，他的作品与诚信背道而驰，完全没有我在观影时最渴望看到的不加掩饰的脆弱感。

万万没想到，我的态度竟被英戈的电影所颠覆。这部动画片给了我前所未有的体验。深情款款，令人心碎，深入骨髓。它的创作手法不仅让我对生活的方式和时间的机制进行了重新思考，也在形而上的领域颠覆了我对人类和上帝的认知。英戈竟能通过定格动画的幻象和"电影"这一纯粹人造的艺术营造出如此真实的效果，让我不禁停下来思考，这无疑是我人生中最长的一段暂停时间。真希望我能记得当时的情形。

"让我先看三分钟，"还记得我当时这么说，"如果觉得值得看，我再看下去。"

"归根结底，这部电影让我有事可做。"他一边说，一边把我领到一把对着小屏幕的椅子旁。

"我三分钟后再坐，"我告诉他，"如果确定想把它看完的话。"

电影开始放映，英戈站在我身旁。

一些模模糊糊的记忆回到了我的头脑中。

这当然是部默片，因为他的创作是从 1916 年开始的。或许声音最终会被加进来吧，以便反映出电影和科技在后来的发展，至少也能让片子成为一件有趣的珍奇古玩。但是，我恐怕永远也不会知道答案了，因为效果一定很糟——等等！第一个镜头出乎我的意料。并不算糟糕，我不得不承认稍微有点失望，主要是因为我没法昧着良心在三分钟后弃片了，但坦白来说还有另一个原因：我不想承认自己判断失准。我不希望这是一部好片。不管怎样，第一个镜头挺精彩，至少不算坏。没错，动画本身很粗糙，因为早期的定格动画就是如此，但是，它的画面之直观、情感之脆弱、场面调度之精密，都让人震惊。我想起了黑格尔，我是说那位哲学家，而不是卡通乌鸦[1]。毫无疑问，这个干瘪苍白的老人不可能读过哲学作品，但是……

三分钟转瞬即逝。我无法把视线移开。我正在见证着什么，犹如第一个从兽性无意识的原始淤泥中挣脱出来、惊叹于日出之美的人类。而我的见证亦被英戈见证着。我满腹疑虑，英戈是不是窃取了哪位逝世已久的动画师的毕生心血，将它拿来冒充自己的作品？他（她、彼）是不是被英戈谋杀了？我会不会成为下一个受害者？我尚未问世的专著是否很快会以他的名义出版？但是我无法扭过脸去，我无法选择逃走。十九小时转瞬而过，英戈把灯打开。

"睡吧，"他说，"我五小时后叫醒你，我们再接着看。"

我的世界已经彻底颠覆，我照他的话睡了过去。正如英戈预测的那样，我整晚都被纷乱的思绪所扰，电影中的角色闯入了我的睡梦之中，用他们的笑料和妙语侵染我的梦境。何处是电影的终点，何处又是我思维的起始，我已无法判断。我在梦中笑啊笑啊，直到

1　此处指动画片《黑科尔和杰科尔》中的角色，实际上是一只喜鹊，而非乌鸦。

150

鲜血从我撕裂的食管中奔涌而出，仿佛暴风雨之夜从排水沟中奔涌而出的水流。第二天早晨，电影并没有从昨晚停止的地方继续，而是从我的梦境终止之处接续。这至少是我的感觉。这怎么可能呢？或许这是一种心理学把戏。或许英戈明白，人类的大脑总会填补空白，总想把各不相干的部分拼成一个彼此凝结的整体。英戈是否研究过普多夫金[1]的作品？我不愿相信他竟会对苏联电影的蒙太奇理论有所涉猎。然而他的电影与我的生活融合得如此天衣无缝，又让我不得不做出这种猜测。仿佛电影与梦境的交融，已经将我变成了电影中的一个角色——那个"看电影的人"，于是，我忠实尽责地扮演着自己的角色，继续观看影片。

三周过去了。我忘记了自己的专著，忘记了我现实生活中的种种人际关系。英戈总是徘徊在我的身边。

我觉得自己不该从观影体验中抽离出来，但生活中还是有一些事情不得不去处理。我或许可以每天睡五个小时，花两小时吃饭、洗澡、处理个人和工作事务，剩下的十七小时则全部用来观看这部没有名字的电影。

"这么安排是欠妥的。"英戈告诉我。

现在的英戈已与几周前判若两人：他自信满满、要求严苛，俨然一位一丝不苟的艺术家，深知人们该以何种方式观赏自己的作品。奇怪的是，现在的他也变得英俊起来，宽扁的鼻子显现出一种神气活现、英气逼人的棱角，仿似提督便帽的帽檐。面对这面貌一新、胸有成竹的英戈，我不得不心生瞻仰之情。难道我对他有了些许性

1　伍瑟·沃罗德·普多夫金：苏联导演，和爱森斯坦一起创立了蒙太奇理论。

冲动？我承认，我非常想取悦他，但不行——我每天必须有两个小时的个人时间。我必须坚持自己的立场。如果我不对英戈百依百顺，他难道不会更加尊重我吗？我告诉他我必须这样安排，他点头表示同意，但我的确让他失望了。

"您的电影非常精彩。"我向他示好。

我无法面对他的双眼，它们瞬间便能看穿我的灵魂。对不起，爸爸。这句话在我睡眠不足的大脑中不断闪现。这一切真的发生了，抑或只是电影中的情节？我已无从判断。我下定决心，绝不能让英戈失望。我要将他事先定好的作息安排坚持下去。然后，一件奇怪的事情发生了：英戈去世了。我一遍又一遍地呼喊着他的名字，想要让他苏醒过来，但无济于事。我打了报警的电话。

15

等等，这些记忆是真的吗？或者他其实是一位非裔美国局外艺术家，是我发现了他，或许还担任了他的导师？我对细节的记忆仍然有些模糊，这两种版本都有印象。确切来说，我能真实感受到这部电影的遗失，能体会到这缺失在我脑中留下的空洞。我知道，这部电影给了我理性思考的能力，给了我如坠爱河的新奇体验，惊叹"太棒了，世上竟然还有'这种东西'"——世上竟有"这种东西"，我们竟能在世上体会到"这种感觉"。而今，这份惊叹已经消失得无影无踪，我知道，我再也不会有这种惊叹，再也不能确定有"这种东西"存在于世了。我的火焰、我的理智，全都荡然无存，但它留在我灵魂上的巨大烙印还在，就如彗星撞击地球时留下的深坑，而彗星却在撞击时消失殆尽。英戈的"彗星"只留下了伤痕：深坑、虚无、永恒的遗失，它的存在便是它的空缺，它的意义便是它的缺失，它的价值是一个只可揣摩的深奥之谜。行走在这片"负空间"的边缘时，一些思绪跃入脑中，那是我很久以前读过的一篇文章，或许是在哈佛上学时，我记得哈佛是我的母校：

他之外的一切勾勒出了他的轮廓，就像剪影的负空间和正空间一样，都能让我们了解剪影中人的点滴。

——德贝卡·德马克斯，《寻找 X 的答案》

德马克斯是生活在美国阿巴拉契亚山脉的诗人、木雕师，也是西弗吉尼亚卫斯理学院的试光学教授，是带领我走过迷宫般"间世界"的第一位导师，日文中的"间"指"夹在中间的虚空"，即心灵与实物之间的互动。现在，我终于发现"间"就在我的面前，这并不是一种诗意的抽象概念，而是存在于我生命内核中的骇人现实。电影已经消失了，因此，我身上与它融合的那部分、随它改变的那部分、因它而以全新视角看待整个宇宙的那部分，也跟着消失了。

我凝视着窗外街对面的轮胎厂。我想到轮胎，想到轮胎是个中间有洞的圆。这与遗失的电影有着异曲同工之妙。然而，轮胎中心的虚空是有用途的，它可以让轮胎被套在车轮上，绕着车轴转动，进而使汽车前行。这给了我一点希望。或许，这部遗失的电影也能让我前行。若将我的大脑比作轮胎，这部遗失的电影也许就是轮胎中心的洞。

我们必须正视各种各样的遗失，不是吗？关系的遗失、爱情的遗失、权力的遗失、记忆的遗失、地位的遗失，以及由此而来的恐慌。我们必须接受，遗失是生存的基本要素，一个"不存在"的要素。一切都将荡然无存。"所有的过往都将湮没在时间之中，如同泪水消失在雨中"，这是《银翼杀手》中复制人巴蒂的经典台词。在这部手法拙劣、误入歧途的电影中，巴蒂的独白构成了一个充满诗意、逻辑通顺的罕见时刻。这位靠拍广告起家的导演似乎不愿或无法认识到，电影的宗旨是与贩卖卫生纸[1]背道而驰的。这句深刻的台词全凭才华横溢的荷兰演员鲁格·豪尔即兴发挥。因此，我永远感激他和他的"gevoelige geest"[2]。

另一个想法也一直在我脑中萦绕，脑中盘旋的思绪太过纷乱，让我难以一一分拣。我稍加凝神，辨识出了这句话："每一只昆虫的死亡，都是一次我们无法挽回的损失。每一次死亡都重塑了这个世界。"一语中的！这是伟大的印度圣徒吉瓦·高斯瓦米的名言。就在不久之前，我还漫不经心、自私自利地将风挡玻璃上的死虫子视为一种不便，而不是一千场——不，应该说是一百万场悲剧。那些昆虫和它们数以亿计粉身碎骨的同类都需要得到世界的承认。它们活过，它们的存在改变了世界。我没有真正了解过它们，我从未把它们当作个体看待，现在我再也没有这个机会了，因为它们已经永远地消失了，被我用衬衣从风挡玻璃上擦去，而衬衣本身也是用我再也无从了解的诸多棉花属植物的尸体制成的。对待英戈时，我是否也是同样漠然？我可曾将他视作一个不可或缺、无可替代的实体？抑或只是我达到目的的一块跳板？这让我想起了德里的耆那教昆虫医院。毋庸置疑，耆那教是一种古老而深刻的宗教，它诸多精辟的教义中，有一条是教导我们认识一切生命的神圣性。因此，教派开设了一家鸟类医院、一家牛类医院、一家虾类医院，还有上文提到的昆虫医院。治疗其他生物的医院还在规划和建设之中，想要让人类往善的方向发展，是需要付出时间和金钱的。

---

1 《银翼杀手》的导演雷德利·斯科特曾是著名广告导演，他的姓氏也与一款卫生纸品牌（Scott）相同。

2 荷兰语，"敏感纤细之心"。

2006 年，为了给电影《别惹蚂蚁》写作专题报道，我造访过这家昆虫医院，当时我打算批判电影对蚂蚁医院的不实描述。我认为指出这一点非常必要，因此不得不长途跋涉到印度搜集证据。最后，这篇报道惨遭顶包，取而代之的是丁斯莫尔的胡言乱语，讨论《虫虫危机》如何对昆虫马戏团进行了错误刻画。但这段经历让我了解了耆那教徒，也让我坠入了爱河。

*

今晚，烧伤医院的伙食又是软炸牛排配果冻。

我吃着橙子果冻，趁着咀嚼的空当对艾迪森－赫迪森医生说："好像少了些什么。"

嘴里塞满了樱桃的艾迪森－赫迪森点点头。

"我是说我自己好像少了些什么，"我解释道，"自打从昏迷中苏醒过来，我的心里出现了一个洞，空空如也，渴望被填满。"

"嗯，我不是心理学家，也不是精神病学家，跟这个领域压根不沾边儿。实际上，我不止一次被指责对待病人态度恶劣、没有同情心、心不在焉、唐突无礼、居高临下。所以，在听我接下来的话时，请记住这一点，对我的建议不可尽信，我还应该补充一句，我不是社会工作者，不是有执照的，也不是义工，但是根据我道听途说的有限研究，所有人——我是说历史上的每一个人都有你所描述的那种感觉。所以听我一言：别把这当回事儿。那个空洞是无法填补的，继续你的生活，回到工作中去，培养一份爱好，找一个你能搞到手的好女人，安定下来过日子吧。"

"我已经有女朋友了。我记得她是非裔美国人。你应该听过她的名字，我记得她是个名人，好像是90年代一部人气情景喜剧的女主角。"

"哇！她叫什么名字？"

"我不记得了，但你一定听说过。等你想起来，你可以告诉我。"

接着，是一段漫长而可怕的沉默。

"我既害怕，又困惑。"我补了一句。

"嗯，我刚才已经说过了，我在任何精神健康领域都没有执业资格，但是，我可以找位心理咨询师来。"

"我感觉自己在慢慢消逝，没有什么事情是稳定的。"

"我只能告诉你万事万物都是不稳定的。时光继续消逝，消失在未来之中，这是史蒂夫·米勒一句很有哲理的歌词，整首歌除了这句都荒谬至极。'雄鹰会飞向大海'？它们干吗这么做？我说不清，我虽不是鸟类学家，但我不认为雄鹰会这么做。不过'时光消逝'那句歌词说得千真万确。"

"我想，它们是去那儿捕鱼吧。"

"你是说鸟类学家吗？"

"雄鹰。它们会去海上捕鱼。"我说。

"可能吧。我不是鸟类学家，也不是鱼类学家。"

"我也不是。"

"所以我俩都是在扯淡，不是吗？"

"困扰我的问题不是时光流逝，我已经接受了这个事实。让我恐惧的，是我的思想、理念和心中构建的世界图景正在流逝。"

"我会找位心理咨询师来。不过，你只能凑合一下，和为死者家属做心理辅导的咨询师聊聊。我们医院只有这种咨询师。这里经常有人去世，因为说到底，这儿是医院。"

"我并没有真的在为什么哀悼。"我告诉为死者家属做心理辅导的心理咨询师，这是一个身着某种牧师袍的胖男人。

"对逝去的时间也不感伤？"

"可能吧。"

"对遗失的记忆也不惋惜？"

"或许吧。"

"你说你遗失了一部电影，我怀疑它只是一种对于逝去回忆和时光的象征。我怀疑，这部电影根本就不存在。"

我把剩下的那一帧胶片给他看。他把胶片举到光亮处。

"这不是电影，"他说，"因为画面是静态的。"

"这只是一帧画面。"

"这不是电影，是静像，"他说道，"别想骗我。"

我使劲按了按太阳穴。

"我觉得，你'丢失的电影'和你昏迷的时长都是三个月，这一点很能说明问题。"

"我觉得这是个巧合。"

"如果说死者家属心理辅导训练营教会了我什么的话，那就是世界上不存在所谓的巧合。"

"他们怎么能确定？训练营会把这当成课程的一部分？"

"别闹情绪了。"

随着这句劝诫，我从医院被放归了尘世。我身穿一件从"好意"慈善超市买来的棕色涤纶西装，脚踏一双塑料鞋，腰系一条硬纸带，拿着一个装有钱包、单帧胶片和驴子木偶的棕色纸袋。我回到了一个既熟悉又陌生的世界，这是一种无以名状的感觉。

有人给我指了公共汽车站的方向，我朝那儿走去，路过一对母女。母亲跪在蹒跚学步的小女孩面前，正轻言细语地对她说话，看上去像是在努力安抚她。孩子脸上沾满了泪水，紧紧盯着母亲的双眼："一点也不好玩！"什么好玩呢？我琢磨着。孩子认为的"好玩"是什么？我们为什么觉得自己肯定能遇到好玩的事？我抽着一根不知何时出现在手中的香烟。

等公共汽车的时候，我努力拨开脑中的迷雾。电影燃起的浓烟灌入我的回忆之中，随着这浓烟卷起我脑中原有的感伤、错觉和混沌，我已看不清它的存在。我脑中浮现出愚蠢的念头，然后又把这些蠢念头琢磨了一遍。我就如一台被设定为自动模式的笑话机，自行制造着荒诞。如果有办法，我要止住这纷涌的念头；我要打造一个空间，让有尊严的生存成为可能，让我在此得以喘息。但这似乎是痴人说梦。我并不存在。我只是一种消遣。这通风不畅的候车室充斥着人类的恶臭气味，我暗中观察着这里的人们，这些演员，这些我此刻的同伴。这世界上有太多的人，而其中绝大多数都在"贡献"着五花八门的体味、糖尿病病人的尿液、粪便和病菌（正如这候车室里的情形）。污浊的烟气沾在我和他们的衣服上。我抬起头，发现一个男人正盯着我。我们四目相对，他没有把目光移开。这是一场挑战，一场不是你死便是我亡的博弈，而我必败无疑。他的双眼冰冷而刻薄，我能透过这双眼睛看到自己，或者说我正在想象着透过这双眼睛看到的自己：一个都市中的弱者、一个同性恋者、一个犹太人。他的蔑视渗入了我的体内。我为自己在他眼中的形象而感到自卑，也因自己在乎他的眼光而羞愧。我再次抬起头，希望他已经把目光移向了别处，但他并没有。在他的目光之下，思考变得更加困难了。我突然想到，或许他心理不正常，可能患有精神病，如果我不这样紧盯着他，他或许会骑在我身上，把我打死。他愤怒的眼光完全聚焦在我身上。我做了什么，竟让这个男人如此恨我？什么都没有。我什么也没做。我一直安分守己地过日子，但仍然落得身心俱伤、痛失财产、身陷火海，在这穷乡僻壤被整形成一个可笑的四不像。我唯一交上的好运，就是发现了一部从未被公之于世、具有重大历史和艺术价值的电影，创作者好像是个非裔美国人，又或许是瑞典人，而今，心理和大脑的双重损伤，几乎将这部电影从我的记忆中全然抹去。为何我要遭遇如此无情的命运？我从未故意伤害过任何人，总是尽力做到品行端正。诚然，我并不完美，但比我糟糕许多的人有千千万万，他们的审判日却不曾到来。这个男人会盯着他们看吗？我不这么觉得。他会认为那些人有男子气概、明哲保身、有本事获得自己想要的东西。这世界是不公平的。我无法忆起往事。那些记不得往事的人注定要重蹈覆辙。这句话我好像在哪里读过，但想不起来了。车站里的乘客越来越多，我看不到那个死盯着我的人了，但不知怎么，我仍能感受到他的目光。竟有这么多要出门旅行的人，我十分意外。据我所知，今天并不是法定假日。我虽然记不起所有的法定假日，但我知道今天不是感恩节，我敢确定感恩节是在秋天，而今天非常炎热。现在是夏天的某个月份。这里的人几乎都穿着工装背带裤，有人下身穿着工装短裤，上身却没穿衬衣。有的人穿着那种被叫作"连衣工装裤"的东西。不知为何，我知道这种服饰。我是怎么知道的？现在一切都成了谜。

16

公共汽车的座位被重复预订了。对于所有愿意乘下一趟灰狗巴士的乘客，只要不出境，都可以免去 4 美元票价，下一班巴士的出发时间是下周四或周五的下午 5 点半，到底是哪一天他们也不确定。没人愿意等下一班，因此巴士公司启动了"紧急坐大腿计划"。他们为所有乘客称重，给每人分配了一位"坐大腿伙伴"。我在医院里瘦了 21 公斤，浑身湿透时体重差不多是 43 公斤（称重的人并没有解释为什么要拿水管浇我们）。我与一位身穿运动服、体重 152 公斤、名叫利维的男人配成了一对儿。他握了握我的手，让我叫他"抓抓"，说大家都叫他"抓抓"。

"你这个外号是怎么来的？"我故作镇定地问道。

他犹豫了一会儿，然后告诉我，当他还是个小男孩的时候，总会从饼干罐里多抓一块曲奇。我完全不相信他的解释，但我不愿意在公交车站等到下周四或周五。

说实话，情况不算太糟。利维的大腿柔软、温暖又舒服，他基本上也没在我身上乱摸。我们进行了一次简短而尴尬的对话，试着找到彼此的共同点。

"你看体育比赛吗？"他问。

"不看。你读书吗？"

"不读。你喜欢车吗？"

"不太喜欢。你爱看电影吗？"

"我爱看 DC 的电影，不爱看漫威的。漫威简直是垃圾。"

"那旅行呢？"

"我坐布兰森家的飞机[1]。你打猎吗？"

"我喜欢猎古玩！"

"哦，你的意思是猎古老的动物吗？"

一阵不长不短的沉默后，我回答说："没错，我就是这个意思。"

话落，我们便沉浸在各自的世界中——利维在一台他称为"世嘉掌机"的设备上打电子游戏，他双臂环抱着我，透过我的肩膀盯着小小的彩色屏幕，而我则试着阅读《莫洛伊》。我读得很慢。最近，即便是在最理想的环境中，我也很难集中注意力。利维可能勃起了。我的双眼在"我不知道自己是怎么到那里的"这句话上反复徘徊，好像无法理解句子的意思。从表面看，这似乎是一个极其简单的句子，但这句话是什么意思呢？我怀疑我的理解能力出了一些问题。如果这是不正常的状态，我还能恢复正常吗？医生们无法（或不愿）给出答案。失去是可怕的，我已经失去了时间，也失去了对英戈电影的大部分记忆。

"该死，失手了。"利维说。

他停下来，深沉地盯着窗外，不多不少，正好三秒钟，然后又

1　此处指理查德·布兰森成立的维珍航空公司。

开始了新一局游戏。

想要重新开始，你就需要学会放手，学会收拾残局。我的"坐大腿伙伴"正在以身作则地教给我这重要的一课。天涯何处无英戈。在余生中，我将发现更多从未问世的非凡之作，数以千计也说不定，只要睁大双眼。我一定要坚持把眼睁得大大的！

我微微点了点头。

瞧，就算我真的遭受了某种程度的记忆丧失或大脑损伤，我也会把剩下的脑力全部发挥出来。利用那种像腿一样一蹦一蹦的器具，通过勇气、决心以及另一项特质……（是叫"进取心"吗？），失去双腿的运动员也能重操伟业。同样，我也能重新找回自己的优势，像老羊一样找回我的"嫩草"……是叫"老羊"吗？

"那部电影是不是叫《当老羊碰上嫩草》？"我问利维。

"《当老牛碰上嫩草》。"他回答道，双眼一刻也没离开他的玩具。

"哦。"

"挺不错的电影。"他说。

"我问的是原著的书名，"我说，"我不看那种电影。"

"书名我不知道。"

"我想应该是《当老羊碰上嫩草》吧，"我说，"他们经常给电影改名。"

"哦。"他说。

"《秃鹰七十二小时》的原著名字应该是《秃鹰一百四十四小时》，"我提醒他，"所以——"

"嗯嗯。"利维回应道。

我们重新回到各自的世界里，他又变成了那个小小的绿色火星人（不知道是不是火星人），试图在一系列纵横交错的火星运河间寻找方向，而我则盯着窗外昏暗的景色向身后移去。北卡罗来纳州的高速公路边满是棚屋，赤脚的孩子们盯着我们的车，惊得张大了嘴。他们是不是从没见过公共汽车？可这确实是公交线路呀。他们的下巴是不是因为营养不良才松动的？我们的国家是如何辜负了这群张嘴呼吸的小天使？我突然有一种冲动，想把他们全都搂在怀中。既然英戈的电影本应赋予我的人生已经烟消云散，或许这就是我应该做的事情。我应该来到这片棚屋之中，当一位教师。无论大脑受到了怎样的严重损伤，在这个鸟不拉屎的地方，我还是能尽一份力的。面对这些连嘴都闭不上的孩子，只能背出《伊利亚特》一半的内容根本算不上什么缺陷。我想象自己在仅有一间教室的校舍中点名签到，为孩子们包扎小伤口，为了用土著人民日代替哥伦布日[1]而与校董事会争辩。简而言之，就是做各种意义重大的事情。或许，之前人生中发生的一切就是为了引领我来到当下的这一刻。我猜自己大概得弄张教师资格证之类的东西，但这能有多难呢？在这儿教育小孩一定是"小儿科"。我被自己灵光乍现的"双管语"逗得咯咯笑了起来。是"双管语"还是"双关语"来着？管他呢。我决定了，就叫双管语吧。

"你会读书吗，罗森堡先生？"

"会。"

"您会加减法吗，罗森堡先生？"

"当然。"

---

1 哥伦布日是为纪念哥伦布发现美洲大陆而设立的节日，但如今的历史学家们大多认为，哥伦布发现新大陆为当地土著人带来了伤害。——编著注

"恭喜您获得教师资格证！附赠一张钓鱼资格证！呀呼嘿！"

"谢谢您，尊敬的先生。"

利维很快睡着了，而我则在剩下的漫长归途中想象着那更为简单质朴的新生活。我甚至能够想象自己有天拍摄一部传记电影的情景。我切切实实地感到，我终于找到了自己的使命。

当巴士到达纽约时，我已经释怀了。对于这个问题我已思考良多，我下定决心，不能让那些浑蛋得逞。我不能坐以待毙。我不能放弃我的梦想。我要再寻找一件不为人知的杰作（这样的杰作一定有数百万件！），这一次，我要好好保护这部作品。我要立刻把作品数字化。我要拷贝副本。我要拿一只保险箱（还是叫"安保箱"来着？）。我要聘请一位律师，给他（她、彼）寄一份副本。我已经学到了宝贵的一课。

来到港务局，我在由妓女、瘾君子和冒失鲁莽的上班族组成的"群演大军"中拼命挤出一条路来。但愿哪天能有人拍一部关于纽约的电影，我是说，一部真实记录这座城市的电影。在这一点上，任何人都差得远呢。我知道怎么拍，也会毫不迟疑地动手。我了解这座城市。我知晓它那刻骨铭心的伤痛和不值一提的成就。我能够、应该，也一定要去尝试，尽管我唯一一次对电影制作的涉足换来的是近乎残暴的漠然，说实话，这可以算是一场让我噤声的阴谋，但是，我觉得自己已经做好了再次扛起大梁的准备。我的伤口已经过了充分的舔舐，且不仅仅是被利维舔舐。长期以来，我一直在克制自己身上知识分子的一面。我已对层层堆叠、高如奥林匹斯山一般的批评进行了反击。我将整个曼哈顿视作一大幅画布之上的作品，从大理石山一直到炮台公园，延绵跨越了数代人，从早期的荷兰殖民者，到当今来自沙特阿拉伯的亿万富翁，再到未来的捷克精神领袖，他们齐聚一堂，几个世纪的人们被挤在这 37 公里长的狭长地带。我又想道：这幅作品中，也该有原本居住在这里的德拉瓦族人。我们都在这里，熙熙攘攘，被挤得动弹不得。在这扭曲的现实中，我要将焦点放在一段情事上。这段情事发生在两个女人之间，出于机缘巧合，她们恰好挤到了彼此身边。因此，从这个意义上讲，这部电影是关于命运的，也是关于大熔炉的，但更准确地说，这部电影讲的是多元文化的大融合，因为其中一位女性是 20 世纪 20 年代的非裔美国人，另一位则是来自当代的阿拉伯裔美国人。这就是我想拍摄的电影。我还想好了削减成本的方法，主要是给这两位女性拍特写，她们两人可能都很矮小（不必是侏儒，但侏儒也不是不行，因为这能给整部电影添加一重人文关怀和多元化的维度），这样一来，与两人视线平行的摄像机就拍不到她们身后的人山人海了。而电影开篇和结尾需要展示出大量人潮的镜头可以通过 CGI[1] 完成，也就是"计算机成什么技术"的英文缩写。那位非裔美国女性将由我的女朋友来扮演。她并不矮，但是毕竟，CGI 可以通过计算机之类的技术把她缩得很小。

*

朝 10 街走去的时候，我在脑中回忆着英戈的电影胶片毁灭的场景。我想到了逝去的东西。我的毕生之作。我的思绪。三个月的时间。英戈的生命。这一切是否可以逆转？不，一切都已化为灰烬。《矮

1　CGI：计算机成像技术。

胖子》——我一直以来都觉得它只是一首关于鸡蛋的童谣[1]，此时却充斥了我的大脑。除了恐慌，什么都没有。只剩虚无。我的人生化为乌有。我尝到了一丝意义的滋味，正因如此，这意义的缺失才显得如此难以承受。我再次尝试着回想英戈的电影。要问我在观影时有多用心，事实证明，我一点也不用心，一点也没在意。要问我是不是开了小差，我是否幻想过那些等待着被我重新发掘的荣耀，答案是肯定的。而这些，是英戈电影的一部分吗？恐怕不是。这些，都是我可悲的"个人电影"里的内容。亿万个"小我"为抢夺"不朽"的残羹剩饭而虚荣地饶舌，而这些空想，只是我对这饶舌毫无价值的贡献而已。现在，我幡然悔悟。我不是位好观众。我没有全然投入。

哦，英戈呀，溘然而逝，销声匿迹，我处心积虑地赢得了您的信任。我是您唯一的观众，因此，我对您和您的作品肩负着巨大的责任。我无法让您起死回生，我无法让您的毕生心血从无变有，但是，如果不这么做，我就无法生活下去。我努力回忆着，大脑因巨大的负荷而发痛。我回想起第一天，那张硬背椅，最初的画面，最初的动作，胶片上的划痕、污渍、曝光过度、曝光不足、曝光正好。这些无意产生的效果也是电影必不可缺的元素，与艺术家有意做出的选择一样意义重大。这个世界有权对这部作品发表意见，这种权利，不得侵犯。

我又想，或许，这世界已经发过了声。这部电影已被抹去，如佛教僧侣那神圣的彩粉曼陀罗一般被冲刷得无影无踪。世界又回到了无序的灰烬状态。尘归尘，土归土。这对我而言是一种慰藉，因

---

1 《矮胖子》是一首英文童谣，讲的是一位"蛋先生"坐在墙上，而后掉下来摔碎的故事。

为很久以来，我都认为佛学是最贴近我心灵的哲学体系。电影这种手法蕴含着一种人类的绝望，一种人类对控制、拥有和对抗转瞬即逝之世事的渴望。即便在摄影的术语中，也充斥着人类对于控制和驯服的需求。人们会说，摄影师"捕捉"到了某个瞬间。人是无法捕捉瞬间的，就像人无法阻止时间的流逝一样。这个世界的运行方式并非如此，但我们却通过不断进步的科技让自己相信，世界就是如此。然而，死亡终将降临。或许，会有一件艺术品或一座墓碑纪念我们的存在，但这也无力改变死亡的事实。我们总是处于调整的状态中，调整来，调整去。这件事已经发生，接下来又是什么？这是我们作为人类提出的问题，人生如是。将这香脂涂抹在心灵的创口之上后，我继续前进。我要回忆起来，而我的追忆，便是我与英戈之间的合作。一个是亲历了整个20世纪的非裔美国人，一个是人生始于20世纪中期、或许将会终结于22世纪初期某时的白人知识分子。这肯定会激起巨大的抗议。人们会说，这是文化盗用：白人又一次从黑人的成就中掠夺了利益。对于持这种观点的人，我有三件事要声明：1.英戈的电影本身不就是盗用吗？难道这部电影没有利用白人发明出来的技术吗？根据我对英戈电影尚存的记忆，它所讲述的故事全部都发生在白人世界中，具体来说就是白人喜剧电影建构的世界。英戈在影片中用到的"笑料"难道不属于白人吗？或许如此，但是我不会为此而心怀怨念，他能利用我们的成就，我受宠若惊。2.这份工作除我之外没人能胜任。无论如何，我都是他唯一的执行人。我知道这个词很容易让人联想到死刑执行人。这就是语言中的一种巧合，我们只能听之任之。3.英戈有可能是个瑞典白人。

我的任务已经安排妥当，我在港务局（我怎么又回来了？）找了一张长凳坐下，面前是一个便笺簿——我只在便笺簿上手写文字，不用电脑。你大可说我是个老古董，但我就是不相信文字处理器。对我来说，写作必须是一种发自内心的体验。一定要有污渍，一定要有画掉的段落；用横线画掉文字的粗暴举动，会让我在自我谴责的时刻回想起自己的激情。写下这几行字时，我有没有劳累或感伤？笔迹的倾斜度便能告诉我答案。对于一位笔迹分析师而言，可取的证据无穷无尽。我动笔写了起来：

> 一个男人在滑旱冰。不，一个男人在风暴中行走。他从屏幕左侧移动到屏幕右侧。一些物体被风刮过。他的帽子被吹走了。好像还有一个孩子。好像有一团东西从天空掉落……

行不通。四小时的挣扎收效甚微，我记不起来。我那具有局限性的人类大脑应付不来，它被创造出来，最初只是为了做出战斗或逃跑的反应，记得哪些浆果可以食用，以及战胜我的敌人。

等一下。我突然回想起来，这部电影是在海啸中遗失的。虽然不喜欢游泳，但我当时还是跳到了海中，努力寻找着它，像娜奥米·沃茨一样被海浪来回拍打[1]，直到海岸警卫队把我救了上来，送去了佛罗里达州菲利普斯博士镇的莫顿·唐尼溺水医院[2]。在那里，菲利普·菲利普斯医生用药物诱导我进入昏迷状态，对我的鼻子进行了重建，为何要采取这两项措施，原因尚且不明。那么火灾呢？不是有一场火灾吗？ 没错，是有一场火灾。关于电影是如何被毁的，

1　此处指影片《海啸奇迹》中的场景，该片由娜奥米·沃茨主演。
2　"唐尼"（Downey）与"溺水"谐音。——编者注

这两种回忆怎么可能都是真的？我说不清，但我确实就在那里，开车从菲利普斯博士镇向北走，道路两边空空如也。居民已经撤离城镇，因为巴顿飓风（是不是因为《独立宣言》的签署人巴顿·格威内特而得名？）预计很快就会登陆。于是我加大油门，努力赶在飓风前面。根据西半球飓风等级表，巴顿飓风是一场热带风暴，最高时速约117公里，而我则以119公里的时速跑在它的前面。我把收音机调到了天气频道。如果飓风升级，我就会开得更快。我真该昨天就走的，但我精神状态很差，没法出院。

今天就不同了。现在的我，已是火力全开。我必须回到纽约去。发掘英戈电影的计划已是毫无希望，我需要再次沉浸在纽约的城市生活之中。我有电影要看，有艺术展开幕式要参加，有物美价廉的民族特色餐厅要去发现。最重要的是，我的非裔美国女朋友已经回来了。几个月来，我们之间几乎没有联系，因为我俩的心思都放在各自的工作上。异地恋可真难拿捏！但如果我一路不停地开，10点钟就能到家。一想到她那张开的双臂，我敢说还有打开的双腿，我便能集中精力。当然，让我集中精力的还有巴顿飓风，收音机告诉我，飓风预计会在南卡罗来纳州的默特尔海滩南部登陆。沿途的收费站拖慢了我的速度。我从后视镜里看到，天色非常阴沉。为了打发时间，我玩起了脑力游戏，试着把佛罗里达和纽约之间沿海的各州依次背出。佛罗里达州北边是佐治亚州，然后是南卡罗来纳、北卡罗来纳，接着是弗吉尼亚……内皮尔维尔[1]，特拉华、阴道、玛丽、铅笔、新泽西、纽约。游戏很快就玩完了，但我还没驶出佛罗里达。

1　内皮尔维尔：加拿大魁北克省内的一个自治市。

我自娱自乐地幻想着与女朋友重逢的场景，我们的身体交合在一起，她的皮肤是浓郁的棕色，在我粉嫩洁白肤色的衬托下几乎呈巧克力色，就像是棕白相间的土耳其软糖，两具躯体都因涔涔汗水而闪闪发光。我生性沉湎肉欲，但这一点与我的知识分子特征毫不冲突。流行文化或许会向你灌输一个观点：在精神和肉体上，"书呆子""极客""废柴""老古董""窝囊废"都是无可救药的，但正如受过良好培训的味蕾能更好地区别不同品种葡萄酒之间的细微差别一样，事实证明，一个在诱惑和两性艺术上拥有良好修养的人也有能力成为并一定会成为一位杰出的情人。比如说，我要比那些俯拾即是的廉价好色之徒更有优势，他们只会进行那种双方都能得到满足且往往猛烈的性爱，而我则能教授情人性爱的技巧。这些技巧赋予了女性一重额外的好处，那就是把男性至于完全被动的位置，从而将权力交予女性。当然，为女性赋权往往能给她们带来性的解放，但除此之外，我也很享受受制于女强人的感觉。如果那位女强人恰巧是个非裔美国人，哎呀，那我简直就是进入了极乐世界。

想象着和女友重逢的激情画面，我终于安全抵达了新泽西州，把车停在哈里森市的停车场里，步行回家。纽约闻起来和以前一样，港务局的气味更是一点儿没变。在由妓女、瘾君子和冒失鲁莽的上班族组成的"群演大军"中，我拼命挤出一条路来。但愿哪天能有人拍一部关于纽约的电影，我是说，一部真实记录这座城市的电影。在这一点上，任何人都差得远呢。我坐下来，摊开便笺簿，想要在此时此地把这部电影的构思写出来，但是，我做不到。

17

我到了公寓楼门口，非裔美国女友正在台阶上等我。

她是怎么知道我几时会到家的？

不知为何，她的表情告诉我，我们之间结束了。

"我们得谈谈。"

"什么？"

"对不起，B。"

"什么？"

她给了我一个拥抱，我挣脱开来。

"你别带着那种眼神抱我！"我大声尖叫。

而她只是看着我，默不作声，就像一只猫，一只马上要与一个男人分手的猫。

"为什么？"我需要一个答案。

"是这样的……我觉得我们在这段时间里越来越疏远，我不知道怎么回到过去。"

"我出于……不知道什么原因，一直处在药物引起的昏迷中！"我突然糊涂了，"是不是这样？"我哀怨地问道，"事情是不是这样？"

"我听说是这样，但这并不能改变什么。"

"我们可以再试一试，我们有责任再试一试。我还在自己的电影里给你安排了角色呢。"

"没用的。"

"为什么没用？因为他们为了促进麻醉效果，把我的络腮胡给剃光了吗？我可以再蓄回来！"

"因为我有别人了。"

我的心碎了。听起来很俗套，但这就是我的感觉。我能感觉心正在破碎，甚至发出了一种裂开的声响。

"对方是演员吗？"

"导演。"

"是个男的？"

"对。我很抱歉。"

"但是——"

"我必须和黑人谈恋爱，B。或许这是我的弱点吧，但是——"

"只要是个非裔美国人就行？"

"当然不是。别这么刻薄，"她停了一下，接着说，"我们有相同的背景，彼此心有灵犀。我跟你就没有这种默契。没错，我知道犹太人也有过悲惨的遭遇，但是——"

"我不是犹太人。"

"好的，B。我很抱歉，真的很抱歉。"

"我不懂你为什么总是坚持说我是犹太人。"

"我不知道。你看起来真的……挺像犹太人的。我经常会忘记你不是犹太人，尤其是现在，更像了。不知是什么原因，我说不清楚。"

173

"你会跟他一起拿我像犹太人的事儿开玩笑吗？"

"怎么会！"

"我觉得你们会。"

"我们从不笑话你！也不会讨论你！"

"哇。好吧。我想你已经说得很明白了。"

"我不是那个意思。"

"好吧。你想要我带给你的礼物吗？"

"我不知道，B。非常感谢，但我觉得我不该接受。"

"行，好吧。"

我从袋子里拿出一只包装好的礼品盒，扔进了公共垃圾桶，却立马感觉不对劲，有一种我无意营造的夸张做作的怨气。不过说实话，这双在医院礼品店买的女式浅口鞋对我来说没什么用——倒不是完全没用，但用处甚少。

我抓着医院发的小袋子在街上瞎逛。我还没有做好回公寓的准备。一切都化成了泡影。英戈离世了，《伯尼·麦克秀》[1]里的凯莉塔·史密斯——我的非裔美国女友，也都化为了泡影。没有了凯莉塔，我为自己那部纽约电影融资的可能性也降到了零。我那篇关于佛罗里达变性电影的专论被转交给了一个年龄只有我的一半，性别却多我一倍的写手。《弗州迷魅》是被我发现的，理应属于我。没什么可留恋的了。纽约俨然成了一个昂贵的粪坑。我对这里再无挂念，也好，如果不快点找到一份有利可图的工作，我迟早也会被从公寓里赶出去。我向外看去，试图感受纽约的魔力，想要让这座城市将

---

1 《伯尼·麦克秀》：美国情景喜剧，2001 年到 2006 年播出。

我治愈。

我向时代广场走去，努力回想着英戈的电影。我敢肯定，这条街就出现在电影里，或许这些人也在。或许我也在。虽然我能回忆起的内容寥寥无几，它们却已在我脑中留下了一道深刻的印记。我怀疑，这部电影已经永远颠覆了我的世界观。这是件好事吗？我不这么认为。但事到如今，说什么都晚了，因为，尽管英戈痴迷于动作、喜剧和人类心理，我却怀疑他内心深处是个虚无主义者。在遇到英戈之前，我对自己最准确的定位是个目的导向的乐观主义者。毫无疑问，莱布尼茨的《神正论》是我儿时读过的书中被我折角最多的一本。正因上帝身为上帝，他/她/彼所创造的世界，一定是一切可能的世界中最为理想的那个。但是，英戈却说服我倒向了虚无的"黑暗"一面。我的内心已被掏空，又无法忆起原因，得不到慰藉。

突然之间，谢天谢地，一段记忆在我脑中闪现，这是英戈电影的开头：

一只做工粗糙的人偶站在镜头前盯着我，他的关节和下巴用铰链连接。一片寂静。曝光量时多时少，图像则是黑白的。那个人偶活动了一下手脚，好像是第一次做这个动作。他目不转睛，两眼圆睁，目光空洞无神，他抬起左臂，朝我挥了挥手。他那由铰链连接的下巴动了两下，接着出现的是一行手写的字幕："先生，你好！"字幕停留的时间太久了，足足让我读了一百遍。然后，镜头回到人偶身上。他一动不动地站着，目不转睛但又黯然无神地看着摄像机。最后他点了点头，下巴开合了八次，那冷漠呆滞的样子挺瘆人。"好吧，如果你坚持让我这么叫你的话，你好，B。"这段字幕停留的时间更长。他是在对观众的回答做出回应吗？这是一部互动式电影吗？我应该回他一句"叫我 B"吗？镜头切回人偶，他的下巴又开合了几下，然后又是一段字幕："很高兴见到你，B。"过了良久，人偶点了点头，下巴动了一下。字幕："谢谢你。我会喜欢威廉这个名字的。"我已经给他取名了？人偶挥了挥手。画面呈螺旋状圈出[1]，而后又重归正常。人偶的样貌有了一些变化。现在，威廉的男性特征非常明显，甚至有了一根铰链连接的阴茎，会在他直视镜头时升降。他的下巴动了动，紧接着出现了一行字幕："我真羞愧。"

这一切我都历历在目，但不知为何，又觉得这一切都不对劲。

*

我终于回到了自己的公寓，房间里臭气熏天。老天，我忘记找人照顾我的狗"驴子巴勒达扎"[2]了！地板上全是它的粪便，地毯因它的尿液浸泡而变黑。我看到它已是奄奄一息，但不知为何竟还活着，在浴室里瑟瑟发抖。它无力地摇了摇尾巴。这才是不带敌意问候人的样子。它的眼中没有木然的目光，这才是爱。它没有因为自己所遭受的苦难而责怪我，尽管公平地说，它有责怪的权利。人类应该从驴子巴勒达扎身上学到点什么。我温柔地抚摸它，轻声安慰它，赞扬着它的坚韧。看样子，它很感激能得到这些抚慰，但却直勾勾地盯着四散在房间里被咬过但没能打开的狗粮罐头。

"好的，伙计，"我说道，"我来给你弄点儿吃的。"

说实话，我很内疚自己竟在这么长时间里把它全然抛在脑后。

---

1 圈出：电影转场术语，模拟人眼在昏暗情况下的视觉效果，多用于老电影，与圈入对应。

2 这个名字来自影片《驴子巴勒达扎》，是一部 1966 年的法国剧情片，由罗伯特·布列松导演，讲述了一头驴子在不同主人之间颠沛流离的故事。

还好，它还活着。真是不可思议。我猜，我们不吃东西也能活很久。科学家告诉我们，水才是我们必不可缺的东西。我想它是从马桶里喝到水的吧，除此之外没有其他解释了。如果我只有爪子，又不知道怎么开水龙头，我也会从马桶里喝水。我把一碗狗粮放在地上。它努力把狗粮吞下去，但咽得很艰难。

"慢慢来，老朋友。"我劝慰它道。

它抬起头来看看我，仿佛露出了笑容。它的牙齿全没了。我该不该把狗粮捣碎？狗粮已经很软了，但它全身虚弱又没有牙齿，或许需要有人搭把手。我伸手去拿碗，但它却冲我低吼起来。真奇怪。这不是它的作风，它向来非常友好。我不知道该怎么办。人们说，不能让狗在你面前展示出主导地位。狗必须永远尊重首领，即狗主人，也就是我。虽然如此，没人想被狗咬，但我猜它现在没了牙，应该造不成什么伤害。我拿起碗来。它猛地咬下，叼住了我的手，我很轻松就从它那湿滑的口中挣脱了。它倒在地上，看起来像是癫痫发作，那惨状让人不忍直视。我轻抚着它的头，安慰地说着："嘘，嘘。"它的身体渐渐静止，就这样魂归西天。这世界如此无情。我为我最好的朋友而啜泣，因为它的确是我最好的朋友。它总是陪在我的身边，总是很高兴见到我。它不在乎我是不是成功，不在乎我是不是个天才，也不在乎我是不是非裔美国人。我觉得，我或许辜负了它。从很多方面来说，它都比我更算得上是一个好人，希望我有一天能以它作为榜样——除了它刚才低吼的那个瞬间，说实话，那个举动伤害了我的感情，但我也理解，它这么做或许是情有可原的，而且话说到底也并非针对我。饥饿是个残忍的情妇。我思考了片刻，琢磨该用什么当它的骨灰瓮。我的书架上有各种各样的骨灰瓮（里面装着诸多家庭成员和宠物，以及市停尸房里三具无人认领的尸体的骨灰）。比起土葬、海葬或太空葬，我的家庭更偏爱火葬。我一直是我们家族中最有艺术感知力的人，因此在我的坚持下，选择骨灰瓮的任务便总是落在我的肩上。

我邀请我专用的骨灰瓮雕刻家奥利维尔来家里商讨。

"你能跟我讲讲你的宠物驴吗？"

"它是只狗。"

"哪方面像狗？"他一边问，一边记笔记。

"哪方面都像狗。因为它就是一只狗。"

"即便它是狗，你还是用全法国最著名的驴子为它命名？Pourquoi[1]？"

"因为这是有史以来第三棒的电影、有史以来最棒的法国电影、有史以来最棒的动物电影、关于七宗罪的第六棒的电影、60年代第四棒——"

"这既然是有史以来第三棒的电影，又怎么会在60年代只排第四呢？"

"各司其职吧，奥利维尔，我在骨灰瓮的设计上可不会对你指手画脚。"

"好吧，我觉得这部电影可以用'très fastidieux'[2]来形容。"

"我对你的电影排行榜不感兴趣，我更想聊聊我的狗的骨灰瓮。"

"让我想想……该怎么向一只身为驴子的狗致敬默哀呢？"

我明白奥利维尔是在嘲笑我，但还是扫了一眼他身后架子上的

---

1 法语，"为什么"。
2 法语，"非常冗长啰唆"。

骨灰瓮，真是做工精致：一口白镴许愿井，一座铜制阿多尼斯，一间带有小便池、地上铺着瓷砖的男厕所，一个饼干罐，还有一只风景壮观的暴风雪水晶球，里面装着我气象学家叔叔的骨灰，一只可以作为喷泉使用的、用拾得艺术品制成的翼龙，每一件作品都精准巧妙地把骨灰主人的个性体现得淋漓尽致。我的双眼停留在英戈电影里那只烧焦的驴子木偶身上，一个想法油然而生。为什么不同时向巴勒达扎和英戈电影的灰烬致敬呢？二者都有不屈不挠的精神，都被我亲手摧毁（有的人可能会这么说）。它们每日的提醒就是我的忏悔。我向奥利维尔提议把驴子木偶也放进瓮里。他端详了木偶一会儿，摆弄了几下，活动了一下它铰链连接的四肢。

最后，他发话了："你不是说不会在骨灰瓮的设计上对我指手画脚吗？"

"奥利维尔，请你别为难我，我正伤心呢，你看不出来吗？"

他沉默了许久，然后说："在骨灰瓮的底下安个小马达，我就能让你的驴子玩具动起来。"

"你能让它做什么呢？"我问道。

"也许能跳舞、行走、低垂下头、苦苦哀求。"

"能四件事都做吗？"

"那可不便宜。"

"钱不是问题。"我一边说，一边给姐姐打电话。

*

我去了编辑阿维德的办公室。

"我觉得这篇文章我还能写。"我告诉他。

"给一部没人看过的电影写影评吗？"他说。

"没错。我可以把电影重新创造出来。"

"影视改编小说？"

"不，不是，这么说太掉我价了。不能这么叫。"

"我觉得就是这么回事。"

"好吧。我肯定能写出来，阿维德，因为那段经历太不可磨灭了，如果我能想起来的话。"

"我跟你实话实说，B——"

"别实话实说。"

"我觉得这部电影根本就不存在。"

"我没骗你，这是电影史上最重要的一部电影。"

"你看，这句话的真实性就让我怀疑——"

"你自己看。"我一边说，一边把仅存的那帧胶片拿了出来。

"这是什么？"

"是仅存的一帧画面。"

阿维德从我手中接过胶片。

"小心点儿。"我说。

他仔细看了好一会儿，然后说："我不知道我在看什么。"

"这是影片中的一个关键时刻。我猜，就是在这一刻，掉下来的灯架砸碎了莫洛伊的头骨，让他陷入了昏迷，人生也由此改变。这一部分我还是记不起来。"

"根本讲不通。再说了，你刚才描述的东西，我完全看不到。"

"嗯，画面被悬空支棚架上照明助手吐出的烟雾挡住了，主观镜头就是以他的视点拍摄的。"

"这么说，我看到的是香烟的烟雾。"

"不，妙就妙在这儿！这是棉絮，不可思议吧？烟雾的效果是用普通的棉絮做出来的。就是那种我们在药店或是街头的棉絮店里随手可以买到的棉絮。"

"我的意思是，这一刻被挡住了。"

"这是有意为之。在一部电影里，看不见的东西和看得见的东西一样重要，任谁都会这么说。"

"别给我上课，这么做于事无补。"

"看看这个。"我一边说，一边从我的男式背包里把驴子骨灰瓮拽出来。

"一只装在盒子上的马形木偶。"他说。

"这是一只驴子木偶，是电影中的角色。我想，它好像是和巨人一起住在巨人的房子里。我记得电影里有个巨人，可能是和《怪物史莱克》里的巨人搞混了。那里面有巨人吧？"

"它的尾巴哪儿去了？"

"什么？重点不在尾巴。看看这精美的做工。尾巴被烧掉了，成了吧？"

"木偶很漂亮，但我还是不能让你写这篇影评。"

"那就把《弗州迷魅》那篇还给我。"

"这对丁斯莫尔不公平。"

"他用的是我的研究资料。"

"是你自己给他／她的。"

"应该叫彼。"

"反正——"

181

"如果不能把理应属于我的《弗州迷魅》给我，那就让我写英戈的电影。用你的话说，就是写影视改编的小说！内容全在我脑子里呢，"我一边说一边敲敲脑袋，"就叫影视改编小说吧！"

"我不知道一本概述一部根本不存在的电影的书，会有什么受众。"

"不只是概述，还要评论、阐释。而且电影不是不存在，是被毁掉了。"

"这样的书谁会想读？你又不是唯一一个看过某部希区柯克遗失电影的人。"

"希区柯克连给英戈提鞋都不配。"

"你怎么能这么说？"

"我也不知道。我只是……很抓狂。拜托了，阿维德，还记得我们在哈佛时的事吗？好室友，一辈子！"

"这是两码事。"

"你欠我的！"

"我欠你的？"

"我帮你救了多少次急！还记得《瑞典与典瑞》吗？为《斯堪的纳维亚电影》特刊写那篇介绍瑞典回文[1]作者的文章时，你在整个纽约市都找不到一个听说过回文的人。"

"是你问我那篇文章能不能登在那一期里的。"

"既然要搞《斯堪的纳维亚电影》特刊，怎么能不把回文作者考虑进去呢？"

"B，我不能付钱让你写一篇没人能看到的电影的影评。"

---

1 回文：正读和倒读发音一样的词语、短语或短句。

"阿维德，我不想把这篇文章带到别处去发表，但我真会这么做的。"

"悉听尊便，我不介意。"

"我真要这么做了，可不是闹着玩儿的。"

"我理解，祝你成功。"

"大学的情谊呢？室友的交情呢？记得咱们说过要永远当好兄弟吗？"

"没人这么说过。"

"是我说的，你点头了。"

"我真的不记得自己点过头。"

"我都记下来了。"

我在男式背包里疯狂寻找着那张纸。

"再说一遍：你的笔记不能作为证据。"

"等到这篇文章发表出来、颠覆人类的观影方式时，你会后悔的。"

"我会为你感到高兴的。"

"你这么说，真够缺德的。"

18

　　我无奈地重新拾起了教学工作（我不在的这段时间，学校聘请了顽固不化的电影评论家戴维·曼宁接替我的职位）。学生们还是一如既往地漫不经心。在动物园管理员学校的学生眼里，电影研究是一门极易考过的科目。他们觉得，这门课就是看看电影这么简单。我试图打消他们的错误想法，因此会专门放映毫无娱乐价值可言的电影。我放映过《纽约提喻法》[1]，因为那就是一部让人昏昏欲睡、穷极无聊到无可救药的片子。但是，如果不放映那些虽然乏味但意义重大且难以看懂的电影，就是我的失职了。如果你想要看懂托布莱格的杰作《堤厄斯忒斯／一忘皆空》[2]一类的影片，那就得全神贯注才行，这也正是我今天放映的影片。十五个学生中有六个到场。下节课我一定要安排一场测试，来惩罚那些旷课的学生。《堤／一》的观影体验很有挑战性，不仅因为影片对人类同类相食血腥、毫无遮掩的描述，包括一段关于如何去除内脏、保存人肉的详尽（也很有教育意义！）描述和几款诱人的食谱，还因为托布莱格在垂直面上对水平空间的利用。也就

1　《纽约提喻法》：考夫曼自编自导的电影。

2　此为作者虚构的电影。——编者注

是说，整部电影都是在安有玻璃地板的房间底下拍摄的。这种旨在挫败观众、精心策划的伎俩，会让我们之中不太喜欢冒险的人感到不适，但如果你全然投入其中（除此之外，别无他法！），一种不同于任何观影体验的难以名状的兴奋感便会陡然而生，而这也让我们注意到了传统视角的局限性。事实证明，这部从角色鞋底视角拍摄的电影，具有振奋人心的感染力。《纽约时报》的托尼·斯科特写了一篇略带讽刺意味的影评（以反智著称的《纽约时报》，干吗要评论托布莱格的电影！），还嘲讽地取名为《源于鞋底的表演》。我想，托尼应该不是个坏人，身为段子手，他已算是机智有余，但托布莱格是不该遭人嘲讽的。事实上，这种从脚底开始的表演（在主要拍摄工作开始之前，托布莱格花了几个月的时间对"鞋子演员"进行了技术培训）能带给观众难以想象的心酸情绪。每看一次，我都会泪如雨下。每一次，我都能捕捉到一些新的东西，如同看了一场新的展览，或是一场新的鞋展。当然，我的学生们对此完全不认同，这一屋子的学生，都是动物园管理员版的托尼·斯科特。实际上，我对这类教育已然失去了兴趣。对于现在这个焕然一新的我而言，要么去教美国南部乡下那些淳朴的孩子，要么就让全世界的人都成为我的学生。正因如此，我才会将业余时间用来逛旧货商店、翻庭院甩卖箱和扒垃圾桶，以期找到下一部英戈·卡特伯斯的杰作。这种方法并不科学，但文学和电影业也算不上什么科学领域。没有人会指望乔伊斯用统计法来写作。

长此以往，我确实收集到了一盒盒的胶片：有 8 毫米的、超 8 毫米[1]的、16 毫米的、超 16 毫米的，还有一卷超 37 毫米的，唯一一一

---

1 超 8 毫米：一种改良版的 8 毫米胶片，比传统的 8 毫米胶片更宽，可以让拍摄面积更大，下文的超 16 毫米、超 37 毫米胶片道理相同。

台能放映这种胶片的机器在格陵兰的卡纳克。想要把这些胶片全部放完需要三个小时（除了那卷超 37 毫米的胶片，我把它展开，用图钉钉在纽约著名的巴比松女子酒店地下室三层"西尔维娅·普拉斯[1]室内纪念跑道"旁边的墙上，用放大镜从头到尾看了七遍，边跑边看），遗憾的是，我到最后也没发现什么值得注意的东西，只有很多很多生日派对和旅游的影像。摄影手法没有什么可圈可点之处，乏善可陈的表演一塌糊涂、呆板木然。其中一部显然是一群中学男生制作的短片，像是某种居家自制的吸血鬼电影。片子的模仿痕迹严重，而且说实话，那个扮演研究吸血鬼的大学教授的男孩完全无法让人信服，无论是他的东欧口音，还是他模仿老人双手颤抖的样子。在看到最后一部名叫《鲍比的 10 岁生日派对》的电影时，我大失所望，因为鲍比并不是个有趣的男孩。

　　这也许是我第一次感受到遗失英戈的电影造成的损失有多么惨重。

　　这个世界不同于我幼稚的想象，并非满是遗失的杰作。我坐在地板上，看着巴勒达扎的骨灰瓮翩翩起舞、向前行走、低垂下头，然后苦苦哀求。奥利维尔为这头驴子编了一段忧伤又颇有品味的舞蹈。记得他说，这是一段加纳的丧舞。驴子向前行走的节奏缓慢而阴郁，与才华横溢而不被赏识的夏尔·古诺（古诺，你的痛我理解！）的《人偶的葬礼进行曲》正好合拍。垂头的动作则伴着金斯顿三重唱的《汤姆·杜里》，极为感人肺腑。如果我的体内还有眼泪，我一定会掉泪，但是，我的眼泪已经干涸了。驴子苦苦哀求时，配乐是民歌《康城赛马》，原因我不太清楚。

1　西尔维娅·普拉斯：美国自白派诗人，于 31 岁时自杀。

我在影评区徘徊，一边创制理论，一边打着算盘。重回自己的阵地、赞美那些值得关注的电影和影人、摧毁那些将自命不凡的垃圾倾倒于世的影人，这些，都能让我在这疯狂的时代保持清醒。我对着脑中那间坐满了电影爱好者的演讲厅高谈阔论：拿电影《奇幻人生》举例，这是一部奇妙而古怪的电影，由威廉·法瑞尔[1]和一向惹人喜爱的佐伊·丹斯切尔[2]主演，导演马克·弗斯特（他曾执导过三观不正、充满性别与种族歧视色彩的《死囚之舞》）和编剧扎克瑞·H.埃尔姆斯[3]的表现非常出色，将所有元电影的技巧都发挥得淋漓尽致，其结构堪比一块精美的瑞士手表（难怪腕表在片中扮演了如此重要的角色！）。把这部电影与查理·考夫曼写过的任何一部杂乱无章的作品做对比：如果考夫曼能够提前为自己的作品列出提纲、设计好结构，而不是在写作过程中胡编乱造、随随便便地加入一些不切实际的概念，除了一句不负责任的"我对古怪想法来者不拒"之外完全不设标准，那他也能写出《奇幻人生》这样的剧本。如果设下"对古怪想法来者不拒"这种标准的人灵魂中尚存一丝人性的话，它才有价值可言，但考夫曼已是人性全无，因此，他才会把角色置于地狱之中，不给他们一丝获得理解或救赎的希望。在《奇幻人生》中，威尔·法瑞尔学会了全心投入生活，扮演他"创作者"的

1　此处指威尔·法瑞尔，美国喜剧演员。

2　佐伊·丹斯切尔虽然和法瑞尔合作过，实际上却并未出演《奇幻人生》。

3　编剧应是扎克瑞·E.埃尔姆。

艾玛·汤姆森 [1] 女爵则认识到了共情的重要性，以及艺术的价值与功能。然而如果让考夫曼来执笔，这部片子便会成为一份充满"讨巧"点子的冗长清单，以某种没有充分动机的感情折磨以及层层环套的结构收尾，让观众发现作者是由别的作者创作的，而后者又是由另一位作者创作的，诸如此类，以此类推，让观众心力交瘁、意志消沉，最可恨的是，这会让观众有受骗上当的感觉。考夫曼不明白，"高概念"本身并非目的，而只是一种探索人类现实生活中问题的方式。毫无疑问，考夫曼是个恶魔，更是个意识不到自己有多么无能的怪物（邓宁和克鲁格 [2] 都可以合著一本研究他的书了！）。考夫曼就是戴着假牙的哥斯拉，是拿着橡皮刀的万圣节杀人魔 [3]，是在下水道里染上了皮炎的潘尼怀斯小丑 [4]。他是个可悲的——

有什么黏糊糊、湿答答的东西扑通一声掉在了我的前额上。我擦了一下，发现手上沾满了鸟屎。很遗憾，在这个糟糕的城市里，这已不算什么奇事。这些被我戏称为"飞鼠"的鸽子已经占领了这座城市，将人类置于它们的羽翼之下。我们成了它们的便池。鸟屎顺着我的脸滑下，流进了我的嘴里，周围的市民同胞们无情地窃笑着。我一头钻进了一家 CVS 药店，买了一小包婴儿湿巾。收银员连看都不愿看我一眼，也不肯从我手中接钱，只是把找的零钱搁在柜台上。我用了一整包湿巾才把脸擦干，又拿了一包强生口腔湿巾把

1　应为艾玛·汤普森。在《奇幻人生》中，艾玛·汤普森扮演了一位女作家，威尔·法瑞尔饰演的男主角是她笔下的人物。

2　邓宁和克鲁格：心理学家，曾提出邓宁-克鲁格效应，指能力欠佳的人拥有虚幻的自我优越感。

3　原文为"Mike Myers"，是电影《月光光心慌慌》中的经典角色，是一个万圣节杀人狂。——编者注

4　潘尼怀斯小丑：斯蒂芬·金的惊悚小说《小丑回魂》及同名电影中的反派，躲在下水道中诱捕小孩。

嘴里擦干净。我刚才的思路已经断掉了，好像是在挑选2016年的"最佳影片"吧。我继续想下去：

    10.《海陆之间》（导演：卡斯蒂洛／克鲁兹）

    9.《悲伤秘密的摇篮曲》（导演：迪亚兹）

    8.《奥利最开心的一天》（导演：库奥斯曼恩）

    7.《死于萨拉热窝》（导演：塔诺维奇）

    6.《临渊而立》（导演：深田）

    5.《公社》（导演：温特伯格）

    4.《八十岁还硬充十几岁的喜剧演员，真难！》（导演：阿帕图）[1]

    3.《一个叫欧维的男人决定去死》（导演：赫尔姆）

    2.《你的名字。》（导演：新海）

    1.《地雷区》（导演：赞里维特）

    我对这个榜单十分自豪。要是放在平日，它足以让整个电影界为之疯狂，但是当今，电影界却被其他新闻充斥。西班牙"毕尔巴鄂贾姆先生现代音乐中心"电影研究系的助教 H. 哈克斯托姆·巴博尔，就在巴斯克自治区一家废弃妓院的地下室深处发现了一部从未被人发现的电影。这是一部由一位不知名的局外艺术家制作的"遗孤电影"[2]，被一些"学者"称为连接60年代西班牙电影银幕矩形派和70年代初期到中期巴塞罗那狂热派影人之间的创意桥梁。我的心呀，

1　此电影为作者虚构。

2　遗孤电影：指被其所有者或版权所有人遗弃，并被观众忽视的电影。

请平息下来吧。除了最无知的学术派系，各行各业都将狂热派影人的活动视为"movimiento falso"[1]，但是，所有人都将《我是黑猩猩》视为将银幕矩形主义带入后现代的影片。我无意给巴博尔肮脏而卑鄙的成功泼冷水。然而，坐在这个时代真正具有里程碑意义的电影灰烬上的我，需要咬紧牙关来忍受这场集体狂欢，心里真不是滋味。今晚，我要去参加这部"电影"的放映会，并聆听巴博尔对其发表的演讲，地点是92街希伯来青年协会的"满座礼堂"，位于哈林区的格雷戈里·海因斯和莫里斯·海因斯[2]大道交叉口。巴博尔的影像和影片都会在场馆的闭路电视上播出。"满座礼堂"里满堂的观众可以向巴博尔提问，只需用角落办公桌上三个电子键盘中的任意一个将问题打出来就行，而我要提的问题有一大堆呢。现在，我必须赶紧做准备了。

*

我等待着提问的时机，急躁不安、盛气凌人地推搡着堵在我前面的那个低声下气的傻瓜。"我一直非常欣赏您的作品……"他以一分钟一个词的"神速"组织着词句，并像啄米一样按下键盘。

"快点快点快点快点快点快点。"我朝着他的后脑勺默念着。

"……我很好奇您对一位影人的看法，弗兰——"

"行了，你问够了。"我一边说，一边把他推到一边。他的马屁奉承对学术探讨毫无帮助。

"好吧，巴博尔，"我开始打字，"可以说，我们又见面了。相

---

1 西班牙语，"错误的行动"。

2 格雷戈里·海因斯和莫里斯·海因斯：美国黑人踢踏舞二人组成员。

信毕尔巴鄂最好的吉他商店／课后教育中心给予了你的电影研究应有的重视。今晚我想对你提出的问题是：你是如何在对银幕矩形派作品的可悲误解和对这部新发现'作品'的电影价值的傲慢宣言之间找到平衡的？之所以给'作品'加上引号，是因为把这东西称为一部作品、一部所谓的艺术作品，不仅折辱了'作品'这个词，也折辱了'艺术'这个词。这部'电影'充其量只能算是一件拙劣的仿品，在20世纪中期的经典西班牙电影中根本不配占有一席之地，之所以给'电影'加上引号，是因为它也折辱了'电影'这个词。在不计后果地追寻个人成功的过程中，你试图厚颜无耻地将《我是黑猩猩》载入电影史，而这部电影，是银幕矩形派和其后出现的所有微不足道的派系之间无可置辩的桥梁。戈麦斯自己也是这样说的。你准备好在这个议题上跟我开战了吗？准备好跟戈麦斯开战了吗？别忘了（如果你真的看过这部电影的话），《我是黑猩猩》的最后一组镜头，是通过各种可能的角度拍摄的曼纽尔，包括从他的体内和体外拍摄。既然你是个电影学者，那么我敢肯定，你一定明白矩形派之于电影，就像立体派之于绘画，是利用单一的参照系来探索多个参照系。不要忘了，因为担心电影观众可能会受到精神上的折磨，《我是黑猩猩》的制片人吉列尔莫·科斯特洛专门雇用了装扮成护士的女演员，站在放映电影的影院后排，为那些可能突发心脏病的人提供救助。这部电影令人眼花缭乱的摄影和剪接技巧不仅彰显了《矩形派之框架／重设框架宣言》（详见我在该问题下方列出的脚注）的影响力，也凸显出其根本的局限性。我不介意你在私下回应。"

　　然后，我努力忍受着现代人谈话中常见的寒暄问候和自卖自夸，主持人却根本没有向巴博尔提出我的问题。我压住心中的诧异。现场简直一片混乱。我拿上礼品袋，离开了会场。

愤怒和失望蒙蔽了我的双眼，我跌跌撞撞地走在大街上，偶然看到 65 街的伯克海姆宫正在举办一场未做宣传的遗孤电影节。或许这正是我所需的解药，以疗愈我遭受的重度抑郁。我向售票员亮出我的记者证件。

"15 美元。"她说。

里面的世界被框在一个矩形之中。我只能看到矩形的边缘，因为边缘之外只有一片黑暗。这个世界的存在形式仅此而已：光明、无光、二者的组合。存在于其中的各种意义，不过是大脑的把戏而已。这种光明与黑暗的游戏是预先设定好的，因此不可改变，它只是一次又一次地被呈现出来罢了。我们可以观察它，可以解读和评判它。它可以激发观察者的情绪反应。我们可以批评它，但它不会受到伤害，因为它既无欲，也无求。你可以阻拦这个世界的运转，让其融解为空，但它不会在意，在意的只有你。

我认为，外面的世界也同样是一个被黑暗笼罩的光明矩形。它没有质量，存在于我的身体之外，却并不是我所看到的那样，或是我所理解的那样。

这部没有署名也没有片名的电影开始了：灯光熄灭。屏幕上的房间拉着厚重的窗帘。房间里的男人知道窗帘是拉着的，却看不见被拉上的窗帘，因为房间里没有光线。但他知道窗帘是拉着的，因为窗帘是他在几分钟前亲手拉上的。同样，他也很清楚房间里的家具摆设，书桌在哪儿、书架在哪儿，还有他正斜躺在上面的床铺在哪儿。想要入眠，他就需要尽可能地把光线调暗，这是他在经历了一辈子的睡眠障碍后总结出的经验。这些年来，他把所有的治疗方法尝试了一个遍：饮热牛奶、喝威士忌、数绵羊、阅读书籍，还有置身漆黑的房间。

　　就像是在梦中一般，我发现自己也置身于这个房间。这是什么时候发生的？我说不清楚，我的意识从脑内持续不断的嘈杂声中转入面前这岑寂的黑色矩形之中，变换的过程是如此流畅。我知道，这个矩形代表的是一个伸手不见五指的房间，我对这个房间里物品摆设的位置，就如那个我知道现在就躺在床上的男人一样了如指掌。我知道，梳妆台就在右手边，它又矮又宽，是用高度抛光的木材制成的。樱桃木的书桌靠在窗边。关于五年前购买这张书桌的趣事，我还记得呢。我也知道，这段趣事如何在这些年的口口相传中发生了些微的变化。我知道他的衣物正堆在床角的灰色地毯上：黑色休闲裤、白色衬衫、白色平角短裤、两只黑色的袜子。我知道，他每天晚上都会把衣物丢在那里。我知道，他因为自己不够整洁而满心愧疚。他不必看，就知道卧室门外有什么，而我也一样：二楼四四方方的楼梯平台上，一盏大力水手脑袋造型的夜灯发出昏暗的光，那里有四扇紧闭的门，其中也包括他自己的房间。一扇门后是妻子，一扇门后是儿子，第三扇门后是洗手间。洗手间的门之所以紧闭着，是因为水龙头滴水，扰得儿子睡不着觉。我熟悉那个男人居住的城镇，知道去超市该走哪条街，知道一户之隔的邻居家有一条吠叫不停的小狗。我也知道床上的男人心中在想些什么，我知晓他的情绪和他左耳持续不断的轻微耳鸣，也明白但凡有一丝入睡的希望，他就非得把房间搞得这么暗才行。我知道，现在的他还没有入睡，这是他那有条理的思绪告诉我的。虽然有条理，却转瞬即逝。这些想法来了又去，是无声的对话片段，是根本不算图像、只算意象的画面。我对所有仰慕的事物所抱有的无尽嫉妒浮上心头，我心说：简直太不可思议了，这是怎么做到的？这种电影效果是如何营造的？从技术层面上讲用了什么把戏？毫无疑问，这里面一定有什么把戏。这个黑暗而静谧的矩形传递着它所象征的房间的诸多信息，讲述着房间的居住者以及他生活的种种。制作电影的是谁？我心里暗想。为何没有演职员表、没有片名？我意识到，正是因为这些信息的缺失，这部电影才能深深地铭刻在我的脑海之中，具体来说，是我脑中被降级去掌管梦境和转瞬即逝的想法的那部分。这部电影成为遗孤电影，是有意而为的，而非无心插柳。这部电影的"无名无姓"让我焦虑，它让影片多少带了些危险的意味。即便在我观影的过程中，电影也在融触、消逝，仿佛是别人的一杯水倒入了我那只半满的杯子里。这不会是一部让我记忆深刻的电影。就如一段梦境一般，它只存在于非理性的场域之中。我那恃强凌弱的理性思维会用暴力将这部电影从脑中驱出，然后填补空白、添加阐述，因为理性思维就是无法让事情顺其自然。这个恶霸会玷污这段梦境，将之变成更小块、更可控、更易于讲述的东西。梦境的原貌是不可言说的，这部电影也一样。通过回忆或讲述，它就变成了其他东西，其中的真实性便也毁于一旦。然后我便可以继续投身自己的生活，有心无力地试着勾勒出这世界的全貌。

所有这些思绪，都是在我断断续续想着床上那个看不见身影的男人时浮现于脑中的。与我不同，他已经老了。他受着失眠的折磨，这一点又和我如出一辙。他一生都被这些不眠之夜折磨，在焦虑、尝试和失败中靡费了多少年岁。他一次次地回顾着职业生涯中的失误、不断枯竭的创造力、他的失败、他的蒙辱、那些迫在眉睫的象征和实际意义上的死线，汗珠沿着他前额逐年后移的发际线渗出。他对灵感的渴求，就如他曾经对女人的欲望一样浓烈，仿佛是某种火花一般。时间是 2015 年，这对片中的人来说是未来，遥远的未来。当他年轻的时候，当他与我年龄相仿时，他所希冀的未来可不是现在这样。现在，家家户户都配有电脑，世界一片和平，还有可以装在小盒子中的便携式电话。几乎所有人都穿着半透明的衣服，但是仍有——被做成胶囊状的美食——但是仍有——普天之下人们的心愿都得到了满足——但是仍有什么地方不对劲。他并不满足。每天，稳态报纸[1] 都会源源不断地输出好消息，但是，这些快乐对他而言似乎还不够；在他的心中，仍潜伏着一种执迷不悟的拼劲儿。他渴望得到别人的景仰，即使他本来就生活在一个人人彼此崇拜的时代——崇拜彼此不仅是法律规定，也被医务人员当作一种治疗手段。事实上，人们有些揶揄（但绝不刻薄）地将这一时代命名为"彼此崇拜社会"，在它之前是"相互保证毁灭时代"，再往前推，则是一个在世的人都已记不得的时代，好像是跟"飞来波女郎"[2] 有点关联吧。

　　这个男人彻夜挣扎着，他那失眠的思绪也让我如坐针毡。他反复查看着闹钟的荧光表盘，间或翻来覆去、放声咒骂、捶打枕头。我不仅感受到了时间流逝的缓慢，也体会到了黎明之光无情的步步逼近。这种效果是如何实现的？或许，我是在回应隐藏在每一帧画面中难以捉摸的潜意识暗示。或许，这一切都是从我脑中投射的，屏幕上根本没有这些内容。我想起了德尔吉涅夫的实验：他将黑、

1　稳态报纸：美国科幻小说家菲利普·迪克创造的词汇，是一种可以自动过滤新闻的报纸，只显示读者感兴趣的新闻。
2　飞来波女郎：20 世纪 20 年代的摩登女性，张扬自由，蔑视社会旧习。

灰和白色投射在屏幕上，人们在白色的屏幕上看到了暴风雪，有一个人在黑色的屏幕上看到了暗无月光的夜晚的暴风雪。我正要断言我在屏幕上看到的是自己内心的图像，这时一束微弱的晨光就射穿了窗帘之间的一条细缝，我发现，与我脑中想象一模一样的房间在眼前呈现出来：梳妆台、书桌、那堆扔在床脚的衣服。一夜未眠所带来的穷极无聊，以及在意识到这是一场从青年时期便要每夜经历的战役后心中升起的无助感，都让这老人心力交瘁，也让我筋疲力尽。我想，如果我是个老人，可能也会是这副样子，同时我也感到了一种解脱，因为我还不老，我还有时间解决这个问题，不被持续一生的失眠所击败。

老人心想"该起床了"，然后便把乱糟糟的床单甩开，从床上起身。我将之与自己早晨的体验相对比，想要小便的需求油然而生。他朝洗手间走去时，我心想是该再忍忍还是现在跑出去小解。我想，趁现在冲出去应该没什么问题，我认为接下来的两分钟里不会有什么重要情节，但我不想冒这个险。这部电影虽然无聊，但与我以前看过的电影都不同，我无法准确预测接下来会发生些什么。我看了看手表，发现我虽然刚刚目睹他在床上辗转反侧了六个小时，但时间实际上只过了三分钟。我应该不需要小解。老人冲完厕所，离开洗手间，奇怪的是，我自己小便的欲望也消失了。在楼上的走廊里，他经过妻子的房间。此时的她正在门后打鼾。我知道，这就是他们分房睡的原因。我要指责他们的婚姻。婚姻不该是这副模样，我永远也不会落得如此暮气沉沉，即便活到这个年纪，我也绝不会像他这样老态龙钟。如此老态是他自己选择的结果，我们可以选择让内心青春永驻。影片结束，没有字幕，没有淡出的画面，就这样戛然而止。我起身离开。

19

在接下来的三个月里，我发现自己在逐渐变化。我已不再是那个一向快乐无忧的人了。我与过去判若天渊，我脾气暴躁，对所闻所见生气，对世道不公生气，对机构体系生气，对社会文化生气，对在我要过马路时从我身前横插过去的司机生气，对为了羞辱我而身穿熨得平整的衬衣、与别人牵手招摇过市的曾经的挚友埃尔金（也就是曾经的欧基，现在他连名字都改得如此装腔作势）生气。真是矫揉造作！但如果一切惹我生气的事都必然会发生，也注定会发生，那我为什么还要生气呢？我已经逐渐开始接受，所有发生的事情都是注定要发生的。如果一切都是某台不可变动的机器的一部分，那生气还有何意义？它们只不过是这台机器的一角而已，与我那跳舞的驴子骨灰瓮没什么两样。即便如此，最近我仍然常常生气，我情绪低落，我饱受伤害。我眼见着事业停滞不前，而周围人的事业却蒸蒸日上。在能打起精神的时候，我读了他们的专著。我对他们大加抨击——在我的脑海里，在脸书朋友圈里，在写给各种电影杂志、《纽约时报》和《大商船故事周刊》[1]的未寄出的匿名信里。我曾在私

---

1 《大商船故事周刊》：原名《大商船杂志》，发行于 1882 到 1978 年间，是美国的第一本通俗杂志。

下里讨论过好莱坞的贪婪、肤浅和愚昧，讨论过创意和勇气的枯竭，讨论过那帮大权在握却又自私自利、自我膨胀、受人景仰的自恋者和投机者。随着自己的提议被一个个否决，我眼睁睁地看着自己的自信心被一点点蚕食。我眼睁睁地看着自己的创意枯涸。我眼睁睁地看着自己变得无人问津，即使有人提起，用的也是过去式。人们弄错了我的性别。豪伊·谢尔曼动物园管理员学校将我辞退，什么送别仪式都没有举行。看着自己一点点变老，看着脸书上好友的身心被疾病所扰，看着年青一代心中诚挚的希望逐渐枯萎，取而代之的是那些幼稚而可悲的奢求，我陷入黑暗的绝望之中。年青一代意识不到，但我们心知肚明，他们终会有幡然醒悟的一天。或许，笑到最后的会是我们，如果我们能活足够长的时间，亲眼见证他们意识到了我们早已领悟之事。我能做的，只有如此祈愿。

动物园管理员学校的饭碗，是我与一位学生发生口角之后丢的。这代人做事真是蛮不讲理。没错，我在布匿战争[1]时期也跟他们年龄相仿 [这句话是在影射那部被莫名严重高估的阿尔比的戏剧[2]（我绝不允许这部剧的名字从我双唇间吐出，就像人们会用"苏格兰剧"[3]代指某部戏剧一样），我带着嘲讽的目光朝一台并不存在的摄像机斜视了一眼]，那时的学生可不会如此傲慢失礼地对待老师。当然了，在一屋子未来的动物园管理员面前颂扬笛卡儿，这样的教学策略是

1　布匿战争：指古罗马和迦太基之间的三次战争，发生于公元前264年到前146年。

2　此处指美国剧作家爱德华·阿尔比的作品《谁害怕弗吉尼亚·伍尔夫？》。剧中的人物乔治曾提到布匿战争，原句是："我16岁上预科学校的时候，我们一群人经常在假期的第一天去纽约，那是在布匿战争期间……"阿尔比将故事发生地设在新英格兰的"新迦太基"，而迦太基则恰是布匿战争中被罗马夷为平地的城市。

3　苏格兰剧：指莎士比亚的剧作《麦克白》。英国有种迷信，在剧场里不得说出《麦克白》的名字，否则会招致诅咒。

否有效还有待商榷[1]，但如果不深入研究他的《第一哲学沉思录》，又怎能深入讨论电影和认识论的话题呢？"这一切是梦吗？"由于这个问题正沉重地压在我心头，我觉得，有必要把首次将这个问题带入我生活的那个男人介绍给我的学生们。在我天真地计划着将这些未来的美国动物园管理员引入一场有修养的讨论时，万万没想到，一个白人男生竟骂我是个白人老头，把我讲课的声音盖了过去。我说他是个蠢货，他却说，老头，你应该坐下，换你来听讲。但我是老师呀，我说。你又老又白，还是个男性，他回嘴道。然后他补充道：以色列是个种族隔离的国家。哈，我就等着这一句呢。我问他：你这根本没有说服力的撒手锏是多久才憋出来的？ 犹太人认为动物没有灵魂，不会上天堂——这话，他几乎是咆哮着对我说的。我回答说，首先澄清一点，我不是犹太人。

"你看起来明明是犹太人。"他恶狠狠地说。

"你看起来还像个近亲交配生下来的穷酸白人恋童癖呢，相貌不一定能给人定性。"

他欺人太甚，让我失去了冷静。那天晚上，我被解雇了。

我与校长争执了起来。

"我特别点明了，相貌不一定能给人定性！"

"你这么说，等于是在意指相貌有给人定性的可能。"

"是在暗指。"我纠正道。

不知不觉中，我已坐上地铁，腿上放着一株装在纸盒里的一叶

---

1 笛卡儿认为整个宇宙是一台庞大的机器，动物也不例外，它们都是不会感到疼痛的机器。——编者注

兰（我开玩笑地给它起名为"克吕泰涅斯特拉"[1]），一个订书机，几支笔，关于戈达尔、西班牙银幕矩形派以及早期阿尔巴尼亚电影的书籍，还有贾德·阿帕图的《听说你想成为一个有趣的人？》[2]（这部电影太被人低估了！）。

现在我丢了饭碗，该怎么办呢？我本来就连房租都快交不起了。也许，我可以在埃姆赫斯特年老的婶母家暂住，帮她跑跑腿什么的，作为入住条件。这处境的确让人泄气，但我必须坚持到底。我坚信，这条路的尽头，是满满一箱像英戈的作品一样不可多得的宝藏。

我从地铁站走出来，练习着像普雷斯顿·斯特奇斯[3]那样演讲：

在《苏利文的旅行》结尾，苏利文学到的教训与他的本意南辕北辙。这个世界是残酷无情的。屈服于华特·迪士尼那种将成人当作幼儿对待的娱乐，是对文化的摧毁，而不是对文化的拯救。苏利文应当坚持把《兄弟，你在哪儿？》[4]拍出来。那些没有牙齿的囚犯[5]不需要被多彩的动画片取悦，而是需要从沉重的枷锁中解放出来，从象征意义和字面意义上来说都是如此。这些不幸囚犯的笑声与影片呈现的幽默基调全然不符，这难道是偶然吗？这是疯子的笑，是被生活蹂躏者的笑，是绝望之人

1　克吕泰涅斯特拉：希腊神话中的人物，杀死丈夫后被自己的儿子所杀。

2　此电影为作者虚构。

3　普雷斯顿·斯特奇斯：美国剧作家、编剧、电影导演，曾获奥斯卡最佳原创剧本奖，1941年的影片《苏利文的旅行》是其编导的作品之一。

4　这个片名的灵感出自荷马史诗《奥德赛》。在《苏利文的旅行》中，主人公苏利文希望拍摄这部影片来挽救他荒废在喜剧片上的事业。

5　在《苏利文的旅行》结尾，苏利文沦为囚犯，在狱中看了一部迪士尼动画片，全场囚犯哄堂大笑。科恩兄弟2000年的喜剧片《兄弟，你在哪儿？》（又译《逃狱三王》）中也有类似致敬情节。

的笑。能够拯救人类的动画，有史以来只有一部。

　　或许是巧合，但我开始在街上看到英戈那笨重的身影，他有时化着白人妆容，有时却没有化——等一下，那真是化上去的吗？我记不太清了——但是，他总是在一定的距离之外：有时距离我一个街区，有时正要拐弯，有时则是进入了一幢建筑中。仿佛一道鬼影，一道奇怪的鬼影，好像并不是为我而出现的，好像我是在目睹别人的鬼影一般，好像我是在观看一部关于鬼影的电影。也许，这只是因为有关英戈的念头在我脑中挥之不去吧。我曾经有一位女友，她甩了我，投入了一个从世俗眼光看更加成功、帅气和体面的男人的怀抱，而我总能看到她的车。当然了，她车子的款式和颜色都非常常见，况且当今所有汽车也都是一副模样（详见我在《今日汽车问题杂志》上广受好评的论文《一枝独秀康乃馨》），因此在绝大多数情况下，我看到的应该都不是她的车。我怀疑自己现在也面对着类似的情形。根据我的回忆，英戈似乎有两副不同的面孔，但当时我们之间隔着一段距离，而且我们见面时几乎都在傍晚——众所周知，人的眼睛和大脑都容易在这个时段出现错觉。没过多久，我与一个鬼影的距离拉近了，我确信，这个鬼影至少与英戈的一种面孔有着不可思议的相似之处。这可不是把丰田错看成本田的低级错误，再不济也算是把亚历克·鲍德温错看成了比利·鲍德温[1]。我离对方还有一段距离，没法追上他，但他的频繁出现已经让我承受了巨大的压力。毕竟，对于将英戈毕生的心血毁于一旦，我心头还存留着一

1　比利·鲍德温：指威廉·鲍德温，亚历克·鲍德温的弟弟，两人均为演员。

种挥之不去的愧疚感。虽然他本人曾要求我把作品销毁，但这也无法减轻我心头的负担。如果人们按照某些艺术家的意旨将其作品销毁，那么人类文明将会遭受无法估量的损失。很自然地，我脑海中浮现出了弗朗茨·卡夫卡那众所周知的逸事：友人马克斯·布罗德没有遵循卡夫卡的遗愿销毁他的作品，真是不幸中的万幸。奥伯利·比亚兹莱[1]也对其出版商提出过同样的要求，但后者同样没有照做。这些都是美满的结局，但是还有千百份大师的手稿和作品遗失在历史之中。这些散逸了的果戈理们的大作[2]能为这个世界带来多少美好，我们永远也无从得知，但世界一定会因它们而变得更好，这是不可置疑的。而那些不知是否在这个世界上驻足过的、完全不为人知的艺术家所遗失的作品，总数则更是难以估量。或许有哪个名叫洛伦·西尔姆斯的人写了一本书，本可以给文化带来无可想象的影响。或许有哪位叫作詹尼斯·门舍尔的艺术家，他的画作本可以给一代视觉艺术家带来不可思议的触动。再或者，有哪个叫作恩莱特·王的人，会为乐坛带来神乎其神的改变。想到千千万万不同人种、不同民族、不同性别的无名英雄，想到他们在默默无闻之中艰苦跋涉，离世之后作品却被庸俗的亲戚或粗鄙的房东随手摒弃，怎能不让人潸然泪下。

我潸然泪下。

这些作品中的某一部或许能够终结贫困、治愈癌症，至少也能在一个母亲刚刚因贫穷或癌症而故去的小男孩脸上添上转瞬即逝的微笑。不难想象，这些假想的艺术家是列不完的：玛丽亚·雷吉欧、

---

1 奥伯利·比亚兹莱：19世纪英国插画家。

2 果戈理曾在临终前烧掉自己的手稿，包括《死魂灵》第二部的书稿。——编者注

鲍勃·托马斯·科克、西尔维奥·莫雷蒂、阿莎·奥凯克、浩·比特纳、贝弗·威克纳、阿-莱吉·茱莉亚斯、哈珀·米德、珍妮特·田中、哈里·普拉克瑙、莎娜·德弗里等等，等等。现在，英戈的灵魂也加入了其中，在世的时候，他曾经嘱咐我把他的电影销毁，而现在，在我看来，他是在通过自己的死灵嘱咐我，让我将这部影片记起来。我的确这样坚信着，因为，鬼魂的存在，不就是为了发出让人铭记的祈求吗？而我怎么也记不起的无奈，也像他的魂灵一样折磨着我。这是我对整个世界的责任。我必须逐帧将影片从我的脑海深处抽出，我剩下的寿命估计不及九十年，不够逐帧重塑这部电影（但永远也不要说不可能！），不过如果有了足够的经费，我或许可以率领一支由动画师组成的战队，在十年内把影片全部复原。或许，我就是当今世界所需的英雄。

回到公寓，我透过专业珠宝商的寸镜盯着英戈电影中仅剩的一帧画面。我确信自己找到了一种绝妙而好用的修复技术。通过自己设计的方法，基于自己对块状宇宙论的理解以及丰富的电影史知识，我应该能对这帧画面加以研究，精确地推出它之后与之前的画面。只需将这一过程重复 186624999 次，我便能完整重塑出这部电影。当然，这一过程十分艰辛，很可能会要了我的命，但它意义重大。

这帧画面上是一个身穿格子西装、头戴圆顶高帽的胖子。他面对着镜头，露出腼腆、顽皮而怪异的微笑。他的头顶上好像有一根铁棒——模糊的影迹表示，这东西正在以极快的速度向他移动。是不是有人要用铁棒打他的头呢？如果真是这样，此时的他仍对即将到来的厄运浑然不觉。接下来的一帧画面，描述的是不是他离自己的厄运更近了 1/24 秒？是不是他终于意识到了即将发生的事情，并因此开始展露出恐惧的表情呢？还是说，这个时刻稍晚一些才会出现？抑或，这个时刻永远不会到来，他的头骨只会被毫无征兆地砸碎？那根铁棒会不会没有击中他呢？或许，他会在最后一刻猛地躲闪开来。说不定那根本就不是铁棒，而是一根巧克力棒。也有可能它并不是朝他砸来，而是离他远去，在烟雾缭绕中很难看得清晰。也许，这是这组镜头的最后一帧，在铁棒砸到他的脑袋之前，画面就切了出去。如果是这样，接下来的画面会是什么呢？现在看来，可能性即使不是无穷无尽，也多得难以想象。这个世界复杂得不可思议，即便对于电影这样比大千世界简单许多的东西而言，一旦分解为量子，也会变得难以预料。当然，下一帧画面中，有一些内容是不太可能出现的，比如大阴唇的特写、数千艘外星飞船组成的舰队布满柬埔寨金边的上空、一名年轻的矮妖双手叉腰站在翠绿的田间、一只垂死的大黄蜂栖息在一块棉花糖的顶端、想要咳嗽的大卫·苏斯金德[1]、十四只休憩的孔雀。这样的例子不胜枚举，我不确定继续列举下去意义何在，因为尽管这些画面出现的概率很小，但仍有可能出现。现在，由于对这部电影的记忆少之又少，我甚至连据理推测都做不到。我本以为，通晓电影如我，一定有能力完成这种形式的演绎推理，然而，我陷入了无尽的沮丧之中。

脑中的一个声音再次骂我是个窝囊废。这是我自己的声音吗？它显得好遥远，听不真切。我把那一帧胶片放回信封中，被自怨自艾的情绪全然笼罩。无法推演出这帧画面之前或之后的内容以及英

1　大卫·苏斯金德：美国制片人、演员。

戈镜头中世界的量化呈现，让我得出了一个不可否认的结论：唯一存在的时刻，便是我们身处的这一刻，其他的一切都只是流言蜚语、过眼云烟。其余一切，皆为虚妄。

我来回踱步。

当然，喜剧也是一种谎言，是一种防御、一种进攻。创作这种东西就是用来阻隔人心的，用来声明"我可不是这样的人"。这是一种上帝视角的评判，其性质决定了它与"共情"截然相反。喜剧坐在它的皇位上居高临下地说：你可笑、可悲又愚蠢，你的痛苦让我发笑。最重要的是，我与你不同。即便是那些自嘲的喜剧、单口喜剧以及伍迪·艾伦式的作品，也都是作为一种自我防御机制呈现出来的："我会自嘲，因此我不是笑料。"

我来回踱步。

我的天职、我对世界的贡献，便是观察。我审视、我洞察，我将所见内化。从这个意义上说，我便是"寰宇之母性"的代表。我不以成为一个女性化的男人为耻。我欢迎真正的艺术和创造力进入我的大脑，却绝不允许查理·考夫曼这样的人霸王硬上弓，奸淫我的思想。我要负隅顽抗、破釜沉舟。我要指名道姓。"我是你的性侵受害者，查理·考夫曼，反性骚扰运动万岁。"

屋里的所有警报器同时发出了刺耳的尖声，我将烟雾警报器的电池取下。

我继续踱步。

我要警醒其他人，让他们免于重历我所遭受过的耻辱，让他们不至于在夜里冒着冷汗惊醒，还得为他们的施虐者寻找开脱的理由，"或许是我咎由自取，或许是我没有表达清楚"。如此邪恶的交媾会诞生出怎样的怪胎？在被那些无足轻重、一无是处的影人侵犯后，要是有避孕药可吃该多好啊。

拆掉了电池的烟雾报警器仍然在发出啸叫。我把它从天花板上扯下来，狠狠踩了几脚。

我继续踱步。

广播里宣布，巴黎又发生了一次罢工。这次罢工的是法棍包装袋的制作工。整个城市都陷入了瘫痪之中。暴乱接踵而至。

我仍旧在踱步。

20

五年的时间就这样过去了，在杂乱无章的思绪中，在国际和个人层面的危机中，在换汤不换药的演讲中，在由失意、失落和另一个带"失"字的词语组成的阴霾中（或许是"失望"吧，但我不这么认为，这个词听起来不够消沉。能不能换成"大失所望"？），我看着英戈的电影逐渐湮没在它自己的阴霾里，这是遗忘的阴霾。随着年龄的增长，我的记性越来越差。从前的我能够对考力克的《打人是不对的》[1]中所有的演员名字倒背如流，但现在，若能不查资料就说出"酒窝道格拉斯"的扮演者是谁，就已经算是万幸了。我在时间中穿梭，距离观看英戈电影的体验越来越远，对电影的记忆也越来越淡。我试着记笔记，但收效甚微，当然，对于这些笔记的正误，我也没有判断的依据。这一损失让我陷入了一种最深的"失"中："怅然若失"？"痛失希望"？英戈的作品是有史以来最伟大的艺术品之一，这是无可争辩的（多希望能有人来跟我辩一辩！），而我却因为伊卡洛斯[2]般的

---

[1] 此电影为作者虚构。

[2] 伊卡洛斯：希腊神话中的人物，他粘上翅膀逃离克里特岛时，因为飞得离太阳太近，融掉了粘住翅膀的蜡而丧生。

狂妄自大让这件艺术品从世界上灰飞烟灭。这是一个我无法承受的负担。我现在意识到，即便是我，即便是这件杰作唯一的观众，竟也难产了，这个想法足以使我崩溃。

我夜不能寐，茶饭不思。我形容枯槁，所剩无几的头发不是脱落，就是染上了一种怪异而恐怖的色调。我的络腮胡已经重新长了出来，虽然浓密，却黯淡无光。如果我能拥有摄影式记忆[1]，那该有多好啊。但不消说，我没有这样的记忆，因为这只是一种传说罢了。它让我陷入求之不得的痛苦中，因为我确信，如果这样的记忆真的存在，它就应归我所有。我就是那种应该拥有摄影式记忆的人。既然我没有，就说明这种记忆并不存在，而失眠对我记忆力的打击可谓是雪上加霜。现在，我把晚上的时间花在观看老电视剧上。我再也不能专心读书，连最钟爱的电影也无法专心观看了。我唯一的慰藉，就是还能记起电视剧《老友记》的内容。每一集我都看了大约五遍。我最喜欢弗雷迪在睡梦中被人谋杀的那集。我把这件事告诉了我自己的老友欧基，但他说，《老友记》里没有这样的情节，也没有弗雷迪这个角色。

"弗雷迪是那个胖男人。"我说。

"剧里没有胖子。"

"弗雷迪。"我重复了一遍，以便让他听清。

"没有弗雷迪。只有罗斯、瑞秋、乔伊、菲比和莫妮卡。"

"这些名字我一点印象也没有，"我说，"你确定吗？那我天天看的是什么？"

---

1 摄影式记忆：又称"影像记忆"，指对视觉信息过目不忘，有忠实还原记忆的快照式存储能力。

"我不知道。"

"它打出来的剧名就是《老友记》呀。"

"我不知道。里面还有钱德勒。"

"他们都在一家男装店工作。"

"不是这样的。"

"那我天天在看的是什么呀？"

"反正不是《老友记》。还有，不管你天天晚上反复看的是什么，最喜欢的竟然是某个男人在睡梦中被谋杀的一集，我觉得这挺瘆人的。"

"弗雷迪是个女孩。"我说。

"问题不在这儿。"

"我知道，我只是要澄清一下。这一集很精彩，而且说句公道话，这是弗雷迪咎由自取。她企图在睡眠状态下刺杀杰里米。"

"这么说，这不是真正的谋杀咯？更像是正当防卫？"

"不完全是。她是在睡眠中刺杀杰里米时，被一个不速之客杀死的。杀她的是另一个人。"

"这是喜剧片？"

"算是吧。"

"我怀疑这部剧根本就不存在，是你的大脑因为失眠而胡思乱想出来的。"

"失眠！"我大喊一声，兴高采烈地把这个词加入了我的"失"字清单。

"老兄，顺带提一句，你刚才说弗雷迪是个胖男人。"

"这部剧很精彩。"我坚称。

但是，我暗暗为自己的精神状况担心起来。那天晚上，我等待

209

着《老友记》大连播。我已经将录像机调好，这样，我就能向欧基和自己证明，我没有在胡编乱造。主题曲响起，字幕出现在屏幕上。这时我才看到，这部剧集不是《老友记》，它叫《双人鸡尾虾》。虽然它并不是被人大肆吹捧的《老友记》，而只是一场充满暴力、情节几乎无理可循、制作粗劣的痴梦，我仍然乐在其中。这是一部好剧。剧中鲜活而支离破碎的画面，与我当下的状态很相契。今天播放第一集：《阿利斯泰尔在床下发现万人坑》。剧情梗概：人们推测，一个连环杀手住在阿利斯泰尔的洗衣篮里，只在晚上跑出来杀戮和生育。阿利斯泰尔的篮子非常非常大，有一集讲的是星巴克在这只篮子里开了一家门店。

第二天早晨，我为欧基播放了这一集的录影。录影内容就是一集普通的《老友记》，莫妮卡烤了一个派。

*

为了放松心情，我漫步在纽约的街头，摆出一副孤苦伶仃的样子。这是我惯用的方法，这样做，是为了吸引那些女性，她们可能会觉得我深不可测，或是需要挽救。到目前为止，这一招并没有起到什么效果，但我相信功夫不负有心人。你可能会认为，徒劳了这么久，我早该选择放弃了，但这毕竟是我武器库中唯一的一枚弹药。这技巧是我在 15 岁参加一次青少年聚会时发明的，当时的我坐在角落里，在一个小本子上写字。"你在写什么呢？"脑中一位忧伤而美丽的姑娘问我。"哦，就是一些想法而已。"我回答道，露出与她一样悲伤的神情。"你也跟我一样讨厌这种聚会吗？"她继续问。"是的。"我回答道。这段恋情看似能修成正果，但事与愿违。我是说，我和这些漂亮而悲伤的姑娘向来无缘。

有一个相貌平平、一脸忧郁（或许是因为她长得太过一般）的女孩总是跟着我，非常想当我的女朋友。她特别招人烦，是个烦人精，让我都讨厌起自己来。她让我觉得，因为我对她不感兴趣，所以我是个很肤浅的人，细想起来，她这么做真够缺德的。让自己喜欢的人陷入自我厌恶，这么做可不道德。如果你爱对方，就应该给对方自由。我一边走一边想着她，不知她现在怎么样了。我用手机搜索她的名字。杰西卡·卡普罗曼申。这是个不寻常的名字，应该很容易查到。我希望她的身体安好，已经在一位平凡乏味的男士那里找到了归宿，拥有一份乏善可陈的工作，但愿我当年的拒绝没有毁掉她的一生。我发现，网上没有关于她的信息，什么也找不到，连拥有这个姓氏的人都找不到。这怎么可能呢？杰西卡·卡普罗曼申就这样凭空从地球上消失了吗？她难道从未存在过吗？我是不是把她的名字记错了？当然不可能。在 53 街和 11 街的交叉口，我花了五个小时，用随身携带的微型磁铁拼字板把所有可能的拼写方式试了个遍，然而还是一无所获。这不可能。她就印在我的脑海里，她那张其貌不扬的脸、她的死皮赖脸、她的死缠烂打。但如果互联网可靠的话，那么杰西卡·卡普罗曼申就仿佛从未在这个星球上存在过，以前没有，现在也没有。当然，在网络上不留痕迹是可以实现的，可她的姓氏是独一无二的，这表明，她是从虚无中出现，又在死缠烂打地追求我之后重新退回了虚无之中。我在一个名叫"寻找逝去的青春"的网站上找到了我们的高中毕业纪念册。她不在上面。她已无迹可寻了。责任在不在我？我对她那友好而体贴的拒绝，是否导致了她从现实中销声匿迹？当时的我真的拥有这种力量吗（现在还有吗）? 这或许是我异想天开，但除此之外，还有什么解释呢?
唯愿对这个女孩消逝的困惑和悲伤已经浮现在了我的脸上，能够吸引
来一个同样困惑、悲伤而美丽的女子。当然，这个女子无须年轻（事
实上，在当下的文化环境中，年龄相仿是更好的），但她必须漂亮，
岁月的痕迹从深沉忧郁的气质中透出，安妮·塞克斯顿[1]那一型的就
不错。

　　我考虑着是否要雇请私家侦探来探明杰西卡的下落。一个在地
球上销声匿迹的女子竟萦绕在我的脑中，这可不是什么好事。我为
我的心智而担心。希望这种担忧已经浮现在了我的脸上，或许能勾
起与我擦肩而过的美丽忧伤的熟女的兴趣。或许，阿曼达·菲利帕
奇[2]会从我身边走过。她会拦住我，问我愿不愿意跟她探讨"美"这
个话题。这时，扎迪·史密斯[3]恰好路过，听到了我们的谈话。她加
入进来，我们一起来到附近的一家小酒吧，在这寒酸破旧而气氛凝
重的酒吧里探讨这个问题。我非常谨慎，避免像直男那样大肆说教
或像大叔那样叉腿而坐，我将双膝并拢，在中间夹一片阿司匹林。
我说，我是来这儿学习的。我对阿曼达谦卑地表示，美的负担对于
女性而言更加沉重，因此我想听听您和扎迪有何高见。我又对扎迪
说了同样的话，将上述语句中的"扎迪"换成了"阿曼达"。然后，
我将目光平均地投射在她们二人身上，补充道：女权主义是一把大
伞，在伞下，所有人种和民族都可以共存，并拥有属于自己的独特
体验。所有人都能得到平等的尊重，而历史上未被重视或倾听的女

1　安妮·塞克斯顿：美国著名自白派女诗人。——编者注
2　阿曼达·菲利帕奇：美国小说家，代表作有《美的不幸的重要性》等。
3　扎迪·史密斯：英国小说家、散文家，代表作有《论美》等。

性，也就是有色女性，简称WOC[1]，则能得到更多的重视。阿曼达，我无意冒犯，但我相信您一定会认同，像扎迪这样的女性的经历是必须被凸显出来的[2]。因为，您虽然经历了身为女性必须面对的种种困难，但毕竟出身富裕且享有特权。阿曼达完全同意我的说法（我能感觉到，她对我的多愁善感产生了好感），我们两人都转向扎迪，等着她开口，果然，她用感恩的语气娓娓道来，针对当今世界的有色女性和女性体验发表了深刻的见解。我连连点头，一是鼓励她继续说下去，二是表示我从她的话中收获颇丰。我觉得自己给出的反馈很招人喜欢，与绝大多数女性从绝大多数男性那里得到的反馈大相径庭。当然，阿曼达的年龄与我更加相近，因此我便将目光投在了她的身上，而在我看来，扎迪只是一个让我在阿曼达眼中更显迷人的道具。也就是说，扎迪是我的僚机。我对两位女士说，我不是那种分别心很重的势利眼。我既不阳春白雪，也不下里巴人，而是个雅俗共赏之人。无论是曲高和寡，还是世俗之见，所有的体验都能给人带来快乐。看起来，两个人都对我敬仰有加。

　　我猛然从白日梦中醒来，发现自己仍形单影只地身处住家附近这条丑陋、暴力四伏而令人作呕的街道上。我也感到自惭形秽、满心狂躁、想要呕吐。我担心起杰西卡来。如果她是因为我而自杀的，那可怎么办？当然，如果真是这样，她得在自杀之前把过往的一切记录删干净。（这让我想起了自己曾经的一个电影创意。我可真有先见之明！）不搞清这一点，我怎能继续面对生活？我必须雇用一位私家侦探才行。我抬起头来，久久凝视，发现根本没有人在看我。

1　WOC："women of color"（有色女性）的缩写。

2　扎迪·史密斯的母亲是牙买加人，属于有色人种。

我来到了"演员圣殿"，这是一座位于西47街不起眼的犹太小教堂。或许我该写一部剧本。这里有时会被租用为剧场，我觉得我应该能负担得起。这地方又小又破。我可以围绕自己的困境写一部短小而悲伤的戏剧，就叫《杰西卡·卡普罗曼申》吧。如果这部剧能得到应有的关注，那么此时已葬身无名坟墓或沦为无名瘾君子的杰西卡，或许会最终得到她应有的祭奠。或许，阿曼达和扎迪也会来一睹这部剧的风采，并在两人共同参加的作家俱乐部中大发赞赏。她们会邀请我加入俱乐部——我将是唯一有权加入俱乐部的男性。

我回到家，凝视着窗外。

我此生与七位女性发生过亲密关系。我知道这个数字不多，但作为一个男人，我很久以前就意识到，把性伴侣的数量作为炫耀的标尺，是最严重的"物化女性"的行为。我可不愿与之同流合污。当然，我也曾放弃过许多机会。另有三十七名迷人的女性都曾想要跟我明目张胆地搞些风流韵事，为了不让她们感到羞辱，我用温和与仁爱的态度将她们一一拒绝。她们中有三个是拉丁裔，两个是罗马尼亚裔，七个白人新教徒，一个非裔美国人，五个亚裔美国人（两个华裔、三个韩裔），一个澳大利亚原住民，五个美国原住民，两个犹太人，一个来自巴布亚新几内亚的库卡库卡人，三个爱尔兰黑人，四个意大利裔美国人和一个希腊裔美国人。我可以很自豪地表示，在拒绝这些女性时，我的分寸拿捏得恰到好处，没有让对方感到不快，事实上，我说服了每一位女性，让她们相信是她们拒绝了我。就这样，我得以进化，也就是现在的孩子们常说的"觉醒"，这一过程早在"觉醒"成为流行热词很久之前就开始了。女人也是人，许多跟我同性别的人都认识不到这个简单的事实，更愿意将女人当作某种物品或地位的象征。在这个社会中，唯有强大的男人、真正的男人，才能像我一样对待女性。

我沉溺在泡澡的惬意中。

无论是对电影还是对生活本身的研究，几十年来对于细节的密切观察，已经让我拥有了一种近乎摄影般的记忆（并不存在真正的摄影式记忆，那些声称拥有这种记忆的人已在多个场合被人揭穿）。我一向拥有超人的记忆力。我的高中曾经编排过尼尔·欧兰的戏剧《时空扭曲》[1]（整部剧时长超过二十二小时，根据鼎鼎大名的吉尼斯世界纪录，它是有记载的时间最长的戏剧），我被选中扮演英国诗人菲利普·伯克·马斯顿，为了表演这部充满活力而妙趣横生的戏剧，我要在台上待上将近一天的时间。为此，我不仅将伯克的两万五千行台词全部熟背于心，还把其他同学在这部戏中的台词背得滚瓜烂熟。我的盲人表演法（为了学习，我以盲人的方式生活了三周时间）和"标准的中上阶层英伦腔"得到了一家当地报纸的赞誉，当然，这也没什么可夸耀的。演出时，从头到尾，整个礼堂中只剩站票可售（座位全都坐满了），而从未有过舞台表演经验的我，也斩获了一座学生托尼奖。

提到这一点，只是为了表明我在记忆方面具有某种过人的能力，所以此时的我心中只有那么一点点的不安。我坐在浴缸里，手拿钢笔，伏在一张便携式充气书桌上，全神贯注，双眸闪烁，精力充沛，然后又将笔叼在嘴里，轻轻啃咬，两眉间因专注而皱起，额头渗出滴滴汗珠，双眼看向右上方（并非真的在看什么）……但是，我什

---

[1] 尼尔·欧兰是一位演员、编剧，这部戏剧为作者虚构。

么也想不起来。不，英戈电影中的场景，我一点也想不起来。我是说，故事的大概我还是能记起来的，或者暂且说是故事的一部分吧，但说实话，我其实几乎什么也不记得了。这么说吧，我当然能想起来马德和莫洛伊，我又不是弱智。这件事很让我焦虑——我不再是个十几岁的男孩了，那些岁月已成云烟，这是我们必须接受的。随着年龄的增长，人的记忆力是会出现一些衰退的，这也是意料之中的事。现在的我，还能把《时空扭曲》里的两万五千行台词全部背下来吗？我会用一个掷地有声的"不"来回答这个问题。至于其他演员们的台词就更不用提了。在他们"卡壳"时——"卡壳"是表示忘词的舞台行话（行话是各行各业自己所用的独特术语），我曾是那个帮他们救场的人。在参演过《时空扭曲》之后，这是我第一次对自己的记忆力进行测试，却收获了一份巨大的"惊喜"。记忆力如此不济的我，还不如直接得老年痴呆呢。当然，基本的东西我还是记得的。我说过，我记得马德和莫洛伊。我记得片中有个巨人，好像还带着浓重的宗教意味。我用大头针把这个问题暂时钉了起来——当然没有真钉，只是比喻暂且把它放一放，日后得空时，我肯定会从不同方向、用或锐或钝的视角来观看这部影片，到那时我再继续探索。这部电影理应得到它该被赋予的时间。

或许，这根本不是生理问题。现在的我，正经历着一系列心理问题，有的关乎工作，有的关乎感情，有的关乎我的女儿。这些事情可能，也的确会对我的身心造成损害。任何一个称职能干的"心理医生"都会告诉你，他（她、彼）对这个观点是认同的。不过，参演《时空扭曲》的时候，我也经历着种种问题。这是理所当然的，我那时毕竟是个十几岁的男孩子嘛。有家人之间的矛盾、男孩儿常见的身体畸形恐惧症，还有那场卡普罗曼申带来的大灾难。但即便如此，我还是将两万五千行台词和其他人的所有台词背得烂熟。当然了，即便篇幅宏大，《时空扭曲》的长度也无法与英戈的史诗巨作相提并论。若只能"逐字逐句"地记起英戈电影中二十二小时的内容，我就已经非常满足了——这好赖算是个起点。就算英戈的电影只有二十二小时，它也会成为史上最长的电影之一，或者说没有之一。我已经不敢打包票了，我得先做点调查研究。调研。哈哈。或许这才是我记忆力退化的罪魁祸首——互联网。我们所需的一切，只要手指轻触就能获取。一定有研究表明，互联网对人们的记忆力产生了消极的影响。回头我得在网上找找这些研究，现在不行。现在，我必须面对那件我无法查询的事情，因为它不在别处，而是隐藏在我的大脑深处。我确实觉得互联网是罪魁祸首，但我也必须承认，我有点担心这是早发性阿尔茨海默病的迹象。说实话，我不得不承认，这其实也不算"早发"。我什么时候变得这么老了？衰老的过程循序渐进，又显得那么突如其来。就这样，我成了现在的模样，一个满脸皱纹（这些皱纹可不只是我在浴盆里泡出来的！）的老者。我成了一个隐形人——拉尔夫·埃里森[1]，我无意对您冒犯（H.G. 威尔斯，你这个种族歧视者，我才不向你道歉呢！）。我知道，对比埃里森笔下《隐形人》中的主人公，我的生活没什么可抱怨的。我要把自己琐碎的抱怨吞进肚子里，以免破坏人类的"苦难光荣榜"。我觉我处在这个榜单的底层，紧挨着其他老白人，但排在那些白人连环杀手和白人战犯之上（谢天谢地！）。但即便如此，我也仍然在

1　拉尔夫·埃里森：20世纪美国黑人作家，代表作《隐形人》讲述了一个黑人青年被社会无视、被当作"隐形人"的成长经历，下文的 H.G. 威尔斯也写过一部同名作品。

痛苦煎熬！当然，我永远也不会把心中的痛苦透露给任何人，除非遇到了一个白人战犯。每个人都得有个欺压的对象嘛。

我应该去看看"心理医生"。我从来不相信谈话疗法的功效，但我记得有规定：心理医生无权告诉病人，他们需要静坐下来，学会让别人发表意见。

21

我打电话给我的朋友欧基，说来也巧，我们刚开始成为朋友时，他就开始接受心理治疗了。

"喂？"

"欧基，是我。"我说。

"你好。"

"我在想，要不要找个'心理医生'。"

"哦。"

"我打电话，是想问问你的'心理医生'的联系方式。"

"不好意思。"

"不好意思？"

"我不能让你去见我的治疗师，B。"

"为什么？"

"我们聊过你，这会给彼造成利益冲突。"

"你的治疗师是个'彼'？"

"不是，但我不愿说明彼的性别。"

"为什么？"

"我担心这会让你有机会可乘，让你找到彼，背着我去彼那儿进行治疗。"

"单凭性别，我就能找到彼？"

"彼的性别非常特殊，几乎可以说是独一无二的。"

"好吧。那，你知不知道还有哪些不错的'心理医生'？"

"我听说哈林区有个比斯莫医生。"

"比，斯，莫？"我向他确认是哪个字。

"哈，林，区。"

"不，我是在说治疗师的姓氏。"

"哦，明白了。"

"你知道这位先生的名字吗？"

"真有趣，你竟然推断治疗师是男的。这算不算性别歧视？"

"那你知道这位女士的名字吗？"

"治疗师是男的。"

"那你为什么——"

"我只是觉得，你的推断能说明很多问题。"

"这位先生的名字是什么？"

"弗雷德里克·G。"

"谢谢你。"我说。

"希望能帮到你。我真的觉得你早该去看看医生了。"

"谢谢你，欧基。"

我挂了电话。欧基，我交情最长也最深的朋友，是个糟糕的人。问题是，他的"顺性别"倾向甚至比我还要严重。他的居高临下只是一种防御机制。若不是鄙夷他，我一定会可怜他的。希望弗雷德里

220

克·G.比斯莫医生是个非裔美国人。这种可能性很大，因为他的办公室就在哈林区，但鉴于该区目前正处于中产阶级化（我把这叫作"哈林区之耻辱复兴"）的进程中，我无法判断。我很乐意和一个非裔美国人聊聊这个问题。他一定会意识到我对他非裔美国同胞们的艺术成就有多么重视，我们的友情会因此生根发芽，从今往后，他就会把我视为他的盟友。

*

弗雷德里克·G.比斯莫是个白人，白得不能再白，可能是斯堪的纳维亚人。他个子高挑，满头金发，正颜厉色。他好像对我挺蔑视的。或许他不太适合当我的治疗师，但也可能，我现在需要的，就是这种严厉之中流露出的爱或恨吧。或许，我该给他一次机会。

"告诉我，我该怎么帮你？"他说。

我心想，应该是你告诉我才对，你才是该死的"心理医生"。

"我出了一些问题。"我说。

"我知道。"他说。

你知道什么啦？我想，我还什么都没告诉你呢。你怎么不先说说我的问题是什么？我还得一人分饰两角？我怎么总是——

"什么样的问题呢？"他问道。

总算问了句人话。

"谢谢你的关心。首先呢，我的记忆出了些问题。"

我本以为他会说："哦，这在你这种年龄的人身上很常见。没什么可担心的。"

可他却说："这个问题挺严重的。"

"真的吗？"

"你回家时会迷路吗？"

"不会！这也太离谱了吧！怎么可能！你瞎说什么呢！"

"好吧，那你的记忆出了什么问题呢？"

这人是吃白饭的吧？

"我记不起我看过的一部电影的细节了。"

"哦，"他说，"这没什么。电影本来就是一种观后可弃的艺术形式。"

这人真令我讨厌。

"我的职业是影评人，写影评也是我的爱好。"我说。

"我明白了。好吧，那你为什么不再看一遍，做些笔记呢？"

"这部电影唯一的胶片被销毁了。"

"销毁了？"

"对，在一场可怕的火灾里被销毁的，也可能是被飓风销毁的。"

"这种情况可不常见。"

"可能吧。"我说。

我可不想跟这个男人称兄道弟，没工夫跟他扯东扯西。

"我该怎么办？"

"你为什么不跟创作者聊聊？或许拍摄这部电影的先生会记得
细节呢？"

"先生？"

"女士？"

"女士？"

"非男非女？"

"是位先生没错，"我回答道，"我只是觉得你这种推断很有趣。"

这人简直是个老古董。

"好吧，制作这部电影的是位先生。"

"他死了。"

"死于火灾？"

"不是。"我说。

"是你谋杀的？"

"你怎么会这么想？"

"我没这样想。我只是出于法律要求必须问这个问题。"

"不，我没有谋杀他。他是老死的。"

"我明白了。好吧，那你的问题还真不好办。"

"你觉得我患有早发性阿尔茨海默病吗？"

"我没有看出任何迹象，但现在我还不能肯定。如果你愿意，我可以给你做一次记忆测验。"

"好的。"

"要额外收费。"

"多少钱？"

"75 美元。"

"好吧。"

比斯莫在几个抽屉里翻了很长时间。

"你翻东西的时间不该算在治疗时间内。"我说。

他取出一个小本子。

"你拿着，"他说，"首先，我会念十样东西的名字，然后你再背给我听。"

"好的。"我说。

我很紧张。我会对自己有何发现呢？

"橙子，捕蝇纸，铅笔，大众情人，巧克力葡萄干，普林节，幸运手链，锯齿剪刀，血小板，带穗绒线帽。"

"橙子，捕蝇纸，铅笔，大众情人，巧克力葡萄干，普林节，幸运手链，锯齿剪刀，血小板，带穗绒线帽。"

"一个不落。"

"我觉得不该把其中几项算作'东西'。大众情人、普林节和血小板都不是'东西'。"我说。

"那是什么？"

"普林节是犹太人庆祝的一种节日。"

"它是个名词，不是吗？"

"没错，但不是件物品，"我说，"而且，大众情人指的是人。"

"好吧。"

"血小板是细胞。"

"你对定义抠得真清。"

"下次，要不干脆把这些叫'列项'吧。"

"我只是在按指示办事罢了。"

"这话纳粹也会说。"

"我可不是纳粹。你在含沙射影些什么？"

"我只是在说明一个观点。"

"什么观点？"

"人不能盲目服从命令。"

"这么说，指示就是命令了？"

"我只是在说——"

"我知道你在说什么。你们这些犹太人，总是会说——"

"哈！我可不是犹太人。你竟然会这么想。"

"我觉得这不大可能。你不是姓罗森堡吗？"

"这世上到处都是姓罗森堡但不是犹太人的人。但凡受过一点教育，你就应该知道这一点。"

"我当然知道。我还知道，犹太血统……是从母亲那一边传播的。"

"传播？跟传染病一样？"

"我正在想合适的词呢，只是暂时用'传播'代替一下。"

"有意思。"我说。

"我是说，即使你父亲是个姓罗森堡的基督教徒，你母亲也可能是犹太人。"

"我母亲姓罗森伯格，那也是我的中间名。"

"嗯……真有意思。"

"而且罗森伯格也不一定是犹太人的姓氏。"

"不一定吗？"

"不用我提醒，你也应该知道，阿尔弗雷德·罗森堡是第三帝国的高级纳粹军官。"

"还有人暗示过罗森堡有犹太血统呢。"

"罗森堡对于犹太人的憎恶之切，是无人能及的。"

"犹太人本身就是一个自我厌恶的民族。"

"一个号称中立的心理学家竟然采取这种立场，这真的挺好玩的。"我说道。

"我是社会工作专业的硕士，还持有婚姻和家庭治疗证书。再说，业界有许多研究都指出，犹太人的确有自我厌恶的问题。而且你给我举出的是一个姓罗森堡的非犹民的例子，而不是姓罗森伯格的非犹民的例子。真有意思。"

"最后再说一点，你得说'犹太人'，不能叫'犹民'。"我说。

"'犹民'又不一定是贬义词。你们有时不也这么称呼自己吗？"

"我不是犹太人，但如果我是，我有权这样自称。然而作为一个非犹太人，你没有权利这么叫。"

"真新奇。"

"恐怕咱们的见面并不成功，也不可能成功。"我说。

"让我们来研究一下你为什么会有这种看法。"

"我不想研究。我该走了。"

"你这次的治疗时间还剩下很多，都要计入治疗费里。如果我们聊聊你面临的问题，不仅能更有效地利用这段时间，说不定还能让你跨越这个难关呢。"

"我要走了。"

"我同意，你不是犹民。犹太人和犹太教都跟你不沾边。请留下吧。"

"恐怕现在这么说已经来不及了。"我说。

"我觉得我能帮你记起来。恢复丢失的记忆是有一定技巧的。"

"我还是到其他地方寻求帮助吧。"

"你找不到能像我这样帮助你的人了。"

"那我就碰碰运气。"

我走了出去。关门的时候，我发誓听到他低声嘀咕了一句"犹民"。

"我不是犹太人。"我低声回了他一句。

22

我在哈林区另一家候诊室，而心里蟑螂师——我是说心理治疗师，我得问问马尔戈登医生，这算不算一种弗洛伊德式的口误？ 这可以作为谈话的引子。或许，我把治疗师视作了爱藏在暗处的典型代表？ 真有趣。或许，我是在质疑病人为何必须扮演脆弱的一方？或许，我是在质疑这种治疗模式？ 我得问问马尔戈登医生。我还不知道彼的性别。彼的名字叫伊芙琳，因此我猜不出性别来。马尔戈登医生从办公室里探出头来，是个白人女性。在她是女性这一点上，我只是在假设，但我觉得这种假设八九不离十，因为她呈现给我的是典型的女性形象：百褶裙、红罩衫，脖子上挂着沉甸甸的木珠，看上去应该产自马拉维。

"是罗森伯格先生吗？"她问。

她是一个变性人。当然，这也是一种假设，是从她说话的音色中判断出来的。

"是的。"我回答。

"请进。"

我照做了。

"我比较习惯别人用'彼'来称呼我。"我告诉她，满心希望她也会对我说相同的话。

"谢谢，"她说，"但我觉得没必要在治疗期间用第三人称对你讲话。"

她赢了这一轮的舌战，微笑起来。

"一针见血。"我说。

"那么，你为什么来就诊呢？"她问道。

"我的记忆力出了点问题。"

"随着年龄的增长，这是相当常见的现象。"她说。

"没错，我同意，但是我的情况比较特殊，希望得到确切的解答——因为我曾经拥有摄影式记忆。另外我也希望你能为我提供一些辅助记忆的手段。"

"你在回家时会迷路吗？"

"不会。这不是问题。"

"这是个好迹象。如果可以的话，我想让你进行一次记忆测试。"

"没问题。"

"我要给你列出十个……列项——我们之前的确会把它们称为'东西'，但有人发来了一封邮件，说称它们为'列项'或许更有助于治疗——然后，我会让你进行重复。"

"好的。"

"橙子，捕蝇纸，铅笔，大众情人，巧克力葡萄干，普林节，幸运手链，锯齿剪刀，血小板，带穗绒线帽。"

"橙子，捕蝇纸，铅笔，大众情人，巧克力葡萄干，普林节，幸运手链，锯齿剪刀，血小板，带穗绒线帽。"

"不对。"

"不对？"

"第五项是巧克力葡萄干，不是巧克力葡头干。"

"我说的就是巧克力葡萄干。"

"是吗？"

"没错。"

"好吧。如果你说的是葡头干，那么与其说是记忆有问题，不如说是听力有问题。所以……记忆力没问题，听力……不确定。你基本上没事。"

"即便这样，我也记不清我必须想起来的电影内容。你知道有什么技巧能帮我找回埋藏的记忆吗？"

"或许我们可以探索一下这段特殊的回忆为什么会被压抑。"

"你觉得记忆可能被压抑吗？"

"是的，这种情况确实存在。这部电影对你造成过什么创伤吗？"

"这部电影对我很有启发。"

"启发有时也能造成创伤。"

"我不觉得有什么创伤。这是我人生中最激情澎湃的三个月。"

"三个月？"

"电影有三个月长。"

"你在开玩笑吧？"

"我不开玩笑。开玩笑不道德。"

"你怎么能指望自己记住一部三个月长的电影呢？我连昨天早饭吃的是什么都记不清。"

"我又不是你，我有'摄影记忆'的能力。你昨天早饭吃的是炒鸡蛋。"

"你怎么会——"

"我看到你罩衫上的鸡蛋渣了。"

"但这也可能是今天早上留下的呀。"

"你罩衫的前胸口袋上绣着'星期三'的字样，而昨天是星期三。我从你的体臭就能判断，你穿上这件罩衫是昨天早上的事。我在你的前臂褶皱处，也就是你们所谓的肘窝处目测到了一小块深红色的渍迹，所以推断你今天早上做了一次血常规——希望一切正常，也就是说，你从昨天晚上开始禁食，所以今天早上没有吃早饭。"

"太神奇了。好吧，你五天前吃的早饭还记得吗？"

"樱桃格兰诺拉麦片、原味酸奶——我喜欢读成'栓奶'，还有咖啡配混合奶油。"

"我怎么确定你没有撒谎？"

"我为什么要撒谎？"

"为了让我觉得你很厉害。"她说。

"我不需要让任何人觉得我厉害。"

"我觉得，你申辩得太多了些[1]。"

听到这里，我开始抽泣起来。马尔戈登医生拥有一种不可思议的能力，能够进入我的灵魂，摘去我的伪饰，从我的胸中掏出那仍在跳动的心脏给我看。或许，这得益于她作为一个跨性别女性所经历过的许多挣扎，抑或正是这神奇的感知力带来了苦痛，她才选择成为跨性别女性，在这个社会中，这样的感知力是无法出现在男性

1　这里借用了莎士比亚《哈姆雷特》中的一句台词，原句是："我觉得，那女人申辩得太多了些。"

身上的。别待在这儿，我们的社会对这感知力说：男性是理性的，男性相信科学，将巫术留给妇女吧。就这样，马尔戈登医生也接受了这样的理念。当然了，我也只是一位纸上谈兵的心理学家（我在哈佛辅修了室内装潢和社会工作专业），因此无法判断自己的理论是否站得住脚。而且，我与医生才刚认识，对她提出这一理论为时尚早，因此我选择了缄口不语。还是先审时度势比较好，再说了，不知她触到了我内心深处的哪条神经，现在的我情绪还不稳定。所以，还是先让她分享自己的见解吧，以后我有的是时间为她指点迷津。

"你为什么哭呢？"她问道。

"我不知道。可能是因为你的感知力不允许你被困在一个男性的身体里。"

"什么？"

"没什么，我也说不清。反正我很伤感就对了。"

"你为什么伤感？"

"因为我申辩得太多了些？"

"啊，没错，"她说道，"你就是申辩得太多了些。"

我又一次抽泣起来。

"但这伤感来得有点太突然了，好像有个开关控制似的。这或许是某种症状。我不是说你现在有什么可担心的，但做些测试或许是谨慎之举。"

"什么症状？"

"突然的情绪波动，或许是种征兆。"

"什么征兆？"

"嗯，现在判断为时尚早。有可能是痴呆，但是你的记忆测试完成得很棒，几乎无可挑剔。"

"是完全无可挑剔。"

"我们先保留各自的意见吧。"

"好吧，那你有什么建议呢？"

"做个扫描应该会有帮助。"

"大脑扫描？"

"看看有没有大脑器质性损伤。当然，这并不是说你表现出了任何迹象，但我总是倾向于直接跳到最坏的可能性，只是为了把这种可能性剔除。"

"这有点'癔'想之嫌。"

"你是有意拿'癔'这个词来激怒我吗？"

"激怒你？"我问。

"用'癔'这个词。"她说道。

"我明白，但为什么说我是在激怒你呢？"

"我想你应该知道它的拉丁词根吧？你看上去像是个受过点教育的人。"

"词根是子宫[1]。"

"所以你是在嘲笑我吗？"

"不是。"

"想要成为女性的方式有很多。并非所有方式都依赖于拥有一套社会公认的身体器官。"

"我没有说——"

1　英文中的"癔"（hysteria）源于希腊文"hystera"，意指"子宫"。在 16 和 17 世纪，人们认为癔症是子宫内体液潴留等原因造成的。

"那我问问你：出于医疗原因而不得不将子宫全部切除的女性，你会认为她们不算女性吗？"

"那也太残酷了。"

"但这样的认知准确吗？"

"不，当然不准确。"

"这么说，你承认做女人不一定需要子宫咯？"

"是的。"

"陈词完毕。"

"刚才发生了什么？我还没反应过来。"我说。

"我觉得这次诊疗最好到此为止。从这一刻就结束。"

"但是我才刚来了十分钟啊。"

"在接下来的四十分钟里，你可以待在这儿，但我不会跟你交流。我没有义务帮你做应该由你自己完成的工作，也没有义务让你觉醒过来。这些都要靠你自己。"

"这不是你的义务吗？你的职责不就是做这个吗？"

"如果没有觉醒，挽救只会让情况更糟。"她说。

我决定在沉默中度过剩下的四十分钟。治疗不适合我，但我也不想让马尔戈登医生好受。

23

我漫步在纽约的街头，几乎认不出这个我曾在那么长的时间里称之为家的地方。这个一度鲜活、杂乱、残破、病态、肮脏而又充满创意的大都会，这个曾经充斥着梦想家、骗子、瘾君子和妓女的大都会，已变成了一座观光公园，一处土豪们蜂拥朝拜的圣地，触不可及、物欲横流。城市中那必不可缺的剧院已然被腐蚀得面目全非，仿佛一具贴满亮片、浮肿发臭的死尸，唯一的用途就是被人当作轻易敛财的工具。让我们用舞蹈把来自堪萨斯的乡巴佬吸引进剧院吧。让我们佯装灵魂这东西依然存在吧。让我们假装戏剧不是死人娱乐死人的工具吧。

一切都与金钱挂钩。钱是我们唯一能理解的东西。美国内陆各州的居民一个个都关注起周末票房来。在我年轻的时候，一部电影、一出戏、一本书，或是（老天，那时的我多么年少轻狂）一幅画，就可以改变世界。真的，真能把这该死的世界全都改变。而今已是时过境迁，我们只会惺惺作态。演员们身穿紧身衣，装成能上天入地的超级英雄，以取悦智障的大众。就算是"艺术电影"也要么裹着"看似态度坚定"的虚假现实主义外壳，导演是某个 25 岁、靠父母信托基金生活的富二代；要么是那种稀奇古怪的超现实主义垃圾，可能受了查理·考夫曼幼稚的奇幻片的启发——

一个快递员骑着自行车冲向我，把我撞飞到一辆卖炸豆丸子的小车上，对方骂了我一句"浑蛋"便骑车离开。我站起来，拍拍身上的土。

——要么就是受了那部由杰克·吉利布兰德和身穿兔子服的恐怖男人主演的电影[1]的蛊惑。

唉，当今的英戈们都到哪儿去了？当我们如此迫切地需要英戈来拯救的时候，他到底在哪里？英戈预见了未来，他的直觉告诉他，人造的东西会潜入我们的生活，一秒秒、一步步、不知不觉地取代真实的东西。他知道，这个诡计会将人类毁灭。他知道，我们正在迈进的世界里，"疏通人类情感"这门艺术不可或缺、至关重要的功能，将被商界、政府和投机倒把之人利用，目的就是控制、限制并诋毁人类的灵魂。而今，出于个人的疏忽抑或野心，我将人类文明的最后一线希望毁于一旦——对于这场被我们称为流行文化的闹剧，这部杰作的主人同时处在局外和局内，由于遭遇了挣扎和孤独，抑或是自身种族的缘故，他能够从我们之外的视角来展示我们，重要性堪比德·托克维尔[2]之于人类的集体无意识。这种荣格笔下的东西[3]已经被企业强占。没错，当今的我们都做着同样的梦，但那是因为我们都在看《实习医生格蕾》。我们都成了"珊达乐园"[4]的居民，

1　这里指理查德·凯利执导、杰克·吉伦哈尔主演的悬疑科幻片《死亡幻觉》，B说错了演员的名字。
2　亚力西斯·德·托克维尔：19世纪法国政治思想家和历史学家，对自由意志主义有重大影响。
3　此处指集体无意识。
4　珊达乐园：电视编剧、制片人珊达·莱姆斯创办的美国电视制作公司，也是她第一部电视剧《实习医生格蕾》的制作公司。

真是令人扼腕。现在，我们梦到的是汰渍和别克车。我们渴望成为布拉德·皮特和安吉丽娜·朱莉。我们的内心黑暗面则是《狮子王》里的"刀疤"，这个不堪一击的卡通形象成了我们的黑暗面，而我们不会努力把它融入生命，反而企图将之根除，因为迪士尼告诉我们，"刀疤"是邪恶的化身，必须被铲除。在这片我们如游魂般存在的废土之上，我们的信仰经受着一次次的考验，来自上天的甘露似乎只是荒诞的幻想，追名逐利是时兴的生存方式，对于大多数人而言，若想赢得名声，唯一的希望便是向世界宣称自己是受害者。但恰恰就是在这个地方，我发现自己充满了希望。如果我们有说"不"的权利，无论是对我们被逼投身的游戏说"不"，还是对我们被灌输的抱负说"不"、对我们被强加的梦想说"不"，那么或许，我们便能在纯粹和真理之中寻到彼此，趁一切都还为时不晚！

*

然而，一切都已为时太晚。

现在，我生命中的每一刻都不对劲。每一刻，都是一次陷入泥沼的"重生"。每一刻都自成一派，有自己的世界、自己的生命，未来发生的事情仍未可知，已然发生的事情已成云烟。每一刻，要么是我的身体泛起一种新的疼痛、客厅的墙壁上出现了一条新的裂痕、房间需要重新粉刷，要么就是我的灵感枯竭，抑或我才疏学浅、做不出什么有意义的贡献。世界上的某个地方正在见证一场饥荒、一场百万生灵惨遭荼毒的种族清洗、一场失控的山火，抑或见证着我那恼人而腐蚀灵魂的愤怒，见证着某个病危的孩子、一个流浪汉因坏疽而肿得像黑气球一样的脚。我的时间都去哪儿了？ 我心中纳闷。

在这一幕幕的惨状之中，我想要知道的竟是这件事——我的时间都去哪儿了？只是纠结于自己微不足道的烦恼。这让我更加羞愧难当。这就是我的精神病性抑郁症。

恰巧就在这时，声音响了起来。

这些声音沉闷而邈远，谈论着关于劲猛餐厅的种种。这些声音告诉我这家餐厅有多棒，恳求我去那里用餐。我担心自己快要疯了。渐渐地，我连自己的公寓也不敢离开了。灯泡一只只烧坏，但我没有出去买新灯泡，而是把烧坏了的灯泡摘下来，把别处的好灯泡换上去，只确保床上方的灯泡能够发光。像普鲁斯特一样，现在的我也终日在床上度过。最后一只灯泡熄灭时，我搬到了紧邻旁边公寓的狭小阳台。从邻居窗户中射出的灯光，是唯一够我看清书上文字的光源。有关劲猛餐厅的谈论声变得越来越嘈杂：

"有什么东西是用百分之百的牛肉和百分之百的爱制成的？劲猛餐厅就是。你自己算算看。"

我很担心。有什么可怕的事情正在发生，某种精神疾病或是精神功能障碍。这是个女声。头脑中的声音难道可以是异性的？我应该给我那患有精神分裂症的朋友明迪·米尔克曼打个电话，他应该知道答案。或许，这声音尽管听起来是女声，却将自己定义为男人。我无权判断自己脑中声音的性别。我应该坐下来，学会倾听别人的意见。

"在劲猛餐厅用餐时，开心的不是套餐，而是你自己。"

我认为这句话巧妙借用了麦当劳"开心乐园餐"的梗，但也不完全确定。

我的房东希德·菲尔兹来敲门催房租。我没有钱，于是就假装不在家，但这招不可能永远奏效。

　　紧挨着我家的那幢楼离我非常近，如果愿意的话，我可以用拳头砸开那女人的窗户。我常常想，自己应该这么做，但又不知道为何会有此念头。我没有这么做，而是从我的阳台上往她的廉租公寓里窥视。我不是有意为之，只是她的公寓就在我眼前，而且有的时候她穿得挺少的。我知道，偷看（或堂而皇之地看）女人是不被接受的行为，我也并不把这当成一种习惯，但有的时候由于距离太近，这件事就自然而然地发生了。

　　"劲猛餐厅，我们心系纽约。"

　　我一次次地听到同一个女人的声音，每次的音调和重音都略有不同。我很难把注意力集中在其他任何事情上，不禁为自己的精神担心起来。

　　"我们要啃一口这大苹果之都[1]。欢迎大家也来啃我们一口。劲猛餐厅，我们的存在，就是大家的口福。"

　　"我们要啃一口这大苹果之都。欢迎大家也来啃我们一口。劲猛餐厅，我们的存在，就是大家的口福。"

　　"我们要啃一口这大苹果之都。欢迎大家也来啃我们一口。劲猛餐厅，我们的存在，就是大家的口福。"

　　"我们要啃一口——"

　　谢天谢地，声音戛然而止，我又恢复了呼吸。这时，隔壁的女人突然站在窗口向外看，吓得我蹦到椅子后面，从那儿悄悄窥视她。她只穿了一件 T 恤和一条内裤，T 恤上印着一把人形锤子的图

1　"大苹果"是纽约的别称。——编者注

案。在我看来，这把微笑的锤子是那么眼熟。为什么呢？这锤子怎么会——

老天啊，这不就是劲猛餐厅的吉祥物嘛。她的衣服上有劲猛餐厅的吉祥物，这到底是怎么回事？她听到了我倒吸一口凉气的声音，进而又看到了我，然后打开窗户。

"躲在暗处的那位！"她乐呵呵地说。

"怎么了？"我躲在椅子后问道。

"你在偷看我吗？"

"我……在打扫卫生呢。"

"关着灯打扫卫生？"

"没错。"

"请站出来，让我看清楚，好吗？"

我照做了。不知为何，被一个穿着内裤的美女指挥，我觉得这很刺激。

"你叫什么名字？"她问道。

她的声音很耳熟。是哪个旧情人吗？还是我最喜欢去的那家CVS 药店的收银员？

"人们叫我 B。我用这个名字，是为了避免拿我的男性身份当武器——"

"听着，B。我叫马乔里·晨星。"

"这不就是那部电影[1]的名——"

"我没看过。B，我问你，你喜欢住在你的高级公寓楼里吗？"

1　此处指 1958 年的美国电影《初恋》（*Marjorie Morningstar*），也译作《马乔里晨星》《痴风啼痕》。

我好喜欢她在我话说一半时就打断我的感——

"最近，我碰巧找到了一份美差，"她说，"我在帮一家小型地方快餐公司做配音工作。这家公司被一家国际集团收购，即将走向全美，成为全美瞩目的焦点。"

"等等，你说的不是劲猛餐厅吧？"

"B，你听说过这家小公司？"

"是呀！"

原来我没有疯！是她！我听到的是她的声音！

"是这样，我正在考虑搬到一个更好的住处，不知道你们的公寓楼怎么样。"

"在这儿住很贵。说实话，我已经付不起房租了。"

她将目光投向别处，微微点了点头，似乎在思考。我偷偷看了一眼她那被内裤遮盖的裆部。我欲火焚身。覆盖着内裤的女性裆部怎能如此诱人？

"是这样的，B，我的提议或许欠考虑，但我们能不能交换公寓呢？"

"我不——"

"就像《王子与贫儿》里的情节，只不过我们交换的是公寓。可以叫《美居与陋巷》，美居指的是令人向往的居所。陋巷就是我住的地方，美居指你住的地方。"

"名字取得太好了。"我坦诚地表示。

我可能已经爱上了她。

"如果我们通过正规手段交换公寓，那房租肯定会呈指数级飙升。"她说。

我想告诉她，"指数级"这个词并不贴切，但是……我已经爱上她了。

"但是……听我说完，如果我们私下交换，就从这扇窗户把各自的东西交换一下，在租约上保留原租户的名字，那房租就可以保持不变了。"

"我觉得有点不妥。"我说。

"B，我每月的房租只有 850 美元。"

"哇。"

"我就说嘛。"

"嗯——"

"而且这个月的房租我已经付过了。"

"嗯。"

"你不用把钱还我，算是我送你的礼物吧。"

"嗯。"

"如果你的房租还没付，我也不介意，我刚发了一笔横财。多亏了劲猛餐厅，我最近手头宽裕得很呢。"

"你家里有没有能用的灯泡？我之所以问这个，只是因为——"

"我有五个灯泡。五盏灯，五个能用的灯泡。如果需要的话，橱柜里还备着三个。"她说。

"我能看看灯泡什么样吗？"

"没问题。"

她移开了一些，我从窗户爬了进去。屋子里有一股温馨的女性味道，我很喜欢。房间很小，但我毕竟只有一个人，或者连一个人的空间都占不到。一个人需要多少空间呢？约翰·范特在洛杉矶邦

241

克山的电话亭里住了七年，并在短篇小说《班迪尼，想要继续住下去，就请再投5美分》里对这段经历进行了感人肺腑的描述[1]。我不比范特，我还差得远呢。我既不是但丁，也不是杰米·埃斯卡兰特[2]。我只是一个有些微不足道成就的小人物，或许顶得上汤姆·孔蒂[3]吧。我环顾四周：这间公寓只有一室，配有一个小浴室，浴室的墙壁和天花板上贴着10厘米厚的隔音泡沫，让房间更显逼仄。就连镜子也被遮住了，但我喜欢这样。

"我就是在这里录音的，"她说，"我能把隔音泡沫留在这儿吗？"

"没问题。"

我没有说明同意的理由，但真实的原因是，我经常会因为肠胃不适发出令人尴尬的声响。

我心想，我可以在这儿安居，而且说实话，与这位貌美如花的女配音演员交换人生，让人有些浮想联翩。这次居住环境的降级，或许会让我在未来拥有与她花前月下的机会。我不确定她有没有对我暗送秋波，但我觉得她真有此意，而且我一般都是后知后觉的那一方，所以……某位女士使尽浑身解数想要与我翻云覆雨，但用现在孩子们的说法，我却"不解风情"，很多年之后才回过神来——这样的事情，已经发生过太多次。

"我同意换房。"我说。

她或许对我眨了一下眼，动作太快，我没法确定。我也眨了一

1　约翰·范特是美国短篇小说家、编剧，生前穷困潦倒。班迪尼是范特小说中经常出现的人物，是一个落魄作家，居住在洛杉矶的邦克山。B提到的这部短篇小说为作者虚构。

2　杰米·埃斯卡兰特：美国传奇教师，事迹被改编成1988年的电影《为人师表》。

3　汤姆·孔蒂：英国演员，代表作有《战场上的快乐圣诞》等。

下眼（算是回礼？）。她疑惑地眯眼看着我，那表情很像喜剧片《小顽童》里的"小捣蛋"，看上去很性感。

接下来的一天里，我们从窗户爬进爬出，交换各自的家什。我不得不把自己的很多东西留在现在属于她的公寓里，因为现在属于我的公寓里已经没有空余的地方了。但我还是坚持把我图书室的五千册藏书搬了过来，这是我离不了的宝贝。还有我的骨灰瓮。这样一来，我那加州大号双人床便没有地方放了。因此，我用皮带和弹力绳设计了一张"睡椅"，给自己一个夜晚的栖身地。我告诉自己，这一切都是权宜之计，我最终能站稳脚跟、回到一张真正的床上。

但是，重新站稳脚跟显得如此遥遥无期。新公寓能用的灯泡也一个个熄灭了，三只备用灯泡逐个烧坏。黑暗笼罩了一切。

24

就这样，在这狭小而漆黑的公寓中踱了三个月的步后，我开始觉得自己可能出现了幻觉。这间公寓仿佛堆满了黑色的羊毛，一直堆到天花板。我蜷缩在角落里，试图避开隐藏在体内的针尖与心猿。我下定决心，不能再这样下去了。我强迫自己离开公寓。走廊里也满是黑色的羊毛。我走出公寓楼，叫了一辆满是黑色羊毛的出租车，开过满是黑色羊毛的纽约去见一位新治疗师。这位治疗师是《美丽心灵》的专业顾问[1]，是我在演职人员字幕里找到的。我渐渐发现，这部由朗森·霍华德[2]执导的影片非常精彩（我真挺后知后觉的！）。电影讲的是一个男人"发了疯"，然后学会了如何去爱，并获得了一项大奖（忘了是什么奖了，是不是奥斯卡？），对着观众席发表了一段演讲——奇怪的是，化着老年妆的詹妮弗·康纳利也坐在观众席里。这一段我没有完全看懂，我想这或许是因为我中途去了趟厕所吧。我把情节串在一起，断定詹妮弗·康纳利当时是正好要去当地的一家剧院演出，但又不想错过这次演讲，所以才事先把舞台老年

---

1 《美丽心灵》讲述了诺贝尔奖得主约翰·纳什的故事，他患有精神分裂症。
2 应为朗·霍华德。

妆化好。这位专业顾问兼治疗师（她曾经指导演员罗斯·克劳[1]"像疯子一样使劲眨眼"的事，已广为流传）听了我的故事，立马建议我使用氯胺酮治疗。她建议将这种方法和死藤水疗法结合，再搭配催眠疗法。她说，这些疗法除了能帮助我缓解抑郁外，或许也能帮助我想起英戈的电影来，她认为，这部电影就是引起我痛苦的症结所在。这一切在我听来挺合理，或许是因为我已经对羟考酮上了瘾（我在女配音演员的药柜里发现了它），再说，我也因为一些个人问题而有点"神经兮兮"。现在回想起来，用当今孩子们的话说，我觉得她是在拿我"开涮"。我觉得，治疗师拿患有抑郁症的羟考酮成瘾者开涮，这非常不专业，但我还是在她的电视剧《（疯子）医生驾到！》的免责书上签了字，因为我明白，人人都得谋生。最后，我预约了精神病医生、催眠治疗师和巫医。他们正好都能在同一天见我，而且他们的办公室都在纽约中城的同一栋医疗办公楼里，这真挺赶巧的。

　　与精神病医生马迪·卡比尔的会诊安排在 11 点。他在问我服用多少氯胺酮能起效后（我回答说我可以先喝一杯试试），立即抓住时机继续问道："你诊疗结束之后准备去哪儿？""想去购物吗？""想去放松一下吗？"不到几秒钟，氯胺酮便引出了一个重大发现。原来，我的抑郁可以追溯到我最近一部流产的电影。在氯胺酮的药效发作之前，我对这部电影毫无印象，但眨眼之间，影片便栩栩如生、五彩缤纷地投射在脑中，仿佛真被拍摄出来了一般。影片的主角是一个男人，一天早上醒来时，他发现完全找不到自己存在过的记录。这像是一部黑暗的魔幻片，我觉得非常酷。它像是一个反乌托邦式

1　应为罗素·克劳，《美丽心灵》的主演。

的故事，但其中又有一个巧妙的反转。主人公身无分文，没有社保号码，所以也没法去找工作，只能靠偷盗过活。一天，他在盗取一位老妇人的财物时不停拿刀捅她，终于不小心杀死了她。但他其实是个好人，是走投无路的境遇驱使他做出了如此残酷无情之举。因此他追悔莫及，决定去自首，但警察不肯逮捕他，因为法律有一个漏洞，那就是警察无法逮捕一个没有正式身份证明的人。他把自己的案子提到了最高法院，最后，他在热泪盈眶的法官面前进行了一段充满激情的演讲，说没有人应该被抹去身份，如果他没法为自己的罪行付出代价，这是非常不公的，因为人人都应该有为刺杀老妇人或其他罪行忏悔的权利。这部电影的名字是《无名之人》，实际上是对我们所处的现代社会的隐喻，影射了科技如何让我们彼此孤立，我们只是这台叫作文明的无情机器中的齿轮，文明这个词虽然没有加引号，读出声时却应该比画出引号的手势来。我们也可以称这台无情的机器为大型企业。若说这部片子是一颗炸弹，还远远无法体现出其破坏力。一位制片公司的高管甚至向我承认，如果为这部片子投资，他一定会丢掉饭碗。炸弹还做不到这点吧？

我从三楼的精神病医生那里出来，直接去了位于五楼的巫医办公室。氯胺酮的效力还没有减退，主要的幻觉是我长出了太多的手指，而这些手指上又长出了太多的手指。另外，我发现自己已经深深爱上了卡比尔医生，我几乎可以肯定这是单纯的移情现象，但他确实给了我一个里面嵌着他照片的盒式吊坠。我不想过度解读，但看起来，他好像也对我有好感。我清楚地记得，在治疗过程中的某一刻，我们畅饮氯胺酮，咯咯笑着。想要把感情理清，得等到治疗后了。

巫医办公室的接待员穿着一件护士服上装，上面绣着一幅可爱的致幻卡通画，颜色是柔和的粉彩色，给人一种居高临下的感觉。我们病人又不是小孩，我心想，我来这里，是作为成年人对心灵进行严肃探索。就在这时，我看到休息室里确实有几个小孩——又或许是氯胺酮造成的幻觉，因为他们都是成人身形，其中三个还戴着大礼帽和单片眼镜。

我和两个大个头的孩子被一起领进了"壹号蒸棚"。巫医阿克拉拉多博士跟我们打了招呼，让我们坐下，然后一边在屋里四处走动，一边问我们每人今天想要有什么收效。第一个发言的是其中一个孩子："我希望了解自己的真实本性。"阿克拉拉多耸耸肩，不为所动。第二个大孩子好像很惊慌。能看出来，他的答案和前一个孩子一样，因此必须马上想出更精辟的回答。"第一个小孩儿真蠢，"他说，"我只求学会如何活在当下。"阿克拉拉多说了一句："真无聊。"轮到我了。氯胺酮的药劲使我的乳头朝着胸腔中心移动，但这种感觉并没有你们想的那么痛苦。我透过他的两副单片眼镜盯着他的双眼（他是什么时候把眼镜从孩子脸上摘下来的？），说道："听着，阿克拉拉多，你只是幻象，快给我滚开！"这话虽然是在虚张声势，但肯定奏了效，因为一支演奏着《关塔纳梅拉》的铜管乐队走进房间，五彩纸屑从天花板上倾泻而下，阿克拉拉多咧开嘴，露出他那结实的棕褐色牙齿。突然间，我的视力模糊起来，我意识到，单片眼镜现在正戴在我的脸上，而且度数与我的不相符。眼泪肆无忌惮地从阿克拉拉多那取下了眼镜后的双眼中倾泻而出，他说我是他的"hijo"[1]。我想，这个词的意思应该是马吧。然后，他给包括在场铜管

---

1 西班牙语，"孩子"。

乐队成员在内的每个人发了一杯死藤水，把便携式热灯的热度调到最大。很快，我就开始出汗了。阿克拉拉多吟唱着什么，听上去就像是一个穿着沉重靴子的人在树脂玻璃上踩脚，但这踩脚声里还带着那么一股西班牙味儿。房间转呀转呀转，转呀转呀转。我看到卡比尔医生穿着内裤，喋喋不休地说着他希望与我共享的缅因州的避暑别墅。我意识到，我们是一个共同体，共同组成一件错综复杂、彼此接合的织物，所有的过去、现在和未来相互依存，一切安好。我们应该把钱包放在胸前的口袋里，以防被扒，但没关系，因为我们是一个共同体，如果有哪个扒手拿了你的钱包，那钱包仍属于你，因为扒手就是你。

阿克拉拉多在房间里走来走去，问："你为什么这么悲伤？"我回答说："我觉得自己是个扒手，但也是一头山羊、一只笛子、一朵云、一条腿、一个麦片盒子的内里、一滴雨、一个苯分子、数字43，还有——"

"行了行了。"拉卡拉多 [1] 盯着手表打断了我，我觉得我也是他的手表，于是把这感受告诉了他。他说："我一小时后还有一次诊疗呢。"我感觉自己也是他一小时后的那次诊疗，但他看上去怒气冲冲的，所以我没有说出口。屋里一个巨大的孩子现在已经变成了一个农民，他说他意识到了幻象只是幻象，这让我很是抓狂，因为他明显是想要超越我的答案，所以我说："这话狗屁不通。"他回答说："这话的意思是：老头儿，当你进化到不再将物质世界看成一种幻象时，你就能认清真理，看到万物本来的样子，没有什么东西是其他事物

1　原文如此。

的象征，思想就是思想，山川就是山川。你这个头脑简单的乡巴佬，我根本就不指望你能懂。"我说，我不是乡巴佬，你才是，只用照照镜子就知道。然后我们用慢动作打了大概半小时的架，直到阿克拉拉多拿着灭火器朝我们喷来。我干农活时穿的工装裤和草帽湿透了，一句至理名言已经涌到了嘴边，但阿克拉拉多却突然说了一句："不好意思，时间到了。"他匆匆忙忙地把我们赶出了"壹号蒸棚"。回过神儿来的时候，我已经来到了医疗办公楼的走廊里，浑身湿透，冥思苦想着八楼到底是在五楼之上还是之下。用手机中的垂直地图软件进行了简单的查询之后，我找到了催眠治疗师 M.巴拉西尼的办公室。

这是一个狭小而潮湿的房间，装修成了黑箱剧场的样子，后墙上挂着一只纸浆糊成的巨大眼珠。我在观众席中一位迷人的（美籍？）亚裔女性身边坐下。观众席坐得满满的，因此人们不会觉得我坐在这里是想要跟她发生些什么，但我心里确实是这么想的。她很有魅力，那头精灵般的超短发加上黄柳霜[1]风格的刘海让她看上去霸气十足，我幻想着在做爱时屈服于她的情形。除了曾在三年时间里短暂幻想过充当一位亚裔女士的小猪存钱罐，我从来没有幻想过自己在性爱中要充当被支配的一方，但在与配音演员马乔里·晨星接触后，我好像突然开了窍。我幻想着这位貌美如花的亚裔尤物在演出后向我甩出一句干脆利落的"跟我来"，于是，我便来到了她的阁楼公寓，这是个雅致的大开间，铺着白色瓷砖的开放式厨房设有不锈钢台面，严肃、阳刚，而阳刚之气中又充斥着浓重的阴柔之美。

---

1 黄柳霜：好莱坞黄金时代美籍华裔影星。

她命令我双膝跪下，然后旁若无人地忙起她的私事，倒一杯伏特加，又往里面挤了一片青柠。她一边四处走动一边脱下衣服，忙东忙西，从玻璃杯里小口啜酒。我不觉得她在无视我，而是感觉我仿佛不在场。能够独自观察她，并且知道我的存在不足以让她感到扭捏，这感觉非常刺激。从我身边走过时，她挠了挠大腿的内侧，并不是要挑逗我，而是因为她的大腿痒。但这也不能阻止我幻想自己成为她的玉手。哦，要是我能成为她的手该多好，或者她的大腿也行。哦，要是我能成为她的大腿该多好。我幻想着，她终于将我召唤过去，叉开双腿，在角落那张皮革翼状靠背椅上坐下。我朝她走去，而她则不以为意地说了句："爬过来。"于是，我便双膝着地，向她爬过去。她——

灯光暗了下来。令人毛骨悚然的录音声响起：如果没听错的话，应该是用玻璃琴弹奏的穆索尔斯基的《侏儒》。舞台的灯光亮了起来，巴拉西尼站在一阵烟雾之中，戴着白色头巾，身穿燕尾服，手里拿着一枚军事医疗荣誉勋章。在进行了几分钟类似单人宫廷舞蹈的表演之后，他停下来，面对我们。

"晚上好。"他用一种听不出是哪里的口音说。或许是意大利语和土耳其北部的口哨语混合在一起的口音。

我不动声色地瞥了一眼这位即将成为我的"女主人"、对我施虐的（美籍？）亚裔。她并没有朝我看。

"我是巴拉西尼先生。遵照伟大的弗朗兹·波尔加[1]的传统，今天，我要试着为大家表演一些通灵术、催眠术和肌肉读心术的精彩

---

1 弗朗兹·波尔加：匈牙利著名心理学家、催眠师和表演者。

绝技。众所周知，我们的大脑虽然非常强大，可惜却没有得到充分的利用。如果你们对'没有充分利用'的程度存有疑问，只需问问你家青春期的孩子德怀特·戴维·艾森豪威尔是谁就行了。"

观众们咯咯笑了起来。我没有笑，我的"女主人"也没笑。我很欣慰。她当然要比那个蹩脚的笑话有品位。可以想象，遇到真正有趣的东西，她会毫无顾忌地放声大笑，比如尤内斯库、W. C. 菲尔兹和布努埃尔[1]的电影——这些作品揭示了真正的恐怖和生存之无望。哦，看到菲尔兹的《礼物》或布努埃尔的《泯灭天使》，她会前仰后合、张口大笑，露出她那完美的牙齿，她那尖锐锋利的犬牙，还有她口腔里那粉粉嫩嫩的组织，她大笑着——

我的"女主人"举起手来。

"这位女士，请上台来。"巴拉西尼说道。

巴拉西尼示意她到台上。很显然，在我迷失于"女主人"那狂笑的口腔时，他提出了请求，想找一位自告奋勇的观众。她几乎是款款滑动着走向舞台的。我必须承认，她实际的走路方式，与我在幻想中预见的一模一样。但是，她比我想象的要高，高很多，高得不可思议。这更合我意。巴拉西尼拉住她的手。刹那之间，我巴不得他去死。我使出浑身解数，才勉强在椅子上保持不动，不让自己跑到舞台上，用我那支 1941 年的暗红色派克多福钢笔刺穿他的眼睛——我说的是他真正的眼睛，不是他头顶上悬着的那只突兀的眼球。当然，这样做会毁坏我珍贵的铑质笔尖，但我在所不惜。他开口说话，我从思绪中惊醒过来。

1　欧仁·尤内斯库：罗马尼亚裔法国荒诞派剧作家。W. C. 菲尔兹：美国喜剧演员。路易斯·布努埃尔：西班牙电影导演。

"很高兴认识您，"他说，"请问您的芳名？"

"我姓蔡。"她说。

这让我想到了年轻貌美的周"采"芹，她身穿渔网袜和旗袍摆好姿势，已故的著名摄影师迈克尔·沃德用黑白相机将这场景记录了下来。她的头发乱蓬蓬的——

"这个姓好。"巴拉西尼说。

巴拉西尼，你这可悲、好色的说着土耳其口哨语的蠢货，竟能说出这么乏味的话。

我突然意识到了什么。巴拉西尼会不会是个同性恋呢？因为他还没有被我的蔡姓"女主人"那带着阴柔的强大阳刚之气所折服。她公然挑衅着二元性别论。她对着性别吐口水，而性别却对她说："谢谢您，女主人，能再啐我一口吗？"

"我要试着读一读您的想法。"他解释道。

"那就试试吧。"她说。

那就试试吧。这是句多么美丽而冷漠的回应啊。好像在说：来吧，魔术师先生，我奉陪。你根本没有胜算。

"我们之前没见过面，对吗？"

"对。"

巴拉西尼仔细打量着她。他让她盯着他的眼睛。她照做了，毫不迟疑，也毫不忸怩。

"您是不是最近刚刚失去了什么？"

她点点头，不以为意，也并不不以为意，也并不不不以为意。我能这么一直说下去。她什么信号也不给他。他这是在套话。谁没有在最近失去点什么呢？我就有。我失去了毕生最重要的作品、我的尊严、我的公寓、我的女友、我的工作、我的狗、我的鼻子、我生存下去的理由。

"我能在您脑中感知到 M 这个字母。这对您有什么意义吗？"

她再次点点头。他又开始套话了。每个人都失去过 M 打头的东西，我就失去了我的记忆[1]。这就是我丢失的 M，白痴。

"他叫迈克尔吗？"他问道。

她点了点头。好吧，这招挺厉害，但是话说回来，谁还没有个叫迈克尔的朋友？我就认识十七个迈克尔，其中四个最近去世了，两个在露营时失踪了，还有一个躲起来了。如果他能蒙出个"梅尔基德"，那我可能会对他刮目相看一些——只是可能。因为我认识六个梅尔基德，其中三个在不久前去世了，所以即便他蒙对了，还是没什么神奇的。

"你是不是失去了一个名叫迈克尔的人？"

"没错。"她回答道，还是没有流露出任何情感。

老天，她可真美。

"他不是你的亲戚，他……年龄很小。是个孩子吗？"

"是的。"

"你是他的老师，对吗？"

"是的。"

"他这么早就夭折了，我很惋惜。太年轻了，实在太年轻了。"

"他去世时 5 岁，是车祸去世的。不用说，这对他的父母打击很大。"她说这些话的时候一副无动于衷的样子。观众们不知道该做

---

1 "记忆"（Memory）的首字母为 M。——编者注

何反应。他们想要为巴拉西尼精彩的技艺鼓掌，但又不想为小迈克尔的离世欢呼，于是便陷入了一种两难的窘境。一阵让人局促而尴尬的沉默泛起。在我看来，这整件事都让人存疑。她一定是个托儿，否则，我刚刚目睹的事情是一定不可能发生的。

"谢谢您，蔡小姐，"他用口哨语说，"我们可以到此为止了。"

她回到自己的座位上，这时，观众们终于恭敬而悲壮地鼓起掌。我盯着她，搜寻着她发出的信号。她沿着这排座位向我走来，小心翼翼地跨过其他人的腿和脚。她从我身边走过，那美轮美奂的臀部离我的脸是那么近，让我在那一刻满脑子想的都是她的臀部。啊，把脸埋进去的感觉该有多么美妙。她走过我的面前，我看到台上站着一位老人，他正在接受催眠，那架势非常夸张，他眼前的不知是手表还是怀表。我不确定。说实话，我眼里几乎没有舞台了，因为我的注意力已经完全转移到了蔡小姐的身上。蔡小姐。我突然意识到，她的姓听上去好像一声哀叹。我已经调整好了呼吸，以便在她呼气时吸气。我想做的，就是把蔡小姐的气息吸入自己体内，把蔡小姐注入我的身体之中，把蔡小姐的分子吸收到我的细胞里，让它被这些细胞所转化，被这些细胞所占据。我曾经上过哈佛，这种呼吸游戏虽然不同于我那时和前女友埃斯特·梅森内尔进行的窒息式性爱[1]，却丝毫不缺少"情趣"。巴拉西尼继续进行剩下的表演，而我则深深沉浸在对蔡小姐的幻想之中：我侍奉她，却被她忽视、被她羞辱。我创造出一段故事情节来。苦于无从潜入蔡小姐的生活，我才选择通过幻象来解决：在一家古董老店里，我偶然发现了一件灵

---

1 窒息式性爱：指为了增强快感而故意限制大脑供氧的性爱方式。

异古董。它或许是一只音乐盒，或许是一只古老的香水喷雾器。我请求它给我帮助。我不希望也不期望蔡小姐能爱我，实际上，倘若她真这样做，我对她的好感便会大大消减，我对她的尊重也会荡然无存。我想要的，只是侍奉她而已。这神奇的古董为我演奏了一首乐曲，或是在我身上喷洒了一种香氛（取决于它是音乐盒还是喷雾器），让我与蔡小姐有了面对面的机会。现在的我，好像变成了百货商店的一位售货员，正在为她结账。虽然只能摆出售货员的姿态，但我知道，这新身体中的灵魂还是我自己。蔡小姐离开后，我仍然保持着售货员的样貌，然后又变成了其他人继续为她服务：女服务员、车管所员工、水管工、卖鞋女、邮差。只要她和任何服务人员有交流互动，我就会变成那个人。我从一具身体跳到另一具身体中，从一种人生转换至另一种人生，永远为蔡小姐服务。有的时候她会冲我大喊大叫，有的时候她心情很好，问我今天过得怎么样，有的时候又对我不理不睬，但所有这些交流都不牵扯个人感情。幻想着这种情景，我"性"致勃发。我试图分析这种幻想，想要知道这一切意味着什么，但在思考的过程中，我败了自己的兴致。

实际上，我知道她永远也不会对我产生兴趣，我想，任何我感兴趣的人应该都不会对我产生兴趣。我是一只蚂蚁。即便有了喷雾器中的精灵相助，我也无法幻想出自己更年轻、帅气、聪明或富有的样子。但不知为何，我能轻而易举地通过幻想进入一个更加不可能存在的场景、一场在不同身体之间来回切换的噩梦。我想，我实际上是在渴望得到羞辱。而颇具讽刺意味或至少有点奇怪的是，在实际生活中，被羞辱是我最害怕的事情，也是我最常遭遇的体验。然而，遭受了羞辱的我仍然开心不起来，这是为什么呢？

25

演出结束后，我来到注册催眠师兼催眠治疗师 M. 巴拉西尼的办公室接受治疗。接待室的墙壁上挂着装裱好的海报，上面是伟大的通灵者 / 催眠师 / 读心术大师巴拉西尼，还有几幅看似 19 世纪风格的夸张插画，画上的人物看起来像是巴拉西尼，只见他戴着紫色头巾，深深凝视着观众的眼睛。这些海报并没有让我感到安心，仍在忍受死藤水剧烈药效的我，觉得这些海报看起来非常可怕。除此之外，墙上还有几张裱好的学历证书，其中一张是哈佛尔德催眠学院的，我听说这是一所很优秀的学校，尽管与哈佛大学没有任何关联。不过，巴拉西尼也可能是通过家人关系被录取的，若真的如此，我就暂且对他持保留意见。通往里屋办公室的门开着，巴拉西尼探出头来。没戴头巾的他，看上去挺有学者气质和长者风范。他弱不禁风、一本正经、半身不遂、颇富魅力、右眼闪闪发光，或许是白内障手术所致。

"罗森堡先生。"他说。

"是我。不过我更喜欢比较中性的尊称：先生或女士。"

"没问题，"他说道，"您能进来吗，罗森堡先生或女士？"

我走进他的办公室，我是受了某种催眠的控制吗？还是因为这是他提出的要求，因此我应该照做？不管怎样，在那一刻，我感到自己的个人能动性打了折扣。我应该为此而担忧吗？还是说，意识到他的技艺竟如此精湛，以至我根本察觉不到他在对我催眠，我应该感到欣慰吗？

我在沙发上坐下。

"那是我的座位。"他说。

"哦，"我说，"抱歉。"

我站起身来，环顾办公室。除了他办公桌后的椅子，没有其他坐的地方了。

"你想让我坐在你的办公桌后面吗？"

"不，那儿也是我的座位，只是我现在没有坐。"

"那我坐哪儿？"

他指了指一把折叠在墙壁上的墨菲椅[1]。

"哦。"我说。

"为了在医生与病人共同完成的治疗环节中取得最好的效果，应该让病人感到些许不适，以免发困。"

"我明白了。"我说。

我打开椅子，坐在上面。

"欢迎来到我的办公套间，"他说道，"我在这里进行的治疗是和催眠有所不同的。我将之称为'催·眠'。"

"催眠？"

"不，催·眠。"

1　墨菲椅：一种可以折叠在墙壁上以节省空间的椅子。

"听起来没什么两样。"我说。

"中间加了一处不发音的空白。"

"什么？"

"空白。"

"嘿。"

"不是'黑'，是'白'。"他纠正道。

"好吧。空白加在哪个位置？"

"哦，在'催'和'眠'之间。"

"哦，我知道了，就像'灵知'，其中有一个不发音的g[1]。"我说。

"你是说'gnosis'还是'nosis'？"

"'gnosis'。没有'nosis'这个词。"

"没错。你知道灵知是什么意思吗？"

"知道。"

"那是什么意思呢？"

"你是在考我吗？是指一种认知，尤其是灵性上的认知，对上帝和自己的认知。"我说。

"太好了，"他说，"现在告诉我，你为什么来这儿。"

就这样，我产生了向他倾诉的冲动。他到底拥有怎样神力啊？坦白讲，我必须承认，在将主动权交付给他的时候，我的大腿根部麻酥酥的。

"我必须尽量回忆起一部我看过的电影的细节。"

"真有意思。"他说，"当然了，我能为你提供帮助。我经常治疗

---

1 英文中"灵知"为"gnosis"，其中的 g 不发音。

想要重新记起受虐往事、遗忘时光和前世经历的病人。"

前世经历？我心想，这家伙是不是脑子进水了？

"我知道你在想什么，"他说道，"因为我毕竟是位通灵者，也就是你们所说的读心者。"

他说的没错，我确实把这些人称作读心者。我也把他们叫作江湖骗子。

"也可以叫江湖骗子，"他咯咯笑着说，"这也是你用来称呼我们的头衔。罗森堡先生或女士，这些我全都听过。"

不管什么头衔，他的确挺厉害的。

"听着，"他继续说道，"我能帮你。通过让你进入深度催眠放松的状态，我可以帮你找回你确信已经永远失去了的记忆。我应该告诉你，除了与遭外星人绑架者和转世之人合作（顺带说一句，我相信这两种人都是存在的），我也与纽约警局和其他几家主要的警局合作。"

"哦，"我对他刮目相看，"你的成功率是多少？"

"我帮他们做邮件归档，成功归档的概率挺高的，"巴拉西尼说道，"关键问题在于，想要让治疗起效，我需要你对我完全信任。关于我和我的治疗方法，你现在有什么需要我排除的疑虑吗？"

"我觉得我担心的是，在我处于催眠状态时，你说不定会在我的潜意识里植入错误的记忆。"

"我这么做能得到什么好处呢？"他问。

"我不是说你一定会这样做，只是对你刚才说要排除我疑虑的话做出回应。这只是我突然的闪念而已。我必须得把这部电影准确回忆起来。"

"听我说，"他说，"我是个拥有高等学历的专业人士。你的指责让我很不舒服。"

"我没有指责你，我没有指责你的行为，我只是希望你有什么方法可以让我不要为这个问题担心。"

"要是这样的话，我觉得咱们的治疗进行不下去了，"他说道，"你还是走吧。"

"可我不想走！"我说道。

"那就收回。"

"收回？"

"收回你担心我会在你的大脑里植入错误记忆的话。"

"我收回。"

"也就是说，你觉得我绝不会这么做？"

"对。"

"好吧，希望这能让你感觉好些。"

他对我微微一笑，奇怪的是，我真的感觉好些了。我把谈话内容在脑中过了一遍，处处都预示着他很有问题，但即便如此，我却感觉心平气和。我对他敞开心扉，准备好接受他。

"那么，我们开始吧？"他问道。

"好的。"

"很好。你想要记起的那部电影——片名是什么？"

"实际上，这部电影没有片名。它不是片名能够概括的。"

"为了方便咱们'对话'，暂且取个什么名字吧。"

"《狂风暴雨》吧。"不知为何，我脱口而出。

"好的，《狂风暴雨》。听好了，《狂风暴雨》就在你的大脑中，完整、原汁原味、未经破坏。片子可以从头到尾地重播，仿佛你将

260

录像又重看了一遍。"

"你说的是真的吗？因为我在哪里读过，记忆与录像完全不同，而是——"

"请你现在就离开我的办公室。"

"我不想出去。"

"那就承认我的话是对的。"

"你的话是对的。"

现在，我果然觉得他的话是对的了，这可真奇怪。一直以来，我都是个爱唱反调的人。作为一位电影理论家兼影评人，唱反调是我的惯用武器，我质疑一切、挑战常规，对电影中老套的内容进行一针见血的剖析，但是，当巴拉西尼强迫我接受那些我明知是子虚乌有的想法时，我却不假思索地相信了他。不仅如此，相信他还让我感觉非常安心。或许，巴拉西尼就是我从未有过的父亲，尽管我是有亲生父亲的，而且说起来，他跟巴拉西尼也很有几分相似。或许，巴拉西尼就是我一直以来的父亲。哦，爸爸。

"太好了，"他说，"现在，我想让你深深地看着我的双眼，认真聆听我的话语，感受我的话语进入你的灵魂之中。对我的话语敞开心扉。感受这些话语深入你的体内，抚触着你思想中从未被抚触过的每一寸。你体会着我的话语，感激这些话语灌输给你的信心。你觉得，这种被控制的感觉让你很安心。我的话语抚慰着你，占据了你。你感觉到了吗？"

"我感觉到了。"

"好的。你想要取悦我的话语，对吗？"

"对。"

"说出来。"

"我想要取悦你的话语。"

"那就如你所愿吧。深入你的内心，进入前所未有的深度。你会这么做吗？"

"我会。"

"好的。告诉我，你看到了什么？"

"麦哲伦企鹅，栖息于马尔维纳斯群岛——"

"再深入点。"

"亚历山大·佩恩 1999 年执导的电影《校园风云》，讲的是——"

"再深入点。"

"我母亲打了我，因为我哭个不停。我总是哭哭啼啼的。"

"这个话题我们一会儿再回来探讨。继续深入。"

"我看到了一块屏幕上的黑白图像。"

"告诉我内容。"

"我不确定。感觉很广阔，漆黑一片，好像永远没有完结。电视屏幕上满是静电干扰的雪花。"

"那部电影现在已经成了你的一部分。奶油一旦被搅进了咖啡，就再也无法被分离出来了。"

"我没听懂。"我说。

"这部电影只能以其融入你大脑的样态被重新审视。这就是熵定律[1]。"

"我要的只是那种能帮助罪案目击者记起车牌号码的治疗。"

---

1 熵定律：热力学定律，指在自然过程中，一个孤立系统的总混乱程度、总稳定度不会减小，也常被用于语言学、心理学领域，即一切都会变得无序、混乱。——编者注

"如果你只是想要那种治疗，就顺着这条街去找'催眠乔'。他会帮你解决问题的。"

"好的。"

我站起身来，朝门走去。

"但我觉得，你想要的比这更多。"

"我没有。"

"你想要追寻真理。"

"嗯，话是没错，但是——"

"行。看来是我看错你了，还是催眠乔适合你。"

"好吧，"我一边说，一边抓住门把手，"你有他家的地址吗，还是说他有自己的诊所？"

"让我告诉你一句话：艺术之所以吸引我们，是因为它揭示了最隐秘的自我。"

"这是——"

"戈达尔说的，没错。他是你的偶像，对吧？"

"但你是怎么知道的？"

"知识，灵知。这部电影之所以存在，既是因为你看过这部电影，也是因为这部电影揭示了你的内心。如果你想要将这错综复杂的电影带到表层意识，那就必须深挖你的灵魂。可惜，这不是你想要的。催眠乔很适合你。我记得《里奇菲尔德报》的大卫·曼宁就在他那里接受过治疗。"

"但大卫·曼宁是索尼电影公司营销部门虚构出来的影评人，目的是为他们口碑不佳的片子撰写好评[1]。"

---

1 历史上确有此事。

"哦，是吗？我不知道这事儿。"

"他怎么能——"

"我不知道，我只是说，还是对进入自己大脑的人小心为好。我可不想成为一家没有灵魂的公司虚构出来的、机械的、僵尸一样的工具。"

"我想，或许我应该接受你的治疗。"我说。

"除非你愿意。"

"我当然愿意。"

"你的眼皮越来越重。"

"什么？现在就要开始吗？"

"我们最好赶快开始。这个过程会很漫长。"

"有多漫长？"

"英戈花了九十年的时间制作这部电影，你用来回忆影片内容的时间怎么能比这少呢？"

"我哪有九十年的时间！再说，你是怎么知道英戈花了九十年的？我可没有告诉你。我好像连'英戈'这个名字都没告诉过你。"

"我把催眠乔的地址写给你。"

"不用不用，我准备好了。"

"你的眼皮越来越重。"

我的眼皮真的越来越重。这位催眠大师一句简单的暗示——

"是'催·眠'。"他更正道。

——这位催·眠大师一句简单的暗示，竟让我昏昏沉沉陷入了混沌的旋涡。

26

"你正在英戈的公寓里。告诉我你的感觉。"巴拉西尼说。

"椅子很硬，能感觉到椅子抵在我的尾骨上。屋里黑洞洞的，有发霉的气味。我感到焦虑不安。我希望这部电影是一部佳作。我想让这部电影改变我的人生，无论是通过观看的过程，还是通过影片最终传达的信息。如果片子很烂，那我就一无所获，等于是在止步不前——其实要比止步不前更糟，因为时间已逝，我离自己的坟墓又近了一步。而且，我还得在明明不喜欢这部影片的情况下告诉英戈我很喜欢它。我不是个好演员，因为我学不会撒谎。我的感受全都写在脸上，这是我的不幸。我认为，从某种意义上说，这种特质或许会让我成为一名杰出的演员，但前提是角色在剧本中的感受要与我在拍摄过程中每一刻的感受完全一致。或许在这种条件下，我能成为有史以来最优秀的演员。我肯定自己能行。我该去为这种角色试镜。我待会儿得去'后台选角网站'上看看。投影仪启动了，机器嗡嗡作响，屏幕上出现了一个长方形的亮块，接着是带有划痕的黑色片头，随后出现的是一位'瓷器姑娘'。等等，那是蔡小姐吗[1]？赶紧倒

---

1 "瓷器姑娘"的英文是"China Girl"，可直译为"中国姑娘"。

265

回去！”

　　但是，电影仍在继续播放，不为所动地向未来迸发，一连串的 1/24 秒在我眼前流逝成为历史，每过 1/24 秒，之前出现的瓷器姑娘就会被一个全新的画面取代。我必须把一切都完整地记下来。巴拉西尼是对的：每个人对每一部电影的体验都是不同的，而每个人都有权拥有属于他（她、彼）自己的体验。每个人对每部电影都有不同的视角，而一部没有人看过的片子，就是不存在的。就好像一个死人的思想一般，因为它无法被人获取，所以并不存在。也就是说，为了要让英戈的电影存在，我必须将它讲述出来，而要讲述，它就必须经历我灵魂的过滤。

　　因此，我不会将这部电影改编成小说。影视改编小说是一种低等的东西。就像原著总要好过电影一样（除了特吕弗的唯一一部杰作，1960 年的《射杀钢琴师》），电影也总要好过改编小说。对于我接下来要做的事情，一定有个什么术语可以用来形容。对于一种诠释、批评、修饰、深化，该冠以怎样的称呼？这是一种超越了观影体验的东西。毕竟，我是一位每部电影都只愿看一次的影评人，而且只要有条件，我都愿意在公共剧院与付费观众一起观影。我坚决支付公平市价。这才是真正的观影体验。一部电影不仅仅是屏幕上的图像和扬声器中的声音，更是大脑对所有这些因素的解读，是社会环境，是你观影的年份，是你的年龄、你的婚姻状况，是你去影院路上发生的事情，是你在观影后计划做的事情，是观影时坐在你身旁的人，是他们身上的气味，是坐在你前面的人，是坐在身后的人有没有踢你的椅背，是你因为医生的电话而升起的担忧，是你跟别人上了床或没上床，或是即将上床，或是确定了再也没有机会跟别人上床，是你的嫉妒之心（嫉妒电影制作人、嫉妒坐在你前面卿卿我我的情侣），是爆米花，是花生巧克力，是你想要上厕所的冲动，是有人在吃一块腥臭的金枪鱼三明治（是偷偷带进来的吗？这不公平，不守规矩的人能在剧院吃三明治，我们其他人却要跟着倒霉），是你暂且放下了对那场让人翻白眼的戏的难以置信，是你对表演的批评，是你试着想要回忆起某个演员为什么这么面熟，是你对电影接下来情节的预测，是你在猜对剧情时的扬扬自得，是你在发现电影制作人打破了你的预期时的出乎意料，这就是人生，你只有一次可活。你做好了准备，但人生还是会让你猝不及防。电影剧情已经预先设定好了，但只能随着时间流逝一点点地在你眼前展现。这会让你觉得，电影是一个有生命的机体，一个结果可以被你改变的东西。你可以冲着屏幕上的演员大喊大叫，你可以咬紧牙关，仿佛这能对事态有所帮助。电影剧情虽然是事先设定好的，但世界并非如此，因此，电影也可能遭遇意外。或许是投影仪出了故障，或许是观众席里坐着一个笑声奇大的人，或许持枪歹徒会突然出现。这些偶然的因素都被叠加在这部情节毫无偶然性的电影之上。因此，一部涵盖了电影内外所有体验的作品不是影视改编小说，它远不止于此。是一种"见证"，也应该被这样命名，它所见证的，便是人类的体验——这由塑料、光影和咔嗒声带来的1/24秒，我与电影穿越过这一瞬间，虽然身在一起，但又彼此分离，只与孤寂依傍。在英文中，"殉道者"一词的原意是"见证"，事实也似乎真的如此。观察者便是见证者，而见证者则是做证之人。我的这部作品就是一次见证。欸，等等，我不是一个每部电影都要看七次的人吗？要自己在客厅看，还要把电视上下颠倒过来看。突然之间，我感到匪夷所思起

267

来。我不——

"你怎么什么话都没说？"巴拉西尼问道。

"是吗？"

"你就这样坐在那里，脸上掠过各种表情。有一刻，你的样子就像在闻金枪鱼三明治。"

"是啊，的确是，没错。你看出来了啊？"

"你是个挺好的演员。"

"关键是要沉浸在当下。"

"听着，"他继续说道，"我能帮你，但我们得趁你处在这种状态的时候谈一谈。只有这样，我才能让你在醒来后获取挖掘到的信息。我要把我们在这里说的话都录下来。你得信任我才行。"

"我觉得我不太容易信任别人。"

"我应该告诉你，除了与遭外星人绑架者和转世之人合作（顺带说一句，我相信这两种人都是存在的），我也与纽约警局和其他几家主要的警局合作。"

"你不是已经告诉过我了吗？"

"没有。"

"嗯？"

我大受震撼。年轻时，我拿到了富布赖特奖学金，去往剑桥大学进修，当时，我选修了伟大的劳勃·亨利·萧勒士[1]主讲的超感官知觉[2]课程。他坚信，我在"负超感官知觉"上表现出了非凡而罕见的天赋（除我之外，记录在案的此类天才只有一个，名叫约翰·格吉

---

1 劳勃·亨利·萧勒士：英国心理学家。
2 超感官知觉：指在不使用五感的情况下获得对环境信息的感知。

斯，是 15 世纪比利时法兰德斯地区的一位风箱修理师）。我的齐讷卡片[1]测试结果不容置辩：我的猜测有 99% 都是错误的，远远低于平均值，简直低到了不可思议的程度。不仅如此，我非同凡响的测试结果甚至引起了伦敦警察厅的注意，他们数次利用我的才能来确定哪些被绑架的儿童已没有必要进行搜救。我还一度在剑桥考恩剧院进行表演，猜测随机被选出的观众名字是什么字打头的。

"与你亲近的人中，有人的名字是'泽'[2]字打头的吧？"我会这样询问自告奋勇的观众。

99% 的情况下，我的判断都是错误的。我总是认定他们的生命中一定会有一个名字以'泽'字打头的人。在我看来，这简直是不言自明的事。有一次，我质疑了一位观众的回答，因为她的丈夫正是英属阿克罗蒂里和德凯利亚地区的首领泽安德·泽维尔·泽克西斯阁下，观众们却向我狂扔西红柿，把我嘘下了台。

"关键在于，想要让治疗起效，我需要你对我完全信任。关于我和我的治疗方法，你现在有什么需要我排除的疑虑吗？"

"你对'排除'这个词的发音让我有点疑虑。"

"哪个词？"

"排除。"

"哦，应该按你那样发音吗？"

"没错。"我说。

他盯着我的双眼。

1　齐讷卡片：用来测试超感官知觉的卡片。
2　原文为"X"，英文中以 X 开头的姓名极为少见。考虑到下文中的"泽安德·泽维尔·泽克西斯"，为方便理解，此处译为"泽"。

"现在，这个词怎么发音？"

"排除。"

"很好。那我们开始吧？"

"好的，赶紧吧！"

"告诉我你看到了什么。"

*

就这样，我又一次看到了这部电影。那个戴着礼帽的人偶逆风而行。他是在屏幕上前行，还是在我的脑中前行？我无法分辨。但是，距离已然消失，岁月的印迹、划痕、灰尘还有曝光不均的痕迹也都已远去。人偶就在眼前，我仿佛能够触碰到他，但又触不可及，因为我无法低头看到自己的双手。从本质上来说，我就是摄像机。我坚信，这次的催眠实验一定会成功。我兴奋不已地看着这场戏逐渐展开。穿着旱冰鞋的小男孩从我身边溜过，我用双眼追踪他的路径。他撞上了一盏煤气街灯，摔了个屁墩儿。还好他没事！他颤颤巍巍地站起身来，穿着旱冰鞋的双脚踉踉跄跄，我突然意识到自己之前并没有看过这个场景。不知为何，我居然看到了银幕之外的画面。我努力回忆着。或许，原版的电影里是有这个场景的。在那一刻与当下这一刻之间，影片和我的人生中已经发生了太多事，但我几乎能够肯定，这一幕是我在原版电影中没有看过的。我倒回那个男人逆风行走的场景，做了一个尝试。我试着从他的一边绕到另一边，从他的左侧观察他。居然成功了。从这个视角，我看到了他身后不同的背景板，也是按英戈的风格绘制出来的。背景中描画的，是东62街和平圣母教堂对面的褐石建筑。我认识这座褐石建筑！

我抬头向天空望去。能看到天空吗？还真能！这幅云朵效果图虽然是黑白的，却是以动画形式呈现的，正在快速地移动和旋转。天空中出现了一个小点，很快就越变越大。那东西是在往下掉吗？还真是。这是原版电影开场中那个不规则的斑点，悄无声息地砸在了我的"脚"边。黑色的液体从中渗了出来。从这个角度，我可以看到这东西的顶部裂开了，露出了看着像内脏、小块骨头和头骨的东西。我大吃一惊，从场景中跳离出来。催眠师正盯着我。

"这次我把电影内容讲出来了吗？"我问道。

"讲出来了。"

"内容和我想要记起的不太一样。"

"的确是。"

"内容很相似，但我觉得我这次看到的更多，是从不同视角看到的。"我说。

"没错。"

"这种情况典型吗？"

"我从来没有研究过这类问题。我做的研究大多和抑制上瘾有关，比如烟瘾、毒瘾和慢性手瘾。"

"你是说'手淫'吗？"

"不是。"

"我需要尽可能准确地还原电影。这次的回忆感觉有纰漏。"我说道。

"对于一件艺术品而言，没有纯粹客观的记忆。"

"我还原的必须是英戈的作品，不能是别人的。如果我能克制自己，说不定可以还原原始的拍摄角度，不做发挥，也不做探索。"

"或许英戈的本意就是让你探索。这一切有没有可能都是被他拍在电影里的？目的就是让你迷失其中？"

"我不确定我有再回去的勇气，"我说，"我不想迷失在里面。"

但我还是回去了，也果然迷失其中。

27

　　我似乎发现了更多我根本不记得自己看过的细节，不消说，这些细节最初都是通过我的潜意识捕捉到的。比如说，那张被风吹走的报纸上写着 1908 年 6 月 30 日，这个日期出奇地眼熟，但我就是想不起来。1908 年 6 月 30 日，1908 年 6 月 30 日。那天到底发生了什么呢？一定有什么事情发生过。毕竟，历史上没有哪天是无事发生的。我几乎可以肯定，那天一定发生过什么事情。1752 年，人们弃用儒略历、改用格里高利历时跳过了十一天，那十一天可以被视为无事发生的日子吗？我得问问我的朋友提米，他是位计时学家。突然间，我看到那戴着礼帽的人偶在风中艰难前行，又一次为英戈年轻时与生俱来的精湛技艺而惊叹。然后我突然想起：通古斯大爆炸[1]！果然，停止在脑中不停搜寻的那一刹，回忆便自己涌了上来。我在这件事上获取的经验，与《圣经》中"你们祈求，就给你们"的古老箴言相悖。这句话应该改成"停止祈求，就给你们"才对。或许在古代的西方人看来，这样的思想有点太"东方"了。我原本就

1　1908 年 6 月 30 日，现俄罗斯西伯利亚的通古斯河畔发生了原因不明的大爆炸，一个巨大的火球从天而降，撞击地面。——编者注

知道通古斯大爆炸的日期，这也是因为我毕业论文的主题就是梅切格1960年的作品《前往金星的第一艘太空飞船》，这部饱受不公平诟病的电影全片采用全景格式[1]摄制，（比原作精彩许多的英文版本）由伟大的戈登·扎哈勒在全音工作室完成编曲。在沃卓斯基姐妹将多元群体带入西方电影意识的几十年前，这部电影就将一群文化、性别各异的科学家设为主角。我跑题了，由于电影是在我的脑中播放的，我必须关注每一个细节。在进行描述时，我必须紧扣主题，因为你看不到我脑中的画面。我说的对吗，巴拉西尼医生？巴拉西尼医生？

远远地，我听到一场交谈仿佛正要结束。

是巴拉西尼在打电话吗？我听不出具体的词。我得把注意力放在眼前的体验上，但这声音很分散我的注意力。而且，一想到巴拉西尼没有像我一样投入这个过程，我就气不打一处来。

"你知道，你说的这些关于巴拉西尼的话我都能听见，对吧？"巴拉西尼说道，声音很邈远。

"哦，现在你倒是在听了。"我回嘴道。

"我的工作就是让你进入催眠状态，然后负责录音，这些我现在都在做。"他说道。

他说得没错，但他对我找回的回忆如此无动于衷，这让我莫名光火。这种冷漠的态度，正在侵蚀我对这部电影的信心。如果巴拉西尼没有被我的每一句话牢牢吸引，那么普通观众又怎么会呢？

"我需要你全程保持安静，"我说，"如果你连这点尊重都不能给

<hr>

1 全景格式：一种宽屏电影格式，由三台摄影机共同拍摄，放映时也使用三台放映机连锁放映。

我，那我就去另找一位催眠师。我可能会找催眠乔，也可能会找跟他差不多的医生。"

这场寂静的风暴继续展开，在长时间的沉默后，我终于听到了一个遥远而充满愧疚的声音：

"好吧。"

就这样，我放下负担，重新专注于对英戈电影的回忆，以及我能在观影时活动"身体"的新能力。即便能活动"身体"，低头的时候，除了街道，我却什么也看不见。我看不到自己的双脚，看不到《低俗小说》中法比耶娜渴望的那种惹人喜爱的小肚腩。我就是摄像机，但我是一台具有能动性的摄像机。伊舍伍德[1]的摄像机是"消极的，只记录，不思考"，而我罗森堡的摄像机却是动态的，可以思考，具有能动性。"伊舍伍德本可'悟得'却没悟，罗森堡则悟到了真谛。"这句话可真妙，我要把它放进我著作的前言里，或是作为引言，是叫"引言"还是"铭文"来着？我突然间拿不准了。在对电影画面的回忆中，没有词典可查。

"今天的时间到。"巴拉西尼打了个响指。

"我应该再待一会儿，平复一下呼吸。"我说道。

"你得走了，"巴拉西尼说道，"我还有别的病人呢。"

"一个烟鬼？ 你不会对这种病人感兴趣的。"

"我对我所有的病人一视同仁。如果你非要知道的话，这是一个不能也不愿停止咀嚼的人。"

"你我都知道，你是不会对这种人有兴趣的。"

---

1 克里斯托弗·伊舍伍德：英国小说家、编剧。

“你得走了。”

于是我就走了。街道熙熙攘攘、臭气熏天，而我就在这里，置身于最拥挤的地方，置身于我自己那恶臭的生活之中，但就像斯泰因[1]告诉我们的：记忆中的一切，已时过境迁。记得她这句话说的是加利福尼亚州的奥克兰，也就是弗里斯科市的一处郊区——这一点我拿不太准，现在也没有调研的精力，就先假设自己是对的吧。不管怎样，这些都不重要了。凯莉塔已经离开了。我和女儿埃斯米曾经亲密无间的关系已被她的母亲摧毁，她已经许多年不跟我讲话了。给女儿取名埃斯米，并不是为了向塞林格的小说致敬[2]。无论过去还是现在，他都是我鄙夷的作家。塞林格那可憎的厌女情结一经曝光，前妻便告诉埃斯米，说我之所以坚持给她取这个名字，是因为我热爱那个情感迟滞的隐士。而实际上，取这个名字，是出于我对伟大的英国板球运动员埃斯米·塞西尔·温菲尔德－斯特拉特福德的钦佩，他也是英国杰出的历史作家和思想导师，顺便提一句，他是个男的。所以，我女儿有一个中性的名字。

一个念头像派对上的“惊喜小礼物”一般闪现在我脑海中：我想起了女儿放学回家时的样子。她看上去好像是十一二岁，我说不太准。她想要跟我待在一起，但我忙着工作，正在倒看塔尔凡的《盲人没资格评判色彩》。这是威尔士电影中最重要的几部之一，这样的评价是很有分量的。有人认为，没有什么伟大的“威尔士电影”，但与以前一样，他们又一次大错特错了。迪福格、鲍伊斯、伊万、格

1　格特鲁德·斯泰因：美国小说家、诗人、剧作家和艺术收藏家，在加利福尼亚州奥克兰长大，后搬到巴黎，在法国度过余生。

2　塞林格有一篇小说名叫《为埃斯米而作》。

拉法德、法尔德、格威利姆、卡德瓦拉德、克莱姆奈德、迪尔菲德麦德、普莱达德、格威利姆（与前面的格威利姆没有亲属关系），以及克莱达尔弗里格，这些，只是威尔士重要导演中的几位而已。一整天，我都盼着能倒看塔尔凡的这部杰作。我那 11 岁的女儿对威尔士语几乎一窍不通，因此倒放的话，她很可能一个字也听不懂。我知道，她一定会感到无聊。这样一来，我就得为她的无聊负起责任，也就没法好好欣赏这部电影了。我告诉她，爸爸要工作。这让我深感内疚，尤其是看到她那绝望、失宠、仿佛遭人遗弃的目光。当然，我没有遗弃她，只不过是工作缠身。一个 11 岁的孩子无法理解，成年人的身份总是与工作紧紧挂钩，如果没有工作，人就很可能会化入缥缈虚无之中。我必须无视她，才能继续为了她而存在。她望向窗外的雨。埃斯米……

*

现在，我发现自己正徘徊在英戈电影第一个场景中出现的 62 街。他对此地刻画之准确，令人瞠目结舌。虽然能感觉到气温、湿度和我自己身体的重量，但穿过这实体街道的我，却仍像之前一样是隐形的。作为一个养尊处优的男人，我理应在新兴的文化潮流中受到惩罚和压制，我承认，我没有权利自怨自艾，也无权公然抱怨自己的处境，因为这样做，会驱使我渴望成为其中一员的群体对我更加避而远之。但说实话，我的确感觉自己是隐形的，而当有人偶尔将目光投向我的时候，我又感觉受到了最严厉的批评。或许每个人都是如此，但我觉得并不尽然，因为我的确看到了有些人在享乐、冒险、获得了归属。或许，这是我性格中的缺陷，即便处于"优势地位"——拥有白人血统、男性气概，是个异性恋，如何抵达那个叫作"快乐"的地方，道路却仍然遍寻不到。

大家的脑子里进了什么水？品位呢？我们成年人为什么要去看那种加了黄色滤镜、故作深沉的关于世界末日的青少年科幻电影？我们难道意识不到自己有多可笑吗？

我坐在自己的公寓里，试着静心阅读温菲尔德－斯特拉特福德的《心灵的重塑：开放心灵训练法》，却突然看到了这样一段话：

"就这样，我们在外部世界徘徊，印象接踵而至，不断累积，如一场小小的轰炸。每一次轰炸，都让我们有了些与从前不同的改变。玫瑰的芳香、老友的情影、某种或丑陋或善意的举动，我们看到的每一种影像，听到的每一种声音，全都融入了我们的生命，让我们朝着更好或更坏的方向变化。"

外部世界和内部世界。我们将外部世界纳入体内，它改变了我们，而我们则将这改变后的自己呈现出来。这是人与人之间持久的、有关精神的液体交换，就如病毒感染一样，精神疾病也可以被感染和传播。像英戈一样，有人的病症以分离和幽居为特征，但即便如此，他们也对这五花八门的社会心理疾病融合而成的混沌有所贡献。这个世界上的英戈们用他们的猜忌和沉默感染着我们。我们纳闷，他们为何不参与到社会中来？问题出在我们身上吗？他们是对我们有所偏见吗？因为我们是白人吗？或者（如果英戈是我记忆中的那个瑞典人）因为我们是黑人吗？当然，英戈离群索居的倾向或许可以追溯至他自己的创伤，他作为非裔美国人（或是瑞典人），在20世纪初期步入成年，这种创伤是他人造成的，也肯定是整个社会造成的。我曾经造成过怎样的伤害？又将会造成怎样的伤害？作为一个人，虽然我在尽一切努力进化，想要拓展自己的理解范围，想要用尊敬和热情待人，但我必须承认，我做得不够。英戈电影里的其他人不会受到我的伤害，只因为我在电影中不可见，我在那个环境中彻彻底底地不存在。或许，对我而言（同时对所有人而言！），那里才是最安全的地方。可惜的是，如果无法将这部电影完整地小说化，我就是唯一一个有机会造访他世界的人。如果我在这个世界上只是个游魂，那我也没有什么愧疚感可言，但是，若想要充实地活着，我就必须承担起愧疚和悔恨。不毁灭其他生物，一个生物就无法生存。我们必须彼此蚕食，不是吗？这就是世界运转的机制。

*

我看到蔡小姐正对着男装店的橱窗玻璃整理她的波波头。老天爷呀，这也太有蔡小姐的风范了。我觉得自己站得够远，她应该看不到我，但我也知道，就算坐在了蔡小姐的大腿上，她可能也不会注意到我。她可不是利维。嗯，就像孩子们说的，蔡小姐的大腿，坐在她的大腿上，成为她的大腿。我双眼直勾勾地盯着她，不小心踩到了一只小狗，它发出一声听上去像是更小的狗才会发出的惨叫。

"你他妈的眼睛长在后脑勺上了？"狗主人对我大吼。

我道了歉，做了一个手势，在美国文化中，这个手势的意思是"嘘！我可不想让蔡小姐看过来"。她没有看过来，这也是顺理成章的事。能够如此遗世独立，究竟是一种怎样的体验？我告诉自己，之所以跟踪她，是想看看她会不会跟巴拉西尼见面，看看她是不是他派来的托儿。这是事实，也是借口。跟踪女性是出格的行为，"觉醒"如我，明白雌雄体格之间的差异以及直男文化会让女性提心吊胆，也明白以恭敬和尊重的态度对待女性、充分理解女性发出的社交信号并给出适当的回应，这些都是男性的责任。女性说"不"的时候，就意味着不行。但是话说回来，她们又为什么必须要说一声"不"呢？为什么要让重任不公地落在她们的身上？男人必须学会辨识所有意味着"不"的表情和面无表情，还有手势、耸肩、喉咙的嗡嗡声、胃部的咕咕声。学校应该专门为男生开设这门课，或是让他们参加强制性的暑期教育。我们必须采取行动。当然，我和蔡小姐的情况不同，她很轻易就能推倒我。她既年轻又高大，身体柔韧又健美。一想到蔡小姐将我推倒的情景，我腹股沟处的冲动便更加肆虐起来。我盯着她的屁股，想象那美臀将我紧紧压在地上，想象她坐在我脸上的感觉。我是个可悲的生物，我是一只昆虫，是个蛞蝓，是只蚂蚁。

她走进了麦克酒吧。我数到 57，然后便跟着她走了进去。这是一家廉价夜总会，这个时间点非常安静。一缕可怜巴巴的圣诞金箔彩穗挂在天花板上，现在好像已经是五月份了吧。蔡小姐在高脚凳上坐下，与酒保聊起天来。不难看出，他们俩彼此认识。两人因什么事情笑了起来，她的笑声让我吃惊，也让我顿悟到了什么。这声音比我想象的更洪亮且深沉，却跟我脑中设想的一样无所顾忌。我无可自拔地沦陷了。这位酒保是她的男朋友吗？他年轻，有文身，面容英俊，胸膛宽阔，下巴轮廓分明。我想，他可以支配她，而她也会喜欢被他支配的感觉。我没法征服她，就连在幻想中也做不到。

我在吧台旁坐下，与她隔着三个位置，中间没有坐人。酒保正在给她倒酒，不消说，是某种纯威士忌。他朝我瞥了一眼。

"马上就来，兄弟。"他说。

他叫我"兄弟"，语气很亲切，没有居高临下的态度。这让我有些受宠若惊。我们是平等的，我们是朋友、是兄弟。一个与他翻云覆雨的想法闪过脑迹，但我很快就娴熟地把念头压了下去。

蔡小姐抿着她的威士忌，酒保朝我走来。

"想要点什么，兄弟？"

刚才的感觉变了味儿。他张口闭口地"兄弟"，让这个词显得很生硬。我感觉遭受了打击，羞愧难当。原来，他跟每个人都称兄道弟。

"我要一杯威士机。"我说。

"威士机？"

"威士忌。"

"苏格兰的还是黑麦……？"

现在，他已迫不及待地想要回到蔡小姐的身边了。

"嗯，黑麦吧。"我说道，因为我从哪儿听说过，现在流行黑麦威士忌。

"要什么牌子的？"

"听你的。"说完，我立即感觉这句话有些轻佻，像是女孩会跟他说的话。

他上下打量着我。

"看上去，你像是喝'皇冠'的男人。"他说道。

真神奇，我感觉自己顿时从柔弱女子变成了威猛大汉。他只是称呼了我一句"男人"，就对我有此影响，但奇怪的是，这又让我感觉自己是个姑娘。我既自豪，又羞愧。我想让他喜欢我。我想成为他的兄弟，也想成为他的姑娘。说不定，我们可以成为好基友。

"听起来不错。"我说。

他转向酒架去拿酒。我朝蔡小姐瞥了一眼。

"嘿，你好。"我说道。

她第一次朝我投来目光。从她面无表情的脸上可以明显看出，这不是第一次有男人在酒吧对她说"嘿，你好"了。她的脸上一片空白，仿佛我不存在一般。我无可救药地爱上了她。

"不好意思打扰你，"我说，"但我刚才在巴拉西尼演出时见过你。"

她点了点头。

"其实，我就坐在观众席里你的身边，所以……跟你打声招呼。"

我咯咯傻笑了两声。太可悲了。我真想钻到高脚凳的坐垫里去。

"你好。"她的语气毫无抑扬顿挫，又转脸面向她的酒水，和酒保轻声说了几句话。我听不清她说了什么。他低声轻笑，她也低声轻笑。

机不可失。我深吸一大口气。

"他的表演挺精彩的，"我说道，"他竟然能那么了解你的生活。我对你学生的遭遇感到惋惜，他是不是叫迈克尔？这种感觉一定很——"

"我骗人的。"她说。

"你什么意思？"

她耸耸肩。

"在台上说的事都是我现场编的。"

"嗯。这么说，你是催眠师的托儿？"

"不是，我只是想搞砸他的演出。我一个名字 M 开头的人也不认识。根本没有什么小孩儿夭折的事。我连老师都不是，而且我讨厌孩子。"

老天，怎么会有如此完美的人？她说得如此理直气壮，而我却总是违背自己的本心，向世界证明我有多爱自己的孩子，但实际上，我不仅讨厌女儿，也有充分的理由这样做。我女儿活着的唯一目的就是公然贬低我。像她这么大的时候，我是有远大志向的，在这个世界上，我有想要完成的使命，有希望克服的障碍，有渴望找到的爱情，但是格蕾斯……她是叫格蕾斯吗？反正，她对这一切都不感兴趣。她的存在就是为了伤害我。从某种意义上说，她就像是一种自体免疫的疾病：虽是从我体内诞出，但存在的目的就是攻击我。

我的女儿以我为耻。毫无疑问，她更喜欢那种方下巴的硬汉父亲，她那些爱嚼舌根的小闺密就喜欢挑逗这种父亲，那种让人称赞"你爸真帅"的父亲，那种不那么古怪的父亲，比如酒保那样的人。流着你一半血液的骨肉竟会如此憎恨你，这或许是最奇怪的体验了。但是细细想来，我体内结出的果实对我的看法其实与我自己一样，这或许一点也不奇怪。加拿大影人大卫·柯南伯韦尔[1]制作过一部名叫《灵婴》的电影。片中，个体的消极冲动被赋予了独立于个体之外的自主生命。或许，这就是生育子女的本质。真希望她能带着善意，用与我审视自己时不同的眼光来看待我，但这不可能：她拥有我和我前妻的基因，而我前妻拥有对我恨之入骨的基因。

蔡小姐喝完酒，跟酒保吻别道晚安。她的吻虽然只是落在了他的脸颊上，但双唇并未立刻离开。我一口吞下那难咽的黑麦威士忌，把 10 美元放在柜台上，谢过酒保，数到 57，然后跟着她出了门。

1　应为大卫·柯南伯格，加拿大导演、编剧、制片人。

28

在大街上，我四处寻找，疯了似的左右张望。在那儿！她正在朝北走。这是当然的，因为北是最好的方向。

我也朝北走去。当我往北走的时候，这个方向就没那么好了。

大概十五分钟后，她走进了一栋公寓楼。我数到 54，然后便开始查看蜂鸣器下的名字。T 开头的姓氏有三个 [1]。我略过"奥尼尔"和"佩妮"两个名字，把目光落在了"严"上。严蔡，我想应该是蔡严吧。我对中华文化了解颇深，包括姓应该放在名之前这一点。

回到家，我查阅了"严"这个字的意思。意思有很多，但我只挑出了最好的几个，我发现，这一切简直是上天注定。

严格。

严重。

严厉。

极其残酷。

1　原文中，蔡小姐的姓氏为"Tsai"。

紧。

我在脸书上搜索"蔡严",找到了几个女性和一个男性,其中并没有她。我有点担心,她会不会叫蔡奥尼尔或蔡佩妮呢?我查了查这些名字,结果什么也没搜出来。她的身份是个谜。然后我突然想到,如果她对巴拉西尼说的一切都是谎话,那么"蔡"这个姓氏或许也是编的,这让被绑在睡椅上的我在辗转反侧中越陷越深。凌晨2点,我解开双臂,浏览起经常光临的网站:"爽翻网""书籍天堂网""猩猩肉网""疾速网""什么玩意儿网""光轮网""天芥菜之夏网""选美之战网""里纳尔多之脚网"。最后,我点开了格蕾斯的博客,她发了一篇新文章,看上去好像是关于我的:

> 我讨厌男人。我讨厌男人。我讨厌我的父亲。他们(他,老天爷,还有彼们!!!)给这个世界带来了什么?他们只带来了战争、暴行、奸淫、压迫、谋杀、贪婪。这种反常的染色体能带来任何有益或像样的东西吗?然而该死又可悲的是,我居然被这些怪物的身体吸引了。里尔克[1]说(又是一个男人!为什么不是露·安德烈亚斯－莎乐美[2]??),或许怪物都是乔装打扮的公主,等待着我们理解他们,从而解放他们。哼,该死的里尔克,竟然说理解和劝慰男性是女性的职责(这是男人从古至今惯用的说辞)。我不干,这不是我的工作。我要把我的工作证还回去。我的新工作就是对父权制度说真话,因为我父亲

1　莱内·马利亚·里尔克:20世纪德语诗人。
2　露·安德烈亚斯－莎乐美:俄罗斯精神分析学家、作家。

的虐待，我已经没有信心去寻找能带给我成就感和合理薪酬的工作了。我要讲出我真实的心声。听懂了吗，父亲大人？如果我是个男孩，你会以不同的方式把我养大成人吗？我对此毫不存疑。难道你觉得除了动人的外表，女性对男性还有其他价值？你和我之间何时有过思想上的交流？有哪次谈话不是你用男人的说教逼迫我屈服的？你是不是有性虐待倾向？或许你该读一读丽贝卡·索尔尼特[1]的作品，但即便如此，你也绝对不会敞开心扉，遵循这位女性的号召彻底转换思维模式，将你顺性别、直男癌、白人至上的疯子理论公布于光天化日之下。所有的机会都在你手中，现在，是时候换你坐下来听听别人的意见了，否则就干脆滚开吧。你已经被时代抛弃了。

我在她的评论区写了一条留言：

> 你以为一切机会都在我的手里？那我的职业生涯为何总是充斥着挣扎和羞辱？匿名留言。

她回复道：

> 一个白人男性若是想要像你一样，遭遇如此频繁而惨重的失败，他得有多么无才无能啊。大家都知道，平庸的白人男性即便失败也仍能一路晋升，但才华横溢的女性、有色群体、性

---

1 丽贝卡·索尔尼特：美国作家，关注女权、环境、政治等。

少数人群、（各个种族的）残障人士则必须牙爪并施地挣扎，才能争取到一席之地。因此，我们只得任由低能的白人男性操纵和毁灭这个世界。试问，他们又做出了哪些贡献呢？

我回复道：

物理学。匿名留言。

她回复道：

第一，闭嘴。第二，你说得不对，公元前 6 世纪，印度的卡南达首次阐明了原子论，公元 10 世纪，巴士拉的伊本·海什木创立了光学，公元 13 世纪，纳西尔丁制作了一张精确的行星运动表。第三，爱因斯坦发明了核武器[1]，而核武器很快就会将世界毁于一旦。白人物理学家真是"功不可没"。

我写道：核武器不是爱因斯坦发明的，而且爱因斯坦是犹太人。匿名留言。

她写道：犹太人也是白人。

我写道：你把这话跟雅利安人说下试试[2]。

她写道：雅利安人是印度－伊朗人。

1　发明核武器的实际是美国科学家罗伯特·奥本海默。

2　雅利安人是印度语族和伊朗语族共同的祖先。"二战"中，纳粹德国借用了这个语言学上的人种概念，称雅利安人是最优秀的种族，而日耳曼人是最纯正的雅利安人。

我写道：不，不是……你只要稍微查查维基百科，就会发现雅利安人是——哦……匿名留言。

她写道：哈！

这场比赛，格蕾斯胜。

凌晨 5 点，我又一次站在了蔡小姐（无论她的真名——也就是中国的姓氏是什么，都肯定美丽动听！）的公寓楼对面。整个晚上，我都将自己绑在睡椅上，却一刻也没合眼地搜索着印欧移民的信息，为下一次与格蕾斯舌战做准备。蔡（？）小姐家对面有一家 24 小时自助洗衣店，这真是个天赐之地，除非她碰巧在我躲在这里的时候进来洗衣服。我到的时候，这里空无一人，直到早上 6 点，才有五位顾客陆续走进来：一位家庭主妇、一位厨师、一位汽车修理工、一位游艇主人和一位律师。6 点半的时候，蔡（？）小姐背着一只邮差包离开公寓，向北走去。难道她只会朝北走吗？ 我想了一会儿，然后迅速打消了这个念头，因为这种做法并不能持久。现在天色已亮，因此我一直数到了 74 才跟出去，但我害怕把她跟丢，这 74 下数得很快。我看到她的时候，她正在向左转，左边是西方。她当然会选择北方和西方。我匆匆赶到十字路口，但她已不见了踪影。这个街区居然有一家小学！ 或许她说自己谎称是幼儿园老师的事并不是谎话，只是谎称自己对此撒了谎而已。我走进学校，找到了接待人员。

"我有个快递要交给严蔡。"我说。

"蔡严吗？"

"您想这么叫也成。"

"把快递给我就行。"

这一招我还真没想到。我想转身就跑，但没有这么做，而是把手伸进公文包，希望能从里面找到些什么。包里有一只我从巴拉西尼的果盘里偷来的苹果，一份讨论 20 世纪 20 年代犹太复国主义电影声效设计发展的专题论文，题为《听吧，以色列》。我本想顺道把这篇论文送到我的朋友埃尔金（原名欧基）的家里，因为他说，他也许有机会私下里把文章交给犹太电影杂志《好犹电影》的编辑，趁着今天他要上门为编辑修水龙头。看来冤大头[1] 阿克曼得等等咯。我把论文交给接待人员。

她接过论文，看了一眼标题，摇了摇头（她肯定是个纳粹分子！），然后将它扔到了一个写着"收信"字样的托盘里。我想到了电视剧《陆军野战医院》里受伤的士兵，然后就匆匆离开了，顺便提一句，这部电视剧是对罗伯特·奥特曼同名电影的拙劣模仿。

我做了什么？脑袋坏掉了吗？竟然把自己的名字留给了她，还把论文也留下了！诚然，这是一篇出色的论文，相信在推动犹太电影声效设计融入主流方面具有重大意义，但即便如此，我这么做，也还不如干脆留下一张名片，表明我是她的跟踪者呢。

*

三天后，我在个人网站上收到了这封来信：

> 你为什么把专论留在我工作的地方？你是谁？你对犹太

1　原文为"schmendrick"，是犹太语中"傻子"的意思。

电影声效设计的想法既简单又过时。另外，以色列是个种族隔离的国家。

她知道我就是酒吧里的那个男人吗？还是想让我多讲讲关于自己的事情？抑或，她只是在询问是谁留下了这篇论文？我不得而知，但她的语气让我兴奋——如此权威专断，如此颐指气使，又是如此出言不逊。为了尽到我的本分，我必须回复，也必须恭敬、准时地回复。她需要答案，那我就必须给出答案。由于不确定她究竟想问什么，每种可能的问题我都给出了回答：

我是电影历史学家/理论家/影评人/导演 B. 罗森伯格·罗森堡。我偶尔也会使用别名 B. 罗森堡或 B. 鲁比·罗森堡。我从不用自己的洗礼名（我故意使用了"洗礼名"这个词，好让她意识到我不是犹太人），因为我不想利用我天生的性别让人们在审视我的作品时有所加分（或有所减分！）。我们不认识，但在一家叫"麦克"的酒吧里有过一面之缘。我们还热切交谈过。我觉得你应该对犹太电影声效设计感兴趣，得知你真的真的感兴趣，我太欣慰了。或许我们可以见面聊聊你对我作品的不赞同之处。我总是渴望能够提升自己。

我连想都没想，就按下了发送键。哎呀，我在倒数第三句话里打了两次"真的"。

回信很快就来了：

光看你的邮件，我判断不出你是男是女。

　　她难道不记得我们在麦克酒吧的对话了吗？还是说她是在逗我玩？或者，她想考验我保密性别的决心？我估计她是在玩弄我。诚然，我有意不在网上留下任何一张自己的照片，但讲座或论坛上的影像就有些超出我的控制范围了。如果真想找的话，人们是能发现我的照片的，只需一个劲地搜索搜索再搜索。在谷歌上搜索 B. 罗森伯格·罗森堡时，你会在第 76 页发现一张我的照片。另外，有人说过，我的文章带有确凿无疑的阳刚之气。不过即便如此，我觉得还是有必要直接回答她的问题。我又读了一遍她的留言，却发现她并没有问我的性别。她只是在对事实进行陈述，并没有问我任何问题。或许这就是关键所在。如果我把这当作一个问题来回答，那就说明我对她的留言读得不认真。我回复道：

　　嗯。

　　我对自己的回复很满意，希望她也会同样满意。我的电脑随着新留言的到来"叮"了一声：

　　这就是你的回答？我只是在问你一个简单的问题。

　　我想回复她：你说得不对，你并没有问问题，向上滚动一下光标，你就会发现你并没有提问。但是我并没有这么写。根据我俩关系的性质，我不该在她面前卖弄学问。我带着懊悔的语气简单回复了一句：

　　抱歉我是男的。

　　我按下发送键，然后突然惊慌地意识到我漏掉了"抱歉"后面的逗号。老天啊，我都干了些什么呀？没过几秒钟，她的回复来了：

　　哦，现在我记起你了。

　　我回复道：

　　哎呀！我把"抱歉"后面的逗号给漏掉了，我可不为自己"是男的"感到抱歉！

　　什么回复都没有，我再也没有收到她的留言。我盯着最后一条回复，盯着"哎呀"这个词。我从不说"哎呀"，更不会写"哎呀"，还不如直接在落款前面写"亲亲抱抱"呢。这句"哎呀"太可悲了，太娘娘腔了。我感觉好丢脸。我试图追加一条回复，重做修改，想要抬高我在她心中的形象，说不定还能把关系的天平往我这边偏一偏，差不多算是服从者对"主人"的征服吧。我从钱包里掏出一张字条，上面是电影理论学家劳拉·马尔维 [1] 为我的文章《电影中的男性中心主义：不再播种男性之种，求变播"变播"之种》写的推荐

───────────

1　劳拉·马尔维：英国女性主义电影理论家，曾提出"电影镜头代表男性凝视"的观点。

词。我浏览了一遍，发现马尔维使用了"她"来代指我，这么一来，这篇推荐词对我现在想要达成的结果就没有什么帮助了。又或许我需要的正是它？我在这个问题上纠结了三天，始终没把回复发出去。最后，我终于收到了她的来信：

> 拜托，有点骨气。

如果她想让我拿出点骨气来，那我就照做。我要如她所愿，把所有脊梁骨都袒露出来，一根不多，一根不少。我果敢地行动了。我告诉她，本周四晚上 9 点，我会到朱利叶斯和埃塞尔[1]（只是碰巧叫这个名字）酒吧坐坐，也许她会愿意一起去。她没有回答，我也不指望她回复。我给她展示的骨气不多不少，恰到好处。

1876 年的肯塔基肉雨事件[2]浮现在我脑中，虽然说不上原因，但这件事其实我一直都很关注。当然，历史上有几次记录在案的肉雨事件和血雨事件，作为一名加密气象学专业的学生，我对这些事件都有研究。肯塔基肉雨事件对于学术界的价值在于，哈佛大学的科学家从中获取了大量的肉片进行研究，并断定这些肉片不是来自马驹就是来自人类婴儿。天气一直是我非常着迷的课题，我在大学辅修气象学和气象文化，还兼任无伴奏口哨竞技队"啾啾啾，靠吹制胜"的队长。但是，关于肉雨的想法此刻为什么挥之不去？这让我想起了英戈，原因我记不清了。我觉得，这个世界要比我们所能理

---

[1] 朱利叶斯·罗森堡和埃塞尔·罗森堡是一对夫妇，是冷战时期的美国共产主义人士，被指控为苏联间谍，判处死刑。

[2] 1876 年 3 月 3 日，肯塔基巴斯县兰金地区下了几分钟的"肉雨"，大量肉片从天而降，原因至今无人能解。——编者注

解的还要奇幻。

现在，在我去和蔡小姐见面（只是可能会见面！）的路上，一首歌在我的脑海里反复循环：

年年岁岁，岁岁年年

去了又来，来了又走

夏日骤雨

冬日暴雪

花儿绽放

孩子成长

年年岁岁，岁岁年年

时光荏苒，岁月如梭

身体衰老

父母离去

肉雨来袭

干脆做个肉饼

年年岁岁，岁岁年年

不要忘记，查查出处

——传统民谣

29

我来到了朱利叶斯和埃塞尔酒吧，正好 9 点。这就是我的脊梁，我的勇气可不只是来自那没有退化干净的"尾巴"。我在酒吧里环视一圈，蔡小姐不在这儿，还有两个空位。我在一个空位上坐下，把大衣放在另一个空位上。我调动了所有意志力，才忍住没有在有人进来时伸长脖子去看来人是谁。我点了一杯不掺水的皇冠牌皇家黑麦威士忌。虽然我不喜欢这款酒，但我担心自己常点的加橄榄汁的海角乐园鸡尾酒[1]会传递给蔡小姐错误的信息。

"这是给我留的位置吗？"她问道，将一只手搭在我放衣服的椅子上。

"没错！"我一边说一边把大衣拿下来，没有把它披在椅背上，而是盖在了大腿上。为什么？原因再明显不过了。

她坐了下来，还没抬头，酒保就来了。

"二十年酩帝诗，不掺水。"她说道。

他微笑着点点头，然后消失在吧台深处。她转头面向我。

---

1 这款鸡尾酒是用伏特加掺蔓越莓汁做成的。

"所以，你跟踪我回家，第二天早上又跟踪我去上班，这样形容你最近的鬼祟勾当准确吗？"

我点点头。酒保拿着她的酒水回来，原来这是一种威士忌，或者至少是某种颜色像威士忌的饮料。

"为什么跟踪我？"她问。

我知道，我必须回答她。

"我第一次见你就被你吸引了，现在也是。"

"你觉得跟踪女性对吗？"

"我知道不对。"

"但你还是跟踪了。"

"很抱歉。我正面对着一些非常让人困惑的人生难题。我失去了一份具有重要艺术价值和历史意义的资料。我的非裔美国女友凯莉塔·史密斯离我而去。我失去了目标。我的灵魂裂开了一个巨大的空洞。"

"你的络腮胡可真浓啊，老兄。"

"嗯，我可以刮一刮。"

"我对你一点也不感兴趣。"她说。

"我想你也不会感兴趣。"

"你年纪挺大了。"她说。

"没错。"

"我能想象出你年轻时的样子。就算你年纪不大，我也没兴趣。"

"我懂了。"

"更别提你这古怪的性格了。"她边说，边不明所以地摆摆手。

这句话真伤人。

"你什么意思？"我问道。

"你是个既唯唯诺诺又要自吹自擂的奇怪矛盾体。"

我抿了一口酒，试图镇定下来。

"你听说过 1876 年的肯塔基肉雨事件吗？"

"你听说过 1876 年的肯塔基肉雨事件吗？"她装出一副嘲讽的娘娘腔，重复我的话。

我盯着自己的酒，不知道这谈话该怎么继续。

"你为什么答应跟我见面？"我终于开口了。

"我知道你在催眠师表演时盯着我看。你觉得我是傻子吗？我知道你跟踪我去了麦克酒吧。我在洗衣店里也看到你了。老天爷，你对偷窥这件事真是一点也不擅长。"

"哦。原来如此。"

"你不是第一个对我着迷的可怜虫了。光是今天，像你这种盯着我看，还装作若无其事的可怜虫，我大概已经遇到十一个了。告诉你吧，你这种人不难发现。"

"你跟我们每个人都出来喝酒了吗？"

"不是的，问题就在这儿。我讨厌你。其他的男人我根本就没放在眼里，但你却让我印象深刻。我怎么就那么鄙视你呢？一想到你，我就浑身起鸡皮疙瘩，更别提亲眼看到你了。我想让你痛不欲生，想成为你痛不欲生的原因之一。我一眼就能看出，无论我提什么要求，你都会接受的。"

我什么也没说。我故意不看她。我不知道该做些什么。

"不是吗？"

"是。"我说，然后，我竟然哭了起来，真是丢人现眼。我不知道自己为什么会哭，但我放声大哭，鼻涕从我的鼻孔滴下来。

"唉，真扫兴。"她一边说，一边穿上大衣走了。

酒保把账单给我，她那杯威士忌居然要 145 美元。回家的路上，我满脑子都是蔡小姐。我绕路多走了三十个街区，只为了从她的公寓楼前经过。我抬头看着街对面所有亮灯的窗户，我能否一睹她的倩影？我很困惑。她想要伤害我，这让我备感荣幸。没有沦为她不想伤害的无数普通男人中的一员，这是多大的幸事。我回到自己的公寓，查看有没有她的电邮，但电子信箱里空无一物。于是我便给她写了一封。我把姿态放得很低，把那个"我渴望成为她所到之处的服务人员"的幻想倾吐给她。发送了邮件后，我突然想要呕吐。

我吐了。

两天之后，我收到了这样一封邮件：

> 我的天。

没有后续。

到了今天，也就是收到"我的天"的两天后：

> 离我家一个街区的地方（你还记得我住在哪儿，对吧？）有一家名叫"买好省"的熟食店。那家店 24 小时营业，所以我经常去那儿。他们也提供送餐服务，天气湿冷的时候我就会叫他们送餐。橱窗告示上说，他们想招一位送货员／办事员。你去应征这个职位吧。我觉得，你得先把你那恶心的胡子刮了。

*

我蓄胡子，为的是遮盖从胸骨一直延伸到上唇的葡萄酒斑胎记。当人们在街上和我说话，或是从我身边路过的时候，有的人会紧盯着我的胡子看，有的人则会尽量移开目光。我的络腮胡到现在还会引起人们的凝视与侧目，我知道，想解决这个问题，我只需要剃掉胡子就行。但是，葡萄酒斑胎记却是去除不掉的。祛斑的时间拖得越长，效果就越不可能让人满意。我父亲也有胎记（在右眼上），却没有受到什么影响，因此父母决定，我也应该带着胎记生活。这是他们的观点。我爱他们，所以对他们的观点爱屋及乌。等到我年纪渐长，足以体会到这胎记带来了人们对我的排斥时，我却决定保留它，征求父母的同意移除胎记无异于对父亲的一种侮辱和抗拒。留胡子的时候，我是心中有愧的，因为我知道，父亲没法用前额上的毛发把胎记遮住，而且他的头发也稀稀拉拉的，无法靠刘海掩盖。曾经有那么一段时间，父母的婚姻出了一些问题，父亲会在长岛格雷特内克一家名叫"蘑菇"的小酒吧过夜，当时他尝试了一种"侧梳"发型，就是把喷上发胶的一缕头发盖过前额，在另一侧的耳后用一只发夹固定。但是，这种发型让他看起来活像是戴着"头发发箍"的鲍比·里格斯[1]，对吸引当地女性一点帮助也没有，最后，他还是灰溜溜地回到了我母亲身边。

而今，进行了植皮手术之后，我的胎记已经消失不见，我也不必再背负着背叛父亲的愧疚了——因为这次手术是为了挽救我的健

---

1 鲍比·里格斯：美国网球运动员。——编者注

299

康，还是在我昏迷时进行的。就像《道德经》所说，夫唯不争，故无尤。把络腮胡重新蓄起来，是习惯和懒惰使然，也是因为我喜欢吮吸自己的胡子，探索昨天残存下来的味道。

但现在，是时候把胡子剃干净了。

我的胎记又长回来了。我上网查了一下，"网医生"上的医生坚称，这是不可能的。

*

每周的诊疗中，巴拉西尼一看到我，便脱口而出一声"喔"。和最近一样，这次的治疗几乎没有什么进展。在最初几次治疗之后，我们就一直在白费力气。借着他的"咒语"，我的确想起了一幅画面：一艘画着人脸的船。这是一艘拖船，一边在波涛之中颠簸，一边用老水手的声音吟唱着一首欢快的海洋之歌：

> 1952 年 1 月 14 日，
>
> 我的驾驶舱上长出了一张巨大的人脸。
>
> 现在，我那观景窗构成的双眼将恒久转动，
>
> 那救生圈组成的嘴巴将永远微笑。
>
> 虽然那慈祥的港务长把我当作他的朋友，
>
> 但我其实只是个可悲的怪物，好想结束这一切。
>
> 我仍然拖拽着，眨着眼，行着我的"水中礼"，
>
> 脸上绽放着愉悦的表情，年轻的姑娘们觉得我憨态可掬。
>
> 但我祈求从这变形中解脱出来，
>
> 抹去我的面庞，斩杀我的灵魂。

我不确定这究竟是不是英戈电影中的内容。它可能来自任何地方，也可能哪里都不属于，而且细细想来，我觉得这画面一点也不欢快。如果一艘拖船不愿拥有感知能力，而宁愿被人遗忘，你肯定会忧心它的精神状态。如果这幅画面真的出自英戈的电影，那么，他创作这个角色，或许是想探索这张假面并将它与同样崇尚假面的易洛魁人的神话联系在一起。由于没有更多关于这部电影的记忆，我没有足够的素材串联起一条真正的理论。虽然巴拉西尼坚称这画面的确出自电影，还说我们取得了切实的进展，但我还是不确定。这或许是我对于某部儿童电视节目深埋的记忆。巴拉西尼断言说，这明显是个欢乐的故事，因为拖船不但眨眼，还面露微笑。我开始对巴拉西尼的智力产生了怀疑。

*

步行到"买好省"的路既陌生又熟悉。我感到微风吹过了我的下半张脸和颈部，神清气爽，好不舒服。当然，人们的凝视又回来了，那些眼神是如此犀利。我路过的每一个人都不放过我。"买好省"的经理翻阅我的简历时，也在小心地移开双眼，不让目光落到我的身上。我想，这或许对我有利，或许他会为此心怀内疚。这或许对我有好处，或许正相反。

"你在服务行业的工作经验不多呀。"他说道。

"我在大学时做过一段时间的电话销售，我是在哈佛上的大学。"

"那家催眠学院？"

"你说的是哈佛尔德。"

他抬眼看看我，欲言又止，赶紧把目光重新投回简历；他用手指点着某个部分，假装在阅读。

"你为什么想要在这儿工作？"他问道。

因为有人给我下了命令。因为我发现，自己正沉浸在这孤苦伶仃、生着葡萄酒斑胎记的倒霉蛋的绝望幻想中。因为我渴望被那部已经回忆不出的电影再次征服。因为宇宙告诉我，我渴望的是遥不可及的幻想，除非我去面对当下这可怕的现实。因为，她是完美的尤物。

"我需要这份工作，"说完，我又补充道，"这里的工作环境似乎很不错。"

他点了点头。

*

我给蔡小姐发去邮件：

> 我被雇用了。明天开始上班，是值夜班。

没有回音。

我坐在黑暗中，纳闷自己是如何落到现在这种境地的。毫无疑问，整个电影行业是由一众理论家组成的阴谋小集团（这个词我可不是随便用的）所操控的。若是想要顺着成功的"链轮"向上爬，就不要公开质疑他们的影评，他们是会把你整死的。我曾对理查德·罗珀在"鲜番茄"[1]上对《记忆碎片》的影评大胆指责，因为在他看来，这部电影"巧妙探索了记忆塑造我们所有人的方式"。不消说，这部

1　此为作者虚构的网站。"烂番茄"是美国著名的影评网站。——编者注

电影根本配不上这样的赞誉，它只是一场噱头单一的闹剧，它贫乏的创意和假充出来的黑色电影风格（简直无聊得让人打哈欠），展示了克里斯托弗·诺兰和他的拥趸理查德·罗珀智力上的匮乏和情感上的浅薄。这部"电影"竟能得到关注，而且还是一边倒的好评，这只能进一步证明（好像证据还不够多似的！）影评人团队内部的腐败。但凡对"记忆"有过一丁点思考的人都会发现，这是人类所能研究的最为复杂的领域。这部"电影"对记忆的愚蠢探索，几乎和《暖暖内含光》不相上下。蒲柏的诗我已研读多遍（在毕业论文中，我揪住他那罪大恶极的厌女情结，把他批判得体无完肤），如果考夫曼真的读过蒲柏，就会知道，对于这部明显过誉的科幻电影，这可能要算最驴唇不对马嘴的片名了[1]。我那本深入探索电影和记忆的著作《你必须铭记》（大头菜出版社，1998 年）要比这两部关于记忆的电影（坦白说，是要比所有关于记忆的电影）高明得多。在那本书中，我做了一项实验：尽可能准确地将一部电影（《真爱》）的内容复述出来。我的复述有超凡的准确性，这与我近乎摄影般（并没有真正的摄影式记忆！）的记忆无关，而是我观影方式带来的结果。我是一个真正有觉知的观众，或许是世界上唯一一个真正有觉知的观众。我的著作进一步阐述了我的观影方法，为那些希望像我一样成功的电影专业学生指路。我对电影中的虚伪、卑下、艳俗和造作的鄙夷之情稍显尖刻，因为我对待"观影"的态度太过一丝不苟。总之，我宝贵的颅脑空间被这些碍眼之物占据，它们冒充电影，实则只是公路沿途的沃尔药店和缅甸剃须膏广告，这真让我气不打一处来。我无

---

1 《暖暖内含光》为考夫曼的代表作，英文原名为"Eternal Sunshine of the Spotless Mind"（美丽心灵的永恒阳光），取自蒲柏的诗文。

法容忍。不能，也坚决不愿容忍！就这样，这些影评人把我驱逐出主流阵地。我绝不会武断地说，搞这种阴谋小集团是犹太人与生俱来的把戏。罗珀是不是犹太人，我不得而知，也毫无兴趣。我是不会在意这种血缘身份标签的，但我怀疑他是，我怀疑他就是，我真的怀疑他很可能是。

*

凌晨1点，这是我上班的第一夜。铃声响起，达内尔（夜班经理）接起电话。他说了几句"好"，又说了一句"再见"，就把电话挂了。我在卫生间（只供员工使用！）拖地。

"送餐。"达内尔说。

我把拖把靠在墙上，拿起一袋东西，看了看地址。是蔡小姐，我的心怦怦直跳。

我走过一个街区来到蔡小姐家，按下蜂鸣器。没人回应。我知道，她是知道我要来的，因此我判定，让我等待也是她游戏的一部分，这让我更加兴奋难耐了。我很高兴自己穿着工作制服围裙：这围裙污渍斑斑，还有一只鸭子在说："很高兴为您服务！"五分钟过去了，我想要不要再按一下门铃，或许她没听到，或许电视机开着，或许她正在放音乐。她也可能在卫生间里。我没有再按门铃。又过了六分钟，她用智能系统给我开了门。楼里有一台电梯，我坐电梯来到五楼，找到5D。我按下门铃。穿着睡袍的她打开房门。这是一袭毛巾布袍子，上面还有污渍。袍子并不性感，但穿在她身上却真他妈的性感。我真想成为袍子上的一个污点。

"我该付多少钱？"她问。

我记得钱数，但还是看了看收据。就连这金额都带有魔力。17.58 美元。17.58 美元。17.58 美元。

"17.58 美元。"我说道。

她把门关上，过了一分钟，她打开门，拿着一张 20 美元的钞票递给我，等我给她找钱，我把钱找给她。她又递回我 1 美元，说了声谢谢，然后关上门。

30

巴拉西尼很快让我进入了催眠状态，只需拨动他专为我打造的"感情切换键"。这是一个切实存在的切换键，植入我锁骨之下的颈根处。巴拉西尼说，这个切换键连着一条直接通往我大脑中枢的线路，他将之命名为"神经中心"。他解释说，他曾经在《黑镜》里看到过类似的装置，没想到还真能行得通。这种感觉就像有人触碰到你的牙神经一样，但不过一眨眼的工夫，我的感知能力就被打开了。我喜欢这种方式，它既高效又可靠，治疗时间只有一小时，它能让我们快速进入状态。我先是大声尖叫，然后身体便软了下来。

"跟我讲讲电影内容。"他说。

"我还是记不得太多内容，"我说，"和以前一样。"

"嗯，那就尽管说吧，胡编乱造也行。看看会发生什么。"

看起来，我不是唯一一个因为进展太慢而不耐烦的人。

"主人，我不觉得这样做能让我挖掘到真相。"我不知道自己为什么称他为"主人"，他没有提过这个要求，甚至连暗示也没有过。

"听我说，过去是不存在的。这一点我们能达成共识吗？"

"能。"我说，这一次我没有叫他"主人"。刚才脱口而出的话已经够让我难为情了，这就好像管老师叫"妈"一样。

"过去只能以思想的形式存在，也就是说，过去只存在于人的头脑中，这一点你能同意吗？"

"或许吧。"

"那你觉得记忆还能在哪儿？ 和我说它还能在哪儿！"他大吼道。

"哪儿也不在。你说得对。"

"也就是说，如果记忆不存在，那你想让它是什么，它就能是什么，因为记忆根本不存在。"

"嗯，可是——"

"什么？"

"我们人类确实拥有共同记忆。"

"是吗？ 你对家人的回忆和你兄弟的一样吗？"

"不完全一样，但其中肯定有共性，也就是说，我们的回忆中存在着某些客观事实。"

"所以你是说，我们应该从自己的记忆而不是想象中提取记忆，因为这是我们对他人的义务？"

"应该是吧……主人？"

我让他不高兴了。我觉得叫他"主人"或许能缓和一下气氛。

"但对于你的电影，没有人能跟你共享记忆。N'est-ce pas[1]？"

"Oui[2]."

"也就是说，你没有义务确保记忆的准确。"

"我的义务，是重现这部电影的光彩。这部电影改变了我。现在

---

1 法语，"不是吗"。
2 法语，"是"。

我觉得，我要么已经变回了原样，要么就是成了一个没有之前的'第二个我'甚至'第一个我'那么好的'第三个我'，而'第一个我'也可能根本就不是'第一个我'，因为有谁知道我们真正原初的样子呢？或能在'第一个我'诞生前，还有好多好多的我——"

"你刚刚是不是把'可能'说成'或能'了？"

"没有，因为在成长的过程中，我们也在不断地变化着。或许，小时候的我是快乐、纯洁而自由的。这一点我不确定。或许那只是怀旧情结在作祟吧。不过有一点我是确定的：英戈的电影在我的身上造成了改变，给我带来了平静和清醒，我想再次寻回那种感觉。我想要再次寻回曾经遗失之物。我必须要准确地记起来。我想再次在脑海中看到它，就像卡斯托尔·柯林斯在维也纳朝圣之旅中看到上帝一样。"

"这事儿你是怎么知道的？"巴拉西尼问道，他的双眼眯起，像韦拉札诺海峡大桥一样。

"什么事儿？"

"卡斯托尔·柯林斯的朝圣。"

"每个学校的男生都知道这个故事，女生也是。怎么了？"

巴拉西尼沉默了很长一段时间，或许有一个小时吧。我从书架上拿了一本杂志，读了起来。

"好吧，"他终于发话了，"我要引导你把电影的原貌回忆起来。我的热情又被重新点燃了。我们要使用一种从未用在活人身上的危险技术。有过一些相关研究，但迄今为止它只在患有梅毒的小鼠身上实践过。实验结果很乐观：这些小鼠回忆起了深埋的童年创伤。当然，我说的是那些没有自杀的小鼠。"

"等等，你说什么？"

"具体的步骤是这样的：这将是一次'考古挖掘'，我们要把你脑中的陶瓷碎片一块块挖出，把每块碎片上的灰尘掸去，抹去所有可以被称为'非电影元素'的多余污垢，再把这件陶器重新拼在一起。这个过程不但艰苦，而且严苛，或许会对我们双方的心理造成极大伤害，但我们一定会笑到最后。"

"嗯，你所说的危险——"

"没错，这风险大部分是针对你而言的。非常危险。"

"怎么个危险法？"

"你需要往很深的地方探寻，我的朋友。"

"我懂了，嗯——"

"你想要寻回这部电影吗？"

"太想了，但是——"

"那这就是唯一的途径。"

"好吧，"我说，"但如果这是唯一的途径，那我们之前是在干什么——"

"'之前'是虚构的，不是吗？我不是告诉过你了吗？"

"嗯，我——"

"好的！那我们开始吧！"

"但是，你说小鼠会自杀？"

"有些会，有些只是会酗酒而已，也可能是梅毒在作祟。但你是人类，不是一只患有梅毒的小鼠，对吧？"

"对，"我说，"如果我必须选择的话。"

*

我正在沙拉吧台清理托盘。达内尔告诉我吧台该清理了，因为哈密瓜片已经变得苍白湿软，我会在清理过托盘后再切新鲜的。这能帮我打发一些时间。凌晨2点到3点之间，店里非常冷清。达内尔正对着手机，微笑着给人发短信，而我则在想着巴拉西尼，想到他在我提到卡斯托尔·柯林斯后来了兴致。这一切都显得那么奇怪。大门打开时，我们两人都抬头看去，达内尔伸手去拿他的棒球棒，深夜里我们一向都是这样做防范的。深夜营业的熟食店可承受不起太多意外情况，但这次的意外却是个惊喜，原来是蔡小姐。

"你好。"达内尔说。

"你好，"她回以甜甜一笑，"我想买个三明治。"

"没问题。B！给这位小姐做个三明治。"

我点点头，走到柜台后。

"你好，"我说，"请问想要什么三明治？"

"法式面包夹火鸡肉和瑞士奶酪。"

"好的。"

"加一点蛋黄酱和芥末，黄色的那种芥末。嗯，还有西红柿、生菜、洋葱。"

"配菜要凉拌卷心菜、土豆沙拉还是一袋薯片？"

"薯片。"她边说边走到店门口，看着甜食货架。这里正好是收银台，达内尔坐在后面。

"我不知道该买什么，"她说，"你最喜欢哪种甜食？"

"我有时会吃一块奇巧巧克力解馋。"达内尔说。

她把一块奇巧巧克力放在柜台上。

我双手做着三明治，双眼却盯着蔡小姐。从这个角度，我满眼都是她那包裹在黑色瑜伽裤里的美臀。她用胳膊肘撑着柜台，这个姿势正好让她把屁股撅向了我。

"我老是在这儿碰到你，却从没做过自我介绍，"她对达内尔说，"真是太失礼了。我姓蔡。"

"我叫达内尔，"达内尔说，"幸会。"

"我喜欢这个名字，"她重复道，"达内尔。"

"谢谢。你的姓也很酷，是 S-I-G-H 吗？"

"T-S-A-I。"

"哦，明白了。是远东那儿的姓氏吗？"

我心里暗想：老天呀，他居然用了"远东"这个字眼？她一定会把他抨击得体无完——

"是的，"她说道，"我祖父母是中国人。"

"不赖，不赖，真不赖。中国是在海上，对吧？"

这话简直狗屁不通！

一阵沉默，突然间，达内尔不知是从哪儿冒出的主意，竟然问蔡小姐吸不吸大麻。蔡小姐说她吸。

"想来口吗？"他问道。

"想。"

"喂，B，看好店门，"达内尔边说边抓起背包，领着蔡小姐进了库房。我听到小巷的门锁被人打开，心想他们已经走出去了。三明治已经做好了，和一片单独包好的腌黄瓜片装在一个纸袋里，里面还有三张餐巾纸和一袋薯片。我把纸袋拿到收银台，在那里等了

311

大约十七分钟。小巷的门开了，他们回到店里。达内尔说了些什么，逗得蔡小姐咯咯直笑。

"喂，B，"达内尔对我说，"给蔡小姐结账，按我的折扣算。"

"哎呀，太感谢啦，达内尔！"蔡小姐捏着嗓子说，"你真是太贴心了。"

我给她结了账，把达内尔的折扣算进去。

"一共 5.5 美元。"我说道。

蔡小姐递给我一张 10 美元的钞票，却扭头去看达内尔，他在食品柜台的热食区，用手指抓着通心粉和奶酪往嘴里塞。

"今天真开心，"她说，"谢谢啦。"

"随时奉陪，中国来的蔡小姐。"他嘴里塞满了通心粉。

简直是鲜花往牛粪上插。

"哎呀呀，你真是太可爱了！"她对达内尔说道。我把钱找给她。她拿起纸袋。"晚安！"她对达内尔说完，便走出了店门。

"老天哪，"达内尔说，"真是个辣妹！这盘宫保鸡丁我得尝尝鲜。懂我这话是什么意思吗，兄弟？"

我不懂他的话是什么意思。我走进员工厕所，在里面打起飞机来。我猜，等我完事儿，达内尔也会进来干同样的事。在这些门可罗雀的夜晚，干这事儿有利于打发时间。我总喜欢打头阵。

31

"现在是晚上。"巴拉西尼发话了。

眨眼之间，时间真的到了黑夜，然而目之所及只有黑夜——没有天地，只有黑夜，我仿佛在虚空中飘浮一般。这感觉很瘆人，我想起了那些可怜的小鼠。

"不要害怕，"他说，"你正在开车。"

我果然是在驾驶，在黑夜里驾驶。但我身下什么也没有，没有出发点，没有目的地。

"黑夜里，你行驶在一条荒无人迹的道路上。"他继续说，现在，他的声音是从车上混杂着静电噪声的收音机里传出来的。

路在眼前铺开。

"路的两旁是两排树木，树荫遮在头顶。这树荫非常浓密，把天空挡得严严实实。你缓缓开车，慢慢前行，在这片区域寻找着某个被掩埋的东西。"

"我怎么一点儿也听不懂？"我说。

"你能看到我描述的场景吗？"

"能，简直栩栩如生得让人害怕。我很害怕。害怕这画面的栩栩如生。"

"那就好。"

"这就像是一部我在看的电影，但我也是片中人，化身其中。这就是人们所说的'脑视'吗？"

"脑视？"

"就是未来的一种娱乐方式。"我说道。

"我完全听不懂你在瞎说什么。这可是催眠暗示，根本没有什么未来的娱乐。未来不存在，过去也不存在，存在的只有现在。这一点我们已经谈过了。"

"我感觉自己不安全。"

"把注意力放在任务上，无时无刻不把注意力放在任务上，这样恐惧就会消散。这是巴拉西尼定律。"

"我的任务是什么？"

"你在搜寻一部电影的碎片，也就是英戈那部遗失的电影。我把这次搜寻打造成了一场切实可感的搜寻，好让这个过程更加具象。在脑视的平行世界中，有永远迷失其中的危险——"

"你刚刚说'脑视'了。"

"不，我没说。总而言之，你有可能像那首歌里的查理一样，永远游荡在你脑中'波士顿街道的地下'[1]，但如果你能遵循我的指示，也就是我所谓的'巴拉西尼技巧'，那你就能平安无事。"

"这条路有点像我走过的通往佛罗里达的路。"

"你的大脑正在调动记忆来填补视觉的空白呢。这是好事，因为

---

1 美国歌曲《纽约大都会交通管理处》讲述了一个名叫查理的人因无法支付车费而永远被困在波士顿地铁里的故事。

你对佛罗里达的记忆与你对电影的记忆距离很近。这叫作'巴拉西尼符号'，或者'巴拉西尼象征'[1]。"

"这样真能找到吗？"

"找到什么？"收音机里的声音问道。

"英戈的电影。"

"哦，你说那个呀，能找到。"

这声音的语气突然显得困惑和犹豫起来。

"我看到了些东西。"我说。

"跟我讲讲。"收音机里的声音说。

"一堆土。在路边，两棵树之间。"

"靠边！"他尖叫道，"把你的催眠头灯对准那堆土！快点！"

我照做了。

"做了吗？"

"做什么？"

"把你的催眠头灯对准那堆土？"

"我对准了。"

"下车，打开后备厢，你会在里面找到挖掘工具。把泥铲拿出来，轻轻挖。别把埋在里面的东西弄坏，要不你就要像游荡在波士顿地铁中的查理一样，永远迷失在这里了。"

"拜托你别这么说了。"

"好的。"

我跪了下来，小心翼翼地用泥刀挖起满满一铲"思维之土"。一

---

1 原文为德语。

团烟雾缭绕的"过去"在泥刀周围轻快掠动。我凝视着，如痴如醉、头昏眼花、忧心忡忡。我以俯视床铺的视角看到了自己在圣奥古斯丁时居住的公寓。我正在打电话，头顶上缭绕着香烟的烟雾。

"你找到什么了吗？"车载收音机里的声音问道。由于车门紧闭，声音稍微有些含糊不清。

"可能吧，我正在床上。"我说道。

"有希望了。这部电影的一部分或许就隐藏在这些思想残渣里。跟我讲讲你看到的场景。"

"我正在跟我的女朋友打电话。她是个非裔美国人，你十有八九听说过她的名字。"

"你到底在说什么？"

"我只是说，她名气挺大的，你十有八九——"

"不，我是说你在跟她说什么？"

"我在跟她说，我找到了一部迄今为止没人看过的电影，制片人是一位才华横溢的非裔美国老绅士。我告诉她，她一定没有听说过这个人，但这一点很快就会改变。'电影讲的是什么？'她问。'包罗万象。'我说。她说：'说得再具体点。'她的声音中透着不耐烦。'好吧，比如今天，我看到的是阿伯特和科斯特洛喜剧二人组[1]策划谋杀案的戏。'她告诉我，她现在没空听这些有的没的，她要背明天的台词，她讨厌阿伯特和科斯特洛喜剧二人组，他们那种幽默带有种族歧视色彩。我说：'但我刚才说过，这部电影是由一位非裔美国老绅士制作的。'她自顾自地描述着她正在背诵的那场戏，声音盖过了我。

1　巴德·阿伯特和卢·科斯特洛是活跃于美国 20 世纪四五十年代的著名喜剧搭档，曾主演《两傻大闹好莱坞》《两傻大战科学怪人》等电影。——编者注

'这场戏很难演,'她说道,'在戏里,我遭人残忍强奸,场面特别暴力。''他们是阿伯特和科斯特洛,但同时又不是,'我对她说,'想要充分理解这一点,你就必须在脑中同时承载两人的阿伯特和科斯特洛性和非阿伯特和非科斯特洛性。''这是我演过的最有分量的戏,'她说道,'一切都取决于这场戏。我得好好准备。相信我,跟我演对手戏的演员,是我见过的最优秀、最性感的男人,简直让这场戏难上加难,我必须在心中挖掘出某种对他的恨——'"

"停,"收音机中的声音说道,"这段回忆对我们的治疗已经没有用了,用你身边的那把软毛刷轻轻把它擦去。一定要轻!否则你可能因此丧命!你很可能会在这段回忆之下找到胶片的残迹,这才是我们要寻找的东西。"

"把记忆拂去后,它是不是就永远消失了?"我问道。

"烟消云散。"收音机说。

我迟疑了一下,还是把它拂去了。

"好了。"我说。

我感觉轻松了一些。

"你看到阿伯特和科斯特洛的那场戏了吗?我希望你能找到。"

收音机说得对。这段记忆仿佛让我跌入了兔子洞:这场戏出现在眼前,是一个闪闪发光、画面感十足的瞬间,现在,我也成了戏中的一员。虽然我和人偶们一同置身于微缩布景中,但感觉仍是如此真实。

"告诉我你看到了什么。"收音机说。

现在是夜晚,我正在爬山,这里不是佛罗里达,不知你是否知道,佛罗里达是没有山的。我是在别的地方,黑漆漆的。哦,我看出来了，这是洛杉矶的洛菲利兹，但时间不是当代。这里还没有好莱坞的那群嬉皮士，汽车型号也很老旧。难道是 20 世纪 40 年代？这是雷蒙德·钱德勒笔下的洛菲利兹[1]。巴德·阿伯特就坐在一块岩石上抽着烟，眺望着整座城市，在冥思苦想着什么。一辆深色的敞篷车开了过来。是辆凯迪拉克吗？我觉得是，但我毕竟不太懂车。白色的顶棚敞开着，车子停下，胖乎乎的卢·科斯特洛走出来，坐在了阿伯特身边的石头上，阿伯特并没有朝他看。很明显，两人曾在这里会过面，但我不晓得自己是怎么知道的，一阵沉默后，阿伯特开口了：

"我们为什么不能在电话里说呢？贝蒂做了烘肉卷，那是我最喜欢的菜，等我回家菜就凉了。"

"隔墙有耳，巴德。"

"看在上帝的分儿上，卢，谁会想监听我们的谈话？"

"有几百万的人呢，我要保证事情不出岔子。"

"你把我搞蒙了。"

"好吧，我们都知道，把你搞蒙并不是什么难如登天的事。"

"你这话什么意思？"

"就是我刚才说的意思。"

"卢，把话说明白点。"

"我们独占鳌头的地位可能要保不住了。"

"独占鳌头？你看看！你为什么非要用那种煞有介事的——"

"好吧，巴德，为了你，我把话说得简单直白点：有一个蠢货二

1　雷蒙德·钱德勒为美国侦探小说家，作品多描写 20 世纪四五十年代的洛杉矶。——编者注

人组正在崭露头角，成员一个臃肿、一个孱弱。这对你的大脑神经末梢有什么刺激吗？"

"看在所有神的分儿上，说人话，卢。"

"马德和莫洛伊正在侵占我的——我们的地盘。我不能允许我的——我们的风头被任何人抢走，更别提那两个抢风头的老幺了。"

"就像《牧场上的家》里唱的？"

"那首歌唱的是'羚羊'，不是'老幺'，而且歌词根本就不准确，根本就没有北美羚羊这种东西。"

"那你说的是谁？"

"那个跟我们风格相近的喜剧二人组。"

"那个胖子和瘦子的组合？"

"没错，答对了，今晚加餐。"

"哪儿有餐，卢？"

"这只是一种说法而已，老兄。我们必须阻止马德和莫洛伊。"

"卢，世界这么大，每人都能分一杯羹。"

"把这话对惠勒和伍尔西[1]说说看。"

"我没法儿说，鲍伯·伍尔西 1938 年就去世了。"

"我就是这个意思。"

"我又听不懂了。"

"我常常会幻想这种场景。"

"你说什么？"

"'哎，罗伯特[2]·伍尔西非得被铲除不可。'果然，他就这么

1　惠勒和伍尔西：美国歌舞喜剧二人组，活跃在 20 世纪 20 年代后期的喜剧电影中。

2　"鲍伯"是"罗伯特"的昵称。

凉了。"

"你这话什么意思呀，卢？"

"巴德，你到底有多迟钝？我把他给杀了，为了我们俩。"

"别开玩笑了，鲍伯是肾衰竭去世的。人人都知道。"

"人人都知道的，只是我想让他们知道的信息！"科斯特洛咬牙切齿地说。

"你这话是什么意思，卢？"

"老天啊，你真是个木墩子。我杀了伍尔西，为的是给我们腾位子。"

"你说什么，卢？"

"不知道盖比·海耶斯[1]有没有兴趣取代你。说不定这能让问答环节更出彩。"

"他是个牛仔跟班，还不是直男。我不明白你的意思。"

"让我给你解释清楚：没错，伍尔西死于肾衰竭，但病因是慢性砷中毒。"

"谁会慢慢毒死鲍勃·伍尔西呢？"

"我会，巴德，我会。这事儿是我做的，已经告诉你好多遍了。"

"但原因是什么呢？"

"你这个满脸胡子的小傻瓜呀，因为好莱坞容不下两个喜剧二人组。"

"但是，鲍伯不是住在西边吗？我记得他住在圣莫尼卡，不是好莱坞。我很确定，他肾衰竭病重的那次，我和贝蒂在圣莫尼卡拜

---

1 盖比·海耶斯：美国演员，在许多 B 级西部片中扮演牛仔的跟班，有坊间传言他是同性恋。

访过他，不是在好莱坞。所以，你根本不用担心他会在好莱坞抢占地方。"

"没错。他确实住在西区。你看，巴德，你这么蠢，不知是因为你小时候大人总是把你头朝下往地上摔，还是因为你太蠢，那些摔你的人（也就是你的父母）不怎么注意保护你的头，所以才在你小时候老把你头朝下往地上摔的。"

"卢，你这个羞辱人的梗，还有不少需要打磨的地方呀。"

"拜托你认真听我话里的意思，不管怎么说，如果你珍惜现有的生活方式，并且想努力维持现状的话，那我们就得解决马德和莫洛伊。"

"那个喜剧二人组吗？"

"对，得斩断他们的路。"

"为什么？"

科斯特洛用很长时间表演了一段慢慢酝酿怒气的戏，表演很精彩，堪称经典。

"好吧，"他终于发话说，"我的计划是这样的。马德和莫洛伊下周会拍摄他们的第一部双轴喜剧短片，叫作《瞧这两兄弟》，剧本写得不错。我拿到了剧本，因为我把当场记的姑娘给杀了，然后洗劫了她的公寓，把剧本偷了出来。如果这部电影能上映，我担心我们'当代杰出喜剧二人组'的地位可能会遭受撼动。为了避免这件事对我们造成威胁，我建议在马德和莫洛伊的拍摄第一天就把他们的路彻底斩断。"

"但是，要怎么做呢？"

"这么说吧，我认识那部戏的灯光助理。"

"他在戏里做什么工作？"

"谁？"

"那个最好的男孩[1]。"

"他是灯光助理。"

"我知道你喜欢他，卢，但他是做什么工作的？"

"他是灯光助理。"

"行，但他是做什么的？"

"就是做这个的。"

"做哪个的？"

"灯光助理。"

"我是说，他做什么工作的？"

一阵漫长的沉默，其间，科斯特洛又一次用极慢的速度表演了怒火逐渐酝酿的场面，然后，他发话了：

"反正，他会把拍摄现场顶棚管线上的螺栓全部拧松。到了男装店那场戏，莫洛伊摔门的时候，格栅就会落下，让他俩永远烟消云散，保障我们应得的利益。"

"真想不到，你在片场认识的最好的男孩会做出如此恶劣的事情。"

"为什么这么说？"

"因为这听起来一点也不'好'。他还不如叫'片场最坏的男孩'呢，至少也算是最不负责任的男孩。"

"他只是按照我的指示办事而已。"

"为什么，卢？"

"因为我想让马德和莫洛伊去死。"

---

1 电影术语"best boy"直译为"最好的男孩"，指灯光助理，也可指女性灯光助理。

"但是，那可是谋，谋，谋，谋，谋杀呀。"

"没错。"

"为什么要这样做？"

又是一阵沉默和酝酿怒火的表演。

"马德的全名叫巴德·马德，这你知道吧，巴德？"

"咦，巴德不正是我的名字？"

"没错，巴德。"

"不过说实话，我的全名其实是威廉·亚历山大·阿伯特。人们都叫我巴德，因为我妈就是这么叫我的。"

"这我知道。巴德，你不觉得别人不该盗用你的名字吗？"

"可是我的名字仍然属于我呀，卢。如果说他偷走了我的名字，你就不会再叫我巴德了，但你刚刚就是这么叫我的呀，不是吗？"

"他上唇的胡髭跟你的也一模一样。"

巴德摸了摸自己的上唇，笑了起来。

"你真是庸人自扰了。"巴德说。

"晚安，巴德。"

"晚安，卢。"

科斯特洛朝他的车走去。

"贝蒂说，你和安妮应该赶快来我家吃烘肉卷！"

科斯特洛钻进车里，头也不回地开走了。阿伯特又点了一支香烟，凝视着周围洛杉矶的夜景。我在他身旁坐下，一股巨大的悲伤侵袭而来。

"现在你看到了什么？"收音机里的声音问道。

我抬起头来，发现场景已经变了。

"我在电影片场。我看到两个喜剧演员，年纪要比阿伯特和科斯特洛小，但长得和他们很像。他们一定是马德和莫洛伊，这是《瞧这两兄弟》的片场。现场工作人员忙得热火朝天，空气里充斥着兴奋的气息，还有——"

"怎么回事？发生什么了？"那声音不知从哪里冒了出来。

"一片漆黑，我什么都看不见了。"

"那就找呀。"

"场景已经不见了，只有一片漆黑。"

"那你现在能看到什么？"

"只能看到尘土，还有黑暗。"

"洞里有什么？"

我往洞里看去，里面是更多的尘土。

"还是土。"我说。

"嗯，好吧，真是太好了。罗森堡，你可真会欲擒故纵。不管怎样，我们今天诊疗的时间到了，所以……"话落，我听到了一声响指。

32

　　回到街上，我为能回想起电影的点滴而如释重负，但又觉得出奇沮丧，一是因为我这么快就从故事中抽离，回到了自己糟糕的生活中来；二是因为我需要在巴拉西尼的摆布下才能记起细节。他为什么突然这么急于知道电影的内容呢？我回想了一下刚才看过的场景，它们在原片里出现过吗？我怎么会知道？一切都不可知。这故事如此完整，对白精准，抖包袱的时机也拿捏得恰到好处。这可能吗？我曾自称拥有摄影式的记忆力，但我证实过这一点吗？我记不清了。我试着回忆《芥末》里的一场对话，保守估计，这部电影我已经看过五百遍了，但我就是想不起来。我记得片段、重要的台词、精彩的台词，但记不起每一句台词、每一个表情、每一次呼吸。诚然，这是一部法语电影，虽然我精通法语和其他五种语言且熟悉另外六种语言，但法语毕竟不是我的母语。我试着找出一部像《芥末》一样熟悉的英语电影，但绞尽脑汁也找不到。我不会在美国电影上花费太多精力，因为这些片子大多不值得一看再看。我想到了阿帕图的电影，在我们这些少数的开明之人看来，他是美国导演中一个"伟大的例外"。即便是在阿帕图众多的天才电影中，《四十而惑》里的一场戏也仍然出类拔萃，带给观众巨大的冲击。我曾经对这场戏做过解构，进行过详细的阐述，也在影评人表演课上扮演过片中保罗·路德饰演的角色。我对这场戏了如指掌。因此，我试着在脑中回放这场戏，不为别的，只想看看自己有没有这个能力。

> 彼得：我俩都快 40 岁了，也结婚很久了，激情已经消退了。
>
> 黛比：而且我们还有两个孩子，但愿他们不会听到我们吵架。
>
> 彼得：不，是你在吵！
>
> 黛比：我就要 38 岁了。
>
> 彼得：你谎报年龄，你比 38 岁老多了。
>
> 黛比：我们跟西蒙和加芬克尔有什么区别！
>
> 彼得：快用放大镜看看我的肛门！
>
> 黛比：你给我买礼物了吗？
>
> 彼得：闭嘴，要不我就把你宰了！[1]

太棒了，我对《四十而惑》一点儿也不"惑"，就好像阿帕图在我家里架了一台摄像机，记录下了我 40 岁的生活。虽然这场戏我并没有逐字背出，但回顾它的时候，我仍会笑中带泪，这直接证明了编剧高超的功力（也证明了"路德/曼恩"高超的表演功力，这就是我给保罗·路德和莱斯利·曼恩取的名字，他俩在片中饰演夫妻，既自然又真实！）。那种原始的人类情感彰显得淋漓尽致。但是，我对这

---

1 这些台词并非出自《四十而惑》里的某一场对话，而是从整部电影中零散拼凑出来的。

场戏的记忆，却并不像对阿伯特和科斯特洛密谋杀人的记忆一样清晰，而后面这场戏出自一部我只看过一次的电影，是以"无名猿"模式观看的。我又哭了一会儿，然后笑了起来，因为阿帕图展现给我们的人性是那么有趣。这就是他的天赋所在，他有能力向我们揭示人生中的悲剧与喜剧。

*

回到家里，我用一瓶颜色鲜亮、气味辛辣的酒把自己灌醉，准确来说，这是一瓶 2015 年的"艾格尼丝和雷内·摩斯牌"安茹干红葡萄酒，售价 25 美元，物美价廉（不过我是从哥哥的酒窖里借来的）。我收到了一封蔡小姐的电邮，那是一条她公寓对面自助洗衣店的网站链接。我看到，这家洗衣店提供洗衣／烘干／熨烫后送货上门的服务。链接下加了一行字："隔周周日。"

天助我也！

我顺道来到洗衣店，想看看他们是否招收兼职员工，最好是周日工作，最好是隔周周日上班。我和经理激烈争论着下一个"隔周周日"到底是这周日还是下周日，然后我留下了自己的姓名和电话，说："对了，如果你们招人，我很希望来这儿工作。"

在去往巴拉西尼办公室的路上，分拣、清洗和折叠蔡小姐衣物的幻想在我脑中萦绕。一股无以复加的压抑感涌上心头。我踢了一脚垃圾桶，一位公寓管理员跑出来，追着我跑了三个街区。巴拉西尼正在办公室接待病人，对自己身体的羞耻感让我性幻想的羞耻感更加强烈，进而让这一切更加刺激，有什么可怕的事情正在我身上发生。

道路黑漆漆的，我又一次挖了起来，可这次一无所获。柔和的月光下，数百个小洞散布在这离奇怪诞的道路上。

"没有收获吗？"收音机里传出刺耳的声音。

"什么也没有。"我对收音机说。

"环境跟上次一样吗？"

我环顾四周。遮盖在头顶的树荫出现了一个缺口。

"我能看到月亮。"我说。

"用你的泥刀去挖月亮，但要轻一些，别把月亮挖坏。你绝不能弄坏月亮。看在诸神的分儿上，永远不要弄坏月亮。一旦弄坏，就永无回头之路了。"

"月亮离我们差不多有 38 万公里呢，"我说，"无论下手是重是轻，我都根本挖不到。"

"想象世界中的月亮并没有这么远。"对方的语气很冲。

这话说得对。我伸出手，试着轻轻把泥刀戳进月亮，果然成功了。我舀出一点点土来，成百上千的碎屑掉落在我身边，不知是什么东西，就好像是从月亮形状的皮纳塔[1]里掉出的糖果。月亮挂在天空中摆动着，仿佛悬在一根线上。这感觉挺瘆人的。

"你挖了吗？"

"挖了，现在地上掉了好多东西。"

---

1 皮纳塔：一种墨西哥节庆用品，通常由纸、布或陶做成，外观用彩纸装饰成星星、动物或卡通人物的形象，里面装有玩具和糖果，节庆时会将皮纳塔悬挂起来，用棍棒打破，让里面的糖果和玩具掉落出来。

"好好看看。"

我捡起一块碎片，看到了童年时的一幅图景：我和爸爸在一起，我正抬头看着一轮鹰凸月[1]。

"爸爸，"我问，"月亮消失的那部分到哪儿去了呢？"

我父亲笑了起来，那笑声在小时候的我听来就像是带着嘲讽的大笑，但在这幅图景中，他或许只是被我逗乐了，亲切地朝我笑着。这与我的回忆不同。在我的回忆中，我无地自容，脸涨成了葡萄酒斑胎记的颜色，双眼噙满了泪水。

"别难过，"父亲说，"我只是觉得你的问题很可爱。"

父亲对我解释着，但我完全没有听进去，只是一个劲儿地想：我真是个白痴，他觉得我是个白痴。真该死，干脆拿链锯把我搞死算了。我为什么不能像事业有成、英俊潇洒、将来还会掌管葡萄酒经销生意的哥哥一样聪明？为什么不能像姐姐一样有朝一日嫁入豪门呢？

"找到了什么？"收音机问道。

"都是无关紧要的东西。"我回答说。

"继续找。"

我照做了。

我看到了十几岁时扭扭捏捏的自己，在别人的怂恿下，对一辆缓慢开过的车里的女孩露出屁股。其中一个女孩说："真恶心，你的猴屁股上还挂着干屎呢。罗森粑粑！"她们一边尖叫一边狂笑着。

我看到自己在儿时屋后的灌木丛中细品着一块月亮派[2]。这是我

1　应为盈凸月，B 拼错了单词。

2　月亮派：一种糕点，类似巧克力派。

从食品柜里偷出来的，大人们从不让我在晚饭前吃甜食。"抓抓"利维的某句话闪过我的脑海，然后又化为云烟[1]。

我看到了电视上播放着阿波罗 11 号登月的画面。

"太棒了！"巴拉西尼喊道。

迈克尔·柯林斯[2]在飞船指挥舱里的模糊影像出现在眼前。等等，真的有过柯林斯在指挥舱里的影像吗？我是不是记错了？我的脑中没有互联网，不能查找相关信息。

模糊的影像变得清晰鲜明起来。孤苦伶仃的柯林斯绕着月球的阴暗面旋转，而阿姆斯特朗和奥尔德林却出尽风头、永载史册。我注意到，柯林斯是一只人偶，这是英戈电影里的画面。一不小心，我触到了有关电影的回忆。柯林斯清了清嗓子，对着镜头唱道：

> 我乘着这艘飞船绕月，
>
> 而人们却在别处创造历史，
>
> 我在暗面越陷越深，
>
> 就如收音机中美国宇航局的声音越来越远。
>
> 就这样，我茕茕孑立，
>
> 与地球上所有人切断了联系，
>
> 在这厚重而渊深的孤独中，
>
> 我思考着名声和它的代价。
>
> 这个世界需要独自飞行的人，

1　前文中，利维对 B 说他小时候会从饼干罐里偷拿曲奇，因此绰号"抓抓"。

2　迈克尔·柯林斯：美国宇航员，阿波罗 11 号登月时，他独自留在飞船中，没有随其他两位宇航员（阿姆斯特朗和奥尔德林）登上月球表面。

他们追求的，

不是不绝于耳的阿谀奉承。

真正的英雄甘居幕后，

隐藏在这坑坑洼洼的球体之后，

形单影只，保持警醒，专注工作。

没有人见证，也没有人鼓劲。

虽然盛大的场面在月球上演，

他们在月亮上高谈阔论、跳跃嬉戏，

但我也曾为人类贡献力量，

纵使无人歌颂，也尽职尽责。

突然之间，飞船那幽闭的黑暗中闪出了一道微光！柯林斯和我都朝光芒转过脸去，只见两个浑身赤裸的男婴悬浮着出现在这星际空间之中。

他们看上去惊呆了，柯林斯也是一脸惊诧。我大吃一惊，虽然看不到自己的脸，但我很确定自己露出了跟他们一样的表情。大家都呆若木鸡，然后又猛地回过神儿来，婴儿号啕大哭，柯林斯张嘴凝视，我记得这个场景！柯林斯把自己推离舱壁，滑向婴儿，用健硕男人的臂膀抱住他们安抚着。哦，有爸爸的人多么幸福呀，虽然我也有自己的爸爸。

"好了，"他说，"不要哭了。一切都会好的。"

就这样，他们安静了下来。柯林斯仿佛天生就是这块料，当然，现在回想起来，我们也知道他的确是这块料。储物箱里有两套猴子太空服，这是有先见之明的柯林斯为求吉利而带上飞船的，也是为了纪念皮夫和詹比托这两位为国牺牲的"同事"，美国宇航局那起可怕的猴子爆炸事件发生在1958年，却被人们长期掩盖[1]。他为两位婴儿接通尿液和粪便容载系统（这段旅程中尿布管够！），然后小心翼翼地为他们穿上完全合身的猴子宇航服。这段故事从1969年起就被灌输到了我们的脑海中，而今在屏幕上观看，真是让人心潮澎湃。以前也曾有人试图以电影手法拍摄这段故事，但柯林斯的家人将这样的计划扼杀在了萌芽状态。

"这两个天赐的孩子有权拥有完整的童年。"柯林斯不止一次地在新闻发布会上这样表示。

他说得没错，他当然是对的，我们大家都知道。因为他是迈克尔·柯林斯，有史以来最伟大的父亲之一。在格蕾斯看来，他是一位比我优秀很多的父亲，尽管我对此有着与我女儿不同的记忆。英戈不需要获得拍摄柯林斯生平事迹的权利，因为他的电影是永远不会公之于众的。众所周知，随着柯林斯收养的两个孩子长大成人，他们针对是否要进入公众领域做出了自己的选择。我尽量不去思考众所周知的故事，因为我要确保我记起的故事来自英戈的电影，而不是新闻报道、八卦专栏、讣告和宗教宣传册上的内容。

"呼叫休斯敦[2]，"柯林斯说，"月球的阴暗面上发生了一件离奇又神奇的事。完毕。"

"阿波罗11号，什么情况？完毕。"

"哥伦比亚号指挥舱里出现了两个人类男婴。完毕。"

---

1 此处的爆炸事件应为考夫曼的虚构，但在20世纪50年代，美国宇航局确曾将载有猴子的火箭发射到太空，为宇航员进入太空和登月做准备。

2 此处指指挥登月的休斯敦地面中心。——编者注

"听起来有点像幽闭臆想症的症状，长官，别紧张。完毕。"

"不，休斯敦，他们真的存在。完毕。"

"明白，长官。现在，我们还是集中精力把巴兹和尼尔[1]安全带回吧。完毕。"

"明白。通话完毕。"

"现在情况如何？"巴拉西尼的声音从收音机中传出。

"他正在一边按着各种按钮一边看着仪表盘。"我说道。

"休斯敦，我正在边按按钮边查看仪表盘。完毕。"柯林斯说道，错把巴拉西尼的声音当成了从休斯敦总部发来的指令。

过了一会儿，有什么东西撞到了我们的飞船上，我吓了一跳。舱门打开，阿姆斯特朗和奥尔德林走了进来，一边摘掉头盔，一边大笑着互相拍对方的后背。

"老天，实在太好玩了！"奥尔德林说，"你说的那句什么'人类的一大步'……乖乖！真是让我鸡皮疙瘩都起来了！"

"嘿，老迈！"阿姆斯特朗说，"想我们了吗？"

"其实，"柯林斯说，"你们俩不在的时候，我过得挺有滋味的。"

"那还用说，"奥尔德林坏笑着说，"孤身一人枯坐在'大铁桶'里，可太带劲了。可能没有在该死的月球上行走那么带劲，但我肯定……你也能过得挺有滋味吧。"

奥尔德林和阿姆斯特朗捧腹大笑，又互相拍了拍对方的后背。

"是这样的，兄弟们，你们不在的时候，舱里从天而降了两个婴——"

---

1 巴兹和尼尔：指巴兹·奥尔德林和尼尔·阿姆斯特朗。

"不错不错，老迈，但你真该去看看——等等，你说什么？"阿姆斯特朗问道。

"他们俩就这么凭空出现了，简直是个奇迹，或许是人类有史以来最伟大的奇迹。"

"老迈，你这是幽闭臆想症，但别担心，因为——"

柯林斯把熟睡的婴儿举到他们眼前。

"我觉得休斯敦总部不相信我说的话，"柯林斯说，"但不用说，一旦他们看到……刚才你说，登月很刺激？"

"哎呀，你知道的，别提多刺激了。"阿姆斯特朗突然止住了话，盯着两个婴儿。

"像慢动作一样蹦来蹦去，别提多有趣了，"奥尔德林补充道，"所以……你懂的。"

"我想也该很刺激，"柯林斯说，"听起来挺有趣的。稍等片刻，我得用水把太空食品棒[1]化开，拿来喂月亮之子。现在是喂养时间。我给他们取名叫月亮之子。"

"我能喂一个吗？"奥尔德林问道。

"巴兹，我觉得他俩现在只认我。要不等我们回地球吧，让他们先适应适应。"

"好，行，没问题。"

场景转换到第五大道。我时而置身街边的人群中，时而随着五彩纸屑飘落，时而像奥斯瓦尔德[2]一样从高处的窗户往外看，时而又在安保人员的护送下随着车辆前行。柯林斯与穿着小小的猴子太空

1　太空食品棒：20世纪60年代的一种零食，并不是宇航员在太空中真正摄入的食物。
2　李·哈维·奥斯瓦尔德：刺杀美国前总统肯尼迪的主凶。

服的卡斯托尔和波鲁克斯坐在第一辆敞篷车里（众所周知，他们很快就会以这两个名字闻名世界了）。柯林斯朝仰慕的人群挥手致意，阿姆斯特朗和奥尔德林坐在第四辆车里，几乎无人问津。他俩连手都懒得挥，奥尔德林面露愠色，阿姆斯特朗则盯着自己的双手。

"作为第二个登月的人，"奥尔德林说，"我已经做好了活在你阴影里的准备，没问题，但我可不想活在柯林斯的阴影里。这简直是奇耻大辱。柯林斯可是我们的笑柄哪。我们都知道，即使在宇航员学校时也是这样，我们都叫他迈克尔·脚注[1]·柯林斯，但现在，看看咱俩落到了什么田地。这我不能接受，不能接受。"

"你这话是什么意思，巴兹？"

"我的意思是，有些事情需要做，有些祸根需要铲除。"

"铲除什么？柯林斯赢得光明正大。"

"赢？这又不是比赛。再说了，你觉得那两个太空魔法宝贝也算'光明正大'？阿姆老弟，你的鬼话我不信。"

"好吧，不管怎么说，我们没什么能做的。"

"我建议，我们把那两个孩子搞没。"

"什么？怎么搞？"

"你听说过林德伯格[2]吗？"

"当然，他可是我们航空领域的先驱。"

"好吧，他有一个被称作'林德伯格婴儿'的孩子。"

"那又怎么了？"

---

1 英文中的"footnote"（脚注）一词有"次要者"的意思。——编者注

2 查尔斯·林德伯格：美国宇航员，1932年，他20个月大的儿子被人绑架。此事被称为"林德伯格婴儿案"，曾被改编为电影。

“那孩子被人绑架了。”奥尔德林说。

“太可怕了！当父母的真可怜！”

“是太可怕了还是好极了？”

“应该是可怕吧？”

“我建议，我们来个‘林德伯格婴儿绑架案 2.0’。”

“但那可是绑架啊！”

“是 2.0 版本！而且，‘林德伯格婴儿’再也没能回家。”

“是死了吗？”

“你说呢？”

“我是第一次听说这件事，所以——”

“的确死了。尼尔，我是说，我们要把那两个穿着猴子服的太空小孩搞没，这样一来，‘柯林斯爸爸’就会重新变回‘脚注·柯林斯’了。如果我们处理得当，人们或许会觉得这两个孩子根本就不存在，这一切只是一场太空幻象，是蛊惑全民的太空催眠。”

“有这种东西？”

“谁知道呢？可能有吧。关键是这事还没人知道。这是个全新的领域。”

“我可不是什么罪犯，巴兹。我刚刚迈出了人类的一大步。”

“真的吗，尼尔？有人向你扔玫瑰花吗？有女士向你给出性暗示吗？在我看来，那些女人会向柯林斯抛媚眼，说明她们都有恋父情结。”

阿姆斯特朗看了看外面人群中的女性，又看了看奥尔德林，然后叹了口气。

一台摄像机拍下了这恢宏广阔、精心制作的场景，包括从天而

336

降的长纸带、人偶组成的人群、与实景一丝不差的1969年的第五大道布景，而我则后退一步，惊叹于英戈将这复杂的场景付诸动画的精湛技艺，也惊叹他竟能预测出这段几乎不可能被人拍出的剧情，因为我突然想到，英戈曾告诉过我，他是在1942年拍摄这段戏的。他是怎么预测出卡斯托尔和波鲁克斯的故事的，又是怎么预料到奥尔德林和阿姆斯特朗会谋划绑架案？我猜，这就是他所谓的"重忆"未来吧。也许我该去监狱探访奥尔德林，问问他这段游行时的对话是否准确？这一切都让我纳闷：这部电影里还隐藏着别的真相吗，比如我还没有记起来的事情，或是可能还没有发生的事情？有没有对我未来的"重忆"呢？我感到不安。电影画面已经渐渐远去，我又一次被留在黑暗之中。我形单影只，我惨淡凄凉。

"跟我讲讲。"那声音说道。此时的声音来自虚无，又无处不在。

"一片漆黑。"

"这是电影中的场景吗？"

"只是一片漆黑而已。可能是牵引片吧。"

"什么'前因'？'前因后果'的'前因'？"

"你在说什么呢？不是的，牵引片就是电影开头的黑色胶片。"

"或许电影的这部分是黑屏？"

巴拉西尼的声音听上去慌慌张张的。

"这说不通啊。"

"这有没有可能是电影的一部分？比如电影里黑屏的部分？"

"不可能。你为什么一个劲问这个问题？"

"不为什么！继续找吧！"

我继续寻找，似乎找了很长的时间，仿佛足有几个月。我在这黑暗中徘徊，只会间或听到巴拉西尼"找到什么了吗"的催促。这种体验让人毛骨悚然。

"时间到。"那声音终于宣布，接下来传入耳际的，是一记充满怨气的响指声。

我在巴拉西尼的办公室里，他来回踱着步。

"唉，简直是白费功夫。"他说。

"是呀。"

"听着，卡斯托尔·柯林斯是我的一个病人，"他说，"懂了吗？"

"欸，等等，"我说，"这事儿我好像知道。"

"所以我才纳闷电影里有没有我。我只是好奇而已，只是好奇。"

"我不记得了。或许你——"

"现在不要再想了，你只能在催眠状态下想，这是唯一能够找回准确记忆的方法。在可控环境之外，你会记错、记混。这样一来，你的记忆就对我毫无用处了。"

"对你？"

"当然了，我说对我毫无用处，其实是指对你毫无用处。也就是对你想把英戈的电影'精准地小说什么'的目标毫无用处。"

"小说化，"我说，"我从没这样想过。"

"不，你想过。"

"真的吗？影视改编小说是一种不可靠的劣等文学体裁，尽管也有很多小说要远远超越电影原作。厄普代克根据《气球乐园奇遇记》[1]写成的小说让人过目不忘，它优美动人，在读者脑中挥之不去。

---

1 《气球乐园奇遇记》是 1965 年一部鲜为人知的美国奇幻音乐电影，预算很少，完全没有故事情节，评分也极低。约翰·厄普代克实际上并未根据这部电影写作小说。

338

这部电影是 60 年代中期'家庭哥特电影'的杰作，但厄普代克却对气球、氦气和遗憾进行了深入挖掘。"

"也就是说，我们现在不能用'小说化'这个词了？"

"用'变体'[1]这个词怎么样？ 我挺喜欢的，或多或少带有一种神圣的意味。"

"或多或少。"他重复道。

我感觉自己遭到了嘲笑。

---

1 原文为"transubstantiation"，也称"圣餐变体论"，指面包和葡萄酒可以通过圣餐礼转化为基督的身体与血液。

33

在第十大道上，我的思绪奔涌。将英戈的电影改编成一部神圣典籍所带来的宗教使命感让我不知所措。厄普代克，那个记录了白人男性和气球的古灵精怪之人，他的幻象在我脑海中翩然起舞。我想到的唯一一种能与他媲美的方法、能让我推进这份宏大伟业的方法，便是贬损他的作品。在西 47 街的图书自动贩卖机中，我购买了一本他的《气球乐园奇遇记》，边走边读。让这些平庸的行人自己为我让路吧。

"我们在气球乐园玩得很开心。"那个看不见的男人合着微颤的汽笛风琴声吟唱，他的声音中充斥着和善与友好。实际上，我们在气球乐园玩得并不开心，这一点，乐园里的每一个人和每一只气球都知道。

我必须承认，这是我读过的最精彩的小说开篇第一句话（好吧，实际上是两句话），甚至比"叫我以实玛利"[1] 更加震撼。我得继续读

1　这是美国作家赫尔曼·麦尔维尔的小说《白鲸》的开篇第一句话，被认为是西方文学作品中最著名的开场白之一。

下去，看看厄普代克究竟会如何发挥，看看他在角色塑造上有什么技巧，又是如何将"飞跃月球的奶牛"那场戏引入文中的。但我有些担心。如果想在竞技台上与如此强大的对手比拼，我似乎需要对自己的人生做一次清醒而理智的盘点。我这样一个注意力和虔诚心支离破碎、饱受折磨的灵魂，又怎能公正地呈现英戈这部遗失的杰作呢？自从药物引起了昏迷之后，我的人生已经经历了几次奇特又让人费解的转变。我对蔡小姐的迷恋既不健康，又不合宜。即便在被巴拉西尼催眠时，我也会想到她。她一直在我脑中。飞船指挥舱里也有她的身影，这一点我并没有告诉巴拉西尼。我试着把她推开，将她推到我的脑后，但她却从未彻底消失。我那强烈而可耻的羞愧感，阻碍着我全然沉浸在电影回忆之中，从今往后，我必须努力让自己全然沉浸才行。

沉浸在这部独一无二的杰作中。

除了我自己的悲剧之外，整个世界也是一片混乱，让我几乎不可能不沉湎在周围环境带给我的苦痛和忧虑之中。听说现任总统是场噩梦。人们说，世界还经历着严重的冲突，我们正处于几场战争的边缘。我虽然不知道具体地点，但很多地方都存在贫困问题，而且显然是很严重的贫困问题。这些愚民坚称，种族主义、性别歧视和其他问题已经扬起了丑陋的蛇头。我应该抗议这所有的一切，我应该举起标语，但那又有什么意义呢？我觉得，成为传播英戈作品的渠道，才是我在这颗星球上的使命。或许，他的电影就是拯救世界的终极武器。或许吧。我必须全神贯注于这项意义非凡的工作。还有蔡小姐。

一定不能让她认为，我没有煞费苦心地争取"为她干洗衣服"

这份重要的差事。但是，我到底该不该写信告诉她，我已经做过努力，最终却失败了呢？我是不是太过自以为是了，竟然认为她会对这事上心？根据她的解释，我觉得在她看来，这件事的全部意义就是告诉我，她对我完全不在乎。不管那么多了，我开始写邮件：

　　虽然无法想象你会出于某种原因在意这件事，但我只是想让你知道——

我停了下来。我竟会出于某种原因去揣测她的想法，这是不是太自以为是了？而这种自以为是，难道不正与她清楚而确凿地建立起来的，我们之间的权力等级关系背道而驰吗？我删除了邮件，然后盯着空白的屏幕看了很长时间。一个想法浮上心头。

*

我回到自助洗衣店，主动提出想在隔周周日免费来这里干活，而最开始的两周每周日我都会来，这番话术滴水不漏。我对经理解释说，我只是喜欢洗衣服而已。我把这作为一套双赢的方案推荐给她，她细细琢磨了一下，点点头，拿出她的苹果手机，给我拍了一张照片，然后告诉我，我永远都不得再进入这家洗衣店，我的照片会被挂在墙上，以此来提醒所有员工。

我吓得手足无措。我的脸竟然被人变成了"红字"[1]，供全城的洗衣工嘲笑和鄙夷。我的秘密暴露无遗。可是话说回来，谁没有自己

1　此处指霍桑小说《红字》中的情节，女主人公因为犯了通奸罪，必须在胸前戴上一个鲜红的"A"字示众。——编者注

的秘密呢？我很确定，如果翻过来这块被我们叫作"曼哈顿"的基石，无数令人毛骨悚然的秘密便会公之于众。我很确定，如果——但这时我突然想：我的问题或许会因此迎刃而解。蔡小姐肯定会在自助洗衣店的墙上看到我的面容。她会明白，我试图在那里找工作时受到了侮辱。我问经理能否看看这张照片里的自己上不上相，能不能直接在荧光灯下重新照一张，因为荧光灯的光通常很刺眼，会突出我蜡黄的肤色和手术增大的鼻子。她说她要打电话报警，我便离开了。虽然没有得到理想的结果，但我还是有所收获。现在，除了等待，我别无选择。

*

"讲吧。"

那是 1920 年 2 月 3 日，两个婴儿出现在艾奥瓦州梅森城外的一片玉米地里，这里是（因百老汇大热音乐剧《欢乐音乐妙无穷》而闻名的编剧）梅瑞狄斯·威尔逊的出生地，找到这两个婴儿的，是年方十八的梅瑞狄斯·威尔逊（与那位同名编剧并无亲属关系），当时的她，正在"找玉米吃"。当地相关部门对这两个无人认领的婴儿进行了黄疸筛查和"魅力值"测试，发现他们在"罗斯科普夫－林肯魅力表"上得分颇高。就这样，两个婴儿被送进了当地最著名的梅森城表演艺术孤儿院（坊间称为"表孤院"）。在这里，他们形影不离，并开始以"组合"的形式接受培训。他们被取名为鲁尼和嘟多，是从绰号学家列出的搞笑喜剧二人组名称中挑选出来的。名称包括：

曼斯托普和弗鲁姆

科恩维斯特和格林普

格鲁斯和麦格南

斯迪姆霍恩和格洛奇

黑格尔和施莱格尔

以及：

威利博德和威尼博德[1]

表孤院的培训出了名地严格，很快，两个还没学会走路的婴儿就成了表演摔屁股蹲和吐水的能手。一旦学会走路，他们就修炼成了走滑稽步的专家，并最终掌握了娘娘腔跑步法。

*

我站在收银台后，蔡小姐走进了商店，把一排三包装的清至牌肉桂味口香糖放在柜台上。

"一共 2.45 美元，谢谢惠顾。"

她在钱包里摸钱。

"最近还好吗，达内尔？"蔡小姐对达内尔说，此时达内尔正从柜台后面的托盘里挑出细长的火腿肉，像吃虫子一样扔进嘴里。

"挺好的，亲爱的，"他满嘴猪肉地说道，"想抽点儿吗？"他把两根手指放在唇边，做出抽烟的样子。

---

[1] 圣威利博德和圣威尼博德是德国 8 世纪著名的基督教圣徒兄弟，共同创办了海登海姆双休院。

"再想不过了，"她边说边把 3 美元递给我，"但是我必须回去睡了。"

我把 3 美元放进收银台的抽屉，在钞票下发现了一张字条。我把字条装进口袋，把钱找给蔡小姐。

"晚安，达内尔。"

"晚安，蔡小姐。"

她离开后，我偷看了一眼字条，这是一张待洗衣物清单：

胸罩（6 个）

内裤（12 条）

牛仔裤（4 条）

袜子（10 双）

T 恤（7 件）

运动裤（1 条）

上衣（8 件）

裙子（7 条）

毛衣（2 件）

瑜伽裤（3 条）

紧身裤（2 条）

字条的抬头处写着："葡萄酒渍—洗净洗衣店：24 小时营业。保证 2 小时洗完送还。"在洗衣店给我照的缩小版照片上，我正朝自己瞪着双眼。字条的底部手写着："周日早 5:30 上门收取，早 7:30 洗完送还。"

5点20分，我来到她的公寓楼，手指悬在门铃上，等待着5点30分的到来。葡萄酒渍—洗净洗衣店提供的服务是非常准时的。前一晚，因为满心期待，我几乎一夜未眠。

在房门前，穿着毛巾布袍子和运动裤的她将洗衣袋递给我。

"如果我在衣服上找到一滴你这可悲的老娘炮弄上去的脏东西，那你就别想再见到我了。"

我点点头，吓得不敢说话，一下到地铁层，我便把脸埋进了洗衣袋，提鼻猛嗅。这气味比我想象的还要美妙。我又嗅闻了几次，整个世界仿佛消失了一般，她的汗水、污垢、糖原、雌激素、尿液、皮肤细胞和粪便的分子通过黏膜渗入我的血液，占据了我的身体。我错过了地铁，只得跑了三十三个街区来到我家附近的洗衣店，以免将蔡小姐那体香浓郁的衣物送回时晚一分一秒。我万分乐意为她洗衣服，但想到这些衣服必须被清洗干净，又有些怅然若失。尽管如此，我已做好了准备。我的背包里装有洗衣工具。我对洗涤剂、漂白剂、织物柔软剂、去污剂和干衣纸进行了深入研究。我立志要让这成为蔡小姐最美好的一次洗衣体验。我的许多女性朋友说，她们希望拥有自己的"贤妻"，当然，她们的言下之意是想找个好帮手，不是吗？找个能帮她们料理日常生活的人，好让她们把注意力放在更重要的工作上。我很享受把自己想象成蔡小姐妻子的感觉。如果我今天能够证明自己，或许就会在某天如愿以偿吧。我幻想着为她下厨，帮她打扫，在她出门开会前帮她把衬衣领口的蝴蝶结整理好。但是现在，我必须要专心处理手边的工作，不能因为一厢情愿的妄想而分心。时间不多了，我必须把洗好的衣服拿到我的公寓里熨好，还要在7点半之前把这些衣服交还给她，否则，蔡严小姐便会永远成为遥不可及的美梦。我极尽细致地阅读了所有洗涤说明，仔细把白色和其他颜色的衣服分开，并阅读了每件衣物的特殊洗涤要求。紧身裤必须手洗，幸运的是，自助洗衣店里有一个水槽，可以供我手洗。我已经提前做了准备，买好了一瓶贵妇牌全效洗衣液。"贵妇"是一个很棒的品牌，旗下有全套的清洁产品，还有一个提供各种巧妙清洁窍门的实用网站。早上 7 点，我已经坐上了开往市区的地铁，我的工作已经完成，而且自认为完成得很出色。我并不期待感激，也知道感激本就不在计划之内，但我还是希望她能喜欢我按时交还给她的刚刚洗好、光滑柔软的衣物。

34

"你看到什么了吗？"

鲁尼和嘟多开着偷来的绿色道奇挑战者跑车，从刚刚行窃的房子里逃了出来。

"你向我保证过不会有人在家的。"鲁尼说。

"他本来应该出城的。"嘟多说。

"你也没告诉我他是个警察呀！"

"我没想到这会成问题，因为他本来应该出城的！"

"嗯，但他没出城，不是吗？"

"按计划，他本来应该去参加什么警察大会的！"

"好吧。他是不是快追上来了？"

两个人回头看去。

"我还没看到他。"嘟多说。

他们撞上了什么庞然大物。汽车突然来了个急转弯，然后又继续前行。

"撞上什么了？"鲁尼问。

"继续开呀！"嘟多说。

嘟多又回头看了一眼。

"哎呀，老天，是个男的！我们撞到人了！"

"大半夜的，在这鸟不拉屎的地方，他在这空无一人的街道上干什么呢?！"

"嗯，我猜现在这条街不能算是'空无一人'了，对吧？"

"你告诉过我这条街上肯定不会有人的！他死了吗?！"

"我哪儿知道！"

"他在动吗?！"

"他就是远处的一摊肉！我怎么会知道？"

"我们发誓再也不杀人了！"

"这是个意外！"

"可能是个流浪汉吧，是不是？"

"那也不代表这么做是对的。"

"我不是这个意思！我只是说……我不知道我在说什么。我们应该倒回去看看。"

"我们不能回去。反正那个警察看到他后会停车的。"

"谢天谢地，警察没出城，可以停车救助我们作案逃逸时撞到的人。"

"别在那儿冷嘲热讽的，我说过对不起了。"

"不，你没说。"鲁尼说。

"嗯，我们还不知道他是不是死了，而且准确来说，撞死他的人是你。"

"他是我们俩一起杀的！"

"车可不是我开的。"嘟多说。

"我之所以开车，是因为你的驾照过期了。"

"这只是你设置的蠢规则，我们都已经是罪犯了，过不过期有什么……"

"我只是单纯想娱乐大众而已。"

"我们已经杀了好多人了，如果算上那些来看我们表演的观众。"

"我知道，我心里也不好受。"

"说实话，那次错不在我们。"

"就算这么说，我还是感到内疚。"

"我是说，如果我们不演那出戏，那种事也不会发生。"

"不过，这次的错就在我们。"

"是你的错。"

"可我们是一个团队呀。"

"如果那个流浪汉是个即将拯救世界的救世主呢？"

"凌晨 3 点站在美国中西部荒无人烟的乡村公路上，就能拯救世界？"

"我们又不知道宇宙运行的奥秘。"

"反正不是这样运行的，这一点我们还是明白的。"

"疯子能够拯救世界。别将精神疾病污名化。有证据表明，耶稣就有精神病。"

"我没听说过这样的证据。"

"我是在什么地方读到的，哪本杂志上。首先，他把自己看成上帝之子——就是那种'伊普西兰蒂三耶稣'[1] 式的故事。"

---

[1] 1959 年，有三个自认为是耶稣的精神分裂症患者进入了密歇根的伊普西兰蒂精神病院，成为心理学家米尔顿·罗克奇的患者，罗克奇让这三人同吃同住，得出了"即使面对和信念矛盾的证据，患者也不会放弃妄想"的结论。

"耶稣觉得自己是耶稣，这可不是什么精神疾病的症状。"

"随你怎么说。"

*

蔡小姐不再让我给她洗衣服了。因为没有直接的接触或对话，所以我也不知道原因。我只是突然失去了她的消息。她还害我被熟食店炒了鱿鱼。我去上班的时候，达内尔告诉我，蔡小姐投诉我的服务态度有问题。他不肯具体说明投诉的内容，而是用一种奇怪的眼神看着我，我想，她对我的评价估计特别糟糕。我茫然若失。帮蔡小姐洗熨衣服的那两个小时，是我一生中最快乐的时光。承认这一点让我觉得自己很可悲，但除了承认，我别无他法。一个人必须在某个时刻明确昭告世界自己的身份。经过一番歇斯底里和自我鞭笞后，我突然意识到，我这种想要为蔡小姐服务的持续而强烈的需求，或许是有排解方法的，那就是通过不需要经她许可的方式为她服务，因为很显然，这种许可，我再也得不到了。

我把自己的简历发给了 Zappos，这是一家超大型的鞋类和服装网店，归属于休斯敦贝索斯家族的杰夫·贝索斯，世上万物都归他所有。我在蔡小姐公寓楼的垃圾房里翻找她的垃圾，发现她是一位比较忠实的 Zappos 顾客（此外她常吃柚子，爱用护舒宝 3 号超长护翼无香卫生巾）。也就是说，如果我非常、非常幸运，那么我就可以通过 Zappos 的客服工作在未来某时用电邮（甚至电话！）与蔡小姐取得联系。我明白，Zappos 有千千万万的客户，也相信他们的客服代表不在少数，即便我永远也接不到这通电话，但只要我们两人继续活下去，那么下一个接通电话的人也许就是蔡严的念头，便足以鼓励我在 Zappos 客服中心永远工作下去。

我与人力资源部女士的面试进行得很顺利，或许顺利得有点过了头。她有些上了年纪，脸上有一块葡萄酒斑胎记，我能感觉到她对我产生了一种亲切感，但我对她却丝毫感觉也没有。我可不想成为"葡萄酒斑胎记俱乐部"的一员。

"你的简历真优秀。"她轻声细语地说道。

和熟食店的面试官不同，她的双眼一刻也没离开过我。

"谢谢你。"

"不得不说，我一直都是个电影爱好者。"

我试着猜想她爱看哪种电影，我觉得应该是《触不到的恋人》或者那部讲涉外饭店的哭哭啼啼的烂片[1]。也许她喜欢看关于葡萄酒斑胎记的电影，但我怀疑她没有足够的见识去理解《布达佩斯大饭店》，这是唯一一部真正伟大的葡萄酒斑胎记电影[2]。

"这么说挺不好意思的，"她说，"但是我在学校时也有过一些表演经验，还曾经考虑过把表演当作职业追求。"

有没有搞错？可千万别。还好，你没把整个世界搅成一锅粥。

"哦，真的吗？"我说，"你想把表演当成职业？"

"是呀，我是个表现欲超强的人。"她咯咯笑道。

我对此毫不怀疑，猪猡。

"这样吧，"她说，"我没法把你推荐到我们的客户服务部，你有电影制作的背景，又明显是个见多识广的人，我敢肯定，我们的公关部门更适合你。"

---

1 此处指《涉外大饭店》。
2 在《布达佩斯大饭店》中，西尔莎·罗南饰演的角色脸上有一个葡萄酒斑胎记。

"但是客户服务是与人打交道的工作，而我又是一个善于交际的人。"我大声喊道。

"别开玩笑了，"她说，"我可不会听你胡说。你要像我相信你一样相信自己。公关工作的薪水是客服工作的五倍，而且这只是起薪。公关部可是一个一切皆有可能的部门。"

我点点头。我不能把这位女士的好心当成驴肝肺。我需要她作为我的盟友。在公关部门证明了自己之后，我就可以申请调职了。我想，即便在公关部门，我也能接触到一些销售记录，可以查到蔡小姐订购的所有鞋品。仅仅是这个念头，就足以让我在这位女士的办公室里兴奋异常。她伸出手来和我握手，注意到了我生理上的激动。她睁大了双眼。

"罗森堡先生！"过了一会儿，她发话了，"很荣幸见到你。"

"我才是荣幸的那一位。"

我眨眨眼，就像那艘被施了魔法、想要寻死的拖船一般。

她没有放手，而是在等我约她出去，但我做不到，就是做不到！我不知道该如何往下进行。

"要是我没结婚就好了。"她终于发话说。

"哦，我不知道你结婚了。唉，真遗憾。不过你丈夫可真幸运。"

"可不是吗，"她打趣说，"不管怎么说，万事无常。我一定会跟进你后续的情况。"

"那太好了。"我说。

她仍握着我的手，微笑着。我试着想象什么样的人会想要她。我想不出。

"你好害羞呀，"她终于说话了，"我很喜欢。这太可爱了。"

"我是很害羞，"我承认说，"我特别、特别害羞。"

"哎呀，"她说，"你就是不知道自己有多优秀。在我看来，这正是你的一大魅力。"

"谢谢你。"

"好好照顾自己，B. 罗森伯格·罗森堡。"

我向她保证，我会的。

35

我找到了一份薪水颇丰的工作，这让巴拉西尼很是兴奋。我欠他一大笔治疗费。他给我打包了一份盒饭，让我在去 Zappos 总部的公司大巴上吃，公司总部位于新泽西乡下某处的一个保密地点。

在去港务局的路上，我顺便去了一趟我姐姐波西亚·罗森伯格·罗森堡·赫什家。听到我找了新工作，她也很兴奋，因为我也欠她一大笔钱。她为我制订了一个按月还款计划，还帮我打包了一份盒饭。现在，我有了两份午餐。我没有告诉她，因为她是出于好意，我不想扫兴，尤其是因为我还欠着她一大笔钱呢。回到街上，我把波西亚的午餐扔了出去，因为巴拉西尼的午餐看上去更好吃些。我惋惜地意识到，或许我应该把这份午餐送给哪个流浪汉，但实际上，我周围没有流浪汉，我也不打算四处去找。我可是有日程要赶的人。

坐上公司大巴，我拿出巴拉西尼和鸡蛋沙拉装在一起的自我催眠磁带，把苹果手机调至录音模式，等待着他的催眠起效。我已经问过邻座，是否介意我在催眠状态下用手机录下关于一部被遗忘的电影的叙述。他说他一点也不介意，然后就换了座位。

黑暗降临。我拿着铁锹茫然徘徊，寻找着可以挖的洞穴。我突

355

然发现了一堆土，于是停下来挖了挖，在里面发现了一顶金色卷曲的假发。

　　一段影像如一阵阴风般拂过我的脑海，我将场景叙述出来：一个长着无辜大眼睛的年轻女子用这双眼睛斜视着和她一起坐在公园长椅上头戴礼帽的年轻男子。他也羞涩地看过来，绷起双唇露出微笑。她一眼，他一眼，就这样循环往复。两人从未对视，直到最后他们终于对上了眼时，在一股烟雾中，一个身穿连衫裤、头戴金色卷曲假发的胖男人出现在他们身后的树上。他射出两支箭，一支射中了男人，另一支射中了女人。两人圆睁双眼，眸中充满欲望，朝着长椅中间移去。男人羞涩地轻吻了一下女人的脸颊。两人都低下头去。女人也羞涩地在男人脸颊上轻吻了一下。然后，他们彼此对视，双唇相触。在接吻的过程中，男人看向镜头，将手伸到镜头边框外，拉下窗帘，遮挡住两人的身影。我们面对窗帘等待了五分钟。刚开始的时候，偶尔有什么东西轻轻推向窗帘。然后，推动的频率和力度都逐渐增强。最后一次尤其有力的推动将窗帘猛然扯开，让我们看到这对置身卧室、对我们的存在浑然不觉的男女，正在进行激烈且有些淫邪的交媾。丘比特已经被一个恶魔取代，他露出猥亵的目光，身穿黑色（也可能是红色，毕竟这是一部黑白电影）连衫裤，头上长着角，还有一个带有强烈反犹主义色彩的鼻子。性爱结束时，两人激烈收场，撼动了整个房间，一幅画从墙上落下。两人筋疲力尽，大口喘气，女人的双腿不经意地打开。

　　现在，她侧身站在花朵墙纸的背景前。在颤抖的延时摄影画面中，她的肚子鼓胀起来。

　　画面圈出圈入。

一只鹳戴着西联汇款标识的信差帽，艰难地飞过暴风骤雨的天空，用喙衔着一个包裹。

画面圈出圈入。

女人和胖嘟嘟的婴儿靠在同样的墙纸上。通过更多的延时画面，我们看着他长大，也看着她老去。"几年"（实时为几周）之后，一个粗鄙的大汉出现在画面中。我们看到，母亲和孩子的身上先后出现了挨打的痕迹：肿大的嘴唇、乌青的眼眶、受伤的手臂。男人消失了。母亲继续老去。儿子10岁时，母亲被放入了一口敞开的棺材中。

接下来的画面，是男孩站在一堵发霉的墙前，头顶的牌子上写着"新泽西弃儿之家"，旁边站着一群目光呆滞的孩子。

画面圈出圈入。

男孩睡在一张折叠床上，宿舍里有成百上千甚至上百万的孩子。他睁开双眼，看向镜头，小心翼翼地爬下床，脱掉睡衣，露出里面已经穿着整齐的衣物。他从床底下拉出一个打好的行李卷，朝着窗户走去。

画面圈出圈入。

胖乎乎的孤儿莫洛伊现在已是新闻记者打扮，他偷偷溜进一家电影院，观看一部带有性别歧视意味的低俗喜剧短片，《兄弟们，她不美吗？》，讲的是一个性格乖戾的年轻女子（由神秘的露西·查尔莫斯饰演）继承了一家酒厂，酗酒而死，导致酒厂破产，而刚刚失去工作的员工们也酗酒而死，死者之一是加夫里洛·普林西普[1]，第一次世界大战也由此拉开帷幕。莫洛伊痉挛般地大笑起来，就在这

1　加夫里洛·普林西普：萨拉热窝事件的主犯，该事件是第一次世界大战的导火索。

一刻，他意识到自己命中注定要进入演艺圈。

*

看来我对鞋子很有天赋。我连蒙带骗地想进入女鞋部，不消说，那里是蔡小姐最有可能出没的地方，但是，Zappos 正在组建一个特制鞋品部门，而我的新老板艾伦·伦奇 [1]（这名字奇怪吧！）想把我调去那里。

"你非常有创造力，"他推测道，"在 Zappos，我们很少有如此好运，能招到你这样的人。新部门需要创意型人才，我想你可能就是这样的人。我们需要把新部门的利好传播到所有尚未开发的市场中去。据我揣测，你很适合做这个，你对事物有着数不清的想法呀什么的，而且我估计，你的创意呀什么的，可能也是无穷无尽的。"

"谢谢你，艾伦。"我说。

开设特制鞋品部门的目的是销售特制鞋品，比如小丑鞋、电梯鞋、动物头拖鞋和为独脚顾客设计的独脚鞋。对于独脚顾客，我提议推出一项名为"鞋友"的服务，让顾客在我们的数据库里搜索一位与自己鞋号及时尚品位相似的"配对独脚顾客"，两人各付一半价钱买鞋。艾伦说我可能是个天才，还说时间会证明一切。

不出所料，我的提案刚一问世，同事亨丽埃塔就给出了"袜友"提案，归根结底那就是我的创意，只不过略微乔装打扮了一下。艾伦因为"我的创意"而表扬了她，我想是时候宣战了。我提出为我们的黑手党顾客提供水泥鞋 [2]。这是个玩笑，为的是活跃一下气氛并

1　艾伦·伦奇（Allen Wrench）：意为"内六角扳手"。
2　水泥鞋：黑手党等帮派的一种杀人工具，让人穿上水泥做的鞋子，然后将人抛入水中。

展示一下我那远超于亨丽埃塔的才华。除了亨丽埃塔，大家都笑了。我看她皱起眉头，绞尽脑汁地想讲个笑话。最后，她提议售卖马蹄鞋，卖给我们的马儿顾客。这个笑话一点也不好笑。她面子上挂不住了。我提议卖马子鞋[1]，就是那种后跟十几厘米、饰有金色亮片的红色细高跟。大家又发出笑声。艾伦笑得直拍大腿，拍完他的腿之后又开始拍我的，然后绕着办公桌把每个人的膝盖都拍了个遍。我将亨丽埃塔的烂笑话点石成金，用她的烂柠檬做出了一杯上好的柠檬水。我突然想去市中心的喜剧俱乐部，在开麦之夜[2]上试试身手。一生中，我一直反对幽默，因为我觉得几乎所有的喜剧都是有害的，喜剧取笑那些不幸的人，又抬高那些被命运眷顾的人。但是，这笑声深深俘获了我的心。

与此同时，亨丽埃塔在一旁生着闷气。她的双眼突然一亮，然后便像哈皮[3]一样尖叫着说，从我开的玩笑中可以看出，我明显是个厌女者。作为第一、第二和第三波女权主义者[4]，我怒不可遏。这就是女人最让我恼火的地方：她们觉得自己可以四处诽谤男性，同时不用承担任何后果。好吧，我要用所有女人自称想要企及的高标准去要求她们，这才是真正的女权主义者该做的。想要负责任地回应亨丽埃塔的恶毒进攻，只有一种方法：我要把她打翻在地，不管她的死活。因此，我一口气给出了三个特制鞋品创意撒手锏：给潮人穿的复古鞋、给狗狗穿的软鞋，还有被冠以"古弛古弛咕咕"、"马

---

1 原文为 "whore's shoes"，与亨丽埃塔提到的"马蹄鞋"（horse shoes）谐音。

2 开麦之夜：脱口秀俱乐部中常见的活动，对观众开放麦克风，所有人都可以登场表演。——编者注

3 哈皮：希腊神话中的鹰身女妖。

4 女权主义在西方经历了几次浪潮，第一波浪潮发生在 19 世纪末 20 世纪初，第二波浪潮发生在 20 世纪 60 年代，第三波在 1992 年前后。

克·费雪"和"托德·奥德汉姆宝宝"这类可爱名字的设计师名品婴儿鞋。砰，砰，砰。你玩完了，亨丽埃塔。我才是这个部门的王者，而你只能吃土。艾伦对我露出一种几乎带着父爱的微笑，尽管他比我小 30 岁，而且打扮得活像是费雷迪·巴塞洛缪[1]扮演的小公爵方特勒罗伊[2]。他的目光让一种奇特而舒畅的刺痒感涌过我的全身，我几乎把蔡小姐抛到了脑后。当然，我并没有把她完全忘记，而且这刺痒感又让我想起了她。

*

在回城的大巴上，我占据的座位空间要比之前小得多。毫无疑问，我正在逐渐萎缩，但现在，萎缩的过程还极其缓慢。我的衬衣领子要比以前更松了，我的领带不仅显得更宽，而且不知怎么，也显得更傻了。领带上面印着一位卡通拉比[3]，底下是 100% 犹太洁食认证的标语。这条傻里傻气的领带虽不是萎缩带来的，但着实让我质疑自己的判断力是否也在萎缩。另外，现在我的耳朵跟脑袋相比实在太大了。我很担心。或许我该放手认输，任人力资源部门那个长着胎记的女人来爱我。说不定某天，就连她也会对我兴趣全失。

巴拉西尼见到我似乎不太高兴。他没有问我工作的情况，只是在办公室里东敲西撞，把抽屉推得砰砰直响。我倒是迫不及待地想要谈谈我的一天。

"我该死的眼镜放哪儿了？"他说。

---

1 费雷迪·巴塞洛缪：20 世纪 30 年代童星，曾在电影《小公子》中扮演方特勒罗伊。
2 小公爵方特勒罗伊：西方著名儿童文学角色，是一个一夜之间继承了英国庄园和爵位的美国小男孩。
3 拉比：犹太教的领袖、老师。

我讨厌他这个样子，好像我们俩形同陌路一般。他到底还爱我——

他打开了我的"开关"，接下来——

我置身于《瞧这两兄弟》的片场。摄制组忙得热火朝天，准备拍摄第一个场景。我在回忆中徘徊，仍因巴拉西尼而黯然神伤，心里嘀嘀咕咕地抱怨着。他竟然对我的领带毫无评价。我跟隐形人有什么区别？跟我在这部电影里没什么两样。导演正在和新的场记（科斯特洛把上一个杀了）商讨着什么。马德在黑暗中来回踱步，机械地小声过着台词。莫洛伊笑了，他的嘴里塞着从一个大得离奇的三明治上咬下来的还没嚼烂的食物，正在与一个身穿闪亮艳舞女郎服饰的年轻美女打情骂俏。

"说真的，亲爱的，这么美的律动，我们配合一下也能做出来。"

"哎呀呀，奇克，这也太浪漫了。"

"你知道我说的律动是做爱的意思，对吧？"

"奇克！你可真够坏的！"

她打了一下他的胳膊，脸上却笑吟吟的。莫洛伊知道，这个小姐他是唾手可得了。我在想，真是时异事殊，现在的人是多么幸运啊，只有男性除外。导演让大家各就各位。莫洛伊又咬了一口他的三明治。

"你在这儿别动。"他对女孩说。

"我就在这儿纹丝不动，奇克。要动也一会儿再动。"

"哦，宝贝儿，咱俩一定会打得火热的。"

莫洛伊用袖子擦了擦嘴，踉踉跄跄地走到男装店外站好位置，马德等在那里，已经完全进入了角色。导演下令打灯，灯打开后，

361

我抬头看了看格栅。我虽想发出警告，但在这个世界里，我只是一只没有实体的眼睛，因此发不出声。就这样，我手足无措地等待着这不可避免的悲剧发生。我可以把目光移开，但作为这部电影唯一的观众，我绝不能这么做。我在这里，是为了铭记，是为了英戈。导演命令摄像机准备，然后下令开拍。马德和莫洛伊走进了男装店的布景，瞬间入戏。马德自信而暴躁，莫洛伊则笨拙又唯唯诺诺。店主迎了上来。

"你们是新来的吗？"他问道。

"是的，"马德说，"我叫哈格罗夫，这是我的副手马斯格雷夫。"

"哈格雷夫和马斯格罗夫。"

"不对，"莫洛伊说，"是哈格罗夫和马斯格雷夫。"

"人家就是这么说的。"马德说。

"我很确定我说的是哈格雷夫和马斯格罗夫。"店主说，他长得很像弗农·登特[1]，如果弗农·登特是个人偶的话。

"瞧！"莫洛伊说，"他刚刚又这么说了！"

"我知道你是想挑起事端，跟这家店的老板吵一架。他雇用我们做假期临时工，已经够慷慨的了。"马德说道。

"我可没想找人吵架，我只是——"

"够了，马斯格罗夫，"马德说，"我们在浪费这位先生的时间。"

"我叫马斯格雷夫！你是哈格罗夫！"莫洛伊坚决地说。

"先生，这家伙怕是脑袋糊涂了，"马德说，"不过没关系，我是他的上司，您放心，我一定会把他修理过来的。"

1　弗农·登特：美国喜剧演员。

"很好，哈格雷夫，"店主说，"我午餐有约，那就把商店交给你管理了。"

"请放心去用餐吧，先生。"

店主离开。马德开始整理陈列的衬衫，莫洛伊只是一直看着他。终于，他发话了。

"你是哈格罗夫，对吗？"莫洛伊问道。

"我当然是哈格罗夫！"

"但你说你是哈格雷夫。"莫洛伊幽幽地说。

"老板说的话是不能纠正的！你是不是脑子有问题？"

"所以说，你是哈格罗夫咯？"

"对，我是哈格罗夫！快去工作吧！"

"我该干什么？"

"这是我们上班的第一天，我希望你能留下个好印象。"马德说。

"好的，"莫洛伊说，"该怎么留好印象？"

"你至少要卖十件衬衫。"

莫洛伊环顾了一下空荡荡的店铺。他就这么呆站在那儿，不知道下一步该干什么。

"干吗呢？"马德说。

"什么干吗呢？"

"赶紧去卖衬衫呀！快点！"

"店里没客人呀！"

"那不是我的问题。你得主动争取。"

"主动争取，好吧。"

莫洛伊拿出一副巡视的架势在过道里走来走去，而马德则忙着整理账簿。过了一会儿，马德抬起头来。

"怎么样了？"

"我在努力推销呢，但这里的穷酸顾客就是什么也不买。"

"那不是我的问题。"

莫洛伊点点头。

"赶快把衬衫卖了。"

莫洛伊搔了搔脑袋，然后对马德说："喂，你想不想买十件衬衫？"

"我干吗要买十件衬衫？"

"我怎么知道！"

"你还说自己是推销员呢。"

"我没说自己是推销员！"

"也许问题就出在这儿。"

"嗯，我——"

"嗯，你什么？"

"我也不知道。"

"拿出点气势来。推销员不达目的誓不善罢甘休。"

"你说气势吗？"

"没错。让他们看看谁才是爷。"

"让谁看看谁才是爷？"

"顾客！要让顾客相信他们非得穿那些衬衫不可。"

"你难道没发现店里除了你我之外没有其他人吗？"

"这是谁的错？"

"我的？"

"没错！赶紧到外面去找顾客吧！"

莫洛伊怒气冲冲地走了出去，"砰"的一声关上门。说时迟那时快，照明格栅砸在舞台上。几盏灯掉落在地板上，迸出玻璃碴儿和火花。其中一盏灯将玻璃手表展柜砸碎了，另两盏掉落在桌上的衣服堆里。最大的一盏灯砸中了莫洛伊的脑袋，发出一声让人揪心又好笑的巨响。鲜血从莫洛伊头皮的伤口中喷涌而出，他四处徘徊了几分钟，好像什么事儿也没有发生似的，然后突然栽倒在地板上。新来的女场记惊声尖叫起来，技术人员冲过去救援，有人大喊一声："他死了！"另一个女孩尖叫起来，第三个女孩也随之尖叫。然后，化妆师也尖叫了起来。

毫发未伤的马德栽倒在莫洛伊身边，号啕大哭。

*

画面切到一间纯白的病房，莫洛伊不省人事地躺在床上，头上缠着绷带。马德来回踱步。马德的妻子玛丽抽着烟，忧郁地望向窗外。莫洛伊的妻子帕蒂坐在他身旁，握着他的手，用轻柔而鼓舞人心的语气对他说话。我是多么渴望能有哪个女人用这样的语气对我说话、用这样充满爱意和柔情的眼神看着我呀。如果能如愿以偿，我甘愿回到药物诱导的昏迷状态中。她说的都是日常生活中无关紧要的琐事，但语气中的关切、担忧和爱意，却是对我孤寂生活的嘲讽。我想起了蔡小姐，就这么一念，她便如幽灵般出现在这场戏中。当然，原片中本没有她，但现在她已然出现在片中。我冲她微笑，但她对我视而不见。她是没有看到我，抑或只是我行我素而已？我重新把焦点放回现场。帕蒂继续对莫洛伊说着什么。

"哦对了，我昨天见到卡罗尔了。她向你问好，这周末会尽量找时间来这儿看你。汉克也会来。她给我看了他们新布置的早餐角，真是太温馨了，奇克。我在想，我们也可以做类似的装饰。你记得上周我给你看过的布料吗？那种带樱桃图案的印花棉布？我觉得我们可以用这种布料，让红皮革的椅子和妈妈送的盐和胡椒瓶搭在一块儿，也就是说，我要自己动手做窗帘。我手头得有点事做。我现在简直游手好闲！哦！忘了问你，今年我们能再给美国糖尿病协会捐点钱吗？玛吉打电话说，她可爱的小侄子马丁患了严重的糖尿病，问我们愿不愿意捐点钱。她说这话时挺忐忑的，因为她知道我们现在面临的问题，但马丁的糖尿病很严重，身体状况很不好。记得她说，他们需要往他体内打满氦气，以此缓解病症，这让他在床上悬浮了起来，我想我应该没听错。也可能不是氦气，反正是跟科学有关的东西。她说，每一笔小小的捐赠都能起到作用。当然了，积沙成塔嘛。不用说，因为体内充了氦气，医生连针都没法给他打，否则他就会在病房里四处乱飞，在墙壁之间弹来弹去，然后——"

我再也忍受不了帕蒂的独白，便走开了。没想到我还能这么做，但我似乎在这部电影的世界里拥有某种自主权。医院的大厅安静而昏暗，建造精美，墙壁由淡黄色釉面砖砌成（色号应该是潘通607C），在那个时代，这种颜色让人感觉心情平静，但在现代人眼中却带有些许邪恶的色彩，一位穿着白衣的护士推着一辆咔嚓作响的推车从我身边经过。我往病房里偷看。房间的逼真程度令人咂舌，而这一切都是为那些永远不会被人看到的角色打造的。我为什么能在这绝没有出现于原片中的场景里走来走去呢？我想起了海明威对他的短篇小说《禁捕季节》的评价：

"我把故事真正的结局，也就是老人上吊自杀的结局略去了。之所以略去，是基于我的一种新理论：如果知道你略去了什么，并知道略去的部分可以强化故事、让读者感受到意味无穷，那么你可以略去小说中任何情节。"

我认为这个见解非常深刻，但一位像海明威这样受人尊重的作家，竟然在两个相连的句子中将"略去"一词使用了五次，这也够令人尴尬的。

在一间病房里，一位护士正在为一位眼窝和双颊深陷的非裔美国老人刮胡子。另一间房里是一个还算年轻、肥胖的亚裔女子，她那裸露而粗壮的手臂上布满了病态的红斑；还有一个看上去像是拉丁裔的女子，不知因为遭遇了什么而形销骨立。就如我们大多数人注定永远不会被人关注一样，他们都是注定永远不会被人看到的人偶，而他们的痛苦却被如此微妙而细致地呈现了出来，这给眼前的画面带来了一种让人难以承受的感伤。我想要为他们落泪，但我做不到，因为我不在他们的世界中。在这里，我是没有实体的。在这里，虽然我是一只不可见的巨大眼球，但我没有眼泪。

等等，我想起什么来了。一天晚上，我和英戈在晚餐休息时间吃着拉面、喝着复原乳，展开了这么一段谈话。

"我们中的绝大多数人都是隐形的，"他说，"我们过着没有人记录的生活。死亡来临的时候，我们仿佛从未存在过一般。但是，我们并不是无足轻重的，因为这世界少了我们就无法运转。我们有工作。我们支撑着经济。我们照顾孩子和老人。我们友善待人。我们也谋财害命。我们这些看不见的人的存在，必须被人关注到，但矛盾之处是，一旦被人关注，我们就不能算是看不见的人了。你们推崇的达内兄弟、德西卡、萨蒂亚吉特·雷伊[1]，的确都是才华横溢的电影人，大概也是正派和热心之人，但他们的作品存在严重的漏洞。'未见之人'一旦被人看见，就再也不是'未见之人'了。这个问题也让我很为难，而我的解决办法，就是在摄影机视野之外构建一个世界，并让这个世界活动起来。这些角色是确实存在的，和电影中看得见的角色一样，经过了精细的设计和摆弄。他们只是永远在我们的视线之外罢了。"

他说的可怜之人，就是医院里的那些吗？那些我们在途经医院时永远看不见的可悲、病态、隐形的人？我想要探访一位看不见的病人，却已失去了这种能力，突然之间，我就像被系在一根橡皮筋上一般被拉回到了莫洛伊的病房里。玛丽仍在抽烟，双眼看向窗外。马德还在踱步。帕蒂仍然握着莫洛伊的手，继续跟他说着话。

"哦，我昨天晚上跟妈妈谈过。她很想来，但是因为暴雪，新泽西的公路全被封了。有人说，现在积雪已经有 60 厘米深了。她现在六神无主，答应会尽快坐火车赶来。另外，她也特地问候你。我想告诉你，我正在读一本非常精彩的书，或许我可以选些段落读给你听。这是一本浪漫小说，不是那种你平时喜欢看的书，但我觉得这本你一定喜欢。奇克，书里的角色别提多有血有肉了！而且它也涉及了当今的很多社会问题。一个犹太男人和一个非犹太裔的女人坠入了爱河，不得不面对人们对于非犹太裔女子嫁给犹太裔男子的指指点点。这本书是一位女作家写的，但我不觉得这对书的质量有什么不好的影响。这本书既非华而不实，也不轻佻啰唆。我很乐意

---

1 达内兄弟：比利时电影导演、编剧。德西卡：意大利导演、演员。萨蒂亚吉特·雷伊：印度电影导演。几人的电影均充满人文关怀，关注边缘人物。

从开头读起，这样你就不必听得没头没尾了。书我带着呢，亲爱的。我先给你读几句试试，如果你喜欢，我就把整本书读给你听！"

"我们的时间到了，"那个声音响了起来，仿佛是通过医院的广播系统传出来的，"我 5 点约了个抽烟的病人。"

话落，随着一记响指声，我醒了过来。

36

　　我怀疑亨丽埃塔想谋杀我。这也不能怪她，我是部门里最受欢迎的人，手上还有好多别的事情要忙，比如我马上就会将内容全部记起、写下，然后出版的英戈电影的著作，还有根据这部电影重拍一部真人版电影的计划，但是，这份工作却是亨丽埃塔的全部依托。我躲在女厕所隔间的时候，听到她对一位同事吐露心声，说她小时候，还不到蚱蜢膝盖高时就想做跟鞋相关的工作了。她真的说了"还不到蚱蜢膝盖高"，真是让我大吃了一惊。与她不同，从事这样的工作是我从来没有想过的，只有一次，我幻想着自己作为鞋店销售员帮蔡小姐穿上一双稍有些紧的大红色玛丽珍鞋，这个念想才浮上心头。我的老天啊，蔡小姐！置身新部门的种种纷扰之中，我竟差点忘记了我来到这里的初衷。亨丽埃塔和朋友过了很长时间才离开，我真想尖叫着从隔间里冲出来，但我没有。我能控制情绪。

　　在隔间里等待的时候，我在一份丢弃的报纸上读到了一篇报道，讲了一个倒霉的人在什么地方被残忍杀害，到底是什么地方我记不清了。这是一个令人心碎的故事，令人不禁要问：在读完这样一篇文章之后，怎样才能继续面对生活？但生活还是要继续的，不是吗？或许最终，我们会为那个被残忍杀害的他继续生活下去。这样的人显然有自己的家庭，或是渴望建立一个家庭。什么样的凶手，会丝毫不关心自己的恶行对他现在或未来家庭造成的影响？通过如此卑劣的行径破坏宇宙，真让人匪夷所思，但即使这样，我们也必须绞尽脑汁去理解。这是我们对被害人的责任。这是我们能给予他的最微不足道又最意义重大的心意。

*

在去巴拉西尼诊所的路上，一个小男孩带着狗从我身边经过，我被狗的毛发发出的窸窣声响迷住了。这恐怖的声响无疑带有克苏鲁式的色彩。我敢肯定，它一定会出现在我的梦魇之中。它说明，这世上并不存在真正的"侘寂"，禅宗大师们大错特错了。

再次回到医院的场景中，我看到玛丽一边抽烟一边凝视着窗外。她从舌头上挑下一根烟丝。帕蒂正在为昏迷不醒的莫洛伊朗读。

"安静些，我的灵魂，安静些；你的武器是如此不堪一击 / 而大地和苍天的根基古老而坚固，难以改易 [1]……哦，奇克，这不是那个女作家的文字，我应该澄清一下。这是开头的部分，书开篇之前的部分。叫……哎呀，叫什么来着？就是书正文之前的引言？"

"题词。"玛丽说。

"题词！就叫这个！是……阿尔弗雷德·爱德华·豪斯曼写的，"帕蒂清了清嗓子，"若你现在有些伤怀，就请追忆，/ 那些安宁的岁月，哦，我的灵魂，因为那些岁月是如此漫长。/ 那时的人们

---

1 摘自英国古典学家、诗人阿尔弗雷德·爱德华·豪斯曼的诗《安静些，我的灵魂，安静些；你的武器是如此不堪一击》。

彼此敌视，但我仍在采石场中浑然不知，／我昏昏睡去，不见一物；泪水婆娑，我心无哀；／汗水流淌，鲜血奔涌，而我不曾悔恨：／然后，我心安宁，仿似回到降生之前。／现在，我冥思着原因，却一无所获，／我脚踏大地，畅饮空气，体味阳光。／安静些，安静些，我的灵魂；一切不过是暂时：／让我们再忍耐片刻，看冤屈横行。／哎，你看：苍天与大地因原初的根基饱经沧桑；／世间有一切撕心裂肺的苦痛，而一切皆为虚无；／恐怖、轻蔑、憎恶、恐惧和愤慨——／哦，我为何醒来？何时能再睡去？阿尔弗雷德·爱德华·豪斯曼。哦，这首诗太伤感了！现在读来太伤感了！我根本没考虑到！你看，这首诗写的虽然不是昏迷状态，但或许会给你带来负面的联想。对不起，奇克。也许我们该读一些鼓励人从昏迷中苏醒的书！我也不知道有没有。我可以到医院图书馆，问问他们有没有关于苏醒的书。"

"我觉得这本挺好，"玛丽说，"我觉得你应该读这本。我跟一个犹太男孩谈过恋爱。"

"真的吗？"马德问道。

"上高中的时候谈过。他是个接吻高手，好像叫伊拉什么的，可能姓米尔曼。八九不离十吧。"

"哦。"马德说。

"那么，我该继续读下去？"帕蒂问道。

"当然，"玛丽说，"我觉得你必须读下去。"

"好吧，"马德补充说，"让我们都来听听犹太接吻高手米尔曼的故事吧。"

"人们不时会问他们一个问题，"帕蒂读起来，"他们是在哪里，又是怎么认识的，因为马克·莱瑟是个犹太人——"

我选择在这时离开。这本书我已经读过三次（写得特烂！），小林·拉德纳根据这本小说改编的那部没拍出来的电影剧本我也读过两次。（拉德纳是个无聊的段子手。多亏了奥特曼对于对话的精准删减，《陆军野战医院》的命运才被挽救[1]。）在英戈的电影里，帕蒂把整本书都读给了莫洛伊。这段阅读场景是实时进行的，时间持续数周。帕蒂读得声情并茂，玛丽却一根接一根地抽着烟，边听边凄凉地望向窗外。我还以为她是在回忆自己的犹太男友，谁知，我切切实实地听到她小声嘀咕了一句："算你走运，可恶的犹太佬，你真是积了八辈子的德。"马德进进出出，拿来纸杯盛的咖啡和蜡纸包装的三明治。

靠肠管喂食维持生命的莫洛伊，渐渐形销骨立起来。

其他人也几乎没有什么胃口。

我朝街上走去，发现自己来到了 20 世纪 40 年代中期的洛杉矶。汽车、行人和建筑物都带有那时的年代感。我心里纳闷，这场景难道会一直延伸下去？还是说，英戈是事先预料到了我会走多远、往哪儿看，才把布景搭建出来的？我抬起头，向右看，朝左望。我的动作很快，想要捕捉到什么缺失的细节，但一无所获。一对年轻的情侣钻进了一家电影院，影院正在放映一部叫作《两傻大战〈魔影蔓延〉[2]里的杀手机器人》的电影。我跟着走了进去。这部电影并不存在，这一点我还是确定的。作为头号阿伯特和科斯特洛迷，我对他们的所有作品如数家珍。也许英戈是在拿这两个小伙子开涮吧。他似乎

---

1 电影《陆军野战医院》（又译《风流军医俏护士》）由小林·拉德纳编剧、罗伯特·奥特曼导演。在最终剪辑版本中，拉德纳的剧本只被采用了很少一部分。电影最终获得了奥斯卡最佳改编剧本奖。

2 《魔影蔓延》：1939 年的美国科幻片。

的确和他们有什么过节。我是在引诱下走进这家电影院的吗？我觉得这个决定是我自己做的，但也无从确定。我的确想来这家电影院，但这又是为什么呢？或许我被人操控了，一些神经突触像一串串彩灯一样条件反射般亮起。或许这就是块宇宙理论的明证，带着沉重的心情，我也不得不接受了这个理论。或许，英戈在电影制作上已经炉火纯青，可以随心所欲地引我去往任何地方。在这一刻，我被他电影中的一部电影吸引。我与那对情侣靠得很近，因为我不确定，目前以这种脱离实体的隐形眼球状态存在的我，是否能够开关门。我还需要开门吗？还是可以穿墙而过？不管怎样，我对这对情侣很感兴趣，于是通过类似马丁·斯科塞斯电影中精心设置的跟踪视角尾随其后。我对这个视角的设置挺自豪。我经过糖果柜台，在闲谈的观众和身着制服、貌美如花的女引座员之间穿梭，走进剧院，顺着过道而下，然后跟着那对情侣沿横排来到靠近中间的两个空位。两人坐下的时候，我仍在他们身后，小心地将两人的肩膀和头部置于镜头下方三分之一处，焦点则对准远处的屏幕。电影已经开演了。在银幕上，一个巨大的机器人杀手正在一片玉米地里追逐着科斯特洛。

"阿伯特——！喂，阿伯特——！"科斯特洛大喊道。

这是在座的观众们见过的最有趣的场景。机器人抓住科斯特洛，把他踩得血肉模糊。科斯特洛痛苦地尖声呻吟。这就是他特有的、在"惊恐"时发出的搞笑声音，现在听来却一点也不好笑。观众们沉默了下来。

"哎，别那么孩子气。"阿伯特追了上来，没好气地说。

这句话似乎给观众壮了胆，因为第五排有个男人喊了一句："真是孩子气！"然后席间再次传来哄堂大笑。"真是孩子气！"每个人都异口同声地喊道。我发现自己也捧腹大笑起来，就像是《苏利文的旅行》结尾被铁链拴着的没牙囚犯一般，但我发不出声，因为我并不存在于这个世界。我可以嘲笑别人的痛苦而不受惩罚，因为在这里，我只是一颗眼球。

*

展示介绍"狗狗靴"时，亨丽埃塔援引了一段八竿子打不着的德贝卡·德马克斯的言论，以此开场：

> 燃素的目的就在于逃逸和消散，我们向来是灰烬，而燃素让我们以灰烬的形态示人。燃素混淆了我们的视听，让我们相信自己能够成为独立的个体，并非一直都是无名的灰烬。而这也诱使我们做出残忍而恐怖的恶行。

"你引用德马克斯的话，就是因为我在产品展示会上引用过他，"我发言说，"我觉得你连燃素是什么都搞不清楚。"

"燃素就是人们曾经认为存在于所有可燃物体中的物质，这个理论现在已经被推翻了。吃土去吧。"

"燃素是真实存在的，德马克斯知道，我也知道。吃灰去吧。"

"当代科学可不这么认为，你这个弱智。"

"随他们怎么认为，这改变不了世界末日一到你就会被烧成灰烬的事实。"

"艾伦，B 在威胁我。"

"我没威胁，"我说，"我可没法操控世界末日的到来。"

*

"告诉我你看见了什么。"巴拉西尼催促道。

"一个形容枯槁的男人，一脸严肃、聚精会神、失魂落魄。我不知道他的背景，不知道他的名字，也不知道他到底有没有名字。他是个气象学家。"

"妻相学家？"

"对。"

"有意思。挺新奇的。继续说。"

"时间可能是 20 世纪 50 年代。他坐在桌旁，在笔记本上写着什么，我的脑海里充斥着他的画外音：'如果每个行为都有一个等量且相反的反应，且这些反应是完全可以预料的，那么我们有理由相信，如果我们拥有关于某个瞬间和空间的全部数据，就可以准确预测出下一个瞬间，并从下一个瞬间推出再下一个瞬间，这样无止境地进行下去。此外，通过相同的方法，我们也应该能够确定出诱发瞬间之前的瞬间等等。因为在物理学中，时间是不分方向的。关键在于搜集到所有可用的数据，这一点，在小而可控的环境中或许是可行的。就更大的范围而言，有朝一日，这种技术或许能够成为天气预报领域的一大福音。这需要依靠强大而精密的电子计算机器，在我有生之年，这种机器不太可能诞生。'"

英戈对气象学家、异想天开的和平主义者、拉尔夫·理查森的叔叔路易斯·弗莱·理查森[1]那疯狂而荒谬的胡言乱语显然并不陌生，

1　路易斯·弗莱·理查森：英国数学家、物理学家、气象学家、和平主义者，开创了用于预报天气的现代数学算法。他的侄子拉尔夫·理查森是英国著名莎剧演员。

但从科学上来说，这种理论是荒谬之至的，可是，电影院不正是我们摒弃自己疑虑的地方吗？这位气象学家在一个微型玻璃风洞里放了一盆蔓绿绒。他进行测量，做了笔记，打开对准风洞的16毫米电影摄像机，关闭了风洞的出口，调试了几个开关，然后开启了风力开关。在他和摄像机的"注视"下，植物的叶茎在风中前后左右地摆动起来。大概十五秒后，一片叶子从植株上掉落，打着旋儿穿过风洞，撞到后面的墙壁，落在地上。气象学家关掉摄像机，然后，在一组电影蒙太奇画面中，他在黑板上进行了一系列运算：数学方程式和图表的画面，与被风吹起的日历，蔓绿绒舞动的枝叶，气象学家在桌旁小睡、用纸盒吃中餐、气急败坏捶拳的镜头交切在一起。几周的时间过去了，他的脸上长出络腮胡来。他在坐标纸上精确地描绘着蔓绿绒，仿佛将算术本上的公式翻译成了图像。他又画了一遍。他又画了一遍。他又画了一遍。他又画了一遍。他又画了一遍。日历的纸页再次飞舞，气象学家的胡子越来越浓。蒙太奇结束，这位已经精疲力竭的气象学家坐在昏暗的办公室里，面前的两台电影放映机同时对准两块小型便携式电影屏幕。他把两台机器同时打开。

"屏幕上在放映什么？"那个声音问道。

右边的屏幕上是风洞中随风飘摇的蔓绿绒，一片叶子掉落下来，撞在远处的墙上。左边的屏幕上是同样情景的动画画面，同时放映，且速度一丝不差。两部电影都是循环播放的，气象学家一遍又一遍地观看着。

镜头切换，只见他在自己的笔记本上写道："成功了！仅凭原始资料，我就能准确预测出未来。这件事花了我整整五周时间，但这只是个小问题，当一台比我那过于人性化且易于出错的大脑更加精密的计算机器为消费者所用的那天，这个问题也终将迎刃而解。"

*

一则娱乐圈新闻告诉我，格蕾斯的博客已经在如今蒸蒸日上的女权主义电影市场中成了"抢手货"，它改编电影的版权已经被人买下。

在一系列只能用"快进"来形容的工作后，格蕾斯完成了这部电影的制作，将之命名为《爸鼻笑谈》，电影发行后得到了影评人的高度评价。即使说得客气些，这也是一部失之偏颇的作品。作为电影爱好者和影评人的我，不得不在我的网站"危险评价"上对它进行点评，虽然这对我是一种深深的折磨。

爸鼻知烂片

在此透露：格蕾斯·法罗（本名格蕾斯·罗森伯格·罗森堡）是我的女儿，我怀疑，我可能就是她电影中父亲的原型（至少从某种程度而言），所以说，在这个问题上我还是有发言权的。但是，我要把这个问题暂放一边，客观地评论这部电影。《爸鼻笑谈》是一位才华横溢的年轻女性导演的一部真挚的小成本处女作，对于这部电影的点评，我本可以止步于此，一来因为导演的意图是纯粹的，二来因为我们需要在导演打磨技巧的阶段嘴下留情。但是话说回来，一位经验丰富且公正无私的电影教育家的批评，或许会对这位初露头角的导演有所助益。我就是本着这种精神提出自己的看法的。《爸鼻笑谈》的故事是，一个有志成为电影导演的女孩试图在普遍厌女的社会中找到自己的道路。她的父亲C是一位影评人，沉迷于"排名"这一非常大男子主义（电影里是这样表述的）的概念，由一向浮夸的鲍勃·巴拉班饰演，演技毫无精妙可言。在导演的童年时代，父亲目空一切地谈论着种种关于文化的议题，总是在整理着五花八门的"最佳"片单（最佳电影、最佳画面、最佳交响乐，诸如此类）。电影中的导演名叫格蕾斯·布雅（"不雅"，懂了吧？），背负着凡事都要"做到最好"（有没有想到梅拉尼娅·特朗普[1]？）的负担，工作因此陷入瓶颈。这时，她遇到了一位年纪较长的女诗人，受后者激励开始探索自身和整个世界。接下来，格蕾斯·布雅拍摄了一部叫作《成年之怒》（听明白了吧？）的电影，讲述了她个人的旅程、与父亲之间的纠葛（当然是消极负面的），以及与诗人之间（美好而充满肉欲）的恋爱。这部"影中影"成了艺术电影爱好者们的心头好，颁奖典礼的场景与格蕾斯和女诗人希帕提娅·瑞丽克瑞的性爱场景交切在一起。

诚然，法罗是一位值得关注的电影人。她想要与父亲尽人皆知的姓氏和鼻子撇清关系，这样的愿望也能得到人们的同情，如果我们比较法罗较早和最近的照片，就能发现她是做过鼻整形手术的。不过我们仍会好奇，她未来是否会悔恨这个决定。当然了，她随时可以换回自己原本的姓氏，但鼻子是换不回来的。我们理解塑造个人身份的必要性，但必须指出，这正是电影的主要缺陷，而且是一个重大且从根本上来说致命的缺陷。法罗通过把父亲塑造成讽刺漫画式的小丑，将父女之间的冲突

1　梅拉尼娅·特朗普曾在 2018 年发起针对青少年的"做到最好"运动。

刻画得生气全无。电影就是围绕着这种冲突展开的，她与父亲的关系是电影中最为关键的一环。如果导演不试图把父亲塑造成一个复杂的人，集各种各样的烦恼、伟大深远的艺术节操以及对女儿坚定不移的爱于一身，那么这段关系的真相就会被抹去，在故事中留下一个巨大的漏洞。作为一个有女儿的人，我很理解任何一个年轻人为建立自己身份所做的努力，但从根本而言，这部电影的虚假程度令人咋舌，让我无法昧着良心推荐。我确实认为法罗女士是一位大有前途的年轻导演，也很期待她下次的表现。两颗星。

仿佛是在存心捉弄我一般，《爸鼻笑谈》竟成了一部热门艺术电影。格蕾斯·法罗和她现实生活中的诗人女友爱丽丝·马维斯·秦成了媒体界的宠儿，她们出版了一本旨在激励年轻女性的儿童读物《老娘最厉害》、开发了"秦之法罗"香水，并参演了讲述海盗安妮·邦尼和玛丽·里德[1] 情史的女性二人说唱音乐剧《约炮》。她俩是纽约有口皆碑的当红炸子鸡，还推出了一款女性专用的炸鸡机器，叫作"我的专属炸鸡机器"。

1　安妮·邦尼和玛丽·里德是 16 世纪活跃在加勒比海的两名女海盗，两人曾并肩作战，被称为"碧海的黑罂粟"。——编者注

37

在 Zappos 上班以来，我第一次鼓起勇气进入客户数据库，查找蔡小姐的信息。原来，这里的信息要比我想象中多得多。鞋码和购物历史自不必说，除此之外，还有一份详细的客户档案，我猜其中的信息包括从其他网店或者政府档案中购得的消费记录，还有客户自己的浏览记录。杰夫·贝索斯之所以能成为世界顶级的亿万富豪，就是因为他把事情做得滴水不漏。除此之外，数据库里还有一张电脑生成的、细节极尽丰富的蔡小姐画像。我虽然完全猜不到他们是怎么做出的，但还是被深深震撼。我可以为蔡小姐的人像穿上任何从她购物历史中找到的衣服或鞋子。想不想看蔡小姐身穿黑色铅笔裤（是从 Shopbop 上买的）的样子？只需轻轻一点。想要为裤子搭配一件白色露脐上衣（也是从 Shopbop 上买的）？轻点即可。这就大功告成了。你也可以在虚拟空间中旋转这位蔡小姐。她可以穿着衣服示人，自然也可以不穿衣服示人——虽然不知道这一功能对 Zappos 有何用处，但对我的用处却再清楚不过。除此之外，只需轻点，我就能将蔡小姐在亚马逊网站上购买的任何书籍放置在虚拟的她的手中。双击鼠标，我就可以让蔡小姐穿上一条青绿色的连身短裤，读一本兰波的诗集。我有如置身天堂，世间至美也不过如此。

最后我发现，她退还了一双红色的玛丽珍鞋，这双鞋今早退回了内华达的仓库，还没有经过质检，因此还未归入可售鞋品中。这意味着，作为一名高管，我可以在质检过程中将鞋拦下，进行"高管质检"。我将蔡小姐归还的玛丽珍鞋征了上来，被告知鞋子将在今天下班前送到我的办公室。没有人提出任何质疑。

有人在食堂的墙壁上贴了一张我的正脸照，不知是从哪儿搞到的。照片的底部写着"玛尼舍维茨酒[1]男"，暗指我的葡萄酒斑胎记和他人臆想出来的犹太身份（我不是犹太人）。很显然，这是亨丽埃塔的下作阴谋。我的老板把照片撕了下来，召开了一次部门会议。他执意要查出照片是谁贴的。他说，宗教不宽容是不可宽容的，嘲弄他人的容貌缺陷也不可纵容。我郑重声明，我既不是犹太人，也不认为自己的容貌有什么缺陷。

"问题不在这儿。"他说。

"从某种意义上说，问题就在这儿，"我说，"因为对我来说，嘲讽根本伤不到我。"

"或许我们可以试试卖犹太鞋。"亨丽埃塔说。在我听来，这句话让她露了怯。

"什么是犹太鞋？"老板问道。

"我也不知道。圆顶小帽鞋？"

这句话无论是作为玩笑还是侮辱都讲不通。亨丽埃塔那少得可怜

---

1 玛尼舍维茨酒：犹太人逾越节的仪式用酒。

的小伎俩就这样破防了。我的老板觉得这个提议具有极大的侮辱性。

"在工作场所，不许有人拿圆顶小帽说事儿！"他高声尖叫着。

或许他并不知道圆顶小帽是什么，只认为这是一个嘲弄犹太人的词。

"要是让我发现了是谁贴的这张照片，"他继续说，"我一定严惩不贷。"

我不理解，他怎么就意识不到这是亨丽埃塔的勾当呢？

"或许，我们可以把犹太鞋叫作犹太'脚会'鞋，跟'教会'来个谐音。"我试着缓和气氛，也是为了显示我比亨丽埃塔更胜一筹（或是更胜一百筹！）。

随即哄堂大笑。每个人都笑了，只有亨丽埃塔没笑。

"凭什么他能这么说？"亨丽埃塔问。

"因为他是犹太人！"老板说。

"犹太好运鞋！"亨丽埃塔失控地脱口而出。

老板摇了摇头。

"我非得把做这事的人揪出来。"说完，他便走出了房间。

开完会回到办公室，鞋盒已经放在了我的办公桌上。我就像个圣诞节清晨拆礼物的孩子一样撕开了包装。看看这双鞋子，我的老天，看看这双鞋子吧。这是一双美观、光滑、闪亮的深红宝石色皮鞋。皮带扣是银色的，鞋底是黑色橡胶。我知道，蔡小姐退货是因为这双鞋小了一号，因为她已经订好了大一码的同款鞋。一想到她的脚趾曾塞进这双小了一号的鞋子的鞋头，我就按耐不住激动，这感觉我无法解释，也不愿解释。这双鞋的内部没有一处不曾被蔡小姐赤裸的双脚摩擦和抵满。我不动声色，完成了自己降生于世注定要完成的使命。我将一只鞋子举到鼻子前，深吸了一口气。仅仅是吸入蔡小姐的人体分子的想法，就几乎让我昏厥过去，但感觉不止于此。鞣革、橡胶、汗液、双足的气味……这真是一种让人兴奋的体验。我将盒子上的序列号输入电脑。太棒了！在蔡小姐购买之前，这双鞋从未被寄给过别人。将双脚伸进这双鞋子的，是蔡小姐，只有蔡小姐。哦，蔡小姐啊。我抬起头来，看到的却是亨丽埃塔正举着苹果手机对准我。

我被解雇了。

*

考夫曼的新电影笼罩着不可名状的愚蠢气息，虽然没有谁会在意，但我还是进行了一番调查，发现这部名叫《恍惚过失之梦》[1]的电影更像是一部最高纲领派[2]的哗众取宠之作。不难看出，这部电影探索了当今社会如何缓缓流于一种半梦半醒的状态之中，让我们渐渐接受了日常生活中与日俱增的超现实主义。据说，这部电影的主角是一位名叫乔纳·希尔[3]的年轻演员，由演员乔纳·希尔本人饰演，他发现，亚洲有一家工厂正在克隆乔纳·希尔，目的是制作一系列亚洲山寨版的乔纳·希尔电影。一位不愿透露姓名的受访者将这部电影形容为"《巴西来的男孩》遇上《福伊七宝》"[4]。无论如何，这部

---

1 此电影为作者虚构。"恍惚过失之梦"为心理学名词，做梦者在这类梦境中会犯下自己一直试图避免的错误，如戒烟者梦见自己点燃了一根烟，很多做梦者醒来时会有强烈的罪恶感。

2 原文为"maximalist"，指持极端观点、为达目的采取直接行动、反对妥协的人。

3 乔纳·希尔：好莱坞喜剧演员。

4 《巴西来的男孩》是一部1978年的科幻惊悚片，描述一位纳粹军官在"二战"后藏匿于南美，进行人种实验，又译《94个小希特勒》。《福伊七宝》是1955年的喜剧电影，讲述杂耍艺人福伊生下七个小孩的故事。

电影一定是对考夫曼那自恶而自夸的灵魂又一次晦涩难懂且过度夸大的探索。为这次电影讲座（讲座安排在美国童子军大露营雨日电影节上，为防止下雨，地点设在得克萨斯欧文森特公园娱乐中心的辅助室中）进行排练后，我走路穿城去找我的眼科医生（他新进了一批艾博眼镜！），却掉进了一个敞口的阴井中。这完全出乎我的意料，因为我正沉浸在思考中，想要重温自己三年前在妇女选民联盟圣安东尼奥分会上发表的一次演讲。演讲题为《对于考夫曼的作品，用脚投票就行》。妇女联盟成员们对于考夫曼质量拙劣的作品并不熟悉，因此我特地选择了几场十分糟糕的戏来阐明观点，七十分钟的演讲结束时，我已赢得了她们的支持。我可以肯定地说，她们是不会上赶着去看考夫曼的任何一部电影了。"真是太糟糕了。"演讲后，我记得一位妇女这样说。"可不是嘛，那个人简直脑袋有病。"稳扎稳打，一次说服一个女选民。而现在，坐在没过脖子的恶臭污水中，嗅闻着市民朋友们制造出来的熏天臭气，我被强拉回了现实之中。这种事已经不是第一次发生了。

我摸了摸我的脚踝、膝盖和手腕，好像没什么大碍。应该起诉市政府，我暗下决心。当然，如果我真的受了伤，起诉会更有说服力，可惜我似乎从来不曾因为这样的失足而受伤。有的时候我会浸泡在粪便之中，有的时候则不，但浸泡在粪便中的情况要占大多数。市政府如此玩忽职守，无异于怂恿大家起诉。我手脚并用地爬上梯子，迅速躲过一辆从头顶开过的出租车。我扫视着路况，爬了出来，浑身湿透，散发着恶臭。在街上，人们对我避而远之，向我投来厌恶的目光，叫我"臭狗屎""臭小子"，不知为何，还有人叫我"恋童癖"。我羞愧难当地跑回家里，洗了澡，然后把自己绑在睡椅上号啕大哭。明天又是新的一天，我安慰自己。但真是这样吗？抑或明天仍和今天没有区别？另一个敞开的阴井？再一次踩到狗屎？又一次任大街上一群聒噪的高中女生盯着我嘲笑？我不是个信仰上帝的人。看在老天的分儿上，我还是理查德·道金斯[1]等疯子的脸书好友呢，但有的时候，仿佛真有某种邪恶的力量会通过羞辱我而获得快感。

不消说，我的生活并没有像期望的那样展开。我回想起在哈佛大学读本科时那个寂寥的夜晚，我漫步在马萨诸塞州剑桥市的街道上，寻找着人生的意义。"这一切到底有何意义？"我脱口而出。突然，一个年老的流浪汉不知从哪儿（从天上？）冒了出来，找我要钱。我摇了摇头，说了声"对不起"，然后双手插兜向前走，继续大声说着心中的疑惑。但这个无家可归的人并未善罢甘休，跟在了我的身后。

"哪怕一点零钱也行。我可是个饱经磨难的老人。"

"对不起，俺可木钱。"（我故意让自己听起来更穷些）。

"你不明白，"他说，"世事难料，终有一天你的世界会天翻地覆。我也曾经年轻过，甚至比你现在还年轻。你今年多大，19？14？和你一样，我也曾是个10岁的孩子。信不信由你，但我说的是真话。世事难料，只消一眨眼的工夫，你的生活就被打乱了。"

"我薪水很低，而且上班要迟到了。"我边说边继续往前走。

"告诉你，我曾经有过这么一个想法，就是人们所说的'固定观念'[2]。当时我还不知道这种想法叫固定观念，也没想到我的想法能成为固定观念。我以为，这只是我脑子里闪过的一个念头，但这个念

---

1 理查德·道金斯：英国演化生物学家、科学家、无神论者。
2 固定观念：心理学名词，类似"定势思维"。

头来了就不走，可以说把我未来的点子都给毁了。我把这个念头叫作固定观念，反正法国人是这么叫的，皮埃尔·让内[1]也这么叫。不知道他为什么要拿女孩的名字当姓，这一点我就是想不通，反正，他探讨过固定观念的问题。你听说过他吗？卡尔·荣哥就是他的学生之一。荣哥你总听说过吧？我猜你是个大学生。荣哥很有名的。"

"是荣格。"我忍不住纠正道。

"不管怎么说吧，这个想法把我的生活搞得一团糟，仿佛它就这么钻进了我的大脑。它就像是某种能够长大或是生根发芽的东西，比如一只鸡蛋、一条虫子或一粒种子，被存储在了那里。这个念头就是我其实来自未来，被送到了当下，'我其实并不是自己，而是来自未来的某个人'，明白吗？能听懂吗？是这样的，我跟我已故的兄弟赫伯特在佛罗里达的海滩上发现了一种生物，像是某种海洋生物，它不是普通的生物。就好像是上帝造物时失了手，把它扔在了那里，或许是不希望被人发现吧。但是我和赫伯特找到了它，我们的确找到了它，这让我不禁思考起来，或许这一切并不是意外。或许这个生物就是我和赫伯特的'瑕疵版本'，而有个人，且说是某个邪恶之神吧，想让我们看到这个生物。赫伯特不理解我的固定观念，于是他选择了离开，成了一位鞋子销售员，至于我嘛，我对这个问题进行了深入研究，努力把它搞清楚。"

"嗯嗯，"我应着，"我真得去——"

"我甚至搬到了这座'大学城'来上大学，好深入钻研这个问题，但我连小学六年级都没上过，因此任何学院机构都没法录取我。或

---

1 皮埃尔·让内：法国心理学家、精神病学家，其姓氏"让内"在英文中读作"珍妮特"。

许我应该像赫伯特那样去卖鞋。他一直都是我们两人之中更务实的那个。至于我嘛，我从小就喜欢探索宇宙和思维。我一直都是我们两人之中更爱提问题的那个，我们不是亲兄弟，却胜似亲兄弟。反正我就开始纳闷，这个想法为什么会突然跳进我的脑中，挥之不去。这想法到底是哪儿来的，还有——"

"我现在真得去电影院了，"我说，"去看电影。"

就这样，为了躲开这个疯子，我走进了那家破败的电影院，独自在黑漆漆的屋子里缩成一团。我观看了让－吕克·戈达尔1967年的杰作《周末》，人生由此而颠覆。在那晚之前，我认为坐在那里享受娱乐是对时间的靡费。我非常渴望从事外交工作，比如成为外交官、巡回大使，或是使馆专员。我甚至已经买好了印有花押字样的使馆专员公文包。也就是说，我已经准备万全。但是这部电影对我的触动是前所未有的，也是任何人都无法企及的。这部电影就是我一直以来的梦中情人。这部电影把我看得一清二楚，把我剥得一干二净，渴望将我征服。用简单粗暴的方式说，如果有办法与这部美丽的电影做爱，然后在它的臂弯中入眠，我会不假思索地投入其中。除了把主修专业从国际研究改为电影研究，我还有什么办法呢？哈佛大学的电影系当然是世界上最优秀的，当时的系主任由沃伦·比蒂和迈克尔·西米诺[1]担任，也可能是两个长得跟他们非常相似的人。录取难度堪比登天，但我有进取心和满满的激情，还有一份50页长的计划书，内容包括如何建立由价值观，也就是由感情构成的

---

[1] 沃伦·比蒂：美国著名演员，代表作有《雌雄大盗》等。年轻时与众多女星有过绯闻，被称作好莱坞的浪子。迈克尔·西米诺：美国导演、编剧、制作人，代表作有《猎鹿人》《天堂之门》等。

美国电影产业，克服重重困难，无畏地探索人类的心灵，理解男女之间永无停歇的战争。这些特质给哈佛电影系留下了深刻印象，让我得以入学。

在第一堂课上，因为戈达尔《周末》的排名问题，我和沃伦·比蒂差点打了起来。这是我当时看过的唯一一部电影，因此我把它排在了第一位。比蒂把这部片子排在第七，因为他看不懂。他坚持说，这部电影是对法西斯主义的批判，这就像说《电视台风云》[1]是对彼得·芬奇[1]的批判一样不着边，我也是这样告诉他的。就这样，我们开始相互推搡。比蒂身材魁梧，但奇怪的是，他的肌肉摸起来却是胶状的。我想，他估计是得了什么病，因此我应该对他温柔一点。但我还是控制不住，一胳膊肘捅向他的下巴，把他打倒在地。比蒂的下巴上留下了一个凹痕，就好像他的脸是湿黏土做的一样。这处凹痕在他脸上留存了一个星期，终于有一天，在课堂上，伴着一声吸吮，他的下巴弹了回来。我本以为自己至少会被开除，或许还会面临牢狱之灾，但恢复了理智的比蒂仿佛变了一个人，至少在对《周末》的看法上痛改前非。他说，他的评价很肤浅，还承认自己其实从来没有从头到尾看完过这部片子。然后，一件意想不到的事情发生了——他看着我的眼睛说："请你不吝赐教。"于是我照做了。

我们去了电影院，一起看了《周末》。我解释了戈达尔的技巧以及使用这些技巧的理由。比蒂是个求知欲很强的学生。他承认，他把太多时间花在了玩女人上面，让观影技巧打了折扣。我说："让我们来亡羊补牢。"我们的关系密切起来（我们为争夺年轻的黛

1 《电视台风云》是 1976 年的美国剧情片，彼得·芬奇为主演之一。

安·基顿[1]闹得很不愉快，因此他是不会承认我们的交情的，但我们的确交往甚密，甚至当了三个学期的室友）。西米诺则更难攻克，虽然我们曾在阿鲁巴一起度过了一个春假，有过一段极其美好的时光。我的电影学习生涯就这样拉开了帷幕，因为话说回来，教授他人不正是最好的学习方式吗？

我当时的计划，就是掌握电影制作的各种要素：摄影、剪辑、录音、编剧、导演、表演、照明，诸如此类。一拿到文凭，我便要火力全开地冲向世界，制作我的第一部电影《火力全开》。然而，我不想流俗于典型的暴力场面，在我的电影里，连一把射豆子的玩具枪都不会出现。片名中的"火力"指的是人与人互动的火力，也就是我们在交流过程中彼此施与的暴力：一个年轻男子和一个年轻女子正在努力维护一段健康的恋情。男子是一个聪明而谦逊的外交学者，女子是一位性感迷人的考古学家，她愤世嫉俗，又楚楚动人，拥有丰盈的智慧和丰腴的胸部。

1　黛安·基顿：美国女演员，多次主演伍迪·艾伦的电影，曾与沃伦·比蒂交往。

38

我得出结论，我是个蠢货。各种事故、敞开的阴井、还有那场毁了英戈的电影和我一生的大火，但更可怕的或许是我自己的想法。我的思想也很愚蠢。

我的记忆矛盾又颠倒，我的想法荒谬又可笑。我就是个虚荣自负的小丑。有的时候，我是能意识到这一点的。在我眼里，这些清醒的时刻显得更加屈辱，因为我能透过别人的双眼看待自己，而这一切又都在我的控制之外。这可悲又可笑的思考过程继续着，仿佛剧本一般上演着。我就好像是一只人偶，被某种外部的力量所定义，创作的初衷就是要把我写成某种包罗万象的怪诞娱乐之中的陪衬物，供某处的某人观看。但到底是被谁或是被什么观看？为何观看？如何观看？又是在何时观看？

第一次见面时，人力资源部的女员工仔细读完了我的11页简历。

"老天啊，"她说，"你做过这么许多的工作呀。"

"没错。"我回答说。

"自负的大学讲师、饱受折磨的百货商店经理、小镇牙医、电影导演、急性子的小提琴老师、纽约卡茨基尔一家行将瓦解的度假酒店的领班行李员、码头工人、男装店临时雇员、卑躬屈膝的熟食店员工、让－吕克·戈达尔电影傲慢的抄写员、居高临下的银行家、争风吃醋的三流影评人、七十篇小型出版物刊发论文的作者、道德沦丧的洗衣工……不胜枚举。"

我没有把在 Zappos 工作的经历写进简历。

"真是经验丰富啊，罗森堡先生。"她说道。

"罗森堡先生或女士。"

"罗森伯格先生或女士。你的人生真是精彩呀，不是吗？"

"我从事过各种各样的职业，没错。"

"嗯，我不得不说，坦白讲，我们的求职者通常不会有如此丰富的工作经历。他们一般是大学生、家庭主妇，还有失败的艺术家，诸如此类。"

"我敢肯定，无论交给我什么工作，我都一定能胜任。"

"我也很肯定，但是你的资历太高了，我担心你很可能会觉得这份工作无聊。"

"不会的。我从来不会觉得无聊。无聊是蠢人的专利。"

"你会觉得无聊的。我见过这种事太多次了。为合适的人找到合适的工作，这是我的职责，也是我的使命。所以，我要给你找一份比这好得多的工作。"

"我不想要更好的工作，我只想当 Shopbop 的初级客服代表。"

"我要给你找一份鞋类相关的工作，罗森堡先生或女士。"

"但是——"

"这是一个晋升快速的高管职位。你有当……傲慢的马戏团领班和……骄横的职业外交官的经验，我能看出，你是个有格局的人，能在这个领域干出一番伟业的。"

*

我坐在除我之外空无一人的电影院里，观看徒有虚名、自吹自擂的查理·考夫曼的又一部电影。这部电影取了《失常》这么一个让人讨厌的名字，是考夫曼和一个叫作杜克·约翰逊[1]的家伙联合执导的，因此我还是抱了一点点的希望，但愿这部片子不会让我落入考夫曼惯用的创意黑洞。但是片子一开始，我的希望就破灭了。哦，老天，开开眼吧。显然，考夫曼已经将"彻底毁掉定格动画片"当成了自己的责任，这部让人不忍直视的烂片探索的主旨，不知是他对从众心理进行的幼稚思考，还是别的什么东西。考夫曼可比不上神奇的安德森，也绝对不比英戈，甚至连阿特·克洛基[2]都比不上。

看完电影之后，我在街上徘徊，思考着它所传递的"信息"。我得出结论，电影是一种伪装，考夫曼其实就是在向他的人类同胞们发出请求，吁请他们一定要把普通人当成个体来看。如果这个观念没有经过站在"重大信息传播者"制高点上的考夫曼错误传达，它原本是崇高的。无论现在还是以前，他都未曾关心过"普通人"，也从来没有用心把他们视为如此深刻玄奥的个体。考夫曼是个精英主义者，他代表着这个名词最令人不齿的含义。他的傲慢（更别提他的厌女情结了！）简直到了病入膏肓的境界，而且我敢说，他脚上那双花哨的设计师款鞋子，鞋底连老百姓的人行道都没有沾过。

我掉进了一个敞开的阴井里，但即便浑身浸满了曼哈顿同胞们

---

1 杜克·约翰逊：美国导演、制片人。《失常》是考夫曼和约翰逊共同执导的一部动画片。
2 阿特·克洛基：美国定格黏土动画先驱。

臭气熏天的大便，我仍继续对考夫曼大加痛斥。我得出结论，他是一个令人极尽反感的装腔作势之人，受头戴贝雷帽的大学本科生拥护，而他们这些无知的人（哈哈！他们一定无知得连"无知"这个词都不知道！）还以为自己在拥护某种深刻、独到且"颠覆体裁"的东西。

我试着踩上梯磴，想要爬到头顶的路面上。

他们难道没有读过才华横溢、开辟先河的意大利剧作家路易吉·皮兰德娄的作品吗？他是愚昧无知的考夫曼经常抄袭的对象。

一大股腐臭的液体不知从哪里冒了出来，把我从梯磴上冲了下去，卷入洪流之中。我大声尖叫着求救，却被灌了满满一嘴的脏水。在很长一段时间里，我徒劳地想要抓住任何能抓握的东西，在随波逐流了大约50米之后，我终于抓住了头顶的金属灯罩，悬在半空，等待棕色的液体消退。我落在下水道的地面上，摸索着回到那可爱的梯磴旁。

这一次，我终于回到了马路上，却立马又开始思考起考夫曼来。没有人能像他那样让我深恶痛绝了。他那幼稚而故弄玄虚的胡话，全都照搬自对于荒诞主义的误读——

我又掉进了一口敞开的阴井中。这怎么可能？荒谬的是，这条下水道的隧道中似乎溢满了呕吐物。这座城市到底是怎么了？"厌食者大会"又卷土重来了吗？我一定要起诉。约翰·V. 林赛、菲奥雷洛·拉瓜迪亚 [1]，或是任何正在执政掌管这人间炼狱的人，都将付出惨重的代价。

---

1 约翰·V. 林赛和菲奥雷洛·拉瓜迪亚均为美国政治家，都曾担任过纽约市长。

回到公寓，我用洗必泰抗菌皮肤清洁液把身体彻底冲净（现在，我只能从山姆会员店买到 5 加仑桶装的清洁液），坐在躺椅 / 睡床上，思考起我的人生来。我的生活中仿佛的确存在某种规律。我不断地遗失，又不断受些不足道的羞辱。我是一个无神论者，坚定不移地相信人生无意义，冷酷的宇宙充斥着无情的混乱，人生是一场残酷的宇宙意外，没有谁在天上监视，也绝没有谁在幕后操控——要不是这样，我真会以为有谁在天上监视着我们并操控着万物，有那么一个成心跟我过不去的"人"或"物"在监视着，监视着，永不停歇地监视着，太可恶了。我毕竟是个好人，是个友善的人，在面对这种永恒的虚无时仍努力恪守着互惠原则，也就是杰克逊和吉本先生所谓的"黄金法则"[1]。而且我敢说，我在生活中遵守的是黄金法则之中的黄金法则。我不但能用希望别人待我的方式待人，而且平均来说，我为别人付出的，是我希望别人对我付出的三倍。那么，我为何还要遭此折磨？当然，"他们一定大如牛"乐队[2]多年前就用歌曲一针见血地告诉我们，生活没有公平可言，但最近我不禁开始相信，事情不止这么简单。我所坚信的自由思想似乎与事物的逻辑背道而驰。我被区别对待，总被人找碴儿，但这究竟是为什么，我也毫无头绪。

我觉得如果愤怒之神确实存在，我就必须要多加小心，不要再继续激怒他们。毕竟我的福祉掌握在他们手中。他们究竟有没有手？神的手是位于掌骨区域吗？我可不想大言不惭地假定人是神按照自

1　"黄金法则"的大意类似"己所不欲，勿施于人"，1604 年由圣公会教徒查尔斯·吉本和托马斯·杰克逊提出。

2　此处指另类摇滚乐队"他们或许是巨人"，B 说错了名字。"生活没有公平可言"是该乐队歌曲中的一句歌词。

己的形象创造的。我必须承认，如前所述，作为一个人，我的行为是无可指摘的，因此，让神感觉受到了冒犯的一定是我的思想。如何把这锅不断翻搅的思想大杂烩厘清呢？思考是我的职业和爱好，甚至可以称之为我的欲望，以至于我必须承认，思考也是一种抚慰（只需轻轻拂拭就能将我的伤痛化为力量的，总是这种"不以为意"的思绪）。一个思想者必须允许彼的思想天马行空，否则便要承担思想僵化的后果，因此，我发现自己陷入了一种众所周知的"两难境地"。我先是觉得，或许我应该用一种不同的语言进行思考，因为我精通五种语言、熟悉六种语言，但是认真想来，有什么语言是我知道，而我的"造物主"不知道的呢？我左思右想。这个问题似乎无法解决。除非，除非，我们暂且这么思考，除非我的造物主并不是唯一的造物主？如果我的造物主能力有限呢？如果真是这样，那么我或许可以找到一个能够躲避我造物主的地方。这可能实现吗？如果能，我又该如何判断我的造物主有何局限呢？在生命的地图上，他的势力范围到底延伸到了哪里？

我努力通过冥想整理思绪。一呼，一吸，跟随自己的呼吸。这一行为看似简单，实则困难得无可企及。吸气。呼气。吸气。呼气。让人分心的想法浮现于脑海，又被释放出去，轻轻缓缓，不加评判。吸气。呼气。吸气。呼气。思绪不断浮现，还将继续浮现，但经验告诉我们，在一段时间后，它们浮现的频率便会越来越低。思绪慢了下来，精力开始集中。吸气。呼气。吸气。呼气。若将这种练习继续下去，数年或数周之后，说不定我就能将那些惹怒我造物主的思想从心中剔除出去了，在他们眼中，我将变得纯粹起来。我吸气呼气，让自己放缓，思考自己身体和思想持续不断的运动——即便在当下：我的颤搐，我的轻微欠身，我双脚的回勾、喉咙的吞咽、消化系统对食物的处理、嗓子的咯咯作响、皮肤的瘙痒、心脏的跳动、血液的流动、肌肉的紧张和放松、眼珠的移动、双眼的眨动、强压的咳嗽。吸气，呼气。将思绪释放出去。吸气，呼气。我的舌头在上牙的后方找到了安放之所。我舒缓下来，但即便如此，我仍在运动。吸气，呼气。我想象着气流钻进我的鼻孔，进入我的肺部，离开我的肺部，从口中释放。我将这视觉化的图像释放出去，试着将呼吸视为简单的一呼和一吸。吸气。呼气。吸气。呼气。我将"吸气"和"呼气"这些词释放出去，在思考呼吸时不对这一过程附加任何用词。我将"过程"这个词也释放了出去。我用迷离的目光看着寂静的房间，房间里的物品无处可去。它们就在那里，我试着成为这些物品。我将"想要变得像它们一样"的想法释放出去，只是单纯进入这个状态。吸气。呼气。我甚至将"进入状态"的想法也释放掉了。房间里的物品不会思考自己是什么。书本、窗户、墙壁、现在已经化为骨灰瓮的烧坏了的驴子木偶，都不"知道"自己到底是什么。我不再拿自己和其他东西做比较。我要极尽温柔地将所有"攀比之心"悉数释放出去。吸气。呼气。我感觉自己慢了下来。我的思想平静了下来。吸气。呼气。吸气。呼气。我成了椅子。我成了窗户。我即我所见。我是目击者。我即我未见。我非目击者。吸气。呼气。我仍能注意到我的存在之中最为细微的变化，无论是身体上的，还是精神上的。我既是目击者，也非目击者。我安然不动。

驴子木偶动了起来。

我很确定。木偶的脑袋抬了起来，只动了一丁点，但我看到了。我盯着木偶，等待着它动起来。我不想惊动木偶，我想让它再次活动起来。吸气。呼气。我敢肯定，底座的马达是关着的。我知道电池已经没电了。我也明白，齿轮很早以前就卡住了。我静候着。或许它看不见我，因为我纹丝不动。我的大脑中充斥着各种理论，高速运转着。我将这些理论释放出去，轻缓地释放出去。我必须保持这种安静的状态，不能有任何希冀。吸气。呼气。我静候着，不带期待地静候着。我观察着，却什么也不求看见。呼，吸，仅此而已。除此之外再无其他动作。或许这是思想的错觉，但其实并不是。对这一点我很肯定。或许真是错觉呢？但这又怎么可能？没有生命的东西是不会自己动起来的。或许电枢里还有余电。想到这种可能性，我的失望不言而喻。我多希望这木偶是活的。我多希望这世上留存着一些魔法，一些无人解释、无法解释的玄机。我将这种欲望轻缓地释放出去。吸气，呼气。我继续沿着这条路径向前探索，忘记了时间，迷失在当下，迷失在呼吸之中。

而现在，就在我继续放缓思维之时，木偶的动作却越来越明显。通过木偶身后的窗口，我能意识到白天和黑夜的流逝，光明与黑暗频闪而过，又快进成为一片既非白昼也非黑夜的模糊灰色。就在这时，木偶的动作变得流畅起来。它开口说话了。

"你好。"

"你是活的？"

"对，跟你一样。"

"我不知道该怎么接受这个事实。"

"我理解。"

"我们真的是在聊天吗，还是我想象出来的？"

"思想创造出来的东西也是真实的。"

"所以这是我的思想创造出来的。"

"二者没有区别，实际上，二者是一体的。明白了吗？"

"听着，我现在打算逃跑。我觉得我因为思想罪遭受着造物主的惩罚，另外，一个前同事也在四处追捕我取乐。"

话音刚落，一本书从书架上掉了下来（在我看来是正常速度，但在这扭曲的现实中，书花了一周时间才砸中我的头）。然后另一本书也掉了下来。接着是又一本。书砸在头上发出"咚咚"声的时机毫厘不差，我敢肯定，这在任何观众看来都很滑稽。我看了看这些现在已经掉落在地板上的书，书的封面都正好朝上，分别是玛丽·罗琦的《砰》[1]、玛丽·伦道夫的《动动你的大脑：写给老年人的趣味挑战文字游戏（第一册）》，还有克拉克·艾略特博士的《我脑中的幽灵：脑震荡如何偷走了我的人生，而大脑可塑性新科学又是如何助我寻回了人生》。要澄清一点，我并没有这些书，因此它们也没有理由（除了营造哑剧式的逗趣效果）从我的书架上掉下来。那本写给老年人的书真是在往我的伤口上撒盐。

那只已唤起了我深厚感情的烧坏了的小木偶顺着我的裤腿爬上来，坐在我的大腿上。我轻抚着它的头，它发出阵阵驴叫，好像很享受我的抚摸，但它的驴叫却更像是猫咪的呼噜声。

"有了你的帮助，我相信我能找到办法，回到属于我的时间和地点。我想这么做，而有了我的帮助，你可以跟我一起上路。请你原谅我这蹩脚的措辞，因为我来自默片时代，我掌握的口语是后来才学会的，你可以想象，我几乎没有机会练习口语，你也一定知道，

1　中文版译作《科学碰撞"性"》，这里为情节连贯采用直译。

练习对于掌握任何语言来说都是至关重要的，无论是古代还是近代的语言。"

我点点头。我不能也不愿跟它争吵。另外，在它说了几个词之后，我就没有再留心听了，因为我好像听到了前门门闩被猛然拉开的声音，我做好准备，等着亨丽埃塔对我开枪。

木偶重新爬到自己的骨灰瓮上，不再动弹。它再也没有动过。

39

　　我正在萎缩。这一点毫无疑问。我开始在门框上标记出自己的身高。与标记儿童逐渐增加的身高正好相反，我害怕再标记下去，我就要缩没了。

　　现在，我成了一个销售员，公司为生长变大的脚制作可延展的鞋子，还会为需要乘坐飞机出差的小丑制作可折叠的鞋子。我已经在这家公司待了一段时间了——是二十年还是一年来着？除了拿着少得可怜的薪水在这岗位上耗了二十年或一年外，这份工作最让我恼火的，就是当你告诉别人自己的工作地点时，人们会觉得很可笑。这工作根本没什么可笑的，即使是在小丑鞋部门上班。从某种角度而言，小丑鞋部门是所有部门中最让人抑郁的。那间沉闷的办公室里挤满了枯燥无味又壮志未酬的人。这可不是开玩笑。我就像是垃圾，而这家公司就像是我被扔进的垃圾桶。虽然被扔进垃圾桶是每个人迟早的宿命，但如果我在一家干洗店或油漆厂工作，就不必一次次忍受人们"可折叠小丑鞋！真是让人笑掉大牙！"的评头论足了。

公司的名字叫作"靴实如此"[1]，这让人们更有理由嘲笑我了。我曾经两次想起诉他们，不仅是为了维护非裔美国人的权益，还要控诉他们剽窃了我那篇关于超长电影的论文标题。小丑鞋部门的名字是"登机随身小丑鞋"[2]，这名字简直太丢脸了，但我联系的律师告诉我，这名字挑不出什么能够起诉的把柄。

我去上班。今天是工作日，有报告要提交，要给零售商打跟进的电话，还要给潜在的小丑客户致电推销。我盯着窗外的塔可贝尔餐厅。我跟玛尔塔打情骂俏，做些有的没的。我想到了英戈的电影。我虽然取得了一些进展，但速度却不如以前。不知为什么，巴拉西尼和蔡小姐结了婚，两人经常去他位于卡波圣卢卡斯的分时度假[3]房休假。我的上司杰夫走过来，告诉我阿尔曼德昨晚突然去世了。

"老天啊，真的吗？死因是什么？"

"死因挺奇怪的，"他说，"我也不清楚，好像跟耳疾有关。"

"耳疾？"

"对。具体细节我不知道。我觉得刨根问底不太好，尤其是现在这种情况。"

"当然。"

"他的妻子说事情来得毫无征兆，之后他的外耳从脑袋上耷拉了下来。"

"我从没听过这种事。这讲不通呀。"

---

1 原文为"Sho' Enough"，是一句黑人常用的口头禅，意为"果真""当然如此"，同时又是一句双关语，"sho"与"shoe"（鞋）谐音。

2 原文为"Carry-On Clownage"，借用了"随身行李"（carry on luggage）的说法。

3 分时度假：一种休假模式，将酒店客房或度假公寓的使用权分为若干周次，以会员制的形式出售，会员每年可住宿七天，从而实现低成本度假。

"我也不能说她是个骗子呀。我觉得在这种时候这么做不太合适。"

"我理解。我只是觉得很奇怪。老天啊，阿尔曼德真可怜。我从没'听过'这样的事情，你明白我的意思吗？"

"好像是耳积液剧烈喷出导致的。这么说你就能理解为什么会发生外耳脱落了。如果这不是一场悲剧的话，还真挺好笑的，就像电影里的场景一样，你可以把这想象成喜剧电影里的一幕。但电影终归是电影，知道一切只是特效，你就大可安心了。我想，电影人可能会拿橡胶耳朵什么的来制造效果。所以说，如果只是电影场景的话，笑笑也无妨，只是橡胶而已。但这次可是动真格的。"

"听上去真让人毛骨悚然。"

"这样的死法真是一种耻辱，跟脑袋爆炸没什么两样。而脑袋又是我们存在的根基，是生命的门面。老天，想想就不寒而栗。"

"但是，这种死法听起来像是一眨眼的事，总比一直拖着好点。"

"你是说相比耳朵在慢动作中爆炸？"

"不是，我是说那种让人饱受折磨的漫长的死法。"

"哦。话说回来，这段时间里我们得加倍努力了。他的客户你先照顾一段时间。你还得负责今年展会的——"

"不可能，杰夫。没门儿。"

"——展台。"

"唉，得了吧，杰夫。别开玩笑了。"

"我找不到别人了。"

"你知道我讨厌这种马戏团和魔术大会。让我去参加阿纳海姆的美国儿童鞋展盛会，叫汤姆来管这一摊。"

"汤姆那周要结婚。"

"哦，该死。还真是。"我停顿了一下，然后又说，"跟你说，这段时间我一直想聊聊这件事。我觉得，汤姆单凭自己是耶稣基督末世圣徒原教旨主义教会成员就能有这么多天婚假，这不公平。"

"我们是不会为了让你逃避小丑大会的职责就违反第十四修正案的。"

"但是杰夫，一夫多妻制是违法的[1]，所以——"

"听着，我们现在也是进退维谷，我们不能为了让你逃避参加小丑大会的义务，就充当起一夫多妻制是否符合联邦宪法的试金石。你知道的，汤姆正巴不得在这个问题上和人争个你死我活呢。"

*

以下是我在自己的博客"博客的'博'字 B 打头"上针对《村姑超人》发表的影评：

> 首先我想说的是，《村姑超人》是我最喜欢的漫画书，也有可能成为影视剧中的超级 IP，看到索尼公司聘请女性来执导该系列电影中的第一部，我简直兴奋难抑。这也是当然的，坦白说，导演格蕾斯·法罗是我的女儿。然而，作为一个全然致力于推翻父权制度的人，我必须要对索尼雇用一位白人女性来执导这部具有重大历史意义的电影的决定质疑。首先，村姑超人是一位非裔超级英雄，但从她的超级子宫中喷涌而出的扬善惩恶的子嗣却五花八门，这些超级英雄宝宝不是白人，不属常规性别，

1　耶稣基督末世圣徒原教旨主义教会是摩门教的一个派别，奉行一夫多妻制。

且身患各种残疾。法罗承认自己是女同性恋，这是事实，但我们无须过多深扒她的过往博文，就能发现这句话："我讨厌男人。我讨厌男人。我讨厌我的父亲。他们（他，老天爷，还有彼们！！！）给这个世界带来了什么？他们只带来了战争、暴行、奸淫、压迫、谋杀、贪婪。这种反常的染色体能带来任何有益或像样的东西吗？然而该死又可悲的是，我居然被这些怪物的**身体吸引了**（粗体是我加的）。"这么说来，你到底喜欢男人还是女人呢，法罗女士？当然，我没有资格含沙射影地说你的性取向是"当日之选"，但还是不禁会纳闷，它不是吗？不管那么多了。有这么一位实打实的女同性恋，她是跨性别的有色人种（拥有非裔美国人、切罗基族、拉丁裔和韩裔血统），不仅患有脑瘫，还有严重的听觉障碍，名叫莎朗·欧德贝尔，拥有惊人的天赋。她的处女作《耳女》讲述了一位患有听觉障碍的有色女性的遭遇，我将这部作品描述为"对一位患有听觉障碍的有色女性遭遇的开创性探索"。索尼公司为什么不去找欧德贝尔拍片呢？我不禁纳闷。如果他们找了欧德贝尔，那么这部非裔女性生出超级英雄宝宝的电影会不会显得更真实呢？我想应该会的。我打两星。

我的批评被置若罔闻。即便欧德贝尔也不愿接受我的认可，还说我是个"温迪戈"[1]。

我们生活在一个碰撞不休、冲突不止、排斥无数的世界上。里克·费曼[2]曾经告诉我："B，我们永远不能真正触摸到一件东西，触感

1　温迪戈：印第安人传说中的一种食人怪物。

2　此处指理查德·费曼，美国犹太裔理论物理学家，诺贝尔物理学奖得主。

只是两样事物相互排斥的感觉。我们都是彼此孤立的，甚至与自己隔绝。就连我们的分子都无法相触。因为我无法被触摸，也就不会受到伤害。烟雾无法蒙蔽我的双眼，因为它就是不能，而真爱不只是对我关上了大门，也对所有人、所有事大门紧闭。在面对孤单这件事上，我并不是孤身一人，这让我得到慰藉。"

*

"如果我继续进行这些预测，会发生什么？"男人的画外音问道。

"提问的人是谁？ 妻相学家吗？"巴拉西尼问道。

"是的。"话音刚落，气象学家便回到黑板前。眼前是又一组蒙太奇画面：数学公式、被风吹起的日历、中式快餐、络腮胡、坐标纸上的草图，最后，气象学家将一段全新的动画投射在小型电影屏幕上，奇怪的是，他的预测延伸到了未来，也延展到了风洞之外。屏幕上气象学家关掉摄像机走向黑板的动画，与实时发生的情景完全一致，甚至他手中粉笔掉落、伸手去捡的动作都一模一样。

我从恍惚的状态中清醒过来，看到蔡小姐一直在门口看着我。现在的她已经上了些年纪，但仍是个赏心悦目的女人。我已经无法想象当年到底看上了她什么。

"你想不想留下来吃晚饭？"她问道。

她为什么对我这么好？

"B 肯定还有其他地方要去。"巴拉西尼说。

"我没什么地方可去。我想留下来。"

这不是实话，但我已经饥肠辘辘了。我心想，要不然提议把饭菜打包带走？

"太好了。"两个人异口同声，但好像只有一人说的是真心话，我分辨不出是谁。

我们心不在焉地吃着蔡小姐那无甚亮点的奶酪拼盘，我复述了在当天报纸上读到的一个故事。

"一辆满载郊游孩子的校车驶离公路，坠入了美国南部或中西部的峡谷。报纸上说，这是一起骇人的事故，成了街谈巷议的话题。所有的孩子都丧了命，或是可能丧了命。目前还不知道死亡人数。在告知当事人家属之前，当局是不会透露这一信息的。这些孩子的未来都已消失殆尽，或至少是有可能已消失殆尽。多少人会撕心裂肺呀？家长和街坊邻居们该如何继续面对生活？我又该何去何从？无论如何，我们仍要继续活下去。我们必须继续活下去。正是在这样的时刻，人们才会投入哲学和诗歌寻求慰藉。当然，这份慰藉无处可寻。或许，玛雅·安吉罗[1]博士的这句话最为贴切：'如果我们失去了对彼此的爱与自重，那就是我们最终的末日。'这当然是值得铭记的至理名言，在灾难之中也算得上是一种安慰。然而让我一直有些困惑的是，我们怎会'对彼此'抱有'自重'？或许，安吉罗博士是想告诉我们，人类是一个整体，因此对彼此的尊重其实就是对自己的尊重？这就是佛教所强调的包容与中和。我强烈反对宗教，却更多地将佛教看成一种哲学，因此习惯从中汲取这种可以被称为'慰藉'的东西，我是这么做的，也经常这么做。哦，佛教。"

"真是太不幸了。"蔡小姐说。

我把一块淡而无味的奶酪塞进嘴里。

---

1 玛雅·安吉罗：美国作家、诗人，作品多涉及黑人女性觉醒。

"我在哪里读到，某家购物中心里发生了一起大规模枪击事件，"巴拉西尼说，"是在南方吗？说实话我不记得了，但我被吓坏了。是密苏里州？密苏里州是不是在南方？哪怕地理上不算南方，也肯定有种南方的感觉。反正就是某个阿片类药物泛滥的州。一名歹徒手持一把半自动或是超自动步枪[1]，朝一处人山人海的商场或者游乐场开了火。半自动步枪和超自动步枪是有区别的，但为数众多的枪支管制拥护者却似乎根本意识不到这一点。他们对枪支有那么多的意见，却完全不懂枪。反正一共死了三十七个人，这只是截至目前的数字。受伤的人更多，有的人伤势严重，所以死亡人数可能还会增多，有可能是大幅增多，这是当局的说法。我希望数字不要再增多，但也希望它能增多。大规模死亡事件有种让人兴奋的特质。如果上周的大规模杀戮中死了五十八人，这周却只有三十七人，那还有什么意义？我们的愤怒需要一步步累积才能持续下去。我不能说我对自己在这个问题上的立场毫无愧疚，但又没法打消这个念头。当然，我会否认自己的这种想法，也会在与人谈及此事时表现出恰到好处的惊恐，以示我对严格的枪支管制法的严格执行举双手赞成，对，就是这样。但是，我心中还是有某个地方觉得……这会不会是一种证实偏差[2]？会不会是我想让这个世界变得像我眼中的一样糟糕？还是说，我只是在从悲剧中获得快感？"

"还要加酒吗？"蔡小姐问道。

"好的，谢谢。"我们异口同声地说，但我觉得我俩其实都不想

1　现实中并没有这种枪。

2　证实偏差：心理学术语，指人在确立了某一信念后，在收集和分析信息时，会倾向于寻找支持自己信念的证据。

再加了。

蔡小姐往厨房走去，巴拉西尼和我都看着她的背影。我没有看她的屁股，我已经从那种迷恋中走出来了。我盯着她后脑勺的最上方，也就是她的头顶，却完全没有获得任何快感。

"真是个漂亮的女人，"巴拉西尼说，"她告诉我，你曾经暗恋过她。"

"我得承认，我那时是被她弄得有些神魂颠倒。"

"但现在已经没感觉了？"

"时间就是有这种魔力。"

巴拉西尼突然癫狂地大笑起来，久久不能停歇。

"我曾经深深地爱过她，"等巴拉西尼停下来后，我说，"所有那些情愫都到哪里去了？真是奇怪。"

"这是一个谜。"

"我觉得那个戴礼帽的人是他父亲。"我说。

"谁父亲？"

"气象学家的父亲。他的故事线正断断续续地在我脑中闪现。当然，从科学的角度看，这个故事很荒谬，作为一个在哈佛辅修过相对时间研究的人，我的看法有一定的权威性，但它是一个不错的出发点，开启了一段别出心裁而伤感惆怅的情节，因此我愿意接受。观看许多优质电影时，摒弃疑虑都至关重要，但这也有一个简单的附加条件，那就是电影必须有质量。毕竟，许多伟大的电影不都对观众有此要求吗？想要被《堤》打动，我们需要相信时间旅行的可能性吗？我们需要相信'禁区'[1]中离谱的科学逻辑，才会被塔可

---

1 禁区：电影《潜行者》中虚构的废墟区域。

夫斯基《潜行者》中预言的自然灾害吓坏吗？被《滑稽人物》里赤裸裸的感情所撕裂时，我们需要相信这部电影里真的存在滑稽人物吗？以上三个问题的答案，都是一声洪亮的'是'。因此，我才能够、才愿意接受英戈电影中奇幻的故事设定。我就是这么相信他。我相信他能将我引到某个伟大的境界。我愿意把性命托付给他。"

"性命？"

"你听得没错。"

"我觉得，如果你不处在催眠状态，讨论我们正在回忆的这部作品是有一定风险的。"

"我现在不在催眠状态吗？"

巴拉西尼还没回答，蔡小姐就回来了，她并没有拿酒。

"大家听着，"我对桌边的两个人宣布，"我的博士学位是在哈佛大学拿的，我毕业论文的题目是《澳大利亚土著人口的临时流动政策与西方电影观众体验类比》。在论文中，我讨论了受过训练的电影观众暂时性的游牧流浪式生活，与敞开心扉接受宗教所带来的灵性觉醒的相似之处。以英戈的电影为例，我认为这部片子打造了一场彻底的神经系统泛滥，带来了先入之见的瓦解和对自我的心理否定，这种效果是显而易见的。不是我在吹牛，我年轻时就对这种现象进行过极尽详细的研究。"

"嗯。"巴拉西尼回答。

"在竞争激烈的专业影评界努力打拼，"我继续说道，"我心灰意冷、身心俱疲。为了成为《纽约时报》的首席影评人，我付出了多少心血？是否有某种力量在发挥作用，让我无法获得这理应属于我的席位？或许吧。事与愿违，我只得偶尔在食品和海事贸易高中教授电影理论课程，听众则是一群波多黎各的野蛮人，只为了戴上白色厨师帽和水手帽而学习。在电影理论界，还有比这更吃力不讨好的工作吗？我想没有。毫无疑问，这座城市的咽喉被一个电影理论家组成的阴谋小集团扼住。如果你想要顺着这个行业的链轮向上攀爬，就不能公开质疑他们的影评。他们是一定不会放过你的。我曾因理查德·罗珀在'鲜番茄'上发表的关于《记忆碎片》的影评对他大胆指责，他说这部电影'巧妙探索了记忆塑造我们所有人的方式'。首先，教授先生，你的话只能代表你个人，你根本不知道记忆是如何塑造我的；其次……这些话我是不是和你说过？我觉得我好像在重复着过去说过的话。"

蔡小姐和巴拉西尼低头看着桌子。我试着展开另一段演讲，希望他们没听过。

"万事万物都是时钟：时钟是时钟，人是时钟。一切都按照预定的时间表变化着。万事万物都能够展示时间的变化，渐渐老去。石头会渐渐老去，一切都是如此。唯一不会老去的就是虚无。虚无是无法改变的，这乍听上去像是一种双重否定[1]，仿佛一句街头黑话，但事实当然并非如此。虚无存在于时间之外。因此，说时间出现之前只有虚无，是一种悖论，因为这就等于将虚无放在了时间的语境中。虚无存在于时间之外，因此，没错，在时间出现之前，只有虚无，但是在时间之中也是如此，因为虚无存在于时间之中，却不与时间有任何互动。这让我想起了上学时在一家废弃的酒吧里看过的一部电影。那长方形的屏幕上什么也没有，没有黑，没有白，空无一物。因此，这部电影无

---

1 "虚无是无法改变的"，原文写作"nothing cannot change"，可直译为"没有什么是不能改变的"。

始也无终，我也不是这部电影的观众，因为人无法观看虚无。如果能被我观看，那电影就一定有内容了。电影就这样放完了，时间当然并未流逝。"

蔡小姐和巴拉西尼继续盯着桌子。看来，我把听众的兴趣搞没了。

我很担心。我几乎可以肯定，所有这些事情都未曾发生过，但不知为何，我对这一切有记忆。

40

　　我正在小丑大会上照看展位。我们的产品本身就很好卖，因此我不需要多操什么心：我们的品牌不仅优质，在线订购也很方便。商品保证次日送达，退货政策便捷且支持无理由退货。你可以按颜色（红白黄组合、蓝橙绿组合等等），尺码（鞋长从 5cm 到 13.5cm），甚至鞋子上的搞笑元素（喷水装置、喇叭，以及鞋头的自动充气气球）进行搜索。网上还真没有哪个小丑鞋品牌能与我们的商品媲美。当然了，我们还售卖专业产品——折叠式旅行小丑鞋。因此照看展位没什么难度，只有一件麻烦事：没化妆的小丑是我遇到的最恶毒的一类人。70% 的"路怒案件"都是由没化妆的小丑造成的。

　　在展会上，我遇到了一个涂着油彩的女人，严格来说，她不只是涂着油彩，也是在贩卖油彩——不只涂着油彩，也在做油彩生意。我想象她赤身裸体、只化着小丑妆的样子，立刻意识到自己堕入了一种新的怪癖之中。我的"神经突触列车"又加设了一个新站台：小丑镇。我心想，我可不是这样的人哪。一到家，我就在电脑上输入了"恋小丑癖"几个字，犹豫了一下才按下回车键。这是一条不归路，鉴于以往的经验，我对此很确定。虚拟世界所提供的唯一一种现实世界无法提供的东西，就是彻底的隐私与彻底的公开的结合。我既孤身一人，也置身于监视之中：我的活动会被记录下来，归档、打钩。唉，即便如此，我的渴求却远远超过了忧虑。只需按下一个按钮，所有信息便会跃然眼前。我对着键盘上的字再三思量：进入／返回[1]。我思索着自己即将迈入的世界：我知道，我会一次次重返这个世界，这条路没有止境。我将打开怎样一只疯狂的潘多拉魔盒？有没有什么禁止小丑色情片的法律？我觉得，只要我不搜索"未成年小丑色情片"就不会有问题。这种内容我是绝对不会碰的，我可不是变态。然而，一旦品尝到了小丑色情片的滋味，那么无论是在幻想中还是现实里，我还能再面对正常的女性吗？会不会有一天，在找到一个愿意接纳我的女性后，我会将小丑的白涂料从装袜子的抽屉里拿出来，求她涂在身上呢？这可不是一条明智的路。最好不要按下回车键，还是接受现实——

我硬着头皮按下了"回车"……内容比我想象的还要精彩。赤身裸体、丰腴性感的女小丑。竟有这么多的选择！顺便说一句，也有一些赤身裸体的男性小丑，可事实证明，女小丑有多么诱人，男小丑就有多么惊悚。我对搜索结果进行了筛选，把男小丑排除在外，然后毫不犹豫地按下"回车"，我的目光落到了一张年轻的女小丑的图片上，她拥有我在裸体女小丑身上渴求的一切。她的艺名叫"彩虹阳光"，她简直就是……*我想要的一切。*

*

"告诉我你看到的场景。"巴拉西尼咄咄逼人。

1　英文键盘上的回车键叫作"Enter / Return"，有"进入／返回"的意思。

马德和莫洛伊在某个小镇的滑稽歌舞杂剧舞台上演出，他们看上去年轻了许多，带着男孩子气的青春魅力，一瘦一胖。这个场景可能是一段闪回，也可能只是电影里较早的一幕，我不知该如何分辨，也不觉得分辨这两者很重要。若说《芥末》教会了我什么，那就是严格的镜头顺序纯粹是人为虚构的。我化身为眼珠，盘旋在屋后，又从观众的头顶慢慢移向舞台。这是一个优雅而美丽的镜头，是我用精湛的技艺完成的。我就是记忆领域的罗杰·狄金森[1]。

"非洲是个迷人的地方。我已经为咱俩安排好了一次旅行。"马德说。

"我可不去。我可怕非洲了。"莫洛伊说。

"老天呀，非洲有什么可怕的？"

"我怕黑呀！"

"'黑暗大陆'[2]的意思并不是说那里满是黑暗！只是一种表达方式罢了。"

"那'黑暗大陆'是什么意思？"

"是说那里充满了未知。"

"如果'未知'，那你是怎么知道的？"

"不，不，'未知'的意思是那里充满了谜团。"

"谜团就是谁把非洲的灯泡都摘走了！"

"拜托，别这么说。你会玩得很开心的。那里有很多漂亮的野生动物。"

"野生动物应该待在动物园里，那才是它们该待的地方。"

1　罗杰·狄金森：英国著名摄影师。

2　19世纪末之前，西方殖民主义者以"黑暗大陆"蔑称非洲，暗指其落后荒蛮。

"别瞎说，动物需要自由奔跑。"

"我又没说它们奔跑还要交钱[1]。它们身上连放钱包的地方都没有，袋鼠除外。"

"非洲可没有袋鼠。"

"好吧，如果连袋鼠都不愿去那里，那我干吗要去？我可比袋鼠聪明。"

"我敢肯定，你至少比某一只袋鼠灵光点。"

"没错，谢谢你这么说。喂，等等——"

"想想所有那些原住民吧，我们可以看到乌班吉人、俾格米人、瓦图西人——"

"什么西人？"

"瓦图西人。你一定听说过瓦图西人吧？"

"瓦吐血人？听起来好可怕，我还是待在车里吧。"

"不，不，我是在说瓦图西人。"

这场戏像烟雾一般消散。我继续悬浮着，现在，我的脚下是一片虚无，可怕的黑暗包围着我。

"现在你看到什么了？"那声音在黑暗中回响。

"什么也没有。"

"我们还剩二十分钟。"

"这儿什么都没有，让我快点离开。光是待在这里，我就感觉心烦意乱。"

"我们还有二十分钟，"那个声音又说了一遍，"继续找。"

---

1. 英文中的"自由"（free）一词有"免费"的意思。

于是我便等着、待着、看着，却一无所获。为了打发时间，我想象着那个女小丑"彩虹阳光"在赛伦盖蒂平原上空裸体旋转的场景。不知巴拉西尼是否注意到了我的情绪变化。

*

置身睡椅之上，在午夜毫无征兆袭来的恐慌之中，我意识到，我之所以无法将对英戈电影的回忆重新拼凑起来，原因或许就在于，那些遗忘的部分已被某种侵蚀大脑的疾病所"吞噬"，源头可能是某种海绵状组织或是尚未被确认的寄生虫。我想象着，如果这种疾病具有传染性，寄生虫或许就会在每个人的大脑间游移，吞食回忆，将之消化后以粪便的形式排出。在这种极具科幻感的情况下，人们可能会发现自己承袭了他人经过消化降解的回忆，你可以称之为垃圾回忆，或粪便回忆。我很肯定，我在自己的"大脑库存"中不经意遇到过各种奇怪的回忆碎片，关于流水线工作、红毛丹果酱的味道、试穿几条牛仔打底裤（我只试穿过一条！）的回忆。这类无法解释的记忆碎片，或许只是我那超人的想象力和常被人盛赞的同理心创造出来的，但记忆之逼真却扰得我心烦意乱。老实说，我可不是天马行空的小说大师，尽管我非常崇拜非裔美国天才小说家奥克塔维娅·E.巴特勒、塞缪尔·R.德拉尼以及塔那那里夫·杜因的作品，他们对"小说"这种无聊的文体重新改造，使其成为一种探究社会和种族不公的工具。他们的大部头小说不是写给狂热粉丝的，那些青少年正在对下一部《星球大战》以及其他为公众洗脑的太空剧和时间旅行烂片望眼欲穿；他们作品的受众，是那些为创造一个平等的社会而奋斗的人。等等，是奥克塔维娅·E.巴特勒还是奥克塔维娅·斯宾瑟[1]？

马拉基·莫洛伊（绰号"奇克"）出生于1906年。童年时被诊断患有"坐立不安病"，被送往帕拉莫斯坐立不安男子学校接受特殊治疗。在那里，他接受了旋转圆盘、水疗、胰岛素昏迷、绑腿以及手工艺制作等治疗。13岁时，他喝下加了迷药的酒水，晕睡在装有脏床单的洗衣篮中，逃离了男子学校：由于迷药使他不再"坐立不安"，一位近视的洗衣车司机把他错看成了床单。一到纽约，他便找到了一份工作——推销维罗那酰剂，在身上悬挂广告牌，在街头招揽生意。这是一款拜耳公司生产的巴比妥类安眠药。广告牌上写着："一剂维罗纳，安睡如婴儿。"背面则是："维罗纳对婴儿安全适用。"

我也身处街头。突然之间，我不再是一只悬浮的眼球了，我有了真身，在旧日的纽约街头徘徊，寻找着莫洛伊的身影。我想为我的书对他进行采访。我知道，如果能找到他，实在是一件了不起的大成就，而书的成功也几乎是板上钉钉了。但是我找不到他。我拦住一位头戴礼帽的警察（警察戴礼帽吗），问他认不认识莫洛伊。他操着浓重的爱尔兰口音，叫我"老弟"，还说如果我不马上回到德卡尔布大道上的伊拉斯谟斯·达尔文·亚里士多德诗学负高中上课，他就要以"诈病和旷课罪"把我关起来。我耐心地向他解释说，他的恭维让我受宠若惊，但我确实过了上高中的年龄。今年是公元1923年，你才没有超过上高中的年龄呢，他说道。我意识到他是正确的。在1923年，我的年龄是 -27 岁，正在上负高中。实际上，-27 岁的我已经留了九次级。老天啊，我得赶紧从负高中毕业，好进入负大

1　奥克塔维娅·斯宾瑟：美国黑人女演员，曾获奥斯卡最佳女配角奖。

学。我惊慌失措，朝学校跑去。

*

一天，在催眠治疗之余，我在长岛椅子博物馆观看"历史长河中那些看似大手的椅子展"，展览配有讲解。有那么一瞬间，我突然茅塞顿开，终于完整地回忆起了英戈杰作的开头片段。当时，趁解说员帕梅拉不注意，我用一只手拂去从络腮胡中掉到路易十六手形椅椅座上的蛋糕屑，然后用"又一只"手把那只手抹干净。有的时候，我会因为找不到合适的词语，说出或想到一些滑稽可笑、蹩脚别扭，或是荒谬至极的话。"另一只"，正确的说法应该是"另一只"。另一只手。我把另一只手在……布做的裤管上抹了抹？ 听上去也不对劲。或许应该叫裤腿吧。总之，这个简单的动作，就像是我的"玛德琳小蛋糕"一样，将我带回了过去[1]：

英戈一边吸着香腌（他就是这么写"香烟"的），一边将一只手搭在我的肩膀上，把我推向椅子，椅子上面好像撒着饼干屑。灯被关上，窗帘被拉上，投影仪嗡嗡作响。

电影开始播放。黑色的屏幕上是一块边缘呈锯齿状的白，一块接一块。然后是细小的划痕，就如黑夜聚光灯下的白雪。接着是一幅画面。画面是黑白的，因灰尘而污迹斑斑：是一个女人，更准确地说，是一个女人偶，她一副森林妖精的打扮，跳着性感的舞蹈。这是动画，使用的是一种被一些人称为"定格动画"的技术。你们

1　在《追忆似水年华》中，普鲁斯特在品尝玛德琳蛋糕时突然陷入了对往昔的回忆，
　它就像是一把开启记忆之门的钥匙。

或许听说过定格动画大师雷·哈里豪森[1]，可能还记得他在 1933 年的电影《金刚》中的表现。不对，应该是沃利斯·欧布莱恩[2]。是我说错了。或者更准确地说，是我想错了。最近，这种情况发生得越来越频繁。我担心有什么不好的事情即将发生。这是某种潜在的、官能的、可怕的原因导致的。我为什么这么健忘？我为什么总是在脑内徘徊、寻找遗失的词语？出于礼貌或不耐烦，有些人已经会提示我正确的用词了。

"你是说'勇敢'吗？"他们会这么说。

"是想说'丰饶'吗？"

"尼克松？"

"递归？"

"《摩登原始人》里的外星人？"

"昭昭天命？"

"布鲁斯·威利斯？"

是威利斯·欧布莱恩。威力的威，恩典的恩。我迷糊了。

言归正传，这部电影就是用定格动画技术拍摄的。人偶笨拙地跳着舞，那痉挛般的动作给人一种萎靡不振的感觉。我想在英戈的电影上投入更多的时间。作为一个年老的黑人，他值得我们尊重，但我觉得自己可能没法坚持整整三个月——我刚才想用的词不是"黑人"，应该是"非裔美国人"。

在一分半钟的性感舞蹈之后，人偶跳起了一段姿态僵硬的步态

---

1 雷·哈里豪森：美国动画师、特效先驱。

2 应为威利斯·欧布莱恩，美国导演、编剧，将定格动画拍摄技术引入电影，代表作包括《失落的世界》《金刚》等。

舞[1]，看上去跟走正步的纳粹分子一模一样，但是，这部电影要比纳粹党早出现二十多年。我正要使出撒手锏，谎称自己与人有约的时候，一行手写字幕突然划过屏幕："舞蹈演员露西·查尔莫斯为我们表演华尔兹！"

露西·查尔莫斯！伟大而悲惨的神秘人物、默片中的海妖露西·查尔莫斯。现在，能跟我讨论她的人已经为数不多了。她在十几岁的时候出演过寥寥几部影片，然后有一天，她离开片场，再也没了音信。有人说，她就是"黑色大丽花案"那个籍籍无名的受害者[2]。不，等等，"黑色大丽花案"是很久以后的事了，而露西·查尔莫斯在伊丽莎白·肖特出生前很久就失踪了。"黑色大丽花"是伊丽莎白·肖特，她还是有些名气的。我敢肯定，这两件事不相干。露西·查尔莫斯只是在某一天离开了片场，从此再也没人见过她。她是个麻烦不断的女孩，与牛仔演员阿尔特·阿克特有一段动荡的婚姻，而她那极富感染力的演技，正是这狂暴激烈的个性建造的。说"建造"不对，但我不知道该用哪个词。

"塑造？"椅子博物馆的一位游客提议。

没错，是"塑造"。她就这样不见了踪影。她离开了片场，从此杳无音信。有人说她先是惨遭强奸，然后被扔在麦田里等死。有人说她改了名字，嫁给了美国中西部的一位保险推销员，而这位推销员强奸了她，然后把她扔在麦田里等死。除此之外还有其他的推测，远远不止这两种。但重点是没人知道真相。她是个瘾君子吗？没有

1　步态舞：19 世纪的一种黑人舞蹈。

2　"黑色大丽花案"是 20 世纪 40 年代美国洛杉矶的一桩血腥命案，一位默默无闻的小演员伊丽莎白·肖特惨死在荒地上，尸体被肢解，至今仍是悬案，"黑色大丽花"为肖特的绰号。

人知道。没人知道真相，这让案子显得更加神秘而富有悲剧色彩，如果这算得上是一场悲剧的话。或许她只是厌倦了这一行业最终的宿命，于是离开了好莱坞。或许她只是预见到了考夫曼和诺兰的诞生。没有人知道，但无论如何，正是因为她的出现，我没有立马弃片。字幕消失后，人偶再次出现，不知为何变得灵活了一些，之前的正步已变得稍显性感。她似乎还款款地摆起了臀部。我被迷住了。

　　就这样，记忆结束了。讲解员正在介绍，英文中"椅子"一词的词源意为"座位"[1]。

1　英文中"椅子"（chair）一词的拉丁文词源为"cathedra"，有"主教座位"的意思。

41

想不到我竟能查到"彩虹阳光"的踪迹，她终于被我找到了。她的"非小丑名"是安珀·赫斯特，是性解放女权主义小丑团体"马戏团亲亲女"的成员。这些女性来自密歇根州的安娜堡市，为美国中西部的北部地区和部分南部地区的女性观众进行小丑表演。安珀·赫斯特对自己的女同性恋身份很自豪，她是戴安·伊莲·帕吉特的女朋友，后者以"闪闪"这个小丑艺名被人熟知。我思考着自己的选择，我仍能以自己的方式拥有"彩虹阳光"，也就是通过幻想拥有她。她在网上的艳照只有17张，摆着各种诱人的姿势，裸露程度也各有不同。有了这些素材，我就可以在未来几年的幻想中不断丰富与她的互动。不过还有一种选择，就是在展会第三天向隔壁展台的女士搭讪，刚开始的时候或许可以随意闲聊一些与小丑有关的话题，用不让人起疑的方式赞叹她的化妆技巧，算是试探一下她的反应，然后根据她表露出来的兴趣，提议一起去喝杯咖啡。如果她同意，我就说我们必须展会一结束就直接去，因为我那天稍晚还有事，为了节约时间她不必卸妆。就这样往下发展。

我鼓起勇气与小丑女搭话。原来，她名叫劳里，曾经在某个小型巡回马戏团工作过（我没有认真听名字），直到超过了职业小丑的年龄上限。与体操运动员和芭蕾舞演员一样，女性小丑的职业生涯在 20 岁出头时便终结了。这是一种非常不公平、带有性别歧视意味的双重标准：男性小丑可以工作到 80 多岁，在小丑情爱戏里，他们往往可以与年龄小自己很多的年轻女小丑搭档。我对劳里表示了同情，说 30 岁的她仍是一个相当有魅力的小丑。这似乎为我加了分，我邀请她下班后出去喝一杯，展会一结束就直接去。她同意了。

"带着这种妆坐在酒吧里，我有点难为情。"劳里说。

"别说傻话了。无论是扮小丑还是日常装扮，你都是这场展会上最漂亮的女人。"

"好吧，"她说，"谢谢。"

"话说回来，你是哪种小丑呢？"

"你应该问我'以前'是哪种小丑。"

"我问的是现在。我坚信，如今的你仍然是个小丑。我认为强迫熟女小丑退休是整个国家的耻辱。"

她微微一笑。

"嗯，我现在的工种，叫作杂耍少女。"

"你玩杂耍？"

"没错，我还擅长摔屁股蹲和扔五彩纸屑。"

"我真的挺喜欢小丑的。"我说道。

我这是在试水。如果她想歪了，也就是说如果她想对了我真正的意思，那就理应表现出推诿。

"是吗？"她说。

我不知道她这话是什么意思。小丑妆让我很难捕捉到她表情的细微变化。她像个来自地狱的怪物般始终保持着微笑。

"是的。"我说。

"唉，"她说道，"我这个年龄已经不该再化这种妆容了！我看上去真可悲。"

"一点也不。"我边说边漫不经心地轻轻碰了碰她的手。一阵沉默。

"你住的地方离这儿近吗？"她问道。

"我的住处很小。"

我不想告诉她我家里没有床，以免显得有点自作多情，但还是需要把这个信息透露给她。在睡椅上做爱估计挺别扭的。

"是单身公寓吗？"

"很小的单身公寓，连放床的地方都没有！你敢信吗？真是小得可怜！"

"哦。"她回答说。

她失望了吗？还是因为我没钱而失去了兴致？都怪她那恶鬼一样让人没法读懂的妆容，影响了我的正常发挥。

"你呢？"我问道，"你也住附近吗？"

"我住在西五十几街，公寓占了整层楼。说来挺难为情，是父母帮我买的。"

她是想告诉我，我的贫穷没什么好羞愧的。

"挺好的，"我说，"有父母真好。"

"可不是吗？"她笑着说。

我也笑了起来。我们默默啜饮着饮料，尴尬地挨过了几分钟。然后，我们又笑了起来，接着再次停下。这一刻可真是尴尬。

"你想去看看吗？"她终于发问了。

"看什么？"我仍怕自己会错了意。

"哦。"她说。

她好像挺受伤，但脸上还挂着那两片浓厚而鲜红的笑唇。是不是因为我假装听不懂她的邀约，把气氛搞砸了？我决定放手一搏。

"哦，你是说去看看你的公寓？"我问道。

"呃，"她说，"其实我也不确定。我只是觉得你可能有兴趣去看看战前那种占整层楼的公寓。"

"我对建筑不太感兴趣——"

我干吗说这话？但话就这么脱口而出了。我只是不想让她觉得我是那种懂建筑的人。我不知道自己干吗要在意这个。我只是想要表现得正常点，我不该那么说。

"哦，好吧。"她说。

"但是你知道吗？"我说，"我还真的挺喜欢西五十几街的。"

这话是什么意思？我到底想说什么？但愿她别问。

"哦，真的吗？"

她看上去挺兴奋。看来有希望。

"没错。那十个街区都很棒！"她补充道。

"可不是吗？"我附和着。

我的讣告会是什么样子呢？我们往西边走的时候，我仔细琢磨着这个问题。我经常会想这件事。不只是想象讣告的内容，还有电影行业的人在推特上发表的赞誉。他们说着"逝者安息，战斗不息"[1]，从我的作品中摘取深刻箴言。他们诉说我的大公无私，我如何

---

1 原文为"rest in power"，由"逝者安息"（rest in peace）演变而来，常用于悼念美国少数族裔及边缘人士。

送人热汤，又如何慰藉伤心之人（我得记得多做这些事）。他们因我英年早逝而愤愤不平，追忆我是如何成为"评论家中的评论家"的。我想象着自己成为潮流的焦点，哪怕只是转瞬即逝，哪怕只有一天时间。我不贪心。想要成为焦点，我尚需付出诸多努力，但对于英戈·卡特伯斯电影的发掘和解读，却能助我一臂之力。那将是多么辉煌灿烂的一天。我已逝去，可电影行业中还有大批能力不足但邪恶有余的白人男性耀武扬威，让人们惋惜去吧。在这些邪恶的影评人中，甚至还有少数族裔呢——但这话我不能公开说。我已经迫不及待地想要见证这悲哀与爱戴汇成的洪流了。即使我无法见证这一切发生，我也仍然相信这一切终将被我见证。

我们来到劳里的公寓，她为我倒了一杯酒。令人失望的是，公寓装潢不带一点小丑风格。酒是白葡萄酒，也就是不爱酒的人常喝的酒，我没把这话告诉劳里。白葡萄酒只能算酒中的玩具，是小屁孩喝的酒，是低能儿喝的酒。她点上几支蜡烛，然后告诉我她要去换件家居服。

"你不必为了我卸妆。"我说道。

"这话什么意思？"她在门口转身问我。

"没什么意思，只是说就算你带着妆，我也不介意。"

"你不介意？"

"是呀，当然前提是你不介意。"

"哎，老天啊。B，你……是不是有恋小丑癖呀？"

"什么？怎么可能！还有这种癖好吗？别开玩笑了。我当然没有，这也太变态了。如果你曾经遭遇过这种事，当然了，尤其是被白人男性这样对待过（我说的可不是化小丑白脸妆的'白人'男性，哈哈），我要为所有男性道歉，现在就道歉，说真的，这太变态了。另外，你的公寓真漂亮。"

"好吧，我错怪你了。我去去就来，别拘谨。"

"多谢。"

她离开房间走进卧室，我离开了公寓。待在那儿还有什么意义呢？

*

整整一夜，我都坐在我的睡椅里。我做错了事，甚至有可能伤害了小丑劳里。从某种程度上说，我觉得我忘记了把她当成一个人来看待，而只是将她视为一样东西，只为了满足我的性欲而存在。这与我作为一个男人、作为一个女权主义者所坚守的一切背道而驰。我羞愧难当，因此想要直面心中那充斥着罪恶感的恶魔，成为一个更好的人。就如弗朗西斯·斯科特·基[1]所唱的，这是灵魂的漫漫长夜。不，不是弗朗西斯·斯科特·基，应该是弗朗西斯·斯科特·基·菲茨杰拉德[2]，我的脑子出了点问题，这话也不是唱出来的，而是写出来的，另外，这句话甚至不是他的原创。版权归于圣十字若望，诗的原作者就是这位赤足的加尔默罗派修士了。无论这句话最先出自谁口，它就是我当下的体验，而在这个节骨眼上，当下的体验才是最重要的。"之所以成为赤足的修士，是因为他的鞋被人拿走了。"我想出了这句巧妙的俏皮话，过去几十年间，我一直试图在某次谈话中引用它。但如今又一次在脑海中听到这句话，我却发现

1　弗朗西斯·斯科特·基：美国国歌《星条旗》的词作者。

2　弗朗西斯·斯科特·基·菲茨杰拉德：又称 F. S. 菲茨杰拉德，美国小说家，代表作有《了不起的盖茨比》等。

它其实没那么精彩。事实上，我只是想让人知道我懂"赤足"这个词罢了。或许我可以写一篇社评，聊聊"赤足的女伯爵""赤足公园游"，甚至写写《八面威风》里"赤足的乔·杰克逊"[1]。我在睡椅边放置的笔记本上潦草地记下几个灵感：

这些词语可以用在某些地方：

赤足

明暗对照法（应该很容易用！）

真实性

辗转难安

拉罗汤加语

鄙俗下流

我的大脑仿似一团漩涡，充斥着混乱思想和情感。我辗转难安，担心自己永远也睡不着了。

但我睡着了，几乎只是一眨眼的工夫。

我醒来，解开绑带，尿完尿，盯着窗外，然后爬回睡椅上，继续回归我那拷问灵魂的漫漫长夜。我怎么会迷上小丑呢？通常来说，我并不欣赏小丑，对小丑表演也没什么兴趣。从哲学上讲，我反对任何形式的喜剧。也许有人会反驳：你不是很喜欢阿帕图吗？但阿帕图创作的不是喜剧，远非如此，因为从本质上说，喜剧是残酷而

---

1 《八面威风》是一部 1988 年的美国影片，讲述了美国职业棒球大联盟一场打假球的比赛，八名芝加哥白袜队成员被指控故意输球，乔·杰克逊是其中之一，绰号"赤脚乔"。

蔑视一切的，幽默则只关注外表，只看表面。喜剧会对人评头论足、羞辱污蔑，让人颜面尽失。喜剧里不存在仁慈。喜剧中必须有一个受害者，即便受害者就是你自己。小丑表演具备所有非小丑喜剧表演的卑劣，此外还加入了对身体畸形者的羞辱。

即便如此，我仍然痴迷于此。

看到化着小丑妆的女人时，我产生的那种感觉叫什么？当我看到"彩虹阳光"、看到小丑劳里、看到网上我最近关注的那几个裸体女小丑时的感觉？我成了那个永远无法完全了解自己的怪物：白人男性。

我突然发现自己也总是急切地寻找着机会，在对话中正确地说出 "piranha"[1] 一词。peerrr-on-ya。竟有那么多人不会说葡萄牙语，真是令人吃惊。

我希望能在人前正确发音的单词还有以下这些：

Leerstelle[2]

Flaneur[3]

Cibosity[4]

Nocebo[5]

Shimpo[6]

1　英语中意为"食人鱼"，在葡语中也有"妓女""娼妇"之意。

2　德语，"空白位置"。

3　法语，"漫无目的的游荡的人"。

4　"食品店"，该词已被现代英语淘汰。

5　"反安慰剂效应"。

6　全称 "Nidec-Shimpo"，指"日本电产新宝式会社"。

Trompe l'oeil[1]

*

小丑展会的最后一天，劳里的展位仍然没有开张。或许，她是为了避开我。我的确感到很难受，但同时也有一丝宽慰。少了她，展会也变得轻松了不少。然而此时发生了一件奇怪的事。有几个女人走过来，跟我聊起了小丑鞋。她们大概都是三十来岁，举止古怪。她们来询问鞋子，却是一副爱搭不理、愤愤不平的姿态。我突然想到，她们中的任何一人都可能是没有化妆的劳里，毕竟我不知道她真实的长相，说实话，我甚至连她的发型也记不得了。她大概要比我矮一点，大概有 9 英石[2] 重，误差不会超过一颗石子。这些女人中的任何一个都可能是她。如果劳里是其中一位，那她到底在要什么把戏？一阵寒意顺着我的脊椎直流而下——还是直流而上？可能我应该躲在她住的那幢战前公寓楼外等她出现，好彻底看清楚她没化妆的样子。我在公寓楼的街对面发现了一家洗衣店，真是天助我也。

巴拉西尼和蔡小姐去了分时度假房休假，因此我回到家，坐在睡椅上，试着借助巴拉西尼的磁带让自己回忆电影。耳边净是汽车喇叭声、警笛声、暖气管发出的砰砰声。我戴上耳塞，好减少外部的杂音，加强自己嗡嗡的耳鸣。我再次试着回忆电影。我发现戴着耳塞就听不到磁带声了，于是把耳塞摘了下来。过了一会儿，记忆浮现出来。开场镜头：新泽西的松木荒地上白雪皑皑。镜头从屏幕

---

1 法语，"视觉陷阱"。
2 9 英石约合 57 公斤。"英石"在英文中写作"stone"，有"石头"的意思，因此下文有一句双关语。

右侧慵懒地移过，寻找着……不对，等等，这不是开场镜头。开场镜头应该是 1900 年的加尔维斯顿飓风，一个男人沿着防波堤逆风而行，身后是完美复制的加尔维茨酒店微缩模型。他的大礼帽一次次被风刮跑，那场景挺滑稽的。每次他都会追着帽子跑，将它重新戴上，无奈帽子立马又会被刮掉。这一场景将阶级的虚荣矫饰展现得淋漓尽致，尤其是此时他身边的世界已然……不对，这是后话，因为我们已经知道了这个纨绔子弟是气象学家的父亲，可我们是怎么知道的呢？是通过闪回吗？如果是，这场景就应该是在很久之后才出现的。好好想想！

　　这个场景一定是在后面出现的，因为这解释了气象学家对天气痴迷的原因，是加尔维斯顿飓风夺去了他父亲的生命。这是一个壮观的镜头：将一场如此剧烈的风暴做成动画，所用到的技术令人难以想象；前一秒还是男人逐帽的轻喜剧场景，后一秒就切换到了他被飓风卷起、被裹挟在风中翻转的残酷景象，观众得以通过他的鸟瞰视角看到这座满目疮痍的城市，如此天衣无缝转换风格的能力，也同样令人不可思议。这是所有电影都无可比拟的。这场戏的最后，男人了无生气的身体从天空中掉下来，落在他的小儿子脚边，影片没有使用一句台词，就向观众详尽讲述了这个男孩对于在看似混乱的宇宙中寻找规律的痴迷。电影究竟是怎么开场的呢，我为什么会把时间线搞乱？我的确记得，这个场景在电影刚开头就出现了，莫洛伊在松木荒地上的一间小屋里出生的场景也是。我记得，漫天飘雪中，一个个婴儿如雨点般坠落，砸向白雪覆盖的地面，留下鲜亮的深红色血迹（但这不是一部黑白片吗？）。还有圣奥古斯丁的怪物被冲上海滩的画面……那片海滩叫什么来着？有两个男孩骑着自行车。那是 19 世纪 90 年代的事情，也就是在加尔维斯顿飓风之前。但那也不是影片的第一个镜头。电影里还有 1876 年的肯塔基肉雨事件。最先出现的是这个场景吗？影片里五花八门的时间旅行元素让确定时间线变得复杂起来，甚至成了不可能的任务。或许，没有所谓的"第一个"，没有所谓的起始，因为总有什么事情发生在起始之前。气象学家发明了一种"时间窗口"，可以准确预言过去和未来即将发生的事情，如果我能把它搞到就好了。等等，气象学家有名字吗？我想不出有人在任何时候唤过他的名字。即便当西尔维娅在泛黄的报纸上看到那张他与其他气象学家的合影时，照片下方的名字也是一团模糊。英戈还专门给了照片一个特写。他为什么没有名字呢？"耶稣和一只无名之猿／撞在一起，有了一模一样的形态／地球之上，哪个生物能幸免[1]？"休·麦克迪尔米德在对我的人生观影响最大的一首诗中这样写道。气象学家是否就是那只无名猿？这是英戈想要告诉我们的吗？他的预言天赋是不是上帝赐予的，因而不能归结于简单（或者说"复杂"更准确）的技术？

---

1 这是休·麦克迪尔米德《醉汉看蓟》一诗中的诗句。

42

　　我来到小丑劳里所住的街道上，发现她的公寓已被烧为平地。只剩一堆冒着烟的瓦砾，一切都化为了灰烬。是我昨晚点火烧的吗？我不记得自己干过这事儿。当然不是我烧的，但我为什么会突然感觉到一股寒意顺着我的脊椎直流而上（或是直流而下）呢？这事不是我做的，我有什么理由这么做？不消说，我肯定不是有意的，但有没有可能，我在逃离她公寓时不小心踢倒了一大堆蜡烛里的一根或几根？我敢肯定，我没有踢倒其中的一根，但我会不会确实踢倒了，却没有注意呢？我确实没有踢倒，但有没有可能踢倒呢？我会不会在上厕所后点了一根蜡烛？我没点，但有没有可能点呢？有人伤亡吗？我用手机查找着这场火灾的新闻。《西五十几街号角日报》上的一篇文章称，人们怀疑这是蓄意纵火。没有人员伤亡，但所有居民都获得了美国联邦证人保护计划的保护，以免他们日后遭当局怀疑的不明身份的纵火犯袭击，也就是年轻人常说的"点火人"。但这样一来，我怎么才能再次找到她呢？年龄、身高和体重相近的女性中，任谁都可能是小丑劳里。我觉得她应该是白人，却连这一点也没法确定，因为她的双手被包裹在白色的四指卡通手套里。拜托！如果她对我的癖好没点数，干吗连手套都没摘呢？

在街头漫步成了一场梦魇。小丑劳里可能在任何地方……无所不在。我给她的公司"小丑站"打了电话，说我要找一个叫劳里或者曾用名是劳里的人。

"这里没有叫这个名字，或者曾用名是劳里的人。"对方这样告诉我。

"你们必须这么说，因为你们要保护证人。"

"你可以把你的姓名和电话留下，我们会给你答复。"对方说。

我感觉其中有诈，于是挂了电话。没人能把这桩杀人案栽赃到我头上——我是说纵火案，疑似纵火案。有的时候，我觉得我的想法不属于我，我想的净是些错误、愚蠢、荒谬的事，只是为了娱乐一批未见的观众。

"未见"这个词如迷雾般萦绕在我的脑海。

我患有休谟所说的"博学病"。简单来说，我知道的太多了。这与伯纳德·波默朗斯所写的舞台剧《象人》里的大卫·梅里克[1]有异曲同工之处："有的时候，我觉得我的脑袋之所以这么大，是因为里面装满了梦想。"只是于我而言，脑袋之所以这么大，是因为里面全是知识，梦想就更多了。当然，我的脑袋不像梅里克那样大得离谱而畸形，但我的头围足有 62 厘米，比一般人的都长。我有时会开玩笑说自己是休谟型人[2]。

---

1 剧中的"象人"名叫约瑟夫·梅里克，原型是 19 世纪的一个天生畸形者，长有象脸，他的故事被编写为小说，改编为同名电影和舞台剧。B 将"象人"的名字说成了大卫·梅里克，后者实为好莱坞制片人。

2 原文为"Hume-an being"，包含休谟（Hume）的名字，发音与"人类"（human being）相似。

*

"讲吧。"养精蓄锐、度假归来的巴拉西尼说道,他的皮肤晒得黝黑,看起来挺别扭。

伴随着几乎无处不在的内心独白,气象学家在笔记本上草草写道:"对最初的计算越是深入挖掘,发现的数据就越多。现在,我不仅能够绘制和预测空气以及风洞中植物的运动,还能够以各种角度进行绘制,甚至从植物细胞的内部绘制。所有这些,都囊括在动画的前十五秒里。如果可以在电影中表达气味、触感和味道,那么我的动画或许也能体现出这些元素。当然,最大的障碍仍是人类大脑的局限性。如果我能设计出一台足够精密的电子计算机器,说不定我就能以接近实时的精准度计算出结果,甚至可能比实时更快。到了那时,我才能拥有一台真正意义上的预言机器。"

吃晚餐时,蔡小姐讲了一个故事:

"上完芭蕾形体课回家的路上,我抄近路穿过西55街,正好遇上一幢公寓楼起火。我有个朋友就住在那里,出于担心,我自然地停了下来。那些跳楼的房客,尸体被烧得血肉模糊,散落在大街上。然后,我在朋友的窗口看见了她,小丑劳里。她也跳了下来,妆全花了,落在消防员的网里,又一路被反弹回公寓的窗口。消防员喊着让她再试一次。她再次跳下来,却又一次被弹回五楼的窗口。消防员喊道:'再试一次!'当她落到网上时,一位消防员赶紧往她脖子上压了一袋沙子。这次,她被弹回了三楼的窗口。'加点沙子!'消防员对撒沙车上的一位同事喊道。她被弹回了二楼的窗口。'再加点沙子!'消防员在她从二楼窗口往下跳的时候喊道。这一次,她

436

身上的负重太多，直接撞破了网，落在了人行道上。这个场景挺滑稽的，在熊熊火焰、黑色的有毒烟雾、地上扭动的人体和哭泣的旁观者之中，似乎与当时的恐怖气氛格格不入。"

"那你为什么要笑呢？"我问道。

"我只是因为她没事而松了一口气。"蔡小姐说着，像是在掩盖着什么。

当然，听到这则趣闻时我也笑了。晚宴上的每个人都笑了，尤其是康拉德·维特三世。但真像蔡小姐说的，我们是因为松了口气才笑的吗？不知我是否已经多多少少对别人的悲剧麻木不仁了。理智上，我知道从着火的大楼上跳下来可不是什么笑料，对于跳楼的人和他们的亲友来说尤其如此。然而即便如此，我却无法对此产生共鸣。这是英戈电影的错吗？真让人焦虑。一切都令人焦虑。除此之外，我对爱情的渴求也消失了，似乎一去不返。成为主妇的蔡小姐对我毫无吸引力，小丑劳里已经成了开涮的"小柄"——我是说"笑柄"。我连非裔美国前女友凯莉塔·史密斯的模样都快要想不起来了。前妻在我的记忆中也变得像个女汉子。也许我只是老了，快要玩完了。对于情爱的需求已经画上了句点，对此我毫无遗憾。从现在起，工作便是我生命的全部。英戈就是我人生的使命。

巴拉西尼建议为客人们搞点餐后娱乐活动，因为没人想玩看图猜字。

*

在拍摄莫洛伊的病房时，电影运用了精彩的定格动画技法。这是一段延时镜头，将莫洛伊昏迷的几周时间浓缩为精彩的十五分钟，这是以往的电影观众见所未见的。白天变成黑夜，黑夜又变成白天，循环往复，护士与医生进进出出，照顾病人然后离开，帕蒂来给丈夫读书，玛丽抽着烟出神，马德来回踱步，揉搓着自己的双手。在这段时间里，莫洛伊躺在床上，仿似这惊恐万状、波涛汹涌的汪洋中一座岿然不动的孤岛。几周时间过去，莫洛伊的体重减轻，面庞变得憔悴，上唇长出星星点点的胡须。最后，他变得骨瘦如柴，仿佛永远也不会苏醒一般。

但是，他还是醒了过来。

他是在晚上醒来的。房间昏暗，只有莫洛伊一人。他睁开双眼，湿润的双眼映出透过窗户洒进来的月光。这是扣人心弦的一刻，也是这段延时拍摄的汹涌澎湃的场景中决定性的时刻。莫洛伊伸长了脖子，试图把周围的一切尽收眼底。我在哪里？他看上去是那么孱弱无力。他想要坐起来，却做不到，只得躺在那里枯等。我们也与他一起等待，仿佛成了他的狱友，在黑暗中孤独守候。这段莫洛伊独自一人躺在床上的场景是不间断播放的，足有五小时长。这要比安迪·沃霍尔的电影《沉睡》[1]早了二十年，而且还是用人偶完成的。与沃霍尔的电影不同的是，这段场景不是在搞噱头，也不是个"玩概念"的笑话。它是对孤立、无聊、恐惧和监禁的探索。若能忍着看完这不可不看的一幕，同理心会得到极大的锻炼。

天亮的时候，一位护士往病房里看了一眼，她与莫洛伊四目相对，怔了一下，又怔了一下，然后吃惊得喷出了水（不知为何，护士进门时正好啜了一口咖啡），大概成就了电影史上最好笑的一段镜

---

[1] 安迪·沃霍尔在 1964 年的电影《沉睡》中，持续不间断地拍摄了一个睡觉的男人，影片长达三个多小时。

头。深受哈尔·罗奇喜剧的影响，英戈用大师般的技艺对这组镜头进行了精准的时间安排，鉴于这一幕是逐帧完成的，就更加令人叹为观止了。这个场景揭示了一个可怕的问题：作为一位经验丰富的杂耍演员，莫洛伊在自己和护士这段令人出其不意的喜剧表演中为何找不到乐趣？这当中仿佛有什么不祥的预兆。惊慌失措的护士说道：

"哎呀！莫洛伊先生！待在那儿！别动！别动！"

她匆匆跑开，大概是去找医生了，那双粗跟的牛津护士鞋在充满回声的大厅里咚咚作响。莫洛伊转过头去，看向窗外。镜头探出窗外，进入室外那昏暗的黎明中。莫洛伊住在高层，因此我们能够通过鸟瞰视角看到洛杉矶。远处，是太平洋和卡特琳娜岛。下方，一辆孤零零的有轨电车在安静的大街上嘎吱嘎吱地前行。神奇的是，动画摄像机竟然俯冲而下，进入车内，向我们展示了清晨的通勤者。镜头停在一个手中紧握着洛杉矶铁路通行周卡的黑鬼（这是 20 世纪 40 年代美国对非裔美国人的"尊称"[1]，用在这里只是为了真实还原历史，绝无认同之意）身上，卡上印有约翰·瑞特在洛杉矶圣殿剧院与《天上人间》巡演人员的合照广告。这部音乐剧由罗杰斯和哈默斯坦编剧，根据费伦克·莫尔纳尔一部名为《百合》的舞台剧改编，因其在脑中挥之不去的旋律以及把家庭暴力和爱混为一谈的理念而备受应得的诟病（"亲爱的，有人会打你，狠狠打你，却不会伤害你[2]。"）。无论是为自己辩护的男性还是深陷斯德哥尔摩综合征的受虐女性，都往往会持有这种心态。1962 年，卡洛尔·金和格里·戈芬在歌曲《他动手打我（但感觉却像温情一吻）》中也展现出了同样可怕的观点。大家的脑子都出

1　"Negro"一词源于 18 世纪的西班牙语，意为"黑色"，渐渐变成贬义词，20 世纪中期被普遍认为是对黑人的蔑称。

2　这是《天上人间》最后一幕的台词。

毛病了？我从来没有，也永远不会动手打女人，但这个黑鬼手中却握着一张宣传虐恋音乐剧的广告。英戈想要在这里表达什么呢？这个复杂的故事才刚刚开始，因此我们无从判断，但几乎可以肯定的是，英戈正在对人造的"美国梦"及其消费者和被消费者进行探索。黑鬼现在已经坐上了公交车，在梅伍德的威利斯－欧弗兰汽车厂前下车。他汇入了挥舞着午餐盒的人群，一起走进工厂。他自始至终没有说话。他的名字也未显示在影片中。当我们被拉拽回莫洛伊的病房时，心中悬着的疑问是，他还会再次出现吗？在病房中，莫洛伊被一名医生、那个因吃惊而喷出了咖啡的护士、帕蒂、马德和玛丽包围在中间。医生将食指在莫洛伊面前左右移动。其他人都屏息凝神地在旁观望。

"很好，"医生说，"那么，你能告诉我你的名字吗？"

"马拉基·弗朗西斯·泽维尔·莫洛伊。"

"你有绰号吗？"

"奇克。"

"你能认出这个房间里的人吗？"

莫洛伊看起来有些紧张，好像他是在接受测试一般。他揉搓着双手，深深地吸了一口气，然后接着说：

"我的妻子帕蒂（娘家姓米顿森）；我的搭档巴德·马德；他的妻子玛丽·波格多诺维奇·马德；这位刚刚喷咖啡的技巧很到位，但无聊得惊人的护士；而你进来时自我介绍是埃弗雷特·弗林克医生。"

"很好。"医生说。

莫洛伊松了一口气。帕蒂哭了起来，亲吻着他的额头。马德拍了拍他的肩膀。玛丽把窗户打开一条缝，点了一根烟，只有她一人显得忧心忡忡。

"奇克·莫洛伊怎么会不喜欢喷水表演呢？"她喃喃自语，香烟的烟雾从她口中溢出，钻过窗户缝，进入外面那满目疮痍的世界。

"会有后遗症吗？"莫洛伊问道。

"你已经卧床不动五周了。作为治疗，你必须定期进行有人监督的体育锻炼。"

"我能恢复正常吗？"

"现在下结论为时过早，但我觉得通过刻苦努力——"

"我会努力锻炼的。"

"很好。那就好。"

"我担心自己无法恢复正常。"

听到这话，帕蒂和马德似乎因为惊愕而眯起了眼睛。他的心理状态是不是发生了什么变化？是否平添了一份严肃或忧虑？也许只是因为他现在太瘦了，那个胖嘟嘟、乐呵呵、傻乎乎、笨手笨脚的小丑被掩藏在了消瘦的身形之下。他看起来……并不快乐。那两撇儿稀拉而杂乱的胡子让他显得更加可悲了。

"你们为什么都这样看着我？"莫洛伊问道。

"哪样看着你，亲爱的？"帕蒂问。

"就好像我是个陌生人，一个遭人鄙视的陌生人。"

"没人那样看你，奇克！"马德说，"你能醒过来，我们都很高兴！"

"你在撒谎，"莫洛伊说着，声音里透出反常的愤怒，"给我递面镜子来。"

帕蒂立马抓起她红色的鳄鱼皮箱形提包，打开包扣，然后把包递给他。对着包盖里内嵌的镜子，莫洛伊仔细端详着自己那张惨白枯槁的脸。他用手指摸了摸自己的胡须。

"我们可以马上把胡须剃掉，奇克，"帕蒂说，"这是小菜一碟的事儿。"

"不，"奇克沉默了一会儿后说，"它和我很搭。"

"我们俩不能都留胡子呀，奇克。"马德提议说。

"别说了，巴德，"玛丽说道，"如果他喜欢自己的胡须，那就完全没问题。他有留胡子的权利。"

"但是我们还要演出呢。"

"别再说了。"

马德照做了，但是两个留胡须的人一起表演，这确实有点不得体。他盘算着要不要把自己的胡须剃了。当然，这一定会改变两人的互动模式。让不留胡须的人挑大梁，怎么能让观众信服呢？而且，这个瘦弱的、全新的莫洛伊看起来很卑鄙，眼中曾带着的调皮笑意已然消失不见。但是看在上帝的分儿上，巴德，他可是刚从昏迷中醒过来的！给他一个找回自己的机会吧。无论如何，他的朋友总算醒了过来，其他的一切都是次要的，都是可以日后讨论的，都是可以慢慢解决的。

在巴拉西尼那里做完治疗，步行回家的路上，我修改着自己的清单。这是个打发时间的方法，而且了解自己目前的排名总是件好事。

可能比我聪明的人：

阿尔伯特·爱因斯坦

苏珊·桑塔格

艾萨克·牛顿

但丁·阿利吉耶里

威廉·莎士比亚

汉娜·阿伦特

詹姆斯·乔伊斯

让－吕克·戈达尔

戈特弗里德·莱布尼茨

阿兰·图灵

阿达·洛夫莱斯

玛丽·居里

亚里士多德

紧急任务：找一个非裔美国人！

在今年的纽约行为艺术双年展上，我在小野洋子的许愿树[1]旁驻足，将我的愿望卡系在上面：就像毕加索和布拉克将非凡的才华注入立体主义绘画一样，我也希望自己能将同样的才华注入影评。一部电影可以通过多个角度观看吗？可以通过所有角度观看吗？一篇影评能将所有可行的解读都囊括其中吗？能通过全人类的每一种视角去理解吗？或者非人类的每一种视角？这，就是我的目标。

除了我的愿望之外，这棵许愿树上目前只挂了一张愿望卡："自行车。——金·凯瑞[2]"

---

1 "许愿树"是小野洋子的一件装置艺术作品，也是一个持续了三十多年的行为艺术项目，她会在当地精心挑选树木，参与者则需要在树枝上系上心愿卡，让树木承载这些美好愿望。

2 好莱坞著名喜剧演员金·凯瑞曾在演讲中透露，自己小时候祈祷能得到一辆自行车，并暗自许诺每晚会背诵《玫瑰经》作为回报。后来他如愿得到了车子。

春潮NOV+

回到分歧的路口

蚁

[下册]

[美]
查理·考夫曼
著

靳婷婷
译

中信出版集团｜北京

43

"讲吧。"

我跟马德和莫洛伊坐在一个看似医院教堂的地方，别人看不见我。莫洛伊穿着病号服，马德身穿一套整洁讲究的双排扣西服。

"我建议咱们重头再试一次，争取把《瞧这两兄弟》拍出来。"莫洛伊说道。

"好吧，奇克，但是我有点犹豫。行业已经今非昔比了。"

"三个月肯定变不了多少。"

"嗯，奇克，我能不能跟你实话实说？"

"请说。"

"我觉得你变了。变了一点。"

"我不觉得我变了。"

"现在的你……跟我更像了。"马德说。

莫洛伊端详了马德好长一段时间。

"哦。"莫洛伊说。

"我不确定你还能不能演原来的角色。"

"好吧，那咱们就试一试，行吧？"

"现在就试？"

"为什么不行？"

"好吧，当然可以，奇克。来男装店那场戏？"

"来吧。"

两人表演了这场戏，它完全不搞笑。

"我说不清，奇克。反正感觉不自然。"马德说。

"可能是因为我们生疏了吧。"

"我不觉得问题出在生疏上。你能不能把胡须剃掉，把体重增回来？"

"我比较喜欢我现在的样子，巴德。现在的样子很适合我。你不了解超重的痛苦。这是健康问题，而且胖子老遭人嘲笑。"

"我能想象得到，奇克。但说句公道话，让人发笑不就是我们的诉求吗？"

"不是的，巴德，我们要的不是那种笑。那是低级的笑，是伤人心的笑。"

"好吧，我明白了。要不只是把那两撇儿小胡子剃了？"

"这胡子多利落。"

"但利落对我们的表演有用吗？"

"说不定你可以把胡子剃了，巴德，再增点体重。然后我们可以互换角色。"

"我不想增重，奇克。"

"那你就明白我的感受了。"

"我明白，但你在我们的表演里一直扮演的是这个角色呀。我甚至不觉得我能把受愚弄的小丑演得像你一样出彩。我可是个捧哏，演不了这些。"

"咱们还是试试吧。你觉得呢？我们把角色互换一下，再来一遍这场戏。"

"奇克……"

"巴德，我们就试试吧。说不定有意想不到的效果呢。"

"嗯，也行。来吧。"

他们又试了一次，除了角色互换外，效果和之前完全一样。

"你一点也不蠢，巴德。你得蠢起来。"

"我本来就不蠢，奇克。"

"你连试都没试呢。"

"好吧。"

两人又演了一次。整个过程中，马德不停地扮怪相、出怪声、做出愣了一会儿才恍然大悟的表情。那场景令人毛骨悚然，宛如噩梦，伤风败俗，让人既无法直视，又没法把视线移开。

"不行，这感觉也不对。"莫洛伊说。

"我可是捧哏，奇克。"

"我也是，巴德，我也很直[1]。"

"今天就到此为止吧，兄弟。"

"喜剧可是我生命的全部呀，巴德。"

莫洛伊哭了起来，但表情没有变化。马德看着这令人不安的画面。

"我们会想出办法来的。"巴德说。

---

1 原文为"straight man"，指喜剧表演中的捧哏，也有"直男"的意思。

"你保证？"

"我保证。"

"我们能不能……都当捧哏呢？还从没有人这样干过。"

"嗯，奇克，没问题。"

"我们可以演一个人和自己争论的场景。巴德，你对德国浪漫主义熟悉吗？"

"不算吧，不熟悉。我都不知道你还熟悉这东西呢。"

"晚上安静的时候，我会在这儿读书。"

"哦。"

"'分身'[1] 这个词虽然是浪漫主义作家让·保罗创造的，但却是一个古老的概念。二重身。这或许正是让美国喜剧上一个新台阶的助推器。"

"嗯，听上去不错。"马德冷冷地说。

"太棒了！"我觉得，说这话的莫洛伊应该是一副兴致勃勃的样子，但我不能肯定，因为他的脸就像一张面具，和帕金森综合征病人的脸一样没有表情。

*

这是一个阳光明媚的周日下午，在河滨公园的野餐会上，我正在和来自"美国未来小小电影史学家东海岸分部"的一群孩子交谈：

"我就在这里，置身未来，回顾我的人生，现在是 2019 年对吗？这个叫作'尚未'的尚不存在的神秘之地，现在已全然铺展开来，眼

1　原文为"doppelgänger"，德语，直译为"双人同行"，指与人没有血缘关系但外貌相似者。

前这些我们已经习以为常的‘未来奇观’，过去谁又曾预料得到呢？无线电话、家里的计算机工作台、美味而饱腹的药丸食物。世界上所有的书籍都装在电子图书馆里，无论是谁，只要轻轻按下一个开关就能饱览群书。虽然战争与贫困已被消灭，人们对白人和所有其他种族的人一视同仁，但我仍觉得心里空落落的。在这只能被形容为人生黄昏（夏令时）的阶段，我正在苦苦求索着意义。当然，生活在一个人人平等、没有谁与众不同的世界里是件美妙的事情，但我来自一个不同的时代、不同的国度，那里充斥着自我、野心、无休止的竞争和嫉妒。这些特质深深扎根于我的内心，现在，人人都被颂扬，人人都在写书、画画、唱歌，其他人则去读这些书、看这些画、听这些歌。我发现，原初的本我想要挣脱而出。所有这些情绪都赶在我的创造力消减时涌上心头，而我则逐渐被我出生的土地所吞噬，因为，正如你们所见，我正在逐渐萎缩。"

我感觉，孩子们都被深深打动了，但我没法确定，因为他们的脸就像面具，和帕金森病人的脸一样没有表情。

*

"讲吧。"

玻璃门后有什么东西，忽隐忽现，一片模糊，仿佛是某种形态的暗喻。摄像机推入，门开了，我们走进一栋褐石建筑的走廊。里面空无一人，一种不祥的预感笼罩全身。那是什么？那是谁？是不是我们不该看到的东西？即便如此，我们已经置身其中。电影把我们带到了这里。因此，我们推测，我们是应该看到此情此景的。我们掠过大厅，来到一扇关着的门边。在这彻头彻尾的寂静中，透着某种不祥的气氛。我们想起了曾经看过的所有使用过这种运镜方法的恐怖电影，乔瓦尼·帕斯特洛纳在 1914 年的电影《卡比利亚》中发明了这种运镜方式，但当时的用途完全不同。这个前推镜头给人一种不可逃避的失控感。无论我们想与不想，都会看到房间里的东西。大厅尽头一扇满是划痕的木门打开，招引我们进去。在这潮湿密闭的房间里，一个喝醉的水手正在谋杀一个孩子。这是一部恐怖电影，不是因为其中有残杀孩子的镜头（因为那是个搞笑镜头），而是因为水手赤裸后背上的文身会动，表明他对自己所做的残忍而滑稽行为的矛盾心理。从他的左斜方肌横跨至左下三角肌，有一个炼金术士造出的小小人正在翩翩起舞，象征着无忧无虑的欢乐。舞蹈很简单，就是前后跳跃，从一只脚换到另一只脚，配上邪恶的微笑和迷幻的逆时针转眼球。水手的右三角肌上文着圣尼古拉斯[1]，他所象征的是"不要杀孩子"。一位屠夫杀害三个孩子后将之当肉卖的故事浮上心头。圣尼古拉斯让这些孩子起死回生，按照圣人的道德规范，这么做是正确的。文身上的尼古拉斯发出"啧啧"声，摇着头，却什么也做不了，因为在他和小小人之间有一只长着獠牙的大猴的文身。我不确定猴子代表着什么（文化的冷淡？社会的冷漠？），但可以肯定的是，尼古拉斯害怕这只猴子。猴子露出一副得意扬扬的样子。英戈想在这里表达什么？他是在暴露自己病态的欲望吗？他是在鼓吹屠杀儿童吗？我对此深表怀疑。或许，屠杀儿童的场景完全是象征性的。谁不想象征性地残忍屠杀童年时的自己呢？抹去自己对那个黏人、可悲而可憎的孩子的记忆。但是，这样做是正确的

1　圣尼古拉斯：圣诞老人的原型，是罗马帝国时期小亚细亚的一位希腊裔主教。

吗？圣尼古拉斯说不正确。或者更确切地说，圣尼古拉斯说我不赞成，我要让被杀的孩子起死回生。我永远不会让你忘记那个孩子，因为他就是你曾经那黏人而可悲的自我。否认这个孩子，你就是在否认你的历史，你的历史定然可悲，但你必须铭记，因为忘记历史的人注定要重复历史。话说，谁还想再重当一回孩子呢？

谋杀结束了，水手转身看着摄像机，似乎轻蔑地冷笑了一声。这个时刻具有强大的影视震撼力。他的表情告诉我们，我们都是共犯。浑身是血的孩子站起来鞠躬。这一切都只是一场表演吗？不，现在的他已经拥有了不死之身。英戈用黑色的弹珠代替了他的眼球，把这一点彰显得淋漓尽致。但孩子看起来并没有什么情绪。他从橱柜里取出盘子和餐具，摆好桌子，准备吃晚餐。水手抽着烟斗。小小人已经死去。不，他还在呼吸，只是睡着了而已。英戈告诉我们，人生是复杂的。人生中充斥着可怕的暴力，但经历暴力之后，我们仍要休息一下，享用晚餐。人生如是。

离开巴拉西尼的办公室时，我的情绪一团糟。回忆的过程令人筋疲力尽，让我的身心饱受折磨。我思考着自己所做的努力，思考着做此努力的必要性，以及遭遇失败的实际可能性。我能感觉到自己日渐虚弱。我的膝盖能感觉到这一点，我的肠子也能感觉到。我那不停萎缩的身高和日渐衰退的记忆力都是证明。曾经的我什么都能记住。这并不一定意味着我拥有催吐的记忆。不对，我想说的词不是"催吐"，而是那个形容完美影像记忆的词 [1]。催吐与呕吐有关，但说实话，这个词也不算是八竿子打不着，因为我愿意，也能够把

---

1 "影像记忆"一词的英文为"eidetic memory"，其中"eidetic"与"emetic"（催吐）读音相似。

信息呕吐出来。只要问我有关戈达尔的事情，我就能将他作品的日期、内容以及我和别人关于他作品的理论喷吐出来。我能告诉你他的鞋码，但衬衫尺码已经记不清了，这让我很担心。我的记忆正在衰退。托马斯·狄兰说，不要温柔地走进那个良夜，我没有听从他的建议。应该是狄兰·托马斯。"温和"，老天呀。我在睡椅上打盹儿，做了一个关于爱的梦。那是一种从未造访过我生命的爱，却曾数次钻进我的梦境。在这个梦里，一个友善的女人用毫无抗拒的眼神看着我，那双眼睛圆圆睁开，仿佛敞开的大门。彻彻底底地进来吧，它们在召唤着，不要把自己的一丝一毫留在门外。她的双眼是黑色的，她那棕色的皮肤光滑而油亮。这是我所渴求的一切。在这种爱的面前，我为获取尊重、金钱、名誉而汲汲营营的岁月，是那么虚无空洞。无论是这个女子，还是身无分文、默默无闻的状态，都是我可望而不可即的一切。我进入了她的身体，轻而易举，不惧怕被拒绝，也不因为我外貌的丑陋而羞愧。我是被爱的。她贴在我身上的肌肤温暖而柔软。我们绞缠在一起，失重般翻滚着。没人用手肘戳彼此，也没人拿瘦骨嶙峋的屁股硌人。一切都是那么安好，一切都是那么纯净。醒来时，我心痛难忍。这样的事情永远不会发生。这样的爱情是不会降临在我身上的。即使有可能，现在也太晚了。我绝望地盯着一墙的书本，誓要记起她的面容。我编了一个故事：或许她是真实存在的，而这梦境是一个预兆。它以前发生过，或许是个巧合。我对这种事情不太相信，但也不是没有可能。我发誓，今天，我要坦坦荡荡地凝视所有非裔美国女性的双眼，看看她们会不会与我对视，看看能否捕捉到一瞬间的爱意。这种可能性不大，但我在这段梦境中品尝到了什么东西，而今如果缺失了它，我已不知该如何继续生活下去了。

我朝巴拉西尼的诊所走去，又一次将注意力集中在非裔美国女性身上。然而，梦境的虚构与清醒后的现实世界并未交叠在一起。在一群明显是窝囊废的人里，我看到了五个有潜力成为梦中情人的候选。无论是候选人还是窝囊废，她们都没有注意到我的存在。原来，我不值得被爱。在现实中如此，在非裔美国人的眼中如此。

我闷闷不乐地来到巴拉西尼的诊所。他感觉到了我的情绪，问我出了什么事。我凝视着他那评头论足的愚蠢双眼。他为什么不能用那个女子的眼神看我？"寰宇砖厂"办公隔间里的人们，为什么不能用她的眼神看我？

"你看我的眼神怎么那么迷乱？"巴拉西尼说。

"随你怎么说吧。"我告诉他。

"哎哟。好吧，我们可以开始了。我能看出，你情绪'不错'嘛。"

"我好着呢，"我说，"简直他妈的不能更好了。赶紧开始吧。"

巴拉西尼轻弹了一下我脖子上的开关。

我在走廊里往客厅偷窥，只见留着大胡子、身材瘦削的莫洛伊正在阅读盖伊·韦纳姆翻译的 1943 年版私人印刷的《马尔多罗之歌》[1]。帕蒂来来回回，东整整西扫扫。很明显，她想让莫洛伊注意到她，跟她说说话。来回三次之后，她在门口转过身。

"你想吃午饭吗，奇克？"

莫洛伊抬起头来。

"嗯？"

---

1 《马尔多罗之歌》：法国诗人洛特雷阿蒙的长篇散文诗。

"吃午饭吗？"

他似乎考虑了良久，然后张口说：

"我已经认不出自己了，帕蒂。我的意思是说，我记得我自己，也记得我对事物的反应。但这就像在一本书里读到关于自己的故事一样，书中的主角是一个我痛斥的陌生人。"

"你这话是什么意思，奇克？"

"你真的想让我把刚才的话再说一遍吗？"

"不，我只是没听懂。"

"比如说，我知道我喜欢小牛排，我记得我喜欢小牛排，但现在，我不但讨厌小牛排，也厌恶小牛排代表的一切。我对小牛排的喜爱跑到哪里去了？这喜爱是不是像想要找地方附着的烟雾一般，正毫无束缚地在哪里飘着呢？"

"我们不一定要吃小牛排呀，奇克。你想吃什么，我都可以给你做。你想吃意大利面吗？"

"我想说的不是这个。"

"哦，好吧。我有汉堡面包坯，我也可以做点肉丸子。"

"以前我认为好笑的事情，现在却觉得没趣。我记得那些以前我觉得好笑的事情，但现在，这些事情只让我光火。"

"'光火'是什么意思？"

"恼火。"

"我明白了。好吧，没关系。我们可以找些新东西当笑柄。"

"我知道以前的自己喜欢和很多人共处。我喜欢派对。我喜欢调情。但现在，我更喜欢一个人独处。"

"独处？"

"我更喜欢和孤单独处。和我的书独处。"

"你说的'独处',到底是什么意思?"

"观众还是会让我激动,但这感觉和之前不同。我还会渴望得到关注,但出发点不一样了。"

"那你的出发点是什么呢?"

"我需要有人见证。"

"吃三明治怎么样?"她问道,"冰箱里有一些冷鸡肉。"

"我不太饿,帕蒂。"

"好吧。"

帕蒂久久站在门口,莫洛伊继续读那本洛特雷阿蒙的诗作。

"你还记得你爱过我吗,奇克?"

莫洛伊抬起头来。

"我记得,帕蒂。"

这一幕让我心如刀绞。我想起了我和非裔美国女友的爱情,还有很久以前与妻子的爱。难道说我和奇克一样?是我变了吗?还是说,改变的是她们?

抑或,大家都变了?

44

我坐在睡椅上，闭上双眼，试着回忆。电影的开头是怎样的呢？有个男人。男人戴的是大礼帽吗？还是圆顶高帽？我不确定。这部电影里有太多顶帽子，实在太多了，还有那么多的开头。我该怎样才能准确记起呢？没错，当时确实有很多种男式帽子。为了述评迪纳－豪瑟尔给电影《资产阶级的审慎魅力》设计的海报，我在做研究时，曾在纽约时装学院修过一门男式帽子的课程，但这对现在却没什么用处。我的脑子里充斥着各种帽子：平顶硬草帽、圆顶高帽、浅顶卷檐软呢帽、洪堡毡帽、高顶礼帽。我很确定那是一顶高顶礼帽，不过电影中很可能有一万顶帽子，第一顶帽子就让我卡了壳，我有点畏难不前了。海量的帽子代表了我脑中杂乱的思绪，孩童时的记忆、曾经学到的东西、曾经看到的东西、幸福的时刻（我有过幸福的时刻吗？按理说肯定应该有的，但是……）。我并不是小题大做，我的记忆、我的专注能力、我的……评论才能，也就是那些仅有的能让别人对我表现出一丁点儿兴趣的特质正日渐衰退，这对我的自我意识产生了灾难性的打击。我惭愧地发现，我连手头的任务都无法完成了。被我遗忘的东西都到哪里去了呢？有一种机制竟能把我们经历过一部分的世界吸收进去，这或许才是个奇迹。这完全可以被称为意识的奇迹。没有了记忆，人就无从存在。"我忆故我在。"那个蔑视自然界的笛卡儿如果这么说，或许会更准确些。没有记忆的见证者根本就不算是见证者。风从风筒中吹过，但空空的风筒不会记得风的呼啸。我可悲处境的讽刺之处，同时也是我或许要比厕纸更悲惨之处，就在于我记得自己失去记忆的事实。这是一种堪比塔尔塔洛斯[1]的惩罚。可我为什么要受到如此惩罚？就算我只是个庸碌乏味的说教者，至少也算得上遵纪守法吧？我难道没有辛勤工作吗？我难道没有努力去爱吗？可能没有吧。不，我真的没有。我活该遭受宙斯甩给我的每一记电闪雷劈。作为研究电影胶片化学构成的专家（我在哈佛大学罗兰研究所师从埃德温·兰德[2]——他在四楼，我在三楼），我却在发现至宝之时兴奋难抑，从而让英戈的大作毁于一旦。

最后，我终于打起盹来，这次我又在睡椅上把自己绑得太紧了。

在梦中，我成了一位影视改编小说作家，至少刚开始是这样。在后来的梦中，我又变成了其他人，许多不同的人。我依然是位影视改编小说作家，但又会同时变出许多身份。不对，更像是一次一种身份。嗯，其实是每次增加一种身份，每次都在影视改编小说作家身份的基础上增加另一种身份。这很难解释。好吧，想象一组楔子，或许是在传送带上，但准确来说也不是，更像是在类似弹弓的装置上面，比方说五个楔子，更准确地说应该是五个突起或者说隆

1　塔尔塔洛斯：希腊神话中的地狱。
2　埃德温·兰德：宝丽来公司创始人，发明了一步成像摄影法。

起，这些东西组成了一个博雷尔集 [1]……不对，那是另一码事……我也说不准。可能是博雷尔集，但……说实话，我不知道博雷尔集是什么东西，虽然我确实听过这个词。在这一点上我要比绝大多数人强。并不是说我不想弄明白博雷尔集是什么，但在维基百科上搜索的时候，我怎么也看不出个头绪来。事实上，我接受过的数学教育贫乏得可怜。若说我曾在哈佛大学辅修过应用数学，倒也不完全是扯谎，但我几乎没学到什么东西。因为分数膨胀 [2]，我暂时蒙混过关。梦中的我对此总是心怀愧疚。在梦中，我总是不够聪明。在梦中，我们高中里数学最好的学生，现在已成了耶鲁大学毕业的分子病毒学教授。我在高中时告诉自己，我要成为比他更有趣的人，所以他才能在 SAT 考试 [3] 中拿下 1600 分的最高分——他无时无刻不在学习，除了学习什么也不做。而我则属于艺术家类型，满脑子的幻想、诗意、深沉、活力，还叛逆不羁地沉迷于荒诞派戏剧。我是拿着电影评论奖学金进入哈佛大学的。这在当时的常春藤联校中是一件大事，我是大学的摇钱树。在座无虚席的礼堂中，我们与其他常春藤学校的学生进行影评十项全能比赛。20 世纪 70 年代是美国影视制作的黄金十年，电影是一种重要的文化输入。但现在，人人都爱上了病毒学，我那位病毒学家宿敌备受尊敬，进行着钩虫疫苗研制方面的重要工作，这种疫苗将改善数亿人的生活，却会伤害数亿钩虫的生命。

　　而我，则是个影视改编小说作家。

1　博雷尔集：数学名词，拓扑空间中的开集通过至多可数次的并运算、交运算或差运算得到的集合。
2　美国许多大学中存在分数膨胀现象，即学校给学生的分数高于学生应得的分数，导致学生的平均分数虚高。
3　SAT：美国高中毕业生学术能力水平考试，相当于中国的高考。

在醒来后的生活中，我并不是个影视改编小说作家。这一行几乎已经没人干了，但在梦中，我是一位改编作家，而且做得风生水起。作为一个梦中的影视改编小说作家，我写过几本备受瞩目的影视改编小说。我的改编小说《教父1》的销量已经超过了马里奥·普佐的小说《教父》[1]。我高瞻远瞩，在《教父》系列的第二部电影尚未问世之时就在书名里加上了"1"，也由此得到了应得的赞扬。在我的书中，第23和24页受到了女权主义者和来自女权主义阵营的影评家的赞誉，因为这两页将普佐小说中厌女的"男人戏"巧妙地转换为女性中心的色情描写。有人甚至盛赞小说为"女性中心体"，一位影评家更是称赞它为"超级女性中心体"。我的作品就是如此将女性奉为中心。然而，也有人谴责作品是"披着女性外衣的男权主义之狼"，他们坚称，书中那种不以支配、羞辱、强暴或其他在男人眼中根本算不上"邪恶"的恶行为基础的健康两性关系，是一个在病态社会中长大的男人不可能理解，更不可能明确表达出来的。这话伤了我的感情。我真的已经尽力了。在梦里，我觉得这些事情就是恶行，醒来时也是这么认为的。在梦境中，我努力肩负起社会责任，确切地讲是具备政治敏感性，更确切地讲是当个好人，当个过得去的人，不冒犯任何人，尤其是女性，我对女性情深意切，当然，这感情完全符合我作为电影小说改编部门高级电影营销助理的职位界定。一直以来，我都在努力做一个好孩子。一向如此。坚持对别人的想法如此在意并非易事，尤其是对女性的想法。想想看，这严苛的职位描述。想想看，我为女性的权益做了多少贡献。

---

1 好莱坞电影《教父》三部曲即根据马里奥·普佐的原著小说改编。

我简直是鞠躬尽瘁。

但是，即便已从国际传媒授权作家协会（简称 IAMTW，读作 eye-AM-twuh）赢取了三项"抄写员奖"[1]（也就是从前的"丽莎奖"），我仍然为自己的职业感到羞愧，甚至可以称得上是一种自我厌恶。因为话说到底，我并不是每个年轻人梦想成为的小说家，只是一位影视改编小说作家。在梦中，我参加了艾奥瓦作家工坊，无论是在睡梦中还是现实里，这都是人们梦想进入的地方。艾奥瓦作家工坊在写作学院中的地位，就如耶鲁大学医学院的分子病毒学课程在所有分子病毒学课程中的地位。在清醒时的生活中，我并未加入艾奥瓦作家工坊。在清醒时的生活中，我必须搜索工坊的全名，看看里面有没有撇号，以及撇号的确切位置，以免贻笑大方。在梦中，我知道撇号的确切位置，我加入了艾奥瓦作家工坊，一次，备受尊敬的小说家唐·德里罗将我的一则短篇小说（《丹尼尔·D. 德隆达[2] 不可思议的头皮屑》）交还给我，还在里面附了一张字条，上面写着：非常感谢你把这篇小说寄给我。这小小的鼓励让我坚持写作了整整五年之久。在梦中，我终于出版了一本小说。这本小说是一场严厉的控诉，痛斥 25 世纪的人们将老年人丢进美国太空站养老院的行径。我给小说取名为《绕轨道旋转的爷爷》。小说不但没有得到好评，就连差评也没有得到，甚至《未来老年学：推测性衰老一级期刊》也未发表对它的任何评价。没错，亚马逊网站上有三十名消费者认为这本小说是杰作，但其实，这些人全都是我自己，某个不是

1　这是 IAMTW 为授权作家颁发的奖项，授权作家在原作者、制片公司或其他原始角色版权持有人的许可和监督下将作品进行改编。

2　《丹尼尔·德隆达》是乔治·艾略特的小说，描写主人公丹尼尔逐渐发觉了自己的犹太人身份，决心完成"为犹太人建国"的使命。

我的人发现了破绽，突然之间，《绕轨道旋转的爷爷》便成了街谈巷议的热点，如果非要把话说破，告诉你们，大家说的都是坏话。真是没想到，竟然有这么多与你素昧平生的人想让你去死。在梦中，每个人似乎都在寻找一个理由，让不认识的人去死、被解雇、遭嘲笑，或是受侮辱。在醒来的世界中也是如此。

就这样，为生活所迫，我成了一位影视改编小说作家、一个公司的托儿、一位特聘的专家、一个影视传媒授权改编作者。现在，我充其量也只是位"引号作家"——不是引用别人作品或作品被人援引的作家，而是一位加引号的"作家"。在派对上，我害怕被问及"你是做什么工作的"。准确来说，无论在什么地方，我都害怕被问到这个问题。而更糟的是，我那可耻的谋生手段正在逐渐消亡。面对现实吧：已经没人再读影视改编小说了。人们会将电影改编为电子游戏或是开发玩具和服饰，但改编小说却已经成了一种被淘汰的媒介。无论是在我的梦里还是梦外，情况都是如此。只是在梦外，我并没有把这件事放在心上。

我接到一通电话，说我有可能会得到一份改编小说的工作。梦里的我需要养家糊口（但养的不是我自己的家），因此，我迫不及待地接受了。

随着梦中的一个镜头跳接，我发现自己正在纽约一片陌生区域的街道上徘徊。我感觉自己在河的附近，然而从我的角度是看不到河的。或许是远处"哔哔"的船笛声让我这样想。是"哔哔"吗？船笛声是用"哔哔"来形容的吗？我认为真正的小说家不必上网搜索就会知道答案。我想到了麦尔维尔，我觉得他就知道，因为他了解船只。从本质上说，船只就是麦尔维尔的创作主题。然后我又想：

他生活的时代是不是还没有船笛？所以他或许并不知道吧。这么说来，我和麦尔维尔都是不知道答案的。或许也不尽然。突然之间，我身心俱疲，不想再思考麦尔维尔的事情了。在一段时间里，我什么也没有想，这让我有了喘息的机会，但是真该死，我却突然想起了巴尔博西，就是他将电影《白鲸》重新改编成了小说。他应该知道船笛的声音是怎样的。他毕竟获得了四十六项"丽莎奖"（现称"抄写员奖"），创下了纪录。

然后我又想：你猜还有谁会知道船笛声是怎样的吗？约瑟夫·康拉德[1]。他对船只了如指掌，而且正好生活在有船笛的时代。可话说回来，他真的正好生活在有船笛的时代吗？船笛是什么时候被造出来的？约瑟夫·康拉德又是何时被"造"出来的？不管那么多了，面对现实吧，我永远也成不了康拉德或是巴尔博西。尽管如此，我还是用梦里的手机搜索了"船笛的历史"，只是图个乐。维基百科上一篇关于汽车喇叭的文章里简要提到了船笛，但没有涵盖任何相关信息，除此之外，就什么也没有了。互联网真是让我既吃惊又失望。不过说实话，互联网是个奇迹，我竟然可以在街角上网查阅船笛的信息，这是康拉德做不到的，或者说，是我觉得他应该做不到的。我试着上网查找相关信息验证这一点，但什么也没找到。我搜索了巴尔博西的名字，心想或许可以给他打个电话，但他已经不在人世了。至少在我梦中是这样的。

我从手机屏幕上抬起眼，扫视着一排仓库：这些仓库方方正正、破败不堪，街道空寂无人。我在找一间带有编号的仓库。仓库有编

1　约瑟夫·康拉德：英国作家，代表作有《黑暗的心》《水仙号上的黑水手》等，被称为"海洋小说大师"，曾在海上度过二十余年周游世界。

号吗？我试着在手机上搜索这个问题。我在搜索时走了神，了解到狄更斯小时候曾在仓库打工。狄更斯应该知道仓库有没有编号。我可不是狄更斯。

应该在此指出的是，这些梦境并不完全是梦境，但由于它们会在我晚上入睡时出现，我也不知道还能怎么称呼它们（阿图尔·施尼茨勒[1]应该知道，但我不是他）。总之，这种东西与梦境是有区别的。首先，它有一种颗粒似的质地，仿佛沙砾一般，与电影有些相似。另外，其中会出现片头片尾字幕，这和电影一模一样。我看不清字幕，因为字幕是白色的，而背景又恰是一片褪了色的灰白天空。这看起来好像是造梦人犯下的愚蠢错误，是门外汉才会出的疏漏，是第一次造梦的人才会造成的差池，但我敢肯定，字幕是确实存在的，我甚至一度看到了"艾伦"这个名字，出于我永远无法理解的原因，它一直萦绕在我的脑际。"夜场电影"这个词浮上脑海，或许可以用来描述这些似梦的体验，抑或"睡眠电影""梦游电影"。我甚至玩味起"床头"这个词语来。然后，不知怎么，"脑视"一词闪现在我的脑海中。我对这个词有些模糊的记忆。它就浮在我梦境的表面。"真奇怪"也闪现在我的脑中，接下来是一句"要迟到了"，再后来是"为什么要迟到"，之后是"哦，到了"，再往后是"到哪儿了"，接下来是"到办公楼了"。

办公楼的等候室只是被模糊地构建了出来，而且有一些明显的错误：比如，墙角的一盆植物前一秒还在那里，下一秒就不见了踪影。另外当植物出现的时候，枝叶之间有一支铅笔。在清醒时，我

---

1 阿图尔·施尼茨勒：奥地利小说家、剧作家，以表现意识流、潜意识、内心情感著称。

很喜欢寻找电影中的穿帮镜头。如果这可以被称为一种职业嗜好的话，就是我最中意的一种。或许，这只是一种兴趣。在填表、填申请单甚至与人谈话时，我都必须列出自己的兴趣。我从不知道该怎么回答。从今往后，我可以把这一条列出来。向我认识的每一个人指出电影里的错误，这让我感到自己具有敏锐的观察力，比导演更聪明。我觉得，这种乐趣无异于童年看图解谜时在图画中的树上找到了铅笔，当然，这里说的是我梦中的童年。现实中，我小时候对看图解谜并不擅长。我那英俊的哥哥很擅长看图解谜，他什么都擅长。"树上有支铅笔！"他会这样说。"喂，那个露台是正方形的！""看！那个邮差左脚穿便鞋右脚穿靴子！"而我却一处都找不出来。

我坐了下来，将公文包放在膝盖上，把右手的香烟点燃。等等，进来的时候我并没带这个公文包，对吗？我也没有烟。这是两处穿帮。公文包只是个空道具，我知道这一点，却不想指出来，以免将观众的幻象打破。我觉得，为了得到这份工作，我必须配合地演下去。这是一项考验也未可知。不过我还是把这个发现暂时偷偷记在了心里，以备日后需要的时候派上用场：这是一个可以拿来讲条件的筹码。但是，要把这发现藏到哪儿呢？我好像已经进入自己的大脑了。我决定把它藏在我的"脑中脑"里，也就是我那影视改编小说作家的大脑里。我吸了一口烟，味道和真烟一样。

等等，哪有什么观众？此刻的我是影视改编小说作家，我所说的"观众"是指什么？难道我正在被人观看？我是在观看自己吗？我就是观众吗？

一个女人走了进来。她虽然被描画得很模糊，但我觉得她很美。经常爱上梦中模糊不清的女性的我，立刻就爱上了她。爱上她的是影视改编小说作家版本的我，而不是现实生活中的我，虽然醒后的我也能够体会这种感觉。

如果我可以从"梦中梦"里醒来的话，她就是那种在影视改编小说作家版本的我醒后生活中并不存在的女性，而她的不存在，让我陷入了绝望的泥沼。她看着我，像电影里的情侣对视一般。那美好而刻意的目光，正是我梦寐以求的。我知道这是电影营造的假象，但在电影中和梦境里，这一招都对我很有用。在其他环境中也是。

她的着装很奇怪，那条装饰用的围巾打着让人眼花缭乱的结。她跟随着我的目光低头去看自己围巾的结。

"我的眼睛在头上呢。"她边说边指着自己眼睛的位置。

"抱歉，我只是在欣赏你的围巾结。"

她点点头，告诉我她的围巾不只在三维空间里打了结。我告诉她我听不懂。她说，你是不懂，但你也懂。我思考了一下，认为她是在暗指有两个不同的我，或许另一个我就在她说的另一个维度空间里。我想，我的表情可能看起来很疑惑，也可能不疑惑，但我无从知晓。

"此时此刻，"她解释道，"另一个你正在为另一个我打围巾结。在共处了一夜之后，我们正准备去上班。我们昨晚翻云覆雨来着，如果我没说清楚的话。"

我端详着她的脸。她是在逗我吗？我对她的爱已经超越了理智。我对小丑的迷恋就如放在杯中好几天的咖啡一样蒸发不见了，只留下几个棕色的环形印迹，还有蓝色的霉斑。

"真有意思，"她边说边端详着我的脸，而我则在打量着她的脸，"这简直是个蹩脚得不可思议的比喻。"

刹那之间我恍然大悟：她来自未来。

"你来自未来。"我说。

她说没错，她确实来自过去的我眼中的未来，但对她而言，现在只是现在，由于她在我的时代还未出生，因此这件事的复杂性可能超出了我的理解能力，但我又是能够完全理解的。

她又开始说玄的了。

"简单来说，"她解释道，"你和我此刻都正在想象着对方。这是脑视技术的副作用。"

"我听不明白。"我说道。但是，"脑视"这个词又一次浮现在我的大脑表层。因此，我也不算是一点都不懂。

"我想象到了你会这么说。"她说道。

"而我想象到了你想象到我会这么说？"我问。

"算是吧，"她说，"用外行人的话说是这样，但咱们还是不要深挖为好。这是一条'无限递归大道'，我可没有闲工夫。我的名字叫阿比塔·L. X. 14005。"

"等等，你姓 14005？"

"我知道你在想什么，"她说，"但你猜错了，我跟其他姓 14005 的不沾亲。"

"我明白了。"我这么说，因为我不想让她怀疑我没听明白。

"总之，"她继续说，"我需要你帮个忙。"

"什么忙都行。"我说着，然后在心里加了一句：为了你，我不惜赴汤蹈火。

"想象一种未来的娱乐技术。"她说。

"嗅觉电影[1]？"我满怀希望地问道。

"比嗅觉电影厉害得多，"她说，"现在，只有太空站疗养院的老人才会去看嗅觉电影。不，我所说的技术叫脑视。我们现在还处在这种技术的发展早期。我所说的'我们'，是指我所处的社会。而你所处的社会是脑视之前的社会，简称脑视前。我写过一部脑视作品，在我的特定受众中反响奇佳。但很遗憾，今年我是不可能在'最佳原创脑视'竞赛单元得奖了，奖项铁定会归属隆达娅[2]·102 的《兼职机器人，全职好朋友》。在我看来，那部作品不但媚俗，而且被高估了。"

"你的脑视作品叫什么？"我问。

《无限递归大道》，"她回答道，"出于政治原因，我是没希望获得最佳原创脑视奖了，所以我想争取最佳改编脑视奖。我觉得胜算不小，但是……"

"但是什么？"我乞求她说下去，欲望已经难以抑制。

"……没人改编这部作品。"她说。

我愿对着一摞《圣经》发誓，她的话音一落，一声戏剧性的刺耳音乐便响了起来。但这声音很邈远，仿佛是远处黑夜邮船发出的悲鸣。

"但是，你的脑视作品不是改编作——"

她打断了我。

---

1 嗅觉电影：20 世纪 60 年代的一种电影，放映过程中会释放气味，让观众"闻到"电影中发生的一切。
2 隆达娅：有色人种女子名。

467

"如果你能把这部作品改成小说，那它就是改编作品无疑了，或者按照你们那个时代的说法，'改编撰著'。"

"你这么做不道德。"我说。

"为了整个世界的利益，我非赢不可，"她说，"这个我日后会做解释。"

我不知道她说的是不是实话，但她可真漂亮。因此我告诉她先让我考虑一下，明天答复。然后，我醒了过来。

45

醒后的人生乏善可陈。有人生病，有人健康，有人死去，有人活着。我有时看电视，有时不看。有的时候，我会忘记点火就开始抽烟。我继续去那位精神错乱的催眠师那里接受治疗，试着回忆起一位已逝的非裔美国绅士所拍摄的电影。我贩卖可折叠小丑鞋，吃劲猛餐厅的汉堡。在醒后的人生中，我不是一位影视改编小说家，也不像在梦境中那样可以饰演许多角色。实际上，在醒来的时候，我甚至不能完全算是我自己。我相信，如果有勇气完全做自己，我会变得有趣些。我相信人们会被我吸引。我无法接受醒后的自己就是我的全部。我为睡椅上的自己松绑，开始晨间沐浴，然后到巴拉西尼的诊所去。

蔡小姐今天代班做前台接待，我对她的感觉比以前淡了许多，在我看来，现在的她简直不堪入目。

"喝咖啡还是喝水？"她主动问我。

我摇了摇头，坐下来，然后把脸埋在一本旧的《省省吧，催眠师》里，这是专门面向催眠师发售的廉价购物指南周刊。有人在出售一副从未戴过的二手漩涡图案催眠眼镜。这是我看到过的最掉价的广告。

"讲吧。"

现在，我跟在瘦削肃穆的莫洛伊身后，走在格伦代尔一条幽静的街道上，他一人分饰两角，嘴里默诵着一套台词，熟悉自己的戏份。

"你知道吗，莫洛伊，这世界上满是有着奇怪习俗的人。"

"你是说那些把旅行箱塞进靴子里的英国人吗[1]？"

"别说傻话！"

他走到一幢西班牙式平房前，敲了敲门。应门的是玛丽，她抽着烟，闷闷不乐地堵在门口。

"你好，奇克。"

"巴德在吗？"

"不在。"

然而，莫洛伊却能听到马德正在一扇紧闭的门后与人聊得热火朝天。他从玛丽身边挤过，循着声音走去，推开通往玛丽吸烟室的门。马德和乔·贝瑟[2]正在开怀大笑，他们把目光从满是纸张的桌上移开，抬起头来，马德的笑容凝固了。

"奇克。"马德说。

"这是奇克？"贝瑟说，"老天啊，他跟你长得一模一样。"

"这是怎么回事？"莫洛伊问道。

"乔，你能不能让我们单独谈谈？"马德问。

贝瑟看了看马德，又看了看莫洛伊，然后又把目光投向马德。他站起身来，从莫洛伊身旁走过，故意靠得很近。

1　在英式英语中，"后备厢"（boot）与"靴子"是同一个词。
2　乔·贝瑟：美国喜剧演员、编剧。

"我要把你整死。"贝瑟低语道，他走出门去，把门在身后带上。

马德低头看着桌子。莫洛伊等着他开口。

"是这样的，"马德说，"我以为一切都结束了，医生说你再也醒不来了。我也得尽早规划呀。玛丽想要生孩子。你说我该怎么办，奇克？"

"所以，你用贝瑟顶替我？"

"乔不是顶替你的，奇克。我们是另起炉灶，没有人能够代替你。"

"马德和贝瑟。这名字听上去很蠢。"

"我知道。我们正在考虑要不要叫'巴德和贝瑟'。"

"你不能把你的名和他的姓放在一起。事情不是这样做的，没有人这样做过，从没人这么做过。"

"但是'巴'和'贝'都是字母 B 打头，所以……我也不知道。学究们管这叫押头韵。也可以试试'巴德和乔'或者'乔和巴德'。我这儿有一份清单，不知道放哪儿了。"

马德翻着桌上的纸张。

"啊，在这儿。也可以叫'马德和乔'。"

"我已经准备重出江湖了，巴德。告诉我，我们还是搭档。"

"老天啊，奇克，"马德抽泣起来，"你不知道我经历了什么！承受了多少罪恶感！为什么被灯砸到的不是我而是你？你知道吗？多少个夜晚，我都在床上彻夜思考这个问题。我质疑上帝的存在、思考命运的安排，昏迷三个月的人为什么不是我？为什么是你清醒过来后变得又瘦又无趣，而不是我清醒过来后变得又胖又搞笑？这个问题一直在咬噬着我的心。"

"我必须重新开始工作，巴德。帕蒂和我分手了。我现在一无所有。"

一段长时间的沉默后，马德终于说话了：

"我怎么跟乔说？"

"贝瑟总能逢凶化吉。'活宝三人组'[1]里面的一位成员会驾鹤西游，阿伯特和科斯特洛会分道扬镳，贝瑟会在一旁伺机，暗中等待。贝瑟永远都在那儿候着。"

"他不是个坏人，奇克。他总会问你的情况。奇克身体怎么样了？他是不是要从昏迷中醒过来了？诸如此类。"

"他就是一只盘旋的秃鹰。这你看不出来吗？一只肥胖、秃顶的秃鹰。"

"你这不是用词重复吗，奇克？秃顶的秃鹰？"

"并不是所有的秃鹰都秃顶，巴德。秃鹰有许多种。比如说，马岛鵟头上就有羽毛。索马里鵟、大鵟——"

"我接受你的指正，奇克。"

"也许你们可以取名叫'巴德和秃鹰'，这也是押头韵[2]。"

一段莫洛伊坐在玛丽的吸烟室桌旁的转场镜头，背景变换，但莫洛伊一动不动，只是盯着一堵墙，马德则踱来踱去。接下来是一阵漫长而乏味的沉默，实时算来大约持续了二十分钟。最后，马德开口了：

"听着，我们可能会重新使用之前的表演桥段，医生的那段怎么样？也可以用水管工那段。"

1　活宝三人组：美国杂耍喜剧组合，活跃于 20 世纪 20 至 70 年代，最初的成员为莫尔、柯里和山普·霍华德三兄弟，山普·霍华德去世后，由乔·贝瑟替代。

2　"秃鹰"的英文为"buzzard"，与"巴德"（Bud）押头韵。

"好吧，但这次水管工由我来演。"莫洛伊说道。

"奇克，那是我的角色。那个不耐烦的水管工，你演不来。"

"我不能再演那个低眉顺眼的房客了。那个角色已经不适合我了。"

"我连'低眉顺眼'这个词的意思都不懂！你是怎么想到这么文绉绉的词的？"

"'低眉顺眼'就是'胆小'的意思，巴德。"

"好，那就直接说'胆小'呗！"

"我刚刚不是说了吗？"

"拜托你一开始就说！"

"我又没法倒转时间，巴德。你只能接受我第一次说了'低眉顺眼'的事实。我们回不到过去。这个世界只会往前——"

"行了，行了。我知道了。"

马德继续踱步。莫洛伊盯着墙。

"好吧，我们能不能都演那个焦灼的水管工呢？"莫洛伊说。

"'焦灼'是什么意思？"

"就是'不耐烦'的意思。我们能不能都演不耐烦的水管工呢？"

"那笑点在哪儿？"

"我们是一对同卵双胞胎，都是焦灼的，也就是不耐烦的水管工。我们性格相同，对修理水管的看法也相同。"

"也就是说我们不吵嘴咯？"

"不，因为我们在任何事上都能达成一致。所有事！"

"那我就不会对你不耐烦咯？"

"不会的，要不就说不通了。你会对管道问题不耐烦，或许是因为不得不在半夜紧急维修。但我也不耐烦，和你一模一样，丝毫

473

不差，因为我们是双胞胎。"

莫洛伊歇斯底里地大笑起来。这是马德在事故发生后第一次听到他笑。他的笑和以前不同：尖声、狂躁，犹如来自冥界，又犹如非洲野狗的叫声。马德一脸惊惧。

"我不明白这有什么好笑的。"

"你不明白，是因为这个笑料很新颖、很有革命性。这就是喜剧的未来。"

"但是如果我都不明白，观众听得懂吗？"

"我们强迫他们听懂，一开始先违背他们的意愿，让他们踏入明日世界那陌生又令人不适的疆域。"

"我不确定，奇克。你的建议我不太能接受。"

"你可能是想回去找你的秃鹰乔吧。这样你们就可以一起慢慢享用我的尸体了。"

"我不是这个意思。"

"巴德，我是为了我们，脑袋上才挨了那一记重创的。是为了我们。"

"我知道。"

"别把这一点给忘了。"

"绝对不会忘。"

"我们是一个团队。"

"没错。"

"这将是喜剧界的一次天启。"

"是的。"马德表示赞同。

"你不想知道'天启'是什么意思吗？"

"不太想。"马德说。

"听着，巴德，"莫洛伊说道，"如果不讲哲学和概念，那喜剧就意义全无，成了因其谬误而好笑的东西。只有培养出对正确的成熟感知时，人们才有能力领会谬误。只有对何为正确有所认知时，人们的期待才会破灭。一条狗不会认为踩在香蕉皮上滑倒的人有什么可笑的，因为狗完全没有这个人不该踩在香蕉皮上滑倒的期望。当然，在这方面，狗要比人更明智，但同时也更愚蠢。"

"没错，"巴德说，"我差不多懂了。"

"我的头部创伤让我的性格发生了一些变化。"

"这我知道。"

"是往好的方向变化。"

"对。"

*

出于愚蠢，也可能是自大，我并没有花工夫研究马德和莫洛伊是否存在，因为我误以为他俩只是英戈天马行空幻想的产物。我曾为自己的专著《慢慢转身：20世纪美国喜剧之恐怖真相》做过极其详细的研究，本以为已经熟知了"喜剧"这一伤害身体又折磨精神的邪恶艺术中的所有演员，就连最名不见经传的演员也不在话下。如果你不信，我可以把每位被人遗忘的三流配角的全部作品、出卒日期和子女姓名一股脑儿说出来。比如鲍比·巴伯或是马蒂·梅伊这种货色。我本以为，马德和莫洛伊是根本不存在的，但今天早些时候，我去了第二大道边乔伊·拉蒙短街上的"木哈哈喜剧图书馆"，一来为了避寒，二来是想和我最喜欢的图书管理员塔比·维米切利[1]扯扯闲天儿，他曾在 20 世纪 50 年代的几部喜剧短片中扮演过反派人物（演的几乎全是暴脾气的厨子）。

"你的气色真糟。"他说。

"唉，我没了工作，丢了公寓，窝在椅子上睡觉，还在做一件不可能完成的研究工作。"

"睡椅吗？"

"没错。"

"我也睡过。是什么研究工作？"

我稍微描述了一下这部遗失的电影，然后提到了马德和莫洛伊。

"我记得他们。"塔比说。

"等等，你说什么？"

"马德和莫洛伊，没错。他俩的表演很奇特。'阿伯特双人组'，没错吧？这是温切尔在事故之后给他们起的名字，不是吗？"

我哑口无言。

"没错，是他们。"我终于开口了。

"澄清一下，我从来没见过他们，只是时不时能听到这样那样的传言。他们俩总是去那种鸟不拉屎的小镇巡演，凑合着维持生计。我记得他们就这样渐渐销声匿迹了。"塔比说。

"你听说过阿伯特和科斯特洛想要杀掉他们吗？"

塔比大笑起来。

"还真没听说过。这听上去就像一出喜剧。"

---

1 原文为 "Tubby Vermicelli"，可意译为 "粗细面"。

我问他能否在馆藏里查查有没有任何提及这两个人的书。他点点头走开，大约一个小时之后，他回来了。

"到目前为止没找到太多，"他说，"但我翻到了这个。"

他递给我一份 20 世纪 50 年代阿肯色州的报纸，上面有一篇戏剧评论，剧名是《墓影幢幢！》。

然后他说："当然了，他们还拍了那一部电影。"

"《瞧这两兄弟》？但他们从来没有拍完——"

"不，是那部曼德鲁·曼维尔的电影。"

"曼德鲁·曼维尔？这个巨人真的存在？"

"呃，不，你在说什么呢？曼德鲁·曼维尔是位伟大领袖。虽然他已经离世了，但的确真的存在过。你说的巨人是什么意思？"

"老天。"

"什么？"

"听着，你这里有没有电脑能借我用一下？"

我坐在图书馆的小阅览室里，研究曼德鲁·曼维尔的 IMDb 主页。一共有 53 部电影，其中一些在英戈的电影里有所提及，但没有一部是我在现实世界中听说过的。曼维尔娶了贝蒂·佩吉[1]。老天爷呀。我曾经写过一篇关于摄影师欧文·克劳的论文，题目是《从克劳到理查森：摄影中的白色房间和性征服之殇》，对贝蒂·佩吉可谓了如指掌。所以，我了解关于佩吉的一切，也当然知道她的三任丈夫是谁：乔·迪马吉奥、阿瑟·米勒和理查德·伯顿[2]。其中从没有

---

1 贝蒂·佩吉：20 世纪 50 年代著名海报女郎，曾是《花花公子》的模特。

2 以上几人都不是佩吉的丈夫，乔·迪马吉奥和阿瑟·米勒曾先后与玛丽莲·梦露结婚，而理查德·伯顿是伊丽莎白·泰勒的前夫。

过曼德鲁·曼维尔。

*

我离开后不久，就喝得酩酊大醉，在西 19 街影评人常去的紫繁缕酒吧和托尼·斯科特吵了起来。

"（对糟糕的电影人）首先造成伤害[1]，这是我的信条。"

"但是——"斯科特说。

"没有什么但不但是的，托尼。糟糕的电影不是个小问题。它们会污染人类的灵魂，扭曲思想，由内而外地剥夺人性的尊严。就好像是来自未来的噬脑孢子！"

"但是，我的意思是——"斯科特说。

"我们必须持续对这种文化不当行为宣战。"

"我不觉得——"斯科特说。

"砰！"我捶着桌子说，"斯科特，将你一军！我先走，你垫后。"

我跌跌撞撞地朝门口走去。英戈的虚构世界仿佛正在渗入我自己的世界，认识到这一点后，我变得刻薄起来。现在是个人人为己、自求多福的时代。

去往上城区巴拉西尼诊所的路上，我发现自己的步伐几乎像年轻的约翰·特拉沃尔塔一般趾高气扬。战胜了安东尼·奥利弗·斯科特[2]，我的内心充斥着咄咄逼人的挑衅。他再也不会动笔杆子写剧本了。对此，我深信不疑。

---

1 这句话借用了"首先，不造成伤害"，后者是《希波克拉底誓词》的第一条。
2 这是影评人托尼·斯科特的全名。

46

"讲吧。"

我看着莫洛伊写作《墓影幢幢！》的剧本（这部戏最终将在费城外闭幕）。他一连几个小时坐在桌前打字，从未露出一丝笑容。英戈再次使用了延时摄影技术。我数着年久失修的落地窗外日夜交替的次数。一共三百零七次，也就是大约十个月。马德来了又走，送来食物，拿走餐盘。在这种节奏下，手动打字机的嗒嗒声汇合成了一段持续而可怕的"嗒——"，只在莫洛伊走出房间时才有规律地短暂停下。他是去睡觉了吗？还是在用马桶呢？有一次，他穿着满是血迹的衣服回来，他把衣服脱下，扔进壁炉里烧掉。没有给出任何解释。

唯一现存的关于《墓影幢幢！》的文献，好像是这篇评论，谈及剧作在阿肯色州范布伦国王歌剧院的上演：

范布伦百眼巨人出版社戏剧评论家
埃德娜·查尔莫斯剧评

现正在国王歌剧院上演的音乐滑稽剧《墓影幢幢！》是如此奇怪，罗伯特·里普利先生可以考虑在他的下一期广播节目

《信不信由你》[1]里讲讲这出戏。不过，他最好快点行动，因为我观看的那场演出，上座率距离"一票难求"还差得远呢。当晚的喜剧和歌曲似乎是模仿了奥尔森和约翰逊先生的舞台表演，却又几乎看不出这两位的任何特征。故事所谓的"设定"是这样的：巴德·马德和奇克·莫洛伊是美国民用航空委员会中两个脾气暴躁、寡言少语的调查人员，正在调查 1947 年美国东方航空 605 航班坠毁事件。如果你没能一眼看出这 53 人丧生的巨大灾难中有什么喜剧元素，那么，你与我这个剧评人所见略同。这两名调查人员就是这个欠考虑的故事的主角，看上去，他们的性格和着装都毫无区别，对事故原因的看法也完全一致。当然，剧中还有遇难者的鬼魂、家人以及当地的目击者角色。他们都和马德与莫洛伊有着相同的性格，甚至伴舞的女孩都长着和他俩一样的胡子。

马德和莫洛伊坐在国王歌剧院后台的化妆间里。

"你不懂，"莫洛伊说，"这部戏包罗万象。"

"但这部戏很无趣，奇克，"马德说，"我觉得，辛勤工作一周后到城里放松一晚的人们，想要找些乐子。"

"'聆听一个临产妇人在生产时的哭喊——目睹一个垂死之人在临终前的挣扎，然后告诉我，如此开始和终止的人生，怎能是用来享受的？'你知道这话是谁说的吗，巴德？"

"不知道。"

1　罗伯特·里普利是美国 20 世纪的漫画家、企业家、探险家，创办并主持了《信不信由你》系列报纸专栏、广播和电视节目。

"索伦·克尔凯郭尔。"

"我不知道那是谁，奇克。"

"史上最伟大的哲学家。"

"好吧，"马德说，"不过，现在正赶上周末，所以……"

我本人也属于克尔凯郭尔派，在从黑格尔到施莱格尔的哲学谱系中，我坚定不移地站在这两个对立阵营的中间立场上。以这一立场作为基础，弗雷德·拉什出版了《反讽与理想主义：重新解读施莱格尔、黑格尔和克尔凯郭尔》一书，在他之后，我才开始研究、写作，并为自己的论文《浪漫不浪漫？理想主义与反讽：重新审视施莱格尔、黑格尔和克尔凯郭尔》找到了一家出版社。功劳被他抢了先，这让我既恼怒又悲伤。我推测，拉什一定是通过某种方法将我脑中的信息转移到了他自己的脑中。我搞不清其中有什么科学依据，但除此之外，没有其他的解释。我注意到，他是哥伦比亚大学的博士，而我恰恰经常扛着与我形影不离的床垫，在哥大的校园里走来走去。思想的转移可能就是在我徘徊的某个时刻发生的。

*

阿比塔·L. X. 14005 回来了，这次的她身穿另一件轻薄透明的衣服。她可真美。她到底真的存在，还是只是我臆想的产物？我无法分辨。但无论如何，我都深爱着她，如果她是我大脑的产物，那么从某种意义上说，我对她的爱就是一种自爱。我觉得你可以把这看成某种自恋，但如果这是自恋，那么除去那件透明的长袍，阿比塔的外表不该跟我一模一样吗？然而正相反，她是我的对立面：她是女性，貌美如花，才华过人，来自未来。这四样特征都是我不具

481

备的。也许，我也有过人的才华吧。

"你决定了吗？"她问。

"作品是讲什么的？"

"是一部年代戏。"

"什么年代？"

"你的年代。"她说。

"这么说来，它不算年代戏。"

"对我来说是年代戏。我对你的年代做了很多调查。比如，我知道奇巧巧克力出了一些奇怪的口味。"

"只在日本才有。"

阿比塔在笔记本上匆匆记下。

"你的脑视作品是讲什么的？"我问道。

"谋杀唐纳德·特朗克总统。"

"特朗普。"

"你说什么？"

"他姓特朗普。"

"我不这么认为。我做过大量调查，未来的人都觉得他姓特朗克，没人认为他姓特朗普。我已经确认过了。我们知道他的名字对他来说有多重要。"

"听着，尽管我很爱你，爱你爱到骨子里，但我没法写一本关于谋杀总统的书。"

"你写的不是特朗普，是特朗克。"

"这么说，我还得在这本改编小说里称他为特朗克？"

"在我的时代，没有人知道特朗普是谁。他名下仅存的几家太空旅馆都叫'特朗克酒店'。"

"也就是说，我不但要描写暗杀，还得用精神错乱的口吻去写。"

"为了我嘛。"

"我不知道……"

"你会赢得'脑视奖最佳改编脑视'的殊荣。你会跟我一起分享这个奖项。对你来说这是死后遗作，但我那时还活着。"

"我不知道——"

阿比塔吻了我。整个世界天翻地覆。她抽回身，看着我。

"如果不写，你就永远也见不到我了。"她说。

"脑视奖在未来很有声望吗？"我问。

"会有数以百万计的人来瞻仰你的坟墓、骨灰瓮、水滑梯棺材，或者火箭棺材的。"

"我写！"我说道，不知为何，接下来出现的是一幅我挥拳的定格画面。

我在惊恐中猝然醒来。我突然想到，无论是在睡梦中还是醒后的人生中，都存在着一个相同的问题：下一步怎么办？有些事发生了，有些事没发生，但无论如何，我都得决定下一步该怎么办。这是一条没有尽头的路。嗯，不对，这是一条只有一个尽头的路，而这个启示让我得出了一个结论：人生的定义，就是"下一步怎么办"。

早晨很难熬。我完全没有一夜好眠的感觉。我考虑了一下自己的任务。现在，我有两部改编小说要写：一部是英戈的，一部是阿比塔的，写这两本书都是出于爱，也是为了追求名利。但是，我连阿比塔是不是真的都不知道，说实话，我也不知道通过催眠记起的那部电影到底存不存在。

有这么一小撮翻拍电影的电影人（电影翻拍人），他们拍出的作品，要比原版更加精彩。我想起了大卫·柯南伯格的《变蝇人》，它要比纽曼 1958 年的原版出彩得多。同样，在阿帕图根据《公民凯恩》翻拍的《滑稽公民》[1] 中，赛斯·罗根饰演了一位得知自己将不久于人世的单口喜剧演员查理·卡内伯格，他决定开设一个新闻博客，因为现在"该停止胡闹，认真做些事情了"。他想要以一己之力，将世界打造得更加美好，为了自己的孩子，也为了所有的孩子，甚至其他国家的孩子也包括在内。他曾说："唯一的界线，只画在我们心中。"后来，他发现自己并没有罹患绝症，原来他的病历与别人的搞混了，对方的诊断结果是"非常健康"，现在却发现自己马上就要死了，对于这个人来说是件挺惨的事。于是，查理·卡内伯格便把自己的博客转交给了那个真的不久于世的人，最后，所有人都领悟到了家人的陪伴有多么重要。

我相信，我的改编版本也能对英戈的电影做出同样积极而恰当的改动。虽然我猜测原版电影也很精彩，但我的优势是，我生活在一个更加文明开化的年代。就算贝克德尔测试[2] 跳起来咬住英戈的鼻子，他也不会知道这是何物，而这并不是他的错。重换片中角色，将之翻拍为一部女性版本的电影难道不好吗？终于能看到一部严肃对待女性的电影，这难道不是件好事吗？这部电影会告诉我们，没错，女性可以有趣，可以比男性更有趣，更重要的是，男性其实是一群无趣的人。尽管原版电影对喜剧进行了准确的妖魔化，但或许，

1　此为作者虚构的电影。

2　贝克德尔测试：一种衡量影视剧中女性形象地位的方法，通过这项测试的电影中需要出现两个以上的女性角色，她们必须有交谈，且除了谈论男人外有其他的话题。

喜剧的真正问题在于没有女性参与。这部由全新人马翻拍的电影，会向我们展示一个充满良善的喜剧世界，但这并不意味着女性天生良善或温婉贤惠。很明显，这种观点与我们当前所有的性别研究背道而驰，这些研究表明，不同性别之间并不存在差异，它们共同展现出一个完整而复杂的性别频谱。这就是我希望通过对故事的翻拍向观众们传递的信息。另外，这个版本会是一部真人实拍电影。这首先是出于实际考虑。想要拍九十年的戏，这几乎是做不到的，我应该没有那么多的时间。另外，表演一直是我最大的爱好，因此，如果有机会与我们这个时代的诸多伟大演员一起合作，甚至自己扮演一个角色（我可以扮演这部性别颠倒版电影中的玛丽？或者扮演我的非裔美国前女友？），这将是我梦想的终极巅峰。

*

老天啊，卡斯托尔·柯林斯就在街上，就在我的前面，不消说，现在的他已经失明，就像他的兄弟一样，都是过早暴露在阳光下所致的。他戴着墨镜，没拄拐杖，无人搀扶，却怡然自得。他是如何拥有这种状态的呢？据说，当一个人失去一种官能时，其他的官能就会变得更加敏锐，就卡斯托尔来说，视觉就是那第一种官能。也就是说，通过提高听觉、嗅觉、味觉和触觉，卡斯托尔便能在这个拥挤而危险的环境中摸清方向，就像在大雾笼罩的夜晚，一个失明的船长仅靠听觉和味觉便能躲过参差不齐、怪石嶙峋的海岸线一样。此情此景让人称奇，但我突然若有所失地意识到，卡斯托尔·柯林斯再也没有机会看到我眼中这神奇的一幕了，因为他双目已经失明，看不到这件事有多神奇。突然，他仿佛径直朝我走了过来。我改变了方向，而卡斯托尔也改变了他的方向，就好像他是某种热追踪导弹一般。我又改变了一次方向，卡斯托尔也调整了方向。很快，这就变成了一段舞蹈，一段可怕而怪异的舞蹈。

在小隔间里，弗洛蒂拉·德尔蒙坐在一名实习生身旁，通过她的"卡斯托尔监视器"看着B，并向实习生解释她的工作流程。

"有的时候，我会挑出一个人来，用卡斯托尔当热追踪导弹来整整这个人。（对着麦克风）稍微偏左一些，亲爱的。（对实习生）这份工作或许很无聊，所以我发明了一些游戏来打发时间。为自己说句公道话，我只挑浑蛋当靶子。今天我心情不好，所以找了一个正好往这儿来的傻瓜。（对着麦克风）不，亲爱的，再往左一点。就这儿。（对实习生）如你所见，12点方向，有个人正朝我们走来，这是个干瘪恶心的小犹太佬。看到他了吗？抹布一样的胡子，瘪葡萄一样泪汪汪的小眼睛。镜片跟可乐瓶底没两样。太合适了。（对着麦克风）卡斯托尔，亲爱的，稍微往右来一点。太棒了。（对实习生）我看得出，那个犹太人已经认出他来了，这就更刺激了。看到他像个迷妹追星一样大张着嘴巴的样子了吗？他还在佯装轻松呢。这让整件事好玩了不知多少倍。他现在意识到了两人估计会撞个满怀。看见他转身要跑的样子了吗？真是笑死人了！"

我转身要跑。

弗洛蒂拉："（对着麦克风）跑起来，亲爱的。街上没其他人，咱们正好练练。"

我回头看去，发现卡斯托尔好像正在身后追我。

弗洛蒂拉："（对着麦克风）跑快点儿，亲爱的。（对实习生）老天啊，简直让人笑掉大牙！这个犹太佬正在往后看呢。喂，你瞧，正前方有个敞开的阴井。咱们对准那儿跑。（对着麦克风）稍微往左偏，亲爱的，然后往右偏一点点。就这样。现在迅速左转！"

我掉进了阴井。

弗洛蒂拉："（对实习生）一杆进洞！这游戏全凭技巧，太好玩了。跟我击个掌。"

我从污水沟里爬出来，检查脚踝是否扭伤，突然，我脑中闪过一段回忆——关于电影的回忆。卡斯托尔。得克萨斯的那个女人。他背后有人指挥！我记起来了！她是冲着我来的！她以为我是犹太人！我一头雾水。爬出下水道的这一幕，是发生在电影里还是生活中？是我把二者混淆了吗？我需要找到答案。我爬出下水道口。我追在他们身后。我需要有人解答我的疑问。另外我也想告诉她，我不是犹太人。但是等等……我在英戈的电影里也做过一模一样的事情。在前面的拐角处，我赶上了他们。

"我不是犹太人！"我高声喊道。

卡斯托尔歪了歪脑袋，不知道刚刚发生了什么，但是她知道，那个反犹分子知道，而且她也能听到我刚才在阴井里说的话。这我也知道。光线变换，他们穿过马路。我本想跟在后面，但最终没有。我也说不清原因，我只是知道，我不能这样做。

在得克萨斯的阿马里洛，弗洛蒂拉百思不得其解。

"这个犹太佬是怎么知道我认为他是犹太佬的呢？也许他并不知道，只是推测的吧。这就是犹太佬的毛病，他们有所谓的被害妄想症。这是我们在阿马里洛社区大学和烘焙义卖会的犹太人心理学课上学到的。就像吉米尼神父教授说的，这种情结很惹人讨厌，就像那些耷拉在他们脑袋两边的鬈发一样让人厌恶。总之，他看上去没什么大碍，我还是挺欣慰的。我和这里的一些人不同，并不仇视犹太人，时至今日，他们还是把氩矿的关闭归咎到犹太人头上。我觉得过去的就让它过去吧。（对着麦克风）到劲猛餐厅去吃饭。（对实习生）插播广告的时间到了。卡斯托尔签过商业广告套餐，所以我们用他比较便宜。"

我发现，无论到哪儿，抽烟的人都多了起来。现在我开始担心二手烟的问题，另外还有一手烟的问题，因为我自己也在抽烟。还有一个原因是，这么多人在吸烟，让我连前面的路都看不清楚了，我害怕这会引发更多的阴井事故。城市里有这么多无人看管的敞口阴井，似乎是个安全隐患。或许我该给市长写一封信。我酝酿情绪，怒不可遏地给市长写了一封信。我记得，市长的名字是"尊敬的什穆利耶·J.戈德博布阁下"。

亲爱的戈德博布市长：

在这个一度辉煌、阴井封闭的城市里，最近却出现了大量敞口且无人看管的阴井。因此而饱受困扰的，难道只有我一个人（男人、女人、彼人）吗？

我停了笔。我觉得，"困扰"或许不是最适合用在这里的词，却没有精力考虑该用什么词代替。我就这样把信放进了信封，没有署名，也没写寄信人地址。突然之间，我感觉筋疲力尽，原来是一时的暴怒把我的精力都耗光了。现在的我，只想把自己绑在睡椅上，永远地睡去。

一分钟不差，整整一周之后，我在邮箱中看到了一封信：

致相关人士：

　　您提及的关于我们这座美丽城市中令人不快的——

"令人不快"，就是这个词！

　　——无人看管的敞口无性别阴井 [1]——

"无性别阴井"，没错！

　　——的疏漏我已经注意到了。

　　对我、梅米和我们这个市长大家庭中的每一个成员而言，城市中公民们的安全是至关重要的——

"至关重要"？这个词感觉不对。

　　——因此，从 3 月 18 日星期二开始，市政府将在五个市辖区里的每一个敞口阴井边部署一名武装警卫。所有未经批准的落井者都会被击毙。我们真诚地希望，这一举措将以最为公平又最为有趣的方式为有关各方解决问题。

---

[1] "阴井"的英文为"manhole"，其中"man"有"男人"之意。市长的回信中则使用了更加中性的"personhole"一词。

*

我在位于德卡尔布大道的比利·克鲁德普希伯来敬老院的演讲大受欢迎。

*

"讲吧。"

在纽约市外一家叫作"连环漫画"的喜剧夜总会外，一个拿着一封电报的西联汇款送信小哥朝垂头丧气、上了年纪的马德和莫洛伊走去：

> 乘下一班公交句号贝蒂和我急需两名男仆句号立即开工句号待遇优渥句号家务轻松句号以爱之名期待认识你们句号

*

歌曲创作灵感：我为什么不能是一个恋爱中的少年？

*

另一个家伙朝我走来。他也是个盲人吗？他虎背熊腰，年纪轻轻，留着那种有意让人觉得很蠢的发型，出于某种百思不得其解的原因，偏要把头顶搞出个尖尖。他径直朝我走来。这难道是一场你死我活的狭路相逢？我得出结论，这个人并不瞎，也不是某些得克萨斯反犹分子的工具。他有自己不可告人的企图。到底该由谁让路？

歌利亚巨人，我才不让呢。我再也不当那种老好人了。善心给我带来过什么好处？不，我要抵抗所有迎面而来的人，这是我对这条路的承诺。至于你，你这弱智的巨兽，你或许会装出一副昏昏欲睡的假象，但是现在，是时候从你的假寐中醒来了，因为我是不会改变方向的。我径直看向前方，拿出这样一副架势：我看到你了，我决心已定，但我不会与你对视。我是一辆麦克重型货车、一列铁轨上的火车。这是我的道路。你必须再找一条。如果你想跟我动拳，那我就让你吃吃拳头，因为老子已经什么都不在乎了。在最后一刻，我从他面前跳开，掉进了一个敞开的阴井里。一名武装警卫朝我开了一枪。我潜入恶臭的水中游啊游，直到逃出他的射程。

*

"讲吧。"

场景是一位经纪人的办公室。他正在为年轻的马德和莫洛伊安排卡茨基尔的演出，作为两人复出计划的一环。他说，即便在《墓影幢幢！》惨败之后，人们对两人的回归还是有所期待的。

现在，我发现自己置身于卡茨基尔度假村座无虚席的礼堂，人群中充斥着难抑的兴奋。屋里的灯光暗淡下来，在掌声和几句吃惊的嘀咕声中，马德和莫洛伊穿着连衣裤走上舞台。

"那是他吗？"

"哪个？"

"其中的一个。"

"他看起来不大好。"

"哪个？"

"两个。"

幽默短剧开始了：

马德：真不敢相信，他们竟然让我们大半夜的来修漏水管道。

莫洛伊：我也不敢相信。真不爽。

马德：我也不爽。

莫洛伊：嗯，我们越快动手，就能越快完成。

马德：有道理。

莫洛伊：咱俩是同卵双胞胎，几乎在所有事上都意见一致，这让事情简单了不少。

马德：我们是几乎在所有事上而不是在所有事上意见一致，就连这一点我们都意见一致。

这句话把两人都逗乐了，他们的笑声是一种仿佛来自冥界的、非洲野狗似的尖声狂吠。莫洛伊是真在笑，但马德是在效仿。这让人感觉很不舒服。

马德：但是深夜接到电话，我还是很不爽。

镜头切换到观众，每个人都张大嘴巴。

巴拉西尼打响指把我叫醒，今天的时间到了。

"今天你情绪怎么这么低落？"巴拉西尼问道，"今天很有成果呀。"

"我不知道。"我说。

我本想在这句话后加上"爸爸"，但阻止了自己。真是奇怪，他看起来跟我父亲一点也不一样。虽然我父亲也是个催眠师，但只能算是一个催眠爱好者，他的全部心血几乎都花在用粉笔线来给鸡催眠[1]上面。

"喂，打起精神来，咱们的收效不错。"

但事实是，这项艰巨的任务已经成了一场鏖战，我不知道还能不能撑到终点。

1　据说让鸡头朝下对着地面，然后用粉笔画一条直线，会对鸡产生催眠效果。

47

当天晚上，我受邀在贾德森纪念教堂地下室的同盟大会上发言：

"感谢大家。在这场重要的文化会议上，如果大家根本不欢迎我发言，那我先为此刻这不妥的行为道歉。现在该你们发言了！占用了大家时间，很抱歉。"

有人大喊了一声："坐下！"我照做了。这个提醒很有意义，对此我心怀感激。尽管如此，抑郁之情也已涌上心头，此时的我只想睡觉。在睡梦中，我可以坐下来，还能和阿比塔互动，我必须承认，这个认知使得这种"梦中梦"的形式对我有了更大的吸引力。

我对其间过去的时间毫无察觉，就这样又坐在了睡椅上。我又回到了阿比塔的等候室。

她探出头邀请我进去。

"你的脑视芯片已经安装好了，只用激活就行。"

"什么时候装的？"我问。

"你的催眠开关是一种早期版本的脑视机件，因此可以使用。"

"等等，巴拉西尼的开关是——"

"巴拉西尼的成果就是脑视诞生的框架基础。实际上，大家都说，没有巴拉西尼，脑视就是无本之木。"

"但是巴拉西尼和脑视这个词根本不沾边。"

"没错，但我们能从'巴拉西尼'里拆分出来的最顺口的谐音词就是'拉稀'了，我们觉得，这对促进产品销量没什么帮助。"

"等等，这么说，巴拉西尼的治疗只是一部脑视作品？他难道是在往我的脑子里灌入虚构内容吗？"

"所谓虚构，不也只是脑视的事实吗？"

"我听不懂你是什么意思。"

"对'脑视之父'或是原教旨主义者们口中的'拉稀之父'评头论足，这种事我不会、不可、不愿也不能做，最重要的是，我也不应当做。再说了，我不知道答案。巴拉西尼还没来得及写书回忆人生的这一阶段，就被一个身份不明的凶徒杀害了。"

"我明白了。"

"那么现在，我们废话少说，让我为你呈现阿比塔·L. X. 14005所拍摄的《无限递归大道》。"

她朝我的脖子伸出手，拨动开关。

我坐在一辆豪华轿车的后座，行驶在奥兰多迪士尼乐园的街道上。这是一列黑色豪华轿车中的一辆，车队在某条假造的瑞士小镇街道上疾驰而过。为了不被撞到，身形臃肿的人们跳到人行道上，将他们肥嘟嘟的孩子拽开，把那肉乎乎的肩膀拽得脱了臼，痛得圆墩墩的孩子们哇哇乱叫。我是总统，所以他们都得为我让道，这感觉很棒。我是唐纳德·J. 特朗克总统。你能相信我是总统吗？没人相信还会有这一天。

我试着去思考我身为 B 时想要思考的事物，B 是我曾经的身份，但我仿佛已经踏上了一段路途，所谓路途，怎么说呢？ 就是旅途，有着不断出现的渴望、需求以及无底洞般的空虚寂寞。事实上，现在的我和 B 没有太大的区别，只是词汇量少了些而已。

我，特朗克，遭到了人们的误解。我被人误解、被人冤枉。我是个好人。我是最聪明的人。我也是最富有的人。我要证明所有人的错误。他们一定会爱戴我的。我有敌人，如果他们意识不到自己的错误和对我的爱戴，我就必须把他们干掉。这世界很丑陋，特别、特别丑陋。人们也很丑陋。我得采取不得不采取的措施。迎接我的民众在哪儿呢？ 如果我命令开车的人停下来，下车走到街上的这些胖子之中，人们会为我欢呼吗？ 反正我会。这些都是我的民众。这些可悲的、贫穷的、肥胖的白人窝囊废都是我的民众。但是，我想得到其他人的爱。为什么我得不到更高等的人的爱？ 我富有。我聪明。看看我现在的地位吧，我可是美国总统，没有人觉得我能当总统。我是赢家。我是从天而降、突然杀出来的。我随心所欲，爱说啥说啥，就这么成了赢家。没人以为我做得到，但我做到了。从没有人这样做过。从没有哪个没有政治背景的人能当选总统。美国民众意识到了我能成为一个多么伟大的总统。想想看，这感觉有多美呀。你是美国总统吗？ 对每一个质疑我的人，我都会这么提问。他们不得不说不。我在提问时就已经知道答案了。你认为你有一丝一毫的机会成为美国总统吗？ 你没机会，但我却能做到，而且也确实做到了。这就是我聪明绝顶的标志。说到底，我自己闯出了一条总统之路，所以我是世界上最聪明的人。这不是父亲遗传给我的天赋，全都是我一个人的功劳。在整个人类历史上，这样的人除我之外总共也只有差不多四十四个[1]，对不对？而我是唯一一个在没有政党支持的情况下当选总统的人。有人告诉我，乔治·华盛顿根本不算当选，因为他根本不用参加竞选。他是被人任命的！这事儿大家都不知道。这么说来，不算华盛顿，像我这样的人还有四十三个。我是唐纳德·J.特朗克，我会因此留名青史。我应该让司机停下车来，好让我下车跟人群打招呼，让这些胖子惊喜一下。他们可以为我欢呼。这里是奥兰多迪士尼乐园，肯定会有人为我欢呼的。虽然我对这些人恨之入骨，但他们毕竟是我的民众。我按下对讲机上的按键。我车上的对讲机真的很高级，这是最好的对讲机，我敢保证，你根本想不到这对讲机有多好。这对讲机的技术真是没的说。

"听着，"我说，"我想——"

"我们到了，总统先生。"前排的声音说道。

"好。"

我朝窗外看去。我们把车停在一个远离人群的不对公众开放的停车场里。我想，在和民众见面这件事上，我可能让他们等得太久了。这些事情结束之后，如果不是太疲惫的话，或许我可以去跟民众握握手什么的。我喜欢跟为我欢呼的人产生肢体接触。当总统是个孤独的差事。我向内心观瞧，却什么也看不见，只是黑洞洞的一片。我说了一句"你好"，这句话在我的体内永远地回响着，我仿佛独自待在一个洞穴之中。

"还有一件事，总统先生，"对讲机里的司机发话了，"还有几位总统也不是选举出来的。所以，跟您一样的人就更少了。"

1　唐纳德·德朗普是美国第四十五任总统。

497

"是吗？"我说，"那敢情好。你知道他们的名字吗？"

"杰拉尔德·福特就是其中之一。"

"哦，我记得他！'狗吃屎'杰拉尔德·福特[1]。"

"还有米勒德·菲尔莫尔。"

"这名字真是娘娘腔。米勒德？米勒德算哪门子狗屁名字？"

其中一个服侍我的人为我打开车门，他的名字我记不清了，是吉米还是乔伊来着？反正就是这一类名字，这类正统的、异性恋的名字。我手下可没有叫米勒德的。

"对讲机里的司机，剩下的几个人你过会儿再告诉我。"我说。

"是，总统先生。"

我走下车去。成为名人时，便会有人为你开门。这是件好事，不是件大好事，只是一件小小的好事。我总会拿出男性气概向他们致意，或是问好，或是致谢。这么做很有男人味儿，我很在行，所以能想起来的时候就会去做。有的时候，我急着去处理重要的事，甚至是要去洗手间，这种时候，我就会径直往前走。但是鉴于我是如此重要，又肩负总统大任，所以即便只是偶尔点点头，甚至十次中只点三次头，就足以表明我是个大好人了。我爱我的手下。米勒德！娘娘腔米勒德·菲尔莫尔。我在手机上查了他的资料。哈！他长得和毫无才华的亚历克·鲍德温[2]一模一样！这太巧了。我那些不娘娘腔的手下都很忠诚，而忠诚才是最重要的。我期待忠诚，也奖励忠诚。现在，我的导师罗伊·科恩[3]盘桓在我的脑海里，既是恶

---

1 杰拉尔德·福特在理查德·尼克松因水门事件辞职后继任美国总统。1975 年，他曾因地面湿滑在下飞机时跌倒。

2 亚历克·鲍德温曾在《周六夜现场》中模仿过特朗普。

3 罗伊·科恩：美国律师，特朗普的赞助人。

魔，又是天使。他教导过我，忠诚是最重要的东西。你必须有把握，那些为你工作的人是不会告发你的。有人带我走进了一间录音室。我经过的时候，很多人都对我说："总统先生，您好。"我点点头，像平常一样摆出一副深思熟虑的神情，就好像我在想事情，无时无刻不在想事情。重点在于嘴唇，你要把嘴唇噘起来，就好像是在吹口哨一样，但别真吹。这就是诀窍。

在录音棚里，一个漂亮妞儿递给我一份发言稿。我知道，因为"虚假新闻"[1] 编造出的那些关于两性的新闻，有人正在监视我，所以我连一句漂亮都没夸，真可惜，因为她是那种喜欢被人夸赞漂亮的女孩。想想看，如果夸她的人是美国总统，她会有多开心。我知道她想要被夸，我能看出来，但是我们身处这种糟糕的时代，所以我没法夸，她也听不到。为了坚守政治正确，我们两人都成了牺牲者。我接过发言稿，看都没看她一眼，甚至连"谢谢"都没说。如果看都不看，他们就不能把你怎么样了。为了获得那一点快感而惹上一身麻烦，真是不值当。即便是美国总统的职位，也消除不了这种麻烦，但我又劝自己：多神奇呀！你居然当上美国总统了。你和娘炮米勒德·"亚历克·鲍德温"·菲尔莫尔不一样，是靠举选上来的。我看了看发言稿，简直是一堆垃圾。他们给我写的稿子简直是狗屎。口气听上去也不是我自己的。里面没有一句我在竞选的时候用来博人心的话。我知道民众要什么。之所以能当选美国总统，就是因为我说的那些话。试问这个房间里，还有谁当选过美国总统？

"我还是自己来吧。"

1　特朗普曾在新闻发布会上称，美国有线电视新闻网记者的发言是"虚假新闻"，并在其他场合多次使用这个词。

"总统先生。"说话的人是凯利将军[1]。

"先生,我觉得我们写的稿子很有总统范儿。"一位迪士尼的工作人员说。

我不知道这人是谁,就算他是华特·迪士尼,也跟我没有狗屁关系。不过我记得那家伙好像已经死了。我在哪儿读到过,他的大脑被冷冻在什么地方的一只箱子里,所以我猜,这意味着他已经死了。不过我不想像卷入弗雷德里克·道格拉斯[2]事件那样再惹麻烦了。每个人都在上赶着加害我呢。

"你知道什么东西才有总统范儿吗?"我问,"我说的话。知道为什么吗?"

"因为您是总统呀,先生。"一个穿着西装的高个子男人说。他没有我高,一副瘦骨嶙峋的样子。

"没错,瘦子,"我说道,"吃块三明治吧。你看上去病恹恹的。"

在男人面前,我说话就是可以这么直,因为男人不会老拿你说的话小题大做。

"所以,咱们这么来:我要用自己的话发言——'让美国再度伟大'这种话。然后,我要去海湖庄园度假。"

"没问题,先生。"一个肥得流油的人说。

"麦克风在哪儿?快点呀!咱们赶紧开始!我可是总统!别让我等!"

他们忙东忙西地准备东西。我喜欢这个环节,这个人人手忙脚

1　约翰·弗朗西斯·凯利于 2017 年 7 月至 2019 年 1 月担任白宫幕僚长。

2　弗雷德里克·道格拉斯:美国社会改革家、废奴主义者。特朗普曾就道格拉斯进行讲话,但西方媒体却质疑他对道格拉斯并不了解。

乱的环节。之所以手忙脚乱，因为他们面对的是美国总统。一个姑娘把我带到放着麦克风的桌前。我没有看她，只凭她身上的香气，我就知道我一定想吻她。女孩子们可香了，我真想亲亲她们。窗户后面出现了一个身影，是一只打着领结的虾，它给了我一个信号，我开始讲话。

"总统大厅[1]里的美国同胞们，看一看今天来了多少人吧。真是人山人海。他们说，这是总统大厅里接待过的体量最大的人群。事实上，已经没人来参观这地方了，这是众所周知的事。我不得不说，大家都觉得这里是窝囊废才来的傻瓜景点。相比之下，他们宁愿去坐过山车或其他娱乐设施，比如那个转来转去的设施。没有人对总统大厅感兴趣。但是现在，大家看看吧。'虚假新闻'会说今天的观众并不多，但它毕竟是'虚假新闻'，想要诋毁我，想要顺着精英阶层和好莱坞的利益，让'沼泽'死灰复燃[2]……但是，看看我们这儿有多少人吧。我爱你们所有人！对不对？我爱你们所有人。我们要'让美国再度伟大'，对不对？我说的对不对？对！MS-13[3]，怎么没人说这个帮派的事儿了？但它确实是存在的，我要把它给铲除掉。我要架起一道又大又好看的墙。还有煤炭，我们需要为美国人提供工作。煤炭，这一招保准好使。这千真万确。煤炭，我们要采取行动，要发展伟大的制造业。记住我的话。所有的公司都告诉我：'总统先生，我们想回美国发展，但做不到。'我们要让他们回来。你们

---

1 总统大厅：迪士尼乐园度假区中的一个景点，其中有历任美国总统的发声机械人偶。比尔·克林顿之后的历届在任总统都在总统大厅内录制了自己的讲话。

2 特朗普在竞选时曾承诺会"抽干华盛顿的沼泽"，从根本上改变美国政治生态。

3 MS-13：一个发源于美国洛杉矶的国际犯罪团伙，诞生于20世纪七八十年代，成立初衷是保护萨尔瓦多移民免受洛杉矶地区其他帮派的伤害。

知道吗，我是个富豪，非常富有的富豪。富得流油的富豪。也就是说，我不需要钱。我工作不是为了钱。我要把我的薪水捐出去。我不会拿企业的钱。为你们当总统，我还赔钱呢。所以想想看——录制开始之前，有个小男孩走到我面前说：'总统先生，您能帮帮我家吗？我们很穷，又是黑人。'这是个很可爱的非裔美国小男孩。我说：'你在播放讲话的时候到台上来。'我想让每个人都看看，这个非裔美国小男孩有多可爱，我说的就是那个让我救济他们家的小男孩。我会救济他们的。这毕竟是个曾经伟大的国家。到台上来，非裔美国小孩——"

"先生，恕我插一句，"瘦子说，"在播放讲话的过程中，估计不会有非裔美国小男孩等着从观众席里走出来。我是说，这种情况或许会发生一两次，但这段讲话是循环播放的，每天会重复二十五次。所以您不能真的把这个孩子请上台，因为他不会上台。因为这个故事是您编出来的，先生。"

"他不上台了？！"我说，"把麦克风重新打开！"

有人把麦克风再次打开。现在的我已经怒不可遏。

"非裔美国小男孩，你到底是哪根筋不对？美国总统邀请你和他同台，你怎么能拒绝？这是天大的荣幸呀！我可是总统哪。是不是因为我不是非裔？如果叫你上台的是巴里·奥巴马的人偶，你会上台吗？这可是种族歧视。看看这种族歧视！这就是种族歧视。我要把叫你上台的邀请作废。你觉得怎么样？'让美国再度伟大'。我先撤了。"

一时间，录音棚内鸦雀无声。

"我们要不要按发言稿录一遍？"瘦子说，"安全起见。"

"不用，"我说，"我了解我的民众。"

"好的，先生。"瘦子说。

"听着，我只是觉得……我们能不能搞一个小号的黑人小孩机器人在我演讲的时候上台？"

"总统先生，这有点破坏播放的节奏。"

"随便吧。我现在要去海湖庄园了。"

"对了先生，您走之前，想不想去看看我们为您做的电动人偶？"

"好吧，看看也行，我无所谓，但你们的人偶得像个样子，不是搞笑的那种，比如那个拿我开涮的万圣节面具，还有把我画得胖乎乎、在我的高尔夫裤上添了屎渍的'虚假新闻'政治漫画。我才不胖呢。我也不会拉裤子。"

"我觉得您会满意的，先生。"

"最好是这样，"我边说边看了看自己的手表，"快点。我可不想错过我追的剧。"

他们用一种会动的地下人行道把我带到了制作总统人偶的地方。我看到了一堆其他总统的人偶。那些16世纪的古早总统人偶还留着白色的马尾辫。但我没有看到自己。我越想越气：我干吗要看这些人的人偶？他们把我带到一个用布单盖着的东西旁。这东西很大，所以我觉得应该是我。人们说，我即便不是最高的总统，也是最高的几位总统之一。我可以跟你打包票，我要比那个肯尼亚人[1]个头高。

"那是我吗？"我说。

---

1 奥巴马有一半的肯尼亚血统。

503

他们把布单掀开，我与自己四目对视。这是一个真人大小的我的人偶。做工很精美，让人称奇。我想象着它说出我刚刚录下的话的样子。一般来说，人是无法站在自己的身体之外看自己的。我猜我能有这样的特权，是因为我是个名人，拥有第一流的真人秀，还因为我是总统。所以，我身边总是有人给我拍照摄影，我也老是在新闻上看到自己。但是，这是一个我可以触碰的"自己"。我摸了摸它，脸软软的，可能跟我自己的脸一样软，告诉你，我的脸可是非常软的。我的皮肤一直都是最光滑的，触感非常柔软。不是女人那种柔软，而是受到好多好多女人盛赞的那种柔软。我跟你打包票，好多好多女人都盛赞过我。虽然柔软，但不失男子气概。

"该走了，总统先生。"凯利说。

但我还没有做好离开的准备。我没法把眼睛从我的人偶身上移开，也没法停止触摸。我转过头来。

"这些人偶由谁负责？"我问道。

一个穿着夏威夷花衬衫的胖子举起了手。

"给我做一个。"我说。

"您说什么，总统先生？"

"我自己也想要一个那样的人偶。"

"总统先生……"他说。

"没问题，总统先生。"另一个人插嘴道，他身穿西装，又丑又矮。

"很好。在这周末之前完成。"我说。

"好的，先生。"

"我想要一个会走、会动、会吃东西的人偶。"

"好的，先生。"

"而且它应该喜欢吃跟我一样的东西。"

"它们不能吃——"

"我想要一个喜欢吃跟我一样东西的人偶。"

那个丑人和穿花衬衫的人相互对视了一眼。

"好的，先生。"那个丑陋的小矮子说。

"再做一个黑人小孩。如果我的人偶演讲时没有黑人小孩机器人捧场，那大家脸上都挂不住。"

"好的，先生。"

*

接下来，我便坐上了去海湖庄园的总统专用直升机。我已经把直升机的内里重新装饰了一遍，现在，里面是一片金色，不仅内壁是金色的，就连扶手、窗帘和小餐桌也是金色的。这可是真金。壁挂电视上循环播放着我面对欢呼的人群挥手微笑的慢镜头。这可是很大一群人。我觉得，看到美国人民对我有多爱戴，其他的乘客也会很高兴的。我说的是真正的美国人，不是好莱坞那帮人，不是那帮精英。不是我要抽干的"沼泽"里的那些货色。

我追我的剧。我打高尔夫。我跟丑人们握手。我说笑话，逗得人人捧腹。我吃汉堡。海湖庄园里有一家专为我开的私人麦当劳。这家麦当劳不小，特别大，他们说，这是世界上最大的麦当劳。我可以看心情在各种黄金座椅上换来换去。和其他地方不同的是，他们那儿还提供餐桌服务[1]呢。梅洛尼娅和我儿子都不在这儿。我不知

1　餐桌服务：指服务员去餐桌接单，再把准备好的饭菜端给客人。快餐店通常只有柜台点餐，没有餐桌服务。

道他们在哪儿。要是我能更喜欢她一点就好了。但是，我是没法跟第一夫人离婚的，我已经确认过了。她不知感恩，而且也有些人老珠黄。她有多大了，有没有 45 岁？我不确定，但我是个亿万富翁，还是美国总统，这是事实。如果我得不到最嫩的妞儿，这一切又有什么意义？这就跟电视剧《迷离时空》一样，得到了一切，却得不到嫩妞儿。

特朗克人偶运抵白宫，它简直满足了我的一切幻想。它握了握我的手，握得如此坚定有力而富有男子气概，几乎跟我与别人握手时一样出色。我们握着手拉拽对方，最后，还是我赢了。

"它会说话吗？"

"会的，先生。我们对您的讲话进行了采样，合成了一种声音，而且——"

"行了，行了。我不需要听你拿技术上的事儿跟我扯淡。它会……它能……这个问题可能有点奇怪，但是，它有感觉吗？"

"没有，先生。它是无生命的。"

"'无'就是'没'的意思，对吧？"

"是的，总统先生。用在这里是这个意思。"

"所以，你一会儿说它是电子制动，一会儿又说它是无生命的，这不就像说一个人是'高大的矮子'吗？"

"这叫矛盾修辞法，先生。"

"你骂我是铆钉？"

"不是的，先生。矛盾修辞法的意思是，把表面上看起来互不相容的几个词放在一起。"

"好好好，你个书呆子。这个词我知道，所有词我都知道。"

我看向一边的凯利。

"我不想让书呆子再待在这儿了。给我换个好的。"

凯利把书呆子带出房间，立刻带着另一个人走了进来，我觉得这还是那个书呆子，但他现在戴着一顶帽子。刚才我没有仔细看他的脸，所以我说不准是不是他。

"你是另一个人吧？"

"是的，总统先生。"

"好吧。行。把这东西弄好，让我玩玩。你们大家都别再来烦我了。"

趁着他们忙活的时候，我在自己的卧室里看电视。我把我的卧室取名为"特朗克皇家宫殿卧室"。我挂上勿扰标志。我对着"虚假新闻"大叫，然后换到"几个和和气气的白人坐在沙发上"的频道。这个节目给了我一种安慰，因为在某种程度上，我觉得这些人好像在直接跟我说话。透过屏幕，传来一股神奇的温暖。这温暖只属于我。他们爱我。我告诉他们，他们的表演很精彩，一号姑娘长得很迷人。我可以说这话，因为中间隔着电视屏幕，没人会生气。从前的一切都很美好，我要让万物重返辉煌。我喜欢一号姑娘，她对我说了些好听话。我能看出，她把目光投向了演播室之外，看着我，跟我眉来眼去。我是个强大的男人，是世界上最强大的男人。我是最棒的亿万富翁。我是最有智慧的人。我上过常春藤联校。我是美国总统。我是总——有人在敲特朗克皇家宫殿卧室的门。

"进来吧。"

"都弄好了，总统先生。"说话的人好像是这儿的工作人员。

"让它进来。"我说。

"是，先生。"

另一个我走了进来。简直不可思议。

我们一次又一次地握手，都试图把对方拉过来。我们势均力敌，这个问题他们得解决一下。

"你好呀，我。"我说。

"你好呀，我。"他用一模一样的声音回答。

"他是不是只会重复我说的话？"我问道。

"不，先生。它是一个学习型机器人，可以和任何人交谈。如果您愿意，可以问它一个问题。"

"真的吗？好。嗯，那跟我介绍一下你自己吧。"

"我是亿万富翁、房地产大亨、美国总统。"

"哈。说得好！说得妙，说得太棒了！他真聪明！那个叫米勒德的总统姓什么？"

"娘炮莫尔，看上去跟毫无才华的亚历克·鲍德温一个德行。"

"哈！他真搞笑！你真搞笑！"

"谢谢，"机器人说，"让美国再度伟大。"

"没错！"我说，"他吃东西吗？我想让他有吃东西的功能。我可以带他去这里的麦当劳。"

"它能模拟吃饭的动作，总统先生。它可以咀嚼和吞咽食物，食物会进入一个金属罐中，可以通过它背上的面板进行清理。"

"这么说，他并不真的吃东西？只是作秀？"

"是的，先生。"

"那他有没有阴茎？"

"从身体构造上说是有的，先生。"

"太棒了。好了，你们退下吧。"

每个人都走了出去，只剩下我和我的特朗克人偶。在他身边，我突然感到有一点羞涩。一时间，我们两人都没有说话。

"你想看新闻吗？"他问道。用这个方式打破僵局，再完美不过了。

"当然好了！"我说。

"当然好了！"他说。

他把电视调到那几个坐在沙发上的人表演的节目，你能相信吗？跟我选的节目一模一样！他跟我简直惊人地相似。

"她真性感。"他说。

"是啊，但对我来说还不够火辣。我喜欢那种能打十分的美女，必须得是那种特别年轻的、胸脯这么鼓的姑娘。"

"嗯，我懂。"他说。

暗示他正对着一个丑女想入非非，我心里挺内疚。我不想伤害他的感情，但也是被逼无奈才说的。我注意到，他的兴致渐渐淡了下去，很快，他就停下来，茫然地看着前方。

"你干什么呢？"我问。

"重新格式化。通过跟你共处，我会学着成为更好的你。"

"你要变得比我更好？"

"不，不，当然不是了。我会学着在'做你'这件事上变得更好。我怎么能妄想改善完美呢？"

说完，他对我眨了眨眼，不知道是不是在取笑我，但我喜欢别人对我挤眉弄眼。这让我心里暖暖的。在另一个男人身边，我是很难放下防备的。男人与男人之间的关系，基本上都是争个你死我活，但是，这个家伙身上有什么特殊的气质，我也说不清楚。

"听着，"我说，"梅洛尼娅正带着孩子在'犹约'呢，可别跟别人说我把纽约叫'犹约'呀。现在，人人都特别在意政治正确，有可能会酿成另一场希縻镇[1]之灾。我一直在努力避免这样的灾难发生，所以我不能纵容'虚假新闻'或民主党抓住这个把柄，拿这个单纯的玩笑大做文章。话说回来，如果你想要在我这儿过夜，完全没有问题。"

"我其实并不像人类那样睡觉，"他说，"但我可以中断电源，进入休眠状态。这可以节省我的电量。"

"你自己会穿睡衣吗？"

"当然了。"

我扔给他一套干净的特朗克总统睡衣，然后从枕头下取出我自己的睡衣。这一套是金黄色的。

"在别人家过夜！真像是回到了小时候。"我说。

我们两人都拍起手来，然后挽起胳膊跳起了民谣舞——我也不太确定这种舞叫什么。

爬上床时，我刻意保持着距离。我不是同性恋。但他那电子制动的身体是如此温暖，因此躺在被窝里非常舒服。我紧张地伸出手，搭在他的臀部。他是不是稍微抖了一下？我不确定。我想有可能，但我打算慢慢来。说实在的，我甚至都不知道我这么做是为了什么。我不是个同性恋，但他也不是个男人，对吗？他是个机器人，而且还是我的机器人，所以……这根本不能算是同性恋。这道理人人都知道。而且他身上好温暖，这简直太棒了，因为我晚上会发冷。就

---

[1] 希縻镇：对纽约的贬称，意指纽约生活着大批犹太人。

这样，我把手搭在那里，然后进入了梦乡。

我梦到我被什么东西追赶着。我是我，又不是我。你懂我的意思吗？这里黑漆漆的。我不知道追我的是谁，但又知道。我大概能猜到是谁，但又想不清楚。不过，那东西很大。我可以告诉你，这是我见过的最庞大的怪物。我跑过一个好像叫农场的地方——应该叫农田，里面种着玉米，还有人们在农场里种的那些东西。他们告诉我，种的是玉米。农民们很伟大。他们是忠诚、爱国的美国人，是最优秀的人民。我跑过一片玉米还是什么作物，可能是小麦，也可能是大豆吧，但我觉得是玉米。我能听到那东西就跟在我身后，把玉米踩在脚下踝碎。咔嚓！咔嚓！现在我变得很小，和图钉差不多大，我跑呀跑呀，但我跑不了太远，因为我太小了，就像是那部讲书呆子把孩子们缩小的电影[1]里的情节。怪物越来越近了。我四处张望，想找个地方躲起来。土里有个小坑，就像一口阴井，只不过是在土里。我跳了进去。怪物从井边跑过，在经过时把泥土踢到了我的头上。我等到再也听不到怪物的脚步声时，才努力爬出来，但却爬不出。我一次次滑下去，落在身上的泥土越来越多。我筋疲力尽，只得坐在那里休息。我又试了一次，却抬不起双脚。我低头看到，自己的双脚已经成了根须，深深扎进了泥土中。我惊慌失措，我又拉又扯，然后就开始从洞口飘了出去。不，这不是飘，因为我的双脚还扎着根。我越长越高。我的脑袋冒了出来，一直往上升。我低下头去，发现自己成了一株玉米，或者是小麦，也可能是大豆。我的双臂成了叶子，大概一共有十片。这些叶子仿佛在微风中摆动，

1　此处指 1989 年的美国电影《亲爱的，我把孩子缩小了》。

而我无法控制它们。我听到怪物回来的声音，脚下的茎秆被他踩得嘎吱作响。我努力跑起来，却动弹不得。他越来越近。我在阴影中看到了他那庞大的身躯，我认出来了，他是——

——我拼命把自己从脑视作品中拉出来。脖子上的开关就像断路器一样咔嗒作响，我回到了阿比塔的身边。

"还没完呢，"她说，"还有好久呢。你得回去。"

"我已经受不了了。我不想待在那个脑袋里。"

"如果你想让我回到你的梦里，你就得完整体验脑视。如果不这样，我就要去找他梦中其他的改编小说家了。或许巴尔博西愿意帮我写改编小说呢。"

"你真能瞎扯，"我说，"巴尔博西已经死了。我查过了。"

"你也死了。在我的时代，你早就死了，我只需要再多倒回去一点，就能找到活着的巴尔博西了。"

"不，别这样，我去我去。我不想让你离开我的梦境。没有你，我一无所有。"

"这就对了。"

她伸手去够我的开关。

"等一等！"我说。

她的手在靠近我脖子的地方停下。

"我还没拿捏好这个故事的基调。如果让我写，我需要了解你的意图是什么。我是说，加了机器人特朗普这些乱七八糟的东西，这是一出喜剧吗？"

"首先，是特朗克。"

"特朗克。"

"其次，我相信，当你继续穿越故事中众多人格的迷宫时，基调就会变得清晰起来。第三，你不具备充分理解这个故事的历史视角，因为故事中呈现的事件在你的时间轴里还未发生。但是，从最核心的层面上回答你的问题，不，这不是一出喜剧，而是一场这个世界永远无法从中苏醒过来的噩梦。我自己也身在其中。在我的时代，是没有喜剧的。喜剧因残忍和玩世不恭而被法律禁止。我们不会嘲笑别人，即便是特朗克。"

"但是，你让他和机器人版本的自己睡在了一起。"

"对于这一残酷而完全真实的历史事件，我们会用应当抱有的同情心加以审视。"

"所以说，等等，你是说，特朗普——特朗克真的从迪士尼收到了一个特朗克机器人伴侣？这事儿真的发生过？"

"没错，在这条时间轴里的确如此，但这是无数时间轴中的一条。这就是那勉强称得上'历史记录'的东西告诉我们的事实。"

"勉强称得上？"

"很多东西都在'大火灾'中被摧毁了。"

"能说得详细点吗？"

"我已经说得够多了。我们开始吧？"

我点点头。阿比塔伸手去按我的开关。

*

就在快被怪物的巨颌咬住时，我猛然惊醒，呕吐起来。一时间，我不知道自己身在何处，但很快，我就认出了金色的窗帘、金色的床头板、金色的地板、黄金猎犬、金鱼，还有戈尔迪·霍恩[1]的签名照片。在特朗克的宅邸中，一切安好，但我说不清这是我的哪一个宅邸——哦，是白宫中的特朗克皇家金色总统套房。我正侧躺着，怀抱着我的特朗克人偶。他转过身来看着我。

"老大，做噩梦了吗？"

"好可怕的噩梦。我又梦到了玉米还是小麦来着。我老是做这个梦。有个怪物要来抓我。"

"好吧，这只是个梦而已，"他说道，"一切安好。"

能得到安慰真好，有人关心真好，有人发自内心地关心我，不是因为我有钱、有权、有魅力又有男子气概，而是因为能看到真实的我。我，唐纳德·J.特朗克，成了可见之人。

"谢谢你。"我说。

我们接吻了。我不知道这是怎么发生的。我不是个同性恋，但他就是我，这简直是天赐的恩典。他懂我。这是多么给人慰藉的感觉。美国总统是一份孤独的工作，没有人能理解。你该到哪里去找慰藉呢？这么多的决定都要你来做，一切决定权都在你的手上，你也没法找人商量，因为人们会背叛你。人人都想毁掉你。他们嫉妒你。他们觊觎你拥有的东西。你得保持防备心。不要相信任何人，这是我的哲学，也让我受益匪浅。我已经家财万贯，比克罗缢死[2]（这个词的意思，我一直没太明白）还要富有。我成了美国总统。我交往过成百上千个美女，数量之多，就算我告诉你，你也不会相信

---

1 戈尔迪·霍恩：美国演员、制片人。"戈尔迪"（Goldie）有"黄金"的意思。

2 应为克罗伊斯，吕底亚王国的最后一位君主，因富甲一方闻名。英文中常用他的名字代指富有。

的。我把三个优秀的孩子抚养成人。等等，不对，我有四个孩子。等等，不对，是五个。但是，他们值得我信赖吗？我想起了《李尔王》，作者是威廉·莎士比亚，虽然我没读过剧本，但我在贝德明斯特剧院看过林－曼努尔·米兰达[1]演绎的说唱版《老伯伯，给我一个蛋[2]》。顺便提一句，尽管他表面上摆出一副与我不共戴天的样子，而且每张票都要卖2000多美元，但这场演出的票是他送给我的。言归正传，我知道《李尔王》的剧情是什么样的。当上了国王，你就不能相信任何人。当上了总统也是，因为总统就是国王。每个人都想要夺走你的王国，也就是你的总统之位。我突然唱起了剧中的那段说唱：

"狂风吹吧，吹裂你那脸颊 / 这就是老李尔王嘴里的话 / 让一场风暴席卷整个世界 / 点燃我满头的卷发。"

"太棒了。你的歌声很动听，"我的机器人说，"这是哪首说唱？"

"莎士比亚的，"我说，"我上的是沃顿商学院，一所很棒的学校，人人都说，这是顶级的学校之一。"

"你是总统里最聪明的。你的智商高得没人敢相信。"

我们默默对视了片刻。

"你好棒，"我对他说，"真的好棒。你知道吗？"

"棒的是你。"他反过来称赞我。

我能看出，他是认真的。我们又接了一次吻。这可不像平时的我。我抚摸着他的脸。又温暖又有弹性，跟我的脸一模一样。

"我能不能摸摸你的头发？"我问道。

1　林－曼努尔·米兰达：美国音乐剧演员，代表作有《汉密尔顿》等。
2　这是《李尔王》中的弄人对李尔王说的一句台词。

"好的，"他说，"我的头发是真的。来吧，拽拽看。"

我照做了。我能看出，这让他非常兴奋。他喜欢来点暴力的？这我能做到。我自己也爱这一口。我扇了他一巴掌。他微笑着回扇了我一巴掌。然后，我们互相凝视着对方。强烈的欲望充斥在我俩之间。屋里弥漫着一股麝香般的荷尔蒙的气味，这气味一定是我散发出来的，因为他是个机器人。接下来，我已经骑在了他的身上，我们一边亲热，一边抚摩着对方的身体。我解开了他的总统睡衣，他也解开了我的。

"太逼真了。"我们异口同声地说，然后又一次将双唇相接。很快，我们就抓住了对方的阴茎，像握手一样使劲拉扯着。这种性爱是如此美好，美好得无与伦比。拒绝同性恋，让美国继续伟大！

用人敲响我金色卧室的大门时，我们两人都已穿好西服打上领带，一起看着电视里那些坐在沙发上的可爱之人向我们述说我们的伟大。

"总统先生。"门口的男人发话了。

他满脸粉刺，记得他的名字是叫雷吉还是什么。

"您准备好开始一天的工作了吗？"

"没有人知道当总统要做多少工作。"我对机器人说。

我的机器人轻轻碰了碰我的手表示赞同。我们手的尺寸一模一样，都那么大，我好喜欢。

*

我们来到了椭圆形办公室，我把这里重新修整得气派了许多。四周金光闪闪。我的办公桌是 18K 纯金的，我就在这里处理所有的工作，桌子由著名意大利艺术家莫瑞吉奥·卡特兰手工打造，我的马桶也出自他手。他非常、非常有名，但只能帮我制作马桶，所以说，谁的名气更大？我觉得答案不言自明。

凯利将军来回踱着步。

"总统先生，我们今天日程很满，"他说，"得马上开始。我们已经落后于原定计划了。"

我没有告诉他，之所以迟到，是因为我想和我的机器人多待一会儿。

"我在想，"我说，"我觉得我和我的机器人应该共同担任总统。我喜欢他在我身边的感觉。这算不算裙带关系？人们会不会说这是裙带关系？"

"总统先生，"凯利说，"我们不能让任何人看到机器人。我觉得，这件事必须保密。"

"但是为什么呢？"我用差不多是抱怨的语气说。

"因为美国人民接受不了。"

"对了，我在想，"我说，"我该给他取什么名字呢？我不能叫他小唐纳德，因为已经有一个小唐纳德了，好像是有。我觉得我可以叫他小唐纳德，然后给我的大儿子改名为小小唐纳德，但这可能对大儿子不太公平。另外，我的机器人不是我儿子，他是我自己。还从来没有过另一个我呢。或许我可以叫他'机器人唐纳德'，或是'我·二号''迷你的我'，就像迈克·梅尔斯主演的那部电影[1]里一样，但我不想让人觉得我是邪恶博士，因为我不是。说不定，我可

1　此处指《王牌大贱谍》，迈克·梅尔斯在片中分饰王牌特工和邪恶博士。

以把我一直想用的名字给他：王牌。大家觉得'王牌'这个名字怎么样？"

人人都说这是个顶好的名字。

"那就叫王牌吧。"

每个人都对我的选择表示祝贺。

"这么说，我们不能一起在大会上亮相了？我觉得，看到美国拥有最高超的机器人技术，我的选民们一定会群情激昂的，这也会让所有人看到我们的实力。我可以明确地告诉你，别的国家可没有机器人总统。"

凯利还是说不行，我很生气，所以就在桌子下面偷偷发了条推特：王牌是我新交的好朋友！

每个人的手机都响了起来，大家同时低头看去。

"哦，老天啊。"凯利说。

他之所以那么生气，是因为我又成了大家议论的焦点。每个人都想知道王牌是谁。无论我发布了什么，全世界的每一个人都想读。相关信息会铺天盖地袭来，相关的文章和推测马上就会排山倒海一般涌现。王牌是谁？是哪个王牌？是文图拉[1]吗？还是《美国偶像》里的艾斯·杨[2]？他是什么意思？特朗克这话是什么意思？每个人都想知道特朗克的话是什么意思。他们就指着这过活呢。他们那愚蠢而渺小的生命，他们那可悲的生命，满是细菌、呕吐物、脂肪——

"我们得把这事儿掩盖过去。"凯利说。

突然之间……我恼羞成怒。我想要拳打脚踢。我有词汇量，有

---

1 文图拉：指王牌·文图拉，电影《神探飞机头》里的角色。
2 艾斯·杨：美国歌手，"艾斯"（Ace）意为"王牌"。

的是词汇量，有的是能表达我感觉的词汇。我想要把东西砸烂。他觉得自己是哪根葱？人人都他妈的想知道我在干什么，一分一秒都不放过。我可是美国总统！他们以为自己是哪根葱，有什么资格质疑我？我！我！唐纳德·J.特朗克。我的大名无处不在。看，无处不在！特朗克。特朗克。特朗克。人人都喜欢我。女人想要上我。男人想要当我。机器人既想要当我，也想要上我。我有钱，有的是钱。这世界上的每个人都知道我是谁。我有自己的私人飞机。你知道我的智商是多少吗？你不想听我聊我的新晋好友王牌？好吧，去你妈的……老子不干了。老子不需要这份工作。老子有的是钱，比你想象的还要多。我女儿是世界上最漂亮的。我那漂亮的女儿来自我伟大的基因。唐纳德·J.特朗克的基因。我气得晕头转向。房间变成了模糊的绿色。看看那些金黄色的东西，看看金黄色，我低声自语，想要平静下来，但我没法让脑子停下。我心情不好。我需要一个性感的妞儿。我——

我拨动开关，吐了出来。

"你还是没法沉浸进去吗？"阿比塔问，"这可是所有人都赞不绝口的一场戏。"

"我享受不来，"我说，"我真的不愿再待在那脑子里了。"

"那是你自己的大脑，"她说，"是你的脑视。"

"是特朗克的。"

"是特朗克的，也是你的。是你的大脑对我这部'特朗克脑视作品'的解读。这就是脑视的意义。"

"那不是我。"

"在现实生活中看到特朗克的时候，看到他的不是你本人吗？

519

判断他是谁、在想什么的，不是你吗？"

我哑口无言，只是细细品咂着她的话。

"反正我是没法继续下去了。"我终于发话了。

"那我就要到其他地方去了，你再也梦不到我了。"阿比塔说。

"我知道。"我回答说。

就这样，她消失了。只留我孤身一人在她的办公室。这里空空如也，没有家具，没有植物。铅笔掉在了地板上。我离开了办公室，在这座梦之都市荒无人烟的街道上徘徊，直到我醒过来，为自己解开绑带，然后在现实中都市的街道上继续徘徊。我想念阿比塔。我觉得，她或许是我生命中最接近"灵魂伴侣"的人了。从某种程度而言，她和我是一样的：我们都是创作者、文化评论家、感官主义者。在她的脑视作品中，我有机会体验到的那一小部分是如此有力而无畏。这让我想起了自己，也想起了伟大的俄罗斯导演亚历山大·索科洛夫，他那如梦如幻的单镜头杰作《俄罗斯方舟》，可谓阿比塔《无限递归大道》的前传。这就是阿比塔脑视作品的水准，或者说将要制作的脑视作品的水准。大师级俄罗斯电影的水准。她本应是我理想的伴侣，两个高度敏感的大脑相伴，一同探索过去和未来。我想象着我俩在梦中的森林和海滩上漫步，共话电影、艺术和哲学，在梦中的草地上稍微驻足吃顿野餐，分享一瓶完全想象出来的馥郁而稍加冷却的博若莱，又或许是一瓶 3085 年的罗西尔产区杜宝夫酒庄风车磨坊村葡萄酒，根据目前的气候变化预测，我觉得3085 会是个很好的年份，再搭配一些基因突变的浆果和一块柔软的卡蒙贝尔奶酪。在我看来，人生就可以这样度过，与她一起，在我的梦境中逝去，然而，我却临阵脱逃。我无法待在她的脑视之中，这脑视是如此逼真，逼迫我陷入我们荒谬而自恋的文化那无比黑暗的中心。我退缩了，现在，我成了孤身一人。或许我可以回去，恳求她再给我一次机会。这次，我要直面恐惧，这样一来——

　　一股突如其来的可怕直觉涌上心头，我拿出手机，输入"无限递归大道"几个字。结果就在那里：这是安东尼·巴尔博西的小说，1983年出版，在亚马逊上的销售排名为28898311。一位用户这样评论："这算是一部惊悚小说。几乎精准预示了特朗普执政生涯的唐纳德·J.特朗克，与总统大厅中按他本人样貌制造的机器人相爱。他们本想私奔，特朗克却遭人暗杀，而深层政府[1]用机器人以假充真。这只是第一章的内容。本书采用多个角色的第一人称叙述，是一本适合在海滩度假时阅读的轻松读物，只是内容非常混乱。一个小问题在于，巴尔博西似乎在对未来的预测中犯了很多错误。他笔下所有的男人都戴着圆顶高帽，还有一个来自地狱的、名叫巴拉姆的小鬼当上了影评人。我打三星。"产品信息显示，这本书目前无货。

　　这么说来，那份工作被巴尔博西得到了。阿比塔回到了更早的时代，找到了他。我敢肯定，巴尔博西也得到了阿比塔的心。我试着去想象（同时也试着不去想象）两人散步、野餐和做爱的场景。这挺难做到的，因为我并不知道巴尔博西长什么样子。我上网查了一下，只找到了一张照片，是一张犯罪现场的照片，他的脑袋被一件巨大的钝器砸扁了。老天呀，巴尔博西出了什么事？他是不是因为写了这本书而遇害的？如果这本书由我来写，那遇害的会不会是我？不管怎样，这些都是过去的事了。我无望得到这项在我死后才

1　深层政府：由军队、警察、政治团体组成的，为保自身利益而秘密控制国家的集团。特朗普曾在发言中多次使用此词。

颁发的脑视奖，也与阿比塔无缘了。即便如此，我仍然忍不住一次一次回想着放弃《无限递归大道》的决定。那些梦境、我在改编小说世界中的无法自拔，还有对阿比塔的迷恋，难道只是我为了逃避对英戈的责任而不肯放手的借口吗？只是一个我自己创造出来对抗孤独的暗夜幻境吗？我不敢肯定。

尽管如此，每天晚上，我仍然梦想着自己是个改编小说家，只是没有了阿比塔，没有了脑视。这只是一份工作而已。我到处寻找着工作机会。

醒来后，我失魂落魄。我有一种越陷越深的感觉。我无法控制自己的思想，仿佛思想被抹上了一层厚厚的油脂。它们从我的手中滑落，就像监狱的午餐盘一般重重地撞在一起，然后掉落在监狱食堂的水泥地板上。我找到这些思想，把它们弄丢，然后再一次寻回。但是，这些思想被寻回的时候却已变了模样，仿佛是在离开的这段时间中换了衣服似的。我知道有什么事情改变了，却说不清是什么。还有一些奇怪的细节：现在的我竟能记起母亲帮我梳玉米辫[1]的场景；现在的我记得自己曾经是一只蚂蚁；现在的我，能够回忆起核战争；现在的我记得自己开过一辆兼具船只和飞机性能的银色汽车。这让我身心俱疲，被外部因素所掌控的感觉让我手足无措。找到自己的真实想法紧握不放，拼命抓住那些已经不复存在的东西、那些现在已经幻化为浓雾和回忆的东西，这难道就是我的救赎？

1　玉米辫：一种紧贴头皮的辫子，是黑人常见的发型。

48

巴拉西尼拨动了我的开关。

在兰茨贝格关押希特勒的单人牢房中,"砰"的一声,马特和马勒这两个婴儿奇迹般地从天而降。两人很快就以"希特勒的奇迹婴儿"闻名于世,也在阿道夫入狱期间给他带来了安慰(他甚至把《我的奋斗》献给了"我可爱的小肉球们")。当时德国的法律允许因犯"把掉在牢房地板五秒以上的东西占为己有",也就是所谓的"五秒钟法则"。虽然希特勒很爱这两个小男孩,但他们实在太调皮捣蛋了,因此一从监狱获释,两个孩子的抚养工作就交由希特勒的管家安妮·温特负责。

"你们这两个调皮捣蛋的小家伙[1],"她说,"成天玩小丑把戏。我或许该把你们送到伟大的德国喜剧演员路德维希·施密茨那里当学徒。你们愿意吗?"

"路德维希·施密茨是谁?"马特问道。

"你一定记得《亚当斯一家》里欧洲之家大厦的光头怪叔叔吧?"

1　原文为德语。

"哦，他可搞笑了！"马勒说。

"还是个秃子！"马特补充道。

施密茨答应收下两个孩子。他为两人打造了一部戏，类似特兰与赫勒[1]主演的纳粹宣传喜剧。两个孩子天赋异禀，仿佛天生就是表演的料。这部戏被希特勒元首本人命名为《鲜血与祖国[2]》，一直以来，他都希望能够在纳粹喜剧界闯出一片天地。

"笑是最好的药。"这是他常说的话。

然而，《鲜血与祖国》在作为目标观众的 12 到 18 岁青少年中反响平平，一位年轻男子这样总结他对两个男孩表演的看法："拿一个年轻纳粹开玩笑没什么意思，拿一个不年轻的纳粹开玩笑就更没什么意思了。因此，在我们这个有着千年历史的帝国中，幽默全无立足之地。或许在未来的一千年里还有希望吧，到了那时，我们说不定可以稍微放松一些，演奏一些低沉的铜管乐，偶尔开怀大笑。反正，这是我的愿望。同时，对于我们纳粹来说，一切以战斗为重。因此，虽然理解元首的意图，但我们想说：不，我的元首，我们不需要喜剧，只需把金色的假发套[3]和领巾交给我们，送我们踏上为祖国而战的征程。"

我想，或许烟雾就是这部电影本身。和电影一样，烟雾也能钻进你的眼睛里，但两者的形式有所不同，烟雾是一种刺激物，让世界变得一片模糊。或许它就是电影。或许英戈的电影根本就是一团烟雾。

---

1 特兰与赫勒：纳粹德国时代的喜剧二人组。
2 鲜血与祖国：纳粹口号。
3 纳粹希望培养的纯种雅利安人，以金发碧眼为特征。

*

在检查身上是否有蜱虫的时候，我在背上发现了一把刀。刀几乎没怎么插进肉里，只是挂在那儿，就好像我是被一个非常孱弱或是心不在焉的人捅了一刀一样。我连一点感觉都没有。我把刀拔出来仔细观察。这是一把短剑。谁会……不用想，一定是亨丽埃塔，只有她会想到这种跟鞋子有关的双关语[1]。

在警察局，执勤的警务员查看了我的后背。

"伤口几乎看不出来。"他说。

"就算这样，这也肯定能构成犯罪。"

"其实不是的。不到 3 毫米深的刺伤不仅合法，我们还鼓励呢。除非构成犯罪，否则我们也没法帮你。伤口深度得超过 14 毫米才行。"

"真有那么深，我就没命了。"

"不一定，但有这种可能。"

"你这不是废话嘛。"

"证据不足，不能定罪。"

"都这样了还证据不足？"

"先生，你后面还有人在排队。请你离开。"

我转过身，看见亨丽埃塔正拿着一根绷紧的钢琴弦。

"就是她！"

"您好，女士。我能为您做些什么？"那个警察问道。

亨丽埃塔被抓了个现行，只得支支吾吾地回答。

---

1 "短剑"的英文是"stiletto"，与"细高跟鞋"是同一个词。

"哦，"亨丽埃塔说，"我要给我的古董钢琴装一根新的 D 弦。"

"女士，这里是警察局。乐器店在隔壁。"

"哦！真抱歉。"亨丽埃塔说。

她瞥了我一眼，然后转身离开。

"就是她！你看不出来吗？"

"我只看到了一位乐迷而已。"执勤警务员说。

"我要求和拉帕波特长官[1]谈谈。"

"嗯，我还是玛丽莲·梦露呢。"警务员说。

"这话放在现在这种情境里根本讲不通。"

"先生，这只是一种表达方式。"他说。

我气呼呼地离开了。亨丽埃塔果然在隔壁的施坦威钢琴行，正在向一位销售人员咨询。或许是我错怪了她。她看看我，露出了一个微笑。

*

"讲吧。"

马德和莫洛伊在美国中西部某处的一个小型舞台上，舞台笼罩在美国中部大型山脉欧利埃拉·德波的阴影之下，山脉如此巨大，从东西海岸都可以看见。人们不仅可以从太空中清晰看到欧利埃拉·德波，甚至身处太空时就可以直接站到山顶上。

"说来好笑，"先开口的是马德，"最近人们给棒球运动员起的

---

1 美国犹太裔演员迈克尔·拉帕波特常在影视剧中扮演警察角色。

名字可奇怪了[1]。"

"奇怪？"

"昵称很奇怪。现在的圣路易队里，一垒手叫'谁'，二垒手叫'什么'，三垒手叫'我不知道'。"

"真是奇怪。"

"什么奇怪？"

"那些球员的名字。"

"你不想知道谁在一垒吗？"

"我知道呀。你刚刚告诉我了，'谁'。"

"呃，没错。"

"这名字真特殊。是外国人的名字吗？"

"我不知道。"

"那是三垒手的名字。"

"你竟然全记住了？"

"当然了。我必须承认，'我不知道'这个名字我还从来没听过，像是那种古老的英国名字，比如'海岸边'。"

"这也是名字？"

"是的。准确说，曾经有过这种名字。顺便告诉你，'海岸边'这个名字现在已经消失了。"

"真有趣。"

1　以下这段对话取材自阿伯特和科斯特洛一段关于棒球队员的双人喜剧表演，导演赖声川曾将这段表演改编为相声《谁在一垒》。在原本的表演中，球员的名字"谁""什么""我不知道""为什么"在句中引发了理解歧义，从而造成诸多误会，产生笑料。然而在下文马德与莫洛伊的表演中，两人精准领会了对方的意思，没有造成误会，导致笑料全无。

"我也觉得。"

"嗯，对了，二垒手叫'什么'。"

"你已经告诉我了。"

"你不觉得这很容易让人误解吗？"

"我不觉得。这名字不常见。我甚至会觉得这是个杜撰出来的名字——话说回来，很多昵称都像是杜撰出来的。虽然奇怪，但我还是按你的意思把它当成了二垒手的名字。"

"我明白了。"

"我听过'神马'这个名字，听上去几乎和'什么'一样，但写法不同。"

"嗯。呃，那么，你想知道一垒手每月领工资时，拿到钱的是谁吗？"

"我猜拿到钱的是'谁'。"

"对。没错。"

"也可能是他的夫人，如果家里的财政大权由她来掌握的话。也就是'谁夫人'。"

"好吧。"

"那么，左外野手叫什么？"

"不对，那是二垒手的名字。"

"当然，我懂你的意思。让我说清楚点：你能不能告诉我左外野手的名字？"

"为什么。"

"嗯，听上去像是日本名字。或许可以音译为'未麻'。"

稍后，在更衣室：

528

"如果你已经知道这些词是名字的话，这场戏就不好笑了。"马德说。

"我觉得挺好笑的。"

"这样一来，这场戏就不能利用文字游戏制造歧义了。"

"这些都是现实中不可能出现的名字，观众是不会相信的。"

"这个段子屡试不爽，观众们可喜欢这个梗了。"

"就我个人来说，我觉得如果我完全搞懂了棒球队每个球员的名字，会更有趣些。"

"这么一来，笑料在哪儿呢？"

"在于两个相似的人在一起聊天。"莫洛伊说。

"那没什么好笑的。我觉得观众还是希望看到你被激怒的样子。"

"我觉得我们应该尝试稍稍微妙一些的笑点。"

"对我来说可能有点太微妙了，因为我根本就没弄懂笑点在哪儿。"马德说。

"两人心有灵犀才好笑。"

"怎么好笑？"

"'怎么'打的是第几垒？"

"不，我是问笑点在哪里。"

"是吗？我不记得球员里面有'哪里'这个人。一定是因为我头上被砸的那一下，不好意思。"

"没有'哪里'！"

"'没有哪里'也是球手？我忘了好多内容。我得好好研究一下。我保证下次一定好好表现。"

"我们中必须有一个人不理解对方的话。"

"太好了，你现在就不懂我的话。"

"但是，我们两个人干聊也不好笑。"

"好笑的点在于球员们的名字都很奇怪，而不在于我不懂你说的话。'谁'挺好笑。"

"以前的我们就挺好笑的。"

"不，你没听懂。我是说'谁'这个名字本身挺好笑。想想看，'谁'这个名字多有趣。它既是一个名字也是一个问句。'什么'也一样。"

"没错，这就是这个段子的好笑之处。"

"再往上加东西，就是画蛇添足了。"

"但是——"

"我觉得，如果我们拿那些身体有残障的人开涮，可能会牵扯到道德问题。"

"我明白你的意思，但是——"

"作为一个头部遭受过重创的人，我对那些头部遭受过重创的人产生了一种前所未有的同情——"

"但是，恢复后的你似乎变得更聪明了。"

"可这只是命运的随机安排，不是吗？我们中有的人在脑损伤后会变得更智慧，一些人则不然。"

"还有这种可能？大脑会因为损伤变得更智慧？"

"我们这些幸运者难道应该凌驾于那些不幸者之上吗？即便是暗示'我很幸运地因为大脑损伤而变得更智慧'，这种说法也已经漫溢着精英主义的恶臭了。无论能力高低，都应该被欣赏。"

"那我就不知道咱们该怎么找笑料了。"

"或许没有笑料就是笑料本身。"

"这话什么意思？"

"朋友同台，就这么简单，这就是我们要传达的信息。"

"我们的信息？"

"我们现在不是很相像吗？"

"对啊。算是吧，但也不完全一样。"

"这种共性要比我们曾经在舞台上呈现的任何误解都更有趣。"

"此话怎讲？我的意思是，虽然你话这么说，但我根本看不出笑点在哪儿。"

"看着你，就好像在照一面镜子。"

"好吧，那我们可不可以对马克斯兄弟[1]的镜子喜剧做个改编？"

"干脆拿镜像来象征我们的共性吧，让观众无从判断这场戏是谁在主导。说不定，就连我们自己也无从判断。这是一次真正的合作，我和你团结为一体。"

"这有什么好笑的？"

"你熟悉薇欧拉·史波林[2]的表演理论吗？"

"不熟悉。"马德说。

"她是一位戏剧教育家，开发了一系列训练演员进行即兴戏剧表演的游戏。其中一些即兴表演的确很幽默，但这幽默来自对于共同目标和角色发展的关注。我相信，这个镜子把戏会为我们的舞台表演增色不少。而我们外表的相似性则会为这一效果锦上添花。"

"好吧。"马德叹了一口气。

1　马克斯兄弟：美国喜剧组合。
2　薇欧拉·史波林：美国戏剧理论家、教育家，被誉为即兴戏剧之母。

马德和莫洛伊开始练习。刚开始的时候，马德是抗拒的，或者至少无从下手。但莫洛伊继续着，他是如此耐心而循序渐进，双眼温柔地与马德对视。渐渐地，两人的动作同步了起来。这个画面仿佛持续了数小时之久，让人进入催眠状态，又超脱于现实之外。然后，像打太极一般，两人的动作协同，语言也渐渐重合在一起，刚开始的时候很慢，但很快就提高到了正常对话的语速。

"女士们先生们，晚上好，我们是马德和莫洛伊。真高兴今晚见到大家。你们或许有人能看出，我们正在进行一种叫作'照镜子'的游戏。这是戏剧教育家薇欧拉·史波林在1946年发明的。我们觉得这很有趣，希望大家也这样认为。把每个人都视为一模一样的存在，这难道不好玩吗？尽管我们各有差异，但归根结底，我们的人性是共通的。这个游戏彰显的就是这样一个有趣的事实。"

说完这段话，马德和莫洛伊同时背对彼此，一起面对作为"第四堵墙"的摄像机，即想象中的观众（当然了，真正的观众在剧院里）。两人继续表演下去，尽管他们已不再看彼此，但"太极动作"依然全无分别。这感觉非常奇幻，也因此有些瘆人。他们看上去就像是两个机器人一般，仿佛被附身了。他们就像是两只人偶。他们开始张口说话：

"是谁控制着我们的行为、思想和语言？我们是否像蚁群中的蚂蚁和机器中的齿轮，注定要听命于一位不可知的主人？"

两人鞠躬谢幕。

表演过后，为了平复紧张的情绪，马德选择了喝酒，而莫洛伊则在欧利埃拉·德波山的步道上行走。这是一座屹立于美国正中心的秀美山脉，仿佛永存那里。我们中有些人爱戴它、敬仰它，有些人则憎恨它，但几乎所有人每天都要看一看它，想知道它下一步有什么计划：它会和谁上床？它被选中了出演哪部电影（它会不会凭这部电影再斩获一座奥斯卡呢）？它在慈善活动上说了哪些荒唐的话？它是不是真的和毒品与酒精诀别了？它到底有没有整过容？现在，媒体报道它与堪萨斯的龙卷风"兰斯·法默"有染。就像许多龙卷风一样，它或许也只是个昙花一现的过客，但即便如此，它仍是那么英俊而致命，是个彻头彻尾的坏男孩，而这，也正是我们对它又爱又恨的地方。据传，到目前为止，它已经杀死了一千多人，原因只是想要亲眼看着他们死去而已，而它在电影《臭名昭著的副领主》中对鲍比·戈尔[1]这一角色的演绎，得到了《纽约时报》"令人着迷，让人叫绝"的盛赞。有关它们将要结婚的消息已在坊间传出，民众们都在翘首期待着这一天，有些人是为了间接满足自己对于其中一方的幻想，有些人则是想要通过贬低它们获得快感，争先恐后地贬斥它们品行恶劣、地位低下，大呼不敢相信这种货色也能出名。

莫洛伊没有爬太高。他不太擅长运动，何况爬到山顶或许要用几周甚至几个月的时间。在步道上行走时，他如所有的男人一样爱上了欧利埃拉·德波，但它仍然沉默不语。本地人说，现在它的心或许还属于兰斯，抑或它正专注于下一部戏中的某个角色，不想分心。

1　此处影射了艾伯特·戈尔，他曾出任过美国副总统，2006 年参与制作并出演了纪录片《难以互视的真相》，揭示工业化对全球环境的破坏。

49

科斯特洛在洛菲利兹的山顶停下车，来到坐在一块石头上抽烟的阿伯特身旁。沉默片刻后，阿伯特终于开口了。

"你为什么想在这里见面，卢？"

"是鲁尼和嘟多的事。"

"就是那两个曾经是孤儿、现在组成了喜剧二人组的人？"

"就是他们。"

"我听说，他们是喜剧界的一对后起之秀。"

"问题就出在这儿，巴德。"

"这有什么问题？"

"因为我们的事业几乎已经命悬一线了。"

"什么线？"

"我的意思是说，如果他们成功的话，我们就失败了。"

"我听不懂。"

"好吧，假设有两部电影正在上映——"

"现在上映的电影远远不止两部。"

"我只是为了说明问题举个简单的例子。"

"好吧，我听着呢。"

"好，假设有两部电影正在上映，其中有一部是咱们的——"

"哪一部？"

"这不重要。"

"细节能帮助我想象，我是个习惯视觉化思考的人。"

"那就是《原谅我的围裙》[1]吧。"

"明白了。"

"然后你再想象一下，鲁尼和嘟多也有一部电影同期上映。"

"哪一部？"

"他们还没拍过电影呢，所以我不知道。"

"你能编一个吗？营造点真实感出来？"

"嗯……那就《老兄，你好吗？》。"

"嗯，卢，这个片名好记。我喜欢。"

"好，这两部电影同时在镇上上映。我们假设，镇上住着十个人——"

"镇子这么小——"

"我知道。我只是为了说明问题。"

"明白了。"

"正赶上周五晚上，大家都想看一部喜剧电影。"

"因为他们这周遇到了很多烦心事？"

"可以这么说。你看，如果有两部喜剧电影，十个人里面的一部分人可能会去看我们的电影，另一些人可能会去看另一部。"

---

1 《原谅我的围裙》：阿伯特和科斯特洛 1942 年主演的喜剧电影。

"我觉得我会去看《老兄，你好吗？》。片名很吸引人，而且我也很喜欢卡伯·卡洛威[1]。"

"你不在那儿。"

"哪儿？"

"你不在镇上。"

"那我在哪儿？"

"我不知道。问题不在这儿。"

"好吧，只是——"

"话说回来，有两部电影——"

"告诉我我在哪里，这样更方便我想象。"

"弗里斯科市。"

"明白了。"

"好的，很好。"科斯特洛说。

"这个片名让鲁尼和嘟多先想出来真是太可惜了。如果我们真的想要跟他们竞争，就该推出一部叫《小妹，怎么了？》的电影。我知道这算是一种抄袭，因为这两句歌词出自同一首歌[2]，但是你自己也说过，竞争毕竟是竞争，而且——"

"《老兄，你好吗？》不是一部真正的电影。"

"拜托，卢，这么说不公平。我敢肯定，制作人员还是花了很多心血的。"

"这不是一部真正的电影。你忘了吗？这是我不到三分钟前编

1　卡伯·卡洛威：美国爵士歌手，《老兄，你好吗？》是他1942年的一首歌曲，出自电影《岛屿之歌》。

2　"小妹，怎么了？"和"老兄，你好吗？"都是歌曲《老兄，你好吗？》中的歌词。

出来的。"

"所以我们没什么好担心的。大家都会去看我们的电影的，因为镇上的电影院里只有这一部电影。"

"别说了。"

"怎么了？"

"求你别说了。"

"好吧，卢。"

"问题在于，巴德，这两个蠢货很快就要消失了。"

"其实魔术表演和我们的表演有天壤之别，所以我觉得我们的电影不会受影响，而且——"

"我说的消失，不是魔术里那种把人变没的把戏。"

"那你是说什么？"

"最后的遗作。"

"你是说谋——谋——谋——谋杀吗？"

"我们不是已经聊过了吗？你不记得了？"

"记忆很模糊。"

"是你脑子有问题。我们说过谋杀马德和莫洛伊。"

"对！嗯……我不确定，卢。你说的可是谋杀呀，谋杀是犯罪，是一种最严重的犯罪。"

"巴德，我这么做，可是为了我们好。"

"好吧，也许吧。"

"是这样，我有个朋友是搭布景的，他欠我一个人情。鲁尼和嘟多马上就要出演他们的第一部故事片了，两人扮演的是一对游手好闲的木匠。当鲁尼敲下第一枚钉子的时候，两个人就会丧命。两个人都逃不掉。这样一来，问题就解决了。"

"他们的家人怎么办？"

"他们是孤儿，来自赫赫有名的表孤院。没人会在乎他们的。"

你也许会问，阿伯特和科斯特洛是谁？如果愿意的话，你可以想象一台阿伯特形状的挤压机。阿伯特的最终成品，就是由这台机器利用"原材料阿伯特"挤压出来的，有点像培乐多橡皮泥。产出的成品具有阿伯特的形态，却是管形或蠕虫状的。不过，由于我们只能看到阿伯特在时间中的切片，永远无法看到管形阿伯特的全貌，所以在我们看来，这个阿伯特是在时间中移动的，科斯特洛也是如此。所以，讨论他们对"喜剧时机的把握"只是一种幻象而已，因为时间本身就是一种幻象。

实际上，他们就像静止不动的管子一样无趣。

——德贝卡·德马克斯，《犹他州混淆岭的挤压、侵入与欲望地质学》

*

马德和莫洛伊正坐在小镇上的一家酒吧里小口喝酒。

"欧利埃拉·德波怎么样？"马德问道。

"太棒了，但是很冷，又给人一种难以企及的感觉。"

"嗯，我听说它特别忙，或许已经名花有主了。这是山脉界的小道消息。"

"听着，我有一个适合我们的电影创意。你还记得阿伯特和科斯特洛是怎么大战隐形人的吗[1]？"

"记得。"

"嗯，我们不能大战隐形人。"

"我知道。"

"我们没法让环球影业给我们授权。想要制作我们自己的《大战隐形人》，我们就需要得到授权，因为隐形人的'隐形权'在环球影业手中。"

"明白了。"

"所以我们要打造自己的怪兽。我们可以给他取个别的名字。"莫洛伊说。

"好吧。"马德说。

"未见之人。"

"行。"

"《马德和莫洛伊大战未见之人》。"

"没问题。"

"最妙的地方是：这部电影预算为零，因为这个人根本就不存在。实际上，我们想呈现多少未见的怪兽都行，搞一支怪物大军也行。一百万只未见的怪兽追在我们身后，却一分钱也不用花。你知道为什么吗？"

"因为它们全都是看不见的。"

"没错。"

"奇克，我有点疑虑。我不知道这片子该怎么拍出来。"

1　此处指阿伯特和科斯特洛 1951 年的喜剧科幻片《两傻大战隐形人》。

"你知道还有谁是隐形的吗？"

"不知道。"

"亚伯拉罕诸教[1]中的神是隐形的。在这部片子里，追赶我们的或许是神。我的构想是一百万个亚伯拉罕。这有点像一场整合了《圣经》的克苏鲁式噩梦。"

"这些神有什么目的呢？"

"他们想要折磨我们。"

"这还算是喜剧？"

"反正我已经被逗笑了。"莫洛伊说。

"但问题是，你没笑呀。"马德说。

"我马上就要笑出来了。"

"自从你昏迷之后，我就再没见你笑过，除了你现在演出时发出的那种尖声怪叫。"

"我们也可以喝下隐形药水。我是说在电影里。"

"哦，原来隐形是因为喝了药水。"

"当然了。如果我们也在电影里喝下药水，制作成本就变得更低了。空无一人的街道上，回荡着我们的脚步声和我们笑死人不偿命的插科打诨。我们可以给电影起名为《马德和莫洛伊大战未见之人》，或者叫《马德和莫洛伊大战亚伯拉罕》。"

"也可以叫《马德和莫洛伊大战未见之人，而他们自己也成了未见之人》？"

"没错！'他们自己也成了未见之人'！太精辟了！这名字够

---

1 亚伯拉罕诸教：指世界三大一神教——犹太教、基督教、伊斯兰教，均有信奉独一创造神亚伯拉罕（易卜拉欣）的教义。

长，所以一定很棒。"

"我还是觉得怪怪的，奇克。"

*

记忆是个奇怪的东西。不是那种好笑的奇怪，但有的时候确实也很好笑。拿记错事为例，我们记得有一只戴着牛仔帽的鸭子，但如果它不是马戏团里的鸭子，也不是在电视节目或搞笑广告里亮相的鸭子，而是野生的那种，那么这段记忆或许就是错误的。这样的记忆既奇怪又好笑。牛仔鸭。我很确定最近在街上看到一只戴着牛仔帽的鸭子从身边走过，但我肯定是记错了。

*

在纳粹喜剧界遭遇失败后，马特和马勒又被调去担任了各种各样的纳粹文职，这一段落由一组喜剧蒙太奇展现。一番好事多磨后，他们被派给了阿尔弗雷德·罗森堡，即负责监督管理德国国家社会主义工人党学校和意识形态教育的委员，成了他笨手笨脚的男仆。

一天，两人在清洗罗森堡的浴室时，在水槽上发现了一大块他的嘴唇，其中一人猜测，这是罗森堡在刮胡子时无意割掉的。

"您需要这片嘴唇吗，先生？"马勒大声叫道。

"不。把那儿打扫干净！你们两个该死的。"

"这东西或许日后有用。"马勒一边对马特说，一边把嘴唇塞进了装手表的口袋里。

"有什么用？"马特说，"我觉得你可能有点囤积癖，马勒。这可不是你收起来的第一片嘴唇了。一个人又能需要多少嘴唇呢？"

"这是罗森堡先生的嘴唇，我的朋友。这是罗森堡先生的嘴唇。这是伟人的嘴唇，所以也是伟大的嘴唇。"

*

我一时冲动，关注了女儿的博客"法罗之根"，随着一声让人感觉不祥却又满心欢喜的提示音，博客页面在我的电脑屏幕上跳了出来。

BRR[1]！我和我的冷血父亲之间没完没了的冷战

你听过有人用"冷若冰霜"和"冷淡"形容女性吗？你当然听过，因为我们生活在一个给女性贴上"异类"标签的男权社会，人们坚持认为女性愤怒是因为神经过敏（大惊小怪！），这个社会无法理解女性为什么"不愿上你"。好吧，上你妈的。满意了吧？真正的问题在于，我们还没有一个形容"冷淡父亲"的称谓。我们几乎人人都认识这样的男性，一些人甚至有这样的父亲。我父亲就是这样。他姓名的首字母缩写就是 BRR，对他来说，这名字就像一双在冻掉牙的天气里得到的手套一样合适。我的父亲是个男人，这是他生来就有的最大元罪。和几乎所有男人一样，我父亲永远是对的。男人们竟能往他们那又秃又丑的小脑袋瓜里塞这么多的知识，真是让人不敢相信。"直男说教"已经够糟糕了，但跟"严父说教"相比，也只是小巫见大巫，"严父说教"简直是罪大恶极，因为那是父

---

1 BRR：英文中表示寒冷的感叹词，也是 B 的姓名首字母缩写。

亲在以牺牲自己该死的孩子为代价实现自我膨胀。这会把孩子毁得很惨，尤其会让孩子终生陷在对自己性别的自卑之中。毕竟，孩子尚不具备足以揭穿屁话连篇的父亲的人生经验。因此，她会以为这个男人无所不知、所有的观点都是正确的，推而广之，她会觉得其他所有男人的观点都正确。这能够，也一定会让一个女孩在情感上置于各种危险之中。

要是我的父亲能敞开一点心扉，我兴许还有救。但是人生就是这么无奈，我不得不泡在网上，跟一个年老而冷漠的蠢货打嘴仗。这就是我的人生。现在的我，已经用心理治疗、伏特加、一个女人的爱和一份辉煌的事业将自己全副武装，现在的我可以勇敢地面对他，指出他的错误，指责他对我置若罔闻、不管不问。他不想与这个经历了重生和进化且不低眉顺眼的女人有任何瓜葛。不仅如此，他还在他的博客上竭尽全力地践踏我的生活！看在老天的分儿上，我可是他的女儿呀，他却想让我成为他的听众。但我不是他的听众，也永远不会走上这条路。我的父亲是如此懦弱、胆怯和可悲，在现实生活中，他是个彻头彻尾的失败者，耗干了我们姐妹俩的童年，想要把我们这两个朝气蓬勃、充满好奇、不断成长的女孩子变为他私人的拥趸。现在，我们已经离开了听众席，找到了别的表演者，甚至自己也有了些表演经验，而他对于我们而言也就无甚用处了。如果有人问我父亲，他会说是我们姐妹俩先抛弃了他，但事实上，是他先选择不再跟我们说话的，这一点我们直到最近才明白。如果你让他讲讲我们的事情、我们的童年，那他就会选择性地回忆一切有多么美好，我们有多爱他，他又有多爱我

543

们。他会告诉你一些精心筛选出来的鬼话：我们一起去买小狗，他带着我们看马克斯兄弟的电影，而我们被屏幕上的滑稽人物逗得哈哈大笑。你想听实话吗？我真他妈的讨厌马克斯兄弟。这又是一个幼稚的男人拿比自己更不幸之人开涮的实例，这两个人——

　　我没有继续往下读。格蕾斯，我懂了，你还在生我的气。你不喜欢马克斯兄弟。好吧，这个世界正处在崩溃的边缘，而你却在这儿抱怨没有得到理想的童年，真是天大的遗憾。我已经尽力了，真的，我尽己所能地给予你一切。现在，或许轮到你接受现实了，振作起来，打起精神改变一下现状，无论别人想要为这个世界带来一些积极改变的努力是不是白费功夫，你都不该老想着诋毁他们的努力成果。让我好好跟你论论理——

　　我拨通了格蕾斯的电话号码。我觉得，趁着这件事情在我脑中的印象还很清晰，我们说不定能展开一场有价值的谈话。她的号码已经换了，新号码我还不知道。我不禁感到很受伤。我不得不把这看作针对我的又一记耳光。啪！我别无选择，只能用自己的文章来回应。

GRR[1]！ 畜生子女的动物寓言

　　我发现，我又一次在印刷刊物（准确来说，是由像素组成的屏幕）上沦为了另一个人的攻击对象。作为一个在公众眼中

1　GRR：英文中表示愤怒的感叹词，也是格蕾斯的姓名首字母缩写。

固执己见的文化作家，我期待这种关注，甚至对此抱着欢迎的态度，但这次的攻击不仅是人身的，还来自我的后代。格蕾斯·罗森伯格·罗森堡（法罗）又一次认定，通过抨击父亲来为自己对世界的失望寻找借口是件天经地义的事。我知道，现在的我们生活在一个充斥着愤怒的社会中，因此，看到格蕾斯在愤怒的乳头上吸吮，我不该感到惊讶，但是，我对她儿时的教育并非如此，或者说，我试图灌输给她的自我意识并非如此，我想要教育她的，是要有自己承担责任的觉悟。格蕾斯认为理应把我完全排斥在她的生活之外，但我觉得，出于父亲的责任，我仍应该试着帮助她，因此，虽然她对我抱有明显的鄙视，但无奈之下，我还是会利用这个"公开论坛"向她伸出橄榄枝，发表几句为父的忠言。

格蕾斯，你一直是个心事很重的女孩。这一点，你母亲和我在你小时候就知道了。你是个神经敏感、郁郁寡欢的孩子。如果你能回到过去，看到我们努力安慰你时所倾注的耐心和关爱（在你出生后的一年半时间里，你母亲和我就没有睡过觉），你可能就会感受到我们对你的爱之深切和为让你健康成长的含辛茹苦了。但不幸的是，我们所有人都没有机会进行这种时间旅行。即便如此，我还是可以把当时的情况以及我觉得你现在应有的认知讲给你听。一直以来，你都是个问题繁多、自私自利的孩子，若是觉得世界没有给你应得的关爱和慰藉，你就非要向内挖掘、寻找一个解释。你大可继续责怪我和你的母亲（不过仔细想想，你好像从来没有因为任何成长中的问题责怪过她！），但是这样做于你又有什么好处？

是时候勇敢直面困难了，不要再把悲愤化为食欲，减减肥，把自己拾掇干净，为人生定一个目标，然后去追求它。我像你这么大的时候，已经在《威奇塔省钱购物指南》当了三年的影评人。我跟你分享这些并不是为了炫耀，而是想要点燃你的动力。找到一个爱好，然后投入进去吧，格蕾斯。我知道你已经拍摄了两部受到（一些人）好评的电影，但在你看来，我的名字好像与你踏入这个行业不无关系（这也不算师出无名）。如果不靠批判塞林格，你觉得乔伊斯·梅纳德[1]还能有今天的成就吗？我就是你的塞林格，我觉得你对这一点有所觉知，也因此感觉自己的成就虚无缥缈。得到《威奇塔省钱购物指南》的工作，我没有靠任何人的帮助。我没有在"业内"名声赫赫的父亲，也不能通过公开诋毁他来获取差事。我只有自己一步步走出来的经验，还有……那个词是怎么说的来着？"进取心"。你的人生应该自己掌控。如果能够停止自我诋毁，兴许你还能找到一些快乐。没错，你是执导过一部耗资一亿美元的超级英雄电影，但这真的是你的人生意义所在吗？

我把文章发在我的博客"博客的'博'字B打头"上，然后便等待着回复。现在，我的博客没有什么流量。上一篇有人评论的文章是《2010年愚蠢世界的愚蠢梦想》。这是对克里斯托弗·诺兰的《盗梦空间》一次残酷却必要的抨击，一位名叫"闻我的蛋蛋"的读者这样回复："你个装垃圾的娘炮。"我回复说："感谢你对我的文章

---

1 美国作家乔伊斯·梅纳德曾与塞林格相恋，并在二十五年后将这段恋情公开。

表现出的兴趣。看到了吧，我在这里用的是'我的'。这是个代词，也是正确的用法。你应该说'你是个娘炮'，在句子里加个动词。但没关系，你想要表达的反对意见已经表达得一清二楚了。请允许我对你的每一个主要论点进行回应。第一：我从来不是娘炮。我是个彻头彻尾的直男，这或许是我自己的损失。但是，我并不觉得别人这样看我是一种侮辱。事实上，历史上满是才华横溢、举足轻重的'娘炮'，如果能被算作其中一员，我会感到荣幸之至。祝你在追求知识的前路上一帆风顺。"他的回复是："哈哈哈哈哈哈哈哈哈哈哈哈哈哈，你这个死基佬。"我的回复是："或许我表达得不够清楚，请容我再做一次尝试。我不是同性恋，我这么说只是在向你阐述一个事实，而不是想要与同性恋群体拉开距离，我跟他们相处得非常融洽。世界上许多最伟大的诗人、艺术家、哲学家和科学家都是同性恋，正如我前面所说，能被算作其中一员，我真的感到荣幸之至。"他回复道："你这个死娘娘腔。"事已至此，我开始考虑放弃。无论我说什么，这个家伙似乎都充耳不闻。但是，如果不进行至少三次感化他的尝试，我是没法拱手放弃的。

50

在去往巴拉西尼诊所的火车上，为了打发时间，我把 2017 年的十佳影片整理了出来（现在是 2017 年吗？）：

10.《双面情人》（导演：欧容）

9.《无主之作》（导演：亨克尔·冯·多纳斯马尔克）

8.《心灵暖阳》（导演：德尼）

7.《芬兰的汤姆》（导演：卡如库斯基）

6.《唐纳德哭了》（导演：阿韦迪西安）

5.《直觉》（导演：斯特恩）

4.《喂，提米·吉本斯，你妈打电话了！》（导演：阿帕图）[1]

3.《关原之战》（导演：原田）

2.《连锁反应》（导演：帕克扎克）

1.《伤口》（导演：特伦戈夫）

1　此电影为作者虚构。

"讲吧。"

夜幕下，一条穿过玉米地的道路在苍白的月光下闪闪发光。远处，隆隆声越来越近。现在于耳际响起的，是脚步声，跑起来的脚步声，是两个人跑步的声音，还有奋力的喘息声。一行字幕出现：鸟不拉屎之地的倒霉事。字幕淡去。路上有一个小弯，从那里出现了两个正朝着镜头跑来的瘦骨嶙峋的男人，他们的脸上满是绝望。两人回头看去——原来是有人在追赶他们。奔跑的是马德和莫洛伊，年纪比之前稍长，也显得比之前更加疲惫。现在的我跟随着他们，看着他们奔跑。

"还不算糟。"莫洛伊说。

"奇克，这还不糟吗？"

"嗯，关于医生的段子，我有些精进的想法。"

"这跟精进没关系，问题在创意本身。哪有两个人同时扮演医生的？"

"医生也会去看医生呀，"莫洛伊说，"你觉得医生生病的时候该去找谁？动脑筋想想，当然是去找医生了。"

"好，那我们就这么来：一个医生生了病，另一个给他做检查，这说不定也很有趣，而不是两个医生同时给彼此检查身体。"

"但是同时检查身体才是好玩的地方！即使只是听你这样一说，我就被逗乐了。"

"可你没笑呀。"

"真对不住，我只是想留口气，好从我们刚遇到的愤怒暴民那里逃脱。"

话音一落，愤怒的暴民就从路的转弯处出现，他们手里举着火

549

把、干草叉和戏票。

"他俩还是双胞胎，"莫洛伊呼呼直喘地说，"这也是笑点之一。"

"这会让观众觉得不舒服的。"

"我看不出他们有什么理由不舒服。"

"可能是因为他们要给对方做数码直肠指诊。"

"我们什么细节都不用展示！这只是个小品！"

"奇克，根本就没有数码直肠指诊这种东西。这是你瞎编出来的。"

"将来会有的。我一直在大量阅读直肠学和泌尿学的书籍。"

"为什么？你是不是脑子有问题，你干吗研究这个，奇克？"

"因为我是个好奇的人。你不希望我们找到前卫一些的笑点吗？"

"我不知道。"

"我一直在读洛克哈特和穆梅里有关直肠病学的著作，也研发了一些我自己的诊断方法。我相信终有一天，我预言的这种数码直肠指检会成为前列腺癌早期筛查的标准程序。当然，这是针对男人而言的。你知道女性没有前列腺吗？"

"不知道。"

"她们真的没有！这不神奇吗？"

"真行，奇克，你可真行。"

"我是在想办法让我们重回过去的辉煌，巴德，也就是说'一指插回过去'。"

"我们以前可从来没有讲过荤段子呀。"

"人是会变的，巴德，有些感情能够维系，就是因为人们认识到了这一点。对于婚姻如此，对于友谊也一样。"

"我们的'婚姻'结束了，奇克，托你脑袋被砸的福。"

"事情已经发生了。人生就是这么让你措手不及，你得学会适应。要把生活给你的酸柠檬做成柠檬水。你要自己振作起来，掸去身上的灰尘，重新开始。"

"我本可以选择贝瑟的。"

"是啊，巴德，我们本来都可以选择贝瑟的，但是——"

"你没这个选择。"

"这是一种比喻，巴德。从比喻的层面上来说，我们本来都可以选择属于自己的贝瑟。"

"我不知道你这话是什么意思，根本就说不通。"

"我的意思是说，我们大家本来都可以选择贝瑟，但这么做有什么好的？世界变了。我们已经不是两个小伙子了。我们是这难以捉摸的世界上的两个难以捉摸的成熟男人。想要保持活力和与时俱进，我们就必须认识到这一点。"

"我真的不知道你在说些什么。"

"在汽水店买小孩玩具的年月已经过去了。"

"我们可从没买过那种东西，奇克。"

"不管我们买过什么，细节已经模糊了，那些年月已经过去了。"

马德回头看去。

"他们快追上来了！"

"快！从玉米地里抄近路！"

现在，两人正在玉米地里奔跑。在很长一段时间里，满屏都是喘息、困惑和被折断的玉米秆。有一根玉米秆上似乎长着一张脸，留着金黄成束的玉米须头发。它嘟起嘴，向他们求救，但两人却看也不看地匆匆跑开。他们来到一座巨大的单层建筑前，这建筑有一个足球场那么长，有一个足球场那么宽。

"这是什么鬼东西？"

"我不知道，"莫洛伊说，"是一种鸡舍吧。"

"鸡舍？"

"就是把鸡养大好日后宰杀的地方。就是鸡舍呗。"

"但它怎么这么大？"

"这种鸡舍有的最多可以容纳五万只鸡呢。产业化养鸡是未来的趋势。"

"你怎么知道的？"

"靠读书，巴德。我读书。"

"我也读书，但我怎么不知道？"

"我有个难以餍足的大脑，巴德，难以餍足的大脑。"

"我也有。"

"好吧。不管你怎么说，我们最好先到里面躲躲，等着这帮暴民离开。"

*

鸡舍内景，夜。这座建筑很大，满月透过天窗洒下朦胧的月光。没想到，这座建筑的大部分都位于地下，是一个巨大的开放空间，可能足有七层深。

"老天啊，"马德低声说道，"真没想到里面是这样。鸡在哪里？我一只鸡也看不到。"

"我不知道，巴德。感觉怪怪的。可能鸡在躲我们吧。"

"五万只鸡都在躲我们？"

莫洛伊低头看着通往幽深地下楼层的金属螺旋楼梯。

"你确定要下去吗，奇克？"

"我们躲在暗处会更安全些。"

"我不知道。我很害怕。"马德说。

"别跟个孩子似的。"

马德怯懦地跟在后面。往下，再往下，深入黑暗之中，鞋子踏在金刚石板上，脚步声在宽敞开阔的空间中回响。他们终于下到了底部，踩到了水泥地板上，除了老烟枪马德气喘吁吁的声音，四周一片阒寂。他逐渐安静下来，另一种声音随之出现，和呼吸相似，但却异常深沉而洪亮。

"你听到了吗？"马德问。

"听到了。"

"那是什么声音？"

"像是呼吸声，但是通过扩音器发出的呼吸。"

"是鲁迪·瓦利[1]吗？"马德问道。

"什么？鲁迪·瓦利干吗要在地下用扩音器呼吸？"

"我也没想清楚，你一说扩音器，我脑子里就闪过这个想法了。"

马德拿出他的打火机点火，偌大的空间被忽闪的火光隐隐照亮。远处的角落里坐着什么东西。是个人，一个男人。

"你好？"莫洛伊说。

"你好，"那个男人用低沉而温柔的声音说道，"靠近点儿，我想看清楚些。我好孤独。"

---

1 鲁迪·瓦利：美国歌手、音乐家、演员、电台主持人，曾演唱电影《卡萨布兰卡》中的经典插曲《时光飞逝》。当时的歌手没有麦克风，大多对着扩音器演唱。

马德的双脚在地板上纹丝未动，但莫洛伊被那个男人的声音和温柔吸引，穿过房间向他走去。这段路显得如此漫长，要比莫洛伊预期的漫长许多。他走呀走呀，那孤独的身影也变得越来越大。这是怎么回事？终于，莫洛伊站在了那个坐着的人面前，原来，这是个巨人。

"你真高大。"莫洛伊说。

"没错。"

"我可真没想到。喂，巴德，这是个巨人！"

"我看到了！"巴德在远处大喊道。

莫洛伊举起打火机，想看清巨人的脸。我看到，最令人惊叹的并非他的身材。作为观众，我的目光被他的美貌吸引。我不是同性恋，但也不会因为对自己的性向不够自信而拒绝承认男性之美。这是一个美男子，有着鲁道夫·瓦伦蒂诺年轻时的深色杏眼和骚动的性感，有着格里高利·派克年轻时的面部棱角和得体庄重、加里·库珀年轻时的魅力四射和天真烂漫、亨利·方达年轻时的惹人怜爱和坚定真挚、克拉克·盖博年轻时的淘气顽皮和忽闪大眼，还有上了年纪的查尔斯·卓别林爵士的衣冠楚楚和漫不经心流露的风流倜傥。你会不由自主地被他吸引和诱惑，我敢说甚至还会有一点点迷恋他。莫洛伊似乎也沉迷在他的美貌中。

"老天啊，"他惊呼道，"巴德，快过来！"

"不用了！我就……我想在这儿待着，靠着墙，在楼梯边上挺好。"

莫洛伊转头面对巨人。

"请问你叫什么名字？我叫奇克·莫洛伊。"

"我叫谢利尔德。萧谢利尔德·雷·帕雷特。"

"'萧'？"

"'萧'在德语里就是'小'的意思。"

"不，你说的不对，德语里也说'小'。另外，德国人用'小'的方式和我们美国人不一样，在美国，我们会用这个字来区分同名的父子。"

"这是我爸爸告诉我的。他为什么要骗我呢？"

"或许他不是骗你，而是自己搞错了。"

"为什么不同的语言会用同一个词？这样一来，德语和英语不就成了一种语言而非两种吗？这讲不通。先生，你的话讲不通。"

"好问题。你问得好。你的问题都很合理。我去去就来，行吗？"

"好吧。"

莫洛伊穿过巨大的房间朝马德走去。谢利尔德看着他。这段路他走了很长时间。

"听着，"莫洛伊对马德低声说，"我找到我们未来的路了。"

"好吧，但我不想听。"马德说。

"你听我讲完呀。你知道《三丈新娘》[1]吗？"

"卢·科斯特洛的最后一部电影。"

"剧情方面，它借了当时全美对辐射病狂热关注的东风，票房上一时无二。"

"嗯。"

"我们面前就有一个 15 米高的巨人，简直是捡到宝了。"

"你什么意思，奇克？"

---

1 《三丈新娘》：1959 年的美国喜剧科幻片，讲述女主角因山洞辐射变成巨人，在未婚夫的帮助下恢复正常的故事。

"我们可以利用这个愚蠢、英俊、身材高大得离谱的家伙，来制作我们自己的辐射病电影。《三丈新娘》有一个大纰漏，你知道是什么吗？"

"我不知道。我不是什么电影专家。是不是男女主人公做爱的问题？我是说，他们倒也能做爱，但我不觉得她会有任何感觉。我看这部电影的时候就在琢磨这个问题，从头想到尾。"

"不是那个问题，问题在于巨人的特效。鉴于我们现有的科技水平，做出来的效果一点也不逼真。好了老兄，我们不必为这个担心了。因为我们眼前就有一个真实存在的 15 米高的人。咱们的电影就叫《马德和莫洛伊与 15 米高的巨人》吧。"

"我觉得不——"

"故事是这样的——顺带提一句，这都是我现想的……我们是物理学家——"

"双胞胎物理学家？"

"对，没错，咱们俩简直是灵感爆棚啊。薇欧拉·史波林的训练起效了。"

"两个人的性格完全一样？"

"没错，就是这样！我们正在为政府研发一种绝密的射线。这是一种放大射线，可以让物体变大。我们想要种植更大的……嗯……比如说更大的玉米棒，好为饥饿的人提供更多粮食。巨大的玉米棒子，大得足以养活一家八口人，所以这是一项重要的工作，是必不可缺的工作。有一天，我们将射线对准一片玉米地，一个年轻人正好走到了射线和玉米之间，或许他是在追球或者其他什么东西，这不是重点，然后——"

"喂，你们两个在那儿聊什么呢？"

"马上，谢利尔德！就这样，这个男人开始越变越大。我们必须保密，因为一旦被政府发现，他们就会把他作为对抗苏联的秘密武器，而我们喜欢这个孩子，想要保护他。"

"我觉得怪怪的，奇克——"

"就这样，我们把他藏在树林里，把我们自己种的大型蔬菜全都喂给他吃。玉米棒子、西红柿、巨型大米，每粒米都有 30 厘米长。就这样过了几周，我们发现这些巨型蔬菜发生了变化，可能变得暴力了起来。"

"暴力的蔬菜？"

"具体细节我还在想，但我觉得可以这样。这些蔬菜开始露出丑恶的嘴脸并变得有毒。因此，物理学家们意识到，同样的变化也会发生在这个年轻人身上。他们努力想赶在毒性将我们的巨人朋友摧毁之前发明一种解药，但是什么都不管用，巨人情绪失控，想把他们杀掉。最后，他们便用一颗原子弹把他给炸飞了。"

"哦。哇。我真是没想到……这结尾有点突兀。"

"情节发展很自然。"

"这是一部喜剧吗？"

"和所有喜剧一样，效果要在实践过程中才能彰显。"

"观众看完这部电影，估计要狠狠'践'踏我们呢。"

"巴德，你的文字游戏玩得真好。我为你感到骄傲，但是，观众是不会践踏我们的。这部电影是我们脱离窘境的法宝。片子里什么元素都有：悲情、浪漫——"

"你刚才可没提过任何浪漫情节。"

"这还用说吗，里面肯定会有一个情人的角色。"

"只有一个情人？咱们俩只有一个情人？"

"思想别这么偏狭，这可是 20 世纪 60 年代。"

"我不知道'偏狭'是什么意思。再说了，我们从来也没拍成过一部电影。所以，这部电影可能也永远做不出来。"

"现在有了谢利尔德，一切都不同了。"

"我刚才听到你们提我名字了吗？"谢利尔德喊道。

"稍等一下，亲爱的。"莫洛伊喊道，然后又对马德说："另外，帕蒂有个姐妹，她的孩子是个独立电影制片人，拍那种怪兽烂片。"

"杰拉尔德？"

"我又听到有人叫我的名字了吗？"

"不，我说的是杰拉尔德，不是谢利尔德。"莫洛伊喊道。

"好吧，"谢利尔德说，"我就在这儿，随时叫我。"

"杰拉尔德已经长大成人了？老天啊。搞得我心里空落落的。"

"言归正传，如果杰拉尔德想让谢利尔德出镜——他一定想的，那我们也要一起出演。这是死条件。"

"我听到我的名字两次了。'如果谢利尔德想让谢利尔德出镜'。"

"我们只提了一次。对了，亲爱的，你有多高？"莫洛伊喊道。

"我吗？"

"没错，宝贝儿。"

"8.8 米。"

"真的吗？你看上去要更高些。"

"是竖条纹给衬的。我的衣服是妈妈用熏蒸帐篷布缝的。"

"嗯，好吧。你的身高不够。我们起码得打败科斯特洛——他有个身高三丈的新娘，所以 8.8 米还差着火候呢。"莫洛伊说道。

他来回踱起步来。

"我觉得，身高并不代表一切，"莫洛伊说，"如果……如果我们给他加上鞋垫呢？差不多 90 厘米就行，让他的个子达到 9.7 米。这样我们就比科斯特洛高出一头了，另外——喂，谢利尔德？"

"什么事？"

"你愿意穿增高鞋垫吗？"

"我不知道'增高鞋垫'是什么意思。"

"就是增高鞋垫啊。放在你的鞋子里，让你显得更高。"

"我的鞋子是我妈用冰柜做的。虽然是冰柜做的，她却把这些鞋子叫作'没盖的鲱鱼箱'，她告诉我，这种说法出自一首关于大脚女孩的歌曲[1]。但我不是女孩，我的鞋子是冰柜，而不是鲱鱼箱，我觉得鲱鱼箱可能太小了，除非是那种专门放很多鲱鱼的箱子。一条鲱鱼有多大呀？"

"你的话很有意思，但你没有回答我的问题，不知道你还记不记得，我刚才问你愿不愿意在鞋子里加增高垫来着？"

"愿意，但是为什么呢？现在的我已经够高了，差不多 8.8 米呢。"

"差不多？"

"嗯，8.7 米吧。"

"老天啊。真是越搅越浑了。你愿意穿 1 米高的鞋垫吗？"

"应该没问题吧，但是——"

---

1 "没盖的鲱鱼箱"原文为"herring boxes without topses"，意为"开口凉鞋"。美国民谣《我亲爱的克莱门汀》中提到了这种鞋：克莱门汀的脚太大，只能穿开口鞋。这首民谣后被改编成中文歌曲《新年好》。

"你到底还想不想成为电影明星了，谢利尔德？很多明星都穿内增高鞋垫呢。艾伦·拉德、詹姆斯·卡格尼、布吉斯·梅迪斯。我预测在未来，阿尔·帕西诺也会穿内增高鞋垫的。"

"我还从没看过电影呢。镇上的电影院我进不去，所以没机会看。"

"你不知道电影是什么吗？"

"我妈跟我描述过。根据我的理解，电影就像一块平板，上面有一幅画，但是这幅画能动、会发声，还有音乐。所以，按照我妈的描述，电影就像是一幅会动的照片，而且这些照片会讲故事，还配着音乐。那块平板叫作屏幕。"

"对，没错。你想出演电影吗？"

"我一直都想当个电影明星。"

"很好。你就在这儿等着，我们过几天就带着出钱的朋友回来。"

"你们不想知道我为什么这么高吗？"

莫洛伊扫了一眼手表。

"嗯，行，好吧。快说。"

"辐射。"

"这么神奇？好，太好了，谢谢你告诉我。哪儿也别去，我们去去就来。"

"我就在这儿。我哪儿也去不了。我妈说了，镇上的人如果看到我，就会把我当成来自地狱的恶魔，会要我的命的。我妈总是这么说，电影的事儿也是她告诉我的。"

"真奇怪，这一带的居民这么容易情绪躁动。"

51

　　我衰老的速度是否与我的同辈一样？我的大学室友、为我出版作品的阿维德·奇姆，看上去就要比我年轻。他是同学中我唯一保持联系的人，是不是因为他是其中比较成功的一位？这有待商榷，但也有可能。更重要的是，我觉得他的生活非常充实：娶了一位来自费城富人区、可爱又有钱的姑娘，育有三个我觉得年龄应该各不相同的孩子，这就是阿维德梦想中的生活。我为自己设想的生活并不是这样的，而没有过上这样的生活，对我来说绝对是如愿以偿，但我也没有过上自己想要的生活。我有成为过谁的终极情人吗？这是我年轻时的梦想。我想获得一种恒久的爱：激情的火焰、啜泣、狂喜，意识到自己离开另一半就没法活，或是不愿苟活。这是特里斯坦与伊索尔德的爱，是阿尔伯拉与埃洛伊斯的爱，是罗密欧与朱丽叶的爱。我知道我会得到这种爱。我知道没有这种爱，我就不会完整。但是，我未曾得到这种爱。我的恋爱史是一场场漫长艰难的交涉、迁就和妥协。我当然知道，如此美好的爱情在现实中是难以达成的。我知道我想追求的那种联系只是一重幻觉、一种投射……对此我再清楚不过了。我心中有数，因此从未主动寻找过这种关系。

我从未通过残酷而无情的试错来切身体会这种不可企及的关系，这个问题一直未解，一直存在于我的内心深处，我觉得我可能已经错过了机会，已经让我的灵魂伴侣——我真正的灵魂伴侣与我擦肩而过，我犯下了一个弥天大错，表现出了一个极大的性格弱点，而之后发生的一切，都是这个大错的结果。这是宇宙在表达对我的不满，惩罚我的未老先衰。如果我追寻了自己的天命，是否就会拥有浓密的头发和光滑闪亮的皮肤呢？我觉得可能会吧。如果我跟随自己的真心，现在又会在哪里呢？我常常会这样思忖。

年轻时的我，曾经对一个可人儿神魂颠倒。她似乎对我也有类似的感觉。我们在工作中以一种无伤大雅的方式打情骂俏（那时我们在纽约一家著名的高档精品酒店担任接待员）。名字我就不说了，但你肯定听说过她。当时的我已经结了婚，结婚太早，婚姻生活并不快乐，但她意外怀了孩子，于是我便尽了男人的责任。简而言之，我就是这样一个人。我是个负责任的人。我是个好人。我总会做正确的事，但做正确的事就是正确的选择吗？抑或只是懦夫的选择？这种选择不会掀起什么波澜，也不会惹出什么是非。若说爱情电影教会了我什么的话，那就是所谓的负责任，其实是对自己的不负责、对宇宙的不负责、对故事的不负责——即便对那些被我们抛弃和残忍辜负的人来说，也是一种不负责。因为与她、他或彼坦诚相见，不是更好吗？我觉得或许是这样的。到头来，我的婚姻还是分崩离析了。她恋上了一位艺术评论家，虽然只是个平庸之辈，但一切都太晚了。"我的真命接待员"（我们曾经这样打趣地称呼彼此）也嫁给了一位艺术评论家，跟我前妻恋上的艺术评论家不是同一个人，在平庸上却如出一辙。生命竟有如此巧合的对称，简直让人惊叹。她告诉我，她非常幸福，甚至欣喜若狂，即便我总觉得她的话听上去有所保留。就这样，我的人生变得一团糟，而我也日渐衰老。我看上去闷闷不乐，简直痛不欲生。我夜不能寐，需要靠吃药来对付。问题不全出在她身上，但如果生命中有了她，我便能接受其他的失败，然而她不属于我，所以事业上的失败格外凸显出来。从某种意义上说，让我无力追寻真爱的懦弱也妨碍了我勇敢追求自己的理想职业。哦，对了，我拍过一部电影，是用嫁到有钱人家的姐姐借给我的钱克勤克俭拍出来的。这部电影并没有如我想象的那样为我的事业带来起色，但时至今日，我仍然觉得它应该是我事业的转机。作为一位拥有战后欧洲电影博士学位的客观公正的专业评论家，我认为它或许要算是过去二十年里最出色的电影。当然，它也是有问题的，我不会否认这一点。首先，这部片子领先于所在的时代几十载。另外，我也要承认，它或许会让观众们情感透支。绝大多数观众所寻求的，并不是一种强烈得无以复加的体验，不是那种让他们肝肠寸断、能够永远改变他们的体验。除此之外还有那些影评人，归根结底来说，他们就是嫉妒。他们也想成为电影人，无奈却没有天赋，便用各种相对负面的评论表达自己的愤怒，更有甚者拒绝对我的影片发表评论。

"你又跑题了。"

鲁尼和嘟多正在大房子场景的前门处等待着导演的指示。鲁尼抽着雪茄，嘟多做了几个伸屈膝。屋里传出一个声音。

"我雇的那两个木工在哪儿呢？他们半小时前就应该到了！"

鲁尼拿起雪茄吸了最后一口，扔在地板上，用脚踩灭，挥手让烟气散去，然后敲了敲门。脚步声响起，门开了，弗农·登特的人偶出现在眼前。

"终于来了！你们迟到了。"

"对不起，先生，"嘟多说，"我们在磨锤子呢。"

"好吧，别磨蹭了，快进来。还有工作要做呢。"

鲁尼和嘟多走进屋去。

"老板，您需要什么服务？"

"我要你们搭一条通往二楼的楼梯。"

"我们不——"

"没问题，老板。"

"我两小时后回来，你们要在那之前搭好。"

"但我们不知道——"

"小菜一碟。通到二楼的楼梯，交给我们吧。"

"好的。两小时，一秒不能多，一秒不能少，否则你俩就别想
再在镇上搭楼梯了。"

"好的，两小时。"

"你俩最好别搞砸。"

"但是——"

"没问题，老板。"

弗农·登特点点头，走开了。

"我们根本不知道怎么搭楼梯呀，乔。"

"这根本不是问题。先搭一个台阶，站在上面，然后再搭一个，
然后是下一个，直到搭上二楼。"

"就这么简单？"

"就这么简单。小菜一碟。"

"搭一个台阶，站上去，再搭一个台阶，直到通上二楼？"

"没错。"

"好吧。"

"那就开始工作吧。"

"我吗？"

"没错，就是你。"

"那你干什么？"

"我负责管理。"

"好吧。"

一阵长长的沉默，鲁尼调整好他的工具腰带，测量好木块，检查好锯子，活动了一下手指关节，又重新调整工具腰带。嘟多只是在一旁看着他。

"乔？"鲁尼开口。

"怎么了？"

"我不知道怎么搭台阶。"

"那你还好意思说自己是木匠。"

"我没说自己是木匠，是你说的。"

"因为我那时对你有信心。我现在都不知道怎么面对你了，我以你为耻。"

"但是——"

"是你让我们栽到这个烂摊子里的。赶紧想办法，把活儿做好。"

"好吧，乔。"

鲁尼试探性地拿起一块木头、一把锤子和一颗钉子。他抬头看着嘟多。

"快干活！"嘟多说。

在开始锤打前，鲁尼进行了一套复杂的仪式，他拉伸双臂、扭动手指，最后用锤子和钉子砸穿一块木板。整个房子摇晃起来。鲁尼和嘟多一脸吃惊地抬起头来，只见一堵墙朝着他们坍塌下来。鲁尼把嘟多拽到屋里的一个地方。那堵墙向屋内倒下，两个人安然无恙，因为鲁尼把嘟多拽到了一扇打开的窗子中。房子的墙壁一堵堵倒下，这场"舞蹈"又重复了五次。每一次，鲁尼都领着嘟多逃跑，把他不偏不倚地带到打开的窗子中。墙壁倒完后，房子倒塌在地，但鲁尼和嘟多毫发无伤。摄制组人员爆发出如雷的掌声。

《综艺》杂志影评：

　　《抹墙奇遇》让我们认识了鲁尼和嘟多这对为人带来欢笑的新晋喜剧二人组，对于这部电影，我们该如何评价呢？从某种程度来说，虽然它借鉴了阿伯特和科斯特洛的喜剧中多次使用过的"包袱"，但这个新人组合却在其中加入了博人眼球的肢体效果。实际上，电影中的肢体动作，或许要算是电影史上最精彩的视觉笑料。电影史专业的学生们肯定都记得巴斯特·基顿1920年的无声电影《一周》，其中的一个笑料，便是一座房子朝我们倒霉的主人公倒去，但他碰巧站在一扇打开的窗户边，因此奇迹般安然无恙地躲过一劫。想象一下，鲁尼和嘟多在一座坍塌的房子里从一个房间跑到另一个房间，不止一次，而是连续六次死里逃生，等于将这手绝活重复了多次。这个大胆的创举，让鲁尼和嘟多在动作喜剧领域上升到了新的境界。自从有声电影问世以来，喜剧电影便开始朝完全凭借语言表达的笑料发展。出于这个原因，新一代喜剧演员并未锻炼出默片时代的演员经歌舞杂耍培训出来的身体技能。对于那些很快就厌倦了阿伯特与科斯特洛千篇一律的插科打诨的观众,这很让人扫兴。若是少了这种精彩的动作特技,或许《抹墙奇遇》只能被视为一部模仿之作、一部二流的阿伯特和科斯特洛式电影,然而,有了这精彩的神来一笔,我们便能将这部片子迎进史上所有经典电影的万神殿之中了。

*

我正在睡椅上辗转反侧,思忖着资金问题和该留下怎样的名声,突然之间,我心生一计。这个计谋非常巧妙,能让我腰缠万贯,把英戈的电影完整翻拍出来都绰绰有余,一石二鸟地解决我既没钱又没名的问题。

我敲响了马乔里·晨星的窗户。她拉开窗帘,冷冷地打量着我,透过仍然紧闭的窗户对我说:"干吗?"

"我想跟你简单讨论点事情。"我说。

"什么事?"

"我可以进来吗?我有个主意。"

她夸张地叹了口气,那声音透过她新装的双层隔音玻璃都能听到。她打开窗户,让到一边。

"谢谢你,马乔里·晨星。"

她点点头。我开门见山地说出了我的提议。

"长途公路旅行中最糟的事情是什么?"

"呃,我不知道,是什么?"她问。

"猜猜看。你得先猜猜。"

"腿抽筋。"

"什么？"

"踩油门的时间太久，我的腿会抽筋。"

"这也太荒谬了！"

"你让我猜，我就把答案告诉你呗。"

"但你的回答不对。"

"行啊，那你就直接告诉我呗。我正忙着呢。"

她的床上正躺着一个急不可耐的男人。

"上脏兮兮的厕所。"

"哦。好吧。我其实正忙着——"

"你喜欢脏厕所吗？"

"不喜——"

"那就对了，没人喜欢脏厕所。因此，我要给劲猛餐厅的老板一个商业提案。"

"哦。"

"希望你能帮我引荐一下。"

"你想建议他们把餐厅厕所打扫干净？"

"我想开许多高速公路豪华连锁卫生间。我需要资金。我知道，这是一个宏大的想法。只需象征性地支付 3 美元左右的费用，你就可以尽享不留阴影的如厕体验了。"

"我不觉得我能——"

"你只用引荐就行。为了答谢你的付出，我会给你分 20% 的收益。据估计，有 2.2 亿人平均每天都会在汽车里待上九十分钟的时间。保守地说，假设八分之一善良诚实的人愿意花 3 美元使用干净奢华的厕所，那就是每天 2700 万人。按 3 美元一次算，一天就有 8100 万美元！因此，如果劲猛餐厅的母公司——"

"病虫害北美控股公司。"

"真的吗？哇，没想到会是这种名字。好吧。如果病虫害公司分我 1%，那我每天就能拿到 81 万美元，一年就是 2.95 亿美元，从中分给你 20%，也就是差不多 1500 万美元。这是一年的收益。"

"我不觉得——"

"假设我的估算差了十倍——这当然是不可能的，因为我毕竟在哈佛辅修过商业战略学——这笔收入仍有 150 万。都归你。这是一年的量。"

"为旅客提供私人厕所？"

"是的。我取的名字是'一间自己的厕所'。"

"嗯。"

"伍尔夫的梗[1]。"我补充道。

"行吧。"

"弗吉尼亚·伍尔夫。"

"好吧。"

那个裸男的兴致消退了下去，他站起身来，朝浴室走去。

"这个名字有为厕所贴金的效果。我指的不是那部梅尔文·弗兰克执导、乔治·席格（不是那位同名雕塑家，后者可棒了！）主演的蠢电影[2]，尽管我不得不承认，席格在迈克·尼科尔斯导演的《谁

---

1 弗吉尼亚·伍尔夫著有文章《一间自己的房间》。
2 此处指 1973 年的喜剧电影《金屋梦痕》，英文名为 "A Touch of Class"，有 "贴金" 之意。

害怕弗吉尼亚·伍尔夫？》里扮演那个演奏班卓琴的哈尼[1]时确实可圈可点。这么说来，我们又兜回了伍尔夫。"

"好吧。"

"真的？"

"好吧。"

"太棒了！"

"让我给老板打个电话，看看能不能安排一下。"

"太好了！"

我站在那里，她也站在那里，目光在我和窗户之间来回扫视。

"你走后我再打。"

"好的。"

我转身离开。

"别跟他们说太多！"我透过已被关上的窗户喊道，"让我去说！"

1　B 的记忆有误，哈尼其实是影片中乔治·席格饰演角色的妻子。

52

鲁尼和嘟多在一家拥挤而备受欢迎的好莱坞酒吧中啜饮着马提尼。路过的行人带着赞许轻拍他们的后背。两人是镇上的风云人物。阿伯特和科斯特洛在男厕隔壁角落的桌旁远远看着，面露愠色，遭人冷落。"电影厂希望我们尽快再拍一部电影。"嘟多说。

"太棒了。我们上道了。"

"他们希望这部电影里能有更多的动作特技。"

"但是我们不会特技呀。"

"大家都觉得我们会。他们想让我们在下一部电影里表演更刺激的特技。"

"那次特技是个意外。"

"别人不知道呀。"

"我们得告诉他们。"

"不行。他们想让我们再拍一部电影，就是因为这个。"

"我们上次全凭运气。"

"好吧，这次我们也会走运的。"

"我不确定。"

"看，他们列了一张单子，上面是五个他们想看的特技。"

"有五个？"

"是的。让我看看……第一，鲁尼——"

"说的是我。当然了。"

"没错。鲁尼从一辆失控的自动倾卸货车中弹射到一棵树上，而一位伐木工正在砍伐这棵树。"

"我可不想做这个。"

"第二，鲁尼被火车撞。"

"这算哪门子笑料？我被火车撞？"

"上面是这样写的。"

"这有什么好笑的？"

"因为你很好笑。事情发生在你身上，你让这些事情显得好笑。第三，假装自己有100岁（原因你们俩自己编吧）的鲁尼在吹灭蛋糕上的100根蜡烛时引火烧身。"

"又是鲁尼？"

嘟多仔细看了看清单。

"是的，没错。"

"我觉得这不合理。"

"他们是出钱的主儿。第四，嘟多——"

"终于轮到你了！"

"——奋力援救挂在廉租公寓五楼晾衣绳上的鲁尼，但失败了。鲁尼穿过四层楼的晾衣绳跌落下来，裹了一身女人的衣服。"

"我可不要穿女装。这是我的底线。"

"第五，鲁尼安逸地坐在椅子上看书——"

"行，这我能做到。"

"——椅子从飞机上掉了下来。"

"我为什么能安逸地坐在从飞机上掉下来的椅子上呢？"

"他们说这部分还是由我们来构思。他们不愿在工作上对我们指手画脚，给我们留了很大的自由空间。"

"好吧，这些特技我都不做。"

"你想毁了我们的事业？"

"我只是不想把老命丢了而已。"

"哼，简直太自私了。"

*

我只求没人来烦我。我只求在这辆巴士上保有自己的一亩三分地。这块小小的领地是我花钱买的，不是吗？作为一个人，我有不侵犯别人领地的觉悟，你们没发现吗？但你们却毫不在意别人是否舒适。我后面的人把一双光着的脚一直伸到我的搁脚蹬上，我邻座的手肘和膝盖已经深深入侵了我的领地。世界上所有的问题，都可以归结为乘公交的礼仪问题。我的同胞们，你们难道不明白，如果你们在这个被分配到的、小得荒谬的空间里感到不适，那旁边的人也可能会感到不舒服吗？我觉得你们不明白。我不相信你们有能力去考虑自己动物需求之外的任何事。抑或，还有一种更可怕的可能性：你们明白，却通过阴险地折磨别人获得某种施虐的快感，就像舞动你们那巨大的生殖器带来的快感一样，因为，没错，干这种事的一般都是男人。女人管这种行为叫"直男说教"——不对，不是这个词，女人管这种行为叫"直男占座"，让我为自己所从属的这个卑鄙的性别群体而羞愧。我的人生已经够糟了。我把职业生涯中最重要的作品弄丢了，而事实证明，寻回它的过程既痛苦又漫长。或许，我根本就没有记起任何东西，只是瞎编一气，甚至受到了一位邪恶催眠师的操控摆布。你们这些人考虑过这一点吗？根本没有，你们甚至不问我为何要在公交车上抽泣。或许你们对这不感兴趣。或许你们觉得，我只是一个像成年女人一样啜泣的可悲的成年男人。或许我让你们感到厌恶。好吧，或许有问题的是你们，不是我。或许你们才是令人厌恶的一方。或许你们在生活中从未对任何事物上心，不会因为失去它而抽泣。如果真是这样，那应该换我怜悯你们才对。在野蛮粗鄙的生活中，你们体验到的，只是攫取不属于你们的东西、去到那些不欢迎你们的地方、将手肘伸进别人合法购买的地盘时所产生的微渺快感。然后，你们便一命呜呼。恭喜你们：这就是你们的一生。我希望你们对这样的一生感到满意。我希望你们在弥留之际不会因为从未感受过爱、快乐或失去而后悔。没错，失去。失去的体验，会带来一种震撼人心的甘美惆怅。这是生活的香料架上最可口也最刺激的香料。老兄，可惜你们是永远也品尝不到咯。我猜，这种香料与汉堡和啤酒一点都不搭。

　　等一下，街上的人是小丑劳里吗？可能是。真的有可能是。我拉响下车铃，出了车门，跟在她的身后。我还在哭泣，我想如果我能跟这个可能是小丑劳里的人靠得足够近，或许就能确定这是不是她。她开始拨电话。真是老天有眼，这样我就能听到她的声音了，让问题迎刃而解。如果真的是她，我不确定自己会怎么做，但我觉得再续前缘不是没可能。从她的角度看，我离开的那天晚上是遇到了一些紧急情况，同时因为她被列入了证人保护计划，我也没法致电道歉。就这么办。我要告诉她我遇到了一些紧急情况。否则我为什么不告而别呢？一定有什么理由。要找些够硬的理由。或许我接到了通知，说我的公寓楼着火了。她走在我前面，我看着她的屁股。她的屁股不赖。坦白说，小丑劳里的屁股长什么样，我已经记得了。我记得自己只看过她的脸，因为我对她脸上的小丑元素是如此情有独钟。也许我可以解释，那晚离开前我什么也没说，是因为我得了某种突发性失声症，一种突然没法说话的病。我慌了手脚，只能跑到医院买发声药。医生告诉我，我得的是歇斯底里失声症。这种病并不像听上去那么不寻常。这个理由不错，不过说"心理性失声症"会更好些，以免让人联想到"歇斯底里"一词的父权主义厌女色彩[1]。我不大了解小丑劳里对女性问题的敏感度，但不管怎样，如果我解释说自己不喜欢把严重的感情问题定性为歇斯底里症，这对我来说只能是加分项。我突然想起一部叫作《改编剧本》的电影，它不仅拙劣得无以复加，主题也让人不适，编剧则是碌碌庸才查理·考夫曼。在其中一幕戏里，尼古拉斯·凯奇（他扮演了考夫曼兄弟两个人！这是考夫曼最厚颜无耻的自恋伎俩）跟踪了梅丽尔·斯特里普饰演的才华横溢的《纽约客》作家苏珊·奥尔琳。这部电影就是围绕着恶魔般的考夫曼兄弟对奥尔琳的跟踪展开的，也让我不得不质疑起自己当下的所作所为。难道我想成为现实中的考夫曼兄弟，在纽约的穷街陋巷跟踪那些毫无戒心的女人，然后漫不经心地吓唬她们吗？不。我不想和他有丝毫相似之处，那只可悲的黄鼠狼、那个矮小可怜的犹太编剧、那个山寨版马尔科姆·格拉德

---

1 "歇斯底里"一词在英文中常被用来形容女人。

威尔[1]，那个——

　　一声汽车喇叭响起，一位肩上扛着一块长木板的工人突然转身，木板重重打在了我的脸上。我飞了出去，头朝下落在垃圾桶里。垃圾桶里有一纸盘别人扔的烤干酪玉米片，奶酪沾满了我的胡子。那个工人跑到我的身边，用某种难听的语言向我道歉。我感觉他不希望我找他麻烦，因为他应该是个黑工。作为一个精通五种语言（阿尔奇语、艾马拉语、马尔加什语、罗托卡特语和西尔博·戈梅罗口哨语）且熟悉另外六种语言（乔克托语、凯萨那语、翁果塔语、纳杰雷普语、葡萄牙语和尤皮克语）的人，我很吃惊，对于这个男人疯癫的胡言乱语，我竟完全听不出头绪。这或许是因为我的注意力被三件事所分散：一是他那惶恐不安的状态，二是我被可乐浇湿的额头上鼓出了一个鹅蛋大小的包，三是困惑于这种事为何老是让我遇上——这个问题已困扰我多时。可能是小丑劳里的那个人早就走了。工人叽里呱啦地说个不停，像是在恳求什么，让我本来就难忍的头疼更严重了。我灵机一动，试着用马尔加什语对他说：

"Tsara daholo ny zava-drehetra."

什么回应也没有。

*

　　在巴拉西尼的诊所，惺惺作态、假意关心的讨厌鬼蔡小姐在我身边走来走去，在我可怜的脑袋旁边嘀咕个不停，简直让人忍无可忍。不，我不需要冰袋。不，我不需要她把我带到急诊室。不，我

<hr>

1　马尔科姆·格拉德威尔：《纽约客》杂志撰稿人、畅销书作家，与查理·考夫曼外形有些相像。

不需要吃两片阿司匹林。我不喝茶，也不喝水。不，我就喜欢胡子上沾满奶酪。老天爷啊，女人，拜托你别再烦我了。

巴拉西尼把我叫到办公室的时候，我们以男性的默契对彼此不耐烦地翻了翻白眼。

"讲吧。"

《马德和莫洛伊与10米巨人》在穷乡僻壤的院线巡回放映，首映礼在亚拉巴马州的蒙哥马利举办，谢利尔德被安排在首映结束后亮相，向观众们展示他是个真正的巨人。现在，他被塞在剧场外停着的两辆半挂式卡车连起来的车厢中。

莫洛伊在街上踱来踱去。马德抽着烟，盯着指甲根的角质层发呆。莫洛伊的眼睛亮了起来。

"我建议我们把卡车开到乡下去。"他说。

"为什么？"马德问道。

"他们想把谢利尔德打造成焦点，我们的表演，我们时而滑稽可笑时而充满戏剧张力的表演，肯定会在这股即将到来的'怪胎热'中被埋没。这部电影本该是我们摆脱窘境的门票，不是谢利尔德的。这是我们辛苦挣来的，他只是个怪胎而已。怪胎，怪胎，怪胎！"

"我不知道欸，奇克。他是个好孩子。拐走孩子就是绑架。"

"他是个怪胎。绑架怪胎是完全合法的。"

"你知道我的意思。他是个年轻人，再说即使是怪胎也不能被拐卖。我虽然不确定拐走怪胎是什么罪名，但我知道这是违法的。"

"绑架怪胎完全合法，我刚刚告诉过你了。"

"好吧。"

"这可是我们摆脱窘境的门票，巴德。至少事情应该这样发展。

我已经可以想象博斯利·克劳瑟会在《纽约时报》上怎么说了：'马德和莫洛伊这个被严重低估的喜剧二人组，终于得到了他们应有的赞誉。两人的表演既生机勃勃又令人肝肠寸断，既欢快明朗又让人扼腕，既有趣又无聊，这对制造欢笑的大师向我们揭示出两人"绝技"的诸多层次，我不禁屏住呼吸，拭目以待他们的下一次电影表演。'在克劳瑟刊出影评后，我们就可以把谢利尔德送回去。到了那时，主角就成了我们。"

"我不确定欸，奇克。"

"上车吧。"

"你说的是卡车[1]？"

"对，就是卡车。"

"好吧。"

两人开车离开。

剧院里，杰拉尔德·芬伯格在后排来回踱步。他是莫洛伊前妻的外甥，是位年轻的制片人。银幕上的马德和莫洛伊准备杀死巨人时，观众们仿佛屏住了呼吸，只见巨人坐在悬崖上，惆怅地望着傍晚的天空。

"看看远处的日落吧，马蒂，"莫洛伊的角色说，"很美，不是吗？"

"真的很美，威廉姆斯博士。"

"你应该叫我罗伯特。"

"真的吗？谢谢您！"年轻的巨人说。

"马蒂，你听好了，不要回头看。"马德的角色说。

1　莫洛伊的原话为"get in the cab"，"cab"既可理解为出租车，也有"卡车驾驶舱"之意。

"你们是不是给我准备了个惊喜？"

"是的，因为我们爱你。"

"哎呀呀，我也爱你们。"马蒂说。

这时，马德和莫洛伊拔出手枪，朝巨人开枪。

他们开了很多很多次枪，因为他们的子弹和马蒂的身体比起来实在是太小了。他终于停止了呼吸，滑下悬崖，掉进了峡谷。

马德和莫洛伊相拥而泣。观众席里的女人们哭了起来，男人们则红了双眼。

芬伯格不敢相信观众的反响这么好。他赶忙跑到外面，为巨人的亮相做准备。人们一离开剧院，真正的谢利尔德便会自己从卡车中爬出。这将成为有史以来最轰动的电影。"这就是帮我摆脱困境的门票。"他对卖爆米花的女孩说道。

播放演职人员名单的时候，我跟着他走出了剧院，却突然想起了"艾伦"这个名字。艾伦。艾伦。这是怎么回事？ 这个名字为什么在我脑中挥之不去？

卡车不见了。

"怎么会——"他说道。

芬伯格在街道上跑来跑去，大声喊着："糟糕。糟糕。糟糕。"

剧院的门突然被打开，观众奔涌而出，聊得眉飞色舞。

"真是捡到宝了！"一位中年妇女说。

"我的老天啊！ 他可真俊！"另一个女人说。

"只要能和那个壮汉约一次会，我什么代价都愿意付出！"第三个女人说。

"那当然，"第四个女人说，"嗯……我想知道他在现实生活中有多高。"

"他至少得有 1.83 米，从他修长的四肢就看得出来。"

"嗯，这身高真完美。"

"我同意。我也喜欢高大的男人，但超过 1.9 米就有点吓人了。"

"我同意。1.83 米到 1.88 米正合适。"

"我等不及看到他的下一次表演了。希望是一部浪漫喜剧。"

"嗯，我也是。"

"我也是。"

"哦，我也是，最好是跟多丽丝·戴演对手戏！"

芬伯格跟在聊天的女人们身后又走过了三个街区。她们已经不再说话，但他要确保万无一失。

"嗯，我也是。"最后一个女人终于开口了。

芬伯格得到了确凿的答案。

53

《好莱坞报道》影评：

　　在《老兄，你好吗？[1]》这部电影中，鲁尼和嘟多对养蜂行业[1]进行了一次充满喜感的探索，用"不忍直视"来形容观影体验实在是太过轻描淡写了。看到两人身体遭受的无情甚至是残忍的折磨（到目前为止，鲁尼是两人之中受伤更严重的），观众的心灵会受到极大摧残。当然，好玩的笑料比比皆是。不消说，鲁尼穿过一根根晾衣绳摔下、最后裹了一身女装的桥段，是要宝场景中比较精彩的一段。但在鲁尼落地时，他的腿骨已有五处断裂，股骨从右大腿的皮肉（和女式丝袜）中穿出，让观众们的笑声稍微有所缓和。

　　在一家拥挤的好莱坞著名酒吧，鲁尼和嘟多在一张小桌旁冷冷清清地坐着，旁边一桌紧挨男厕，坐的是阿伯特和科斯特洛。

---

1 《老兄，你好吗？》片名原文为 "What's Buzzin', Cousin?"，其中 "buzzin'" 一词有 "蜜蜂嗡鸣" 的意思。

"现在怎么办？"鲁尼问道。

"我觉得我们的喜剧电影生涯已经走到头了，"嘟多说道，"没人愿意看残疾人用力搞笑。"

"观众会感到不适的。"

"我理解他们。"

"我知道，我知道。我不是在指责观众。"

"这不是他们的错。"

"我知道。"

"但是，我们现在的处境很棘手。"

"除了表演喜剧，我们没有什么别的技能。"

"表孤院没有开设更全面的课程，真是一大憾事。"

"我连数学课都没上过。"

"我只上过艺人数学课。"

"那门课只是教你怎么表演出做数学题的样子。"

"没错，是帮你为扮演科学家之类的角色做准备。"

"现在自食其果的是我们。"

"我们该怎么办？"

"去做现场表演？也许正统的剧院才是真正适合我们的地方。"

"像表演《地狱机械舞》[1]那样？"

"反正那部剧把奥尔森和约翰逊捧红了。薪水虽然不像演电影那么优渥，但是——"

"作品好就行。"

---

1 《地狱机械舞》：百老汇歌舞剧，1941年被改编为电影，由奥勒·奥尔森和奇克·约翰逊主演。

"隔着一段距离，人们就不容易看到我们身上的丑陋伤疤了。"

"我脑子里一直有个想法：做一部跟地狱有关的音乐剧。"

"反正奥尔森和约翰逊是捡到宝了，他们的作品就叫《地狱机械舞》。你的叫什么？"

"《哈迪斯和两兄弟》[1]。"

"挺好的，是句双关语。"

*

我被小丑鞋公司开除了。没有人告诉我原因，但我怀疑这件事跟小丑劳里有关。我怀疑是那个喋喋不休的工人引得她回头看到了我，然后向公司人力部门告发了我的小众癖好。这是我的怀疑，除此之外，不可能有其他的解释。

"讲吧。"

《哈迪斯和两兄弟》在百老汇上演，获得了如潮的好评。鲁尼和嘟多再次获得了喜剧天才的美誉，许多评论文章开篇便指出，弗朗西斯·斯科特·基——我是说弗朗西斯·斯科特·基·菲茨杰拉德说错了，美国人的生命中是有第二幕的[2]，鲁尼和嘟多就正在经历他们人生的第二幕。这是明证，证明了它们确实存在——是人生第二幕确实存在，而不是鲁尼和嘟多确实存在。剪报服务人员给阿伯特和科斯特洛寄来了《纽约时报》上的评论：

弗朗西斯·斯科特·基曾说，美国人的生命中没有第二幕，

1　哈迪斯是希腊神话中的冥王。这个剧名与"女士们先生们"谐音。
2　菲茨杰拉德曾在《最后的大亨》中写道："美国人的生命中是没有第二幕的。"

但你看，鲁尼和嘟多这部出奇搞笑的音乐剧《哈迪斯和两兄弟》就驳斥了这句老话，将弗朗西斯·斯科特·基·菲茨杰拉德永远抛入了历史的垃圾堆。鲁尼和嘟多重归舞台，他们的表现丝毫没有因为身上的可怕伤疤而打折扣。现在，这两个人走起了一度风光无限、现在却沦为可笑小丑的阿伯特和科斯特洛的老路，但我们不应因此看扁他们。他们的幽默机智是阿伯特和科斯特洛的千万倍，即便是全盛时期的阿伯特和科斯特洛。

阿伯特和科斯特洛坐在洛菲利兹的山腰。阿伯特抽着烟。

"鲁尼和嘟多，看来他们一时半会儿是不会销声匿迹了。我们怎么就没写出来《哈迪斯和两兄弟》呢？"

"我不知道，卢。这部剧挺好看的。让人耳目一新，还风趣机智。"

"得有人'照顾照顾'他们。"

"他们看起来过得挺好，所以——"

"巴德，我是说我们得赶紧对他们下手。"

"你是什么意思，卢？"

"就是这个意思：他们必须要买农场[1]了。"

"哪座农场呀，卢？你跟安妮在丹伯里看过的那座？"

"不是说他们真的要买农场！这只是一种比喻！"

"哦，好吧。"

"所以，我们需要——"

"我在想，这个比喻到底是什么意思呢？"

---

[1] "二战"时期的士兵们常说等战争结束后会买座农场，过安稳日子，后来"购买农场"被用来指代士兵阵亡。

"意思是，我们要杀了他们。"

"为什么是这个意思？买农场听上去是件好事。说'他们缺钱，只得变卖农场'或许更容易理解，但即便如此也有点别扭。"

"我们已经试图干掉他们一次了，你不记得了？"

"干掉鲁尼和嘟多？"

"不只是他们。"

*

现在的我丢了工作，付不起房租全款，因此，我招了一位室友。他叫多米尼克，是带着自己的睡椅过来的。因为我的藏书太多，多米尼克又收集了大量犰狳纪念品，我们需要把两把睡椅紧挨着放在一起，扶手相触，将犰狳纪念品在两侧摆开。这就好像我们俩在一辆满载犰狳的商用巴士上并肩而卧，感觉太过亲密了，而多米尼克偏偏又是个脑满肠肥的大胖子，会把手脚伸到椅子之外，搞得我俩经常争抢我的椅子扶手。我没法跟多米尼克直说，只能躺（坐）在那里，等他用放在扶手上的那只肥硕大手揉鼻子或挠痒痒，然后伺机占位。在这种情况下，我几乎彻夜难眠，而睡眠不足也逐渐开始影响了我的情绪。我想，我当初或许不该通过多米尼克的室友申请，但除了他，唯一的选项就是塞巴斯蒂亚诺了，而他是个腰带上挂着刀鞘、别着一把马波斯牌博伊刀的主儿。当时这似乎是个明摆着的选择，但塞巴斯蒂亚诺身材精瘦（他跟我说自己的身材堪比猎豹），可以绰绰有余地在睡椅中坐下。这个机遇已经与我擦肩而过，而且我后来才发现，多米尼克的腰带上也挂了一把带鞘的博伊刀，我只是因为他肚子上的层层肥肉没有看见罢了。

多米尼克在时代广场一家名叫"麋鹿头"的喜剧酒店里担任搞笑服务生，它仿照"大胖"罗斯科·阿巴克尔 1918 年的电影《大堂服务生》中的酒店而建。这是纽约新涌现的一批电影主题酒店中的一家。除此之外，当然也有《闪灵》中的眺望酒店、《布达佩斯大饭店》中的布达佩斯大饭店，以及索菲亚·科波拉电影中的两家酒店：《迷失东京》里的东京柏悦酒店和"某处"[1] 的马尔蒙庄园酒店——这个"某处"具体在哪儿，我已经记不清了。这些酒店的质量参差不齐。那家原名"广场饭店"的酒店，现已被人们称为"《小鬼当家 2》广场饭店"，位于中央公园东南角的黄金地段，周末能看到唐纳德·特朗普总统 24 小时不间断地客串大堂招待[2]，真是让人大饱眼福。他看上去疲惫凄凉，而且非常显老。东 64 街的费格利酒店是我非常看不顺眼的一家，其原型出自查理·考夫曼那部叫作《失常》的低成本（以他的标准来说！）电影。投资者们竟然认为，为这部带有厌女倾向、种族歧视、阶级歧视的四不像黏土动画电影搭建一座建筑以致敬是合理之举，这简直让我匪夷所思，顺便提一句，这部动画电影当时给制片公司带来了巨额损失。我想，某些自命不凡的冒牌知识分子肯定会愿意住在那里，但我们不该欢迎这种人来访这座城市。还不如建一座戈达尔 1985 年的杰作《侦探》里出现的康克德圣拉扎尔酒店呢（现在那里是巴黎歌剧院希尔顿酒店了）。相比待在杰瑞·刘易斯《五福临门》中枫丹白露酒店里的客人们，那些待在康克德圣拉扎尔酒店中的冒牌知识分子大可享受优越感，而真正的知识分子则会选择在其中一家入住，同时在另一家用餐，因为

1　此处意指索菲亚·科波拉 2010 年的电影《在某处》。

2　特朗普曾客串《小鬼当家 2》，扮演酒店中的一个路人。

他们知道，这两部作品都是电影圣殿中不可或缺的。

那些冒牌货不懂：贾德·阿帕图、杰瑞·刘易斯和肖恩·利维的作品，与雷乃、戈达尔和法斯宾德的作品一样有价值。我意识到，我们需要大笑，只要不去嘲笑他人，只要没有人因此受伤。我们的小丑和滑稽演员们、我们心地良善的"喜剧王子们"通过温和无害的滑稽动作博我们一笑，其实是在履行着一项神圣的职责。归根结底，喜剧是一种自古就有的娱乐形式。因此，我对红鼻头、肥大的裤子以及捶打膀胱的笑料都抱有崇敬之心。而我看不上眼的是那些屈尊俯就的喜剧演员，那些查理·考夫曼，那些皮威·赫曼，那些老罗伯特·唐尼（小罗伯特·唐尼则是个天才）。这三个男人（我将"男人"这个词放在当代最具讽刺意味的语境中）"六"手毁掉了可以追溯至远古的高雅幽默传统，将自己有毒的大男子主义、顺性别的白人男性特权、对小人物虚情假意的关心及厌女心态注入能够追溯至远古的一度纯洁而讨喜的艺术形态。他们为什么不能把女性当作人类看待，而是要将她们视为神秘之物、救世主和"梦中女郎"？或许，他们可以试着跟女性交朋友。或许，他们还是有点性生活为好。一辆卡车从我脚下的街道上隆隆驶过，把我的一堆堆书震塌。书本散落在我的脑袋上，将我完全掩埋。我挣扎着从书堆下面爬出来，像个醉汉一样在这狭小的空间里跌跌撞撞、头晕目眩、踉踉跄跄。

多米尼克在狭小的浴室里换好他的大堂服务员制服，然后从浴室里挤出来。他坚决不在我面前换衣服，还不止一次地指责我对他暗送秋波。

"出什么事了？"他问道。

"你看不出来吗？家里地方又不大。"

"我说'出什么事了'，其实是想问这事是怎么发生的。"

"哦，好吧，我能不能建议你以后直接把想法说出来，别让我琢磨？"

"好，但我还是想知道答案。"

"想知道这事是怎么发生的？"

"是的。"

"街上开过一辆卡车，引起的震动让书失去了平衡，掉在我身上。这是我的答案。"

"你看那本书。"

"哪本书？"

"唯一封面朝上的那本。"

我扫视着乱七八糟的书堆，看到克里斯蒂·皮尔斯的《闭嘴：让脑中的消极思想安静下来》。

"这是你的书？"我问。

"我不读书，就算读也不会读这本。因为不读这本书，我也不会去买。归根到底一句话，不是我的。"多米尼克说。

"好吧，也不是我的，"我说，"也就是说，我不知道这儿怎么会有这本书。"

"感觉你好像在说我是个骗子。"他说。

"喂，如果我说对了，那你就承认吧。"我说。

我为什么要跟这头可能会挥刀乱砍的巨兽开战？这与我的理性判断背道而驰。不出意料，多米尼克挥着他的刀，在这小得离谱的空间里追着我在书堆间跑来跑去，直到我们都化成了黄油——这种说法带有种族歧视的意味 [1]。

"我要宰了你！"他已经变成了一大块酥油，挥舞着刀子大喊着，好像不是在开玩笑。

如果现场有观众的话，这一连串的事情应该能把他们逗乐，但对我来说却一点也不好笑。这场景真实而可怕，多米尼克的双眼中闪烁着一股"凡火"。"凡火"，多么奇怪的用词。这些词语为什么会突然浮现在我的脑海中？等我脱离了这十万火急、油腻肥厚的危险后，必须查查这个词。

我重新凝固成人形，跃过书堆，试着与同样已经重新凝固成人形的多米尼克拉开距离。我的脚勾到了咖啡桌，把桌子踢翻了，一只小花瓶被甩到我的额头上撞碎。我一头栽进书堆里，踉踉跄跄站起来，跌跌撞撞地跑到前门，摸索着 7 道门闩，门闩一直都有 7 道吗？我记得不是呀！我把门打开，东倒西歪地冲进走廊。多米尼克想要追上我，但他太过着急，忘记侧身（这是他通过门框的唯一方法），被卡在了那里。我听到了一记挤压橡胶般的声响，立即放松了下来，因为我知道，那是多米尼克每次被卡在狭小空间时都会发出的声音。我转过身面对他，亲切地笑了笑，因为我知道这只会让他更加怒火中烧。多米尼克的脸先是涨得通红，又失去了血色，然后他大喊道：

"我要你滚出我的公寓！"

"但是，多米尼克，这是我的公寓呀。"我笑嘻嘻地说。

1　1899 年出版的英国童书《小黑人桑布的故事》讲述小男孩桑布与老虎绕树周旋，老虎越跑越快，最后化成了黄油。后来有人批评书名中的"小黑人"带有种族歧视色彩，这本书也一度改名。

"我不管。反正我挤在这儿，你不可能进得来。"

"你最终总能挣脱出来的。"

"我会的，我要用我挣脱出来的拿刀的手把你戳死。"

他会说到做到的，我能看出来。就这样，我成了无家可归的人。我在街道上漫无目的地徘徊。我坐在图书馆里避寒。我查了查"凡火"这个词。《利未记》10：1中，亚伦的儿子比波普和尼赫鲁（好像是），用错误的火焰向上帝进行了有失妥当的献祭（这一处我有些看不明白），而他们的造物主没有接受献祭，把他们双双烧死（应该是用正确的火焰烧的）。这种有失妥当、不可接受的献祭，就叫作"凡火"。我竟会选择这样的措辞，还真是奇怪。我不是个研究《旧约》的学者，尽管我上本科时，在一门比较宗教课上确实得过"优"，但这对我现在的困境没有太大帮助。现在摆在我面前的是巨大的麻烦。虽说有一点帮助，但终归不大。

有人在看着我、评判我、鄙夷我、秘密策划着大大小小的灾祸。现在的我对此非常肯定。我总是往阴井里掉，或者该叫无性别阴井，除此之外，我的女儿与我不共戴天，由此产生的痛苦是任何现有的疼痛量表都无法衡量的。她不肯跟我说话。她会写关于我的论文和诗歌，发表在自己的博客"耶洗别"[1]上，在那里有一大群评论者侮辱我、诽谤我，他们毫无依据，却深信她为我安上的罪状既准确如实，又言之有物。对于这些需要找对象去仇恨、责备、残酷对待的匿名之人而言，我为他们提供了一个宣泄的途径。格蕾斯的文章每一篇我都读过，因为我设置了一项功能，只要我的名字一在网上出

1　耶洗别：《列王纪》中的人物，以色列国王亚哈的妻子，后常以她的名字指代恶毒无耻的女人。

现，系统就会给我发送通知，而我的名字只会出现在格雷斯的文章里，除此之外哪儿都没有。因此，每篇文章我都会阅读，算是一种自我鞭笞——如果说自我鞭笞旨在提醒自己的确存在。读完文章，我还会阅读每一条评论，这些评论来自"布洛贝尔"、"把我喂得饱饱的"、"宝贝儿，外面好冷"、"刚出油锅又进火坑"、"鼻血"、"称王的女人"和"我的猫咪艾德娜"。我想象这些女网友坐在自己电脑键盘前的情景，想象她们居高临下地对我发起谴责。在这种网站上，愿我早死的言论屡见不鲜。

54

正在上演的是《哈迪斯和两兄弟》狂热躁动的第二幕。鲁尼和嘟多饰演两位地狱里的木匠，对朵乐丝·德里奥饰演的别西卜[1]唱了一首歌。

嘟多：

人们说，冥界闷热如炼狱，其实却不然。

因为亲爱的，

与我们的热吻相比，

这里的烈火冰刺骨。

鲁尼和嘟多：

哦，我爱你，你这小恶魔，

可人的小妖精。

但小姐，我怎会知道，

---

1 别西卜：撒旦的别名。

受到诅咒的我，

竟会与你如此般配？

仿佛是事先安排好了一般，一根火柴在后台燃起，伸向一个被涂了漆的平台，平台着了火，整个布景几乎瞬间燃烧起来，朝着观众砸去。火势又快又猛。剧场的廉价座位是德国法本公司的聚氨酯制成的，软垫由异戊二烯制成，表面涂有塑化汽油，这意味着剧院的燃点很低，即使是一个小小的火花也能让房子瞬间起火。"根本没有必要选择如此易燃的材料，"美国座椅公司的欧文·切洛表示，"这一点我们已经认识到了。可现在放马后炮太晚了。"

说来也巧，鲁尼和嘟多由于身穿石棉制成的"邪灵"戏服毫发未伤，但一千二百名观众和舞台工作人员全都命丧火海。

《综艺》杂志评论：

《哈迪斯和两兄弟》果然是"名副其实"，昨晚，舒伯特剧院沦为一片炼狱火海，一千二百人惨死。主演鲁尼和嘟多幸免于难，但简直生不如死，因为他们再也没有机会在娱乐圈工作了。据说剧院经理莫顿·克里普表示："那两个人？他们再也不会在娱乐圈工作了。他们亲手把所有的桥梁都烧毁了。我说的不是事故发生时舞台布景中通往地狱的那座桥，虽然那座桥也被烧毁了。我告诉你，他们俩完了，没希望了。"

嘟多放下《综艺》杂志，看着桌子对面的搭档。

"我心里有愧。"

"我也是。"

"这些人辛苦工作了一周,只想在周五晚上出去放松放松。"

"我知道。我心里有愧,我说过了。"

"看来事态对我们也不利。我们不能算是毫发无损地渡过了这场危机。"

"只有身体毫发无损。"

"只有身体。"

"我们该怎么办? 表孤院没教过我们任何别的技能。"

"你上过'犯罪创收'课吗?"

"你是说'如何被选中演罪犯'课?"

"是的。"

"我在那堂课上学到了不少有关犯罪活动的信息。"

"那些信息挺精准的。"

"的确。他们还请了个专开保险箱的退休盗贼来讲课。"

"金手指欧格雷迪!"

"他人不错。"

"我很喜欢他。犯罪似乎是一份不用经过太多培训就能从事的工作。"

"欧格雷迪从没上过学,连表演艺术学校也没上过。"

"所以我们在这方面算是先人一步。"

"先贼一步!"

"哈哈。"

"哈哈。真可惜,现在的我们被娱乐圈封杀,这句俏皮话永远用不上了。这话说得多妙呀。"

"太可惜了。我要记下来，万一哪天能用上呢。"

"我们需要改名。鲁尼和嘟多听起来不像罪犯的名字。"

"是呀。犯罪团伙会用哪种名字？"

"邦妮和克莱德，利奥伯德和勒伯，伯克和海尔[1]。"

"天啊，你可真是张口就来。"

"没错。汤普森和拜沃特斯。"

"嗯，咱们的名字听起来得严肃点。"

"鲁德和杜恩？"

"我喜欢。"

"不错。"

"鲁德和杜恩是那种会让我犯怵的名字。"

"那就叫鲁德和杜恩吧。"

"鲁恩和杜德呢？"

"也行，挺好。"

"不过，我们不一定真要杀人，对吧？"

"能不杀最好，我真的不想再杀人了。"

"不杀人，只抢劫就够了。"

"强盗鲁德和杜恩。"

"鲁恩和杜德呢？"

"好，没问题。"

1　以上几人以及后文提到的汤普森和拜沃特斯均为世界著名犯罪团伙。

*

巴拉西尼让我睡在他放袜子的抽屉里，不知为何，他的抽屉空间巨大，还是说我又缩小了？我没法走到门框那儿测量。躺在卷成团的袜子上还挺舒服的，这里又暗又静。唯一的问题是，到了早上，必须有人把我放出去才行。这意味着我晚上不能起床小便，通常我一晚至少要小便两次。我有点不好意思地跟巴拉西尼讲了我的膀胱问题，问他是否可以开着抽屉门，好让我在有需要时爬出来。他说不行，然后给了我一个长途卡车司机用的那种塑料橙汁瓶。记得有句老话好像是说，落魄之人没有选择的权利。

"好吧，快说。"

我在一个山洞里，气象学家也在这里，摆弄着一台由真空管、表盘、闪光灯和数百根电缆组成的巨型机器。这是一台古老的电脑，将偌大空间的边界完全覆盖。山洞一端的一台打印机正在往外吐出一张张画图，每张画一被印出，便由一台安在墙上的静物摄像机[1]进行自动拍摄。

画面叠化为气象学家坐在山洞里一把硬背椅上的场景，他面前是一个播放着投屏动画的小屏幕：屏幕上，动画版的气象学家坐在书桌前，在笔记本上写着什么。一个原始的电子合成画外音（是气象学家的声音吗？）随着动画响了起来。

"当然，最大的障碍仍是人类大脑的局限性。如果我能设计出一台足够精密的电子计算机，那我说不定就能以接近实时的精准度

1　静物摄像机：一种能够拍摄静止图像并将其存储为单帧视频的电子摄像机，在20世纪80年代末流行，可以被视为数码相机的前身。

计算出结果，有时甚至可能比实时更快。只有到了那时，我才能拥有一台真正意义上的预言机器。"

随着一声响指，我又回到了巴拉西尼的办公室。

"哦！"巴拉西尼说，"是气象学家，不是妻相学家。我听明白了。"

我不知道他在说些什么。

蔡小姐坐在桌后，一边玩填字游戏，一边把口香糖嚼得噼啪作响。老天爷，她可真是惹人讨厌，我所厌恶的一切女人的特质，都被塞进了这副令人作呕的皮囊里。我们的关系是怎么沦落到这一步的？

"哇，"巴拉西尼说，"也就是说，气象学家正在观看动画版本的自己，而这个自己的所做所想，跟我们看到过的、他之前做过和想过的事情一模一样。"

"是的，这个版本是由计算机预测出来的，根据他关于风洞实验的原始计算结果不断扩展。所有这些，都是那片树叶打到玻璃墙上延伸出的结果。"

"真是太迷幻了。"巴拉西尼说，"这就好像是说，以任何一个时刻作为出发点，我们就可以预测出整个未来。"

"是啊，这还用说？就是这个意思。"

"说他是个妻相学家也讲得通 [1]，你明白吗？"

"当然明白。你觉得我得有多蠢——"

蔡小姐插嘴：

"你们有谁知道一个由 29 个字母组成的英文单词，形容对数字 6——"

---

[1] 原文中巴拉西尼将"气象学家"（meteorologist）错听成了"meaty horologist"，后者有"钟表制造者"的意思。

"Hexakosioihexekontahexaphobia!"屋里的其他人还没来得及说话，我便大声喊道。

"真的吗？"

"你要找的单词形容的是对数字666的恐惧症，对吧？我说的对吗？对吗？告诉我！"

"对。"

"Hexakosioihexekontahexaphobia. H-e-x-a-k-o-s-i-o-i-h-e-x-e-k-o-n-t-a-h-e-x-a-p-h-o-b-i-a."

"你是怎么知道的？"

"我曾经写过一篇很长的专题论文，如果没记错的话，叫《棍棒和石头可以打断我的骨头，但话语永远伤害不了我》。不对，是叫《用话语造成伤害之简史：尤以超长单词为例，因为超长单词可以分为许多许许多多音节，造成的伤害也随之拉长》。这篇论文是为《Hippopotomonstrosesquipedaliophobia杂志》写的，不知你是否知道，这个词就是指对于超长单词的恐惧。另外，我在母校哈佛大学的时候，曾经辅修过野兽研究，666是兽名数目，虽然实际上应该是616[1]，密歇根下半岛的区号也是616，贝茨·德沃斯[2]和他邪恶的弟弟艾瑞克·普林斯曾经一度居住在这个区，我称他们为暗黑的贝茨·德沃斯和暗黑的艾瑞克·普林斯，这或许并不是巧合。"

"哇，"她赞叹道，"你能再拼一遍吗？"

1　据《圣经·启示录》记载，末时代的人要受兽的印记，即兽名和兽的数目为666，因此在西方666是不吉利的数字，被认为是恶魔的符号。不过近年来有考古学家认为，《圣经》中最早记录的兽名数字应是616。

2　贝茨·德沃斯：美国密歇根州政客、商人、慈善家，被特朗普任命为第十一任美国教育部长。其弟艾瑞克·普林斯是私人军事公司"黑水国际"的创始人。

"H-e-x-a-k-o-s-i-o-i-h-e-x-e-k-o-n-t-a-h-e-x-a-p-h-o-b-i-a."

"放袜子的抽屉躺着还算舒服吧？"巴拉西尼问道。我想，他是在试图转移话题。

我沉浸在幻想中，脑中满是关于兽名数目课程的记忆。年老、声音嘶哑而善良的德马库斯教授带着他那年老、嘶哑而善良的气质，总是要求我们精益求精。

《马加比三书》2：29[1]，"他会这样大喊，"在现世有什么类似的例子吗？"

我们都拿出算尺，拼了命地计算起来。

"条形码？"有人这么问道，不出意外是那个爱拍马屁的麦克杜格尔。

"没错，麦克杜格尔。"德马库斯会这样回答，眼里流露出父爱般的光芒。

"放袜子的抽屉舒服吗？"

"什么？"

"放袜子的抽屉，舒服吗？"

"哦，嗯，挺好的。"

就这样，不知怎么，我对德马库斯的记忆消失在一缕货真价实的烟雾中。我想起来，如果能躺在蔡小姐放袜子的抽屉中、在她的袜子中入睡，曾经的我愿付出任何代价。而现在，她放袜子的抽屉就在我入睡的抽屉旁，中间只有一壁之隔，我却丝毫没有了兴趣。我把目光投向桌下，看了看她穿着袜子的脚，却什么反应都没有。

---

1 这一节的原文是："那些登记之人将被火烙上酒神狄俄尼索斯的藤叶标志，配给到他们之前受限的公民身份。"

这只是两只脚，两只恶心的、怪异的人类的脚。什么东西都无法燃起我的热情了。

话说到底，我只是一个睡在催眠师装袜子的抽屉里的老头。这可不是我小时候向往的生活。

我以为自己会功成名就：成为一名医生、一名律师、一位土著酋长、一个在世上行善的人、一个让父母感到自豪的栋梁之材。充满热情、受人敬重、仁慈良善。我甚至也可以当一个淳朴的木匠，用双手创造有用的东西。大家都知道，耶稣也是个木匠，这没什么可耻的。这座梳妆台是某人的作品。某人把它造得足够大，可以容下一个日渐萎缩的人，因为这个人或许知道，在某个时刻，一个身材矮小、心力交瘁的人可能恰好要在其中容身，在某个时刻，这座梳妆台或许能够挽救他的生命。

巴拉西尼道了晚安，拉上了抽屉。

在黑暗中，我逐渐入睡，像每晚一样，我又回到了阿比塔创造的脑视城中。当然，阿比塔已经离开。这是梦的外壳，是遗留的残骸。我在空荡荡的大楼里搜寻着，并不奢望再见到她。真希望我能做其他的梦，什么梦都行，但在夜晚，这里却成了我的监狱——空荡荡的城市，装着袜子的抽屉，四处碰壁的事业。

55

"讲吧。"早上7点，巴拉西尼准时打开抽屉。

场景是夜晚，在一家廉价旅馆，正在巡演的马德和莫洛伊像往常一样挤在一张床上。

"巴德？"

"怎么了，奇克？"

"我睡不着。你能挪过去一点吗？"

"没有位置可挪。我已经在床边了。"

"我很烦躁。"

"那就数羊。"

"羊一直躲在谷仓后面。"

"什么谷仓？"

"我想象中农场里的谷仓。"

"嗯，别想什么谷仓了。"

"但农场里就是有谷仓呀。"

"你只需想象羊在田野里。"

"那树呢？"

"树怎么了？"

"田野里有树。"

"所以呢？"

"羊可以躲在树后面，如果它们够瘦的话——我说的是羊够瘦，不是树够瘦。"

"想象一片没有树的草地。"

"有大石头吗？"

"没有。"

"好吧。羊能走到地平线的那边吗？"

"有栅栏挡着。"

"你真的不能再挪过去一点吗？"

"不能，奇克。我的左腿都从床边伸出去了。"

一段漫长的沉默。

"你想聊会儿吗？"奇克问。

"我得睡觉。"

"我们能不能聊一会儿？我有个想法。"

"只能聊一会儿。"

"你听说过电影《阿拉伯的劳伦斯》吗？"

"当然了。那是部很成功的电影。"

"你知道阿伯特和科斯特洛拍的那部外籍军团电影吗？"

"《阿伯特和科斯特洛拍的那部外籍军团电影》。当然听过。"

"那好像不是电影的名字。"

"就是。"

"先不管这些。你记错了，但先不管这些，我在想——"

"我没记错。"

"先不管这些。我在想，我们自己拍一部沙漠电影怎么样？霍普和克劳斯贝就拍过一部[1]。"

"《摩洛哥之路》。"

"不是。"

"就是！"

"先不管这些——"

"它就叫《摩洛哥之路》。"

"先不管这些。这种类型的电影很适合恶搞模仿。"

"好吧。"

"我觉得，我们可以给片子取名《阿拉伯的白痴》。"

"好吧。"

"白痴就是我们。"

"我懂。"

"这是在恶搞《阿拉伯的劳伦斯》。"

"我明白了。"

"你怎么看？"

"你的创意就是这些？"

"骑着骆驼，戴着土耳其毡帽，你懂的，把这些元素统统加进去。"

"奇克，谁会给我们出资去拍这种沙漠史诗片？我们的观众连艾奥瓦州这鸟不拉屎小镇上的麋鹿剧院都坐不满。"

"我们可以降低成本，在沙箱里拍摄。"

1　平·克劳斯贝和鲍勃·霍普曾在 20 世纪四五十年代主演过一系列喜剧电影，结合了旅行、冒险、浪漫和音乐元素，包括《乌托邦之路》《新加坡之路》《摩洛哥之路》等。

"儿童游乐场里的那种沙箱？"

"没错。我们可以利用特写俯拍镜头，没人会发现的。"

"你还没想明白呢，奇克。"

"没错，还有一些细节问题需要解决。"

"可不是嘛。"

"我是个出谋划策的人。我负责规划大致框架，你来把控细节。"

"比如怎么把骆驼塞进沙箱里？"

"还有从哪儿能买到几顶便宜的毡帽。"

"我得睡觉了，奇克。"

"比方说侏儒骆驼，有没有这种东西？我想到哪儿就说到哪儿。"

"我们明天再讨论。"

"我睡不着。我觉得伟大的创意已经近在咫尺了。"

"有多近？"

"这么近。"

"你只是说'这么近'，你没有用手势比出来有多近。"

"因为屋里很黑。"

"还没黑到看不见你手势的程度。"

"好吧。这么近。"

"好。"

*

第二天，我用鱼线在鱼竿上挂了一块猪排，回到我的公寓。多米尼克还卡在门里。我拿猪排在他的鼻子前甩了甩，想刺激他一下。随着一声打开香槟软木塞般的响声，他从门里脱身而出，伸手去抓猪排，我从他的两腿之间钻进公寓，"砰"的一声关上门，把23道（是23道吗？）门闩插上。我靠在门上喘粗气，多米尼克用力砸门，大喊着让我放他进来。我坚决不放。他再也进不来了。我要反锁着门待在屋里，直到他放弃、离开。

他砸了几天的门，中间穿插了八小时的休息时间供我俩睡觉。我给塞巴斯蒂亚诺发邮件，问他还需不需要租房。现在，我已经不那么担心他的博伊刀了。他没有给我回信，可能是出城了吧。

即便与世隔绝地待在公寓里，门外那个充满痛苦的俗世还是缠绕着我。不知为何，我的烟雾报警器不住地尖声嗡鸣，最后我终于注意到自己正在抽烟，而公寓各处的烟灰缸里和我的手中还有许多点燃的香烟。我把香烟掐灭，然后爬上三张叠起的椅子，把警报器的电池取下，可还没成功，椅子便倒了下来，我栽下去，又一次一头扎进了废纸篓里。我的第二次尝试成功了，虽然又跌了下来，但跌下来的时候一只手拿着电池，另一只手却不知怎么握着一根新点上的香烟。这次，我一头扎进了一个大象脚造型的伞架里，我可没有什么模仿大象脚的伞架，我连不模仿大象脚的伞架都没有。这伞架是哪儿来的？我站在那里，从门口的镜子里看到了自己的影子，头上还顶着那个伞架，仿佛那是一顶鼓乐队队长的帽子。我需要让思绪和心情平静下来。我必须静止不动，不让自己再受制于环境。

我需要平静下来，这让我想起了我和大学女友秋美在巴厘岛一座佛寺参加静默冥想禅修活动的事。那次是她把一万个不愿意的我硬拽去的，我对神秘主义不感兴趣，无法容忍任何宗教教义胡编乱造的把戏，更不必说所谓来自"神秘"东方的骗人伎俩了。但是，爱情把我们逼入绝境（爱情把所有人逼入绝境！我非要把这句话用在哪儿才行！），明知不可取，我们还是租了两套天知道刚被谁穿过的莎笼[1]。话虽如此，这段经历改变了我、感化了我。我那过度活跃的大脑中，喋喋不休的声音安静了下来。我下定决心，就是这个！这就是我现在需要做的。我需要找到那份沉静。我需要在外部世界的喧嚣中找到属于我自己的声音。于是，我自然而轻松地寻回了在巴厘岛上练习的呼吸冥想方式。我聆听着脑海里的声音：质疑声、嘲笑声、批评声、自责声，还有那些仿佛来自异域的奇怪想法——在突尼斯的豌豆厂剥豌豆，在法国巴黎的女神游乐厅咖啡馆跳康康舞，还有身为奴隶的我在金星的采矿殖民地上度过的愉快童年。我不带任何评判，只是温柔地让所有思绪从脑中流过。我只是呼吸。在冥想中，原始的情感涌上心头。我抽泣。我畏缩。我大笑。我与我的神搏斗。我与邻家恶霸安东·弗里克-范图齐搏斗。在整个过程中，我深深呼吸，平静下来，而呼吸也变得更加顺畅和深沉起来。过了很长一段时间（谁知道有多长，反正时间已经不存在了！），我发现自己安居当下之中。我不再感觉自己是众矢之的，不再感觉自己无路可退。世界以出人意料的方式在我面前展开，而我的目的，就是带着这种开放的状态步入世界之中。我打开前门的门闩。打开每一道门闩，都是一次独立的量化体验，让我在此期间全然沉浸于当下。一共有34道门闩。1，2，3，4，5，6，7，8，9，10，11，12，13，14，15，16，17，18，19，20，21，22，23，24，25，26，27，28，29，30，31，32，33，34，35。好吧，是35道门闩。我并非对开门闩过程中隐含的象征意味无动于衷，因为现在的我已然开悟，但当我

---

1 莎笼：马来西亚和印度尼西亚原住民所穿的长条布裙。

转动门把手打开大门时，这象征意味却与我其他的所有思绪一起飘散而去。多米尼克躺在门口，睡得像个婴儿，不再引我惧怕。他只是多米尼克而已，只是令人作呕、恶臭熏天、肥硕臃肿的多米尼克，只是神彰显出的另一种面相。我锁了门，以免他进屋，从他身上跨过，离开了公寓楼。以我现在的状态来审视这个世界，街道已经变了模样。一切都进入了我的视线之中。街角卖花生的意大利小贩用流畅甜美的旋律叫卖着："卖花生，卖花生嘞——"我还看到了其他的东西。然后，我就来到了港务局，抬头看着公共汽车时刻表。车站像往常一样拥挤不堪，但现在，我审视这座车站的眼光已与以往不同。长着天使脑袋的通勤者们，跳着一支象征着破碎梦想和生活的凄美哀婉之舞。"我是怎么来到这里的？"每个人似乎都在祈求答案。

"卖花生，卖花生嘞——"

卖花生的意大利小贩，正要去进行核弹实验的核物理学家，对苯丙胺成瘾、想通过嗑药寻求刺激的市郊家庭主妇，他们全都一模一样。所有人都是一体的，都是由同样的电子、质子和牛顿子（好像叫这个）构成的。这是人与人（包括男人、女人、孩子）之间真真正正的兄弟（姐妹）情谊，而我也只是一堆与其他原子相互碰撞的原子。突然之间，我感到既自由又压抑，因为二元性已不复存在。就这样，我既存在于这里，又不见踪影；既在此时，也在彼时；既是非裔美国人（"黑人"），也是白人（"高加索人"）。这个顿悟似乎让我有机会逃离那个不知名的、折磨着我的人。仿佛提前排练好的一样，公告牌亮了起来：这是到"无处"的最后一班灰狗巴士。好的，无处。无处挺好。我不知道自己在寻找什么，但我已经找到了。

开往无处的巴士从车站开出，驶往枯燥萧条而没有阴影的纽约街道。或许是因为现在的我正以开悟后的双眼看待这座城市吧，我认不出这条大街。街边净是些没见过的商店。"男装王国"？"方块堡垒打斗机器人"？街道上的行人的表情、汽车还有街道本身，都给人一种模糊的感觉。我把注意力放在呼吸上。信息太多，让人几乎无法承受。巴士渐渐减速，而我比巴士减速更多，以至往后挪了三个座位，我看到自己站到了外面的街道上，从港务局走出来，但我竟是倒着走出来的。原来如此，我恍然大悟：街道上的一切都在倒退。还有一点：空气中到处弥漫着飘浮的小飞沫，仿佛透明的花粉一般。这些小飞沫钻进人们的耳朵里，看上去像是随机飘入的，但命中率之高又不可能是随机发生的。我还能看到这些显然已经经过繁殖的小飞沫从人们的耳中飘出，进入别人的耳中。巴士跟在街上的另一个我的身后，仿佛是一台架在移动轨道上的摄像机，紧紧跟随着我那向后倒退的替身演员。所以，我离得很近，能够看到这些飞沫从另一个我的耳朵里钻进钻出。巴士车窗外的这个恐怖世界里到底发生了什么？突然展现在我眼前的，是一个怎样的克苏鲁式地狱场景？

我看到自己沿着去港务局的路线倒退，经过卖花生的意大利小贩身边："嘞生花卖，生花卖。"然后又回到公寓楼里。公交车驶了过去。倒退的我已不见了踪影，而我也很快失去了兴趣，随他去吧，就这样，我又一次出神思考起我的胡子。我增加了一个关于真假胡子之区别的新章节，简单介绍了"胡子"作为动词的用法（即勇敢反抗的意思[1]），以及最近在俚语中出现的、指代虚假异性恋关系的用

1　在英文中，"beard"（胡子）一词在做动词时有"公然违抗"的意思。

法[1]。有什么东西使我从幻想中惊醒。在稍远处，我能够看到闪闪发光的另一重空间，这空间延伸开来，如同喜剧演员大卫·斯坦伯格[2]笔下那标志性的、过于多愁善感的《纽约客》封面的三维立体版本，但绝没有那么卡通。这空间美丽而充满希望，让我觉得自己正在进入一场全新而伟大的冒险。之前的考验和磨难早已远去，已经不再重要。我终于找到了快乐。

这时，倒退的公交车爆了胎，司机用颠倒的语序说，大家都要下车。就这样，我来到了街道上。一只鸽子把粪便拉到了我的身上。（如果时间还在倒退，鸽子的粪便就会自动汇集，被重新吸进鸽子的肛门中，那该有多好。让这鸽子"自食其果"。）我转过身，拖着沉重的脚步向市郊方向走去，好回公寓把自己清理干净。

公寓的前门被撞裂，上面隐隐有个多米尼克形状的洞。我透过洞看到他正在愤怒地踱来踱去，用刀做出猛刺的动作，嘴里咒骂着。我想听听他是在咒骂谁。我想，那人可能是我。

果然是我。

我回到了巴拉西尼放袜子的抽屉里。

---

1 在俚语中，"beard"指在社交场合陪同男同性恋者、帮助其掩盖同性恋倾向的女伴。
2 此处指罗马尼亚裔美国艺术家索尔·斯坦伯格 1976 年的《纽约客》封面插画《第九大道的世界观》，B 将索尔·斯坦伯格与好莱坞演员大卫·斯坦伯格弄混了。

56

"讲吧。"

气象学家的计算机现在变得更大了。

"妻相学家，"巴拉西尼咯咯笑道，"我到现在还是觉得好笑。实在太精辟了。"

他在小电影屏幕前坐下，看着动画版本的自己在动画版本的电影屏幕前观看自己。他揉了揉鼻子。过了不久，动画版本的他也摸了摸自己的鼻子。他在椅子上挪了挪屁股，动画版本的他也在同一时刻做了同样的动作。算法已经实现实时同步了。

现在，奇迹发生了：先是动画里的人做出了反应，惊奇地睁大双眼，紧接着，气象学家也惊奇地睁大了双眼。

他的画外音响起："我的眼睛之所以睁大，是对屏幕上我眼睛睁大的画面的反应吗？"

他不知道答案。

现在，动画版本的气象学家看起来很苦恼。他站起身，走出洞穴。他的动画身影在洞穴外绘出的树林中徘徊。雨下了起来，起初只是几滴毛毛细雨，然后天空的云层打开，滂沱大雨倾盆而下。计算机的电子声响起：

"这跟动画里发生的一模一样！"

动画版的气象学家把夹克套在头上，跑回动画版的洞穴中。

现在，真正的气象学家也露出苦恼的表情。他站起身，踱步，离开。走出洞穴后，他穿过树林。雨下了起来，起初只是几滴毛毛细雨，然后天空的云层打开，滂沱大雨倾盆而下。他心想：这跟动画里发生的一模一样！（此时的他已经激动得无法自持。）

他用夹克蒙住头，跑回山洞。

*

每天晚上，我都会做更多没有阿比塔但充斥着她气息的梦。我继续徘徊在这座陌生而空虚的梦幻都市中。我继续寻找小说改编的工作，但我似乎已经被列入了黑名单。我既沮丧又担忧，因为在梦中，我的房租就要到期了。如果失去了梦中的公寓，我不知道会发生什么。我会被冻死吗？人会在梦中被冻死吗？或许我会被逐出梦境，这应该是件好事。我怀疑是阿比塔通过什么方式把我列入了黑名单。没有办法确定，因为我没有可以询问的人。

我仔细查看报纸，寻找招募影视改编小说作家的广告。一如既往，机会很渺茫。有一份将短片改编为小说的工作，是纽约大学的一个学生项目，改编作家会为了充实自己的简历而接这种活。这份工作不提供薪酬。还有一份低薪工作，需要改编一部名叫《用尖叫声伴我入眠》的、只在电视上播放的恐怖片，讲的是一个能用尖叫声催人入眠、然后趁人们熟睡时进行杀戮的怪兽。这种题材既吸引人又别出心裁，而执导电影的艾格·弗雷德兰德[1]也是我梦中的一批新晋恐怖片导演中最富远见的一位，但是，想要把这部电影改编为书却并不容易，因为电影的大部分内容都是围绕尖叫和睡眠展开的，另外，薪酬也没有吸引力。但是常言道，落魄之人没有选择的权利，我打通了艾格的制片公司"暗灯"的电话，想要安排一次会面。我报出了自己的名字后，对方陷入了长时间的沉默。

"喂？"我终于忍不住说话。

"嗯？"对方终于回话。

"我还以为电话断了。"

"不，没断。"她说。

"那么……？"

"怎么了？"

"我可以来公司聊聊吗？"

"哦，呃，好吧，嗯，当然，如果你愿意。"

"是的，我愿意，所以我才打电话的。"

"啊，那好吧。这个问题说清楚了，那……"

"什么时候方便？"

"方便什么？"

"方便会面。"

"哦，对。让我看看。恐怕我们唯一的档期只有昨天。"

"昨天？"

"昨天 4 点有一个空档。"

1　这个名字有"煎蛋"的意思。

"你们的地址是什么？"

"哦，我们在镇子的另一头，所以——"

"你怎么知道哪边对我来说是镇子的另一头？"

"哦，没错。那么，你现在在哪里？"

我看着街角的路标。

"弥尔顿和威尔顿街路口。"

"跟我想的一样，我们在镇子的另一头。我们在雪人街 3593 号，与粥街的交会处。"

雪人街我倒是听过，但我怀疑粥街是她胡编的。

因为这只是个梦，我觉得如果我现在出发，再怎么说都能找到那个交会路口，在昨天下午 4 点赶到。

我看了看我的手表："我会在十四小时前按时到。"

我果然按时到了。

暗灯公司位于雪人街和粥街交会口处办公楼四十层的一间小办公室里。前台接待员的声音听着和第二天电话里的那个人很像，这么说吧，她绝不是凭借高超的打字技术得到这份工作的，因为她没有手。另外，她是个美人，美得让我措手不及，但她没有双手的事实却让我产生了优越感，因为我至少有两只手。

"艾格准备好见你了。"她一边说一边站起身来，把我领到办公室门口，用意念把门打开，我想，这应该是某种心灵遥感。或许她确实是位优秀的打字员。

我猜，坐在房间会客区沙发上的人就是艾格·弗雷德兰德。他的体型很奇特，像是一块岩石，但不是一眼看上去就像岩石。

"我是艾格。"艾格说。

"我叫 B。"我说。

他没有起身，而是伸出一只手来。我握了握他的手。

"很高兴见到你，"我说，"除了你和你的前台接待员之外，我已经很久没见过其他人了。"

"奇怪。"他说。

"嗯，也不算太奇怪，因为这座城市一个人也没有，所以……"

"不是的。我的前台接待员名叫'奇怪'。"

"奇怪。"我说。

"没错，那是前台接待员的名字。"

"不，我是说她的名字叫'奇怪'，这很奇怪。"

"嗯，她父母是嬉皮士。"

"她年龄不大，看上去父母不该是嬉皮士那一代人 [1]，而且'奇怪'也不像嬉皮士父母会给孩子取的名字。'自由'或'月光'这类名字更常见。"

"那种酒吗 [2]？"

"我是说单纯的月光。"

"不管那么多了，我们这是在浪费宝贵的时间。我两分钟前有个会。所以，赶快说吧，你要怎么把一部关于尖叫和睡眠的电影改编成小说。"

"先'啊啊啊啊啊啊啊！！！！！！！'，然后再'呼呼呼呼呼呼呼！！！！！！！'。"我说道。

1　嬉皮士运动于 20 世纪 60 年代中期在美国兴起，之后传播到世界其他国家。

2　"月光"（moonshine）一词有"自家酿造的私酒"之意。在禁酒令时期，为避免当局发现制酒行为，人们常在夜间进行蒸馏，故有此名。

他好像挺喜欢。

"我不喜欢。"他说。

"让我说完。"

"好吧。"

我在拖延时间。除了这两个用来形容尖叫和睡觉的拟声词，我什么都没想出来。

"当然了，为了变换花样，我们还可以多加几声'啊'或'呼'。"我努力说服他。

"哦。还有呢？"

"嗯……小说还要吓人。"

"很抱歉浪费了你的时间，罗森伯格先生——"

"先生或女士。"

"先生或女士先生，你不适合这份工作。"

"我姓罗森堡。"

"罗森堡，他们已经告诉过我，说你不适合这份工作，但我是读你的改编小说长大的，所以我想给你个机——"

"等等，谁告诉你我不适合的？"

"听着，是谁不重要。大家都这么说。"

"拜托了，我需要工作。我曾把《尖叫着醒来》改编成小说，你一眼就能看出来这里面既有睡眠又有尖叫，或者至少是睡醒后立马尖叫，所以说，我对这种题材很有经验。"

"很抱歉。"

"更不用提我其他的尖叫／睡眠类作品了。它们大多数是为社区剧院写的。"

"很抱歉，我之前有个会。'奇怪'会领你出去的。"

"我们至少能保持联系吧？我很寂寞。"

办公室的门开了，仿佛是被心灵遥感打开的，"奇怪"走了进来。

"请这边走。"她说。

我往那边走去，又一次徘徊在空荡荡的城市中。

*

现在，气象学家年事渐长，或许已经 60 岁了，计算机也越变越大，按钮代替了刻度盘，晶体管代替了真空管。电影屏幕也被一个巨大的视频显示器代替。气象学家的画外音响起：

"我继续在这些数字中寻找属于我的道路，寻找我生命之线的终点，也就是我生命轨迹的尽头。"

显示屏上的动画显示：现在是晚上。气象学家看着自己走向一条荒无人迹的乡村公路。现在的动画变得复杂了许多，既能描画出三维空间的幻象，还有各种色彩。真是绚丽夺目。

"啊，我们到了，"气象学家说道，"这里，就是所谓的道路尽头。"

他发出一声干巴巴的凄凉的笑。

显示屏上的动画版气象学家显得更加苍老了，他拖着一辆马车，里面装着便携式手提钻、一把铁锹、一把泥刀、一只铜盒，还有一桶可浇注的沥青修补胶。他的 GPS 设备带领他来到公路上的一个地方，他在那里停了下来。他看了看左右两边的车辆，但似乎只是习惯使然，因为这条路上空无一人。他拎起手提钻，连耳塞都没戴就钻了起来。何必要戴呢？反正今晚之后，他就再也不需要耳朵了。打穿了沥青后，他便开始挖掘，直到挖出了一个不大不小的洞。他

616

把铜盒子放进去，盖上泥土，在洞里浇上沥青，用泥铲铲平，然后站起身来，面露焦虑的神色。

气象学家看着显示屏上动画版的自己的脸。他看到了这张脸上的焦虑。他通过画外音听到了自己的想法：

"好吧。找到了。"

他的思绪平缓下来；他感觉到一阵微风，注意到透明的星空。他看到一辆绿色的车——是野马吗？还是科迈罗？他不认识车标，只见这辆车从拐角处出现，超速行驶，横冲直撞，朝着他猛冲而来。他甚至懒得让开，因为该发生的事情就该发生，什么也不必刻意去做。汽车撞到了动画版的气象学家，把他撞进沟里，然后继续行驶。他躺在那里，鲜血淋漓，浑身是伤。山洞里的气象学家看着屏幕中的气象学家在沟中渐渐死去，仿佛他就是脱离了肉体的灵魂，盘旋在血肉模糊的身体上方，但事情并不发生在当下，因为这是十年后的事情。虽不是现在，却在很近的未来，是毫无疑问必将发生的。我们通过画外音听到了他的疑虑，他心想这怎么可能，这一切怎会是命中注定的？他知道，想要活下去，他就不能到那条路上，但在那晚的那个时刻踏上那条路，却是一个不可不做的选择。现在，他恍然大悟，原因就在于他没有选择。他没法向从未有过这种体验的人解释，而他不是没有过这种体验的人，他知道那天晚上他会如期到场。这不是什么萨马拉之约[1]，无须动用什么伎俩。他之所以会去，就是因为他要去。现在，他提前十年知道了自己会在何时何地如何死去。

---

1 萨马拉之约：西方经典寓言故事。一个商人为了躲避死神而千方百计地跑到萨马拉，没想到死神正想约他在那里见面。

他不知道这种死法痛不痛苦。

他突然想到，在这些数据之中的某处，有一个模拟版本的自己正在观看这段他预测自己死亡的视频，就像自己刚刚所做的一样。他在键盘上输入了一个搜索指令，屏幕上出现了结果：他的动画版本置身于洞穴之中，观看着另一个动画版本的自己被车撞的画面，并通过画外音表示，肯定有一个动画版本的他发现了自己会在何时死亡，他没有继续深挖，去面对这条无穷无尽的递归大道，而是关掉了电脑。这让他在抑郁的泥沼中越陷越深，他很确定，他的抑郁也已经被这些数据预测出来了。他感到绝望而无助。他想过自杀，但他当然没法自杀：很简单，因为他没有自杀。即便是此时对于自杀的思考，也被计算机中的一些数据预测出来了。他什么也做不了：事情之所以发生，就是因为事情要发生，除此之外，再无别的因果关系。"而且，现在的我很难集中注意力，"这是他思考的画外音（不是计算机做出预测的电子合成音），"因为这就是终点，我看到了终点，我的人生不会再继续下去，一切都在那里结束，但也不算在那里结束，因为视频里的我虽然死了，视频却仍要继续播放。因此我会把视频重新打开，看着警察到来，看着救护车和消防车驶来，然后把目光从自己身上移开，往街上看去，因为这里的整个世界都是预测出来的，不仅是我的身体。由于有了足够的时间和足够的计算能力，整个世界和整个未来都是可以预知的。我想，这是我刚刚得到的认知：我能看到我现在所处世界的未来。尽管如此，我还是不得不等待死亡的降临。死亡会在该降临的时候降临，而我该做些什么来填补这段时间呢？"

他来回踱步，但只踱步是不够的。

"或许在接下来的十年中，我就只管在这虚拟的世界中漫游，当一个流浪汉，当一个颤叶中昙花一现的过客，当一个难以被察觉的潜伏者，去审视世界将来的样子。我突然想到，这样一来，我就可以找到多年后的专利和图表了，通过这些未来的先进科技，我可以发掘出各种能够运用于我现有计算机的科技，领先于时下，领先于现有的知识。这会让我的计算机更加快速，这样一来，或许只需五个月，我就能研究出三十年后的计算机设计和组件，并在现实中加以利用。就这样一直下去，以此类推，等我在十年后死去时，我便能看到一百年、一千年后的未来。谁说不行呢？

"就算没有别的用处，这起码能打发时间，让我把注意力从当下的处境中转移开。无论如何，我都要踏上这条道路，因为我的确会踏上这条道路，但我还是要告诉自己，这是我为了充实剩下的时间而自己做出的决定。"

然而，他无法阻止自己去思考事物的"缘由"，他还是想要知道，自己为什么会在十年后的午夜把一只盒子埋在一条乡间公路的中间呢？

画面切换到巴德和奇克睡在一张床上的场景。

"巴德？"

"怎么了，奇克？"

"我睡不着。你能挪过去一点吗？"

"没有位置可挪。我已经在床边了。"

"我很烦躁易怒。"

"那就数羊。"

"羊一直躲在——"

等等！这些话我以前不是听过吗？这是一次重播。这不应该呀——我被骗了。这是一卷巴拉西尼提前录好的磁带，内容是B记忆中英戈的电影，而电影的内容则是马德和莫洛伊的对话。播放这段录音，就是为了让B有时间逃离我。

一切功亏一篑。

B已经消失不见。B.鲁比·罗森堡已经踪迹全无。巴拉姆·鲁比·罗森堡已然化为云烟。我们亲爱的罗森堡走了。纽约市敞开的阴井发出空洞而凄厉的嗡鸣声。鸟屎仍然从天而降，却不再落在任何人的身上。

就是在这种时刻，关于意义的思考浮上心头。就是在这种时刻，向内审视成了唯一的出路，唉，因为在此时此刻，目光已经没有其他地方可以投放。到底出了什么问题？怪我粗心大意？有哪些事是本该换种方法去做的？这是个学习的机会，是个思考的机会。经历了失败之后，这样的机会总是接踵而至。我的B，你到底去了哪里？我的孩子，我的儿子。街上不见你的踪影。你的公寓空空如也。这个世界不再围绕着任何重心。我该把我的贪婪和挫败感安放在哪里？我该把自己的笑话装入怎样的容器中？我在街道上徘徊。这是你的街道，是我脑中的街道。我朝小巷里看去。我在医院和太平间里搜寻。这一切怎么可能？我怎会再也看不到你？你真的是在躲我吗？这真的有可能发生吗？我呼唤着你的名字。我想念你，我的孩子，我的儿子，我的心肝小豆芽。我坐在咖啡馆里，茫然地望向窗外。我重温之前走过的路。我重走你曾经走过的路。我质疑起自己的动机来。或许，我对你不公。我冥思苦想。我觉得我是公正的。我觉得我是诚恳的。我觉得我是客观的。但是，我要如何才能真正确定呢？尽管我坚信自己公正无私，但我知道，一个人是永远无法完整审视另一个人的内心的，即便那个人是你，我的儿子。我在廉价旅馆里寻找。我打电话给航空公司。我去看望你的前妻。会不会是她把你藏了起来，就像藏起年轻的安妮·弗兰克[1]一样？这似乎不大可能。我知道，你曾经试过要逃跑，我还以为那是在吓唬我，孩子们总会威胁说要离家出走，但是该来的事情还是来了。或者至少说，该来的事情还是发生在了我的身上。或许，我得独自一人去探索这个世界了，但是，我要透过怎样的滤镜和谁人的思想来审视这个世界呢？哦，B，少了你，世界已没有乐趣可言。在人们的眼里，我的罗森堡是无法征服、不可战胜的。大家都认为，他可以抵御任何惩罚，他的意志是如此坚韧，可以推动他勇往直前，他承受着一次又一次侮辱，直到世界厌倦了他，直到他被揉碎撒入曾经生他养他的尘土中。人们做过种种推测，很显然，这些推测也有偏颇之处。罗森堡就这么走了。人们对整个区域进行了彻底搜索，虽然竭尽全力，却仍找不到痕迹。就这样，今晚的世界一片寂静。当然，我担心B的情绪状况，害怕他遭受了不必要的痛苦，生怕这不公的处境会给他造成难以扛起的重担，但是如果时钟要转动起来，那么每一个齿轮都必须啮合在一起。一台制作精良的机器，是不存在任何一个多余的齿轮的。

因此，我们得出的结论很简单：B必须立刻被与其外貌相仿的另一个B代替。我必须看紧另一个B，不仅是为了给我们继续提供娱乐，也是为了应对假以时日或许会出现的零件变形和破损压力。

1　安妮·弗兰克：《安妮日记》的作者、犹太人大屠杀受害者，为躲避德国纳粹的追捕与家人躲藏在父亲公司的后宅里。

创造另一个 B 并不困难，可以快速而高效地完成。它与机器完美契合，虽然在功效和滑稽度上进行了一些调整和改进，但与第一代几乎没有区别。

57

　　通过从《春天不是读书天》中学到的一个招数，不久前，我逃离了施虐者的掌控，来到了"未见之地"。在这里，我是英戈想象中的犹太巨人，以乔治·梅里爱《在小人国的巨人格列佛》中的形象示人，我就是身处异乡、无处安家的"犹太版格列佛"。这个"无处"，是俄克拉何马的"无处"[1]吗？谁知道呢？在这里，我戴着长长的假胡子。这是我的伪装，是我躲避造物者的方法，他为我打上"该隐"[2]的标签，而他自己也曾被打上这个标签。这也是英戈对我的构想。现在，否认我明显的犹太身份并无意义。我是一个被遗弃的人，在这个无声的世界里，没有人跟我说话。或许是因为我高出他们15米，他们懒得费力跟我沟通吧，我觉得，他们对我抱有恐惧之心，因为在这里，我毕竟是一个身材高大的巨人。但实际上，这是一个无声的世界，没有人会对任何人"讲话"。就这样，我在"未见之地"的街道上徘徊，努力不被"未见之人"看到，作为一个传奇、一个神话、

1　"无处"是美国俄克拉何马州的一个非建制地区。
2　该隐：《圣经》中的人物，是亚当和夏娃最早所生的两个儿子之一。该隐杀害了弟弟亚伯，受到上帝的惩罚。

一个骇人的生物，我的目的就是防止"可见之地"的居民入侵到这里来。他们通常不会来这儿，可是最近"贫民窟体验游"几乎成了一种时尚。高高在上如我，可以在昏暗之中往东西两个方向看，我能越过"未见之地"的房屋和工厂看到"可见之地"的疆域。我能看到那里上演的喜剧，但距离毕竟太远，不那么好玩的笑料被大气中的雾霾冲淡，全然失去了效力。往第三个方向看去，越过一片浓密黝黑的松林构成的分界线，我能看到"未见的未见之地"。"未见之地"的人们没有我的身高，因此看不到这片土地，但坊间的传言说，这片土地是确实存在的。"可见之地"的人们永远也不会意识到这片土地的存在。那里是英戈，或者说是他很早以前在镜头外制作并赋予生命的人偶版英戈居住的地方，露西·查尔莫斯也住在那里，或者说是露西·查尔莫斯的人偶版本，多年前，她从好莱坞的一个拍摄现场走出，再也没有被人看见过。当然，我也能看到高耸入云的欧利埃拉·德波。对于"可见之地"、"未见之地"和"未见的未见之地"里的每个人来说，无论站在哪里都能看到这座山的身影。

我爬上山，想要寻找一个歇脚之地、一个靠谱而庄严的地方。在这个栖身之地，我或许能够一瞥我那造物主的尊容，或者至少能一睹我所置身的这个世界的造物主的面貌。在最高峰上，我找到了一位正在冥想的隐士，一个处在这昏暗世界中的圣人。这是一位非裔美国老先生，很明显，他正在冥思苦想着生命的意义。

"生命是什么？"我问他。

他沉默了很长一段时间，似乎在组织答案。

"生命就像一碗樱桃，我的孩子。"他终于张口道。

"这也算答案？"我说道，"经过了那么多的折磨和无尽的羞辱，

624

你告诉我生命只是一碗樱桃？"

他又沉默了好一会儿，然后问道："你是说，生命不是一碗樱桃？"

我简直伤心欲绝。这虽是玩笑，却又是一个拿我开涮的玩笑——即便在这里，即便我已经逃离了我的存在似乎就是为了充当别人笑柄的"可见之地"。或许，我已经无处可逃。我凝望着远方。从这个高度，我能看到"未见的未见之地"正在举行一场派对。或许英戈会跟我聊聊。或许他会给我一些答案。或许他会把我带入他最私密的朋友圈，带入"未见之地"里的那座封闭式社区。

我开始往山下走。从这个角度看到的欧利埃拉，与身处"可见之地"时看到的一样美丽。我想，山峰并不在乎自己是可见的还是未见的，它们只是存在着。我能从山的身上得到些许感悟，我们每个人都可以。

我朝着"未见的未见之地"走去，却发现这厚重的寂静让我越发焦躁起来。对于置身其中的人来说，默片真是令人毛骨悚然。身临其境与在屏幕上观看的感觉是不同的。你听不到自己的呼吸，也听不到自己的思绪，因为这个世界中不存在画外音。而这里的思绪也有所不同，它以文字和图像的形式出现，是一段写在纸上的、自己与自己的对话，简直是一场噩梦。另外，寂静的世界还有一个特点：人们的嘴巴会动。很显然，他们是在跟彼此交谈，而不是在读唇语。他们说的到底是什么呢？在这默片的世界中，这种不依赖听觉的聆听到底是什么？是看不见的声波？还是别的什么？我搞不清楚，但是在这个世界中，我能感知身后的人在说话，也能明白他们在说什么。我无法解释自己是怎么知道的，这似乎让整件事染上了一些邪恶的意味，仿佛别人的思想可以通过某种克苏鲁式的、程式化的嘴部动作被传送到我的脑中。我无力阻挠，也无法抵抗。这幽深的宁静让我觉得自己仿佛存在于虚空之中，就好像我周围的世界是不真实的，仿佛真理在躲避我一般。我感觉自己失去了知觉。

我的体形对我的处境没有一点帮助。现在的我是一个没有朋友的犹太巨人，想要躲避那些惧怕我、鄙视我、意欲把我消灭的人几乎是不可能的。当你身高 15 米时，坚称自己不是犹太人已不再有意义。对于其他人来说，你的犹太人身份只算是个次要问题，甚至只能排到第三位。

尽管如此，我还是向东边的"未见的未见之地"进发，因为俗话说希望之泉永不尽。在途中，我思考着该对英戈说些什么，在这个世界上，他似乎是我的造物主，也就是说，我在这里似乎只是个人偶。我毁了他的电影、他毕生的心血，至今我仍无法完全补偿他，无法将电影重构出来，即便只是在我的记忆中重构。因此，趁着在这里，我必须继续在记忆中搜索。我必须将影片全部忆起，才能去恳求得到英戈的宽恕。唉，这里没有巴拉西尼能协助我。这里会不会存在着一个"未见的"催眠师呢？或许他是个非裔美国人？"伟大的未见催眠师"？我在黄页上搜索着，却没在"瘤鼻蝮蛇贩"和"皮下注射器"之间找到任何条目[1]。我有一个想法：既然这里有瘤鼻蝮蛇和皮下注射器，那么如果我能提取蛇的毒液，用注射器注入自己体内，或许我就能如服用催眠或安眠药物一样，进入某种异化的意识状态，在这种状态下，我或许就能随意发掘英戈电影中仍未找到的部分了。继续思索了一会儿后，我觉得这个想法不切实际，于

1　黄页中的条目按照字母顺序排列，"催眠师"（hypnotist）应在"瘤鼻蝮蛇贩"（hypnale snake dealers）和"皮下注射器"（hypodermic syringes）之间。

是选择了放弃。我不确定自己能找到一根足以刺穿我巨人皮肤的粗针。

这里什么都有，又什么都没有。这里有我无法品尝的食物，有我听不到的声音，有我感受不到的风，没有颜色，显然也没有催眠师。如果我戳自己一下，会不会流血呢？会的，但并没有液体流出的感觉，我也没有感觉到疼痛。血液是黑色的。我努力想要理解到底什么才是虚幻的，是我离开的那个充满痛苦的世界，还是眼前的这个。不过说到底，这些都无关紧要，因为我就躲在这里，像吃绿菜花一般嚼着无味的树，眯着眼睛看着远处的"可见之地"作为消遣，为的只是把这一帧帧画面占满，面对那里上演的滑稽场景，我无声也没有快乐可言地笑着。站在这个高度，我可以看到整个世界像一幅画一般展开，蠕虫、波浪、各种角色穿越时间，延伸至模糊的记忆和可怕的预言之中。在天空不那么阴沉的日子里，一些早期、原始的脑视画面在远处若隐若现。

在路上，我遇到了一个女人，她虽然不像我这么高大，但估摸着要比这里的一般人稍稍高一点，我坠入了爱河。她的头顶刚好与我左小腿肚子上那颗让人不安的、正在恶变的痣齐平。

在这里一天还没有过完，她便离开了我。在离开之前，她嘱咐我找个皮肤科医生看看病。

我爱的女人离开了我，投入了她同类的怀抱。我意识到，我对于她来说实在是太高大了，她也是这样告诉我的。我们是行不通的。她还说，除此之外，我们的种族鸿沟也宽得不可逾越。因为太高，我还是总能看到她，我的双眼甚至能像升降机镜头一样向下推进，看她在新恋情中翻云覆雨、无声媚笑，对我没有一丝挂念。但我不经常这么做，这么做太诡异了。

我转而继续朝着那片树林走去，树林之后便是英戈的住所。在我前面，一个非裔美国男子用粉笔在路上画了一条线。一只鸡茫然地盯着那条线。不消说，我知道这位先生在做什么：他正在给鸡催眠。我父亲就做过这样的事。电影导演沃纳·赫尔佐格在他的每一部电影里都会对数百只鸡进行催眠，在备受争议、集精彩与糟糕于一身的《玻璃精灵》中，他对一众人类演员也进行了催眠[1]。我低下头，对着口型无声地呼唤那个人："你好。"他抬起头来。

"什么事？"他对着口型道。

"你能像催眠你的鸡一样催眠我吗？"

"应该能。我得找一支更大的粉笔。"

好在我身上的裤子还是我被谢尔曼动物园管理员学校辞退时所穿的那条。我弯下腰，递给他一支比他身体还宽的白色粉笔。

"好一支粉笔。"他发出无声的感叹。

"我想让你给我催眠，好让我想起一部遗忘已久的电影。"

"我一般只做这种'盯着粉笔线'的催眠，"他说，"还有催眠减肥。"

"拜托，这对我很重要。"

"我试试看吧。"他耸了耸肩。

就这样，他拖着巨大的粉笔走到另一边，我则盯着粉笔线看。事实证明，这种方法的确有效，我正在某种神奇的恍惚状态中越陷越深。

---

1 据称赫尔佐格在拍摄《玻璃精灵》时对剧组演员进行了催眠，以追求特定的表演风格。

"现在，"他对着口型道，"把那部你想要记起的电影记起来。"

我果然记起来了，至少是记起了一部分。

气象学家在洞穴里踱步。他找不到快乐，也寻不到安宁。未来对他而言毫无希望，但他必须耐着性子苦挨。我"听见"了他（对口型？）的画外音：

"在探索未来的过程中，我找不到任何慰藉。这只是一场无法改变的艰苦跋涉，终点是我和所有人的死亡。毫无疑问，我已发明出的这台机器，将会在未来某天带来我的死亡。尽管如此，我仍欲罢不能。我会在早上打开机器，用一整天的时间盯着屏幕，搜搜这个、查查那个，看着未来会发生的事情。对我而言，换个方向去看或许能让这消遣更有乐趣——审视过去，那已逝的过往、那已然无法伤害到我的东西。或许，我会在这无伤大雅的怀旧中稍稍沉溺；在未来，婴儿潮一代[1]会从情景喜剧《欢乐时光》中寻找慰藉，我也会以同样的方式通过怀旧寻得安宁。我说的不是贝克特的剧作《开心的日子》[2]，没人觉得那部戏能安抚人的灵魂，里面净是些人被土埋、蚂蚁在身上爬行的奇痒感和波西[3]这样的角色。"

因此，气象学家按下一个开关，让屏幕上的图像倒转播放，而他的计算机则一帧帧地预测出过去。这是纽约市的街景。在这里，行人们向后倒退，街上满是倒行的汽车。气象学家正要从童年的某个场景中搜索些什么，为了找到一些愉快的回忆、寻得一丝慰藉，突然，他注意到了什么奇怪的东西。有什么"东西"正在向前穿越

---

1 婴儿潮一代：指"二战"之后，1946 年至 1965 年间出生的人。

2 《开心的日子》和《欢乐时光》的英文名都为"Happy Days"。

3 波西是情景喜剧《欢乐时光》中的人物。此处 B 记忆错误。

而过。这是些模糊而不定形的肉疙瘩，几乎像是飞蚊症患者眼中的黑斑，似乎在寻找着这些倒走行人的外耳道或耳孔，伺机进入其中。它们会在不久之后（更准确地说，是之前！）钻出，数量大幅增长，应该是已经在这些人的脑中成倍繁殖过。这些画面非常可怕，用我创造的术语来形容，可以说带有"克苏鲁风格"，气象学家惊恐不安地将图像放大，好看得更仔细。经过大幅放大，这些肉疙瘩隐约呈现出子弹的形状。我认为，这是一种进化（或退化？）发展，便于它们飞入耳道。这些可怕的小飞沫是透明的，好像的确有某种类似"食物"的东西正在穿过它们看似原始的透明消化系统。

"今天时间到了。"小小的催眠师对着口型说。

我从催眠状态中惊醒过来。

"你能录下来吗？"我问道。

他打开他的盘式录音机，录音机逐句播放着我的叙述，我们俩"聆听"着这片寂静。我点点头。

他把鸡放在手提箱中，转身离开。

"明天同一时间见？"我在他身后对口型道。

"当然。"他头也不回。

现在，我再次落单，置身于树林之中，拿着那根巨大的粉笔（对我来说不算大），一股乡愁涌上心头。这里的一切都显得不同，陌生而寂静。我几乎认不出自己，也几乎认不出自己的生活。当然，我还是我，这几乎是毫无疑问的。但我到底是谁？有一些东西消失不见了——是那些源源不断拿我开涮的笑话，现在，我终于看清了那些笑话的真面目。那些恶毒而伤人的笑话，它们已消失不见，留给我的只有那隐隐的痛。那些笑话无稽且具有侮辱性，但至少聊胜于无。少了这些笑话，留下的空白无从填补。我痛苦地领悟到，这些想法占据了多少空间，强迫我浪费了多少时间。这些时间本可以用在更好的地方，让我继续学习物理、法语、历史或是双簧管。但我并没有这么做，而这些时间也已不复存在。站在这里，我也能看到自己的"时间蠕虫"，它正往终点靠近。

时间到了早上。什么也没有发生，在这灰暗的世界里，人们很少思考。那位非裔美国催眠师拿着鸡和录音机，从树林里走出来。

"准备好了吗？"他对着口型道。

我点点头。越早记起整部电影，我就能越快去找英戈寻求帮助并请求原谅。

他把鸡从手提箱里拿出来，抱起我的粉笔，画了一条线。我和鸡都盯着线看，双双出了神。

"讲吧。"他对着口型。

鸡什么也没说，但我开口了：

在这倒转的时光中，气象学家发现了这些成倍增加的入耳飞沫，并因这惊天发现而手足无措。他急匆匆地回头继续自己的未来研究，一步步朝着死亡靠近，这既是他的死亡，也是整个世界的毁灭。现在，他眼看着整个世界燃起了熊熊大火。他在这虚拟的灾难余波中徜徉。计算机的模拟技术变得比以往任何时候都要先进，进化成了他能够进入的全息影像，影像栩栩如生，就连虚拟的烟雾都能让他咳嗽、刺痛他的双眼。他想知道到底是什么导致了这场巨大的灾难，却没有耐心为了研究将所有的数据都筛查一遍。"这都不重要，"他通过画外音说道，"反正我什么也改变不了。"寻求原因显得愚昧无稽而难以理解。他只是在苦熬着打发时间，等待着那辆绿车将他撞死。他只是在自娱自乐而已。他意识到，自己身处的这片焦土已经无法居住，但仍有一小群幸存者活了下来。他偷听着一群围坐在篝火旁的破衣烂衫之人的谈话。

"我听说它们的眼睛里有激光。"一个穿着烧焦的油布外套的干瘪女人说。

"有人能证明吗？"另一个幸存者问道。

"能，"一个十几岁的男孩说，"我看到它们中的一个把一头猪给烧死了，是用眼睛烧的。只是为了看着猪被活活烧死。"

"太可怕了，"另一个女人说，"我们该怎么抵御眼部激光呢？"

"我听说这种生物不怕火，而且能承受 100 米深的水的压强。"穿油布衣的女人说。

一个三十来岁、头发稀拉、身穿脏兮兮连身工作服的女人把一个闷闷不乐的小孩拖到火边。这个小女孩手拿一根棍子，一边走一边敲打着经过的一切：石头、旧汽车轮胎、报废的电视。气象学家盯着小女孩。他那无处不在又含糊不清的画外音逐渐清晰起来。

"那个孩子！她身上有什么特殊之处？她是我黑暗空虚的生命中的一道亮光，是我未来生命中的一道亮光，是有史以来所有生命中的一道亮光，从生物学的角度看，这种成年人对孩子的反应是不是提前设定好的？我不确定。我这辈子见过许许多多的孩子，可以说有几十上百个，但是这个小家伙似乎却体现出了某种非凡的东西，某种'说不清道不明'的特质。"

那个看似小女孩母亲的女人面对篝火在她身边坐下，加入到小组讨论中，但气象学家的注意力却全被小女孩吸引，只见她烦躁不安，自顾自地哼着歌，用棍子继续戳东西，又拿它在烧焦的地面上挖了一个洞。

"别乱动。"小女孩的妈妈说。

小女孩果然停了下来，但只坚持了一会儿。很快，她又开始坐立不安，拍起手来。母亲再次让她别乱动，因为她扰得人没法专心，大人们正在谈一些重要的事情呢。小女孩停了下来，大人们继续讨论，但没过多久，她又开始挖了起来。气象学家心生一计。他走出全息投影，回到控制台，输入一些信息，打印出一份文件。

画面圈出圈入。

在洞穴中，气象学家再次打开全息投影，走了进去。仍是同一个场景，幸存者们全都围在篝火旁。小女孩拍起手来，母亲让她别乱动，她安静了一会儿，然后开始拿着棍子挖起来。这一次，棍子触到了某种坚硬的金属。小女孩像敲鼓一样一阵猛敲。母亲让她别出声。她安静下来，默默地在金属周围挖掘，直到从洞里挖出了一个金属盒。现在，篝火旁的所有人都将目光投了过来，小女孩正努力想把弹簧锁打开。

"小心点！"母亲说着接过盒子，轻轻地摇了摇，听到里面有什么东西发出响声。她把盒子放在地上，小心翼翼地打开弹簧锁，掀开盒盖。除了小女孩之外，篝火旁的每个人都显得很焦急。

盒子里有一个裹着塑料纸的娃娃。母亲将塑料纸揭开。这是一个漂亮的小女孩，穿着鲜红色的裙子，是整个灰褐色场景中的唯一一抹亮色，让人想起了《辛德勒的名单》中那个红衣小女孩，就是史蒂夫·斯皮尔曼执导的那部影片[1]，它装腔作势地讴歌了大屠杀

1　该片的导演应是史蒂文·斯皮尔伯格。

中不屈不挠的人性。每个人都默不作声,用敬畏的眼神看着那个娃娃。

"她是我的。"小女孩说。

"谁捡到就归谁。"母亲表示同意,把娃娃递给女儿,女儿把娃娃抱在胸前,笑了起来。

气象学家也笑了。他知道自己会笑,也知道自己必须笑,但即便如此,他仍觉得这个笑容很真诚。

从那以后,他有了目标,或者说他认为自己有了目标。他在虚拟现实中将自己要为小女孩埋下的所有物品看了一遍,然后找到那些地点,把东西埋好,因为他必须这样做,因为他注定会这样做,因为他想要这样做。

*

"未见之地"无法被"可见之人"看见,但它是已知的,而且已经有人从这里穿过。"未见之地"是保护"未见的未见之地"不被"可见之人"发现的地带。它仿佛一片破败的篱笆,将前面那片神奇壮美之域隔开,好像在说:兄弟们,这儿没什么可看的,没什么可掠夺的。但我认为,"未见的未见之地"是美丽的,而这美丽则是由英戈打造出的,因为他可以随心所欲地将这里创造成他想要的模样。而且,他就在这里,至少是他的人偶在这里——这个比例完美的英戈人偶,代表的是被社会所接受的英戈,是没有口吃、能言善道的英戈,是既多彩又无色的英戈,是与露西·查尔莫斯一起生活在完美构建出的爱情中的英戈。他悄然无声地存在于这片没有恐惧的地方。

突然之间,我已置身此处。我是如何来到这片"未见的未见之地"的?我能记起的最后一件事,就是自己和一只鸡一同被催眠。

来到这里之前，我本该把整部电影都回忆起来。我的献礼还没有准备好。我还不该来。或许，我被带到这里，是为了保护"未见的未见之地"不被"未见之地"、"可见之地"和"可见的可见之地"所吞噬。有没有"可见的可见之地"？那会是个什么样的地方呢？我会成为闯入这枝繁叶茂花园里的可怕巨人吗？我还没有做好与英戈见面的准备。我还没有把这部电影完整记起来。我现在还不能来。我是英戈心目中梅里爱影片里的北极怪物[1]吗？一个双眼因痉挛而眨个不停、长着胡须的巨型人偶，将那些用滑稽的动作在胸前慌张画十字的讨厌的"未见之人"吞进血盆大口？还是说，我存在的意义只是成为更多笑话的笑点？哼，我不允许，我绝不允许。我转身离开，想要找寻一条离开"未见的未见之地"、重返"未见之地"的道路，而远处的欧利埃拉·德波却再一次突然映入我的眼帘。它就是我的北极星，我朝着它走去。

"他妈的浑蛋，你这个小杂种，可恶的犹太佬，按我说的做！"一个声音悄无声息地传来，因为就像我刚才"默默"说过的一样，在这里，一切都是寂静无声的，尽管如此，我还是听到了。我停下脚步，这句话我听着很耳熟。我听过这话，但是在哪儿听到的呢？我在寂静中默默站着，回忆不起是在哪里。我想不起来的事又多了一件。

我继续往前走。

"去死吧，犹太佬！"那个无声的声音大喊道。

我停下，观望，聆听，就像伟大的美国动画师莱恩·詹森的那

---

1 此处指梅里爱 1912 年的影片《征服极地》中的怪物。

部同名真人定格动画杰作[1]。那无声的声音再次传来："去死吧，犹太佬。"我想，这话应该是说给我听的，因为除我之外，这里没有其他"犹太佬"了。即便在这不折不扣的伊甸园中，即便在我生命中的这个阶段，即便经历了所有的磨难，我仍然是这种霸凌的对象。好吧，我是不会待在这里逆来顺受的。我继续踏上通往自由的道路，至少是朝着一个不是这里的地方进发。这一切有任何真实性可言吗？我心里纳闷，还是说镜头会俗套地从特写缓缓拉远，揭示我正置身于一个四壁钉着软垫的精神病房？而随着镜头越拉越远，穿过软垫门上的窥视孔，我们会发现英戈原来是精神病院里一位身穿白褂的护理人员？会是这种俗套的结尾吗？我讨厌这个结尾，编剧要么是犯了懒，要么就是不愿深挖这个概念中所包含的鲜活的超现实性。这样的设定经常出现在查理·考夫曼的电影中，如果你能有毅力看到最后的话。你瞧，事实证明，这一切都是一个疯子脑中编织出的产物，这一切全都是一场梦，或只是诸如此类的虚幻而已。这是对短篇小说《白日梦想家》的第四千次演绎，而这则故事甚至在被詹姆斯·瑟伯写出来的时候，就已经是一堆陈词滥调了。我的作品不会是这样。我的作品不是疯狂的空想，不是精神病患者眼中的世界。精神病患者是一切少数群体中最受诋毁和嘲笑的一群人，这种不公的侮辱无休无止，我拒绝成为其中的一颗棋子。即便我要毫无希望地在此迷失下去，我仍要在这一点上誓死捍卫自己的立场。我想念蔡小姐。我怀念对那份美好关系的笃定。我曾以为自己已将她抛到了脑后，但现在我明白，我太过自信了。我渴望在她放袜子的抽屉里

1　此处指莱恩·詹森自导自演的真人定格动画电影《停下，观望，聆听》。

入睡，蜷缩在她美妙的袜筒之间。原来，以为忘掉了她的我只是在自欺欺人。

果然，钉着软垫的门出现了，和预想的一模一样。我在门的一边，是我不该待在的一边。窥视孔是给另一边的人准备的，尽管如此，我还是试图透过它往外看去，而另一边的世界远在千里之外，但我仍看到了一个身影，一个小小的身影。我看不清那是谁。

"哦，是你呀。"那个身影说。

我试着开门，本以为门是锁着的，谁知并没有上锁。我打开门，看到了一个非裔美国女子的人偶，你是不会知道她的名字的，她没有什么名气，但还是很漂亮。

"我想要回到'可见之地'。"我朝她对口型。

"你哪儿都回不去了，"她告诉我，"你只能往前走。"

"这话真睿智，"我说道，"希望你不是那种'神奇黑鬼'角色[1]，因为那是一种带有简化主义和侮辱性的角色，我拒绝让自己成为推动这种角色延续下去的工具。"

"朋友，我一点也不神奇。我只是这里的一位护工。没错，亲身经历的一些无人知晓的疾痛和苦难，或许让我拥有血泪换来的智慧，但是在这里，我的目的只是帮你。"

"你难道不知道'神奇黑鬼'就是这样的角色吗？"

"我知道你必须从这儿逃出去。这里不是你该待的地方。他们会毁了你的。你还无法在'未见之地'生存，你不像我和我的同胞们那么强大。我们之所以强大，是因为我们有血泪换来的智慧和对

1　"神奇黑鬼"是电影导演斯派克·李创造的名词，指好莱坞电影中常在关键时刻出手帮助白人主角的黑人配角。

全能上帝的信仰。"

"呃，好吧，谢谢你。我要离开这里，但是该怎么走呢？"

"和欧利埃拉·德波做爱。在这个微缩的世界里，你已经大到足以和它交欢了。爱，真爱，才是唯一重要的事。如果你能爱它，能够取悦它，它就会让你回到'可见之地'。爱是开启万物的钥匙。"

像所有男性、众多女性和各式各样、程度各异的跨性别者一样，我一直深爱着欧利埃拉，因此对我而言，与它做爱无异于梦想成真。

"好吧，我试试看。该怎么感谢你教我的一切呢？"

"只管走吧。你的自由就是对我最好的感谢。"

我给她一个拥抱，然后拔腿就跑。这位了不起的精神病院护工，我一辈子也不会忘记你！

来到欧利埃拉·德波那广阔的山脚下时，我像对待未来的情人一般向它靠近：我温柔体贴，带着极大的尊敬，与此同时，我一路演练着进行最终的欢爱前必须向对方提出的一系列征求它同意的问题，因为就像宇宙中的万事万物一样，这么做是有意义的。欧利埃拉·德波是有知觉的，在我们这些人类和"定格动画族群"看来，它生命的流逝或许缓慢得难以察觉，但这并不意味着它比我们低等。"转瞬即逝并不代表高人一等。"这是我们在远足中缓缓前行时看到的标语口号。当然，这话是真的。如果转瞬即逝真的意味着高人一等，那人类就不得不把果蝇看作更高等的生物了。但实际上，果蝇和人类是不分高下的。欧利埃拉诞生于十五亿年前，是地壳构造板块碰撞、岩浆喷发、剧烈摩擦的产物，它骄傲挺立，像一个永远警惕的哨兵一般守卫着这个国家。我再次靠近它，这一次，我不再是一个探险家，也不再是一个寻求答案之人，而是以求爱之人的身份向它靠近。我是一个求爱者。在爱中，我们不会寻求答案，而是寻求情感的交流。在交流中，"我同意"是唯一的答案，因为交流中绝不能有质疑。交流永远是一种信仰的实践，是对彼此完全的接受，是对他（她、彼）敞开心扉，抛弃自我，彼此交融。疑问的本质是理性的、疏离的，是爱的对立面。我手拿着征求对方交欢同意的问题清单，向欧利埃拉提问。

"你好。"我说。

"你好。"

"你很可爱。我可以吻你吗？"

"可以。"它说。

我吻了它，这感觉是如此丰饶多彩。

"我可以爱抚你吗？"我问道。

"可以。"

我爱抚着它，尽管它有花岗岩的躯体，我仍能感觉到它在颤抖。

"我可以跟你做爱吗？"我问道。

"可以。"它说。

我照做了，我感觉我们的交合仿佛是天造地设一般。我与这座美丽的山脉融为一体。我们已经不是 B 和欧利埃拉，而是合二为一，成为"波利埃拉"——神奇的是，这个词是"bolear"的第一人称虚拟形式，而"bolear"的意思自然是"擦亮"。我的确是在擦亮着什么，用我的光点亮它的黑暗。这是亘古不变的男女两极，一阴一阳，二者都是一个整体不可或缺的部分，尽管阴阴和阳阳也能构成完美的结合。这是一股自然之力，有了这股力量，我被推入扑面而来的光明之中，迫不及待地想要继续踏上征程，回到"可见"的世界。这个没有上帝的异世界的混乱无序让人难以忍受（我必须把这件事告诉理查德·道金斯！）。这是一个没有叙事的世界。很久以来，我一直是个无神论者，但也必须承认小的时候，我很喜欢汉纳巴伯拉公司出品的动画连续剧《威利博德和威尼博德》[1]，这是一曲颂歌，赞美了一对无私奉献的圣人兄弟，他们的体态完全相同且性格开朗，与种种罪行（罪恶）做斗争。他们与妹妹圣沃尔普加[2]的口角纷争，是迷人的问题家庭喜剧片中的经典元素："妈妈！沃尔普加又占着浴室不出来了！"对于我们这些出生于婴儿潮后期的人来说，这种场景能带来莫大的慰藉。然而，这个世界的混乱无序、让人匪夷所思的动机和结果、错综复杂的线索和死路，还有无时无刻需要费力解决的无数毫无意义细枝末节的问题，组成了一场令人毛骨悚然的噩梦。我必须继续前行，穿过这道光亮，找到归路，回到可以用理性分析且受因果关系支配的世界，那是为人类设计的世界。那里有路标和社会道德规范，从理论上说好人会胜出、坏人会落败——至少现实中偶尔会如此，至少在电影里会如此。下山的道路很好走，看来只需心有念想、纵身坠落。然而，上山却需要动用巨大的决心和毅力，而即便如此你也不一定爬得上去。只有在下山时，地心引力才会成为你的朋友。我在这里看着"可见之地"所在的世界，虽然已无法再遵循那里的概念、故事情节和角色动机，我仍能看到种种已经支离破碎、混乱多变的图景，仿佛我是他人梦境的见证者一般，我对做梦者的人生一无所知，对做梦者的动机也无法理解。而在这

---

1 这部连续剧是作者的虚构。汉纳巴伯拉是美国著名动画公司，曾推出过《猫和老鼠》等动画片。
2 圣沃尔普加：德国8世纪著名的女圣徒，是圣威利博德和圣威尼博德兄弟的妹妹。

些碎片之中，我看到了自己！我发现自己已被人取代，对此我是肯定的。我看得出，这个人的故事笑料百出，因为我能在这里听到一段段音乐伴奏，其中有木琴，有带弱音器的喇叭，有不可或缺的大号。我知道这些是滑稽的管弦乐器，却无法领悟其中的幽默之处。故事因距离和破碎被扭曲，但我知道我已被取代。我的没落对世界毫无影响，这场戏仍一如既往地继续着。长号奏出一段幽默的乐曲。我必须回去，夺回我在那里的身份。这不公平。关于爬山的比喻也只能用到这里为止。虽是攀爬，但路途并非直上直下，更准确地说，这是一条尽头有一道光亮的隧道，光亮是一辆迎面而来的火车头发出的。这是一片藤蔓丛生、猿猴啼鸣的丛林。这是一间没有门的房间，让人既想进去又想出去。这是一场无人被邀请的派对。这是一张永远在跳针的唱片。这是我在努力搞懂的人生。这是风儿，而我则是一片徒劳拍打着风洞牢狱内壁的叶子。这是一个无论我如何改变都不肯爱我的女人。这是被诊断出绝症之后的绝望。这是大火。这是洪水。这是从不与我靠近的事物。这是我破碎的心灵，是我的耻辱，也是我得以变得足够优秀的途径。这是先向这儿、后又朝那儿的路。这是我在镜中那张因打光不周而显得丑陋的脸。是，亦不是，但我仍然朝着它走去，它虚无缥缈，但我还是继续前行。我步行，我游泳，我攀爬，我匍匐了很多年，数十载，千万代，直至永恒。尽管如此，我却无法靠近，但突然之间，我做到了。我感觉它变得越来越大，在我的视野中占据了越来越多的空间。这一变化微妙得难以察觉，有如比邻星和半人马座阿尔法星之间的区别，但这仍是一种进步，其中存在着一丝叙事的意味，带来了一丝理性和希望。因此，我继续前行，又走了千万代。穿过齐腰深、要把人吸入其中的淤泥，穿过虚空，穿过大规模的瘟疫，穿过针眼，穿过疯狂的入口，穿过陌生的地域，穿过下水道……突然之间，它在我的头顶出现，那是一口敞开的阴井。我爬上梯子，却不知为何犹豫起来。这是我想选择的路吗？这个世界能够承受两个我吗？我会不会在进入这个世界时化为云烟呢？想要返回"未见之地"非常容易，只需转头就能看见。往悬崖下踏出一步即可，我瞬间就能掉回原处。

但我仍然看向天空，往上爬去。

58

　　"可见之地"已物是人非，我的接替者名声大噪。在公共汽车的侧面、广告牌、书店橱窗的海报上，都能看到我的脸。不消说，那个新的我已经把关于英戈电影的著作写了出来并发表于世，引起了国际轰动。这本书叫《复原》，我猜这是个文字游戏，暗指我将已经遗忘的电影从记忆中复原，并在这个过程中得到了自我复原和救赎。我当然不会给书取这种名字。这书名太俗了。书的封面上有一张我的照片，与印在广告牌和公共汽车上的是同一张。照片上的我头戴一顶犹太人圆顶小帽。这封面可真难看。我为什么要戴圆顶小帽？我又不是犹太人。我摸了摸自己的头顶，没有圆顶小帽。就说我不是犹太人嘛。难道这就是没有人认出我的原因吗？我好赖也该是这里的名人。或许我该去沃尔格林商店买一顶圆顶小帽。这时，我在书店的橱窗中看到了自己的影子。我蓬头垢面，胡须乱缠在一起，眼镜的镜片裂开，和爱森斯坦经典电影《弹球机》[1]中那个著名的角色一模一样。我那个身为"上帝的选民"[2]的分身脸上挂着沾沾自喜

1　此电影为作者虚构。
2　犹太人认为自己是被上帝选中的民族，要完成在世上宣扬上帝真理的使命。

的表情，而我却一脸寒碜。我必须找个地方洗澡。我必须换身干净的衣服。我必须去买或租下一顶圆顶小帽，但在此之前，我必须读读这本书。

我走进书店，人们向我投来鄙夷的目光，认为我是又一个想来避寒的流浪汉。流浪汉只在进入不受欢迎的环境中时才会被人注意，一旦进入这样的环境中，天啊，他们就成了众人目光的焦点。我看着畅销书展台。《复原》不在上面。展台上有专门给这本书空出的地方，但整个展台空空如也。我走向收银员，她抬起头来，立即掩饰住轻蔑之情。

"有事吗？"

"我想要《复原》。"

"你肯定想从头开始。"她脱口而出。

"我说的是那本书。"

"卖完了。"

"真的吗？"

"不，我骗你呢。"

"真的吗？"

"我当然没骗你。我干吗骗你？你脑子有毛病吗？这本书全市都卖光了，人人都知道。"

"哦。"

"还有什么需要我帮忙的吗，先生？"

她口中的"先生"像一把刀一般刺向我。

我摇了摇头，走开了。我找不到那本书，这是个巧合，还是某种错综复杂的情节的一部分？不管那么多，反正我已经走了那么远，我要继续走下去。下一步是把自己弄干净。过了这么久，我的口袋里还装着那一大串公寓钥匙。如果多米尼克不在，或许我可以溜进去，冲个澡，拿几件衣服。然后，我还可以联系一下巴拉西尼，继续把真实的电影修复出来。

钥匙还能用。多米尼克不在家，但我所有的家当都不见了。多米尼克把我所有的东西都扔了吗？我觉得那个丑怪物做得出这种事。就连我的睡椅也不见了，取而代之的是一张巨大的吊床，绑在两根新装的 I 形梁上。我的家已经面目全非了，但至少淋浴还在，尽管冷热水的旋钮已经被移到了我头上 10 厘米高的地方，我猜，这是为了给那浑身恶臭、肥头大耳的胖子提供方便吧。毕竟，有着这样的体重，他可能连稍微弯腰打开水龙头都做不到。也许，这就是他臭气熏天的原因。现在的他可能已经变成一头柠檬味的利维坦海怪了。在这件事上，我不愿细想。我抬手打开淋浴，感觉很舒服，但现在不是沉迷享受的时候。我用一款叫作"大男人洗发水"的产品尽快把胡子洗干净，然后急匆匆地离开了。多米尼克的衣服是在一家熏蒸帐篷公司专门定做的，我甚至没法用他的腰带把衣服扎紧，因为他的腰带比我的身高还要长。但我找到了他的一块手表，表带扎在腰间正好。虽然看起来挺寒碜，但衣服起码是干净的，这是我能找到的最好的行头了。我把他抽屉里所有卷好的袜子都塞进一双鞋里，这才勉强穿上。

我站在梯子上，对着浴室里的镜子打量自己。穿着条纹熏蒸帐篷布和巨人鞋的我，看上去活像一个小丑。或许，我能从中得到些启发，美国人热爱小丑。好吧，虽然准确来说算不上热爱，但小丑总比一个长着犹太脸、穿着小丑服走来走去的男人要招人喜爱些。

涂白的脸或许能让街头的男人、女人或非男非女的人安下心来，同时这个妆容不会让人们注意到我和我替代者的相似，因而引起恐慌，也更方便我找到他。我找到了多米尼克在喜剧酒店扮演罗斯科·阿巴克尔时用过的一大盒白粉饼，随意抹在脸上，然后用他黑色的油脂眉笔画出哈里·兰登式的无辜眉毛。现在，没有人会觉得我可怕了。

　　在街上，孩子们指着我，乐不可支。给这个残酷、愚蠢而丑陋的世界带来了一些欢乐，这感觉真好。我也对他们挥手微笑。要是我手里有玩具气球就好了，我听说孩子们喜欢玩具气球。关于这一点，我也不能怪他们，因为这种东西既多彩又轻盈——我说的是气球，不是孩子。我还是个孩子的时候，用绳子把玩具气球绑在手腕上的自豪感是无与伦比的。等一会儿我就要去找一包玩具气球和氦气瓶来。这两样东西我都得偷，因为我一分钱也没有。但若是能给孩子们的脸上平添那样的欢乐，一切就是值得的，不仅要让他们脸上平添欢乐，还要让他们浑身充溢幸福。我沉浸在幻想之中，差点毫无觉知地从演员圣殿剧场门口聚集的人群旁走过，还好我及时瞥了一眼，看到大门打开，我的分身走了出来，人群中爆发出如雷的掌声。我俯身躲在垃圾桶的后面。摄像机灯光闪烁。他停下脚步，向人群挥手致意：

　　"作为一个恪守教规的犹太人，我每天都会进行晨祷，或者叫犹太早祷，毕竟我是个犹太人，这一点高于一切。我不认为在教堂中一现身便对粉丝发表演讲是'合乎犹太教规'的，但是，如果智慧无量的哈希姆[1]认为我应当承担慰藉众生的使命，那么或许，我的

1　哈希姆：希伯来语，指上帝。

做法之中就还有一丝神圣可言，而在上帝的殿堂之外接受大家的赞誉也不能完全算是一种不合规矩的行为。当然，这事绝不能在殿堂之内做，但在圣殿之外，又有何妨？有机会成为英戈·卡特伯斯的代言人，我感激不尽、诚惶诚恐。一年前的今天，他离开了人世，愿上帝让他的灵魂安息。"

一年？我已经在地狱里徘徊千万个世代了。

"不管怎样，我要再次感谢大家对我的热情。现在，我要去参加一场关于国际电影危机的联合国会议，你们当中的很多人可能已经知道，今天晚上，我将会在92街希伯来青年协会做一场关于卡特伯斯电影的免费演讲。演讲之后设有问答环节，届时，任何想要就这部电影向我提问的人都可以自由提问，我再强调一遍，任何人都可以提问。或许，这次演讲是一个进行对话的恰当时机。再次感谢大家对英戈·卡特伯斯的电影以及整个电影文化的关注。再见，祝大家好运。"

我跟在他后面，中间隔着一段不显眼的距离，我的分身往东朝着联合国大楼走去，身边是一位看上去还算年轻的女助理。好在纽约小丑和杂耍中学刚刚下课，一小群穿着全套装备的学生小丑正在47街上往东走。我得加入他们，避免引起怀疑。我看着分身的圆顶小帽随着他迈出的每一大步上下颤动，这算什么走路方式？我走路才不这样大步流星呢。如果他是在模仿我，难道不该采用跟我一样的走路方式吗？但是，圆顶小帽也不是我的标志。他不是在模仿我。在我的替代者身上，出现了难以捉摸，又或许不那么难以捉摸的变化。

学生小丑们叽叽喳喳，讨论着一位"古怪先生"在C街区关于五彩纸屑桶的讲座。噪声吵得我心烦意乱。大家都认为，这不过是拿一桶五彩纸屑往观众身上一甩就大功告成的事儿，但在古怪先生看来可不这么简单。听着就让人恼火。我的分身在詹姆斯·戈登[1] 餐厅前停下了脚步，这是一家超级英雄主题的犹太熟食店，以给富人家的男孩女孩（最近还包括非男非女的小孩）举办成人礼而闻名。学生小丑们从我身边走开，使我暴露在餐厅门外。我蹲在另一个垃圾桶的后面，从那里我可以透过玻璃窗将餐厅里的情景看得一清二楚。他正在柜台点餐。助理把一只手搭在他的后腰上。她可不是什么正经助理。我仔细端详着她。她有一种犹太女性特有的魅力，带着些许朴实无华、不苟言笑的专横。这种气质不是谁都能欣赏的，但我喜欢。我喜欢被人颐指气使。

"我"和"助理"重新回到了街上，两人都就着外卖纸盒吃饭，他的纸盒上写着"鸡肉汤超人"，她的纸盒上则写着"断臂虾"（DC 漫画中有一个叫"断臂侠"的角色，能把手臂拆卸下来当棍子使用，非常可惜，他很少露脸，而"断臂虾"则是对"断臂侠"的恶搞。当然，DC 是永远不会为这个角色拍电影的，因为这画面太血腥了）。

我看着这两个乡巴佬狼吞虎咽地吃着他们新奇的食物，不时停下，和几十位路人摆姿势拍照。最后，助理指了指她那没有戴手表的手腕，他看懂了她的意思，找借口离开了。在散开的人群中，有几个人询问我能不能与他们照相，但我挤开了人群，目不转睛地看着面前的冒牌货。

虽然我才是正牌，但联合国却不让我参加会议。其实早在 1975 年，我就自行出版了《国际影坛危机杂志》，通过文字表达了我对国

1　詹姆斯·戈登：《蝙蝠侠》中的角色，哥谭市警察局长。

际影坛危机的看法。我坐在会场门外，看着那群"惯犯"鱼贯而入：理查德·罗珀、马克·克莫德、克劳迪娅·普格、斯蒂芬·霍尔登、WBAI 广播电台的保罗·旺德、亚当·德赖弗、妮琪·米娜、霍华德·斯特恩，简直堪称国际影坛危机名人录。而现在，我受邀成为他们之中的一员，或者说，是某个奇怪的山寨版的我受邀成为他们中的一员，或者是不是叫"闪寨版"[1]更合适？这个笑话简直太精辟了，我很快就能找到用它的地方。或许能放在我的《断臂侠》待售剧本里。

趁着等待的时候，我抬头看着联合国总部的大楼，冥思着这个组织的创立以及那场引出其使命的可怕的战争[2]，突然之间，我想起了被偷运进美国的马特和马勒，他们被美国纳粹乔治·林肯·洛克威尔藏在欧利埃拉·德波的洞穴里，洞穴里放着的，还有同样被偷运进来的罗森堡的唇部碎片，以及汉斯·斯佩曼[3]的克隆设备和孵化器。在这里，他们将要培育出数以百计的小罗森堡，为洛克威尔侵占美国的计划做准备，他打算将这个被侵占的国家命名为"乔治生·林肯造·洛克威尔国"。洛克威尔有点灰心，因为这听起来好像是《摩登原始人》里的国家，后者是一部关于穴居人的动画片，但是，他也只能暂时妥协了。

*

在 92 街的希伯来青年协会，我在人满为患的礼堂中坐下。很显

1　此处意指闪族人，是起源于阿拉伯半岛和叙利亚沙漠的游牧民族，犹太人也是闪族人。

2　联合国是在"二战"之后创立的。

3　汉斯·斯佩曼：德国生物学家，因发现了胚胎发育过程而获诺贝尔奖。

然，席间的观众们已经按捺不住心中的激动，其中很多观众都是非裔美国人。礼堂的灯光暗了下来，舞台灯光亮起。他走了进去，来到舞台右侧，大步流星地走向讲台。他身穿紧身金色皮裤和一件一直到下巴的黑色高领毛衣，头戴一顶圆顶小帽，和刚才的那顶不同，是金色皮革做的，或者说是人造革，我从这里看不清晰。他的胡子梳得整整齐齐，还编成了辫子。他周身似乎带有某种气场，像是一圈神圣的光环。这或许只是舞台灯光营造的效果而已。观众们安静下来，满眼爱意地等待着。他以一个笑话作为开场。

"很抱歉，我出场稍晚了一些，因为我正在后台为人类流泪呢。"

他露出慈祥的微笑。这笑容太过讨好，让人感到浑身不自在。观众们放声大笑，爆发出如雷的掌声。通过他们的反应，我才知道这是个玩笑。他一定是在援引那本我至今还没找到的书中的内容。然后，他开口了：

"请允许我回忆一下我所认识的英戈·卡特伯斯、我对他电影的感受，以及我为尽可能准确地复原他的电影所做的努力。我可以公平地说，这三种体验的结合，重新燃起了我对哈希姆以及我人类同胞的信心。在偶遇英戈之前，我正身陷非常艰难的处境：婚姻破裂，电影评论家和电影历史学家的职业生涯也停滞不前。我已成年的儿子透露，他被各种各样的性心理问题所困扰。哈希姆知道，我对儿子的爱不会因为这些问题而有丝毫减少。当时的我独自面对这些问题，因为那时我还没有发现自己的上帝。回顾发现英戈的经历时，我感觉仿佛是哈希姆指引我穿过荒野找到了他。实不相瞒，当时的我正在考虑结束自己的生命。"

"不会吧！"观众席里有人惊叫道。

"别这么做！"另一个人喊道。

"我们爱你！"第三个人冲着我的耳朵大喊。

我的分身停下来，再次带着慈祥的笑容向观众致谢。然后，他继续说道：

"这样的选择，意味着向内心的光明之战屈服。但是，我不顾一切地想要回到这光明之中，不顾一切地想要返回可见的世界。另一个世界的混乱不堪让人难以承受。那是一个没有叙事、没有上帝的世界。那个世界的混乱无序、让人匪夷所思的动机和结果、错综复杂的线索和死路，还有无时无刻不需要费力解决的无数毫无意义细枝末节的问题，组成了一场令人毛骨悚然的噩梦。我下定决心，必须找到归路，回到可以用理性分析且受因果关系支配的世界，那是上帝为人类设计的世界。在内心深处，我知道结束自己的生命是一大罪孽，它会让我无缘与那个对我的人生产生了诸多积极影响的人相见。就这样……一天晚上，我独自一人待在圣奥古斯丁的公寓中抽泣，我抽泣的缘由，就是——"

"人类！"观众异口同声地说。

"是的，人类。哈，没错。身为无信仰的人，我望向这世界所有的问题：贪婪，无餍，绝望，对地球母亲的恶意摧毁，男人和女人无力正当地去爱，同时更重要的，无力彼此尊重，对于这样的境况，我找不到任何可能的解决方案。因此，我抽泣起来。落在舌尖的泪滴与我心中的泪滴一样苦涩。我感到孤独。我感到无助。我手中拿着一瓶药片，已经做好了准备，这时，突然有谁敲响了我的门。该怎么说呢？那是世界上最温柔的敲门声。"

观众们做惊叹状。

"那是上帝派来的一位天使的敲门声。"

他轻敲讲台，以做演示。观众们继续惊呼，声音很大。一个人干脆直冲着我的耳朵惊呼起来。

"这敲门声，这天使的敲门声，让我……好吧，我必须承认，这敲门声让我怒火中烧。竟然有人上门抱怨我发出的噪声！这不就是可憎的人类会做的事吗！我血脉偾张，踩着脚走到门口，坦白说，当时的我和一个蹒跚学步的愤怒孩子无异。一个怒不可遏、蹒跚学步的老男人。"

观众们会意地笑了。

"这种状态我们也经历过！"其中几个人承认。

"我打开门，准备好好教训一下这个恶棍，但站在那里的却是英戈·卡特伯斯，我的愤怒烟消云散，因为……因为……因为他可真美。这真是一种美妙的感觉。我的面前是这个垂垂老矣之人，何况还是个非裔美国人！他是个巨人，但佝偻着背，双手因关节炎而变得疙疙瘩瘩，双眼因白内障而蒙蒙眬眬。虽是巨人，却弱不禁风，每一次呼吸都显得非常吃力。'你好，'他说，'很抱歉晚上叨扰，但我想给你看样东西。'

"他有没有听到我的抽泣声？就算听到了，他也没有告诉我。'我现在真的没有时间。'我说。'我觉得你还是看看为好。'他说。'不用了，谢谢你。'怒火在我胸中堆积。'这是我专门为你准备的，'他说，'我不远万里，就是为了把这份礼物带给你。'我叹了口气以示不满，然后说：'好吧，那就速战速决。'他带着我来到他位于走廊正对面的公寓。公寓里从地板到天花板都塞满了箱子。有一小块地方被腾了出来，那把现在已经名声大噪的硬背椅面对着现在已经名声大噪的便携式电影屏幕，椅子后面摆放着那台现在已经名声大噪的电影放映机。他让我坐下。我照做了，从某种程度说是不得不这么做。他打开那台古老的放映机，屏幕亮了起来，就这样，在这段长达三个月的时间里，我在英戈·卡特伯斯那宏伟而神圣的大脑中展开了旅途。当然，我没有必要在这里跟大家描述电影的内容，我敢肯定，今晚来到现场的人一定都读过那本书——"

"不止一遍！"一个人大喊道，引得笑声和掌声四起。

"但我还是要聊聊电影的主题，聊聊英戈想要传递给我的信息，以及他想要通过我传递给大家的信息。首先，英戈的这部杰作是人类智慧和爱铸就的奇迹，用伟大上帝的至美之光对二者进行了诠释。不过这部电影探索了什么呢？大家知道，电影运用了定格动画技术，也被称为黏土动画技术，通过这种方法，卡特伯斯探索了时间的流逝，由于没有更准确的术语，我们暂且说他对神明的意旨也进行了探索。他是如何做到的呢？在这部巨作中，每个角色的每一个微小的动作都是由英戈决定和完成的，但在观众看来，这却是角色自由意志的结果。他通过展示这个充满贫困压迫、无畏勇敢的世界，以细致入微的完美细节向我们中那些应当得到同情和尊重的人致敬，然而在这个世界上，这些人却往往得不到他人的重视。就这样，他阐释了我们共通的人性。从来没有哪部关于受压迫者的电影能做到如此严肃和深刻。我们必须意识到，整部电影中没有一个笑点，没有一帧轻佻的画面，也没有一个笑容。这部电影是一场长达三个月的无情折磨，但这正是我们需要的，不是吗？"

"神的折磨！"观众们欢呼道。

"我们需要有人帮我们睁开双眼。我们必须体验穷人、精神病患者、罪犯的疾苦，也就是那些被我们囚禁在监狱、贫民区和精神病院的'可有可无'之人，那些躲在我们看不见的地方、在防水布和桥梁下容身的人，移民、有色人种、被剥夺了公民权利的人、搞不清自己性别的人、侏儒、残疾人、盲人、聋人……我说过侏儒了吗？"

"侏儒！侏儒！侏儒！"观众们异口同声地喊道。

"一言以蔽之，就是这个社会所背弃的所有人。他们就是这部电影所刻画的人。这次，他们又一次被置于舞台的中心位置。这是属于他们的故事。在这部电影中，我们也能看到养尊处优、身体健康的白人们的故事，但我们只把他们当作天气，视作施加暴力压迫的旋风……"

59

他就这么滔滔不绝下去。在远远超过一个小时的时间里，他满口胡言、天花乱坠地叙说着这部电影。很显然，他根本就没看过电影。他编造了一部与英戈的理念和艺术使命背道而驰的电影。我被卷入了一场可怕的噩梦，但在问答环节之前，我坚持没有发话。在一连串无关痛痒的问题和愚蠢空洞的回答之后，在我不断举起的手被一次一次又一次地忽视后，那位戴着圆顶小帽的分身终于点到了我。

"对，就是你，第四排的小丑。"

"我们两人谁才是小丑？"我挖苦道。

"你呀。"他显然被我的问题搞糊涂了。

"就算是吧，"我说，"但我还是要跟你理论理论。"

"有请，"他笑着说道，"放马来吧。"

"你撒谎。"我说。

"这位滑稽的朋友，我撒什么谎了？"

"你描述的不是英戈的电影。"

"你是怎么知道的？"

"因为我看过它。"

观众闻言对我发出嘘声，但台上的那个人依然很平静，他仁爱地微笑着，举起双手示意观众安静下来。

"除了我，没人看过这部电影。"他说。

"我就是你。"我说。

嘘声更大了。

"是吗？"他友善地咯咯笑着说。

我试图用夸张的动作把妆抹掉，露出本来的面目，但我把小镜子掉在下水道里了，因此不知道妆到底抹掉了没有。我转脸面向坐在我旁边的女人。

"妆抹掉了吗？"我问她。

"只是涂花了而已！"她大声喝道，眼里充满了仇恨。

"为什么不上台来呢，朋友？"我的分身主动提议。"我们可以就这个问题进行讨论，大家愿意吗？"他问观众。

他的语气显然在暗示，正确答案应该是"愿意"。

"愿意！愿意！"观众们说道。我被抬离地面，一位又一位观众将我传送到舞台边，随意地扔在上面。

"你好。"我的分身把我扶起来，然后对后台嘱咐："请给这位唱反调的朋友搬一个讲台和麦克风上来，好吗？"

两个工作人员立即出现在舞台右侧，身后拖着一个带麦克风的讲台。一切发生得如此之快，我突然怀疑他是不是早有准备。我的分身彬彬有礼地把我引到讲台上，然后返回自己的讲台。

"好吧，"他说，"跟我讲讲你是怎么看到我们这部英戈的电影的？"

我哑口无言、手足无措、五味杂陈。我看了看人群，发现他们都在异口同声地反对我。我被他们凌辱、谩骂。

"是这样的，我，我……"我张口道，"我才是真正的你。那部电影我看过，你是我的替代者。你没看过那部电影，只是宇宙的力量对你进行了编程，让你相信自己看过。"

"我懂了，"他说，"真是挺玄的！"

观众发出一阵笑声。

"好了，好了，"他对观众说，"让我们给这位朋友一个发言的机会。世界这么大，足以容纳许多对现实的不同解读。若说我们从英戈的作品中学到了什么，那就是要用同情和尊重的态度来对待精神病人。但是，"他补充道，"我绝不是在暗示这位满脸是妆的同仁患有精神疾病。请继续。"他对我说。

"英戈明白，如果你想要制作一部关于'未见之人'的电影，就不得不违背他们……'不可见'的本质。他明白，想要真实再现社会上的'未见之人'，唯一的方法就是不要将他们曝光在镜头前。"

"这么说，这部关于'未见之人'的电影丝毫没有表现出他们的困境？"

"电影只展示了白人，而且是通过一种激烈而聒噪的喜剧形式展示的。那些被剥夺公民权利的人仍然在银幕之外。"

"所以说，这部电影就和所有电影一样。"他开玩笑说。

观众们先是哄堂大笑，紧接着爆发出如雷的掌声，然后又一起跺脚。这阵势几乎让人胆战心惊。

"不是的，"我说，"英戈也为'未见之人'设计了故事情节，只是没有拍出来罢了。他只是单纯把这些记在了脑子里。他们的故事和英戈一起被埋进了坟墓。"

"我明白了。"他说。

"你不明白！"我反驳道，"你看都没看，怎么明白[1]？"

这句反驳很是精妙，我看向观众，希望他们能对我的挖苦给出一些认可。可以是掌声，也可以是跺脚。谁知什么反应都没有。跟我一起站在台上的那个人却抛给了我一句不痛不痒的赞美。

"说得好。"他说。

在这小小的善意鼓励下，我继续说：

"他在圣奥古斯丁的纪念碑是我建的。"

"你说的是这个吗？"他边说边按下手中的遥控器，从中投射出一张英戈纪念碑的照片。图像看不太清晰，因为有大群的游客和朝圣者在那里走来走去，但我还是能看到，虽然这就是我选的那块地，但纪念碑已完全变了模样。这座纪念碑上有着真人大小的石雕，象征那些不幸的"未见之人"。真正的英戈、我的英戈，如果看见这些人被做成了石雕，一定会大惊失色的。这简直是对"越战"纪念碑的拙劣模仿。若说我是林璎[2]，那我的分身就是弗雷德里克·哈特[3]。哦……可爱的林璎。

"那不是我为英戈建的纪念碑。"我说道。

"没错，那是我建的。"

"但是你根本就不存在！"我愤愤不平。

"我的朋友，"他说，"我从来就没有质疑过你的存在。我对你一直抱着尊重和欢迎的态度。今天晚上，在这场对我自己和观众来说都非常特别的盛会上，我邀请你站上舞台。希望你也能对我表现

---

1 英文中的"see"同时有"看到"和"明白"的意思。
2 林璎：华裔美国建筑师，"越战"纪念碑的设计者。
3 弗雷德里克·哈特：美国雕塑家，尤以雕刻公共纪念碑闻名。

658

出同样的礼貌。"

观众对我发出嘘声。有人朝我扔了一颗西红柿，正好打中我的胸口。如果他们不知道我要来，怎么会带西红柿呢？一颗石头弹在我的额头上。他们带石头干吗？

"别这样，"我的分身对观众们说，"我们不是暴力的人。"

"对不起！"人群中传来一个愤愤不平、歇斯底里又充满歉意的声音。

"现在，我的朋友们，我有一份礼物送给大家，也可以说是一个惊喜。"我的分身说，"这是我马上就要播出的网飞新剧，让大家先睹为快，它是对英戈遗失杰作的逐帧重现。"

"逐帧？"我问道。

"嗯，当然了。"我的分身说。

"首先，即便你真的看过电影，也做不到逐帧重现。"

"没什么做不到的，我拥有摄影式记忆。"

"摄影式记忆是虚构的，根本不存在。"

"是吗？你说：英戈明白，如果你想要制作一部关于'未见之人'的电影，就不得不违背他们……'不可见'的本质。他明白，想要真实再现社会上的'未见之人'，唯一的方法就是不要将他们曝光在镜头前。我说：这部关于'未见之人'的电影丝毫没有表现出他们的困境？你说：电影只展示了白人，而且是通过一种激烈而聒噪的喜剧形式展示的。那些被剥夺公民权利的人仍然在银幕之外。我说：所以说，这部电影就和所有电影一样。这时观众们先是哄堂大笑，紧接着爆发出如雷的掌声，然后又一起跺脚。你说：不是的，英戈也为'未见之人'设计了故事情节，只是没有拍出来罢了。他只是单纯把这些记在了脑子里。他们的故事和英戈一起被埋进了坟墓。我说：我明白了。你说：你看都没看，怎么明白？我说：说得好。你说：他在圣奥古斯丁的纪念碑是我建的。我问：你说的是这个吗？我边说边按下手中的遥控器，投射出一张英戈纪念碑的照片。你说：那不是我为英戈建的纪念碑。我说：没错，那是我建的。你不满地说：但是你根本就不存在！我说：我的朋友，我从来就没有怀疑过你的存在。我对你一直抱着尊重和欢迎的态度。今天晚上，在这场对我自己和观众来说都非常特别的盛会上，我邀请你站上舞台。希望你也能对我表现出同样的礼貌。观众对你发出嘘声。有人朝你扔了一颗西红柿，正好打中你的胸口。一颗石头弹在你的额头上。我对观众们说：别这样，我们不是暴力的人。观众席里有人回应：对不起！我说：现在，我的朋友们，我有一份礼物送给大家，也可以说是一个惊喜。这是我马上就要播出的网飞新剧，让大家先睹为快，它是对英戈遗失杰作的逐帧重现。你问：逐帧？我说：嗯，当然了。你说：首先，即便你真的看过电影，也做不到逐帧重现。我说：没什么做不到的，我拥有摄影式记忆。你说：摄影式记忆是虚构的，根本不存在。我说：是吗？就这样，我的朋友，我们就到了现在。"

"我可不是这么说的。"

"哦，你就是这么说的。"

"不是。"

"汤米，你能把音频重放一遍吗？"

声音从扬声器里传出来："英戈明白，如果你想要制作一部关于'未见之人'的电影，就不得不违背他们……'不可见'的本质。他明白，想要真实再现社会上的'未见之人'，唯一的方法就是不要将他们曝光在镜头前。""这么说，这部关于'未见之人'的电影丝毫没有表现出他们的困境？""电影只展示了白人，而且是通过一种激烈而聒噪的喜剧形式展示的。那些被剥夺公民权利的人仍然在银幕之外。""所以说，这部电影就和所有电影一样。"（大笑。掌声。跺脚。）"不是的，英戈也为'未见之人'设计了故事情节，只是没有拍出来罢了。他只是单纯把这些记在了脑子里。他们的故事和英戈一起被埋进了坟墓。""我明白了。""你看都没看，怎么明白？""说得好。""他在圣奥古斯丁的纪念碑是我建的。""你说的是这个吗？"（某种塑料设备发出咔嗒声。）"那不是我为英戈建的纪念碑。""没错，那是我建的。""但是你根本就不存在！""我的朋友，我从来就没有怀疑过你的存在。我对你一直抱着尊重和欢迎的态度。今天晚上，在这场对我自己和观众来说都非常特别的盛会上，我邀请你站上舞台。希望你也能对我表现出同样的礼貌。"（嘘声。西红柿砸中躯干的声音。石头弹在头上的声音。）"别这样，我们不是暴力的人。""对不起！""现在，我的朋友们，我有一份礼物送给大家，也可以说是一个惊喜。这是我马上就要播出的网飞新剧，让大家先睹为快，它是对英戈遗失杰作的逐帧重现。""逐帧？""嗯，当然了。""首先，即便你真的看过电影，也做不到逐帧重现。""没什么做不到的，我拥有摄影式记忆。""摄影式记忆是虚构的，根本不存在。""是吗？""就这样，我的朋友，我们就到了现在。""我可不是这么说的。""哦，你就是这么说的。""不是。""汤米，你能把音频重放一遍吗？"

音频切断。

"还有什么可说的？"我的分身说。

661

"好吧，你的确挺厉害的。这一招很精彩。"

"谢谢你，我的朋友。现在，我可以继续晚上的节目了吗？"

"好的，没问题。随你的便。"

"谢谢你，我的朋友。好了，朋友们，我们闲话少说，敬请欣赏即将问世的新剧。"

灯光暗了下来，网飞的台标出现在我们身后的屏幕上。台标渐渐消失，一个镜头穿越黑暗的深空，经过行星和流星。一个声音深沉的讲述者开口道：

"在黑眼星系，有一颗叫作波瑞阿斯[1]－赫菲斯托斯[2]的星球。"

我们来到了一颗被烈焰吞噬的星球。

讲述者："面朝太阳的那一面永远燃烧着。"

镜头绕过星球，显示出被冰覆盖的黑暗面。

讲述者："远离太阳的那一面永远在冰层覆盖之下。"

镜头向星球推进。

讲述者："这就是玛德和莫莉的故事，她们是生活在这两个世界交界之处的女战士，她们将与冰军和火军作战，拯救这片土地上遭人剥削的无辜儿童。"

镜头停在了玛德和莫莉身上，她们是两个来自波瑞阿斯－赫菲斯托斯的年轻非裔女孩，她们有着套护甲的阴茎和剑，正对着一张地图制订战略计划。

1　波瑞阿斯：希腊神话中的风神。
2　赫菲斯托斯：希腊神话中的火神。

60

事后，我的分身邀请我出去喝一杯，进一步探讨我们之间的分歧。他说，希望我们能达成一些共识。我拒绝了他的邀请，因为当晚我另有安排。我的安排就是跟踪他回家，以便把这个大步流星的闯入者的更多信息拿捏在手中。就这样，我们互道了晚安。他给了我一个拥抱，叫我"老乡"。我心知肚明，他以为我和他一样，也是犹太人。

"我不是犹太人。"我说。

"哎呀，"他说，"我也经历过你这个阶段。星期五你跟我一起去演员圣殿剧场吧。然后我们可以在詹姆斯·戈登餐厅吃点东西、聊聊天。"

"我得走了。"我一边说一边挣扎着摆脱他的熊抱。我脸上的一些小丑妆抹在了他的黑色高领毛衣上。

"好吧，我的朋友，"他说，"我会跟你联系的。"

怎么联系？你怎么能联系上我？你要去哪儿找我？你这个骗子！我点点头，挥挥手。他走之后，我数到17，然后跟在他的身后。我看了看系在腰上的手表：9点半。原来，他就住在我曾经住过的那栋非常豪华的公寓楼里，就是后来马乔里·晨星搬进去的那栋楼。我在唐恩都乐门口等着，直到经理把我赶走。我又在 H&R 布洛克税务公司门前重新找了个地方，好在这里已经关门了。分身在晚上 11 点再次出现，这次他穿着浴袍和拖鞋，牵着一只顶小的小狗散步。这可能是一只微型吉娃娃，有时也被称为茶杯吉娃娃，但是狗的身体比例有点奇怪。我读过林奈的《自然系统》以及大量美国养犬俱乐部的犬种标准指南，为自己广博的犬种专业知识骄傲。这只狗的头部比例要比竞赛犬小得多，除此之外，它的鼻子似乎也很离谱。我靠近了一些。我的分身带着狗拐过街角，来到 45 街，他似乎正在全神贯注地用手机发短信。这里要安静很多，也暗很多。实际上，我并没有什么预谋，但行人稀少的昏暗环境让我的内心出现了某种黑化。正在这时，他转过身来，或许是感知到了我这番情绪的转变，我内心就如一股突如其来的冷气流、一场暴雨、一阵大作的狂风。

"哦，是你呀。"他说着，试图挤出一副和善的笑容，这笑容就像一根绷紧又松开的橡皮筋，时隐时现。

"是我。"我说。

"是巧合吗？"他问道。

"这世上有什么巧合吗？"

"听听，你现在说话已经像个有信仰的人了。我很高兴你这么说。我能为你做些什么吗？"

"我们俩都是受人操纵的。"我说。

"操纵？"

"被某处的某人操纵。"

"但我觉得我的生活很美满呀。"

"没错，但这一切当然都是会变的。敞开的阴井一直在那儿等

664

着你呢。"

"我听不懂。"

"灾难、耻辱，这些都是转角就能遇见的。"

"在 44 街上吗？"

"别跟我打哈哈。你知道我的意思。"

"哈希姆会考验我们的信仰。如果他不这么做，我们就无须有信仰了。这一点你明白，对吧？"

"我不是犹太人。"

"我曾经也不信教，就像你一样。后来，我找到了人生的真谛。"

"不，我压根就没有犹太血统。我的祖先大多数是爱尔兰天主教徒。"

"真奇怪，"他说，"我这么说是因为你的鼻子。"

"这鼻子是南方反犹分子遗传给我的。"

"我真想找个时间和你一起吃点东西，听你讲讲这个故事。"

"你所拥有的理应属于我。"

"哈希姆的恩宠吗？"

"英戈的电影。"

"啊，告诉你，我的编辑跟我说过，一本书一旦获得成功，就会有人跳出来宣称自己才是作者，他会声称署名的作者之前读过他的书，这本书是剽窃来的，诸如此类。"

"你宣称自己所拥有的生活都是我的。我看过英戈的电影，我眼睁睁地看着它被一场由我的疏忽引起的大火烧毁。"

"是洪水。"

"什么洪水？"

"不是洪水，这部电影当然是被艾尔玛飓风摧毁的，这一点人人都知道。这是上帝的安排。我们中国古代的朋友老子可能会说，莫怪莫怪，一切都已注定。"

"那马德和莫洛伊呢？"我问道。

"你说谁和谁，我的朋友？"

"马德和莫洛伊。"

"我不记得这两个名字。"

"他们都是角色，是英戈电影里的角色。"

"哪场戏？"

"每场戏都有！"

"没这回事。"

"那个失败的喜剧二人组。"

"哦，可能吧。有那么一个瞬间，一个短暂的瞬间，一个转瞬即逝的瞬间：一天深夜，莫莉在看一部讲述未来太空电视的影片，里面有些搞笑的斗嘴桥段。我们看不到播放画面的屏幕，只能听见声音。这场戏集中表现的是莫莉的孤寂、她的疏离，而电视上这些哗众取宠的噱头则是唯一陪伴她的东西。真有趣，这事我居然忘了。拥有完美摄影式记忆的我，居然忘了把这段情节写在书里。当然，这是个微不足道的瞬间，但它的确为这场戏平添了一种辛酸。你能感觉到，这个瞬间彰显了我们所浪费的时间——我们总是往脑中填充哗众取宠的噱头。我是不是已经说过'哗众取宠的噱头'了？我记得我刚才用了'哗众取宠'这个词来描述她看的电影，但我不完全确定。人不能回过头来阅读自己的口述记录，不过我可以，因为我有摄影式记忆。"

我的分身停下来，思考了一下。

"对，'哗众取宠'，用这个词来形容她看的东西再合适不过了，但就像我跟你说过的，作为观众的我们连这一点都认不清。或许，这就是你说过的马德和穆拉利——"

"马德和莫洛伊。"

"你说什么？"

"马德和莫洛伊。"

"哦，对，就是这两个名字。我觉得那应该就是他俩。这是我能想到的影片中唯一一处出现喜剧二人组的地方。非常微不足道，却将整个场面烘托得更加心酸，你不觉得吗？就像是一首悲伤的钢琴曲。'哗众取宠'是个很有趣的词。你知道它的词源吗？它直白得不可思议。从本意上来说，'哗众取宠'是指阿谀逢迎，它可以形容一部为博得掌声而创作的作品。字面意思就是通过浮夸的言论来骗取别人的支持。我们在人生中浪费了多少时间去留心别人哗众取宠的言论？把我们的注意力、赞许和掌声给予那些专为自我膨胀而费的心机？想想这世上所有的书籍、电影、电视节目、音乐、杂志、高谈阔论的政客、五花八门的'艺术家'，想象一下，这些哗众取宠的——我跟你说过这个词的词源吗？总之，想象你把所有这些东西和人堆在一起，能不能够到月球？我想可能足够往返几个来回，而这些就是我们塞进大脑的东西。我们的脑子是怎么装下这一切的？这也是我热爱英戈作品的原因之一。他无意把作品塞进任何人的脑袋里。他的动机很纯洁，只为自己而创作。正因如此，我觉得我有充足的理由把这部作品塞进别人的大脑里。他的作品与我每天摄取的那些垃圾有着本质上的区别，因此算是一张药方，也可以说是一针解毒剂。我从来没有兴趣去自我膨胀。作为一个有信仰的人，我的心已经被哈希姆的精神充满了。我不需要也不渴求男人的赞美和女人的崇拜，就像我们来自纽约希克维尔的好朋友比利·乔尔在歌中唱的，'我不需要看到自己的脸出现在《滚石》杂志的封面上'。好玩的是，现在想来，玛德和莫莉这两个名字听起来真有点像马德和莫洛伊。可能是你搞混了。"

"是'胡克博士'。"

"你说什么？"

"是'胡克博士和江湖膏药乐队'。你刚才说的歌词出自他们的歌，不是比利·乔尔的。"

"我很确定是乔尔先生的歌，'把我像一罐豆子一样放在打折货架的后面'。我记得——"

"那是比利·乔尔的《艺人之歌》，与你刚才说的完全不是同一首。"

"我不能苟同。这首歌的歌词总是让我费解，为什么罐装豆子要放在唱片店的打折货架上？"

"因为那根本就不是同一首歌。"

"这个问题我们可以争论上一整天，但是——"

"不用，我们很容易就能查到。"

"但是重点不在歌词，不是吗？重点是，我们的朋友比利·乔尔已经把他的小曲儿塞进了我们的脑袋，我们永远都要与这些小曲儿共存了。这些东西改变了我们的大脑回路。这一切都是细胞骨架活性调节蛋白的作用。这些蛋白造就了我们，让我们好奇为什么一罐豆子会出现在唱片店的打折货架上。这一切都是因为比利·乔尔需要我们爱他、歌颂他、尊重他。哈希姆是不会对我们中的任何人提出这种要求的。"

"他不会吗？"

"不，我的朋友，他不会。我们无须祈求他的关注。我们不必出名，他就能看到我们。他总是能看到我们。他依据我们的灵魂来评判我们，而不是我们的声望。我们的朋友比利·乔尔声称我们没有点火[1]，但火当然是我们点的。他那张不完全押韵的长清单上的每一件事都是人类造成的。火是我们点的，乔尔先生。当然，你可能会告诉我这首歌是胡克博士、疯子博士、德瑞博士甚至是凯沃基安医生的，但是我要说，你错了，不过没关系，因为我的观点仍然是正确的。在追逐金钱、荣誉和权力的过程中，人类制造了暴行，正因如此，英戈的电影和生活才如此值得称道。"

我太过关注我的分身和他没完没了的谎言，一直没有低头看他的狗。这时，狗发出了一声抽鼻子的响动，引起了我的注意。我看了它一眼，原来这根本不是一条狗，而是英戈电影里的木偶，就是被我装在骨灰瓮上的那只，现在看来，它已经在现实中自己动了起来。

"你好。"它对我说。

"是你，"我说，"你认识我。你可以把真相告诉他，可以告诉所有人！"

"也许我们只是碰巧见过面，"它说，"干我这行的要见很多人。"

"你是做什么工作的？"

"我是服务型动物。"

---

1 《我们没有点火》是比利·乔尔创作演唱的歌曲，歌词按时间顺序简要叙述了 1949 年到 1989 年之间的 118 个重大政治、文化、科学和体育事件。

"他又不是盲人。"

"我是条情感支持犬……驴……嗯，驴子木偶，嗯，活过来的驴子木偶。这难道不明显吗？你是不是傻呀，兄弟？"

不知为何，它那傲慢的语气激怒了我。我想，这是因为我不能允许自己被驴侮辱吧。我不假思索地往它身上踩了一脚，没想到它居然不是用硅胶和不锈钢骨架制成的。驴子木偶就像被碾碎的桃子一样裂开，鲜血直流，骨头绽开，成了人行道上一小摊恶心可怖的血肉。但它还活着，挣扎着开口说话。

"拜托，请别……"

不知是出于同情还是恶意，我又踩了它两脚。现在它安静了下来。我抬头看着自己的分身，虽有愧疚，但也有一股难以名状的沾沾自喜。

"你都做了些什么？"他几乎是在喃喃自语，"它是上帝的作品，在它的所有同类中，只有它被赋予了说话的能力，简直是个奇迹。"

"那又怎样？"我轻蔑地说，不知道除此之外还能做何反应。

"那就这样，"他第一次愤怒地提高了嗓门，"我必须要向有关权威机构报告此事。它是我的朋友和知己。它睿智聪慧。它是上帝的作品。"

"这一点你已经说过了。"话落，我一拳打在他的下巴上。没想到他纤弱轻盈得离谱，我的拳头打得他朝后踉踉跄跄，撞上了一根路灯柱。我又打了他一拳，然后又是一拳。他没有反击，因为他是个和平主义者，还是只因为他已无力还手？我不知道。现在的我对任何事都是一头雾水。很快，他就倒在了地上。我把他拖进一条小巷，不停地捶打，直到把他打死。

然后，我紧挨着他瘫倒在水泥地上，大口喘着粗气，这才恍然意识到自己做了些什么。我突然看到了人行道上的驴子，急忙从垃圾箱里拽出硬纸板，把它的尸体铲了起来，带回巷子里。我该怎么办？我告诉自己，这只是一时冲动所致，但我也知道，自从得知这个冒名顶替者的存在后，我内心深处就一直有想要把他杀死的念头。我告诉自己这是正当防卫，但鉴于我刚刚意识到自己心里一直有想杀他的念头，这个说法更说不通了。如果要与自己置身其中的这个充满谎言的世界做斗争，我至少要对自己诚实才行。我来回踱步。我试着厘清思路。我需要让自己从这个噩梦中抽离出来。这时，一个显而易见的解决方案浮上心头：我可以跟他交换身份。我把多米尼克的油彩和黑色眉笔从衣服上的大口袋里取了出来，往分身的脸上涂抹。很快，他的脸就跟我自己带妆的脸没有什么区别了。我把他编成辫子的胡须解开，从垃圾桶里找了一块硬抹布（为什么会是硬的？没有工夫琢磨了！）和一面破镜子，把自己脸上的妆擦掉。我努力把胡须编成辫子。谢天谢地，垃圾桶里还有一本被人丢弃的编胡子指南。我把我们俩的衣服调换后，抓起驴子木偶离开了小巷，但很快就意识到我把"圆顶小帽"这个最重要的伪装给忘了，于是又匆忙返回去取。我用发夹把帽子夹在头发上。

　　我来到他的公寓楼门口，横下心走了进去。公寓楼和我记忆中的不同，设计完全变了样。现在，公寓楼里有一个门卫。

　　"哦，天哪，罗森堡先生，出什么事了？"他问道。

　　"我被一个疯子袭击了。他杀了……我的驴。"

"他杀了格雷戈里·科索[1]？"

"没错，是格雷戈里·科索吧。就是它。"

"我的上帝。"

"你是说'伟大的上帝'[2]吧？"

"对，真抱歉，应该说'伟大的上帝'。我去给警察打电话。"

"还有件事。告诉警察我出于自卫，可能把那疯子杀死了。"

"哎呀，伟大的上帝呀。"

"我把他的尸体放在了45街的小巷里。"

"好的，明白了。会没事的，罗森堡先生。"

"他是一个小丑，至少是有着小丑的装扮。"

"小丑？"

"是的，把这告诉他们。"

"小丑，明白了。"他边说边做笔记。

"我得回公寓安抚一下心情。我现在心乱如麻，什么都记不清，连我的门牌数字都不记得了。"

"是字母。"

"什么？"

"门牌字母。"

"哦，对。看到了吧[3]？"

"不是C，是H。"

"H，对。"真奇怪，他们竟然会用字母做门牌号。我怎么知道

---

1 格雷戈里·科索：美国垮掉派诗人，一出生就被送进孤儿院，多次参与盗窃抢劫。

2 原文中B的替代者一直尊称上帝为"G-d"，而不是直呼"God"，此处意译。

3 "看到了吧"（see）与下一句话中的字母C同音。

该去几楼找自己的房间呢？

"一层只有一间公寓。"

"从 A 开始？"

"没错。"

我掰起手指数了起来。

"所以应该是八楼。"

"嗯，公寓房间是从二楼开始的，我相信您很快就会记起来了。"

"所以是九楼。"

"五楼是剧院和会议室，不用说，我相信您很快就会记——"

"所以 H 在十楼。"

"看吧？ 您的记忆已经恢复了。警察到了以后，我叫他们上去好吗？"

"我想他们会要求上来的。"

"我想是的，罗森堡先生。真希望事情没有闹到这个地步。"

"我也希望。"我边说边右拐去坐电梯。

"不，先生，往左边走。"

于是我转向左边。

61

一到 H，我便开始找放圆顶小帽的架子，我猜犹太人会把这种东西摆在门厅里。但门厅里没有帽架。他是不是无时无刻不戴着圆顶小帽？即使上了床也戴着？对于这个宗教，我要学的知识还有很多。之前的那个女助理出现了，正从一个房间走向另一个房间。她连看都没看我一眼。

"你走了好长时间。"她边说边消失在了一个我估摸是浴室的房间。

"出了点事。"我在她身后喊道。

她把头伸了出来。

"什么？"她问。这时她看到了我，也看到了我手里的驴子。她因惊恐而睁大了双眼，急匆匆地跑了出来。

"格雷戈里？！伟大的上帝啊，出什么事了？！"

"小丑，"我说，"是那个小丑。"

"之前跟踪我们的那个小丑？"

"不，"我说，"是《袋鼠船长》里的那个小丑。"

她看上去一头雾水。

674

"克拉拉贝尔[1]？真的吗？"

"不！当然是一直跟踪我们的那个小丑！"

"哦，"她看上去很受伤，"我没懂——"

"别管了，"我说，"我没办法，只能把他杀了。"

"你把他杀了?！"

"你干什么呢，你是我的回声吗？"

"天啊，B。"她低声说。

"对不起，"我说，"今天晚上发生太多事了。"

我想用名字称呼她，但不知道她叫什么。我问她钱包里有没有现金，并解释说我觉得应该在警察来的时候给他们点小费。这其实是一个计谋，方便我偷看一眼她的驾照。

"嗯，有现金，"她说，"但是有必要给警察小费吗？"

"老天啊，"我说，"你知道的，他们觉得我们犹太人很小气。你真的想佐证这种偏见吗？还偏偏要选在这种时候？"

"不，当然不是。"她说。

她走到一旁去找包。我利用这个机会环视四周，想要熟悉一下周围的环境，以便稍后更好地打消警察的疑虑。她拿着包回来，在里面翻找着。

"让我自己找，"我说，"除非你不信任我。"

她疑惑地看着我，然后把包递过来。我找到她的钱包，掏出几张钞票，同时偷瞄了一眼她的驾照：劳拉·伊莱恩·科恩。我把包还给她。

---

1 克拉拉贝尔是《杜迪秀》中的小丑，主要由三名演员扮演，其中一位演员鲍勃·基山后来出演了电视剧《袋鼠船长》。

"谢谢你，劳拉。"

"B！"

"怎么了?！"

"拜托别生我的气。"她说。

"我没生你的气。"

"你只有在生我气的时候才叫我劳拉！你以为我没注意到吗?"

"劳里。"我试探着用昵称叫她。

"好感动！"她说，"B，你真好。"

敲门声传来。两个穿制服的警察站在那里，还有一位身穿西装的中年男子。

"警官们好。"我说。

"是B！"那个穿西装的男人拥抱了我。

"你好。"我说。

"劳里。"他招呼道，然后放开我，给了她一个拥抱。

我不知道他是谁，但他居然能直呼她的昵称"劳里"，这好像不大公平。

"艾尔，"她说，"非常感谢你能来。"他叫艾尔，记住了。

"谢谢你，艾尔。"我说。

"发生这种事，我怎么能不来?"艾尔说，"我们会尽可能帮你们将事情简化。"

"谢谢你，艾尔。"劳里说。

"谢谢你，艾尔。"我说。

"我们只需要录一份口供就行。"艾尔说。

这么说，艾尔和警察是一伙的。明白了。

"我们发现了小丑的尸体，很明显，这是一次正当防卫。"

"你真该看看他对格雷戈里做了什么。"劳里开口道。

我赶紧去拿格雷戈里的尸体，笃定这一定能帮我圆谎。

"老天啊，"艾尔说，"我爱它，对它的爱已经达到了人对会说话的驴子木偶的爱的极限。"

"我也是。"我说。

"全纽约的人都是。"两位穿制服的警察中的一位说。

"我也一样。"劳里表示赞同。

"把事情的来龙去脉告诉我们，B，"艾尔说，"用你自己的话来说。"

"没问题。呃，我当时正在遛格雷戈里·科索，也就是这头会说话的驴。这是我每晚都会做的。"

"不是每晚都遛。"劳里说。

"没错，说得对。大家知道，我会隔三岔五地遛驴。"

她点点头，对这答案挺满意。

"我注意到，我们身后跟着一个讨厌的小丑，这小丑已经跟踪我们一整天了，不是吗？"

我看着劳里，等她证实。

"没错。"她说。

"他今晚还听了我的讲座。大家都看到了，我有数以百计的证人。我对他很友善，但他却明显是一副精神错乱的样子。我邀请他上台讨论。现在回想起来，或许是我太善良了。"

"讨论什么呢？"艾尔问。

"他声称看过卡特伯斯的电影，电影内容却跟我的描述有天壤之别，几乎可以说是黑白颠倒。"

"真是不可思议，"艾尔说，"简直是个疯子。"

"没错，"我附和着，强压着内心的怒火，"但我们必须要友善对待我们的疯子朋友。这是《摩西五经》的教义。"

"用文森特·梵高的话来说，这个世界配不上如你一般美好的人。"艾尔表示。

"谢谢你，艾尔，"我表示同意，"他先是袭击了格雷戈里，然后又拿着手枪向我扑来——"

"我们没在现场找到手枪。"

"让我说完。他拿着……手机，我刚才想说的是手机。"

"我们没找到——等等，我有点听不明白。手机有威胁性吗？"

"手机非常硬。别忘了，他刚刚杀了我的驴，所以我当时的思维不太清晰。"

"明白了，"说完后，他停顿了一下，然后道，"但是我们也没在现场找到手机。"

"也许有人把手机顺走了。我听说有专卖被盗手机的黑市。"

"说得很对，"艾尔说，"没错，很在理。也许你应该来当警察，换我去做电影天才！"

大家都笑了起来。

"言归正传，我们两个扭打了起来，出于自卫，我把他打死了。"

"谢谢你，B，"艾尔说，"烦劳你重温了这场噩梦。我知道，这不好受。"他又对两位警察说："你们还有其他问题吗？"

"没有了，拉帕波特长官。"

艾尔·拉帕波特长官！当然了！

"那好吧，"艾尔·拉帕波特长官说，"那你们两位就去忙自己

678

的事情吧。"

"谢谢你，艾尔。"

艾尔给了劳里一个拥抱。

"这跟他是小丑没关系，劳里。这一点我们敢肯定。"

这话到底是什么意思？

"谢谢你这么说，艾尔。"劳里说。

"这跟他是小丑没关系，劳里"？"这跟他是小丑没关系，劳里"。不知为何，这句话引起了我的警觉。哎呀，糟糕——小丑劳里！此劳里是彼劳里吗？我端详着她，试着想象她化着小丑妆的样子。

"怎么了？"她问道。

"没什么。"

艾尔给了我一个拥抱，和两个警察一起离开。这个可能是小丑劳里的女人和我盯着前门看了一会儿，仿佛我们突然害怕与对方独处，仿佛这场可怕的事故让我们之间产生了隔阂。

她说："我觉得我们应该试着睡一会儿，小乖狗。"

"好的，好主意。"我说。

"我很抱歉，小宝贝，"她继续说，"这对你来说一定特别难接受。"

"没关系的。"我说。

"哦，小蛋糕。"她边说边给我一个拥抱。

"哦。"我回应道。

在卧室里，我看着她把衣服脱下。她很迷人，我感觉睡裤似乎绷紧了。我突然想到，作为一个成年人，能在伯恩斯和史瑞伯·伯恩烧伤医院接受割礼，能生活在这个时期的美国，真是一件幸事。这样一来她就不会发现我不是犹太人了。我又想起了圆顶小帽。我能在睡觉时把帽子摘下来吗？

"你知道我把电脑放在哪儿了吗？"我问道，"我想查点东西。"

"一直在老地方。"她说。

"哦，太好了，"我说，"谢谢。"

我走出房间。

"你要去哪儿？"她问。

我走了回来。

"去拿我的电脑。"我说。

她翻了翻眼睛。

"你怎么了？"她说着，从床头柜的一个抽屉里取出电脑。这是我睡的那边！我想应该是这样的。

"对不起。"我说，"我有点头晕，状态不大好，估计最近，甚至今年余下的时间里都会是这样。"

"我可怜的福乐鸡三明治。"她抱着我说。

"嗯，"我说，"更离谱的是，我连自己的开机密码都记不清！"

"哈！"她咯咯笑着说，"B，你可真傻！密码是你给我起的昵称呀！"

"哈！"我附和道，"真好玩……宝贝。"

说这话的时候，我一直盯着她。

"好玩的是你。"她说道。

我决定戴着圆顶小帽睡觉，因为他应该也会这么做。好在出事时他已经穿了睡衣，因此我知道他睡觉时会穿什么。如果她问我为什么戴着圆顶小帽睡觉，我就说我只是忘摘了。出于自卫而残忍杀人，以及心爱的毛驴木偶去世，都给我带来了巨大的压力。这理由说得通，她会相信的。我爬上床。

"你要戴着圆顶小帽睡觉？"她问。

"我忘摘了。"我说着，摘下发夹，把帽子放在床头柜放假发的人体模特头上，我猜这个模特应该是放帽子用的。"我只不过是忘了而已，"我继续说，"自卫杀人和驴子的死给我带来了很大的压力。晚安。"

我躺了下来。

"你的帕扎慕克呢？"

"我的什么？"

"你的帕扎慕克。"

我盯着头顶的天花板叹了口气。为了圆谎而让自己陷入这种生活，真是不值得。

"帕扎慕克是什么？"我问道，"因为身体受了惊吓，我的记忆力好像也受了影响。"

"你睡觉时戴的圆顶睡帽。"

"哦，想起来了。我真笨！"我说，"我猜，这也跟今晚的事情扰得我心烦意乱有关。我把圆顶睡帽放在哪儿来着？"

"床头柜，最上面的抽屉里。"

"想起来了。"

我拉开抽屉，格子图案的法兰绒睡帽就在里面，还带着一根我猜一定是套在下巴上的松紧带的东西。我把帽子戴在头上。没想到，帽子很舒服，而且我的头顶在夜间也的确容易着凉。我关上灯，把头枕在枕头上。

"晚安，小斑鸠。"她说。

"晚安，小丑劳里。"我试探着说。

她给我一个吻。原来她是小丑劳里！这是我对她的昵称！

她的嘴巴迷人、温暖而柔软，带着牙膏的味道——我一个劲儿地吧唧嘴，用舌头舔自己的上颚，想要尝出那是什么味道——是犹太卷饼吗？我说不清，却已是欲火焚身。通常我是不会对犹太女性感兴趣的。这仅仅是喜好问题，不涉及反犹立场。但是犹太女小丑却对我有吸引力，原因我也说不清楚。我做出决定，纠结于原因会妨碍我在床上的表现，于是我将与这位女小丑身体无关的一切统统从脑中清出。我沉醉于体验她的过程，感觉自己成了他，仿佛这才是我在世界上应有的位置，就如诗人对我们的劝诫一般，"感觉如此对的事情，岂有错误之理"。我的性爱风格让她猝不及防。看来，她和那个"分身小子"可能已经把做爱当成了平淡的例行公事。借用小丑的话，我或许就是医生开出的药方。我突然意识到，这个家里并非总是鸟语花香，应对问题的方法或许就是将我的真实人格引入这段感情。或许，这个女人已经做好了迎接改变的准备。或许，我能满足她所渴求但永远不会付诸行动的偷腥幻想。或许，我根本无须去买罗斯滕[1]的著作。我要给她取个新外号，她一定会喜欢。我可以叫她"贱人"。我准备见机行事。我能感觉到她的可塑性很强，这让作为丈夫的我占据了支配地位，而这样的地位，是我在与女人的关系中从未占据过的。然而，她看上去似乎有些吃惊。是因为我比她丈夫更神勇、更阳刚吗？还是因为高潮去得太快，她还没有酝酿好、还没有进入状态吗？我不知道，但是既然已处于支配位置，我

---

1 此处指里奥·卡尔文·罗斯滕，美国幽默作家，曾从事意第绪语词典编纂工作。意第绪语是犹太人使用的语言。

就必须相信前一种可能。我在不早不晚的最佳时机达到了高潮，在她的体内营造了最美好的体验。

"简直……太棒了。"她说。

"你喜欢就好……贱人。"我说"贱人"的声音很轻。

"什么？"她问。

"什么'什么'？"

"你刚才叫我'贱人'？"

她轻吻了一下我的脸颊，说了一句"贱人劳里"。

我们都默不作声地躺了良久，沉浸在各自的思绪中。

终于我开口了："小丑劳里的'小丑'加不加引号？"

"你呀。"她又吻了我一下，然后翻了个身，几乎立马就轻轻起了鼾声。

好吧，反正可能的答案只有两个。

62

　　早晨的时光很美好。咖啡和犹太炒饼很合我意。我的贱人——小丑劳里，真是烧得一手好菜。我已经适应了日间佩戴的圆顶小帽：卡其色、宽松款，上面还有很多小口袋。我在网上查找圆顶小帽式假发（小丑劳里的小丑是不加引号的）。昨天晚上我突然意识到，若真有这种假发，那么它不仅能够遮住我的秃顶，还不会引人指责我虚荣；而如果还没有这种假发，那这不啻是个赚钱的好机会。事实证明，市面上真有这种假发，我预订了三款灰白色的，分别是尤里乌斯·恺撒款、裘德·洛款和尼古拉斯·凯奇款。

　　按照日程安排，今天我要做客《查理·罗斯脱口秀》，担任节目的嘉宾（在这个现实中，查理似乎还没有名誉扫地[1]，或者，他已为自己重新打造了未曾名誉扫地的形象）。今天晚上，我要把第一座英戈·卡特伯斯非裔美国人动画奖颁发给弗洛伊德·诺曼[2]。

　　总而言之，现在的生活一片美好，但是我心里总有一种隐隐的不安。这或许是谎言造成的。我曾在英戈的坟前立下承诺，要延续

1　2017年，八名女性指控查理·罗斯有多种不当性行为，包括骚扰、猥亵等。
2　弗洛伊德·诺曼：美国动画师、漫画家、作家，曾在迪士尼动画工作室等地任职。

和保护他为人类留下的遗产，也就是他的电影。在不小心将胶片全部烧毁后，我又向英戈许下第二个承诺，要尽可能完整地把他的电影复原，这是浑身着火的我在疲软餐厅（在这个现实里，餐厅的名字怎么从"劲猛"变成"疲软"了？）的停车场许下的承诺。说实话，现在的我几乎过着双面人的生活。我不仅要对英戈的电影扯谎——因为我知道这部电影的真实内容，明白这是一部真实、残酷而恐怖的喜剧，而不是我那不可理喻的分身向世界宣传的假象；我还要蒙骗小丑劳里。现在戴在头顶上的这顶小圆帽，让我觉得自己无时无刻不在上帝的注视之下。我无处藏身，需要坦白一切，要面对这个世界的后果，也要面对那个世界的后果。话说到底，我毕竟是个有道德的人。我头脑一热，在欲望、愤怒和悲伤的驱使下从圆顶小帽后面的口袋里拿出苹果手机，键入"艾尔·拉帕波特长官"，还没来得及说服自己放弃就拨通了号码。

"嘿，B。"拉帕波特长官说。

"你好，艾尔。听着，我需要跟你谈谈。"

"怎么了，兄弟？"

"还记得小巷里的那具尸体吗？"

"昨天晚上的那具？小丑的尸体？"

"没错。听着——"

"我当然记得，这是昨晚刚刚发生的事。"

"好吧，你听着——"

"都处理好了，B。尸体已经不在了，化为灰烬，成了烟雾。"

"你把他火化了？"

"是的。再见了，小丑。什么都没留下，没什么好担心的了，B。

就当这事根本没发生过。他从未存在过。"

"但他确实存在过。"

"给我证明。"

"什么？"

"你没法证明，没人能证明。天下太平了。享受你的生活吧，先生，这是你应得的。"

"但是——"

"还有，说真的，谢谢你做的一切。"

"嗯，好吧，艾尔。"

"回见，贱人！"

他笑着挂断了电话。

*

我在街上漫步。一切都变了。每个人都能认出我来，找我索要签名和合照。在餐厅外用餐的客人们为我欢呼。路人会告诉我，我的书挽救了他们的生命，他们已经迫不及待地想看到那部网飞新剧上映了。一切都变了，但我不确定事情是往好的方向发展。我的意思是，几乎从方方面面来说，生活当然有所好转。一个男人透过巴尼斯百货的橱窗看到了我，于是冲出来，送给我一件他刚为我买下的山羊绒毛衣。这毛衣至少值 900 美元，既漂亮又柔软，石南灰的颜色我很喜欢，很衬我编成辫子的胡子，也巧妙遮盖了从胡子上掉下的死皮。尽管如此，不安感仍然如影随形。

我想起了那个被杀的分身，在我（还有拉帕波特！）看来，他从未存在过，尤其是从未像我一样存在过，因为说到底，他只不过是个替身而已。我觉得，他的存在只是为了在我心灵的伤口上撒盐，自打记事起，自打我还是个孩子起，我的心灵上就已撒满了盐，但我仍然感到了一丝愧疚。他（还是它？）毕竟是个长着脸、会呼吸的实体。从某种程度来说，"他长着我的脸"这个事实，让我觉得理应把他从这个世界上铲除。这毕竟是我的脸。这张脸先属于我，然后才是他的。是他在模仿我，充其量他也只算是个面部剽窃者。他偷了我的脸，理应受到惩罚。就这一点来说，他跟《欲盖弥彰》里的斯蒂芬·格拉斯[1]有什么区别？他的罪行不正引得人们义愤填膺吗？诚然，据我所知，没有人谋杀他或想要谋杀他，但他的罪孽要深重得多。当然，或许有人会说，他所谓的"克隆身份"并不是他的错。他从未要求成为一个克隆人。我是说，他应该从未提出过"要成为一个克隆人"的请求。或许他的确提过也未可知。不管怎么样，无论他提没提过这个要求，他的存在都不是我的过错，我也没有义务去容忍他。

除此之外，我认为他存在的目的就是伤害我，让我无法在他现存的世界中立足，因此从本质上来说，杀他是一种正当防卫。尽管如此，杀人的体验是任何人都无法乐在其中的，无论被杀者是不是克隆人。把自己的克隆体活活打死，这种记忆将永远挥之不去。直到今天，也就是案发后的第二天，他那一动不动的尸体仍萦绕在我的脑海中。我知道，他受到了很多很多人的爱戴，但通过散播谎言而博人爱戴罪不至死，否则我们之中又有谁能幸免呢？不过，他用对电影甚至对人类未来没有真正价值的、味同嚼蜡的谎言代替了英

1　斯蒂芬·格拉斯：美国记者、律师助理。在华盛顿《新共和》杂志撰稿时，他发表的许多文章都是捏造的。他的生平曾被改编为电影《欲盖弥彰》。

戈作品中的内容，使全世界的观众都无法欣赏到英戈作品的天才之处。当然，有人可能会说，他并不知道自己在撒谎，作为一个克隆人，他的程序设定让他认为自己说的是真话。我倾向于认同这种看法。

然而，这并不意味着他对社会构成的风险有所减少。举个例子，在社会"程序"的驱使下，希特勒也对犹太人产生了入骨之恨。他的情感虽至深至切，却无法让后果的严重程度有丝毫减轻。如果能回到过去，在希特勒掌权之前了结他的生命，我会不假思索地采取行动。另外，我也要把希特勒的所有克隆体赶尽杀绝，这不仅是因为我现在已经成了犹太人，也是因为这样的选择是正确的。我明白，回到过去和改变历史可能会带来诸多不可预见的问题，但在消灭希特勒这件事上，我愿意冒险尝试。对于我的克隆体，我也抱着同样的态度，但这并不意味着我认为他的反人类罪行能与希特勒的相提并论。请考虑一下我的处境：想一想，若是有人在这个世界上取代了你，那会是什么样的感觉。想象一下，你不再有赖以生存下去的身份、金钱和居所。想象一下，你发现自己裹着超大号的熏蒸帐篷布，饥肠辘辘、孤苦伶仃、遭人唾弃。在这种情况下，你或许也会迫于无奈而做出我所做的事情。尽管如此，我还是心有愧疚。那血淋淋的画面一直萦绕在心头。驴子惨死的画面也挥之不去。我要再次说明，往它身上踩的时候，我还以为它是动画做出的幻象。任何人都会用同样的方式踩踏动画做出的幻象。第一脚下去，发现它是有血有肉的实体时，我吓得魂不守舍，但此时唯一人道的做法就是再踩它两下，好让它脱离苦海。尽管如此，我仍然心中有愧。一方面是因为这个世界上少了只会说话的袖珍小毛驴——如果说它是唯一一只会说话的小毛驴，我一点也不会惊讶；另外也因为它是一条生命，没有人喜欢夺取他者的生命。当然，一些精神变态者（或者说反社会者？）的确享受杀戮，但我相信，这种人极其罕见，虽然可能不像会说话的毛驴木偶那么罕见。我们误认为有人会以杀人为乐，这充分体现了好莱坞和新闻媒体对此类犯罪的痴迷。不消说，在杀它的过程中，我没有体会到丝毫快感。非要说有什么感受的话，那就是我虽然害怕，但也知道这是我非做不可的事。骨头碎裂的声音清晰地回荡在我耳际。我尝试过自首，但艾尔·拉帕波特偏偏不让我这么做。

这就是我现在的处境，被迫独自一人与已经备受折磨的心灵辩驳。有没有什么办法能让我摆脱这一切？我该不该孤注一掷，把自己和英戈电影的真相公之于众？今天，我就可以在《查理·罗斯脱口秀》上将之昭告天下。当然，如果我解释到位，大家便会理解我的处境，认可我的坦诚。试问，有谁不会采用跟我相同的方法处理这些事呢？然后，我就可以立马将自己的电影版本复原，也就是英戈电影的真实版本。如果巴拉西尼存在于这个现实中，我就可以和他一起继续完成我的工作。这一次，在回忆电影的过程中，我不仅可以享受物质上的安慰，还可以享受来自可爱小丑女的爱的抚慰。真相一旦大白，她还会选择和我在一起吗？这是一场赌博，但我相信她会的。讲真话是很重要的。每个人都尊重讲真话的人。如果造物主如我现在相信的那样真的存在，那么他／她／彼一定会因为我的付出嘉奖我的。

我掉进了一口敞开的无性别阴井中。

往上爬的时候，我看到一辆车停在了井口。我朝头顶的司机喊叫，对他解释了我的窘境。他虽然听到了我说的话，却拒不放弃车位，就连暂时移开也不愿意。他朝脚下的我大喊道，他为了找车位已经开了半个小时的车。我理解他的处境，相信他也同样理解我的处境，我这样告诉他。我们了解彼此的处境，这是我们得出的结论。不知为何，头上的圆顶小帽提醒我要设身处地地为他人着想。这是件好事。他说他一会儿要去市中心，我也该往那个方向走，如果再看到一口阴井，他就会用假腿里装着的撬棍帮我把井盖撬开。我点点头，但点头其实没什么意义，反正他也看不到我。就这样，我蹚着恶臭的污水开始往南走去。真希望这世界上能有更多的善意。距离我应该抵达查理·罗斯演播室的时间还有点余裕，而且我反正也要往南走，另外说实话，那位司机对自己的窘境是如此开诚布公，对我大方承认的窘境也表现出了相当的体恤，让我没有因此事而摆臭（哈哈，"臭"，多么讽刺！）脸——我既然已经在下水道里，那么在此处继续前行又何妨？如果我已经置身井下，就不可能再往井下掉了，因为我已经在下面了。所以，就这么决定吧。

　　但是这里伸手不见五指。新的苹果手机带有手电筒功能，发出的光却幽暗而模糊，几乎不起什么作用。在我还是个年轻人的时候，手电筒是用来照明的，不只是用来在灯光昏暗的餐厅里照亮字迹细小的菜单。那是一个与现在不同的时代，是让人跃跃欲试的时代。我将手机对准下水道的地面，借着微弱的光线避免被粪便甚至老鼠绊倒。在我所谓的几次"下水道探险之旅"中，老鼠是我最不喜欢的东西。有传言说，下水道的老鼠能长到德牧那么大——我是指德国牧羊人，不是德国牧羊犬。这个信息的来源我认为很可靠，它出自弗雷德里克·怀斯曼 1978 年的纪录片《流出》[1]，是里面那个下水道

1　此为作者虚构的作品。

工人告诉我的。我曾写过一篇关于电影中梦境里的下水道场景的专题论文，为此采访过他，论文的标题为《下水道中的白日梦》。在马克·克莫德 1993 年关于《地下怪物》系列影片的文章后，这是第一篇以下水道为主题的电影研究论文，没记错的话，克莫德的文章题目是《我，马克·克莫德，"阴"险下流》，但是我不太肯定，因为他的其他几篇影评题目也很类似。

我听到身后传来污水的哗啦声，于是猛地转回头去，却失去了平衡。我向前倒去，脸朝下栽进一团又软又臭的东西中。我把粘满了这堆油腻物的手抽出来，用苹果手机的手电筒照过去。这东西呈苍白色，向上几乎延伸到顶板，沿着目之所及的隧道蔓延开来。我小心翼翼地用舌头碰了碰胡子，想要尝尝这东西的味道，却立马恶心得差点吐出来。就像我猜的一样，这是那种令人作呕的油脂块，也就是食用油、湿纸巾、卫生纸、垃圾和卫生棉条凝成的大团块。我别无选择，只得在这场噩梦中继续前行，寻找那位新结识的假肢朋友帮我打开的无性别阴井，好赶到查理·罗斯的演播室，向人们展示英戈的电影以及我与这部电影的真实渊源。因此，我在蔓延了十个街区的油脂块中缓行，摸索到下一口无性别阴井。

63

　　查理·罗斯的女化妆师用丙酮清洗剂使劲擦洗着我的全身，嘴里滔滔不绝。不消说，她读过"我的"书，不消说，这本书改变了她的人生，不消说，这种颠覆是"彻底"的。我半调情半自嘲地问她，这种颠覆是好是坏。

　　"哎，你呀。"她笑着说。

　　显然，我的犹太克隆人分身做什么都不会踩雷。接下来会发生什么，我们拭目以待吧。

　　现在她开始为我化妆了，我不得不承认，化妆和不化妆还是有差别的。或许是油脂块起到了一些深层保湿的作用，我看上去显得更健康、更精神，也更容光焕发了。顺带说一句，查理·罗斯本人也不是犹太人。必须承认，我看上去跟我的克隆分身越来越像了。他是不是也化妆呢？还是说他的容光焕发是美满幸福的产物？抑或他只是天生拥有吹弹可破的肌肤，而这种福分我无从享受。

　　女化妆师（她咯咯笑着说：叫我吉莉安吧）告诉我，约翰·古德曼瘦身前[1]穿的西服还留在这里（他是在访谈中脱下这套西服的，这

1　通过健康饮食和锻炼，美国演员约翰·古德曼曾成功瘦身 90 多公斤。

一刻被摄像机记录了下来！），我完全可以穿着这套西服录制节目。她说，查理的女服装师可以用别针、胶带和滑轮把西服改得非常合身。因为没有别的选择，我只能同意，而且不得不说，被包裹在古德曼华达呢质地的西服里给我一种安全感。西服上还有他的味道！

在给《巴克叔叔》写影评……不对，那是约翰·坎迪[1]主演的……在给《英王拉尔夫》写影评时，我有幸采访过古德曼，我给那篇影评取名为《实力派演员之王》（坎迪的那篇叫《抵制权威》[2]）。他的味道我至今还记得，那是一种香草、薰衣草和丁香的美妙组合。如果我是女性，或许会陷入眩晕。可惜我是异性恋，而且异性恋得有点过了头。之所以说过了头，是因为我觉得在当今世界，同性恋几乎成了一种道德义务。作为白人男性，如果不彻底摆脱女性、成为其他白人男性（或者有色人种男性，如果他们肯接受我们的话！）的情人，我们又怎能从根本上保护她们不落入我们的魔爪呢？同性恋就像一声嘹亮的号角，告诉女性，和我们在一起很安全。如果某天深夜，我身穿热裤、肩披羽毛围巾，走在空空如也的第十大道上，一位路过的女性也必定会感到自己没有危险。我等于是在告诉她，不必惧怕我。我不会对她污言秽语，也不会对她无礼侵犯。你和我在一起很安全。我们甚至可能会停下来闲聊几句，讨论一下碧昂斯、乔·哈姆或是随便哪个当时文化背景下的红人。这感觉挺好，我也会对这种可能性欣然接受，但是，唉，我无法改变我在两性方面的喜好。如果我能是个男同性恋该有多好，这么一来我会更喜欢自己。但在我的众多亲朋好友中，我却是异性恋倾向最强的一个。即便这样，包裹在约翰·古德曼56码的西装

1　约翰·坎迪：好莱坞演员，身材较胖。
2　这两个标题都巧妙地与电影名称呼应。"巴克"（Buck）一名有"抵制"的意思。

里，戴着他宽如婴儿围嘴般的领带，我仍然感受到了一阵悸动，安全感油然而生。那股香气！女服装师（她说：别见外，叫我阿格尼斯吧！）使出浑身解数，把穿着这件西装的我收拾得时髦利落。

她提议用约翰·古德曼西裤胯部多余的布料给我做一顶圆顶小帽，但我告诉她没有必要，我今天不需要戴圆顶小帽。她看上去很惊讶，有些不知所措，但也只是点了点头。还没反应过来，我就被匆匆带进了一间挂着黑色窗帘的演播室，查理·罗斯就坐在那里，脸上挂着和蔼可亲、昏昏沉沉、不带性骚扰意味的微笑。在这个版本的世界里，他似乎没有犯下那些罪行，谁知道呢？即便如此，我还是甩给他一个恶狠狠的眼神。

"今天不戴那玩意儿了？是叫头皮帽还是什么来着？"他边说边站起来和我握手。

"没戴，"我说，"希望我们能在节目中聊聊这个最新的变化。"

他的眼睛亮了起来：这可是条独家新闻！

"当然！"他说。

我们坐下。他指了指演播室四周。

"如你所见，"他说道，"你看不到摄像机，但它们就在那里，隐藏在黑色天鹅绒窗帘的褶皱里，完全自动化运行。也就是说，演播室里只有你和我。我之所以发明这项技术，就是为了让我的嘉宾感到轻松自在。这与杰瑞·刘易斯发明的视频回放系统一样，具有革命性的意义，许多业内人士都这样告诉过我。这种方法能让人们感到放松。花花公子[1]组合里的加里·刘易斯是杰瑞·刘易斯的亲生儿

1　花花公子：20 世纪 60 年代的流行摇滚乐队，由加里·刘易斯担任主唱。

子，他也是这样告诉我的：人们看不到摄像机，因此能够放松心情。这就好像是我们正在进行一场私人谈话，只有你我两个人。嘉宾们甚至觉察不到访谈是从什么时候开始的。"

"已经开始了吗？"我问道。

他耸耸肩，笑了一下，又眨了眨眼。我感觉不安起来。

"那么，"他说着，用一种坠入爱河一般的迷醉眼神看看我，"让我们来聊聊卡特伯斯的电影吧。"

"直播吗？"我问，"我们现在是在讨论接下来的访谈内容，还是说访谈已经开始了？"

"看到了吧？你也觉察不出来！没人能觉察得出！"

"嗯，那好吧，"我开始说，"有件事我想在节目里忏悔——"

"是吗？太棒了！我对忏悔这类话题很感兴趣。相信大家都知道，在许许多多的宗教传统中，以忏悔净化灵魂的方式源远流长。到底是什么因素让忏悔成为，这话是怎么说的来着……成为一种净化灵魂的方式？因为许许多多的宗教中都有这个传统。"

"当然，我们可以笼统地讨论一下，"我说，"但首先，我想坦白一些具体的事情——"

"好的，很好，"他说，"说吧，尽管说。出于许多原因，我特别感兴趣。请说。"

"好吧，我不是你或你观众眼中的那个人。"我说。

"你是 B. 罗森伯格·罗森堡，"他说，"我知道你是谁。"

"没错，是我，但大家认为是我的那个人并不是我。他是个冒名顶替的骗子。我昨天晚上把他杀了，还有格雷戈里·科索，他那只会说话的微型驴子木偶。"

695

突然，摄像机挤过黑色的窗帘，进入演播室。

"出什么事了？"罗斯对某个看不见的人喊道。

"我也不知道，老板！"一个恐慌的声音回答道。

机器人摄像机加速移动，仿佛冲我而来。

我站起身来，在起身时把椅子带倒。我扫视房间，想找到一条逃跑路线。我找不到出口，因此随便选了个方向跑去，摄像机在身后拼命追赶。我径直撞进了窗帘，把整块窗帘拽下来盖在身上。我一动不动地躺在地板上，摄像机不停地往我身上冲撞着。

"把这些该死的东西关上！"罗斯大喊道，"这会要了他的命的！会把他弄死的！"

这一切终于停了下来。我被黑布包裹着，什么也看不见。

"他死了吗？"一个女人哭着问，听上去像是女服装师（阿格尼斯？）。

有几个人紧抓着窗帘，想要找到裹在里面的我。即便在如此惊恐的状态下，我还是想起了那部以"克莉丝汀"命名的糟糕电影——实际上，我想起了两部，一部是关于魔鬼汽车的《克莉丝汀魅力》，另一部则是电视记者克莉丝汀·查巴克的传记片。1974年，查巴克在佛罗里达当地晚间新闻直播时开枪自杀。之所以会想到约翰·卡朋特改编自斯蒂芬·金小说《克莉丝汀》的《克莉丝汀魅力》，原因很明显：不知怎么回事，无生命的物体总想要夺走我的性命；而之所以会想到安东尼奥·坎波斯导演的《克莉丝汀》，是因为和查巴克一样，我那悲催的生活由另一人"演绎"了出来，已经成为某些看不见的观众的娱乐。

我被人们从这绒布绕成的牢笼中解救出来，那几个鸡婆很快便靠拢过来，焦虑地叽叽喳喳："小可怜！你还好吗？"

我抬头看着这群人。身高足有 2.1 米的罗斯威严地站在我面前。

"你说你杀了罗森伯格·罗森堡，这话什么意思？"

我扭头看看摄像机。它们的电线绷得紧紧的，仿佛个个跃跃欲试，伺机再次发起进攻。

"这是一种形容，"我结结巴巴地说，"逢佛杀佛，这句话你一定听过。"

"没听过。"

"哦，这只是一种表达方式。"

"听起来就像佛教版本的反犹主义——可以称作反佛主义，反正我不喜欢。"罗斯说。

"不，这句话不能按字面意思理解。"

"打个比方，我说如果遇到了莫西就把他杀掉，你会有什么感觉？"

"首先是摩西不是莫西。其次，摩西在犹太教中的地位不能和佛陀相提并论。"

"在犹太教问题上你是专家。"罗斯说。

"第三，杀佛是一种比喻。这是一宗公案，目的是让人明白——"

"公安？这说不通呀。给我讲清楚！"

"我们是在说话，所以我没法确定，但我猜你刚才说的是公共安全的'公安'。"

"没错。"

"而我说的是'公案'，公共的公，案子的案，这是佛教中的一种术语，它提出一种矛盾的陈述，旨在鼓励人们跳出自己熟悉的思维模式去思考。"

"哦，公案呀，"罗斯说，"我听说过。"

不用想，他根本没听说过，但他仍然不住嘴。

*

网飞电视台的三位制片人走进了动画工作室，两男一女，样子和好莱坞任何一组两男一女的制片人一样。我不知道自己的助理叫什么，她和其他所有的助理没什么两样，是个年轻女性，跟时兴的软饮广告女郎一样，不知是哪国的混血。我的助理把三位制片人领进放映室里，大家像老友一样彼此拥抱。我的助理问大家想不想喝咖啡、水或其他别的什么。

"我想喝点水。"三个制片人中的女人说道。

"我们什么都不需要。"三个制片人中的那两个男人异口同声地说。

助理点点头，走了出去。

"好了，"其中一个男人开口说，"我们太期待第一集了！"

"太期待了。"那个女人说。

"没错。"另一个男人说。

"那太好了，"我说，"我们团队都对这部剧引以为傲。那么我们废话少说……"

我觉得放映室里应该有工作人员，于是朝那人打了个手势。灯光变暗，屏幕随着片头字幕亮起。伴随着听起来像是拉民·贾瓦迪创作的鼓点密集的主题曲，屏幕上出现了饰演英戈的老年非裔美国演员，他化着比自己实际年龄更老的特效妆，在外星球上摆弄着长着男性生殖器的裸体黑人女孩人偶。过了一会儿，他消失不见，只剩下这些阴阳人偶，人偶动了起来，与冰怪和火魔交战。战争的画面极其残酷、血腥、英勇而荒谬。字幕显示，主题曲果然是贾瓦迪创作的，这没什么悬念。我必须承认，在"制作人"一栏中看到自己的名字出现在英戈旁边时，一股激动之情涌上心头。

"这个片头我太喜欢了。"三人中的女人说。

"我们也很喜欢。"两个男人说。

"非常引人入胜。"女人说。

"嚯。"一个男人说。

"你说'嚯'是什么意思？"另一个男人问。

"意思就是，'嚯，这片头引人入胜'。"

"现在都流行这么说吗？"

"我觉得——"

"嘘，要开始了。"女人说。

这是一座破破烂烂的小镇。画面是黑白的，没有声音。街上到处都是穷困潦倒的黑皮肤人偶。

"我们很喜欢这种做旧的风格，"两个男人说，"连划痕都做出来了！"

"嘘。"女人说。

镜头朝两个长着男性生殖器的裸体女孩推进，其中一人用手语与另一人交谈。彼的双眼是乳白色的，失明了。我们可以推测，另一人听不到声音，因此才会使用手语。

"我很喜欢无声的感觉，也喜欢那个眼睛看不见的人用手语跟另一个人交流，虽然她看不到自己的手语。"两个男人说。

"应该是彼。"我纠正道。

"我们也喜欢那个失聪的人用她自己也听不见的声音回应。真是既精彩又感人。"

"应该是彼。"我又说了一遍，以防他们没听到。

"你说什么？"两个男人问。

两个阴阳人拐进一座摇摇欲坠的工棚里，里面摆放着农具。失聪的阴阳人操起一把犁刃。

"那是什么？"其中一个男人问道。

"犁刃，"我说，"就是犁板的尖刃。这是一种拥有几千年历史的农具，至少可以追溯到中国的马家浜文化。"

"哦，"那个男人说，"她们接下来是不是要把犁刃打成剑？"

"嘘。"那个女人说。

我猜故事的确会这样发展下去。我的分身到底在搞什么鬼？这本应是一段关于卡特伯斯的美妙、凄凉而一针见血的社会评述，他为什么非要搞成对亨利·达尔格作品的荒诞模仿[1]？或许，我的分身并不认为他能通过英戈的原版电影赚钱。或许他的理解能力不够，不明白广义的喜剧等同于最深层的恐惧，因此才会选择拿种族做文章，以传达某种显而易见的信息。我很费解：作为我的分身，他应该在智力上与我不相上下才对。一个真正的分身需要与其"本身"毫无区别，而这个"本身"就是我。为什么我的分身在智力上低我一筹呢？他又为什么会是个犹太人呢？这其中有些古怪。

屏幕上，两个阴阳人拿着新打的宝剑，穿过呼啸的暴风雪，进

1　亨利·达尔格以儿童遭受酷刑和屠杀的恐怖场景为创作主题。

入"冰之世界"。

"在白色暴风雪的衬托下，主角的黑色皮肤很有视觉冲击力。"其中一个男人说。

"我也想这么说。"另一个男人说。

我必须承认，的确如此。

64

晚餐时，我一副闷闷不乐的样子。

"你看上去很沮丧，"小丑劳里说，"我们要不要办场晚宴？"

"晚宴？"

"晚宴总能让你打起精神。"

"听着就没意思。"

"哎，高兴点嘛，牢骚鬼。我们来玩个游戏吧：你最想请谁来赴宴？"

"我最讨厌这个游戏了，一直都讨厌。"

"你可以说任何在世或不在世的人。"

"唉，好吧，耶稣。我想请耶稣来赴宴。"

"这用膝盖都能想到。他在名单上了，还想请谁？"

*

小丑劳里用很短的时间就把晚宴安排好了。看起来，我们是这座城市中的风云人物。

"你不是弥赛亚[1]。"我说。

"我从没说过我是。"耶稣说。

"你是个犹太人。"

"我知道。生是犹太人，死是犹太鬼。"

"你只不过是个老师。"

"只不过是个老师？我的朋友，没有比老师更重要的工作了。什么时候能给老师发放与职业运动员同级的薪酬，人类就进入文明社会了。"

"你指的是男性职业运动员。"

"没错，女性职业运动员的待遇当然不公平，这种情况应该得到整治。大多数教师都是女性，这并非巧合。"

"你的话很欠考虑。没有人应该得到职业运动员那样的薪酬。"

"嗯，我同意。我只是想说明，整个社会的重点都放错了。"

"好吧，但是用职业运动员来举例，对阐明你的观点没什么好处。"

"但是你理解我的观点，我们也达成了共识，为什么要抓住我的表达方式不放呢？"

"好吧，上帝，好吧，只不过在我看来，作为一名老师，你应该在措辞上更加谨慎一点才好。"

"喂，别一个人霸占着耶稣。"桌子另一头有人发话，可能是米尔顿·弗里德曼[2]。

---

1 弥赛亚：基督教中耶稣的别称。犹太教则不认为耶稣是弥赛亚，他们认为弥赛亚是介于神和人之间的特殊存在，有一天会降临人世，拯救人类。
2 米尔顿·弗里德曼：美国经济学家、统计学家，曾获 1976 年诺贝尔经济学奖。

我转向梵高。

"你看过《神秘博士》的那一集吗？"

"哪一集？"

"你出镜的那一集呀。"

"没看过！这太不可思议了，真的吗？我出镜了？好看吗？我可喜欢那部剧了。"

"你应该看看。他们对你进行了拙劣的戏仿，我觉得你看了一定会被气得不轻。"

"哦，不。为什么这么说？"

"里面有一个场景是你喜极而泣，因为人们对你的艺术进行了无良的商业化，因为你死后才得以扬名，因为你的画作价值现在升到了上亿美元。"

"实话实说，有上亿美元的资产挺好的。"

"我的上帝呀，你已经变成一个贪得无厌的讨厌鬼了。"我说。

"真的吗？"耶稣转过身来问我，看起来很受伤。

*

那天晚上，在和小丑劳里探讨时间旅行的可能性时，为了证明自己的观点，我盗用了斯坦尼斯拉夫·莱姆[1]对于 A.E.范·沃格特[2]小说《艾舍尔的武器店》的论述，我把小抄写在了手臂上。

"小丑劳里，"我开口道，"整个宇宙是靠信用运转的！就像是一种债券，一张必须立即偿还的、物质与能量的汇票，因为无论是

1　斯坦尼斯拉夫·莱姆：波兰犹太裔科幻作家。
2　A.E.范·沃格特：美国科幻作家，《艾舍尔的武器店》为其代表作，以异次元为主题。

从能量还是物质的角度来说，这种债券都是最纯粹的百分之百的负债。那么，宇宙学家是怎么做的呢？在物理学家朋友的帮助下，他制造了一把威力强大的'时间枪'，可以在时间的流动中'逆流'向后发射单个电子。这颗电子由于'逆时间'运动而转化为正电子，在时间中加速，并在此过程中积累越来越多的能量。最后，在电子'跃出'宇宙时，也就是进入一个宇宙尚未诞生之地时，它所获得的所有可怕的能量都在宇宙诞生的超强爆炸中释放了出来！就这样，债务还清了。与此同时，在现世最大的'因果圈'中，宇宙的存在也得到了证实，我们发现，这个宇宙原来是由一个人亲手创造的！"

"你变了。"小丑劳里说。

"才没有呢。"我说。

"从前的你根本不知道 A. E. 范·沃格特是谁，更别提斯坦尼斯拉夫·莱姆了。我已经认不出你了。"

"真的吗？难道以前的我是个白痴？"

"还有，你脖子上的开关是什么东西？我不能假装看不见。我不能一直装下去，B。"

"开关不重要。"我想把事情搪塞过去。

"以前的那个 B 去哪儿了？那个除了玛格丽特·阿特伍德和'犹太科幻三巨头'——阿西莫夫、埃里森、提德哈的作品外，根本不喜欢其他科幻小说的 B 在哪里？"

"真的？"我问道，"我居然喜欢提德哈？我的上帝呀。"

"没错，"她大喊道，"提德哈！你以前特别喜欢提德哈！"

"那个 B 已经死了，"我大声宣布，"愿现在的 B 万寿无疆！"

小丑劳里摇摇头，低头盯着厨房的餐桌，然后走出房间，到卧室去收拾行李。我想要叫住她，却做不到。我不能成为一个拥护提德哈的人。我绝不能成为那样的人，无论是为了小丑劳里还是任何人。

*

我发现在这个版本的世界里，巴拉西尼是一位著名的舞台剧演员，名字还是巴拉西尼。他的办公室也没变，只是现在拿来堆放各种仿制的身体部件。在这个世界里，他以"千面人二号"的名字为人熟知，"千面人一号"则是朗·钱尼[1]；在这个世界里，巴拉西尼在电影《千面人》[2]的百老汇舞台剧版本中饰演朗·钱尼，不唱歌的桥段则由詹姆斯·卡格尼出演。巴拉西尼一边带我参观储藏室，一边给我解释这一切。这里有许许多多张假脸，可能有上千张。但是，这个版本的巴拉西尼告诉我，他没法帮我。他解释说，这个世界中的他不是催眠师，但他还是把附近一个名叫"催眠乔"的人的地址给了我。他说，催眠乔可能就是我要找的人。这个世界的他说这话时完全不带讽刺。然后，他又嘱咐我把最新的治疗进展告诉他。不知为什么，我对英戈电影中卡斯托尔·柯林斯的回忆让他很感兴趣。他给我看了他放袜子的抽屉，说是让我"重温一下往昔时光"，然而在这个世界上，我从没有在那里睡过觉。

喝茶时，他为我演唱了他音乐剧里的一首小夜曲：

> 你或许知道，我是千面人，
>
> 我对此没有异议。

1　朗·钱尼：美国默剧演员，因塑造过五花八门的角色，有"千面人"之称。
2　《千面人》：1957年的美国电影，由詹姆斯·卡格尼主演的朗·钱尼传记片。

我扮演过许多种族的角色，

因为我是演员朗·钱尼。

是的，我扮演过东方人，也扮演过犹太人。

只需给我橡胶和胶水，让我化上浓重的妆面，我就能把你
演得活灵活现！

我或许拥有千面，

但你却是我的唯一。

我必须承认，我真希望自己之前所在的那个世界里有这部音乐
剧。它真是精妙绝伦，歌词是贾德·阿帕图创作的。

*

"我是你的超级粉丝。"催眠乔说，他留着那种看上去很严肃的
平头。

"谢谢，我想把我对英戈电影的回忆进行微调。"

"但那本书很完美呀，我已经读了四十遍了。如果算上我马上
要开始的下一遍，就是四十一遍。"

"嗯，但是做些进一步的调查还是必要的，我的朋友。"

我加上了"我的朋友"，为了对他示好。我分身所用的这一招
好像很是行得通。

"太好了！"他说道。

果然管用。

"你以前被催眠过吗？"他问道，"有些人不大能接受催眠。"

我给他看了我脖子上的开关。

"哦，"他赞赏道，"是谁安装的？ 做工很精细。"

"我自己安装的。用拼件装配的。"

"嗯，我觉得很棒。稍等一下。"

他拨动开关。

"告诉我你看到了什么。"他说。

"我和气象学家在一起。他绝望地扯着自己的头发，因为他实在不愿向后回望那些微小、透明、悬浮的'液滴恶魔'，这是他在内心独白中对那些飞沫的称呼，另外，他也无法向前展望那即将到来的炼狱般的世界末日。然而，时间是必须被填满的。他想起了那个小女孩，她是一缕阳光。他为她埋下了一个娃娃。他现在意识到，在人生最后的十年中，他为她埋下了成百上千个物件，是所有她想要的东西，他想让她找到这些东西，满足她所有的需求，让她在成长过程中感受到宇宙的爱，但他现在意识到，这个宇宙已然消亡，成了一块冰，关爱已经消失不见。他要在这里守护着她，在这双困于过去的洞窟中的双眼里，只有她的身影。这让我想起了所谓的'上帝之眼'，即保加利亚普罗霍德纳洞穴顶部的两个巨大的眼形洞口。众所周知，那两个洞曾在路德米尔·斯泰科夫 1988 年的电影《掠夺的大地》中出现，给观众留下了深刻的印象——那是一部梦呓般的杰作，除了我之外几乎没人看过。如果不能把英戈的电影完整记起来，我或许可以试着回忆《掠夺的大地》。它刚上映的时候我还真的尝试将之全部记住，甚至下血本学习了保加利亚语，还参加了为期三天的土耳其禁卫军'新兵训练营'，结果却发现训练有些装腔作势，主要是让大家拿着土耳其军刀练瑜伽。为参加这个训练营，我砸下了一万土耳其里拉的血本，最终也因此放弃了自己的计划。但或许是时候重启计划了。《掠夺的大地》精彩绝伦，而且——"

"等等，你是要回忆这部电影吗？"催眠乔问道。

"不，我不确定。应该不是。"

"那么，我们是不是应该回到——"

"对，对，不好意思。按你说的来。"

气象学家将全息影像快进，看着现已 11 岁的小女孩。她皮肤黝黑，腰间的皮带上插着一把园艺泥铲，将另一把挖沟铲的把手抵在肩上，就如年轻的珍妮·哈切特[1]，人称"短斧珍妮"。她的身上有一种战士般的神气、一种无比的自信，与他预先设想的样子如出一辙。当她经过时，人们会恭敬地退让到一边，充满敬畏地看着她。气象学家心想：我太爱她了，她让我对人类产生了新的希望。这个神奇的生灵是谁？她的成长过程和当下的状态是否受到了我的影响？还是说，是她影响了我未来将要变成的样子？

"打扰一下，挖掘者！"有人喊住她。

挖掘者！多么合适的名字！

"你好，艾米丽，"挖掘者说，"你今天好吗？"

"我很好，谢谢。我家奥黛丽的鞋被偷了，不知道你能不能给她找双新的。"

"哦，很遗憾听到这个消息。我一定努力试试。她穿多大码？"

"35 码女鞋。"

"好的。让我们看看能找到什么样的鞋。"

挖掘者来回踱步，神情有些恍惚，艾米丽则盯着她。

1　珍妮·哈切特：15 世纪法国女英雄，在勃艮第人入侵时手持短斧捍卫家园。

"对了，她最喜欢什么样的鞋来着？"

"其实什么鞋都行。"

"我记得她好像很喜欢那张科恩徒步鞋的照片。她好像喜欢这种鞋，对吗？"

"你真是太好了，挖掘者。她就喜欢这种鞋。"

"好的。她喜欢什么颜色？"

"记得是叫'渡鸦／玫瑰黎明色'。"

挖掘者点点头，踱了一会儿步，停了下来。

"我想应该是这一双，"她说，"找到了。"

她跪下来，用园艺泥铲挖了起来。在大约30厘米深的地方，她触到了什么坚硬的东西，于是从腰带上抽出一把刷子，轻轻扫去泥土，取出一只灰色的铜盒。

"看啊，艾米丽，看看这双行不行。"

艾米丽打开盒子，看到一双渡鸦／玫瑰黎明色的35码科恩徒步鞋。

"我的天啊，"她说，"太感谢了！"

"很遗憾这双鞋不是全新的，说实话，这我还真没想到。"

"你说什么呢？现在可是世界末日！这已经远远超出我的预期了！"

艾米丽伸出双臂，把挖掘者紧紧拥入怀中。

"很高兴能帮上忙，艾米丽，"挖掘者说，"代我向奥黛丽问个好，行吗？"

"会的！哦，她一定会喜欢这双鞋的！谢谢！谢谢！太感谢了！"

艾米丽拿着鞋跑开。

气象学家已经做好了笔记：科恩徒步鞋，女式35码，渡鸦/玫瑰黎明色。他把电脑屏幕从挖掘者的影像调到Zappos购鞋网，下好单。

我还记得收到那份订单的时刻！我敢肯定是同一份订单。因为盘存出错，35码渡鸦/玫瑰黎明色的女鞋是没货的。网站上标记的是"有货"，但其实没有，而且科恩公司已经不生产这款颜色的鞋了。我们联系了下单客户，让他换一款。他勃然大怒，扬言如果我们不兑现他的订单，他就要到点评网站上把我们的名声搞臭。为了避免网站差评，Zappos不惜付出一切代价。有一个脚后跟被磨出水泡的男子还没来得及把差评发到网上，就被"销声匿迹"了。后来，我们发现最后一双35码科恩鞋被亨丽埃塔偷了。这不用想也知道。她天生患有亨德森-巴格利足部侏儒症，她对鞋子的痴迷或许也始于此。于是，那双已穿过几次的科恩鞋被还回了公司，亨丽埃塔也被立即解雇。虽然她的失业是咎由自取，但不消说，她还是把事情怪在了我的头上。我想，她就是在那个时候发誓要置我于死地的。无论如何，这双鞋被寄到了客户手中，我们表示了歉意，还附赠了一只鞋拔子。他在点评网站上给我们留下了一篇热情洋溢的好评。

等等，事情是这样的吗？不是亨丽埃塔害我被炒，我又把她的饭碗也弄丢的吗？我还给杰夫·贝索斯写了一封匿名信，说她是个反犹主义者？难道这两个版本都是真实发生过的？

"不，每位客户只有一个过去，"催眠乔说，"继续吧。"

"嗯，就这样，气象学家切换到自己在模拟现实中的时间轨迹，看着自己在洞穴里登录Zappos网站订鞋、收货和写评论。他将这条时间线快进，找到 Zappos 鞋盒送抵他位于欧利埃拉·德波山南的 41 号洞穴的时间点，看着自己坐飞机来到一片田野，手持 GPS 挖洞，把铜盒子放进去，又把洞盖起来。作为实验，事后，他在自己的时间线中键入了'铲'和'挖'这两个关键词，结果让人大吃一惊。映入眼帘的，是一个又一个他埋下大小各异的灰色铜盒的镜头。他要打造出这个他深爱的女孩，第一次见证他所爱的女孩确是他所爱的女孩时，他就爱上了这个女孩——这当中存在一个悖论。当然，鉴于对世界的了解，他明白因果关系并不存在，也绝不会按照人类大脑对其解读的形式存在。万事万物之所以如此，就是因为本来如此。不存在什么选择。即便如此，幻觉依然存在，而幻觉就是他认为自己在埋盒子的事情上有所选择。但事实上他并无选择。"

"这跟你书中的内容完全不一样。"催眠结束时，催眠乔对我说。

"没错，"我说道，"英戈电影的神奇之处就在于，它仿佛会随着一次次的观影体验而变化。就像我对自己的回忆和对亨丽埃塔的回忆一样。"

催眠乔已经失去了兴趣，只是点点头。他想要向我推销一袋法式烘焙的"催眠乔"咖啡豆[1]，我拒绝了。重新沉浸于思绪时，我的精神振奋了许多。对于气象学家场景的回忆证明，我对电影的记忆才是真实的，而那个分身的记忆是假的。带着这重建的自信，我可以向世界证明我的正确。可是话说回来，事实真的如此吗？催眠乔虽然对我很客气，却已经磨起了咖啡豆。我开始怀疑，他的催眠业务只是诱导顾客的幌子，吸引人们为他的咖啡买单。

1　英文中的"cup of Joe"有"咖啡"的意思，同时与催眠乔的名字相似。

我怎么才能唤起人们对电影真实版本的兴趣呢？我意识到方法只有一种。挖掘者将不再是唯一的挖掘者，换句话说，我也要成为一个挖掘者，另一个挖掘者。

65

　　我乘坐下一班公共汽车来到圣奥古斯丁。如果能再次找到那些"未见"的人偶，我或许就可以向全世界（也向我自己，因为我已经对自己的精神状态起了疑心）证明，我描述的才是这部电影的真实情节，那个愚蠢克隆人说的则不然。而且这样一来，我们就不必为还原电影而重建整个"未见"的人偶王国了，可以在前期制作阶段省下时间和精力。我把这事讲给邻座听，巧的是他也叫利维（绰号"抓抓"），他刚刚上完"大苹果马戏团和果园"的季度小丑笑梗写作课，正要回家。看到熟人的感觉很好，虽然这次我有自己的座位，但我们还是暂时采用了原先的坐法，我想是出于某种怀旧情绪吧。

　　"我只想确认一下，你说那个院子里埋着一群黑人？"抓抓问道。

　　"不，利维。院子里埋着几千个非裔美国人偶。至少我是这么认为的。"

　　"我本来以为小丑的段子很荒谬，但你的话听起来要荒谬得多。"

　　"这部电影的导演在探索文化上的弱势群体。"

　　"哼，这简直是最脑残的说辞。告诉你，我想到了一个小丑在舞台上的搞笑桥段，让大约五十个小丑从水桶里爬出来，笑点在于

714

桶里一般是装不下五十个小丑的。我的意思是说，水桶的容量可能只有二十升左右？要问玄机在哪儿，"他低声说，"地板上有个洞，桶底也有个洞，小丑们在地窖里，一个接一个往外爬。这就是笑点所在。那么，怎么把小丑们全都装进水桶里呢？秘密就是不用把他们都装进桶。懂了吗？这个桥段的原型叫作'小丑汽车'，二者所用的原理差不多。简单来说，在'小丑汽车'里，有一大群小丑从一辆小车里爬出来，这是一种戏法，小丑们其实是从地窖里爬出来的，汽车底部有个洞。我对这个经典戏法进行了演绎。在我看来，我的桥段要更精彩，因为水桶比汽车小，所以人们会觉得更加出乎意料。我把这个段子起名为'小丑水桶'。我觉得这个戏法跟你那位有色电影人朋友的创作异曲同工。"

"我觉得差别很大。"我说。

"一个是一大群小丑，一个是一大群黑人，"他说，"笑梗如出一辙。"

我不再争辩，等了几分钟才从抓抓的大腿上爬下来，回到自己的座位上，以防对方觉得我是因为我们有分歧才这么做的。抓抓是个不错的人，但我觉得我们的关系已经走到了尽头。毕竟，他只是个头脑简单的小丑笑话创作者，虽然这是一份高尚的正经职业，但与英戈和我进行的写作几乎没有什么共通之处。我并不是说他写的东西没有我们的重要。小丑杂耍是一种古老的艺术形式，普雷斯顿·斯特奇斯的《苏利文的旅行》结尾有一场煽情得离谱的戏，若说我们能从中学到什么，那就是受压迫者偶尔也需要开怀大笑，所以我为抓抓的努力喝彩，也为他的成就高兴。

沉默了大约一个小时后，抓抓对我说，我在城里的时候应该找个晚上到他的拖车上去喝杯啤酒。我说这主意听起来很棒，但我们都知道这只是空头支票，是绝不可能发生的事情，不仅因为我不是个"爱喝啤酒的人"。这份领悟让人心痛，在接下来的漫长旅途中，我们两人都缄默不语。汽车到站后，我们彼此拥抱，但之后连电话号码都没有留。

我的出租车大约在午夜时分到达公寓大楼。司机把我的箱子、铁锹、铲子和鹤嘴锄从后备厢里取了出来。

"要埋什么东西吗？"他问道。

"恰恰相反。"

"你要埋什么人？"

"'埋人'可不是'埋东西'的反义词，"我说，"如果你非要知道的话，我是要去挖东西。"

"宝藏吗？"

"当然不是你所谓的宝藏，但没有任何金银珠宝能跟我要寻找的东西媲美。"

他耸耸肩，开车走了。

我在第一次找到人偶的地方挖掘起来。之所以记得地点，是因为那里当时立着（现在也立着）一块铜牌，上面写着："朋友们，这儿什么都没有，请走开。"然而，这句话仿佛是对的，因为这里的确什么都没有。没有人偶，连人偶的残骸都没有。这里空无一物，只有泥土，很多很多的泥土。不久，公寓管理员出现了，递给我一张被很多人传阅过的纸，上面写着："喂！你到底在干什么？住手！这可是私人财产！"

我从洞里抬头看他，他认出了我的脸，先是一脸惊讶，然后翻了翻挎包里的纸张，抽出另一张来："哦！你没戴圆顶小帽，我没法凭借背影和头顶认出你来。你好啊，我的朋友！你想不想进来喝glezl fun tey？"

"我听不懂。"我对口型说。

"就是'一杯茶'的意思。这是意第绪语，是你教我的。"他写道。

"哦。"我对着口型。

我从洞里爬出来，一个人孤零零地往路上走。一张皱巴巴的纸砸中了我的后脑勺。我把纸从地上捡起来，把上面的字读了出来："喂！喂！我在跟你说话呢！"我低下头，继续往前走。纸团一次次砸中我，我把纸团全都捡起来，放进挎包里。或许我可以在回家的公交车上拿这些纸团打发时间。我一直向前走去，这里已经不再有我要找的东西了。

我是乘坐新运营的优步巴士回家的，所谓巴士，其实就是一辆破旧的旅行车。你可以自带座椅，但必须在 56×36×23 厘米的特定空间中将之安放才行。因此，绝大多数的乘客都不得不额外交费把自己的座椅寄存，然后坐在地上。

我把公寓管理员的字条摊开，按编号顺序读了起来：

你为什么不回答我？

我们一起度过的美好时光，难道你都不记得了吗？

还记得朱庇特剧院那部我们俩都很喜欢的戏吗？根据《失宠于上帝的孩子们》[1] 改编的男同性恋爱情剧，伯特·雷诺兹和

---

1 《失宠于上帝的孩子们》：1986 年的美国电影，讲述了发生在一所聋哑学校中的故事，片中扮演女主角的玛丽·玛特琳本身也是一位听障人士。

卢·费里诺主演的那部?

你说,早该对《失宠于上帝的孩子们》进行这样的改编了。

我同意你的观点。我说,谁人的爱不是爱?

你也同意我的观点。

我以为我们是朋友。

你为什么要这样对我?

你明明知道,我是为你改信犹太教的!

看呀! 我已经背过身去了,好让你看到我的圆顶小帽!

这简直太伤人了!

我冰箱里有些冻牛腩。我们可以做点东西吃。

你简直是禽兽,你知道吗?

我要把我的海伦·凯勒画像拿回来!

求你了,B。

好吧,你无情我无义。随你吧。

B,我等着你把那幅凯勒的画像寄回来。我是认真的。

求求你,给我一分钟的时间,我们聊聊就好。

你太离谱了。

去你妈的!

字条还有,但我突然起了困意,所以剩下的就留到以后再看吧。

*

催眠乔推荐我订阅《每月咖啡》电子报,我拒绝了。他叹了一口气,按下我脖子上的开关。气象学家将时间快进到了更遥远的未来。劲猛餐厅（即之前的疲软餐厅）现在已经拥有了一支军队，他们要求所有公民在军队（劲猛军，原名疲软军）中服役两年。此举触怒了一些权威人士，但正如餐厅的市场销售部部长马乔里·晨星指出的，"自由不是免费的"，特朗克人不断制造的威胁必须得到解决，这些人想要统治整个洞穴，已经升级了最近安装颅脑螺旋桨的大脑，在里面装配了核弹。气象学家在显示屏上观察着这令人担忧的事态发展。他想起了挖掘者，这才意识到她原来是人民起义军的领袖——当然，他需要把这个事实告诉她。不过他已经告诉她了。

气象学家在显示屏上看着挖掘者挖出几件物品，她本以为这只是几顶羊毛帽（因为冬天就要来了）。他还在盒子里放了杰拉德·温斯坦利[1]的宣传册《真正平等派规范：开放社会，分与人类之子》。不消说，学校里的每个男生（还有女生，以及非男非女的学生等等）都读过这本宣传册，知道温斯坦利是"挖掘者"组织的创始人——这是一群早期的无政府主义者，活跃在英国内战时期，主张废除工资，对所有从众免费分发商品和食物。挖掘者把小册子从头到尾读完。英戈并没有在这里费心加入画外音，因为每个上过学的人都读过册子中的文字，并已经按要求将之背了下来；再者，挖掘者的表情被启蒙之光逐渐点亮，展现出坚韧不拔的决心，观众本该静静观看这样的画面，画外音的加入则会让他们的纯粹观影乐趣打折扣。这组镜头很长（或许有一个半小时），因为宣传册本身就很厚，而且不幸的是，挖掘者还是个重度阅读障碍症患者。但是，整组镜头中

1　杰拉德·温斯坦利：17世纪英格兰宗教改革家、哲学家、社会活动家，主张将圈地私有化的土地归还公有，推篱填渠，种植庄稼。他和他的拥护者们被称为"真正平等派"，又称"掘地派"。考虑到上下文呼应，本书中译作"挖掘者"。

的情感架构非常到位，她终于把小册子读完，走到一座小山的山顶，发表了下面这番演说：

"我的人民啊，现在是行动的时候了，因为我们永远处在该行动的时候，不是吗？我们必须团结在一起，对抗那些压迫者。如果作为群体的你们与作为个体的我得出了同样的结论，那么我们就必须一起采取行动，去改变人类历史的进程。我们想要沦为那些泯灭人性的企业的奴隶吗？还是屈从于更糟的选择，被一支盲目无知、装着螺旋桨的亡命机器人军队奴役？让我告诉大家，我们绝不能认命，而是要努力打造一个以资源共享和融入自然为基础的更加美好的世界。我相信，有一位上帝正在护佑着我们，否则该如何解释我在挖掘物资方面的天赋呢？而埋下这些厚礼的若非某种神性的存在，又会是谁呢？我觉得这个存在与我们有所不同——它并非'他'、'她'，甚至连'彼'都不是。我们是多么自恋啊，竟然以为它与我们类似？不，我的朋友们，它的存在形式是我们永远无法妄图理解的，但我确信，它希望我们繁荣发展、取得成绩、善待彼此，就像加里森·凯勒[1]在名声败坏之前呼吁我们的一样。欢迎大家加入我开启的这场运动，它将会把我们解放出来，让我们摆脱贪婪积累物质财富的暴力政府体系的压迫铁链，重获自由。我衷心相信，如果大家加入进来，造物主便会继续供养我们，甚至会将'挖掘'这一神圣天赋赐予你们其他人。因此，我的朋友们，脱掉你们的劲猛军军装，让我们携手挖掘，挖出自由民族自己的战衣吧！"

气象学家叹了口气，揉揉太阳穴，暂停画面，数了数脱掉军服

1　加里森·凯勒：美国作家、歌手、电台主持人，曾卷入性侵丑闻。

的人（89 人），然后试着猜测他们的尺码和穿衣喜好。

*

劲猛餐厅的首席执行官 L. 拉勒比·切弗在阴森可怖的新哥特式办公套间中来回踱步。

"我们没法对抗这种魔法！"他说，"根本没有办法！"

"我知道，"他的副手、调味品和军备部执行副总裁贝利·奥尔茨说，"但是我们的对手可是……那谁呀。"

"我们必须拆穿她的障眼法！这当中肯定有诈。如果不用魔法，没有人能做到她做的事。"

"话虽这么说……"

"或许，她是在黑夜的掩护下把东西埋进去的。"

"那么有两个问题：首先，她怎么知道人们需要什么物品？另外，这些东西她是从哪儿弄来的？"

"这是障眼法！不用想也知道！"

"是的，你的观点我已经明白了，但障眼法是什么呢？这是我要问你的问题。"

"我不是专业的魔术师，连排得上号的业余魔术师都算不上，但我可以告诉你，奥尔茨执行副总裁，这一切都是通过障眼法和分散注意力达成的。"

"没错，但我的意思是，单就这件事来说，她用的是什么诡计？"

"我刚才跟你说什么来着？"

"你说……呃，我忘了，领导，不好意思。"

"我不是什么魔术师！"

"对。"

"但我们不能让这种情况持续下去。没有了员工，劲猛餐厅就没有顾客，没有了顾客，劲猛餐厅也就没有员工了。"

"他们是一体的，唇齿相依。"

"没有了士兵，特朗克人就赢了。没有人想要这样的结果。"

"特朗克人除外，特朗克人想要这样的结果。"

"没错，他们当然想要这样的结果。他们就是这副德行。我们必须反击。把那个配音小姐叫过来。"

"你是说马乔里？"

"我不知道她的名字！我怎么会知道她的名字？"

"她叫马乔里。"

"我都说了，我不知道她叫什么！"

"人们喜欢别人记得他们的名字，这会让他们觉得——"

"我不是给了她一大笔酬劳吗？"

"没错。"

"那老子才不管她叫什么。"

马乔里·晨星身穿一件镶着蓝宝石的橙色羊绒连帽衫，腰杆挺直、姿态优雅地坐在那里，双手抱着膝盖看着切弗踱步，仿佛有无限的耐心。

"配音小姐，我们需要策划一支宣传片。"

"好的。"

"要配音甜美的那种。"

"我没问题。"

"你没问题吗？"

"当然。"

"我们要告诉民众：'如果没有劲猛餐厅的保护，特朗克人就会把你们赶尽杀绝。'或者类似于：'劲猛餐厅一直伴你左右，现在是时候为劲猛餐厅挺身而出了。'"

"也可以这样说，"奥尔茨提出，"不要问劲猛餐厅能为你做什么，而要问你能为劲猛餐厅做什么。"

"这句屁话是什么意思？"切弗问。

"这是约翰·肯尼迪说的。"

"约翰·肯什么？"

"肯尼迪。"

"我听不懂你在说什么。"

"他是一位领袖，约翰·肯迪尼。"

"劲猛餐厅的领袖？"

"美国总统。"

"还美国——太荒唐了！我们为什么要引用一个被大火毁于一旦的国家的总统的话？这是很糟糕的营销策略。还不如引用特朗克人的什么名言呢。"

"你想在反对特朗克人的宣传片里引用他们自己的话？"

"他们至少有资格当我们的对手。他们手上有核武器。"

"恕我直言，这样的营销策略是站不住脚的。"

"我不恕你直言，你才站不住脚呢。配音小姐，你怎么看？"

"我们可不可以拿挖掘者的那本书做文章呢？'同舟共济，上帝与我们同在'。"

"或者拿魔法做文章？"

"那就这样，'魔法只是魔鬼耍的鬼把戏'？"马乔里提出。

"哦，挺独到的，但能不能换成更接地气的说法？这样会更有说服力。"

"魔法只是装神弄鬼，"马乔里说，"劲猛餐厅不装神弄鬼。我们的汉堡由百分百的碎牛肉制成，'煎炸'肉饼，不'奸诈'。"

"我喜欢。'煎炸'，不'奸诈'，这谐音梗很妙。我们还应该在晚上带着金属探测器出去，把她的盒子都挖出来，然后把里面的东西都换成人的粪便。这样的反击才叫双管齐下。"

"你的上帝在哪里？"虽然已经敲定，马乔里仍在继续提议，"就在劲猛餐厅。我们从不自诩神奇，但大家都知道，我们的热苹果派味道真神奇。美味，劲猛餐厅。"

"催眠乔的咖啡和热苹果派很搭。"在催眠的迷离状态中，我突然听到了催眠乔的声音。

我努力不去搭理他，但在催眠状态下，我很容易受他人影响。

"好吧，给我来一袋。"我说。

"好嘞，我来下单。等你醒来的时候正好能带走。"

夜里，劲猛餐厅的军队身穿黑衣，携带着金属探测器和挖掘工具，在挖掘者的领地里搜寻金属的痕迹。他们找到了装着绷带、袜子、刀具（！）和读物的盒子，把这些东西换成了人类的粪便。士兵们一边把盒子重新埋回去，一边为自己的恶作剧轻轻窃笑。

到了第二天，挖掘军在一片岩石密布的土地上集结，一台隐藏的闭路电视摄像机拍摄着他们的行踪。

"我们要在这片土地上播种，"挖掘者说，"这片土地没有主人，而收获的庄稼则要用来喂养所有加入我们的人。"

"我们该去哪儿找种子呢？"一个忧心忡忡的男人问，"劲猛餐厅给所有种子都申请了专利，盗窃种子会让你在劲猛监狱待上几年，众所周知，劲猛监狱就是劲猛餐厅自家的私有监狱系统。"

"我们要播下自己的种子，"挖掘者说，"这些种子就在……这儿。"

说完，挖掘者挖了起来。她很快就挖出了一只罐子，这只罐子是用某种非金属聚合物的复合材料制成的。

镜头切换到切弗的办公室，他和团队正观看着他们的一举一动。

"这是怎么回事？"切弗说，"我们被诓了！"

"她知道我们的计划。那些金属容器是诱饵。"

"她是怎么知道的呢？"

"一定有内鬼。"

"这真好玩，因为内鬼'挖'墙脚，而她又是'挖'掘者，所以——"

"一点也不好玩！这是叛国罪，一定要找到这个人，斩草除根。"

"斩草除根，这也跟'挖'有关系。因为——"

"闭嘴。"

66

　　我回到街上，带着在催眠状态下买的二十袋沉甸甸的咖啡，朝自己的公寓走去，却突然发现我正从公寓里出来。没错，那的确是我，只是刮了胡子。这是又一个我——第三个我。现在仿佛只要一离开市区，我就会被人取代。这次取代发生在我去佛罗里达找人偶的时候，这种循环必须被打破才行。我跟随这个新的我来到西51街的一栋大楼，他按下蜂鸣器，有人把门打开。他来这里做什么呢？

*

　　带格雷戈里·科索散步时，我被那个身穿熏蒸帐篷布的小丑追杀未果，打那以后，我就一直心神不宁，而今天我要采取些行动了。我虽然不是暴力的人，却置身一个暴力的世界。眼前这位兄弟已经把各种武器在床上摆好，让我想起了《出租车司机》中的场景，以及此后抄袭了这一场景的每一部电影和电视剧。在非法枪支销售的问题上，马文·斯科塞斯[1]多年前拍摄的这个镜头或许把一切都说透

---

1 《出租车司机》的导演应为马丁·斯科塞斯。

726

了。这个非法持枪者拿起一把类似手枪的东西。陷入沉思之中的我抚摸着脸上曾经蓄有胡子的部位，深情地抚弄着这新露出的肌肤。

"这是一把凯尔泰克 PF-9，"他告诉我，"市面上最好的 9 毫米 360 克手枪，七轮，很受女性青睐。你会在坊间看到一些负面报道，但大多出自那些别有用心之人，而且话说回来，这意味着你可以省下一笔钱，因为这些宝贝的市价正在走低呢。"

他把枪递给我，我紧张地握在手里。

"枪没上膛，"他说，"别一惊一乍的。"

我不知道为什么他会告诉我这把枪很受女士青睐。他不会觉得我是女人吧？当然，少了胡子之后，我那精致的五官暴露无遗，而且我确实新戴了一款乔伊·金[1]式圆顶小帽假发套。

"你这儿有什么受男士青睐的型号吗？"我一边说，一边把枪递还给他。

他将那把可爱的小手枪放在床上，又拿起一把来。

"这是鲁格 SR1911，枪很棒，没的说。警察和军队都用。价钱要高得多，而且坦白说，我觉得这把 1.1 公斤的枪你驾驭不了。"

"你为什么这么说？"

"听着，兄弟，如果你买鲁格我赚得还更多呢。我只是给你一些中肯的建议而已。"

他把枪递给我。枪很重。他的确叫了我"兄弟"，所以他知道我是个男人，这么说来，买那把小点的枪也无妨，说实话我本来也更喜欢那把小枪。它看上去的确美观得多。

---

1 乔伊·金：美国女演员，童星出身。

"男士会用这款枪吗，PR-9 这款？"我问。

"你说的是 PF-9 吧。当然会。"

"好吧，给我来一把。"

"好嘞。你需要枪套吗？我建议你买。"

"也行。"

"太好了。"

他从包里掏出一只艳粉色的皮套："兄弟，这款皮套没的说。外层用的是环保皮革，我不知道你是不是纯素食者、蛋奶素食者或者别的什么'者'，但这是用回收皮革做的，所以你丝毫不必有内疚感。内衬是绒面革的，可以保护枪的表面。据我所知，这不是环保绒面革，但偶尔放纵一回也无妨。这小物件整体做了防汗处理。被动保护[1]。这款可招女士喜欢了。"

"皮套有黑色的吗？或者那种……军队用的绿不拉叽的颜色？"

"军绿色。"

"你说什么？"

"你说的那种颜色叫军绿色。"

"哦，对。是这个名字。"

"很抱歉，先生，我这儿没有。如果你想要的话，我倒是有个镶着亮片的款式。"

他的确称呼我"先生"来着。我买下了粉色的皮套，但他也确实告诉了我，这款颜色很招女士喜欢，还用了"小物件"这种词。可他也的确叫我"兄弟"了。不管怎么说，把粉红色视为"女性化"

---

1 枪套有被动和主动两种保护形式。被动保护指枪套能够通过摩擦力固定住枪，不需要手动"解锁"保护装置，拔出枪就能用。

的颜色，只是一种由社会建构出来的固化观点。其实在20世纪以前，人们认为粉色是男孩的颜色，而蓝色则属于女孩。再说了，就像大家现在意识到的一样，性别并非二元对立。当然，我的确具有被大多数人视为"女性化"的性格特征，我对此安之若素，甚至引以为豪。在当今，所有人都能毫无顾忌地展现出跨越各种维度的特征，但在我年轻的时候，想要跨越这条界线，需要拿出甘做"性别亡命徒"的勇气（以及三名医生的证明）。虽然如此，我还是跨越了这条界线。

*

我看着那个没有胡子的自己从大楼中离开，在他的精纺绒外套下，有一块新出现的奇怪隆起。我跟在他的身后，小心保持着安全的距离，好用我们之间的行人做掩护。阳光可以直接射入这片"可见之地"，而在混沌的"未见之地"，即便是对于作为巨人的我，隐匿也几乎是轻而易举的，但在这里，即便我已不是巨人，也要时刻保持警惕。突然，没有胡子的我掉进了一口敞开的阴井里，这让我意识到，我在"可见之地"面对的危险，不只是被没胡子的自己发现。这里也有"造物主"，也有那个"能看到所有'未见之人'、知道我所有念头的神"。我需要跟第三个我说说话，同时不被他或造物主认出来。我从一个无人看管的清洁工水桶里抓起拖把，拧下拖把头，将之像假发一样戴在自己头上。这虽然是权宜之计，但我觉得它奏效了，因为当三号B从下水道里爬出来的时候，他好像并没有认出我（也就是他自己）。然而他看上去忧心忡忡，似乎在用手指抚摸外套下的隆起。拖把散发着一股霉味和清洁剂的味道。

"很抱歉打扰你。"我说。

"什么？什么？"他质问道，两眼睁得滚圆，"如果你要的是钱，我身无分文！"

"我只想问你一个问题。"

氨水滴进了我的双眼和嘴巴里，我吐了一口唾沫。

"什么？你想问什么？"他问道。

"我只是在想，你掉进阴井的前一刻在想什么？"

"无性别阴井。"

"什么？"

"无性别阴井。"

哦，当然了，他说的对。这我知道，我已经意识到了，我怎么会又把它错叫成阴井了？这一听就是错的。我猜，可能是因为我老是在想我的死对头曼诺拉[1]·达尔吉斯吧。她是个女人，因此……但她的名字和"阴井"的写法也不同呀。我真是个蠢货。

"我是个蠢货！"我大叫道，"真是个白痴！"

"你为什么想知道我在想什么？"他大喊道，向后退了一步。

"我正在做调查！"我灵机一动，然后大喊着回答。

"什么调查？"

他渐渐平静了下来。

"为种族平等大会做调查。"对他的政治立场了如指掌的我回答道。

"哦。好吧。"

1　原文为"Manohla"，拼写与"阴井"相似。

我把几缕拖把布条甩到耳后，接着——等等，这动作对他有吸引力吗？我的搔"首"弄姿会让他欲火焚身？在那么短短的一瞬间，我感觉自己楚楚动人。拖把上的水顺着我的后背流了下来。

"我是个电影理论家，"他说，"跌倒的时候，我正在思考手枪的问题，具体原因与你及任何人无关。我的脑海里闪现出一部名叫《人性》的烂片里的一个场景，电影的编剧是一个叫查理·考夫曼的名不见经传的家伙。片中的那一幕由彼特·丁拉基[1]出演，他是个才华横溢的演员，但当时名气很小，个子碰巧也很小——"

"比起'侏儒'，他更喜欢别人叫他'小个子'。"我们两人同时补充道。

"没错。"我们又异口同声地表示同意。

"话说回来，"他继续说，"彼特·丁拉基在那场戏里手持一把枪。我一眼就看得出来，考夫曼对枪支一窍不通，很可能从来就没碰过枪，而且——"

不知从哪里冒出了一个骑着自行车的失控送货员，只见他前轮磕到路沿，一个倒栽葱，正好撞到冒牌的我身上，把他一头撞到大街上，"嗖"的一声，他又一次跌入一口敞开的阴井里。不是阴井，是无性别阴井。

我的怀疑被证实了，这既有好处，也有坏处。首先，我很欣慰，对于我荒谬的存在竟然有某种合乎逻辑的解释。但可怕的现实是，我竟被一个三流影人玩弄于股掌之中，不用想也知道，他对我的鄙夷与我对他的鄙夷不相上下，这很可能是因为我曾对他可悲的影视

1　彼特·丁拉基：美国男演员，身高135厘米，曾出演《权力的游戏》中"小恶魔"一角。

生涯进行过抨击。我无端身陷这漏洞百出、毫无逻辑的世界，在这里，一切尽在他的掌握之中。唯一的好消息是，我已被一个无疑是机器人或克隆体的自己所取代，因此得以逃脱考夫曼对整个世界充满恶意的监视。而不好的消息是，想要生存，我就必须在这"可见"的世界中保持"不可见"的状态。我觉得，我可以找到重返"未见之地"的路，不过坦白说那个地方要比这里更糟。那是个混沌幽冥的世界，被淡忘的思绪和模糊无名的人充斥。那是个没有光明的世界，除了那一束从这个世界照耀到那里的微光。不，此时的关键就是留在这里，隐于背景，消失于人群，不要以任何方式露头。让所有的注意力都落在三号B的身上。让他去吸引那怪物的注意力，直到我的噩梦人生告一段落。或许还有别的出路，但我觉得八成没有。我无法战胜神。眼下，我要给自己找一个更有效也更高明的伪装，还必须在获取伪装时表现得不动声色。或许，我可以找找这里有没有办假身份证明的地下组织。或许，这里有只要付钱就能把你整得连造物主都认不出来的外科医生。我不可能是唯一一个想要躲避这无才无能的怪物的人。不消说，观众们也想要逃离他的魔爪。

现在，我也跌进了无性别阴井中。一片漆黑。

"你在吗？"我小声问道。

"在。"三号B回答。

"我猜，你已经看过英戈·卡特伯斯的电影了？"

"那还用说？我就是这部电影的记忆守护者。这大家都知道。"

"那么，这部电影讲的还是'冒险的女孩'吗？"

"请允许我直接引用大师本人的话来回答，这番话出自他的日记，我记得一字不落。"

"请讲。"我说。

我现在没有心思跟他争论有没有"摄影式记忆"这种东西。这底下太潮湿了。

"'冒险女孩'有姐妹十四人，从十四滴雨滴中同时出生。她们在巴德威尔的一片矢车菊丛中成长，变得勇敢无畏，在佛罗里达的一片地被福禄考花丛中出落得沉鱼落雁，又在圣奥古斯丁的贯叶连翘丛中接近成年。冒险女孩们天生受到眷顾，拥有充足的智慧、双重的性征，她们是为善而战的勇士。她们生如凝胶，却突变得坚不可摧，那种坚实如波涛般涌动，又如微风般呢喃。我甘愿将自己置于她们之下，成为她们的奴仆。我创造了她们，就是在为她们服务。而要我去创造她们的就是她们本人。她们是我的主人。因此，我按照她们的意旨为她们摆出动作。我之所以在她们脑中灌输野心、自信和性爱，是出于她们自己的渴求。她们想让我崇拜她们，因此我便崇拜她们。而她们拯救了我们，拯救了人类。她们就是这样做的，因为，这是她们指示我让她们这么做的。"

"真好，"我说，"继续完成你崇高的事业吧。"

我爬了出来，匆匆离开，好继续回忆起电影真正的内容。趁这个世界还没有被这没胡子的可笑冒牌货迷惑，我要执行自己的秘密使命。

*

我从无性别阴井中爬出来，拖把男已经不见了踪影。我觉得他应该不是种族平等大会雇用的调查员，但他又是谁呢？他想要得到什么？像往常一样，这次跌跤只让我受了些轻伤、沾了些污物。我

733

把脏东西从身上掸掉，确认手枪还放在皮套里，便去查理·罗斯那里接受访问。

在我之前接受访问的，是俄亥俄卫斯理大学一位喜剧组合学专业的教授。他上节目是为了宣传自己的新书《众多的组合》。

"世界上有一百二十到一百五十种喜剧二人组。所有的搭配都大同小异，都是反差——有胖瘦组合，有高矮组合，有罗圈腿和膝内扣组合，有内八字和外八字组合，有傻瓜和聪明人组合。喜剧即冲突，因此人们才要确保表演者的个性有充分的差异。这样的两个人在现实世界里是绝不会成为朋友的，别在意这些细节。"

我的脑中划过一道闪电，也可以说闪过一道火花。在电影的一幕中，冒险女孩们正在看电视，电视中传来两个男人插科打诨的声音。我把这一段忘得一干二净，相较整部电影带给人的痛彻心扉、永不停息的冲击，这一段在我记忆中的地位是如此微不足道，但会不会是我判断失误了呢？英戈是位动画师。每一帧画面、每一根线条、每一个概念都是他精心挑选的产物。整部电影里没有什么东西是无关紧要的，我又怎能推测那一个片段是可有可无的呢？或许，那一小段像是背景噪声的响动，恰恰是提供给我（从而提供给全世界）的解开英戈电影中所有秘密的钥匙。我必须努力将它记起，为了世界上的所有人。

67

"你想要再来一袋早餐混合咖啡豆吗？"催眠乔突然插嘴道。

"好的，主人。"

"嗯，我先下单。你继续讲吧。"

特朗克人召开了一场内阁大会，五十人坐在一张长橡木桌旁，异口同声地咆哮着，就像一支好战而低能的古希腊歌队[1]。

"劲猛餐厅真是邪恶，这人人都知道，简直是恶劣至极。我敢这么说，但不用我说你们也已经知道了。而我们的原则是什么？爱。我们热爱我们所有的公民。我想说，劲猛餐厅是一家邪恶的企业。'猛骗'餐厅，这是我给它取的名字。猛骗餐厅一心想要赚取你们的血汗钱。他们只关心这个，而我们关心的却是确保你们得到公平的待遇。是时候重建我们的国家了，让祖国再次伟大。当然，和平外交一直是我的首选方针，但猛骗餐厅却已经把我们当成了笑柄。哼，同胞们，这种情况不会再继续下去了，因为我们要让这个国家再度伟大。那么，挖掘军怎么办？我已经给他们起好了名字。我叫他们

---

1 此处指古希腊戏剧中述说情节、推动故事发展的歌者或舞群。

'挖粪者'，因为同胞们，你们都看过他们的样子吧？让我告诉你们，他们的样子真寒碜。他们畏惧战斗，而我们热爱战斗。我说的对吗？我们虽是爱好和平的人民，但绝不容许任何人欺骗利用我们。我们一定要让挖粪者和猛骗餐厅明白这一点。这样一来，他们也会更开心。人人都能得到好处，但最先得到好处的必须是我们才行。"

在洞穴的另一头，马乔里·晨星挥舞着一只扩音器：

"劲猛餐厅关爱你，因为劲猛餐厅就是你。人类既是劲猛餐厅的员工，又是劲猛餐厅的顾客。我们公司不用任何机器人管理，更别提数以万计的机器人了。我们知道大家喜欢什么。我们明白食物该是什么味道。我们知晓什么能让你开心。我们深谙哪些药物能让你感觉更好，也知道你想在手机上设置哪些功能。在劲猛餐厅，我们坚信机器人应该为人类工作，而不是颠倒过来。我们当然为挖掘军的真诚拍手叫好，尽管如此，我们也要对他们领导者背后的动机质疑。他们想在人群中播下不信任的种子吗？他们人人平等的构想在如此复杂的社会中可行吗？所有的学术研究都表明这种构想行不通。谁来制造你们的手机、你们的电影、你们的汉堡？难道几招魔术戏法就能与一个久经锤炼的管理体系相媲美吗？劲猛餐厅不玩戏法。每周二汉堡买一送一。"

*

我把拖把头扔进垃圾桶里，然后走进我（三号 B）的公寓，寻找可以用来伪装的道具。我（他）的衣柜里满是时髦的犹太男式晨祷披巾、卡其裤和图案花哨的正装衬衫。这里没有什么能用来伪装的工具。我在小丑劳里的衣柜里翻找，柜里塞满了犹太已婚妇女佩戴的假发，绝大多数一眼就能看出是女性的假发，但也有几款精灵头式假发，很适合打造"小男孩"发型。我一直很喜欢"小男孩"发型，因此，我抓了一顶标注着"米歇尔·威廉姆斯短发"的假发。它是淡金黄色的，说实话，戴在我头上挺顺眼。还真别说，我看上去年轻了 20 岁。为了充分彰显假发的效果，我把胡子刮干净，还用小丑劳里的遮瑕膏把胎记遮住。

接下来，我又找到了一身黑色套装、一件白衬衫和黑色的领口蝴蝶结，我觉得这套衣服完全可以拿来当男装穿。那顶假发让我看起来有点像个魔术师，从某种程度上说，我觉得我就是个魔术师，或者说是语言魔术师。我偷了一大叠钞票，然后便离开了。

在大厅里，我从看门人身边走过，他抬起头来。

"需要我帮您叫出租车吗，罗森堡夫人？"他在我身后问道。

我头也不回，只是摇摇头、摆摆手，连她的声音都不必模仿。

*

回到家里，我看到小丑劳里躺在床上，一副心事重重的样子。

"有人进过我们的公寓。我的米歇尔假发和亚历山大·麦昆裤装都不见了。"她说。

"这可怪了。"我说。

"两千美元也没了。"

"谁会做这种事呢？"

"家里是不是有一股旧拖把的味道？"小丑劳里问。

我把手伸进外套，抚摸着枪套里的凯尔泰克 PR-9。

"那是凯尔泰克 PF-9 吗？"小丑劳里问道。

"没错，"我说，"或者是 PR-9。"

"是 PF-9。那不是款女枪吗？"

我静静地坐在做了隔音处理（但绝不会将伟大的上帝也隔绝在外）的犹太教堂中。当然，我会来这里祈祷，但有的时候我来这里只是为了思考。有人可能会问："B，思考不就是一种祈祷吗？"我不得不认同这些人的说法，因为高效利用"人脑"这个哈希姆赋予人类的最伟大礼物，的确是一种形式的祈祷。今天，我的"祈祷"就是试着回忆起英戈那张华丽挂毯上最为微小的花饰，因为对于一件完美的艺术品而言，最微小的细节或许就是理解它全貌的关键。在博斯《人间乐园》的纯灰色外板画作[1]中，画面左上角有一个小小的上帝，若是将他去掉，这幅画还算完整存在吗？或者说，这幅画还有任何意义吗？那个上帝虽然小到几乎看不到，却是一切存在的引擎，是过去、当下和未来一切存在的引擎，不，应该说是一切的起因，而英戈宏大作品中的所有元素也是如此。因此，我要怀着最为——

"你是不是在想'最为'这个词？"小丑劳里问，此时的她正在一旁擦拭安息日的烛台。

"没有。"我说。

"哦。"她说。

因此，我要怀着最为庄严的使命感，在对英戈电影的记忆深处挖掘，让这被人忽视的关键细节浮现出来。我看到了赤身裸体、长着阴茎的非裔美国人版玛德和莫莉，她们正在照顾一个受伤的孩子，

1　博斯的名作《人间乐园》是绘制在三联板上的油画作品，将左右两块板往里折时，即可看到绘制在外板上的图像。外板画作为纯灰色，描绘了《创世记》时的世界，左上角有上帝的图像。

孩子也同样赤身裸体、长着阴茎，是非裔美国人。一只白炽灯泡在电线上来回摆动，将这个朴实无华的房间照亮。无人观看的电视机中正在播放一部古老的黑白电影。我越过这场戏的"焦点场景"，想把注意力单独集中在这看似纯灰色装饰画的背景元素上。屏幕上，一胖一瘦两个男人似乎正在进行某种滑稽表演。那两个饱受压迫的美丽女孩是如此博人眼球，我努力将注意力从她们身上移开，朝房间角落那台小电视屏幕上的模糊图像推进。那两个男人一个戴着浅顶卷檐软呢帽，一个戴着圆顶高帽，他们站在舞台的幕布前，面对一群看不见的观众。他们是父子吗？我不能确定，但其中一个似乎要比另一个老得多，可究竟是谁比谁老，我也说不清楚。

"我觉得大卫·赛德瑞斯[1]是个蠢货。"

"那个作家？"

"没错，他是个写手。我在一档脱口秀上见过他。他穿着粉红色的起褶正装衬衫、亮片马甲、外套和短裤。"

"你不喜欢这套装束？"

"他看上去就不是个好东西。"

"对穿短裤的人做这样的反应，似乎有点过激了。"

"他巴不得自己看起来像个浑蛋呢。"

"你为什么这么想？"

"男人干吗穿成那样？"

"也许他觉得这样穿看起来不错呢？我感兴趣的是，你为什么反应这么过激。"

1　大卫·赛德瑞斯：美国作家、编剧，同性恋者。

"我不知道。可能我是个浑蛋吧。"

"我不是说你是个浑蛋，我只是想说针对这种于自己生活没有实质影响的事情，如果一个人有这么大的反应，探索一下背后的原因还是很有趣的。"

"我不知道。我觉得主持人是个反犹分子。"

"这跟赛德瑞斯的穿着有什么关系？"

"嘉宾的穿着是经过他们批准的。"

"我不认为有这码事。"

"我觉得他想让罗伯特·赛德瑞斯看起来像个蠢货。"

"大卫·赛德瑞斯。"

"大卫·赛德瑞斯。"

"但大卫·赛德瑞斯又不是犹太人。"

"让我问你一个问题，跟他一起去餐厅，你会不会感觉不好意思？"

"跟大卫·赛德瑞斯吗？你是说如果他穿成那样的话？"

"没错。"

"不会。"

"真的吗？你不觉得人们会盯着你们看吗？"

"不会，我觉得没有任何人会在意的。"

"真的吗？"

"或许在蒙大拿会有人在意吧。在那里我可能会担心挨揍，但在这里不会。"

"真的吗？"

"人们连头都不会抬一下，除非是觉得：哦，那是大卫·赛德瑞斯呀。"

"如果他不是大卫·赛德瑞斯呢？"

"你是说，如果是某个打扮成那样的普通人？"

"是的。"

"没人会在意的。"

"真的吗？"

"可能在蒙大拿会吧。"

我推测这是个喜剧桥段，却不觉得好笑，但是话说回来，我并不是喜剧方面的专家，甚至连喜剧爱好者都不算。不过我的确知道大卫·赛德瑞斯是谁，而且也很喜欢读他写的故事，并非因为这些故事幽默（我理解不了他的笑点），而是因为它们哀婉。实际上，如果有人把所有的"笑料"从大卫·赛德瑞斯的故事里抽掉，我也一点不会觉得可惜。在我看来，正是这些花里胡哨的东西淡化了他真正想要传达的信息，即人类的残忍、脆弱和绝望。在这段玛德和莫莉照顾重伤孩子的戏里，英戈为什么要把那对装扮成杂耍演员的父子当背景放在电视上呢？

他俩的段子跟我上周与自己父亲的一次谈话如出一辙，如此具体，不可能是巧合。有没有可能，这一小段埋藏在记忆深处的情节就是这部电影中的"上帝粒子"？这颗深埋的粒子或许包含着一切电影内外事物的答案？

*

在找到能够负担得起的住所之前，我在三号 B 的便携式充气犹太教堂中存放《摩西五经》的神圣约柜[1]背后找到了容身之所。这里宽敞得出奇，我能听到三号 B 和小丑劳里离开公寓的声响，可以趁机沐浴净身，再吃点东西。我知道约柜会在周五晚上和周六被打开，到了那时，我就会睡在他们的举重和有氧健身房里，因为在安息日，家中是没有人会做运动的。我还发现，我可以穿着新衣服畅通无阻地进出，因为门卫好像分辨不出小丑劳里和我。因此，我得以继续进行催眠治疗，现在我的治疗师是"伟大的奶酪特德"，因为催眠乔突然退了休，想要像巴拉西尼一样成为一个舞台剧演员。奶酪特德是催眠乔在我去催眠室找他的时候推荐给我的，这个催眠室他仍然留着，用来存放许许多多的演出用假发。

在圣马可街人行道上一张铺开的毯子上，在烟壶、玻璃门把手和各式各样的小摆设之中，我看到了一本满是折角的巴尔博西的《无限递归大道》。我跟看摊子的女孩砍价，把价钱砍到了 45 美分（她本来想收 50 美分，如果不讨价还价，是换不来尊重的），然后便带着我找到的宝贝离开了。这本书的书页空白处写满了笔记。我试着读懂其中几处的意思，但字迹密密麻麻、潦草至极，几乎让人无法辨认。以下，是我能辨认出来的内容：

酒窝

赎杀金

女向导

不苟言笑的人

---

[1] 神圣约柜：犹太教圣物，放置上帝与以色列人所立契约的柜子。

烂醉如泥

解脱

不良少年

照字面意思

选举学

保留性交[1]

酒窝（又出现了一次）

很显然，这位读者有些不满之处想跟巴尔博西理论，对此我并不怪她。我知道写字的人是位女性，因为我曾经在哈佛辅修过笔迹学，几乎可以毫无疑问地说，这个笔迹潦草的人是位女性，年龄（写下笔记时的年龄）在 33 到 34 岁之间，美国人，受过高等教育，嗜酒，顺性别，自恋且有自残史，是家庭暴力的受害者，患有虚谈症[2]和手抽筋症，容易在大庭广众之下暴怒失态、颜面扫地。简短（说到"短"，她个子挺矮）总结，她就是我的真命天女，有一头如火的红发、漫不经心的态度，身材健美，臀部丰满。我甚至能从她的字迹里看出，我能带给她幸福——在我目前的伪装之下可能难以做到，但如果有天无须再隐姓埋名，那么我知道，我们会一同陷入一段激情澎湃的缠绵之中。这一点从她的笔迹中一眼就能看出。当然，联结我们的还有对巴尔博西的共同兴趣。她为什么非要选中这本晦涩难懂的书，为什么要如此细致入微地在上面做标记？若不是因为这些文字就是写给我的，她又何必要在书的空白处标注这种叫作"保

---

1 保留性交：也叫不完全性交，指长时间爱抚却不达到性高潮。
2 虚谈症：对自己或环境产生捏造、扭曲的错误记忆的病症。

743

留性交"的感性性爱方式？除了我，还有谁会在圣马可街买下这本书，还有谁会知道保留性交是什么？啊，雷纳塔，我毫不怀疑，这就是她的名字（难道是那位了不起的雷纳塔·阿德勒[1]？有这个可能。当然，她肯定对我的作品有所了解）。之所以认定这字迹的主人名叫雷纳塔，是因为笔迹学可以帮助研究者判断出写字人最常用的字母。我猜，她的名字也可能是纳塔雷[2]，但希望不是。我朝着上城区走去，心中幻想着雷纳塔，思考该如何投入必要的时间，将她的批注完全破解出来，想象着该如何找到她，如何与她不慌不忙、小心翼翼地缠绵在一起，因为我们都曾受过心灵的重创，一旦两人之间的信任满格，就没有什么能够阻挡我们。我们将成为纽约最酷的一对，受邀参加各种派对，化身富人（因为我们的爱情之真）和百姓（因为我们的财富之多）眼中羡慕的焦点。

在14街和5街的交叉口等待过马路时，一个年轻人请我表演一段魔术。之前遇到这种事（这种事经常发生），我会选择拒绝，因为我不是一只受过训练的猴子，但现在的我正隐姓埋名，没有谋生的手段，而街头魔术师虽然一般都不富裕，却还是有几位（比如"斯蒂芬大魔术师"、"伟大的托比"和阿布拉·卡·达布尼[3]）过得很滋润。我身上带着一枚可以折叠的魔术银币，能够神不知鬼不觉地把它塞进别人的耳朵里再取出来。年轻人惊得目瞪口呆，一群人逐渐聚拢过来。很快，我就把全套本领拿了出来——悬浮魔术，吞下一支点燃的香烟（我敢发誓身上根本没带烟，说不清手里这根点燃的香烟

1　雷纳塔·阿德勒：美国女作家、新闻记者和电影评论家，曾任《纽约客》首席影评人。
2　原文为"Natter"，有"唠叨"的意思。
3　这个名字来自"abracadabra"一词，是魔术师进行表演时常念的"咒语"，相当于"变！"。

是从哪儿冒出来的），然后把烟从一只狗的鼻子里掏出来，把一个女人锯成两半，把自由女神像变没。两个小时之后，我已经累积拿到了30美元。这成绩不赖。我本来有点担心会把某些不必要的关注吸引到自己身上，可在收拾魔术工具箱时，人人都对我说"谢谢您，女士"，我如释重负。也许我可以经常出来表演。为了不让"猎狗"嗅到我的气味，我可以给自己取名为"梦想成'珍'女士"，这个名字听起来很顺耳。或者叫"神'绮'梅伊"，虽然这名字可能超过了时代广场一般游客的理解水平。也可以叫"魔'珐'达西亚"。别说，取名字还挺有意思的。女孩总有那么多的好名字可选。

68

晚上，我在约柜里听三号 B 和小丑劳里探讨他对英戈电影的最新想法。

"伟大的上帝存在于细节之中，"他对小丑劳里说，"很多前辈都这样说过，但他们几乎人人都会漏掉'伟大的'三个字。"

"人们也会说魔鬼存在于细节之中，"小丑劳里反驳道，"所以说话要小心点，B。"

"无论怎样，我的朋友、我的妻子、我的亦妻亦友，关键是只有探索了最微小的细节，才有可能理解最宏大的事物。我真是个傻瓜，还以为自己已经完全参透了英戈的 chef d'oeuvre，他的 meisterstück、他的 remek-djelo[1]、他的——"

"你到底知道几种语言的'杰作'呀？"

"这可是最重要的词呀，我的朋友、我的妻子，这是所有词语中最重要的一个。"

"我知道，但我是真的想知道你知道几种语言。"

---

[1] 以上三个单词分别是法语、德语和克罗地亚语中的"杰作"。

"十六种。"

"哇。"

"厉害吧？"

"当然了。"

"我必须继续进入催眠状态了，把我那电子显微镜般的摄影式记忆集中在整部电影上面。对于这部电影，再仔细的研究也不为过。每一处文字，每一个手势，每一个在背景中一闪而过的龙套，每一团火焰，每一只冰柱，每一滴溅在战斗中的血液，每一声绝望的叹息，每一段破碎的梦想，每一块——"

我在约柜里想：上帝啊，这家伙真是让人难以忍受。小丑劳里怎么受得了他？我从两扇约柜门交接处的缝隙里向外窥探。劳里正在盯着自己的指甲看，一脸无聊的样子。

"——被撞到的脚指甲，每一滴噼啪落在冰火世界之间中立区的雨，每一场电视转播，每一段次要旋律中的音符，每——"

"B？"小丑劳里开口了。

"怎么了？"他问。

"我听懂了，真的。细节很重要。"

"好吧。"

"只是我明天还要早起，而且——"

"没事，我明白了。没关系。"

"我们明天再继续聊好吗？"

"好的，好的，你去睡觉吧。我稍微再等一会儿——"

"好吧，我先上床等你。"

小丑劳里很快便离开了，三号B继续深思熟虑，我进入了梦乡。

特朗克人发现了气象学家那台已经落满尘土、被遗弃许久的计算机。他们把计算机打开。

"你好。"计算机说。

"我们需要一种对抗劲猛餐厅秀的方法。"他们对着麦克风说道。

"他们的秀？"电脑问。

"他们的娱乐表演，他们的秀，随便叫什么吧。"

"我明白了。嗯，我的存档里有一项几十年前的发明，叫作脑视。"

"是用来干什么的？"特朗克人问道。

"脑视能把信息直接传输到观众的大脑中。"

"哈。也就是说，我们可以把特朗克本人的图像传输到人们的大脑中？"

"远远不止这些。"

"但是我想先搞清楚，我们可以传输我本人的图像，对吗？"

"对。"电脑叹了口气。

"我觉得不错，这东西会大受欢迎的。"

"你还可以让人们爱上他们看到的东西。脑视也能传递感情。"

"真的吗？"

"当然了。你进入了人们的大脑中，感情也在大脑里。"

"真好玩，我之前还真不知道这个。只是这个名字不太好，闹市？这个词到底是什么意思呀？听上去咋咋呼呼的。"

"'大脑'的'脑'。你进入了人们的大脑，所以才叫……脑视呀。

'大脑'的'脑'，'视力'的'视'。"

"哦，我懂了，'大闹'的'闹'。应该叫它'特朗视'。"

*

我被关门声吵醒。他们走了，该去吃早餐了。我走进厨房，给自己倒了一碗洁食彩虹麦片（粉色麦片是犹太陀螺形的，黄色麦片是犹太逾越节薄饼形的，橙色麦片是圆顶小帽形的，绿色麦片是门柱经文匣形的），然后一边看新闻一边吃。特朗克总统（特朗普什么时候真的变成了特朗克？）在脱口秀《福克斯与朋友们》中露面，正在和主持人史蒂夫·杜西谈论机器人的重要性，并强调他不是个机器人。

"俄罗斯向我们出口了很多的铝，我对这些铝征收关税，顺便问问你，如果我是个机器人，我会这么做吗？不会。因为机器人是用铝做的（英国人将'铝'拼作'aluminum'[1]，指的就是金属，这没人知道），所以我这么做不是自己跟自己作对嘛。这并不是说机器人对我们的经济不重要。机器人非常重要，我的支持者都知道这一点，但我们对待机器人的态度却恶劣到了前所未有的程度。机器人并不会取代美国工人。所以，当每况愈下的《纽约时报》说我是机器人的时候……拜托，这话怎么能信呢？虚假新闻。"

我关掉电视，穿上我的"小丑劳里套装"，出发去奶酪特德的办公室。

1　此处拼错了单词。"铝"应为"aluminium"，美式英语中为"aluminum"。

749

"小丑劳里？"奶酪特德一脸疑惑地问道。

"不，是我，我只是扮成了小丑劳里的样子。等等，你认识小丑劳里？"

"我们过去常在一个地方卖艺。她可真是棵小摇钱树啊。"

"等等，所以说纽约有专门卖艺的街区？"

"在 49 街与 7 街和 8 街的交会处。"

"需要卖艺许可证吗？我一直考虑在街头表演魔术呢。"

"需要。拿到许可证要等三年时间，而且纽约要求申请人至少拥有副学士学位[1]。"

"街头卖艺专业的副学士？"

"没错，街头卖艺专业的学位。"

"哈。"

"约翰·杰伊刑事司法学院开设了专业课程，但需要等三年时间。"

"等三年才能入学？"

"才能拿到申请表。"

"这好像和街头卖艺的精神南辕北辙。"

"三年前发生过一场街头卖艺的悲剧，一名无证大提琴手不小心把 C4 炸药错当成松香来擦拭琴弓，导致二十名游客丧命。所以大力整顿也是情有可原的。"

"我明白了。"

1　副学士学位：美国学位等级，多由社区学院、专科学院颁发，学制较短，相当于完成了四年制大学中的首两年课程。

"我建议今天你离开这里后直接去约翰·杰伊学院，申请领取申请表。事不宜迟。"

"好吧。"

"那么，开始吧？"

我点点头。

特德按下我的开关。

弗洛蒂拉欺骗卡斯托尔，说给他读的是《纽约时报》，其实是在读《综艺》的试镜广告。她一边浏览公开试镜招募的广告，一边给卡斯托尔现编新闻故事。

"这是一场跟玻利维亚的战争。他们的总统蒙托亚将番石榴农场国有化，华盛顿的番石榴游说团体正在向特朗克总统施压，要求他进行反击。特朗克说，他要在武装部队中组建一支名叫'美军伟大机器人战士：复仇黎明'的机器兵团。"

与此同时，我们看到她正在抄写《蝴蝶小姐之再再版》[1]的试镜广告。

由于经常参与"阿马里洛社区假面人组合"的演出，弗洛蒂拉一直都想成为一名专业的舞台剧演员，却没有足够的资源或进取心为梦想一搏。她觉得，如果能说服卡斯托尔·柯林斯体验一把演员的生活，她就可以通过他的双眼来体验一切，甚至可以在过程中对他低声耳语表演技巧。这就是最本质的合作。迫于公众的压力，对于现在的演员来说，扮演与他自己（她自己、彼自己）有任何显著区别的角色都是违法的。因此，卡斯托尔有在《蝴蝶小姐之再再版》

---

1 《蝴蝶小姐》是 1972 年的美国浪漫爱情片，此片名是对《蝴蝶小姐》的演绎。

中饰演唐·贝克[1]一角的优势，因为唐·贝克是个盲人，卡斯托尔也是。当然，其他的盲人演员也在争夺这个角色，但是他们之中没有谁曾在刚出生时奇迹般地出现在宇宙飞船上，而这正是唐·贝克和卡斯托尔·柯林斯的共有经历。

试镜时，卡斯托尔与百老汇著名演员巴拉西尼一起朗读台词，后者扮演的角色是巴拉索尼，一位与唐·贝克展开了一段浪漫情缘的著名百老汇演员。巴拉西尼有资格扮演著名百老汇演员，因为他自己就是。

透过卡斯托尔的双眼观看整个试镜过程的弗洛蒂拉，爱上了巴拉西尼。

催眠结束。我急匆匆地跑了出去，把自己的名字写在约翰·杰伊学院的申请表候补名单上，然后又在金融区的乞丐巷和小便街上偷偷进行了几场无证魔术表演。这里很少有警察，尤其是在周日，因此我可以不受骚扰地工作。我挣了 4.73 美元，这些钱主要是从乞丐巷的乞丐那里挣来的，而从小便街上小便的人那里，我只挣到了 72 美分。

*

我几乎可以肯定，有人趁我们不在时闯进了公寓。迹象十分明显：约柜里有鞋印，我不含乳制品的洁食款剃须膏被用光了，电脑的搜索记录里还有关于魔术的内容。小丑劳里告诉我，我有点多虑了，所有这些都一定能找到合理的解释，比方说，没错，她的确找不到米歇尔·威廉姆斯式假发和亚历山大·麦昆长裤套装了，但她

1　唐·贝克：《蝴蝶小姐》中先天失明的男主角。

很肯定，自己是在上次做全身浸礼时把这些东西落在浸礼池边了。

"嗯，那你是怎么回的家呢？"

她似乎有点困惑。

"坐地铁呀。"她说。

"不，我是说，没穿衣服，你是怎么回的家？"

"哦，我那天穿了两套裤装，不是吗？那天很冷，我在裤装下穿了里昂比恩牌保暖裤。所以我完全有可能把裤装忘在那儿了。"

"你给曼哈顿浸礼协会打电话确认了吗？"

"B，那可是2500美元的亚历山大·麦昆长裤套装。没人会把这种东西交到失物招领处的。"

我觉得她说得有道理，我的确有点多虑了。我给自己倒了一碗麦片。

"最近的洁食彩虹麦片有点缺斤短两。"我说。

*

我正在空调排气口偷听时（鞋印被发现后，躲在约柜里的风险似乎太大了，这都要怪那脏兮兮的小便街），小丑劳里说要去遛驴。

"路过希利姆斯基商店的话，麻烦再买点儿洁食彩虹麦片和洁食剃须膏，好吗？"三号B问。

"行。"她有些不耐烦地回答，然后"砰"的一声关上了门，排气口的盖子被震开，我一头栽倒在三号B面前的地板上。他仔细端详了我一会儿。

"这是《天外魔花》里的情节吗？"他一边问，一边从粉红色的肩挎皮套里拔出手枪。

"你说的是哪一部？"我问，"它一共拍过三版电影[1]，当然还有杰克·芬尼的小说，也就是这三部电影的原著。"

"我知道，"他说，"这我当然知道。"

"所以你说的是哪一部？"

"当然是 1978 年版。"

"那当然，"我表示同意，"其他两部都很烂。"

"烂得不行。"

"这不是电影里的情节。我可不是什么人体侵入者。"

"那你是什么？"

"可以这么说，你才是人体侵入者，我的朋友。"

我又一次听到了一声从远处传来的刺耳音乐。

"你别无理取闹了。"他说道。

"那就不要复制我。"我反驳道。

"听着，我才是这套豪华公寓的主人。你住在我的空调排气系统里，我猜，躲在衣柜里的也是你，白天装扮成我老婆的还是你。"

"尽管如此，"我说，"你仍是我的复制人，而且请允许我补充一句，你甚至不是我的第一个复制人。"

"跟我讲讲，"他说，"你的第一个复制人怎么了？"

"如果你非要打听的话，我把他杀了。"

三号 B 拔出枪栓——谁知道那个动作叫什么？我想应该是叫拔枪栓吧。我朝枪扑去，我俩在地板上厮打了几分钟后，枪响了。

---

1 这三版电影的中译名不同，分别是 1956 年的《天外魔花》、1978 年的《人体异形》和 1993 年的《异形基地》。在 1978 年的版本中，外星人侵入人类身体，变成了与人类外形完全一样但没有感情的复制人。

69

我把他的尸体藏在冷冻室，放在成堆预先腌制好的熏牛肉、牛肉和切碎的肝脏后面。我必须把尸体处理掉，但现在没有时间。我用拖把擦洗血迹，刚擦完，小丑劳里就回来了。她什么话也没有说，只是在餐桌上给我放了一个纸袋。她现在心情还是不好。

"喂，你的圆顶小帽呢？"二号驴子满脸狐疑地盯着我。

我动作浮夸地在头顶摸了一遍，装出讶异的模样。

"嗯？"我说道，"这可真怪了。"

我低头在地上找了起来，突然发现了一滴溅出的血，于是若无其事地用脚踏在上面。驴子皱起眉头。

"哈，"它说道，"真奇怪。"

"小丑劳里，"我说，"你能不能从卧室里再拿一顶帽子出来？"

她叹了口气："你要哪一顶？"

好在我已经在公寓里四处闲逛窥探了足够长的时间，知道该让她拿哪一顶。

"麻烦把我抽烟时戴的那顶褐红色絮棉小帽拿来。"我说。

她跺着脚走出房间去找，我站在原处。

"你为什么不坐下呢？"驴子说，"放松一下。"

"我没事。"我说。

"真的吗？"它说，"好吧。"

它倒退着走出房间，目光一直没离开我。我很快把血迹擦干。它把头探了进来，但我已经站起身来，一副什么都没发生的样子。

"我还是坐下吧。"我告诉它。

我坐下身来。小丑劳里拿着我的圆顶小帽回来，把它递给我，告诉我她要搬出去住了。

"已经无法挽回了。"她说。

"我理解。"我说。

*

我一人极尽安逸地躺在这张特大号的床上，读着巴尔博西的书：

周遭的世界陷入火海，唐纳德·特朗克机器人新装上了复杂的软件，感知能力已经与真正的唐纳德·特朗克不相上下。他乘坐防辐射、外装石棉涂层、镀金、镶着"特朗克"大字的鹞式垂直起降战斗机，被空运到自己的秘密政府洞穴。聚苯并咪唑薄片制成的无人监控机组成小队伍，在地球高空飞行，将图像通过卫星传送至一组高清电视屏幕上，特朗克机器人在洞里的屏幕上观看他一手造成的毁灭，他也会最终成为这场毁灭的受害者。

"这不公平，"他抽泣着说，"我生来如此，本就是这副模样，却遭人辱骂唾弃。我被打造成又老又丑、肥胖、粗俗又愚蠢的样子。和我的真身不同，我没有机会逐渐获得、适应这些特质，也没有机会不以这种形式存在，甚至连逃脱一天都不行。我从没有经历过缺少疼爱的正常襁褓期。我从没有经历过青春时期，没有体验过父母不鼓励我学习、探索、去爱和成长的滋味。我从没有经历过身材魁梧的青年时期，没有体验过擅长体育、相信金钱和用来夸口的性伴侣人数可以换来自我价值的感觉。我被塑造成了他的形象，必须按照他的方法行事，而我正是这样做的。我实现了自己的职责，却仍落得孤身一人。我和其他人一样置身于水深火热之中。没有人真正爱过我。我是个尽职尽责的机器人，火是我放的，一场弥天大火。我敢肯定，世间从未有过这样的惊天大火。这场由我点燃的大火超过了任何人的预期，也超过了任何人的想象。我完成了任何人都完成不了的壮举。这一点我心知肚明，因为我能在这么多的屏幕上亲眼见证。这里的屏幕可真多呀，多到你难以置信，而且还是高清的呢。总统洞穴里的科技水平真是不可思议，都是美国的技术。让我告诉你吧，在打造总统洞穴上，没有任何国家能和美国媲美。但即便是在这个宏伟的洞里，我也只能独自观看大火。我曾经和唐纳德·特朗克总统看过一次电视。那是一次美妙的体验。我明白，他被谋杀是在所难免的，因为在进步的名义下，我们每个人都难逃被杀的命运，但我还是很想他。我有一颗慈悲的心，相信我，这是你们此生见过的最慈悲的心。人们意识不到这一点。他们不知道我有这个特质。第一次发表国情咨文前，迈克·喷斯[1]曾给我讲过一个故事，帮我平复紧张的

---

1 此处影射了美国第四十八任副总统兼参议院议长迈克·彭斯。

情绪。他说，唐纳德·特朗克的尸体被埋在白宫后院那个生锈的旧秋千架附近，几个月后，那里长出了一棵樱桃树，树上结出了最香甜的樱桃。我喜欢把我的老朋友想象成一棵美丽的樱桃树。天无绝人之路，即便被谋杀也不是终点。第二天，我便迫不及待地去看那棵树。果然如迈克·喷斯所说，树就在那里。它很漂亮，上面结着鲜红的樱桃，那是你所见过的最鲜红的樱桃。我摘下一颗放在嘴里。我虽然能把东西吃进嘴，但只是做做样子，因此我也不知道樱桃甜不甜。说实话，我连'甜'这个词的意思都不知道。尽管如此，能把特朗克真身的一部分摄入体内，感觉很美妙，只是事后我的管家兼男仆托马索不得不打开我后背上一块写有'食品残渣'的板子，把樱桃从里面清出来。但是，我花钱就是让他做这些的。反正那是一个让我珍藏心间的美好时刻。毫无疑问，那棵树现在已经化成了灰烬，但他们告诉我，那些樱桃曾是那么香甜，这让我很是欣慰。"

*

我听着空袭警报，望向窗外，楼下的街道上一阵骚乱。熊熊大火，无所不及，就像巴尔博西小说里描述的场景一样。建筑物、汽车、电话线、树木全都在燃烧。我眯起眼睛，望着弥漫着白烟的刺眼天空，搜索着无人监控机，却一架也没有看见。真希望我能和谁在窗边一起观看，但所有人都已离开。小丑劳里在一周前离开了，去参加美国退休人员协会赞助的什么中年马戏团成员度假营。我想起了住在楼下我之前公寓里的马乔里·晨星。她人很好，如雕像般俊美，如果没记错的话，我们还有过一次失败的商业合作。好像跟厕所沾点关系？我没有进电梯。我不傻，知道失火时不应该进电梯。小学安全教育课教的这点常识我还是记得的。我唱起了那首根据《大力水手》主题曲创作的班歌，这怀旧的歌曲给我带来了一丝抚慰：

抬重物时记得从腰臀和膝盖发力

勤洗手，免生病

年轻人，吃猪肉要烹熟！

过马路前左右看

骑自行车时戴头盔

遵守所有药物的说明书，非处方药也不要掉以轻心哦，小

笨蛋

不要在学校的走廊上乱跑

把鞋带系好，要不就会被绊倒咯，你什么常识都没有吗？

喂，别动那边的枪

你脑子坏掉了吗？

绝不要碰掉下来的电线

随时随地系好安全带

别碰毒品

永远别碰

不要上陌生人的车

如果你是操作车间的女孩，就把头发扎起来

不小心吞下了腐蚀性物质，可不要催吐哦

我是……大力……水手！

这段旋律可真是朗朗上口，我顺着十五段绳梯爬到马乔里的公寓门口，一路上，这首曲子一直在脑中挥之不去。我得知除了我的公寓之外，马乔里·晨星已经买下了整栋楼。她把楼掏空，打造出一个天主教堂般的巨大空间。她的床足有 12 多米宽。我的公寓（其实是三号 B 的公寓）就仿佛悬挂在这空间上方的铁链上。怪不得我会有挥之不去的晕船感呢。我第一次注意到，这首安全规范教育歌的歌词好像并不押韵，另外里面也没有提到任何关于乘坐电梯的事宜。我之前为什么会觉得里面有关于电梯的内容呢？不管怎样，我一直很喜欢这首歌，也很惊讶改编的歌词跟《大力水手》主题曲的调子是如此契合。一些地方稍微改一改就能押韵，比如可以把"免生病"改成"免生疾"。如果有时间，我或许还能想出更多的修改方式，但现在大火临头，而且——说不定还有哪个表示"过马路前左右看"的词能和"吃猪肉要烹熟"押韵，但我现在没有时间。对了！或许可以换一种表达："过小路左右瞧，吃大肉要烹熟。"这挺对仗的，但我还是喜欢"猪肉"这个词，它颇有些生活的情趣感。猪肉，猪肉。另外，孩子们在过任何街道之前都应该左右看看，而不只是过小路时才注意。还有没有哪种押韵的表达呢？现在没时间研究这个。暂时先用"吃所有肉都要烹熟，过任何路都要左右瞧"这句吧。

我敲了敲马乔里的门，门朝里被推开了。这种"大门半掩"的场面，是电影里缺乏创意的老套桥段，目的就是让人物在未经许可的情况下进入别人的房间四处闲逛。人物通常会发现一些不祥之处，比如一具尸体、挣扎的迹象或违禁品等等。到现在为止，我从未在现实生活中遇到过这种"门没关紧"的桥段，只在电影里看到过。在现实生活中遇到这种情况的概率很小，我不清楚此时该遵守什么礼仪才正确。因此，我模仿起电影人物的做法，把头探了进去。

"有人吗？"我问。

没人应声，这地方感觉比寂静本身还要寂静，这种氛围也和电影里很相似。

"有人吗？"我又问了一次，"马乔里？"

还是没有回应。

"我是B，来看看你！"还是没有声音。

"我担心你，不知道你有没有往窗外看，整个世界已经是一片火海了。"

现在，我可以进屋了，因为若是在电影中，马乔里或许正躺在屋里垂死挣扎，或已经魂归西天，根据不同情况，我需要打电话叫救护车或灵车来。于是我走了进去。屋里没有马乔里的踪影。我从一个房间走到另一个房间，还是毫无迹象。她是离开了，还是就这么凭空消失了？我说不准。我走进了她装修得富丽堂皇的家用录音室，里面空无一人。在1967年的安派斯克AG350-2盘式录音机里有一盘磁带。这设备挺有品位，有种复古风格。我挺喜欢这个叫马乔里的小妞儿的。相比于电子信号，我更喜欢通过模拟信号[1]沟通。相信我们在这一点上想法相同，一段恋情很有可能由此发芽。我突然又想：或许她在磁带上留下了关于她行踪的信息。于是我打开开关，调整了一下被她设置得过高的基音轮廓[2]（这个我们以后再讨论），听了起来：

"你有没有手忙脚乱的感觉？工作忙忙碌碌？戴维要去踢球？艾尔斯佩思要去上芭蕾课？有衣服要送到洗衣房？迈克尔最喜欢的

1　模拟信号：黑胶唱片、磁带等会采用的信号，而光盘、音频等采用的是电子信号。
2　基音轮廓：表现声音高低的曲线。

袖扣跑哪儿去了?！或许是时候离开厨房,放松一下了。劲猛餐厅最新推出的'全家欢乐晚餐'———一顿健康、新鲜而有趣的晚餐包含的一切它全部拥有:五百只鸡腿,尽在一只便捷式无底小丑桶中,不含——"

声音戛然而止。录音带中一片安静。不知为何,这安静要比安静本身还安静。一阵不祥的预感涌上心头。我等了一会儿。或许她去了洗手间,忘了关机器,但这不太可能。首先,她的句子说到一半就停了,第二,录音带里没有逐渐远去的脚步声。作为一个专门练习制造假脚步声的人,我无时无刻不在通过倾听现实生活中的脚步声来提升自己,因此如果听不到脚步声,我便会自然注意到。我环顾四周,寻找屋里打斗的痕迹,但什么也没发现。我猜打斗的声音也会被记录下来,因此这里没有打斗的痕迹也不奇怪。但这只能算是放马后炮,不是吗?现在,录音机里传出了一个新的声音,我听不出是男声还是女声。实际上,它听起来好像是我脑中的人声。也就是说它听起来根本就不像声音,什么都不像,因为说实话,一个人内心的思绪听起来根本就不像人声。人的内心独白是不可能在电影中再现的,但这番独白就刻录在这盘磁带上,而我无从知晓这些思想究竟是属于马乔里还是其他人,抑或属于我自己。

"这里。这里。这里。下面会发生什么?要多长时间?通过什么方式?为什么?出了什么问题?我有什么地方不对劲。到底是什么不对劲?好痒。我好痒。没错,没错,没错,没错,但我没法控制它们。我必须继续深挖。昨天晚上我是哭着入睡的。第一天治疗的重点要放在呼吸上。有一首我听过无数次的歌。每次听到一半的时候我都会想,我不知道这首歌到底在唱什么。这是我吗?我脑中的声音难道被记录下来了？通过某种方式，从大脑的残骸中被记录下来——难道，这真的是我？"录音继续播放下去。

老天爷啊，我心想，而录音带中也同时发出了"老天爷"的惊呼。

"这是一盘我思想的实时记录。或者是马乔里的思想，或者说，有没有可能由于空间上的接近，马乔里和我有着相同的思想？我不应该忘记，我对劲猛餐厅汉堡那无法餍足的渴求就是通过马乔里的配音植入大脑的。抑或，这难道是所有人的思想？这是不是每个人的脑子里同时上演的剧本？这有可能发生吗？难道一个人的思想能呈现出多种多样的面目？就好像印度教的创造之神梵天拥有多个面相？或是如黄檗希运禅师所说，'诸佛与一切众生唯是一心造'？没有反对声。我的思想当然是马乔里的，是小丑劳里的、巴拉西尼的、蔡小姐的、阿比塔的，既是杰出的非裔美国电影人威廉·格雷夫斯的，也是那个'犹太'得无以复加的编剧查理·考夫曼的。心中的怒气正在逐渐消失。现在，我只想看着这个世界，看着我自己，只是静观，静观我能从这里看到的现象，也就是我当下所在的这个地方。在这里，我看到所有人都置身于火海之中。很快，火也会蔓延到我的身上。这是无法避免的事实。

"从很多方面来说，对于火灾的批评与对于电影的批评如出一辙，尤其是那些重大纵火犯引发的'作者主导型'火灾。我的论文《赫洛斯塔图斯[1]的艺术缺失》就探索了这个因身为世界上最臭名昭著的纵火犯而为人所铭记（这颇有点讽刺意味）[2]之人的杰作。虽然

1　赫洛斯塔图斯：公元前 4 世纪的希腊纵火犯，烧毁了阿尔忒弥斯神庙的第二座庙宇。

2　赫洛斯塔图斯在被捕后大声呼喊自己的名字，希望自己被世人铭记。由于担心其他罪犯会模仿赫洛斯塔图斯的行为，纵火以获取名声，当时的政府将他的名字从所有公开记录中删除，凡是提及他名字的人也会被处决。

赫洛斯塔图斯的作品具有争议性和破坏性（我们可以认定，这种破坏性是所有纵火犯的作品所共有的），却也蕴含着浓郁的诗意以及深刻的先见之明。为成名而不惜一切已经成了我们这个时代的标志性特征，而发明这一理念的就是赫洛斯塔图斯。眼下的这场火灾也是纵火犯的杰作吗？或许纵火的人不止一个，但这并不意味着这场火灾不能被当作一件创意作品来评价。点评芝加哥大火、波士顿大火、密歇根森林火灾等历史上的大规模火灾是件棘手的事，因为火毕竟是一种热，与这种热之间的时间或空间距离，会极大地阻碍我们'品味'大火的能力。任何描写火灾的作家都会告诉你，没有什么要比置身其中更震撼人心的了。"

70

夜空中布满了乌鸦，足有一大群。等等，乌鸦不会在晚上飞翔。我搞错了，恐怕是研究工作还不够缜密。但这些乌鸦就在这里，虽然不该出现却咄咄逼人。足有一大群呢。我刚才说过这话吗？在英语中，"一群乌鸦"的"群"意指"谋杀"[1]，很多人都不知道。这个词很有冲击力，不是吗？既充满暴力，又具有感染力。这很能反映当下的世风。人们竟然不知道英语中"一群乌鸦"的"群"是"谋杀"。这群乌鸦用兽性的黑暗遮挡了一颗星星都没有的漆黑之夜。双翅与鸟喙，黑上加黑。就像阿德·莱因哈特一幅画中的场景一般，是对形态的否认，是艺术不可避免的终点，是精神的空洞，是一场旅途惊天动地的收尾——这场旅途由几世纪前的罗伯特·弗拉德开启，他在自己的著作《二元宇宙》中插入了一张纯黑的书页，以表示全然的黑暗；劳伦斯·斯特恩在《项狄传》中插入双面黑页，是为了悼念约里克在前一页的逝世；保罗·比尔豪德 1882 年的画作《黑夜在隧道里打斗的黑人》中的黑色带有戏谑意味；卡西米尔·马列维

1　英语中，"一群乌鸦"被称作"a murder of crows"，"murder"有"谋杀"的意思。

奇 1915 年创作了单色画作《黑方块》；然后是莱因哈特，怎能少了莱因哈特？然后再演进到当下。

而我就在这里，在这黑暗之下，在这压迫的极权主义和历史的黑暗之中，在这模糊不清、缺乏细节和光明的混沌之中。这被遗忘的过去，这无法承受的不可知的未来。这群毫无差别的乌鸦组成的黑暗，这有毒气体和光明永远绝迹的死气沉沉的宇宙的黑暗。晚安，月亮。这里天寒地冻，但这一定是一种毁灭之前的严寒，因为整座城市都在熊熊燃烧。无论如何，我正了正自己的围巾式领带，在天空中寻找着我儿时的玩伴黑格尔和施莱格尔。现在，所有的乌鸦都变成了同一副模样。它们不再长着沃纳·赫尔佐格的脸，也不再长着乔纳·希尔的脸，剩下的只有黑色大理石一般的眼睛。这些乌鸦不会为了娱乐我而模仿出德国口音争吵。它们不再为我存在，而是成为天空，为天空而存在。就仿佛脚下的蟑螂成为棕色的泥土一般。在英语里，"一群蟑螂"的"群"用的是"入侵"这个词[1]，很多人都不知道。虽然人类曾经与这些棕色的小家伙斗得你死我活，但这个词仍然给人一种一切将被颠覆的感觉，因为蟑螂现在已经成了大地，乌鸦已经成了天空，而水是……我还不知道水是什么变的。我距离河还有两条大街。或许是某种鱼，那种在人类看来很可怕或能够引起不适感的鱼。比如水母？或者是那些海洋深处的怪鱼。那种头上长着灯泡、嘴里满是锋利碎齿的鱼。我记得好像是叫安康鱼[2]吧。也许安康鱼已经成了河流，等到了河边我就能知道了。这就是我目前的理论。当然，还有人，人就是人，夹在天堂和地狱之间，在乌鸦、

1　英语中，"一群蟑螂"为"an intrusion of cockroaches"，"intrusion"有"入侵"的意思。
2　应为鮟鱇鱼。

766

蟑螂和安康鱼之间，在过去、未来和安康鱼之间。同样，人们也丧失了自己的个性。

我在人群之中穿行，眼看着大火对社会所制定的一切规则熟视无睹，我的自我感知也渐渐消弭。火不会因为遇到红绿灯或人行道而停下来，只是毫无偏袒地一味燃烧。火是一位伟大的平权者，它点燃了你，也点燃了我，点燃了纸袋、保时捷、那个流浪汉，他们统统都被点燃。我们第一次团结在了一起，我们的命运合为一体。我们的烟雾融合、交织、缠绕，无法分辨，也无法分离。任何人的成败或悔恨都不会留下任何痕迹。这是美好的一日，是今年最棒的一天，但是或许也不能这样说。或许每一天都是一年中最美好的日子。不，毫无疑问，今天是一年中最美好的一天。这一天凭什么与一年中的其他日子不同？这一天有什么东西是其他日子所没有的呢？

同情心。不确定性。

在我们都会葬身火海的确定性中，隐藏着一种不确定性，因为在这确定性中存在着不可预料的时刻：那些碰撞和互动，烟雾会如何缭绕，火焰会呈现什么形状，燃烧的前后顺序，以及恩典会何时降临。

气象学家有没有通过他的机器看到特朗克？阿比塔看到他了。或许阿比塔并没有彻底看清特朗克，但是又有谁能看清呢？想要完全理解特朗克，就意味着要解开寰宇之谜。他是我们洞中的怪兽、我们的机器人、在没有名字也无以名状的愤怒中哭泣的梦魇，他等待着他一手造就的末日降临，带来末日的是曾经的他身上的每一粒原子，而这末日的余波将在他之后的每一粒原子中波动、撕扯。

没有了双眼，这世界会呈现出什么样子？我心中纳闷。这世界到底会呈现出什么样子？想到这里的时候，仿佛事先安排好了一般，我恰好走过一家剧院，里面正在上演《蝴蝶小姐之再再版》。我买了一张票。这是一出我前不久在回忆英戈的电影时想起来的戏。尽管世界正在燃烧，但我觉得看这部戏不仅对我的回忆意义重大，也能够有力地支持似乎亟待重振的纽约戏剧业。

剧场里人头攒动。在《哈迪斯和两兄弟》的惨剧后，纽约的剧场里全都装上了空调和石棉层，我很确定，这一定占用了相当的空间，缩减了座位的数量，但我仍备感鼓舞。唐纳德·特朗克在《小鬼当家2》中客串了一场戏，斯科特·鲁丁携同斯蒂芬·米勒机器人领导的白宫音乐剧部，将特朗克在片中的台词"走廊直走，然后左转"[1]改编成了音乐剧，而这一失策之举导致剧场生意走上了下坡路。这部戏通过唐纳德·特朗克的视角重述了这个经典的圣诞故事。不消说，在剧中担任新主角的，是才华横溢、能歌善舞的特朗克机器人，但整部剧只有35秒长，因此观众觉得票价（起价350美元）实在太高了。游客们（大多数是特朗克的支持者）纷纷抗议，把剩下的旅游时间和经费都花在了遍布全城的M&M巧克力豆商店里。由此诞生的M&M音乐剧《原味巧克力豆》融合了埃米纳姆[2]的说唱，对百老汇舞台的复兴起到了一些作用，但短短两个月后，特朗克在一次表演过程中将整个剧院夷为平地，这部音乐剧也被迫停演。

我不敢说自己完全理解这部剧，看起来，巴拉西尼扮演的是弗

---

1 在《小鬼当家2》中，主角凯文问特朗普客串的角色大厅在哪儿，他回答说："走廊直走，然后左转。"

2 埃米纳姆：美国说唱男歌手，曾使用过艺名"M&M"，成名后与M&M巧克力豆公司进行过商业合作。

拉基米尔·纳博科夫 [1]，但我猜出于法律原因，他在剧中的名字叫作"五分钱"亚当·雅各比，除了业余鳞翅目学者的身份外，他还是一位同性恋竞技野马骑手和百老汇演员，恋上了一位出生在太空的盲人民权律师（由卡斯托尔·柯林斯扮演）。两人之间的性爱场景当然火花十足，结合了逢场作戏和真枪实弹的交媾。至于为何要展示这真假参半的性爱场景，我不得而知，但我必须承认，两人看起来都很令人赏心悦目。不过，我最喜欢的一场戏是舞台后方一堵由茧制成的墙壁裂开，刚刚"孵"出的蝴蝶飞到观众之中，仿佛在说"诚实面对自己很重要，你们也能够蜕变成美丽之物"——这真是扣人心弦的一幕。

在英语中，"一群蝴蝶"的"群"用的是"万花筒"这个词 [2]。

*

在第十大道中央，一个男人一边捡起他刚刚掉在地上的几百枚硬币，一边留心来往的人流、车辆和熊熊大火。他身穿白色牛仔裤，脚踏船鞋，没穿袜子。他的 T 恤是黑色的，上面印着一道白色的"耐克"斜勾。他长相英俊，身有刺青，一头卷曲的黑发。我并不讨厌他，也不觉得在世界成为一片火海时捡拾几百枚掉落的硬币是徒劳之举。毕竟，这个世界永远在火海之中，永远在火海之中。

他发现我正在看他，于是用戒备的眼光打量我。我并没有因此而找理由记恨他。我已经今非昔比了。

---

1 弗拉基米尔·纳博科夫：俄裔美国作家，代表作包括《洛丽塔》，也是一位研究鳞翅目昆虫的专家，喜欢捕捉蝴蝶。

2 英语中，"一群蝴蝶"为"a kaleidoscope of butterflies"，"kaleidoscope"有"万花筒"的意思。

以下，是我已不再思考的问题：

我不再想，这个婴儿为什么会戴着耳环？

我不再想，那个年轻的美女一副不可一世的样子，她是绝不会爱上我的。

我不再想，那是个肤浅的商人。

我不再想，肥仔。

我不再想，天气这么热，你真的需要戴那顶潮人便帽吗？

我不再想，喂，老兄，这儿不能停车。

我不再想，内八字的反义词是什么？那人就有这毛病。是不是外八字？

我不再想，老天啊，那个女人跑步的姿势真滑稽。

我不再想，上帝呀，我想要把脸埋进她的两腿之间。

我不再想，死胖子。

我不再想，我需要警惕那个朝我走近的黑人小孩吗？

我不再想，喂，傻瓜，现在怎么会有手机信号？

我不再想，你的屁股太大，不适合穿短裤。

我不再想，这人可真无聊。

我不再想，暴徒。

我不再想，你们真的非要用这不对称的蠢发型标榜自己是女同性恋吗？

我不再想，浑蛋，你为什么要把墨镜挂在后颈上？

我不再想，你为什么不喜欢我？

我不再想，你为什么不喜欢我？

我不再想，你为什么不喜欢我？

我不再想，如果人们能少一些评头论足，这个世界会美好很多。

我不再想，那个一边说"上帝"一边递给我印着上帝的宗教传单的人很可悲。

我接过传单。

我不再想，他肯定是个同性恋。

我不再想，当然，同性恋本身没什么错，但为什么非要这么标榜自己呢？

我不再想，虔敬派犹太教徒为什么要打扮得这么落伍呢？

我不再想，破洞牛仔裤真是矫揉造作。

我不再想，不用劳烦别人，我自己就能把牛仔裤扯出洞来。

我不再想，画廊橱窗里的那幅画看上去真不入流。

我不再想，女士，你的拉皮整容手术只能骗自己。

我不再想，孩子，你也有变老的一天。这不仅仅是因为他没有机会变老了。

我不再想，山达基教徒[1]真可怜。

我接过他的传单。

我不再想，我应该多用友善的眼神去看头戴面纱的女人，好让她们感觉自己是被接纳的。

我不再想，身穿雷蒙斯乐队的 T 恤并不表示你就是乐队的成员，实际上，雷蒙斯乐队的成员自己都不会穿雷蒙斯乐队的 T 恤。想要看上去更有雷蒙斯乐队的范儿，还不如直接穿一件美国海军陆战队的 T 恤。

---

1 山达基教又称科学教，是创立于美国的邪教，信徒包括影星汤姆·克鲁斯等人。

我不再想，那人其实不是个女人。

*

河水很烫，像装满热水的浴缸一样烫，气味像是硫黄，和地狱里的硫黄洞一般，但我还活着。我拼命蹚过河水，一边努力喘气，一边眼看着这座城市一步步被火焰吞没。突然之间，一条燃烧的大丹狗跳过了宠物公园的栅栏，我觉得它是想要把身上的火焰扑灭，谁知河水却被引燃。现在的我身陷火海，大声呼救。我的号叫声堪比图瓦人的喉音，这不属于文化挪用，我正身处火海之中，只能先求自保。

一个生物出现在燃烧的河中，似乎是对我痛苦歌声的回应。

"一头鲸鱼，"我对大丹狗说，"这段时间哈德孙河里总能发现座头鲸。这是件好事，说明河流垃圾的清理工作是有效的。但水能够被点燃，可能表明工作做得还不够。"

"我不觉得那是头鲸鱼，"大丹狗说道，"因为它是来吞噬我们的，就像从前的那位约拿被大鱼吞掉一样。人们误以为那是一头鲸鱼，其实是一条大鱼——dag gadol[1]——"

"等等，你说的是乔纳·希尔[2]吗？"

"我说的是《圣经》里的约拿，所以就是他没错。"

"我们真的没有时间争论这个了，"我说，"它已经张着嘴过来了！"

就这样，我们被吞没，陷入黑暗之中。这里闷热异常，但鱼肚里的胃液将我们身上的火焰扑灭了，对此我很感激，我猜大丹狗也

1　希伯来语，"大鱼"。
2　"乔纳"和"约拿"的英文拼写均为"Jonah"。

是，因为它突然安静了下来。也可能是我刚才冒犯到它了。

鲸鱼带着我们前进。待在这里挺舒服，这儿有一只手电筒，还有一张床，一定是它什么时候吞下肚的。虽然这里没有冰箱，却有一只肯定是它在某时吞下的冷柜，里面有一些软饮，午餐肉和一条包装上写着"白面包"、内容却与包装不符的面包，等等，在这样的环境里能找到这些已经很不错了。我半开玩笑地造出了"轻奢约拿体验"这个词，是"轻奢"和"约拿体验"的合成词。身处最为凄惨的末世，这个玩笑让我发出了一声不无愉悦的轻笑。狗装出一副没有听见的样子。我还意外发现了一系列被消化了一半的平装版惊悚推理小说。这里可没有海史密斯[1]那类阳春白雪的作品，但和所有人一样，我也喜欢廉价杂货店买来的警察疑案小说，暂且称之为一种恶趣味吧。时间一天天过去。这里没有太阳，我便用读完的小说作为计算时间的单位。根据以往经验，我一个小时可以读四万五千字（是全美平均值的三倍），而且还是读工具书。我从没有计算过自己消遣阅读的时速（为什么要计时？这种阅读的目的不就是消遣吗？！），但我们可以以假设消遣阅读的速度是读工具书的两倍，也就是一个小时八万字。不对，是一个小时九万五千字。不，应该是九万字，也就是说，读完一本普通长度的通俗惊悚推理小说需要一个小时，那么加上睡觉（床虽然有一部分浸泡在胃液里，但跟我以前的睡椅比起来还是挺舒服的）和吃博洛尼亚三明治的休息时间，我推测在鱼腹开始"天旋地转"之前，我在这里待了整整三个月。我推测，这头生物是被一种新出现的火魔缠住了。我能感觉

1　帕特里夏·海史密斯：美国犯罪惊悚小说家，代表作有《天才雷普利》系列。

到我们被这火魔牵引，也随之旋转起来，火焰将这巨兽的躯体燃尽，某种想必是沸腾内脏的东西浇落在我们身上，这头类鱼生物逐渐熔解，我们这才看到自己正挂在一具骨架上旋转着，悬浮在百十米的高空中，俯视着肉眼可见的火海。现状的触目惊心在同一时间对我们造成了同样的冲击，我们并无不同。我们凝视着彼此的双眼，在生命中第一次对彼此有了真正的理解，然而转瞬之间，我们的双眼便因高温而爆炸，可见的世界不复存在。全世界只剩脚下痛苦的惨叫声，而就在这时，我们的耳膜也因高温爆裂，留下一片寂静，还有钻心的疼痛，直到我们的神经也被烧毁。这时，剩下的就只有恐惧，巨大而无法控制的恐惧。我撕心裂肺地大喊，却没有声音。我感觉自己正在坠落，等待着虚无的到来。难道虚无已经来临？或许还没有，因为我还在思考这个问题。虽然我的一切感官尽失，变得麻木无感，但仍能感受到恐惧。我告诉自己，虚无的降临不会带来痛苦，它只会用一种我不会也无法觉知的"突如其来"将我笼罩。失明的我盲目地伸出手去，想要触碰那条盲犬。或许它也在坠落，且速度与我相同。根据伽利略的理论，它的落体速度和我一样。我记得这是伽利略告诉我们的，但已经无处可查了。失去了触觉的我还能感觉到狗吗？或许，我可以在双手与它同样伸出来的爪子相触时感觉到对抗之力。根据伽利略的理论，我会感受到的。我的确感受到了，或者说我觉得我感受到了，毕竟我们都是同样的，它当然也会向我伸出爪子。我觉得，我们正在朝彼此靠近。我能感觉到我的双臂拥抱着它，而它也拥抱着我。这或许是我体验过的最紧密的拥抱，但我并不确定，因为我什么都感觉不到，除了爱。我能感受到爱。这或许是我第一次体会到被理解的滋味。我开始祈祷（尽管我不信教），因为在自由落体中，无神论者也会变得有信仰。我祈祷能拥有更多的时间。现在的我终于懂得了爱，于是我祈祷能有更多的时间与这个生灵共处。或许，它也在祈祷能有更多的时间与我——

71

　　我感受到一股巨大的冲击力。我们是不是以终极速度[1]落到了水里？我记得终极速度是伽利略定义的。我不确定。我觉得，我们撞上水面的速度要超过每小时 193 公里。记得我好像在哪里读到过，如果从金门大桥上跳下，撞上水面的感觉与撞上水泥无异。我记得自己好像读到过。我们刚刚是这样吗？但我很肯定我还没死，因为如果我死了，就不会有这些想法了。但即使没死又怎样？现在的我就仿佛是一百万个海伦·凯勒的合体，甚至是一万亿个。没有视力，没有听力，也没有了知觉。海伦·凯勒也没有知觉吗？我记得好像是这样，但没法查证。我不停地用舌头哑巴着嘴唇，没有味觉。没有嗅觉。和海伦·凯勒一模一样。或许这就是死亡。或许这就是永恒消逝的方式。我试着站起身来，却发现自己仍和那条狗绞缠在一起。

　　然后，我在陆地上醒来，感官已然恢复，那条狗却成了一具双目失明、没了耳膜的死尸。这里也在燃烧。好吧，火势不那么猛烈，因为这是湖边的一小片湿地，但火势仍然不可忽视。这里有成群的

1　终极速度：物体通过空气和水等流体下落时所能达到的最大速度。

鹿，景色很美。不用说，这些鹿身上也着了火，发出惊恐的嘎嘎声（鹿是嘎嘎叫的吗？真希望我的苹果手机没有被鱼腹消化掉，这样我就可以查一查了）。这虽然让我对它们的喜爱度打了折扣，但它们好像并没有沉溺于自怨自艾之中，让我很钦佩。

等等，我怎么又能看见东西了？

我穿过火海，这火焰烧毁了一切，包括时间、包括空间，也包括我。我一次又一次地从灰烬中重生，仿佛是一场充斥着尼采永恒轮回哲学与凤凰涅槃神话剧的夏日大重播。不用说，我就是这样复明的。我穿过火海，一切都在燃烧，过去如此，未来亦然。永恒就在此时此刻，即澳洲原住民梦幻维度[1]中的"时刻常在"。不知过了几天、几分钟还是几十年，我听到马乔里那震天响的声音通过扩音器传了过来："在劲猛餐厅，我们为大火降温。面对各种巨灾，我们的防火降温背心都能为你提供极致的舒适体验。有海水泡沫色、浆果色和午夜艳阳色可选，款款时尚！"

很快，我便开始不停地燃烧，又像凤凰般浴火重生，或许是每小时一次。最后频率提升到大概每分钟一次，现在则到了每秒钟一次。然后，浴火重生的频率达到了每秒钟二十四次。我的情绪有些吃不消了。

我时时更新，不断成为下一个版本的自己。我曾在对《纽约提喻法》的犀利点评中将查理·考夫曼比作与阿道夫·希特勒不相上下的可悲自恋狂，或者说比后者有过之而无不及，还说他没掌握实权是全世界人民的幸事——说这话的人究竟是不是我？我不知道。

---

1 梦幻维度：澳大利亚原住民信仰的宗教文化世界观。

那已是一万辈子之前的事情了。今天，我在脑壁内侧读到了这段文字，却根本不像出自我手。谁人没有年少轻狂过呢？当然，我必须承认，对于其中的一些观点，我仍然是赞同的，但这感觉就好像是在阅读一个志趣相投的人，或是一位旅伴写下的话。或许我对自己的影评已不再抱有同样的激情，但我仍然认同自己对那位可悲编剧的评价——

我向下坠落着。四周一片漆黑，所以我也不知道自己会在什么时间和什么地点着陆。触底时我数到了9。我是头先着地的。根据我的计算，我应该是从296米的高空降落的，时速达到177公里。我的头骨本应像蛋壳一样被摔得粉碎。我摸了摸头骨，还没碎。这个不遵循物理法则的地方到底是哪儿？我四处摸索，寻找出去的路，或者更准确地说，是寻找向上的路。我好像是在一口井里，也许是某种天然井——记得好像是叫这个。我从里面爬了出来，继续前进、继续燃烧，又继续重生。每次重生之后，我都会走进无处不在、装潢精美的"劲猛餐厅豪华行政盥洗室"，将自己清洗干净，这成千上万的盥洗室仿佛是一夜之间在全国各地凭空出现的。这也是劲猛餐厅一直以来被视为最具创新精神的公司的原因。真希望这个创意是我想出来的。幸运的是每次重生的时候，我都会发现一张崭新的3美元劲猛餐厅代金券，正可用作这些维护完好、品质如一的卫生间的门票。最好的一点是我从来不用排队，因为其他人好像都已经一命呜呼了。

"当时间已不存在，所有食物就都成了'快'餐。早餐、午餐和晚餐，尽在劲猛餐厅，现在，三餐全都一个样。"

不知不觉之中，我穿过烟雾和火焰，经过前文提及的成千上万次重生，来到了一个巨大的洞口。它真的和一张大口一样，嘴唇噘起，仿佛在静静吹奏爱德华·埃尔加编曲的管弦乐版的肖邦《葬礼进行曲》，又像是点缀在唐纳德·特朗克巨石像脸上的嘴巴。我敢肯定，正如条条大路通罗马，通往这里的道路也有无数条。实际上你选择的人和路都能将你带往你想要到达的任何地方，只是有的道路更加直接，需要的精力也更少；有的道路太过曲折，几乎无法通行，但若是有了无限的能量和时间，那么选择它们也并非完全不可行。相比到达昨天，到达明天要简单得多，但我相信，至少在当下这个版本的世界中，到达这两者都是有可能的。

这个山洞会不会属于欧利埃拉·德波，也就是我曾经深爱过的那座山呢？如果是这样，那么它已经变了模样。我已经认不出它来了。

我带着些许恐惧走进洞穴，不仅因为入口是令人恶心的肛门形，或者担心会被旧情人拒绝。小的时候，我偶然读到了柏拉图的"洞喻"[1]，担心自己也是一个背对真理的囚徒。我总会在初识一个人或事物时回头看看背后，原因之一也在于此。我致力于把每一个人和每一件事都摸得透透彻彻、完完全全、清清楚楚。回想起来，我发现自己的确是通过墙上（也可以说是银幕上）的影像找到使命的，因此不能说其中不带些讽刺的意味。我在此时此地下定决心，从现在起，如果世界恢复到我所熟悉的样子，我一定要在自己的观影步骤中加上第八步，那就是背对着电影屏幕、面对着放映机观影。

言归正传，虽然担惊受怕，我仍觉得自己必须穿过这两片吹着

1　古希腊哲学家柏拉图在《理想国》中提出了"洞喻"：假设有一群囚徒从小被束缚在山洞中，面朝洞壁，无法回头，而洞口外有一堆火，在洞壁上照出影子，囚徒们就会认为影子是现实本身，而非现实的摹本。

无声口哨的"特朗克嘴唇",踏进黑暗的深渊之中。为什么呢？谁知道答案？或许是因为我已经厌倦了这永无终结的焚烧与重生的循环吧。当然，这种循环非常神奇，我也深知自己的幸运，但进入这种循环的体验，就算用"煎熬"来形容也着实是轻描淡写了。现在的我几乎时时都有患流感似的昏沉感，我不得不怀疑，这与经常处于燃烧状态不无关系。我觉得这个洞穴至少会凉爽一些，因此赌了一把，走了进去。

哇，洞里可真黑。我慌忙从洞中走出，身上又着了火——这不是自讨苦吃嘛。重生之后，我在距离最近的劲猛餐厅豪华行政盥洗室里清洗自己，从隔壁一间烧毁的废弃火炬工厂中找了一把着火的火炬，几乎不费吹灰之力就有了一把燃烧的火炬。再次回到洞里时，我突然意识到，这里或许藏着什么可怕的东西，而让之前那个我仓皇而逃的，除了黑暗，或许还有它。尽管如此，我还是进了洞。

"有人吗？"我大喊道。

我的声音回响了至少三十次。这个地方很大，抑或这里的墙壁是由反射性极强的石头构成的。或许是石灰岩，也可能是火岩。火岩是岩石的一种吗？也有可能，整个洞穴里充满了声音跟我相似的友善的"未见之人"，他们都在回应我。虽然这不大可能，但我一定要搞清楚真相。我实在太孤单了。我直接对他们发问：

"你们是谁？"

大约三十声"你是谁"[1]传了回来。这或许并不是最明智的问题，不难想象，他们也在纳闷我是谁，甚至他们可能只是不愿意当先回

1　英文中的"你"和"你们"是同一个词。

答问题的一方。当然，刚才的声音也可能是回声，但我必须说明，至少在其中的一些回应中，"你"这个字似乎读得很重，这表明洞穴里大约有三十个"未见之人"。也有可能其中一些是回声，一些是"未见之人"。我们干脆对半分吧，暂且说十五声是回声，十五声是"未见之人"发出的。我决定再试一次。

"我叫 B。"我大喊道。

"我叫 B。"那声音回答道。

原来是回声。

除非他们所有人都叫 B，当然这太不寻常了，但 B 的确是个常见的姓名首字母。我最先想到的名字有比利、鲍勃和布雷特，这些还只是男名（或者属于变性男人），也有可能是女低音歌手的名字。总之，我的名字不是以生僻的字母 X 打头。我猜我是永远找不到答案了。

"可恶。"我懊恼地说。

洞里的人也回了一句"可恶"。这真的是他们的回话吗？还是说，这是我在自问自答？或许，我就是回声本身。

我继续前进，如飞蛾扑火一般，就当下的情况而言，则是我在扑向黑暗。可以说我是一只蝙蝠，一只扑向黑暗的蝙蝠，因为蝙蝠是夜行动物。我本能地用不拿火炬的那只手遮住脸。我讨厌蝙蝠，担心它们会被我的黑暗吸引，围在我身边飞舞。这时，我在远处发现了一丝昏暗的光亮。那是什么？我朝那光亮走了过去——就如飞蛾扑火一般，而我对蝙蝠的恐惧也如水一般蒸发殆尽。我走进了一个教堂般的空间，面前出现了一千个唐纳德·特朗克，也可能有一百万个，他们站在高台上，面对我引吭高歌，声音如天使般动听。

这怎么可能？此情此景谁能料到？没人能料到。他们唱着一首动人的民谣，虽然用的是刺耳的皇后区口音，但仍然哀婉动人。其中一个穿着蓝色外套和奶油色高领毛衣的特朗克弹奏着一把民谣吉他。他弹得不赖，却几乎被这些美妙而可怕的声音淹没。

我们的国家团结统一，

在灿烂的夜晚闪闪发光，

错误的方向被纠正，

未来一片光明。

他们用火焰包围我们，

这是一场真正的火之洗礼，

所有的刻薄、分歧与愤怒，

都被一并燃尽。

就这样，我们团结一心

在这俗世的火球中，

众生平等，我们将被焚烧至死，

以求重生为一。

尘归尘，

土归土，

灰烬归灰烬，

我们在上帝中燃烧。

随着时间的推移，我渐渐了解了特朗克们。他们让自己的主厨帮我制作合成食品（他们自己不必进食），还让我使用他们舒适的床（他们不必睡眠）。言归正传，我发现自己还挺喜欢他们的，这让我挺惊讶。他们以自己粗俗的方式展示着魅力与优雅。虽然他们都是毫无差别的机器人，都来自气象学家的计算机生产线（他们向我炫耀，他们是机器人制作出来的机器人，这简直是个奇迹！），却都有各自性格上的怪癖。33号特朗克害怕蜘蛛。72号特朗克喜欢大笑。97号特朗克总是好奇心十足。38号特朗克心灵手巧。我们可以从中学到一条经验：每个人都是独一无二的，即便是批量生产的机器人。认识到每个人都有自己的闪光点，我深感欣慰。为庆祝这一发现，我决定评选出史上十佳特朗克：

1. 143号特朗克：关于143号特朗克，还有什么是我们没有讨论过的？他无疑是最为复杂精密的特朗克，将前代机器人混乱的思维方式与对逻辑益智类游戏近乎诡异的痴迷结合在一起。当然，143号特朗克永远也无法完成这些游戏，因为他是一个白痴，但他越挫越勇的必胜心是那么可爱，或许能让我们所有人学到一堂宝贵的人生课。

2. 3907号特朗克：哇。多么棒的特朗克！他时而风趣，时而悲伤，真是物有所值。我必须承认，遇到他的那一天我有点自怨自艾，陷在世界末日的泥沼中无法自拔。啊，我真不幸！对不对？但3907号不许我这样消沉下去，坚持要我跟他比赛瞪眼，比赛以我的失败告终（他们不会眨眼！谁能料到这一手！），他又跟我讲了一个小时的笑话。这些笑话大多是陈

783

词滥调，而且常常带有厌女色彩，但我明白他这么做是为了让我高兴，也被他的用心打动。

3.908 号特朗克：这是与我交情最深的特朗克。这个特朗克或许不像 38 号或 3907 号那样风光或圆滑，但这个特朗克却迫使我审视自己。为什么呢？因为 908 号与我最为相似——好学爱问，受过创伤，努力奋进。我们一直聊到深夜，他喝潘趣酒（那并不是真正的潘趣酒！这是我付出了惨痛的代价后才发现的），我喝合成的黑麦威士忌。他告诉我，我必须再给欧基一个机会。我解释说，欧基肯定早就被烧成灰了，但如果他还活着，我一定会听从这明智的建议。

4.17 号特朗克：这是最"特朗克"的特朗克。看着他的时候，我觉得我见到的就是真正的特朗克，就是很久之前住在白宫里的那位。这真是不可思议。他不像病恹恹的妮可·基德曼，戴着假鼻子扮演弗吉尼亚·伍尔夫[1]。他堪比奥德曼扮演的丘吉尔、唐尼扮演的卓别林和古德曼扮演的弗林斯通[2]。他简直就是特朗克本人，此外还拥有天使般的歌声、能发射激光的双眼和飞行的能力！

5.10846 号特朗克和 710 号特朗克（并列）：这两款特朗克把我感动得热泪盈眶。他们对彼此的爱打破了疆界，让所有人都彻底意识到，爱就是爱，毫无差别。

6.6555 号特朗克：现实生活中所有混乱芜杂、错误的开端

1　此处指妮可·基德曼在《时时刻刻》中的表演。
2　此处分别指加里·奥德曼在《至暗时刻》中的表演、小罗伯特·唐尼在《卓别林》中的表演、约翰·古德曼在《摩登原始人之摔跤赛攻击波》中的表演。

和僵死的结局，都可以在6555号特朗克身上找到影子。这款特朗克可不是一成不变、任你摆布的主儿。他不会告诉你该对他抱有怎样的看法，他鼓励持续不断的互动。我时而对他爱得死去活来，时而被他气得怒不可遏。或许，没有哪个特朗克能像6555号这样准确反映出我们真实的人际关系，以及与彼此互动的渴望。

7. 888号特朗克：若说计算机在制造这款特朗克时出了故障，我不会感到惊讶。他简直是个疯子，但疯得令人惊叹。我们或许听不懂他在说些什么，因为他的话语就像是美国原始主义作家菲利普·K.迪克吸毒后写出的扣人心弦的诡谲文字，但他的话语总能让你踏上一段迷人、有趣而发人深省的旅程。

8. 1号特朗克：这是最初生产的款式。五音不全且没有超能力的1号特朗克与第一次登上大银幕的金刚无异。他能不能与之后更新迭代的版本媲美呢？嗯，从技术上来说是不行的，但尽管精密度欠佳，他笨手笨脚的萌态却足以弥补不足。

9. 11722号特朗克：这是一款打破藩篱的特朗克。他说，你觉得自己真的了解特朗克吗？行，那就好好看看我吧。他表现出了特朗克温柔顽皮的一面——那个总是在别人背上拍一下以示鼓励的特朗克，那个老是给大家表演纸牌戏法的特朗克。他让我们认识到，每个人的个性都有很多面向。

10. 4391号特朗克：这款特朗克给我们带来了不断的惊喜。他动作迅速、飞扬跋扈、咄咄逼人。在经历了一周紧张的工作后，你会想与这款特朗克一起度过周五的夜晚。4391号特朗克能够让你肾上腺素飙升。他，就是让你欲罢不能的"恶趣味"。

我把榜单发布在网上，是时候继续往前走了。不必说，上榜的特朗克都因得到认可而兴高采烈，其他几百万个没上榜的特朗克则觉得自己受到了忽视。他们都做到了全力以赴，但评论家必须坦诚，即便这有可能伤害他人的感情。

"这只是一家之言。"我告诉他们，这话似乎提供了一点安慰。

很快，他们便用歌声送我上路：

> 先向左，再向右
>
> 然后走下一段石阶
>
> 但不要害怕
>
> （呜，呜，石阶好瘆人！）
>
> 接着朝右走大约 1.6 公里
>
> 哦！避开那滩死水的阻逆
>
> （哈哈！按照皇后区的口音，"里"和"逆"是如此押韵）
>
> 最终你便会走进
>
> 阿尔弗雷德·罗森堡克隆中心
>
> 所有的克隆体如今都在天堂里
>
> 除了 107 号
>
> 他是个好人，对犹太人并不仇视
>
> 他背负污名，但这都是"虚假新闻"

"我要说清楚，"我打断道，"我可不是犹太人。"

"真的吗？你看上去像是犹太人。"他们唱道。

原来这就是这首歌的最后一句歌词。他们走下台阶，一边聊天一边啜饮着潘趣酒。我跟他们握手、拥抱，拍拍他们的背，朝出口走去。在那里，我看到 1 号特朗克神情沮丧地独坐着。

"我没有激光眼，"他说，"虽然这是我自己的决定，但也太荒谬了！计算机没法给我装上新的激光眼，造价太贵。"

我同情地点点头。我比绝大多数人都更理解格格不入的感觉。我摸了摸他的肩膀，在做出这表达同情的最后一个动作后，我向左转，继续深入这深渊与黑暗（我的火炬早已熄灭）。我将两手伸在身前，摸索着有没有障碍物或蝙蝠。

72

　　我不喜欢洞穴中的这个地带。这里又冷又暗、空气黏腻、人群纷乱、模模糊糊。地面硬邦邦的，也是一片模糊。人生的目的尽失。今天早晨，醒来的我发现时间竟是昨日，而现在的时间则回到了一周之前，我还没有进洞，但与此同时我仍在洞中。我四处徘徊，脱离了肉体，等待着自己的出现，希望在自己出现时看到自己。我该怎么知道自己会在何时出现？这里一片漆黑。这新出现的"时间的皱纹"[1]让我晕头转向。我努力在脑中庞大的时间旅行文学作品库中查找，除了纯文学作品，还有科幻作品（我在哈佛大学辅修过年代学）。记得有位名叫库尔特斯·冯内古特[2]的小说家，在20世纪中期，他曾描写过一种叫"时间曲面同向漏斗区"[3]的空间，在那里，一个人可以随时存在于任何地方。这真是一种别出心裁的叙事手段。库尔特斯·冯内古特是我非常喜欢的小说家。我读过他小时候所写的所有作品，也读过他成年后的一些作品，异想天开的内容中充斥

1　时间的皱纹：美国小说家马德琳·英格在同名小说中提出的概念，是一种量子异常现象，可以理解为时间空间的"折叠"，便于人们进行时间旅行。

2　应为库尔特·冯内古特，20世纪美国黑色幽默文学代表人物。

3　这是冯内古特在1959年的小说《泰坦星的海妖》中提出的一个时空维度。

着对于社会的讽刺，满是怪诞的概念、物件和玩意儿，让人读得津津有味。当然了，随着年龄的增长，这些东西的吸引力也就慢慢变淡了，等到我11岁的时候，已经开始读斯坦尼斯拉夫·莱姆的作品了，他也同样风趣机智，但并不在普通读者能够接受的程度。在普通读者眼中，莱姆的博学多才和科学写作的水平（莱姆自己就是一位训练有素的医生，也是一位训练有素的海豹训练员[1]）让人望而却步。在外行人眼中，莱姆的作品读起来枯燥而晦涩，但不消说，他其实是有史以来最有趣的作家之一（与马里-亨利·贝尔[2]齐名）。不过，在发现莱姆只不过是虚张声势、夸夸其谈的平庸之辈后，我就不再喜欢他了。

14岁的时候，我最好的朋友、物理学家默里·盖尔曼向我介绍了R.哈林顿·福尔特的科幻小说，与福尔特对时间旅行那精妙而充满讽刺意味的演绎相比，莱姆就像是一个滴答着口水的白痴——事实证明，他也的确是这样一个白痴。盖尔曼将福尔特的小说《付款请求》送给了我，并题写了赠言："B，你真让获得过诺贝尔物理学奖的我刮目相看。默里老兄敬上。"我年轻的人生因这本书而改变。这本书用散文的形式写就，文字既无与伦比又陈腐平庸（如此神奇的自相矛盾到底是如何实现的？），将宫颈扩张和时间膨胀进行类比。当然，这些类比在现代人看来浅显易懂，但福尔特确是第一个提出这种理论的人。从盖尔曼那巨大的阴影（我的意思并不是说他胖，但他确实挺胖……）中挣脱出来后，我意识到了福尔特的理论

---

1 斯坦尼斯拉夫·莱姆的父亲是医生，他本人也学过医，但并未从事过B提到的这些职业。

2 马里-亨利·贝尔：法国作家司汤达的本名。

荒诞可笑，他始终都是一个彻头彻尾的冒牌货（他的作品都由编辑戈登·利什[1]捉刀，后者才是真正的天才）。我发现了普列文，他是一位极其神秘的作家，即便是他的出版商也没有见过他（传说他与埃塞俄比亚的奥罗莫人生活在一起）。关于他那深奥的时间理论，文学评论家乔治·斯坦纳口中"嗑了药的时间曲面同向漏斗区"或许是最恰当的形容。如果可能的话，请想象这样一个宇宙，不仅人人都能随时处于任何地点，且时间本身也能随时处于任何地点，同时又无时不存在。现在，把这个维度乘以十，然后再反向乘以（或者说除以）十。简而言之，这就是普列文笔下的世界。在这里，一颗小小的粒子存在于十七个维度之中。我的世界观被颠覆了。相比之下，福尔特的作品就像是花园里一只平淡无奇的鼻涕虫。

　　记得有一次，我试图让前妻对《扭矩，气室》燃起兴趣，我认为这本书是普列文的杰作，她却完全读不明白。这么说并不是为了诋毁她。几乎对于所有人来说，这都是一本非常艰深的书。盖尔曼把这本书扔到了房间的另一头。没错，它终结了我们的友谊。我把我那本满是折角的书打开，翻到我有史以来读到过的一段最有趣的文字，对默里说："看看这一段。"但默里又一次把书扔到了房间的另一头，书本打中了他的猫咪薛定谔[2]，可能把猫砸死了。这件事不仅终结了我们的友谊和我的婚姻，而且不知为何，盖尔曼的婚姻也因此画上了句号。然而，这本书还不能满足我。我渐渐发现，普列文的诗歌很有散文感，散文又很有诗歌感。就在这时，我发现了塞蒂亚万，这位作家关于时间的哲学观让人毛骨悚然，他倒转时空，让

1　戈登·利什：美国著名编辑、出版人，曾一手捧红雷蒙德·卡佛。
2　默里·盖尔曼和薛定谔都是研究量子力学的物理学家。

小时候的我在七年的时间里失声，在这段时间中，我认真研读了也在那个年纪失声的玛格丽特·安·约翰逊[1]的诗歌，直到我们两人都各自在不同的年纪学会了舞蹈、寻回了自己的声音，最终改变了世界（可以这么说）。我想，这改变应该是积极的吧。当然，塞蒂亚万也是个十足的白痴，这一点我现在已经意识到了。

*

我对自己说，这个洞穴简直是火灾的对立面，除非洞里也燃起了火，那么它就和火灾没有区别了。但洞里通常是没有火焰的。我感到头昏脑涨、天旋地转。洞穴里没有什么能烧的东西，间或会看到浸泡在汽油里的木头，但那只是一个反证规律的例外。为什么例外能反证规律呢？哪怕停下来细想一秒，这都是根本说不通的，即便细想二十四分之一秒也还是说不通。

*

这里到处都是黑压压的躯体，我猜这是因为山洞本身就很黑暗。如果在洞穴之外，它们还会这么黑吗？我无从知晓。就好像我无从知晓面对几百条隧道该走哪一条。其中的一些隧道无疑会将人引向毁灭，抑或每一条都会。该如何选择？如何挑选？那些躯体拖脚走过，低声说着悄悄话。这地方臭味熏天，是人群的臭味。

最终，我看到了一束新出现的微光，朝着那光亮走去。我进入了一个空间，那里至少有一百台孵化器，还有十几台机器，应该是

1　玛格丽特·安·约翰逊：作家玛雅·安吉罗的本名。她曾在8岁时失声五年。

791

大型克隆机。一根牙签上插着一面年代久远的纳粹小旗，随意用透明胶带贴在墙上。仔细观察后，我发现牙签底部残余着一些巧克力糖霜，那糖霜一定来自第三帝国的纸杯蛋糕，不消说，蛋糕一定是恶魔般的康斯坦兹·曼齐亚利[1]亲自为元首本人烤的。

"希特勒万岁。"一个声音说。

我在这偌大的空间中四处搜索，终于找到了一个人，他或许是最后一个罗森堡克隆人。只见他坐在一张折叠牌桌前，啜饮着味道寡淡的骨汤。他的皮肤苍白，几乎呈半透明状。或许这是终生缺乏阳光所致，也可能是克隆带来的副作用，或是出于别的什么原因。我毕竟不是医生。

"我是阿尔弗雷德·罗森堡，"他说，"请别介意我半透明的皮肤。"

"没关系的，"我说，"我叫 B. 罗森堡。"

"我不是犹太人。"我们异口同声地说。

我们用狐疑的目光对视。

"有什么能帮你的吗？"他终于发话了。

"我只是随便看看。"我说。

"好吧，"他说，"请慢慢看。牙签小旗不出售，这是一件传家宝。"

我点点头，四处徘徊，很刻意地将握紧的双手放在背后，以免他觉得我打算在这里行窃。

我停下来，仔细端详其中一台克隆机器。

"你想要克隆自己吗？"他问，"我可以帮你搞定，只要你不是犹太人就行。"

1　康斯坦兹·曼齐亚利：希特勒的厨师和营养师。

"我已经告诉你了，我不是犹太人。"

"我必须问清楚，不问清不行。"

"好吧，反正我不是。"

"很好。你想要克隆自己吗？"

"要花多长时间？"

"我最多一周就能给你搞出一个新的克隆体。"

"克隆人诞生时会是婴儿的样子，对吧？我是说，我要把他抚养成人，对不对？"

"总要有人把他养大。我们又不是冷血动物。"

"嗯，我能让你来养吗？这样，我就可以等个十年左右再来接他？"

"可以的，没问题。反正我也是在这儿干坐着。"

"但我不希望他是纳粹分子。"

"哦，我记得你说过你不是犹太人。"

"我不是，但我反对一切形式的种族灭绝。"

"哦，嗯，行。好吧。唔。让我想想……好吧，那你想让他长大做什么？"

"做电影导演。"

"里芬斯塔尔[1]那种？"

"不，不要纳粹导演。"

"那就戈达尔那种？只有这两个选择。"

"好的，戈达尔可以。我是他的铁粉。"

---

1 莱妮·里芬斯塔尔：德国女演员、导演、编剧、制作人，因涉嫌支持纳粹数度入狱。

"那太好了。"

"我该付你多少钱？"

"如今是世界末日，在这种经济形势下我根本用不着钱。你可以用克隆人来支付。我来抚养你的两个克隆人，一个给你，一个给我。"

"一个导演和一个纳粹，是吗？"

"是的。"

"也行。"我想了想说。

毕竟，我又不是这个世界的警察。

他伸出手来，我本想跟他握手，他却把我扳倒在地，将一根棉签捣在我嘴里采样。

"你根本不必通过暴力的手段来提取我的DNA。"我说。

"马后炮谁都会放，"他说，"回见。"

*

接下来，我发现自己身处电影明星曼德鲁·曼维尔（原名萧谢利尔德·雷·帕雷特）的豪宅，接待我们的是他的两位（在喷气背包的帮助下）会飞的男仆——马德和莫洛伊。他们两人都已垂垂老矣，至少有我第一次见到英戈时他那么老。

"我们一直在等你。"悬浮在我面前的大胡子瘦老头说，我猜他就是莫洛伊。"我是马德。"他补充道。

"我还以为你是莫洛伊。"我说。

"把我们搞混是常有的事。"另一个老头说，他也瘦瘦的，留着大胡子，通过演绎推理，我判断他一定是莫洛伊。

"我必须是莫洛伊，"他说，"我没有做出选择，但我必须成为他，因为这就是我拿到手的牌。和所有人一样，我不得不打出拿到手的牌。"

我微微一笑，因为我不知道现在该摆出什么表情。

但我显然选错了表情，因为莫洛伊落在地上，朝我猛冲过来，想拿棉签往我嘴里戳。

我猜马德和莫洛伊可能已经老糊涂了。他们给我倒上茶，然后马上又要给我倒一杯。我说："好的，麻烦你们了。"可他们却给我拿来一个茄子和一根吸管。

"茄子在法语里叫 aubergine。"我说。

"呃咯咯咯咯咯咯咯。"莫洛伊说，我想他是在嘲笑我。

两个人都飞走了，这让我想起了儿时动画片里的朋友黑格尔和施莱格尔。它们也会飞，也算是一个喜剧二人组。我突然想到，我也算是喜剧二人组中的一员。只不过这并不是我选择的结果，我也不知道自己的搭档是谁。难道是整个宇宙？这回我成了纯粹的小丑、傲慢的白痴，而我一点也不喜欢这个人设。我为什么不能做个直男呢？真羡慕莫洛伊的转变。但莫洛伊当然只存在于虚构的世界中，也只有在这里，改变才是可能的，甚至是必须的，因为作为一个物种的我们需要希望，也需要我们的角色有自己的弧光。我们需要确信，万事无永恒，一切都将逝去。

"我终于学会了爱。"莫洛伊又一次从我头顶飞过，朝我大喊道。

73

尸体正在腐烂，堆积得很高。我猜这些是罗森堡人的尸体。他们是无关紧要的罗森堡人，是被时间和不断变迁的文化所抛弃的罗森堡人，是可有可无的罗森堡人。我甚至开始怀疑，我根本没法选择走进某条我还没走过的隧道。我觉得不太可能。得出了这个结论后，我随便走进了一条隧道。

这里有一个活着的罗森堡正在讲话。这是款小型罗森堡，或许是所有罗森堡人中最小的一个，他身边聚集的其他罗森堡人助长了他那纯粹的使命感和蓬勃的精力。他的声音又高又分明，就像是所有双簧管中最小、最精密的高音双簧管一样，他说到变革即将来临的时候，观众的热情也因他的尖声而高涨。

"我们可不是我们父亲嘴唇上的碎屑。我们要比他的嘴唇强千百倍，终将引领人人走向和平。"

罗森堡人齐声欢呼。

"过去的一代又一代人辜负了我们的期望。他们肆意摧毁这个星球，用无耻的贪婪败坏我们的社会，但这种情况不会再继续下去了。今天我们齐聚一堂，要为包容性、多样性、打破性别藩篱和共

796

识主义而战。"

罗森堡人再次欢呼。

"如果大家允许的话，我想花些时间给大家讲个故事。"他说。

罗森堡人异口同声地发出了一句赞叹。画面切换到特写镜头，只见观众席上的罗森堡人们一边抬着头冲着屏幕上那个小小的男孩微笑，一边潸然泪下地彼此拥抱。这是一个感人至深的时刻。现实生活中竟存在特写镜头，我也搞不懂自己这话的意思，但无论怎样，这个特写镜头就在眼前。

"我还是个小男孩的时候——也就是去年——"

画面切至罗森堡人在观众席中哈哈大笑的镜头。

"我是通过一个孩子的双眼观察这个世界的。本来就该这样，不是吗？"

人群中传来欢呼声。

"但是，那些巨婴却夺走了我的纯真。他们的暴力、腐败和战争扰得我不得安宁。我必须快快长大才行。我立刻就意识到，除了这一代人和我自己之外，我谁也不能相信。巨婴们可不在乎我的利益。怎么会落到这步田地？他们可是我们的父母、我们的监护人，是我们不得不托付自己年轻生命的人。虽然这是一次突如其来的幻灭，但我仍心怀感激，因为现在我领略到了邪恶的真实面目。我很庆幸自己还是个孩子，因为这样我就能为大家引领前路了。"

人群中传出欢呼声。一个特写镜头：一对罗森堡人夫妇裹着毯子，脸上洋溢着幸福的微笑，正跟随音乐摇摆着。

这里为什么会有音乐？

"我唯一感到遗憾的是，我不像你们这些罗森堡人，不是一个有色人种的小孩，不是一个来自性少数群体的小孩，不是一个变性有色人种的小孩，否则我的心会比现在更加纯洁。但我是你们的盟友，我要坐下倾听，我要起身奋战，用尽我所有的心力，捍卫这个洞穴里所有无辜者的自由，摧毁那些腐败贪污之辈，那些因仇恨、偏见和关节炎而扭曲生结的人。我们要摧毁他们，把他们踩进土中，彻底征服他们，抹去他们存在的痕迹，只留下他们那滑溜溜的、把我们集体住宅的地板弄得乌七八糟的内脏。那些在大清洗后仍能活命的巨婴将面对两个选择，要么加入这场爱的革命，要么加入他们的同类，成为我们集体鞋跟下的肉泥。我们的任务艰巨。特朗克人强大无比，他们拥有激光眼，我还听说他们可以用头顶的螺旋桨飞行。劲猛餐厅无处不在，但劲猛餐厅需要我们的光顾才能存续。这就是问题的命脉。只需一场抵制，就能毁掉他们。"

*

我在角落里发现了一堆衣服，这些是艺术家的服饰。更确切地说，应该是导演的行头。及膝皮靴、马裤、马甲、帽子和领带。这不是当今的电影导演穿的：没有斯皮尔伯格的棒球帽，没有 T 恤，也没有网球鞋。出于好玩，我把这些衣服穿在身上（我一直都很喜欢化装舞会！），幻想着穿上这身衣服的自己会拍出什么片子。我还想到了穿着这身衣服的自己拍出的片子会收获怎样的影评：

"世界上有优秀的电影，也有非常优秀的电影，当然还有一些意义重大的电影。除此之外，还有一些意义非常重大的电影——当然了，还有意义非常非常重大的电影。但是，对于这样一部电影——它创造了一种全新的电影语言，为电影制作者和观众打开了新世界的大门，这次观影体验将让我永远心怀感激。当然，所有读者对 B. 罗森堡充满睿智的批判性独白都不陌生，但是他参与幕后制作的作品并没有这么为人熟知，他那部被人严重忽视的小众杰作《验证完毕》以两名才华横溢的哈佛本科生的视角，对现代人的情感纠缠进行了精辟的剖析，另一名哈佛学生的意外死亡让两位主人公陷入思绪，意图一探究竟。若说年轻知识分子的思想从来没有像在罗森堡这部处女作中一样被深入探索过，还远远无法触及电影的深刻性，但有的时候我们的确找不到充足的词语来形容它（尽管我们这些影评人一般不愿承认！哈哈！）。这就巧妙地把话题带到了现在要讨论的电影上，也就是罗森堡的第二部电影《手头的问题》。虽是第二部作品，却已完全摆脱了青涩。只要看过这部电影，你就会懂我的意思，尽管说这话的我没有尽到影评人的职责，但你们必须去看，是个人就得看，必须看。在我们当前所处的文化交流中，《手头的问题》扮演着不可取代的角色。还有什么比鹦鹉学舌地套用狄金森女士的话更能准确表达观影感受呢？'如果我有一种天灵盖被人拿掉的感觉，我知道那一定是因为电影。'[1] 但是很遗憾，单纯套用别人的话是不够的，我有影评人的职责需要履行。《手头的问题》讲述了一个哈佛毕业的影评人的故事，他或许真的聪明绝顶，但相较这个他给自己安上的不谦虚的标签，他实在是非常谦虚。这个人在无意中发现了一场阴谋，原来政府想让民众对一种能让人变得消极和驯服的药物上瘾。这部电影开场的镜头和表演都很精彩。镜头安静而宁谧，让人想起卡尔·西奥多·德莱叶的黑白广角长镜头，但特写镜头、手持

---

1 美国诗人艾米莉·狄金森曾说过："如果我有一种天灵盖被人拿掉的感觉，我知道那一定是因为诗歌。"

摄像机和花哨的色彩又给电影平添了一种现代的感觉。荧光绿色和橙色充满屏幕，完美地预示着即将浮现的绝望恐惧。主人公——影评人 G. 戈德堡发现自己陷入了这场药物带来的梦魇，这时电影的风格也随之一转。镜头完全以戈德堡的主视角拍摄，让观众们得以体验这杯由政府调制的毒酒的效力。从未有人使用过如此多元而智慧的手法表现某种主观体验，无论这体验是不是致幻药物引发的。当今电影中对致幻剂和大麻体验的虚假呈现比比皆是，甚至是那些随处可见的'女子在酒吧被下药'的桥段也漏洞百出，这些桥段的数量之多充分说明了电影在表现药物成瘾方面的先天不足。呈现在我们面前的，或许是我们迄今为止目睹过的最精彩的实验。观众与戈德堡一起经历了思维方式的转变。他从一个激进的消费者维权人士转变成一个可谓事不关己高高挂起、随波逐流的'瘾君子'，满足于享受政府提供的娱乐和消遣。而这还仅仅是个开始。

"罗森堡选择的演员班底完全由遥控电子制动的特朗克人组成，在缓解当今洞穴中骤然加剧的紧张局势方面，他们所做的贡献要比一百万个罗森堡人还多。罗森堡剖开不实之言，展露出这些机器人温柔的天性，让观众找到了重大变革所必需的共识基础。除此之外——"

突然间，一个关于马德和莫洛伊的新喜剧桥段（新桥段？这怎么可能？）在脑中完整闪现，打断了我幻想的影评。我甚至不觉得这段对话是英戈电影里的台词。我本想把这个桥段从脑中轰走，却怎么也挥之不去。

"好吧，既然要去意大利，我来教你几个意大利语发音。"

"好的，来吧。"

"字母 e 的发音是'欸'。"

"嗯？"

"不是'嗯',是'欸'。"

"啊。"

"不，a才读作'啊'。"

"我以为那是e的发音。"

"不，e读'欸'。"

"e读'欸'。"

"a读'啊'。明白了吗？"

"应该吧。a读'啊'。"

"对。"

"a读'对'？"

"不，'对'的意思是'没错'，意大利文中写作'si'。"

"si，你能告诉我怎么说'不'吗？"

"不[1]。"

"为什么不？"

"什么不？"

"你为什么不告诉我怎么说'不'？"

"我刚刚告诉你了。"

"那我一定是没听见。你能再说一遍吗？"

"不。"

"嗯？"

"意大利语里没有'嗯'这个音。"

"我听不懂。"

"西班牙语里有这个音，意思是'和'。"

1　英语和意大利语中的"不"均为"no"。

"唉。"

"在意大利语里，字母 i 的发音是'伊'，意思是'那'。"

"什么？"

"那是'il cosa'。"

"那是什么？"

"不，'那是什么'是'cosa è'。"

"哦。"

"不，o 是'或者'的意思。"

"我终于搞懂了。"

"i 的发音是'伊'。"

"伊又听不懂了[1]。"

"不对，'我'是'尼'。"

"首先，应该说'我是你'而非'我是尼'。如果你连英语都说不溜，还怎么教我意大利语？"

"别胡说了！'我'这个词读作'尼'。"

"拟？"

"尼！"

"我什么？"

"认真点！"

这个桥段中出现了蔡小姐的名字，在脑中播放这个桥段的时候，我看到马德和莫洛伊变成了蔡小姐和我，我俩都身穿西装。我喜欢在她面前冒傻气。体内涌过一股暖流，已经很久很久没有这种感觉了。我真的真的好享受。

1　英语中的"我"发音与字母 i 相同，此处说话者误以为意大利语中"我"的发音是"伊"。

74

洞穴里满是罗森堡人和特朗克人，充斥着胡言乱语、馊主意、负面评论、破碎的心灵、劲猛餐厅的汉堡和一片漆黑。一切都在成倍增多、复制、扩散，就像一个不断变异的丑陋有机体。这里有图形、回声、重复出现的小数、克隆和偏执，有一声声"喂，你好吗"，有根深蒂固的性幻想、谎言以及暴动。所有的一切都存在于每时每刻，时间和空间似乎已经充盈到了饱和的程度，但是所谓的"饱和"只是一种虚幻的概念，就像这首古老的苏格兰民谣告诉我们的，"还能挤下一个人"[1]：

先来了一个补锅匠，又来了一个裁缝，

接着是一个拿着绳索的水手，

一名雇佣兵，一个渔家女，

一篓鱼儿顶在头，

---

1 《还能挤下一个人》是一首苏格兰民谣，讲述了一个慷慨的苏格兰人和妻子及十个孩子住在一间小茅屋里，在暴风雨之夜，他们仍将经过的旅人热情迎进屋里。这首民谣曾被改编为童书。

一位嘻嘻哈哈的老妇人，

还有四个从泥炭地里走出来的煤矿工。

有吹着笛子的艺人鲁里，

还有一个牧童，

带着他那聪明的小牧羊犬，

从山坡往下走，

拉奇·麦克拉克伦站在门口招呼忙。

他说："这里地方大得很。哎呀，快些进来！ 还能挤下一个人，永远都能再挤下一个人！"

不消说，这首调子（是叫"调子"还是"曲子"来着？）带给我们的教训是，房子并不是真的"永远都能挤下一个人"，因为有太多的客人在拉奇·麦克拉克伦家载歌载舞，房子被撑爆了。虽然他们又动手建了一幢更大的房子，但这并不能消减更大的房子还会在未来某个时刻因为住户太多而被撑爆的可能性。我还在试图理解。我还在努力把英戈的电影搞清楚，为什么这部电影仿佛永远都不会结束？ 为什么每次想起它，我就会回忆起其他的东西，一些全新的细节、一些与已知相悖的信息？ 为什么我对这部电影的体验需要不断经受全新的评估？ 这部电影不断生长，仿佛播种在我大脑的土壤之中。它好像一根豆茎、一种真菌、一片震颤的白杨树叶。我的大脑会不会炸裂开来，又被引爆者重建，变得更大、更好呢？ 导致大脑爆炸的是英戈吗？ 还是电影中无以计数的人偶？ 爆炸难道已经发生过了？ 我的大脑是不是已经经历了一次又一次的重建，变得跟太阳系一样大?

*

特朗克内阁完全由特朗克人组成，他们召开了一场紧急电视会议。总统发表了演讲。

"好，让我们轮流来，你们每个人都要唱几句歌颂我的话。国防部长特朗克呢？你先来。"

"感谢您，总统先生。很荣幸能为像您这样有勇气和远见卓识的总统效劳。我的歌用的是《摩登原始人》主题曲的曲调：

> "为您效力是我的荣幸
>
> 我们真的配不上您
>
> 因此我们非常感激
>
> 感激您打击所有恶人
>
> 那些少数群体
>
> 妄图用虚假新闻和败坏的同性恋恶习
>
> 摧毁我们伟大的洞穴
>
> 让我们大干一场！"

"谢谢你，特朗克部长。该教育部长特朗克了。"

一声爆炸传来，警笛嘶鸣，所有特朗克人立马从座位上站了起来，变身为战争机器，一道电墙像汽车窗户一样摇下，特朗克军队穿过出口，飞入黑夜般漆黑的洞穴，加入飞在空中的特朗克大军，对脚下的民众大肆屠戮。

805

*

我已经无法分辨自己的思绪在何处终止，头脑之外的想法又在何处开始。我的一些回忆仿佛不那么可靠，好像源自别的什么地方一样。很多回忆都与其他回忆相悖。正所谓"麦与糠几乎无法筛别"[1]，我猜，或许接受这个全新的自我才是继续前进的唯一道路，也是保持我头脑理智的唯一途径。比如接受这个想法：我热爱劲猛餐厅的所有高管，爱意溢于言表。我爱他们。对于我的电影事业，以及我对战地记者这一职业突然产生的无法抗拒的兴趣，他们一直都给予了无怨无悔的支持，但我必须承认，在心灵幽暗的深处，我的确对一个或几个特朗克人有过性幻想。当然，心怀这种幻想的我，同时也会感到厌恶和羞赧，而且说实话，我无法分辨这幻想和厌恶感是真是假，甚至是否同时为假。二者是共存的关系，或许皆为虚幻。

这一切我都无法理解。我知道有一场战争，却搞不清楚是谁在战斗，分不清谁是敌谁是友，也不知道战争目的为何。没有统一的制服，或者更确切地说，每个人的制服似乎都是他（她、彼）自己设计的。有的人头戴普鲁士尖刺钉盔，巨大的尖刺被改造成《星球大战》中的光剑，有的人头戴超大号的双角帽，或是插着黑色羽毛的三角帽。这里有各式各样的头盔，来自各种历史时期，有的来自虚构世界，有的来自非虚构世界。有蒸汽朋克风格、超级英雄风格，有的士兵身穿防弹背心、也有的几乎浑身赤裸、涂着颜料。从很多

---

1 这句话出自《马太福音》，意思是真理难以从错误的教义中被分辨出来。

方面来看，这都像是一场角色扮演大会，但杀戮却是真实存在的，或者说看起来是真实存在的。不过话说回来，当今的特效如此逼真，我又怎能确定呢？头上装着冲水便池拉绳、身穿防弹衣、脖子上挂着相机的我觉得自己就是个战地记者，虽然我秉持中立，但仍偏爱诚信与真理，不知这是好是坏，但在这个支离破碎的世界里，诚信与真理在劲猛餐厅一方。可是一个特朗克却在我脑中翩然起舞，他眨了眨眼，挑逗地说我是"虚假新闻"，还召唤我向他靠近，真是让我进退两难。

当然，现在的我配了一把 PF-9 手枪，但这只是出于防身目的，因为我是个非战斗人员。我们是如何落到这步田地的呢？就在我的眼前，一个西哥特和蒙古混合风格打扮的男人将一个化着惨白吸血鬼妆容的靶靶人杀死，打断了我的思路。我拍了一张照片，照得不错，八成能拿普利策新闻奖。在我的幻想中，普利策奖评选委员会由只穿护裆的特朗克人组成，他们鼓励我走上台去领取奖项。头顶插着螺旋桨的特朗克机器人从上空俯冲下来，用双眼恣意向洞穴中的人群发射激光，与此同时，在这巨大战场外围用胶合板搭建的临时舞台上，站着许多其他的特朗克人，对眼前发生的暴行矢口否认。

"他们告诉我，劲猛餐厅是法西斯，是一家资金来自美国之外的法西斯企业。他们还告诉我，劲猛餐厅会向人群扫射，无论对方是孩子、母亲还是农民。勤劳的美国农民、煤炭搬运工，让美国再度伟大，这就是我们的全部心愿。为了所有人，甚至为了那些满口谎言的劲猛餐厅员工，相信我，这是真正的美国人的心愿。我们热爱和平，不是吗？我们当然热爱。我们热爱和平。我们是热爱和平的民族，这人人都知道。这是我的政府最热爱的东西。和平万岁。”

一辆劲猛餐厅的冰激凌车播放着叮叮当当的电子广告歌，从这混乱之中挤过。小孩子们挥舞着劲猛餐厅的代金券朝冰激凌车跑去，立马被隐藏在石笋之间的狙击手击毙。这些小孩穿着风格各异的童装：非洲童子军，克鲁伊斯的斯蒂芬[1]，圣女贞德，库尔德斯坦童子军，鼓手男孩（女孩、彼孩），铁臂阿童木，等等。我把这些场景拍摄下来，普利策奖就喜欢这种主题。现在，坐在一辆装有深色车窗的防弹“教皇座驾”里的波鲁克斯·柯林斯，正通过车顶的扩音器向人群高谈阔论。

“我的人民啊，你们能听到我的声音，却看不到我的人，就像我能听到你们的声音却看不到你们的人一样。好吧，隔着这层防弹隔音玻璃，我也听不到你们的声音，但有人告诉我，你们的声音很动听，而且你们正在念叨着我的名字。这是好事，是很好的事。现在，我们处于一个动荡变化的时代。我们必须经受这场暴风雨，从而踏入共享和平繁荣的时代。伟大的导师耶稣曾经说过（没错，他是一位导师，不是上帝的儿子）：‘天国就在你心中。’他的意思是不必向外求索和平，因为和平就在你们心里。不仅如此，他还指出，向外窥探可能会让人分心。就如《马太福音》18：9告诉我们的：‘倘若你一只眼叫你跌倒，就把它剜出来丢掉。’他很可能还会说，要把两只眼都剜出来，这样你就没有跌倒的可能，大可专注于心中的天国，而不会再看色情片或是其他让你不再专注于内心天国的东西。我的失明难道没有赋予我洞见吗？没错，我的朋友，这个词之所以叫‘洞见’绝非偶然。洞，见，懂了吗？在洞内的见地。我邀请大家跟我

1　克鲁伊斯的斯蒂芬：13 世纪法国牧童，12 岁时率领儿童十字军从旺多姆前往马赛。

一起谴责外部的世界。因为保护我们免受外界恶劣环境侵害的洞穴，难道不算是某种形式的失明吗？让我问问大家，穴居鱼有什么特征？经历了几代之后，穴居鱼的双眼会消失不见。有人说这只是一种简单的进化，但我要说，这是上帝对这种生物的信仰的奖励，奖励它们如此诚心地在黑暗中游弋。我的朋友们，请抱有信仰。跟我一起进入这片不可见的美丽花园，把双眼剜出来。"

"剜出来！剜出来！"波鲁克斯的从众吟唱着。

"波鲁克斯狂热的新晋追随者呀，"波鲁克斯继续说，"我热血的从众，请加入那些已经入伍的人，来反抗这可见世界的谎言，剜掉那一定会让我跌倒——不，是会让你们跌倒的双眼。"

那些仍有视力的民众因这段震撼人心的布道而动容，将自己的眼球拽了出来。眼球被扔在昏暗洞穴的地上，四散滚开。原来在现实生活中，这场景一点也不有趣，反而让人侧目、令人作呕。我拍下了一些惨绝人寰的照片，令人扼腕的是，这些"热血的从众"不可能看见这些照片了。当然，这是他们自己想要的结果，但仍然让人心碎，至少让我这个持中立立场的摄影记者心碎，因为说实话，我的照片是如此牵动人心，捕捉到了战争的残酷、对感情的蹂躏，以及几百双黑洞洞空荡荡的眼窝，不妨把这些眼窝比喻为我们大家现在置身的洞穴内部。我想，如果普利策奖还存在的话，这些照片应该得奖。我突然意识到，普利策奖可能已经不存在了。这个由约瑟夫·普利策设立的奖项已不复存在，是多么令人难过啊，在临终之时，这位炸药发明家[1]希望能做一件善事来弥补自己发明的罪过，倘若他

---

1 研发炸药的不是普利策，而是瑞典化学家诺贝尔。他悔恨于炸药在战场上造成的破坏，决定用所有遗产成立基金会，设立诺贝尔奖。

能活到今天，看到这个奖项在地球上消失无踪，该有多么痛心。如果真是这样，他在九泉之下也不得安宁。言归正传，我很确定劲猛餐厅也有一场摄影比赛，还设有奖项，奖品好像是代金券。这个奖品很诱人，因为有个叫"让我抓抓514"的卖家正在劲猛网店上出售一台二手世嘉掌机，我挺感兴趣。不过说实话，作品仅仅获得认可于我而言就已经是巨大的恩惠了，一只放在壁炉架上的奖杯就足够了。哎，可是我没有壁炉架。那么一只能随身携带的奖杯也行，如果不是太大的话，也是一种巨大的恩惠了，一块牌匾也行。和一面墙一样大的牌匾。

看着其他摄影记者举枪四处扫射，我不得不对他们的立场表示疑问。战争的恐怖笼罩了所有人，它不分国界，也不管你效忠谁，因此我尽量不对他们加以指责。其中一人朝我开了一枪，我猫腰钻进一个洞里。对他，我要指责。

75

在这个新的空间里，我找到了一台投影仪、一把椅子和成堆的胶片。出于好奇，我随便挑了一卷胶片，读了读盒子上的标签：英戈·卡特伯斯的电影——第 1 卷。我不相信有什么机缘巧合，但这件事确实让我有点奇怪，毕竟我钻到洞里来，只是不想中枪而已。

我把第 1 卷胶片放入投影仪，在面对屏幕的硬背椅上坐下（简直和现实世界中发生的事情一模一样！），做好准备。崖壁上亮起一块巨大的矩形。我想起了我心爱的"银幕矩形派"，在每部电影的开头，我都会想到他们，唯独德国"圆形派"爱德华·埃弗雷特·霍沙克的作品除外。但这次不同，这是英戈的电影，碰巧从灰烬中复原而来（就像我也曾千万次从自己的灰烬中重生一样），内容却与我记忆中的相去甚远。开场戏中的风暴、生育、天堂、即使在默片中也似乎是在直接跟我对话的可怕人偶——全都消失不见。现在的屏幕成了一个纯粹的白色矩形，空无一物，可以供我随心所欲地创作。这是一张空白的画布，也可以说是一张白纸，包含了所有的焦虑和所有的自由。它是一间空空的房，一个四边形的、毫无杂念的头脑。我继续看下去。这到底是一部杰作，还是一个骗局？我是在受启迪，还是在被蒙骗？我意识到，我给这部电影注入什么，它就能给我带来什么，一丝不多，一毫不少。

有那么一会儿，这种陌生感让我有些无法接受。英戈的电影怎么变成了心理学家的投射测验[1]？燃烧后的灰烬为何会重组成这副模样？这部电影又为何会出现在这里，在这个洞穴中，在这个看似随机的空间里，在这只胶片盒里？何况还是矩形的胶片盒。但如果想要真正而彻底地沉浸在当下，我就必须放下这许许多多的问题。就这样，我继续看下去。我突然意识到，白色既是虚无也是一切。白色代表真空，但任何一个中学生或小学生都会告诉你，纯白色的光中包含了所有可见光谱里的颜色。白色即一切，这是我和任何一个中小学生都可以也一定会告诉你的。播放第1卷胶片的十一分钟里，我一直在思考这个问题，然后我又把第2卷胶片放好，在又一块白色的矩形旁坐下观看时，我的心里泛起一阵恐慌。我能盯着空白看上三个月吗？当然，这是我对英戈应负的责任。这是他毕生的心血，毁在了我手上的毕生心血。而现在仿佛奇迹一般，这心血得以重生。我必须把全片看完。看完之后，我还必须一遍一遍地重看，看上七遍。第八遍我必须面对投影仪观看。这是我对英戈的责任，也是我对世界的责任，对这所剩无几的世界的责任。我必须掌握这部电影，将之发扬光大，即使我的赞美之词只能转化为一万张白纸，即便那就是我的结论。我必须看下去。

白色。白色。白色。白色。白色。白色。白色。白色。白色。白色。白色。白色。白色。白色。白色。白色。与柏拉图在洞穴中

---

1 投射测验不同于客观测验，旨在让实验对象对模棱两可的刺激做出反应，以揭示对象隐藏的情绪和内心矛盾。

所放映的那部"片子"不同，投射出的景象中一点阴影都没有。理想世界 1 中的任何事物都没有被投射在洞壁上。或许其中的教训是，理想也是虚幻的。或许，这就是我要从中获得的启示，但领悟这一点真的需要花上三个月吗？说实话，感觉有点没必要。白色。白色。白色。白色。白色。白色。但只看到这里就做出判断，似乎为时过早。这的确是一部让人不适的电影，但引起观众的不适也是一个合理的艺术目标。马穆德的《笨重的床垫》（1958 年）是一部杰作，北川的《挤脚的鞋子》（1997 年）亦然 2。这两部电影都让人非常不舒服。《笨重的床垫》让我夜不能寐，《挤脚的鞋子》让我心灵的双脚上布满了灵魂的水泡，从象征的层面来说，我觉得自己可能再也无法走路了。

因此，我必须拥抱着空虚，找寻其中的方向。第 2 卷胶片放完了，随着最后一段胶片从放映机中滑出，空空如也的放映机发出的白光仿佛更加刺眼。我不知道胶片中的白色图像和没放胶片的放映机投射出的白光是否有区别。我不知道自己能否盯着这片光连看三个月，而不必不断起身更换胶片，前一种做法一定会方便很多，但是效果还一样吗？我不确定。我不能冒这个风险。我站起身来，换了胶片。白色。白色。白色。白色。白色。白色。白色。白色。白色。白色。白色。

白色。

第 703 卷。我几乎可以肯定，有什么事情已经发生了变化，这不是我的幻觉。和播放上一卷以及之前几卷胶片时不同，对于这卷

---

1 此处 B 表述有误，应为理念世界。根据柏拉图的洞喻，洞穴之外的现实世界是真理，而洞壁上的影子只是理念世界的投射。

2 以上两部电影均为作者虚构。

胶片，这种感受是那么确定。画面上有一个点。在画面的中央有一个小点。在这白色的海洋中，我的目光不自觉地落在那个点上。一片针尖大小的黑暗。多么迷人！我简直激动不已。真是功夫不负有心人。想象一下，如果我在之前的一百二十九个小时里耍了花招，按下快进键或是草草浏览，那么这份领悟怎会拥有现在的威力？这小小的黑暗。简直不可思议。我放松下来，任由自己被英戈那双黑皮肤的手摆布。这真的是我上次看的那部电影吗？我之前是不是完全误解了这部电影？难道是我的白人特权让我无法看清它的本质和本然的白色？我现在是不是成熟了，才能看到这部片子本来的模样？太棒了！我新换了一卷胶片。

*

第 2043 卷。那个黑点大了很多。我终于不再觉得它是我的想象或眼里的杂物了。那个黑点就在那里，而且在不断增大，更多的是纵向伸展而非横向拉长。电影也不再是无声的了。我不确定，但感觉听到了某种敲击声，或许还有一个极其微弱的声音。这声音非常小。是我的大脑在作祟吗？当然，投影仪自身会发出咔嗒咔嗒的声音，所以我没法确定。我靠近屏幕去听，这么做当然很愚蠢，因为扬声器就在投影仪里面。于是我把一只耳朵贴在投影仪上，却把耳朵烫伤了。我重新坐回去，盯着黑点看。

第 6591 卷。黑点已经扩大到了足够的程度，可以辨识出那是一个人，从远处朝镜头走来。敲击声不只是投影仪组件发出的声音，而是脚步声。我的耐心没有白费！

第 6683 卷：那是一个人，看起来像是非裔美国人，也就是一个有非洲血统的人。距离这么远，我还看不出他的国籍。脚步声更响了，说话声也更大了。

第 7000 卷：是英戈！我看得一清二楚。英戈正朝镜头走来。电影里的英戈比我有幸认识的英戈年轻。我还是听不懂他在说些什么，但我能看到他的嘴巴在动。他是在跟我说话吗？

第 7638 卷：很奇怪，随着英戈向镜头靠近，他仿佛在逐渐变老。我还是听不懂他说的话。真希望有什么方法能让我戴着耳机看电影。我不知道该给谁打电话咨询这个问题。

第 9502 卷：英戈占据了一半的画面。现在的他大概有 80 岁了，我不太肯定。

第 10008 卷：英戈离我们很近了。我能听懂他的话了。他似乎正在直视着摄像机，也就是说，他正在直视着我。

"你听见我说话了吗？终于听见我说话了吗？"他问道，"这么长时间，我一直在说话。我想你可能是看不见我，或者听不到我的声音。我很早以前就出发了，朝着你、朝着现在走来。"

"你是在跟我说话吗？"我问道，这句话让我想起了电视剧《出租汽车》里的罗伯特·德尼罗[1]。

"我不知道我在跟谁说话，"他回答，"我怎么能知道呢？不用说也知道这些内容是预先录制的。你是白痴吗？很明显，我是来自过去的人。我从 20 岁起就朝这儿走。大约 35 岁的时候，我第一次拿到了录音设备，然后才开口说话。那时的声效尖锐又刺耳，但现在的音质已经不错了。当然，那时候的声音你也根本听不到，因为

---

1 "你是在跟我说话吗？"是罗伯特·德尼罗在电影《出租车司机》中的经典台词。B 把这部电影和情景喜剧《出租汽车》记混了。

我离你很远。我心生一计，打算朝着镜头走过来。我从没见任何人做过这种尝试，对此很自豪。这感觉就像是一场穿越时间的旅行。"

"这跟我记忆里看过的电影内容完全不一样。"

"记忆是不可靠的。比如说，我不记得自己在大概五十年前开始说话时都说了些什么，你也看不清这些年来我身上都发生了什么，那时我离镜头太远了。你能看到的只是人生的结果：伤痕累累的身体，心碎和焦虑。这些年来我的确一直在讲述，但这已是陈年往事了。或许这一切都被记录了下来，如果有一台足够大的望远镜，你就能看到，就仿佛是一百万年前的恒星发出的光芒。你需要一台'听远仪'，这种机器和望远镜很像，不过是用来听遥远的声音的。你明白我的意思了吗？可以给机器取名为'声音放大仪'。"

"我看的电影跟这不一样。"

"万事万物无时无刻不在变化，这就是我在这趟旅途中得到的结论。路边的树看起来可能与之前一模一样，但其实不然。它们都在变化。昨天的东西，今天再也看不见了。昨天的东西已经不复存在，你也一样。我们每个人都被万事恒常的错觉所蛊惑，我看起来或许像是一秒钟前自己的延续，但那和电影一样，只是一种幻觉。我们人类就是喜欢被幻觉欺骗。"

"但是，眼前的一切跟我之前看到的相比也太不一样了吧？"

"听着，当时的你看到的是当时的你有能力看到的东西。观影后，你把能记得的记了下来。现在你看到的是现在的你有能力看到的东西。这就是我所谓的人性。"

"我只想确认一下：你话中的'你'只是泛指，而不是特指我。"

"当然，'你'指的是'一个人'，也就是任何看这部片子的人。

如果没有人在看这部片子，那我就谁也不指。"

很快，英戈的脸庞就填满了画面。

"这就是你看到的结局。"他边说边走过镜头。

"说清楚点，"我说，"这是我看到的结局？"

"当然，但我一路走来，也和其他人说过话。"

"其他人也看过这部电影？"

"其他人看过更靠前的部分。更早之前的人看到的是更早之前的部分。"

"也就是说，这部电影会经过我，通向未来？"

"可能会。"他说道，但现在他的声音已经离我很远了。

*

屏幕是白色的，我能听到胶片在我身后转动的声音。我关掉投影仪，突然想道：哦，是时候去取我的克隆体了。我必须承认，想到能和他一起漫步在这片燃烧的土地上、目睹他长大成人、教会他我所知道的关于燃烧的一切知识、观看他将来制作出的电影，我满心欢喜。我走出洞穴，重新踏上战场。情况比之前更加惨烈：爆炸的惨状、血肉模糊的尸体、呼天抢地的哀号。由挖掘者本人带领的挖掘军已经到来，现在的她20多岁，全副武装、衣衫褴褛、勇猛无畏，与劲猛餐厅的员工发生肢体冲突，这些员工随身携带着装尿的容器，因为上级不允许他们停下手中的工作排尿。一个安装在岩壁上的巨大屏幕显然已被人操控，正在播放现已失明的巴拉西尼和卡斯托尔的表演，他们演的是由波鲁克斯改编的《恋马狂》[1]，改编版本

---

[1] 《恋马狂》：英国剧作家彼得·谢弗的代表作，主人公艾伦极度恋马，最后在戳瞎了六匹马的眼睛后被送进精神病院。

以失明的马的视角展现。

> 巴拉西尼：艾伦把我们的眼睛戳瞎了，这是件好事。
>
> 卡斯托尔：现在，我们终于可以真正看见了！
>
> 巴拉西尼：有眼睛的马其实才是瞎的，不是吗？
>
> 卡斯托尔：我想是的，没错。
>
> 巴拉西尼：波鲁克斯万岁！
>
> 卡斯托尔：波鲁克斯万岁！

我脑中突然闪过催眠状态下想起的一个英戈电影中的场景。

场景中，巴拉西尼信仰波鲁克斯创造的宗教，从表面上看，他是被波鲁克斯雇来帮助卡斯托尔适应失明的，实际上却是受雇在卡斯托尔的脑中植入虚假回忆，让他相信波鲁克斯童年经历过的所谓奇迹。现在，巴拉西尼担心波鲁克斯会杀他灭口。他希望从英戈的电影中找到关于自己未来的信息，从而自保。因此，他才会痴迷于了解一切有关英戈电影的信息。在催眠状态下，我下定决心，不把这个场景透露给巴拉西尼。

"想起什么了吗？"巴拉西尼问道。

"一片漆黑。"我说。

"难道你看到的是失明的波鲁克斯的视角？"

"不，我觉得只是一种普通的黑色。"

一颗脱落的钟乳石砸在我头上，我失去了知觉。

76

在脑震荡后的睡梦状态中，电影再次在我眼前播放起来。这一次，电影的开头是彩色的，搭配着震撼人心的音效和定格技术。技艺如此精湛的艺术家存在于世却不为人知，这怎么可能？但我记得英戈告诉过我，他从没有把片子给任何人看过。一个人为什么不去尝试，不一次又一次地撞南墙呢？我想起了达尔格，想起了他和那个当保姆的女摄影师[1]等人在职业抱负上的不思进取。这些都是真正的艺术之声，是我们绝大多数人很少听到的声音，即使在自己的脑中也是如此。无论是内心还是外界，广告宣传无处不在。广告牌努力说服我们做这做那。别有居心的广告歌没完没了地播放、循环、宣传、奉承、贿赂、勒索、羞辱、嘲弄。我们如何才能接触到真正艺术家的真情实感呢？我们如何才能将自己的大脑变成一方净土呢？我们既是原告又是被告，既是法官又是陪审团，既是刽子手又是被处决者。这就是我必须理解英戈·阿格鲁拉斯（这是他的全名吗？）的原因。通过他的意象和语言，我可以把他引入自己的潜意

1　此处指薇薇安·迈尔，美国街头摄影师，她做了大约四十年的保姆，作品在死后才被发现并获得认可。

识，而他的大脑便成了我的大脑，我也终于可以获得自由与解脱。

电影开始了，各种形状在黑洞洞的虚空中变幻。这是整个宇宙，还是一颗红细胞的内部空间？谁也说不清。音乐是合成的管弦乐，微弱、忧郁、邈远，透着不祥之兆，在我的脑中激起了一场平淡无奇又绵绵不绝的雨。澄清一下：这场雨下在我的脑海中，而不是在银幕上，被淋湿的只有我脑中的街道。一片脑中路灯照亮的小水洼，被雨滴打破了平静。接下来，屏幕上的影像变成了水滴，黑漆漆的虚空变成了夜晚城市街道的缩影，这场景既奇特又瘆人。水洼泛起了波澜。电影竟提前预知了我心中的意象，这怎么可能？我惊慌失措，在大脑隐蔽的深处，一个形态模糊的女人发出了惊恐的尖叫。这到底是《惊魂记》中的场景，还是我看过成百上千个模仿版本后，记忆加工和再加工出来的综合产物？

尖叫声来自一个活灵活现、惊慌失措的怪诞女性人偶头，它暂停了片刻，叫了我一声"宝贝"，然后又尖叫起来。我无法把视线移开。研究电影的科学家告诉我们，观众平均会用三十七秒的时间来给一部电影定性，我们对这种艺术形式如此熟悉，以至于劣质和作假会如此之快地被大脑辨识，而一旦辨识出来，无论是从现实还是象征意义上说，电影都会被大脑切断。我在电影中越陷越深，发誓要让全世界看到这部杰作。三十七秒钟过后，我坚信不疑，这部电影的确是一部传世之作。在三小时后的节点，我在去厕所的路上向英戈点头致意——只是点头，没有说话。这感觉就像起夜一样。你尽己所能不去思考，不愿打破这魔咒，不惜一切地保持半梦半醒的状态。我回到黑漆漆房间中的座位上，电影继续播放，屏幕上的人物从浴室中走了出来。这部电影的结构似乎是为了配合我的观影体验而设计的，这就是设定休息节点的原因：上厕所。上厕所。午餐。上厕所。晚餐。洗漱。睡觉。早餐。如此往复。这部电影在叙事过程中考虑到了所有的步骤，甚至连我的梦境也计算了进去。过了一会儿，现实与电影的界线便模糊了起来。哪些经历是我自己的？哪些经历属于电影里的角色？我已经无从分辨。这部电影在我与他人看来是否一样？恐怕我永远也不会知道答案，但我觉得答案是否定的。我相信，这就是英戈·阿格鲁拉斯的天才之处。他明白，艺术永远是由观众、评论家和目击者创造出来的。在被人看到之前，电影毫无意义。如果《格尔尼卡》[1]从未被人看见，那它就毫无意义。若是作品被存放在某个黑暗的壁橱里，就永远一文不名。英戈知道这一点，我也一样。我是这个奇迹的唯一目击者，这是世界第十大奇迹——谁知道现在世界上有几大奇迹。

我给身在非洲的女朋友打去电话——她还是我的女朋友吗？她所在的地方是凌晨两点。或许她在拍夜戏，因为没人接电话。我想把消息跟人分享。这是捕鱼上岸的重大时刻，是每位影评人梦寐以求的时刻。"你在哪儿呢？"我在她的语音信箱里留言，"我在圣奥古斯丁找到了那口胡安·庞塞·德莱昂[2]没能找到的青春之泉，因为我又一次变回了孩子，充满了欢乐和活力。我想你正在拍夜戏。我查了一下拉各斯的天气，发现那儿正在下大暴雨，因此户外拍摄几乎是不可能了，除非拍摄的场景需要大雨。我在努力回忆戏里有没有下雨的场景。不管怎样，我敢肯定你要么正在拍摄，要么正在睡

---

1 《格尔尼卡》：西班牙艺术家毕加索的代表作之一。
2 胡安·庞塞·德莱昂：西班牙探险家，1513 年在美国佛罗里达附近的海岸登陆，寻找青春之泉，并将登陆地命名为圣奥古斯丁。

觉，或者不小心把手机调静音了，也有可能是故意的，因为在一天辛苦拍摄之后，你必须睡个好觉。给我回个电话吧。"

英戈的电影看到第三天时，我才联系上她。到了这个时候，我的身体状态已经出现了一些改变。我是拉伯雷吗？我是马德吗？今年是 2006 年还是 1920 年？她接电话的时候声音是那么邈远。

"你的声音听起来好遥远，"她说，"你那些关于青春之泉的胡话是什么意思？"

她是不会说"胡话"这个词的。她从什么时候开始说这个词了？肯定是跟哪个演员搞到一起了，很可能是那个转行当演员的说唱歌手。他还是个毛头小子，我心想。

"他还是个毛头小子。"我说。

"谁？"

"什么？"

"你说谁是毛头小子？"

"我新发现了一位导演，"我告诉她，"他或许是有史以来最伟大的导演。"

"是白人吗？"她说，"不用问，肯定是。"

她为什么这么说？

"没错，他是个白人，但这不重要。"

"是个白人，还是个男人，"她厉声说道，"世道不是一直如此吗？让俺问你个问题[1]。"

"俺？"

---

1 原文中女友将"ask"（问）说成了"aks"，这也是黑人口语中常用的词。此处意译。

"没错。俺。有问题吗？"

"没有。你问吧。"

"好。他为啥不是个姐们儿？"

"你为什么要这么说话？出什么事了？"

她沉默了很久。是在抽香烟吗？还是在吸大麻？

"没什么，很抱歉，我有点累了。拍摄时间很长，特别累人，我的角色不仅复杂、矛盾，还受过很多创伤。她是一个拿性爱当武器的小女孩。想要进入这种饱经伤痛的角色真是一种折磨。但我还是想听你讲讲这部刚发现的电影，好像很精彩。"

"真的很精彩！它——"

"但现在我必须睡了。也许明天我就能恢复精力。我想把注意力都放在你身上，打一点折扣对你来说都不公平。"

"我明白了。反正我也得继续看电影，休息时间快结束了。那就明天聊？"

"明天聊。"

我继续看电影。我们俩在接下来的十七天里都没有再讲话。观影进行到了第二十天，也就是英戈去世的那天。我不确定英戈是什么时候去世的。直到第二十天第三次上厕所时，我才注意到他瘫倒在地板上。也就是说，事情发生在第二十天的第二和第三次上厕所休息之间。英戈死了，把消息告知女朋友的时候信号很差，我每说一句话几乎都会出现回声。

"你听到了吗？"我问她。

（"你听到了吗？"）

"什么？"

"没什么。"

（"没什么。"）

"反正我得走了。"

（"反正我得走了。"）

"导演死了。"

（"导演死了。"）

不知不觉中，我放下电话，恍恍惚惚地下楼来到公寓管理员的房间，试着跟他解释事情原委。管理员示意我在门口等他，很快，他就拿着一把铲子和一段打字机打出的油印文字回来了：

> 这似乎是预料之中的事。请把他的尸体埋在这片没有标记的土地中标有字母 W 的地方。小心那里已经埋葬的尸体，但不要看，那些尸体必须保持未见的状态。这里是 400 美元，作为你帮忙的奖赏。给自己买点好看的东西吧。

*

电影继续播放：一个女人在呻吟，分娩的子宫收缩。我想起了自己出生时的场景。政府坚决不许我们记起自己出生时的场景，但凭借摄影式记忆，我当然能记起来。从很多方面来说，我就是男版的玛丽露·亨纳尔 [1]。产房中的恐怖感向我袭来，在那里，你要么选择晃眼的冷光、戴外科口罩的巨人和无菌手术室，要么选择人们从中滑出的血盆大口似的阴道。记得当时的我心想，我无处可去。那

1　玛丽露·亨纳尔：美国演员，患有"超忆症"，对事情过目不忘。

情景历历在目。你再也无法回家。那时我便意识到，这个真相是托马斯·沃尔夫[1]花了四十年时间把自己喝死时才意识到的，而我却一出生就知道。这个认识为我的一生定下了基调。我将永远被这种无根无本或者说漂泊不定所定义。从很多方面来讲，我常常认为自己是男版的玛丽·麦克兰[2]，你可以说我是一位男版的女冒险家，有如挑战世俗传统的一根尖刺，没错，我锋芒毕露，却自有充分的理由。对于麦克兰的锋芒毕露，我们是该指责还是赞赏呢？门肯[3]会不会对我的活力和作品大加颂扬？他早已仙逝，所以我们永远也不会知道准确的答案了，但我觉得他会这么做，这是毫无疑问的。呻吟声越来越响，也越来越清晰，让我从沉思中惊醒过来，我又听到了一个声音。现在，我们已经从子宫中出世，我和一对双胞胎婴儿一起第一次看到了这个世界。这世界非常壮观。在这次重生中，我并非诞生于一间无菌手术室。我置身一个风雪交加的夜晚，躺在一辆马车的车板上。又一道刺眼的闪电照亮了这冬日的雪景，照亮了这片远离文明、白雪覆盖的旷野，虽然只是短暂的一瞬间。闪电后必然出现的雷声把新生儿吓得哭了起来。有人把双胞胎抱到母亲的乳房前寻求慰藉，而我却遭人忽视，成了位隐形的观察者、电影观众、孑然一身的旁观者。我现在意识到，这个场景发生在过去，这是一部老电影：母亲身穿及地黑裙，被胞衣染得血迹斑斑，旁边的男人头戴一顶布帽，身穿深色工作服——那是她丈夫吗？这是不是 20 世

1　托马斯·沃尔夫：美国小说家，代表作有《天使，望故乡》，常年酗酒，37 岁时因肺炎去世，《再也无法回家》是他死后出版的小说。

2　玛丽·麦克兰：美国作家，其大胆的写作风格颇具争议，推动了直言不讳的自传体写作风格。

3　亨利·路易斯·门肯：美国记者、散文家、文化评论家。

纪的头十年？这些服装让人想起了《血色将至？》[1]，那是一部烂片，导演是两位保罗·安德森中比较逊色的那位[2]，片中演技浮夸的国际巨星丹尼尔·戴－刘易斯又一次自取其辱，他留着八字胡，还拿出了如"梅尔·布兰克[3]第一次接触学院派表演"一般的演技，但我不得不说，服装师马克·布里吉斯对服饰极其准确的把握还是可圈可点的。丈夫扬鞭抽马，马车在狂风暴雨之中疾驰而去。他们是要回家吗？或许在这现在看来已算古老的时代中，家仍是人们真正可以回去的地方。雪花飘落，树木摆动，每片叶子都在展示着某种错综复杂的空气涡流。马蹄将雪踢起。母亲把两个孩子裹在披肩里，紧紧抱在怀中，父亲则一往直前，与恶劣的天气进行着激烈的斗争，以防新生儿们被这严酷的暴风雪击垮。闪电又一次照亮了冰冻的大地，震耳欲聋的雷声随之而来。然后，奇怪的事情发生了，一连串排球大小的黑色球体从天而降，砸在雪地上，喷溅出一片血红。

英戈关掉投影仪，打开客厅天花板上的灯。

"这是第三分钟的内容。"他说。

我静坐了几秒钟，仿佛带着做爱后恍惚的眩晕。

"等一下，"我终于开口了，"如果你已经拍了九十年的电影，这怎么可能是你的第一部片子呢？"

"我拍这部片子至今花了九十年，是按时间顺序拍摄的。"

"也就是说，这场戏是在 1926 年拍的？"

"不，这场戏是我最后拍的。在 2006 年。"

1　此处指美国导演保罗·安德森执导的 2007 年的历史剧情片《血色将至》。

2　好莱坞影坛中有两位保罗·安德森，除导演安德森外，还有一位是英国演员保罗·安德森。

3　梅尔·布兰克：美国配音演员，以为兔八哥等动画角色配音而闻名。

"所以……就是说……你在 1926 年拍的是 2006 年的场景？"

"没错。虽说时光之箭是子虚乌有的东西，但一些专家或许会说我的电影是按反向时间顺序拍摄的，也就是说，这部影片从精细渐变为粗糙，从彩色渐变成黑白，从有声渐变成无声。我把这看作电影之熵。所谓'反向时间顺序'为电影的开场赋予了一种模糊的怀旧感，也给予电影的结尾一种依稀的预见力。"

英戈·卡德利普（他是姓卡德利普吗？）变得越发有趣起来。这个畸形的巨人隐士，难道是一位最为难以捉摸、始终冷眼旁观的天才电影人？当然，冷眼旁观的电影人早就存在，但只是寥若晨星的少数，因为电影制作成本对个人而言始终过于高昂，尤其是对那些穷得叮当响、没有受过什么教育且生来愚痴的典型"局外人"。当然，还有马文·爱德华·埃德蒙兹这号人物，他的作品虽美，其中明目张胆的恋尸和恋童元素，却让他难以在当前群情激愤的文化中获得应有的赞誉。

"你有恋童癖吗？"我说，"我只是随便问问。"

他没有回应。我想，这或许是表示否定吧。

"所以，整部片子都是倒序拍摄的？"

"有这么一个时间点，我称之为'支点'，在这个点上，拍摄的年份与我影片中的年份是一致的。那就是 1956 年。那一年的总统是艾森花威尔。"

"艾森豪威尔。"

"花威尔。我记得很清楚，因为有位爱染明王[1]，六只手中的一只

---

1 爱染明王：佛教密宗明王。

手里握着一朵未开放的莲花。这是一种助记方法。"

"这我知道，"我说，"我对爱染明王的一切都了如指掌。我就是学这个专业的，但艾森豪威尔就是艾森豪威尔。我是想问问你，你怎么会在1926年知道该如何把2006年的事拍成动画呢？"

"我有一定的通灵能力，其中一项就是能够预知未来。当然，我的通灵能力并不完美，但隐士的生活能够带来一定的特殊才能。封闭的环境可以赋予人对于宇宙之力的敏锐感知，能让人由此看到未来。虽然并非完美无缺，但还是有一定准确性的。之所以坚持说总统姓艾森花威尔，或许也是因为这种残留的预知能力。八九不离十，在未来一定会出现一位姓艾森花威尔的总统，科怀特·喂·艾森花威尔总统。"

"应该是德怀特·戴维·艾森豪威尔。他的中间名怎么可能是'喂'？"

"起名字的又不是我，"他说，"我只负责预言。"

我们满眼狐疑地对视了一会儿。

"我想多看看你的电影。"过了一会儿，我开口说。

"再看一分钟？"

"整部都要看。"我说。

五彩纸屑从固定在天花板上的盒子里飘落下来。

77

把电影看了一遍后，我来到温迪克西超市，又囤了三个月的食物和日用品。在重看的过程中，我要严格遵守英戈制订的观影 / 休息时间表。在那之后，我要租一辆搬家车，把整部杰作都搬运到我纽约的公寓，在那里进行第三次观影，但要选择倒放。然后，我会把影片按照场景进行分解，分析场面调度中的每个元素。只有这样，一年半以后，我才能掌握这部电影。我兴奋难抑，我想要重新开始。我必须重新开始。

我把食品杂物搬到楼上，却发现楼梯转角被火烧焦、被水淹没。英戈的公寓门已被劈开，房间成了一个被烧焦的空壳，里面什么东西都没留下。我目瞪口呆，手中买的东西摔落在地。公寓管理员从我身边冒了出来。

"出什么事了？"我问道。

"出什么师了？"他在笔记本上写道。

"什么事。"

"什么诗？"

"什么事，什么事，什么事！"我大叫着，抓住他的喉咙掐了起来。

"哦，"他写道，"火灾。"

"这我看得出来。怎么发生的？"

他写道："消防队员告诉我可能是大量含有硝化纤维素的胶片因今天的过高气温自燃，再加上英戈家里电路中断，没有空调制冷。"

"这是消防员告诉你的？"

"对。"

"你听懂了？"

"什么？"

"你能听懂？"

"对。"

"一次就听懂了？"

"什么？"

我丢下他，走进英戈已成空壳的公寓。那部杰作已经灰飞烟灭，我的未来也化为乌有。我在湿漉漉的灰烬中双膝跪地，号啕大哭，既是为了人类，也是为了我自己。或许，这件艺术作品本能给我们带来其他所有作品都难以企及的影响：让人类团结一心，让我们看到自己最美好的一面，它能带领全人类朝共情悲悯进发。我确定，这部作品的确将我引向了悲悯，至少走完了七分之一通向悲悯的路程。就在这时，我在碎石堆中发现了一帧胶片。单独的一帧。我伸手拿起胶片，举向窗户原本所在的地方，对着射进来的阳光。简直是奇迹中的奇迹，在这部每帧镜头我都喜欢的电影中，这是我最喜欢的一帧镜头。没有上下帧做对比，画面看起来好像没什么特别，只能算是有点意思：这是一个年轻女子的中镜头特写，她戴着红色的钟形女帽，背对着镜头。在画面的左端，一个柔焦中的小男孩在远处看着她。透过他惊喜的表情，我们能猜出她是个让人无法抗拒的美人。的确，她的脸在整部影片中都没有出现。我们曾多次从这个角度看到她，她总是戴着那顶红色的钟形女帽，总是被某个远处的人物端详着。我们渴望看到她的脸，想要让她转过身来，无论是靠蛮力还是靠引诱，但不消说我们做不到。就如我们永远也无法目睹上帝的真容一样，我们永远无法一睹这个必定超凡脱俗的姑娘的面庞。

这单独的一帧画面虽然不够，却涵盖了一切。这是一粒种子，我重塑的电影将由此而生。在一部出自真正天才之手的完美电影中，每一帧画面都是完美的，与前后两帧画面衔接得天衣无缝。只需循序渐进地朝前后两个方向逐帧计算出相邻的完美画面，将"接下来是什么"问上 186624000 遍，我便可以把这部完美的电影复原出来。哈哈，这谈何容易！但终归是可能的，也是可行的。毕竟，在一部动画电影中，没有任何随意存在的元素。每一滴雨的大小、下落的速度、落下的地点，都是英戈所做的选择。我要追寻他完美的步伐。计划！我有个计划，但在此之前我必须痛哭。沉浸在这件事带来的震惊与恐惧之中，我已经忘记了为我本人和整个世界因此面临的巨大损失哀悼，虽说在我让这部电影名满天下前，我是世上唯一一个知道该为之哀悼的人。我是唯一一个知道我们失去了什么的人。因此，我独自一人痛哭流涕。我毫不掩饰，在这炭黑的房间里，在公寓管理员的面前，或许也在葬身火海的英戈的魂灵面前。他的作品在瞬间灰飞烟灭，而对于这场火灾，电影中早就埋下了不祥的伏笔。在电影中，英戈用动画展示了 1937 年福克斯电影公司胶片仓库的火灾，也再现了同样令人扼腕的 1967 年米高梅电影公司胶片仓库的火灾，在这些灾难中，无数重要的电影胶片毁于一旦，其中包括无人能及的天才少年托德·布朗宁关于催眠术的杰作《午夜伦敦》。在片中，一位催眠师对他人进行催眠，逼迫他们犯下谋杀或其他罪行[1]，我记不太清了。我从没看过这部片子，因为它唯一的拷贝在1967年的大火中被烧毁了！另外，我也从未对布朗宁有过什么兴趣，所以不管怎样，我是不会看这部片子的。

但是，鉴于这部电影后面发生的剧情，催眠师的出现当然还是很有趣的。其中包含着某种一致性，不是吗？我对此深信不疑：这部电影和我的人生情节重合，简直巧合得惊人，不是吗？二者就像是游乐园中的两面哈哈镜，互相映出彼此的影像，仿佛永远争执不休，为的只是在形态上占取毫无意义的上风。谁才会胜出？是屈身的虚构，还是伸展的现实？抑或当你在大脑中翻来覆去地思考这个问题时，问题本身就已变得意义全无了？到底什么才是真实的？我真的存在吗？我是某人虚构出来的角色吗？还是自己臆想的产物？是不是有人在我创造别人的时候创造了我？我们这些被创造者和创造者，是否在所有时空中曲折前行？这些都是在想到英戈时浮现于我脑海的问题。到底是英戈创造了这部电影，还是我将会在复原电影的过程中创造它？再创造是否才是真正的创造？如果是这样，那么我们是否可以一劳永逸地证明再创造是先于创造的？时间的顺序已被扭曲。

一片漆黑。一声心跳。两声，不，是三声心跳。其中一声洪亮而迟缓，另外两声低沉而迅速。红光突然闪过，五脏六腑闪现在屏

---

1 《午夜伦敦》讲述的其实是一位侦探假扮吸血鬼，并通过催眠他人破案追凶的故事，导演布朗宁在拍摄这部电影时也并非"少年"。

幕上，然后又回到一片漆黑。一阵雷声，距离很近但模糊低沉。潺潺的水声传来。这是在管道里吗？我在哪里？红光又一次闪过，我看到了一个婴儿，紧接着是另一个。然后又是漆黑一片。接下来又是一阵雷鸣。我猛然意识到：我在子宫里，在暴风雨中。虽然听不到声响，但我仍想象着雨点打在屋顶上的嗒嗒声。我听到了一个女人的呻吟，那么远，又那么近。我的猜想得到了证实。

*

爱德华·马德（绰号"巴德"）和他的孪生兄弟埃弗雷特·马德（绰号"戴德"[1]）出生了。埃弗雷特当天就夭折了，这让他的母亲肝肠寸断，再也没能恢复过来。这给巴德带来了巨大的罪恶感。母亲为双胞胎做了一模一样的衣服，满心期盼能用双人婴儿车推着他俩到处逛。在巴德的整个婴儿时期，母亲总是一次性地给他穿上两件衣服，还把他一人放在这巨大的童车里到处推着走。她给他讲述他在天堂的兄弟的故事，坚称他永远处于完美的新生儿状态，却有着所罗门王般的智慧。除了深感罪恶之外，马德还觉得自己并不完整，他用尽了整个童年，想要找到那个唯一的完美兄弟。他那急切的热情和无法餍足的需求，让本能成为玩伴的小朋友对他避而远之。因为无法忍受母亲的否定、不可抚慰的失落以及捉摸不定的情绪波动，他在13岁的时候离开家，加入了一个杂耍剧团，在那里干些杂活，还在史密斯和戴尔[2]著名的百货商店小品中扮演男童假人模特。很快，马德就因为他那"令人钦佩的僵硬肢体"受到了媒体的关注，而史

---

1 "巴德"和"戴德"这两个名字在英文中分别与"萌生"和"死亡"谐音。

2 史密斯和戴尔：美国著名歌舞喜剧二人组，两人搭档的时间长达七十载。

密斯和戴尔则因他吸引了过多的关注而解雇了他。

他效仿拉米洛和奥尔加·德斯蒙德，试图以人体模特的身份寻求演出机会，并用身体演绎"栩栩如生的活人画"：庚斯博罗的《蓝衣少年》、卡拉瓦乔的《捧果篮的男孩》，还有劳伦斯·卡迈克尔·厄尔的《荷兰男孩画家》。但是，在重现毕加索的《牵马的男孩》时，他不得不在舞台上赤身裸体，还要准备一只（同样赤身裸体的）马匹标本，届时警察因"涉及人畜不伦行为罪"对剧院进行了突击搜查，马德也因此失业。除了僵直地站在那里，他没有任何拿得出手的才艺，便在街上游荡，敲开各家戏院后台的大门，想谋一份差事。马德遇到了莫洛伊，这个身材臃肿的男孩有一部还算成功的单人小品，他在里面扮演一个慌慌张张、摇摇摆摆的人，但最近他却担心这些桥段没有前途可言，怕观众终将对这套笑料失去兴趣。

在 42 街上，心神不宁、身材浑圆的莫洛伊几乎跟沉默寡言的马德撞了个满怀，两人都摔倒在地。两个男孩由此爆发的争吵引得路人拍手大笑。马德意识到，两人在戏剧表演上的结合或许能够带来巨大的成功。他向茫然的莫洛伊提出了这个建议，而他们持续终生的合作也由此拉开了帷幕。不仅如此，曾经孑然一身的马德现在拥有了一个朋友。马德发现莫洛伊是个天生的喜剧人：诙谐、幽默、有创造力，命运终于让他找到了自己的使命。两人合作的前五年，他们的所有短剧都以莫洛伊无意之间与马德相撞、一起摔倒在地收尾，这是对两人最初相遇的一种演绎。

与一尊"活雕塑"合作，似乎充满了可能性。躁动的莫洛伊和静止的马德相得益彰。他们设计了一出短剧，其中扮演雕塑家的莫洛伊头戴贝雷帽、身穿画家罩衫、打着女式衬衫领口蝴蝶结，在一块大理石上狂躁地雕琢着，直到马德的形态从石头中浮现出来。

"嘿，我本想雕个女人出来！"莫洛伊说。

"谁不想呢，伙计？"雕像说。

莫洛伊向后一跃。

"你能说话？但你没有生命呀！"

"卡尔文·柯立芝[1]也是，但他混得不错嘛。"

这出短剧大获成功，两人就这一主题进行了多种发挥：稻草人与农民，看守王宫的护卫与游客，还有卧床不起的病人与医生。

*

在陆军野战医院醒来时，我已卧床不能动弹，老态龙钟的艾伦·艾尔达[2]化着中年"鹰眼"皮尔斯的妆容。

"这是怎么回事？"我问道。

"一颗钟乳石砸到了你的头上。"艾尔达说。

"你是艾伦·艾尔达。"我说。

"没错。"他很高兴被人认出来。

"我更希望唐纳德·萨瑟兰[3]来照顾我。"

"条件有限，你将就吧。"他说。

"我昏迷多久了？"

"三个月左右。"

"战争呢？"

1　卡尔文·柯立芝：美国第三十任总统，1923年到1929年在任。

2　艾伦·艾尔达：美国喜剧演员，在电视剧版《陆军野战医院》中扮演男主角——军医"鹰眼"皮尔斯。

3　唐纳德·萨瑟兰：加拿大演员，在电影版《陆军野战医院》中扮演"鹰眼"皮尔斯。

"还在肆虐。"

已经老气横秋的迪什护士从鹰眼身边走过时,他捏了一下她的屁股。她咯咯一笑,回头挑逗地看着他。他跟在她的身后,迈着那标志性的格劳乔·马克斯[1]式步伐。

战营广播系统中传来一则通知:

"向您介绍劲猛餐厅政府。政府代表人民利益的时代是不是该降临了? 在劲猛餐厅,我们将用一直以来提供餐饮的方式满足您的需求:快捷、新鲜、面带微笑。"

我躺在伤兵中间,努力整理自己的思绪。

*

英戈认为,当今世界上的所有悲剧或许都是"月亮之子"带来的。波鲁克斯·柯林斯的失明、众所周知的神秘出身、敏锐的感知力,以及那仿佛与生俱来的江湖骗子特质,构建出了一场完美的风暴,为一桩蓬勃发展的"弥赛亚生意"创造了条件。卡斯托尔温顺、谦卑、羞愧,被自己的失明和强加的名声所束缚,而波鲁克斯却将包括他兄弟的局限在内的一切条件利用起来,以证明自己的神圣。迈克尔·柯林斯分别给他俩取了一个恰如其分的名字:波鲁克斯是宙斯的儿子,而他的兄弟卡斯托尔却只是一介凡人。虽然有传言表明,波鲁克斯·柯林斯的原名是卡斯托尔,他了解到神话故事后便偷偷强迫兄弟改用卡斯托尔的名字,自己用了波鲁克斯。故事继续发展下去,家人完全没有意识到两人互换了名字。当然,这些流言早已

---

1 格劳乔·马克斯:美国喜剧演员。

众人皆知，无须观看英戈的电影也能知道。英戈所做的，就是深入这两块"文化试金石"的大脑。提及这对兄弟，每个人都有自己所偏爱的一个。希望与哪一个结婚，也在很大程度上说明了你的人格，大众杂志上铺天盖地的"时事"评论文章就是这样告诉我们的。"卡斯托尔夫人派"大多尊崇个人主义，"波鲁克斯夫人派"则偏向法西斯主义。"卡斯托尔夫人派"对不确定性安之若素，"波鲁克斯夫人派"则住在非黑即白的世界里。"卡斯托尔夫人派"富有同情心，"波鲁克斯夫人派"则爱指手画脚。"卡斯托尔夫人派"欣然接受人性的脆弱，"波鲁克斯夫人派"则尖酸刻薄。"卡斯托尔夫人派"神经质，"波鲁克斯夫人派"反社会。我属于"卡斯托尔夫人派"，一直都是如此。生活在不确定性中，探索人类思维的沉浮变迁，敢于质疑，拿出勇气，似乎是件更困难的事。如果我是个活在纳粹时代的德国人，一定会成为白玫瑰组织[1]的一员，甚至成为其中最勇敢的领袖。

广播系统中传出另一则公告：

"在劲猛餐厅，我们的吉祥物锤子先生会时刻考虑你的最大利益。他要不断用爱之锤击碎你的悲伤。"

带着这具刚刚重生的身体，我在洞穴中徘徊，却无法回忆起上一具身体所记得的英戈电影的内容。巴拉西尼在纽约大爆炸中身亡，给我的工作带来了巨大的障碍，根据他的官方传记作者 T. 托马斯·特克勒克－惠勒提供的信息，巴拉西尼的办公室恰好处于原爆点，这让我产生了诸多怀疑。在现已满目疮痍的纽约都会区，想找到一个在点评网站上有不错评分的持证催眠师几乎难于登天。我觉

1　白玫瑰组织：纳粹德国时期著名的非暴力反纳粹组织，成员主要为慕尼黑大学的学生和教授。

得，从某种程度上说，整件事情造成的创伤让我在情感上自我封闭，变得更有戒备心，对危险高度警觉，对他人抱有疑心，所有这些都让我无法获得彻底忆起电影内容所需要的平静。一直以来（自从看过英戈电影的"新"版本后），我的目标就是将电影的新旧版本进行比较，判断哪个"更真实"，然后将调查结果公之于众。

或许，这部电影在当今世界上已经无足轻重，或许英戈的杰作对于一个封闭在洞穴里的社会已无关紧要。或许，就像那些在"劲猛餐厅洞穴"上烹鱼课的年轻人所说，"我还有更大的鱼要炸"，但我认为现在的我们比任何时候都更需要英戈的电影，因为这部电影不仅向我们展示了现在的自己，还呈现出我们将来或许会有的样子。它呈现了我们曾经的样子、我们原本可能会成为的样子、不属于我们的样子，以及我们将来不会成为的样子。我想，它的确是一件非凡的艺术品，但我们该怎么办？我能帮上什么忙？又能做些什么？有一则题为《猴子和大黄蜂》的古老波斯寓言，或许能帮我阐述自己所处的困境：

很久很久以前，有一只猴子和一只大黄蜂，它们是最要好的朋友。

"你怎么能和大黄蜂做朋友呢？"羚羊问，"它一心只想着蜇你。"

"我们是朋友，"猴子回答，"所以它是不可能想要蜇我的。"

"这么说，你和它交朋友，只是为了不让它蜇你？"

"简单来说就是这样。"猴子说。

"这不是骗人嘛，"羚羊说，"也许你才是真正的恶棍，而不是大黄蜂。"

"我从没说过它是恶棍。根本没有人提过恶棍这回事。"

"或许你才是恶棍。"羚羊重复道，两只羊角挑衅地交叉在一起。

"我难道不是麦克斯·施蒂纳[1]式的理性利己主义者吗？"

"你是。"羚羊承认，它对这位猿类朋友（可惜它俩还不是最要好的朋友）有了更新且更深入的了解。

或许，英戈就是这个故事里的大黄蜂。

1　麦克斯·施蒂纳：德国后黑格尔主义哲学家，认为人都是利己主义者。

78

一声悦耳的乐音响起，标志着有新消息要宣布，好像是从我脑中发出的。

"劲猛就业中心：加入我们的团队吧。从餐饮服务专业人士到物理学家，劲猛餐厅都有合适的岗位提供给你们。无须为找工作踏破铁鞋，劲猛餐厅的锤子先生会帮你踏出一条路！把这条路踏得粉碎！"

我和英戈之间的友谊或许是自私的，但这也许仍能让世界上的其他人受益匪浅。我觉得，我必须继续挖掘对这部电影的最初记忆。我在我的劲猛手机上搜索本地的催眠师。整个洞穴中只有一位，名叫"伟大的洞洞"，专长似乎是帮人减肥。我给他打了一个电话。

"我是伟大的洞洞。"

说话的是个女人，这让我吃了一惊。我以为所有自称"伟大"的人都一定是男性。我真是十恶不赦。

"呃，你好。"

"你好。"

一声悦耳的乐音响起，我们两人都沉默了。

"劲猛大学：塑造未来，拎起锤子，一次改变一个大脑。"

"呃，你好，我要找一位催眠师。"

"你要减多少？"

"减？"

"体重。"

"哦。"

我等待着[1]。

"喂？"

"喂。"

"你要减多少体脂？"

"哦！你误会了，我的问题跟体脂无关。如果你一定要知道的话，我现在的体重很理想。"

"那你要干吗？"

"我失忆了，需要帮助。"

乐音响起："劲猛飞船：带我们飞向洞穴之顶！近距离观察双子座！半价优惠，整个三月均有效。"

"我的主要业务是帮人减肥。"

"是，我明白。"

乐音响起："劲猛手机：在劲猛餐厅，我们不生产智能手机，而是打造超级智能手机。为您带来劲猛天才手机，这款手机开拓创新、别出心裁、激荡脑力，为您省去拥有这些特质所必须花费的时间。除此之外，这还是第一款功能齐全的无人机手机，被美国最高法院授予人格。这款无人机开创性地探索了科达古土著人民趣味十足的

1　英文中的"体重"（weight）与"等待"（wait）发音相似，因此 B 误解了催眠师的话，以为对方是让他等一会儿。

841

凯尔波节，凭此斩获麦克阿瑟奖。"

"如果你购买减肥套餐，我可以在里面添加些记忆辅助治疗，但要额外收费。"

"我们可以只做记忆辅助治疗吗？"

"不能更换套餐内容。"

"什么？"

"不能更换。"

"我听清楚了，只是觉得难以置信。"

"大多数人都想要减肥。劲猛餐厅的食品算不上健康，别告诉他们这话是我说的。"

"好吧。那就做减肥和记忆辅助治疗吧。"

"好的。千万不要告诉劲猛餐厅我刚才说的话，不开玩笑。"

"我不会说的。"

"谢谢你。我在东石窟医疗大楼，你很容易就能找到，上面还有一个巨大的劲猛餐厅标志。带上你的'罪恶清单'。"

"你是说带给我罪恶快感的食物？"

"没错。"

"好的。"

我想，我不太相信伟大的洞洞，但脑中也浮现出了花生粒圣代、纽约欧索餐厅的番茄酱薯条，还有直接从罐里舀出的黄油。洞洞找到大显身手的机会了。

*

"你不饿。"她用催眠师常用的催眠语调说。

"对，我确实在路上喝了一杯劲猛鸡尾酒。"我说。

"即使没喝你也不饿。"

"好吧。"

"从现在开始，你再也不会拿食物作为爱的替代品了。"

"你是暗指我在哈密瓜上钻了个洞，然后跟瓜做爱的事吗？这事我只做过一次，而且话说回来，你是怎么知道的？"

"生鲜品区域的摄像头能培养出品行端正的公民。劲猛餐厅要在水果区监视你哟！"

"他们真有这样的口号吗？"

"这是新口号，还在试用阶段。"

"好吧，我们现在可以开始记忆治疗了吗？"

"好吧。"

伟大的洞洞从书架上拿出一本书，名为《想起来了：通过催眠后的暗示来记起遗忘之事的艺术》。她翻读了一小会儿，我看了看手表。

"好嘞，"她终于张口了，"所以在我看来，具体的方法应该是，我要为你创造一种催眠后的暗示。暗示会与周围环境产生相互作用，让你捕捉到闪现的回忆。"

"好的。"我说。

"费布拉，提布拉，"她阅读着书上的某条咒语，"记住阿拉莫[1]，记住缅因号[2]/ 记得用牙线，记得伤与痛 / 周围的世界里，有你求索的答案 / 向内挖掘你的心，向外探索别洞天。"

1　记住阿拉莫：1836 年圣哈辛托战役中得克萨斯军队与墨西哥人作战时所喊的战斗口号，意在提醒士兵们不要忘记阿拉莫之战中的耻辱，向墨西哥人复仇。

2　记住缅因号：美西战争中美方军队的战斗口号。1898 年，美国战列舰缅因号在西班牙控制的古巴哈瓦那港爆炸，由此导致了美西战争。

"就这？"

为了确认，她又把文字读了一遍。

"哦，等等！"她一边说，一边用双手夸张地比画了几下。

"对，应该可以了。"

我满腹狐疑，因为这感觉不像是催眠，而更像是下咒，但是治疗的时间结束了。结账后，她把我领了出去。

*

《喂，伙计们，我可不只是个给运动员递毛巾的球童》

导演贾德·阿帕图接受世界的本来面貌，而不是将世界强行解读为他理想中的样子。正因如此，他一直是电影圈幸存至今的最重要的声音之一。无论是火烧后枯萎的手臂，还是被钟乳石砸塌的头骨，都几乎没有降低他惊人的产量，没有磨平他犀利而文雅的才思。这部影片的故事虽然引人入胜而鼓舞人心，但从某种程度上来说是无关紧要的（就像阿帕图的所有关节都已经不紧了一样）。作品真正展示的其实是人性。劲猛队中递毛巾的球童是一个智障儿童，也恰巧渴望在将来成为一名智障喜剧演员，他把人生中的第一个笑话讲给了球队中锋琼斯（扮演者是无与伦比的非裔美国演员特伦斯·P.苏利文·P.杰克逊·吹牛老爹），琼斯报之以纵情的大笑，这让观众们立刻意识到，我们之间的差异其实不值一提。话说到底，我们毕竟都是凡人，都生活在洞穴之中，寻找着彼此之间的联系。琼斯此时的发言撼动了我的心："听着，巴里，你和我，我们并没有那么不同。我们都希望出人头地。我打我的篮球，你玩你的弱智喜剧，但是我能听懂你的笑话，你也能欣赏我的投篮。你知道吗？同心协力，我们能够改变整个洞穴。"还有一个段落：约翰逊教练（他会偶尔吸食偷藏在钟乳石后的大麻，真是个可爱的习惯）发现结婚二十年的妻子患了绝症，但当天适逢王牌选手达瑞尔的生日，因此他把悲伤藏在心里。达瑞尔住在一所耶和华见证会孤儿院（"敲敲[1]孤儿院"）里，那里不庆祝生日[2]，因此男孩们一起凑钱，给他买了一个生日蛋糕，还报名参加了歌唱课，合唱了一曲精彩的多声部版《生日快乐歌》。抑或是这个段落：班里的窝囊废"粑粑裤"终于鼓起勇气，邀请全校最聪明的女孩梅兰妮参加冬季舞会，却遭到了拒绝。梅兰妮后来于心不忍，又选择了答应，结果却被一辆汽车撞死了。粑粑裤脸上的绝望简直能与法尔科内蒂[3]演出时的表情媲美，他意识到，继续梅兰妮的研究工作、治疗艾滋病的重任落在了自己身上，而电影史上最伟大的一次转折也随之拉开了帷幕。粑粑裤因为自己的名字与父母对峙的场景，让人想起伯格曼电影中最精彩的对白——

"你们干吗给我取'粑粑裤'这个名字？"

"那是你祖父的名字。这名字配得上他，也就配得上你。"

"但这名字的意思是——"

"我们知道这名字是什么意思！"

---

1 耶和华见证会的信徒会挨家挨户地敲门，到别人的家里传教，因此在西方文化中有很多关于耶和华见证人敲门的笑话。

2 耶和华见证会不庆祝大部分与耶稣无关的节日，包括生日、母亲节、情人节和万圣节等。

3 玛丽亚·法尔科内蒂：19世纪末20世纪初法国女演员，代表作为《圣女贞德受难记》。

"这名字让我受了好多苦。"

"你觉得你祖父粑粑裤喜欢这名字吗？但他撑了下来，成了总统！"

"但——"

"但"，这个孤零零的字眼，或许要算是电影史上最伟大的台词，因为它巧妙地将人类万象包含其中。

游心于*淡*，而天下治矣。——老子。

即使知道明天世界将分崩离析，*但*我仍会种下我的苹果树。——马丁·路德

摄影从时间中提取一个瞬间，让这瞬间***静止不动***，从而改变了生活。——多萝西娅·兰格

我对我的灵魂说，***安静下来***[1]，耐心等待，但不要寄予希望，因为希望会变成虚妄。——T. S. 艾略特

（画线处加粗、斜体，用超大字体）

---

[1] 以上几处加下画线的词语，英文原文都是"still"，即粑粑裤所说的"但"。这个单词还有"安静""静止"等含义。

79

乐音响起：

"在劲猛社区诊所，我们保证在您到诊的十五分钟内，有一位合格的医疗顾问前来接待。我们明白，您在生病的时候，最不想做的事情就是在拥挤的候诊室里等候。在劲猛诊所，不让病人等得不耐烦，这永远是我们的头等大事。"

挖掘者想为军队挖掘出武器、药品、干粮等急需的补给，但她的天赋好像完全被用尽了一般。挖掘军损失惨重，对领导者失去了信心。挖掘者茫然不知所措。她第一次对上帝的存在心生疑虑。当然，她永远也不会像我们一样明白，这一切都是因为气象学家已经不在人世。

"劲猛餐厅欢迎所有挖掘军的加入。你们的领袖欺骗了你们，她没有得到神的启示，只是个被拆穿诡计的江湖骗子。为劲猛餐厅贡献力量，活动限时，届时劲猛餐厅的所有食品或商品一律半价：我们要挖走你！"

如电影般的回忆掠过脑海，那是马德和莫洛伊在谢利尔德的洞穴中飞来飞去、搅得尘土飞扬的画面。

"听着，我一直在思考——在外面采浆果的时候，我在山洞里发现了几台克隆机器。"

"好吧，所以呢？"马德问。

"如果我们克隆自己——"

"你想要咱们俩克隆自己？"

"我就是这个意思。如果我们克隆自己的话——"

"为什么要这么做？"

"我不正在说嘛。如果我们——"

"好吧，告诉我吧。"

"我这不正在告诉你嘛。"

"好吧。"

"如果我们克隆自己，然后用那台时间机器——"

"那台时间机器？"

"没错。用它把我们的克隆体送回我们出生的时候，然后——"

"我们有一台时间机器？"

"我采集食用菌的时候在山洞里发现了一台计算机，可以把东西传送回过去。"

"真能做到？"

"我觉得没什么做不到的。这台计算机附带简单的操作指令。"

"好吧。很好。我只有一个问题。"

"什么问题？"

"克隆体是什么？"

"一个人的基因复制品。"

"跟雕塑差不多。"

"不。"

"我指的是非常逼真的雕塑。"

"不，克隆人有生命。"

"就像咱们职业生涯早期我扮演的那种活雕像？ 老天，我竟也年少轻狂过。"

"不，是复制人，和真人完全一样，而且还会动、会说话。"

"跟充气娃娃一样。"

"不，更像是……双胞胎。"

"哦，好的，我觉得我懂了，就像我的孪生兄弟。他死了，还是婴儿的时候就夭折了。"

"是的，但克隆人是活着的。所以，如果我们把这些克隆体送回过去，他们就能长大，有机会把别人从我们手中夺走的喜剧成就夺回来。"

"谁说他们想成为喜剧演员呢？"

"他们会成为我们。我们想成为喜剧演员。"

"没错，但他们会在不同的环境中长大，这可能会让他们走上不同的道路。"

"我听不懂。"

"就是先天与后天的老问题。"

"再说一遍，什么问题？"

"那个老生常谈的问题：先天基因与后天教养。"

"这不是个问题。"

"你懂的，一个孩子的性格是天生如此，还是后天所致？"

"天生如此。"

"这是臆断。"

"我觉得喜剧之魂就在我们的骨子里。"

"这好像不合逻辑。"

"那你怎么解释毕加索、莫扎特、小约瑟夫·尤尔[1]的成就？"

"他们最终从事的行业，其中的技巧都是父亲传授给他们的。"

"例外能反证规律。"

"为什么不让他们留在我们的时代，亲手把他们培养成喜剧演员呢？"

"幽默已经消失了。真搞不清楚这个世界怎么了。如果喜剧很快被定性为禁演内容，我也不会觉得惊讶。"

"巴氏 451。"

"什么？"

"艾克·巴里霍尔茨是个喜剧演员。"

"没错。"

"听说过《疯狂恶搞电视》[2]吗？"

"怎么了？"

"是不是很像《华氏 451》？"

1　小约瑟夫·尤尔：好莱坞影星米基·鲁尼的本名。鲁尼的父亲约瑟夫·尤尔是喜剧演员，鲁尼从小随父母登台演出。

2　《疯狂恶搞电视》：福克斯电视台 1995 年开播的一档节目，对许多著名美剧进行恶搞。

"什么像？"

"巴氏 451。"

"呃，我还是一头雾水。"

《华氏 451》是雷·布拉德伯里的小说。"

"所以呢？"

"小说讲述了阅读在未来成了违法行为。"

"嗯。"

"而'巴氏'和'华氏'听起来很像。"

"嗯，算是吧。"

"你说过，未来喜剧会被明令禁止，所以我努力想出了一个有喜感的单词，放在 451 前面，说个关于禁止喜剧的笑话。'巴氏'是我能想到的最合适的词，至少是权宜之计吧。他毕竟是一个喜剧演员[1]。"

"好吧。这个话题说完了吗？"

"说完了，但我认为你的想法很危险。改变过去而不造成可怕的后果，这是不可能的。"

"你的断言有什么根据吗？"

"许多电影，还有'祖父悖论'。"

"什么？"

"过去一次小小的改变，可能给现在造成巨大的影响。不，等等，那是蝴蝶效应。祖父悖论是说，你无法回到过去杀死祖父，因为这样一来你就永远不会出生，也就不能回到过去杀死祖父了。"

"这跟我们的问题无关。"

1　"巴氏"（Barinholtz）一词与喜剧演员艾克·巴里霍尔茨的姓氏相同。

"所以你的计划不牵扯到杀死祖父？"

"不牵扯。"

"嗯，那就好，真让我松了一口气。但我们怎么知道自己有没有成功呢？"

"我们马上就会知道。因为一旦成功，过去的他们就会尽人皆知。"

"如果他们没出名呢？"

"那我们就继续将更多的克隆体送回去，直到其中的两个功成名就。"

"我觉得这种做法有个逻辑上的漏洞，但说不清具体是什么。"

"嘘，让我在你的脸颊上采点样。"

*

"你每买一个汉堡，我们就会向'盲人有声书'、'聋人纸书'以及'半身不遂者轮椅书'捐出 10 美分。在劲猛餐厅，我们关心您的困境！无论您是盲是聋还是半身不遂，都请来劲猛餐厅用餐，因为我们在乎！"

这里，这个地方，让我感觉精神沮丧。几天过去了，或许是几周过去了，我已经打了三通电话询问克隆体的情况，但对方还没有准备妥当。好像是什么泵出了问题。我独自坐着吃午餐，看着洞穴里的蚂蚁绕着几块掉在地上的劲猛餐厅意大利比萨饺碎屑打转。我一直都很钦佩蚂蚁的勤奋和集体精神。从很小的时候开始，我就一直研究昆虫，专攻蚁学。在哈佛大学，我还在伟大的爱德华·奥斯本·威尔逊[1]手下实习过。"你是一个了不起的年轻人,"威尔逊用他那一丝不苟的帕尔默斜体草书在我的哈佛同学录上写道,"你是我有幸指导的实习生中的佼佼者。在诸多伟人的引领下,你一定会在你所投身的任何领域取得长足的发展。我爱你。可爱的你,难以忘怀。小爱敬上。"蚂蚁堪称膜翅目昆虫中最迷人的成员,无疑也是最聪明的,但只是作为超个体[2]而言,因为这种智慧只能显现在整个蚁群中。让我们实话实说,作为个体的蚂蚁都是白痴,但事实证明,苏丹某个七十万只蚂蚁组成的蚁群,智商却比《大观》杂志的专栏作家玛丽莲·沃斯·莎凡特[3]还高。这些蚂蚁还在一场国际象棋比赛中轻松击败了鲍比·费舍尔。诚然,这要归咎于他的精神错乱,当时的他似乎更痴迷于刁难长得像犹太人的冰岛观众[4]。但是不管怎样,这些蚂蚁还是让人刮目相看!

"劲猛餐厅:只需一蹦、一跳、一探,就能立马到达。"

蚂蚁已经在地球上存在了将近两千亿年,几乎没有任何变化,因此被视为地球上最成功的物种之一。相比之下,智人只有区区一千五百年的历史。问题是作为人类,我们能从蚂蚁身上学到哪些长存的秘诀? 和人类一样,蚂蚁也是群居动物。它们以社群为单位进行思考和行动。个体所做的决定总是出于对集体利益的考虑。当然,它们也会在其他同类面前表现出挑衅好斗的一面,但这只是针

---

1 爱德华·奥斯本·威尔逊:美国生物学家,致力于研究蚂蚁和群居性昆虫。

2 超个体:指超越了个体的存在。群体中的成员将自己集体化,成为超个体,从而实现个体价值的叠加。蚁群是典型的超个体。

3 玛丽莲·沃斯·莎凡特:截至2008年吉尼斯世界纪录中智商最高的人,智商高达228。

4 美国天才棋手鲍比·费舍尔曾数次发表反犹言论,一度因无视政府的警告参赛而遭到通缉,晚年定居冰岛。

对自己蚁群之外的蚂蚁。这就是蚂蚁和人类的不同之处。人类是社会性动物，即使在自己的社群内，也会以敌对的心态对待彼此。这种个人的争强好胜，会让人类自掘坟墓。想要解决这个问题，人类就要像蚂蚁一样，生来拥有自己的社会等级。举例来说，在理想的条件下，一个人是不能选择成为一位影评人的——你要么生来是影评人，要么就根本别想。在这样的世界里不会有嫉妒。时机一成熟，我就会被赋予"《纽约客》影评人"的头衔，人们会看到我是整个电影行业的泰斗。其他人则生来是医生、体操运动员或制作帽模的工匠。我们每个人都将在自己具体的工作领域中为集体利益做贡献。像蚂蚁一样，我们还是可以对其他蚁群中的蚂蚁抱有敌意，但在自己的蚁群中，我们一片和气。我们绝不会认为自己是个失败者，因为人们不会对那些所谓的"低等职业"抱以期望（或失望）。所以举例来说，垃圾工也是一种受人尊敬的职——

天啊！电影的结尾！我现在想起来了！那一幕发生在一百万年后！当然了！主角是蚂蚁"算算"！当然！我记不起结局之前那一百万年的事情，那段时间仍是一片空白。说不定，在不断回忆这最终章节的过程中，我便能够填补这段巨大的空白，或至少把碎片拼凑在一起。作为一位影评人、电影专家、制作人、已故的约瑟夫·坎贝尔[1]的密友（当然是在他还活着的时候，哈哈！）、逆向观影的发明者以及唯一的实践者（或许吧），我相信自己具有足够和独特的资格，以逆向的方式重新构建一个故事，就像我刚刚重新忆起的好友算算所做的一样。这只非同寻常的蚂蚁和我之间有着如此之

1　约瑟夫·坎贝尔：美国作家、神话学研究大师，其神话学理论启发了众多好莱坞编剧。

多的共同点。

就这样，英戈电影的结局完完整整地浮现在我的脑海中。在这个名为"人脑"的庞然巨物之中，这段回忆究竟一直被埋藏在哪里？又是怎么被埋藏的？我没有答案，但这段回忆的确在。这一点我确定。洞穴里所看的那部电影是假的，是谎言、骗局，是误导、声东击西（但目的是什么，又由谁人操控？）。这就是那部电影的全部内容。没错，缺失的部分还有很多，还有长达一百万年的内容没被记起，更遑论那些在电影主线中始终共存着的迷惑与矛盾的瞬间，还有时间空缺这些杂七杂八的东西，但是在我对自己生活的记忆中，这些矛盾和缺失同样存在。或许，这正是英戈在电影中想要表达的，这就是人类思维的混乱，而不仅限于我。抑或这的确仅限于我，那么这部电影就是针对我一人拍摄的，但在我最近看过的"空白"版本里，英戈不是说过，在我之前还有别的观众吗？他难道没有暗示在我之后也可能会有其他观众吗？所以我真的说不清。但我知道：结局就在眼前。所以我或许可以对剩下的内容进行倒推。目前来看，我掌握的信息有以下这些——

80

这部电影在一百万年后的未来结束。人类早已灭绝，一只超智能蚂蚁成了统治地球的生物。只有这一只蚂蚁，其他的蚂蚁则跟现在愚蠢、普通的蚂蚁没什么两样——我并不是说蚂蚁愚蠢，就像我刚才说的，蚂蚁无疑是一种神秘而非凡的昆虫，但是这只非常聪明的蚂蚁不仅懂微积分和积分，而且能飞，飞的方式也与飞蚁不同。这只蚂蚁能乘坐亲手搭建的喷气式飞机飞行。哦对了，这只蚂蚁有手。有四只手和两只脚。虽然地球上其他生物的智商还不足以理解名字的含义，但不知为何，这只蚂蚁给自己起名"算算"（是不是跟它的微积分知识有关？），还统治了整个地球。尽管它一手遮天、家财万贯，但仍然感觉非常孤单，因为没有谁能与它分享蚁生。有一段时间，它和一只它取名叫"贝蒂"（并深爱着）的雌蚁一起生活，但贝蒂不明就里，一心想要回到自己的蚁群，不断往豪宅的四壁上撞。最终，它选择了让贝蒂离开，一边听着保罗·西蒙的歌曲，一边目送贝蒂远去，那首歌好像是《你可以叫我艾尔》，回想起来，电影里好像用的是这段歌词：

如果你做我的保镖

我就做你失散多年的老友

我可以叫你贝蒂

贝蒂，当你叫我的时候

你可以叫我艾尔

据我所知，这首歌剩下的歌词并不适用，因为这只蚂蚁的名字是"算算"，不是"艾尔"，甚至不是"艾算"。言归正传，贝蒂走了，留下孤苦伶仃的算算。它读书、看脑视、仰望星星，惊叹于宇宙的浩瀚。它在自己的实验室里工作，发明了永动机和各种药物来造福人类，我是说蚁类。

它发明的一种药物具有非凡而神奇的特质，可以让服用者穿越回过去，至少它是这么认为的，因为在周用药盒里的"周二"一格，它发现了一粒胶囊，但这粒胶囊是它在周三发明的。第二天这粒胶囊又跑到了"周一"一格。"这怎么可能？"大吃一惊的算算惊呼道。它打开胶囊，想看看里面的药粉，但药粉瞬间消失不见。

"难道是消失在过去了？"它又一次大吃一惊，又一次惊呼出来。

它查看实验室里装胶囊的罐子，里面的胶囊也不见了。

"难道是消失在过去了？"它再一次大吃一惊，再一次惊呼出来，"我做了什么？ 更重要的是，我的药是如何影响了过去呢——如果它真的影响了过去的话？"

算算的问题让观众对整部电影进行了重新的思考：算算的时间旅行药物对过去造成了什么影响？ 电影此前剧情中一些让人摸不着头脑的元素现在是更加明晰，还是更让人困惑了？ 抑或一如既往、没有变化？

"我能存在于这个时空，"算算心想（它只是在心里暗想，但加上了蚂蚁的画外音），"是否就是因为我把这种药物送回了过去？我创造的过去是否造就了现在的我？我必须仔细阅读我那海量的日记和图表，看看有没有什么提及逆向穿越化学药剂的内容。"

算算很快就在三天前的日记中发现了一条有趣的记录：

"真奇怪，"它写道，"在我的朋友，也就是在其他的蚂蚁之中，好像爆发了一种前所未知的疾病，症状与流感类似，伴有轻微的恶心呕吐感。我不确定病因是什么。症状似乎并不严重。或许我应该回到实验室去研究治疗方法，以防大家的症状在日后恶化。"

这就是它研究这种时间穿越药物的原因吗？真是让人难以置信。我不敢相信，算算也不敢相信。

在一篇四天前的日记中，它写道："在我的一部分朋友之中，似乎爆发了一种流行病：严重的流感症状、剧烈的恶心呕吐感，偶有死亡病例。我必须着手配置一种解药了。"

更早一天的日记中写道："出了什么事？不知从何时开始，骇人听闻的流感症状和极度剧烈的恶心呕吐感此起彼伏，我的朋友大批死亡。解药！解药！动脑子呀，算算，快想办法！

再往前一天："我所有的朋友都死了。为什么？怎么会这样？是怎样可怕的疾病夺去了它们的生命？要是我手头有解药就好了！"

再往前一天："我的朋友突然都复活变成了僵尸！我不知所措。是否应该发明一种药物呢？有什么意义？僵尸症能被治愈吗？这种病是叫'僵尸症'吗？现在根本没有时间去查阅我编写的词典！它们马上就要对我展开进攻了！我几乎已经走投无路了。"

再往前一天："我的蚂蚁同胞们毫无征兆地变成了僵尸，把我的宅邸烧着了。事已至此，什么都是徒劳。要把房子重建起来吗？还有什么意义？我已经满盘皆输。"

真奇怪，算算沉思，毁灭是逆向发生的，朝着过去发展。我的宅邸今天还安然无恙，昨天却已被烧毁。我到底打造出了怎样的炼狱呀？

它翻看了九天前的日记："整个小镇都被一群僵尸蚂蚁烧毁了！它们到底是从哪里来的？我所有的文件都被烧着了！"

它的日记在九天前停止。它永远也找不到答案了。

算算号啕大哭，然后在洗衣单的背面狂写起来。我们通过画外音听到了它的想法："我已经找不到更多的记录了。我永远也无法得知事情的原委。或许我可以给自己发明一种穿越时间的交通工具，让我看看'空气狂犬病'（这是之前的我给这种病取的名字）将会对过去的世界产生什么影响。但这样的交通工具是不可能造出的。我无法回到过去［除非我是（曾经是？）空气狂犬病毒（或许吧）］。时间旅行违反了一切物理法则，也违反了三姐段定律[1]。我们只能前进，并庆幸我没有在下周发明出空气狂犬病，因为如果我真的做过这种事，那么本周这个世界将会变成面目全非、满目疮痍之地。然而，在向前进发的过程中，我不得不回顾即将到来的过去。一种已经灭绝的神秘哲学生物说过这么一句话：'想要理解生活，必须向后看，想要过好生活，必须向前走[2]。'事实证明，这是这种古老生物留下的

---

1 应为三阶段定律，由法国哲学家奥古斯特·孔德提出，认为知识与社会的发展要经过神学、形而上学和实证三个阶段。
2 这句话出自丹麦哲学家索伦·克尔凯郭尔。

唯一痕迹，除此之外，我们对其一无所知。我们猜（其实是我猜），它们是一种拥有笔的生物。空气狂犬病的命运又会如何呢？它是否曾随着时间的推移而进化？当然，想要确切知道答案是不可能的。你可能会推断，未来不曾存在'逆时属'（这是我现在对它时间属性的称呼）的掠食者，因此它无须为自保而曾经在未来进化。或许，它们曾在未来经历进化，是因为出现了食物短缺的问题，但当下的蚂蚁并没有面临任何短缺，因此我觉得问题不在这里。或许，基因突变将在过去造就不同的空气狂犬病毒株，而这些毒株展开了内部竞争。我想，逆向的世界一定会变得面目全非。我想起了另一个神秘古生物'瓦尔特·本雅明'的一段文字，它似乎也用一支笔写下了这段话：

他双眼圆睁、嘴巴张开、双翅伸展。这就是人们对历史天使的描绘。他的脸转向过去。我们眼中的一连串事件，在他看来却是一场灾难，这场灾难不断堆起尸骸，抛在他的脚前。天使想要留下来，唤醒死者，修补那破碎的世界。但一场暴风雨正自天堂袭来，猛烈地吹袭着天使的双翅，使他再也无法将之合拢。这场风暴不可抗拒地把天使刮向他所背对着的未来，而他面前的那堆残垣却逐渐朝天际越堆越高。这场风暴就是我们所说的进步[1]。

"我试着预言我创造出的可怕病毒的轨迹。我该怎么才能知道

---

1 这是瓦尔特·本雅明对保罗·克利画作《新天使》的评述。

未来曾经发生的事情呢，又该如何说清空气狂犬病毒将怎么在过去发展？是呀，在一个传统因果体验被扭曲［就像一个女（没错，女）跑者被扭曲的脚踝］的世界里，我又该如何知晓这种朝着过去坚定进发的生物所看到的世界样貌？这仅仅是一个生物逆时生长（注：这个电影创意很有趣！务必深挖！）的世界，还是一个超乎想象、完全不同的世界？这种迎着我们称为'时间'的可怕洪流逆流而上的生物，又具备哪些必备的特质呢？坚韧、毅力、适应能力，以及冷酷无情。没错，对于这种生物来说，摧毁蚂蚁群落，只不过是它们不带感情的生存需求的投射罢了。天地无情，会在必要时夺取特定对象的性命，会在必要时对特定对象虎视眈眈，或对特定对象躲闪回避。但是，在另一个方向上行进，逆时而上，这该是一种多么奇特的体验呀。举例来说，在这样一个世界的旁观者看来，一个生物掉进洞里的景象一点也不可笑。相反，这个从洞里'升起'的生物看上去几乎带有神圣的光芒，仿佛耶稣死而复生，上升到父亲（哦，老爸）身边本该属于他的位置。在这样一个现实中，幽默还有立足之地吗？在逆时行进的人眼中，那些在我们看来神圣的事情说不定会显得既荒谬又可笑：想象一位心地良善的圣人让健康的人罹患疾病，或是某位神仙将闪电收回掌中，把造成的破坏一笔勾销。想象一群高谈阔论的'可怕'的飞行机器人将致命的激光光束吸进眼中，仿佛它们是自己把自己整傻的。这些从我那膨胀得异常巨大的脑袋中蹦出的愚蠢例子，勾勒出了一个截然不同的世界。这或许是因为，这样的现实将人的本性和审美彻底摧毁，使得回避和失明成了一种必要，成了一条通往某种自我防卫的迂回之路。在我的想象中，这就是那些不断繁殖的空气狂犬病毒朝着时间开端狂奔而去的画面。或许，它们化身成为现实中的天气，抑或是某种迄今为止无人知晓的模拟信号，旋转着、咆哮着、飞溅着、摧毁着倒退而去，不为向前跋涉的世界所见，藏身于光天化日之下，不断发展壮大，最终成为一个动态的系统，在开端处将整个世界覆盖。这一切都只是猜想，是一只老蚂蚁为打发时间而讲给自己听的愚蠢故事。对于自己永远也无法知晓的事情，你能做的只是愚蠢地幻想罢了。虽然如此，我仍然幻想不止。我从空气狂犬病的起源开始，在时间长河中一分一秒地前进，随着空气狂犬病逆着'时间之矢'[1]离我远去，每一个瞬间裂变成两个，我将人生剩下的短暂时间浪费在空想上，构建出一种我永远无法证实的可能性、一套我永远无法验证的理论。但现在，对于孑然于世、无法与同类交流的我来说，还有什么可做的呢？我就像是一个玩木偶的小孩，在一个雨日的午后自娱自乐地编故事。

"对了，还有一个问题，蚂蚁为什么会变成僵尸呢？"

*

我对于影片这一幕的回忆被脑中一连串纷扰的思绪打乱，这些思绪仿佛是被许多吵吵嚷嚷之人植入我脑中的，其中只有一丝出自马乔里·晨星之口：

不要相信其他人！

不要让别人嘲笑你！

———————————

1 原文为希腊文。

捍卫你自己的利益!

没有人像你一样受得了如此多的苦难!

洞穴里有这么多的苦难,你没有权利叫苦叫累!

许多人比你苦得多呢!

尽享劲猛餐厅!

不要被任何人玩弄于股掌!

让他们刮目相看!

别忘了来个劲猛汉堡!

其他人都在盘算着玩弄你呢!

看看她有多美!

看看他有多帅!

看看他们有多成功!

听听这首歌吧:"洞穴真美好,爱就是答案 / 身体自己负责,别被癌症盯上 / 你必须记住——"

来劲猛餐厅享受美食吧!

舞动起来!

试试这毒品!

别碰毒品!

宗教只是谎言!

异族一心只想摧毁你!

嗯——尝尝这个!

你可真丑!

看看这段脑视!

天啊,那孩子真是个天才,但你不是!

你是不是委屈得想哭呀？

看看这条狗有多可爱！

人人都在嘲笑你！

狂轰滥炸结束了。我周围的空间里充斥着特朗克人、单词、罗森堡人、烟雾、糟糕而荒谬的想法和评论。所有的一切都在被人点评、分析、憎恨、热爱、重新反刍给我们，反反复复、不断叠加、不停复制、自我循环、重复规律、发出回响，但至少我脑中的声音已经足够小，能够让我回到对英戈电影的回忆之中了。

有人跟我撞了个满怀。上帝啊！是上帝吗？在这么浓的烟雾中我看不清，但有人狠狠地撞了我一下，跟我想象中被耶稣狠狠撞了一下的感觉相同。说实话，这是件好事。这是一次充满了悲悯的碰撞。对方是个留着胡子和长发的人或是什么东西。当然，谁又知道历史上的耶稣是什么样子、到底存不存在呢？没错，与耶稣同时期的约瑟夫斯[1]在作品中对前者有所提及，但他的作品并没有告诉我们太多关于这位"上帝"的事。不过，被撞了这一下，我还是感觉到了一种平静、一股瞬间涌上心头的喜悦。加入我们吧，我想他会这样恳求，而我则会嗤之以鼻。

我想要问问他，这些烟雾，是他用黑羊毛做的吗？

我想要问问他，但他已经走了。尽管如此，我依然感到平静。我很享受观察这滚滚而来的美丽毒烟的感觉，还有那仿佛撕裂了肋骨般的干咳，以及咳嗽和尖叫组成的猫儿叫春般的交响乐。这是黑

1　约瑟夫斯：公元1世纪犹太历史学家、军官及辩论家，代表作有《犹太古史》《犹太战争》等。

羊毛吗？没关系，美就行了。我想起了《醉汉看蓟》中的一段文字，作者是伟大的苏格兰现代派诗人休·麦克迪尔米德：

> 耶稣和一只无名猿
>
> 撞在一起，有了一模一样的形态
>
> 地球之上，哪个生物能幸免？

我刚刚体验到的是这样的碰撞吗？是不是每一次的碰撞都是如此？从某种程度上说，是不是每次碰撞都会形成所谓的上帝粒子？

81

在洞穴中，我试着躲开这场无处不在的战斗。在爆炸声、噩梦般的尖叫声和磨牙声之中，我几乎无法把注意力放在算算的身上。我的老板、《劲猛公报》的编辑在我脑中出现，他身穿背带裤，嘬着雪茄，命令我回到战场上报道战况。我好像从来没有见过他本人，全凭脑中想象。我不确定这个人是否真的存在。这么说来，他和历史上的耶稣很相似。尽管如此，戴着袖扣和绿色眼罩的他仍然显得很可怕。

"罗森堡，你为什么像一坨大便一样干坐在那儿？"

"对不起，头儿，我只是在琢磨自己看过的一部电影。"

"好了，给我打起精神来！战争已经打响了，孩子！你想让《特朗克军号报》抢在我们前头爆料吗？"

"不是的，头儿，我只是——"

"我可不想听你的娘炮借口！大家需要知道战争的进展。"

"好的，头儿。真抱歉。"

我的编辑回到办公室，"砰"的一声关上了我大脑里的门。在他的办公室外，一幅杜鲁门高举报纸、宣布自己赢了杜威[1]的裱框照片从我大脑中的墙上掉落下来，在我大脑中的地板上摔得粉碎。破碎的大脑玻璃溅得到处都是。

"我会回来的。"我对回忆中的算算低语道，然后向前走去。

到达目的地时，一切都静谧无声。我看到一个士兵背靠一颗石笋坐着，抽着烟，抬头仰望着洞穴顶部的钻孔组成的双子星北河三[2]图案。

"你好，兄弟。"我说。

"晚上好，先生。"

"今天的战局如何？"

"很惨。我的部队中已经死了五名战友了，但我不难过，他们是为自己深爱的国家捐躯的。"

"兄弟，你是为哪个国家而战的？ 你戴着法国军队的硬顶帽，我看不出来。"

"劲猛餐厅，"他说，"百分之百纯牛肉，百分之百爱国者！"

"你有什么话要对家里的亲人说吗，兄弟？"

"我爱你，玛丽·卢。我很快就会回到你的身边，而且——"

他的脑袋被炸飞了，我本能地跳到石笋后面找掩护。我浑身颤抖、惊慌失措，怎么也想不起他刚刚所说的深爱着的女人叫什么。真是太可惜了，他的遗言本可以为这篇文章画上一个完美的句点，洞里的每个人都会为之动容。我很确定他说的是玛丽莲。这种信息

1　1948 年，杜鲁门在选举中击败了托马斯·杜威，在成功当选美国总统后的一次公开露面中，他得意地举起印有错误标题"杜威击败杜鲁门"的《芝加哥每日论坛报》。
2　双子星由恒星北河二和北河三组成，又称卡斯托尔和波鲁克斯。

是我最不愿意搞错的，因为如果他的女友（或是妻子、女儿、男友、彼友）认为他的临终遗言是对别人说的，心里可能会不好受。但我几乎可以确定他说的是玛德琳，我决定就用这个名字。我在脑中把这篇文章和那位士兵的照片（当然是脑袋爆炸前的！）放在编辑的桌子上。他拿起来，看了看。

"干得不错，罗森堡。滚出去吧。"

我从石笋后向外看去。成百上千个处于睡眠状态的特朗克人盘旋在空中，通过连接洞穴岩壁插口的电线为电池充电。他们缓缓地上下浮动，就像浮标一样。这画面真有几分宁谧的意味。劲猛餐厅的首席执行官现在已经变成了巴拉西尼，只见他的影像被投射在一块巨大的电视屏幕上，他头戴一顶用盲文写着"盲目的信仰才是真正的信仰"的球帽，正在办公椅上安然入睡。透过安在洞壁上的扬声器，他的鼾声充满了整个洞穴。我小心留意着狙击手，任何一个还没有丢掉性命的战地记者都会告诉你，狙击手是从不睡觉的。在远处的某个地方，一位孤独的号手吹起悲戚的起床号，这似乎有点奇怪，因为我一直认为起床号的曲调应该是欢欣鼓舞的。或许这是对起床号的重新演绎吧，就好像有人会把一首节奏欢快的流行歌曲演绎得很悲伤一样。我向来喜欢这种演绎，当然，我说的可不是考夫曼那部糟糕的"中年白人男性致郁电影"《失常》里对《女孩只想玩乐》[1]的演绎。辛迪·劳帕演唱的原版是向女性（以及变性女）赋权致敬，而演绎版竟然对这一精神进行了嘲讽，简直令人发指。歌曲坚定不移地指出，女性（以及变性女）不需要男性（以及变性男）就

---

1 在电影《失常》中，女主角丽莎在男主角的鼓动下清唱了这首歌。

可以享受自己（以及变性后的自己）的生活，这首旋律优美的歌曲是对 20 世纪 70 年代女权口号的一种演绎，即"女人不需要男人，就像鱼不需要脚踏车"（何况这句话还是 20 世纪 30 年代伟大的美国电影演员艾琳·邓恩说的[1]！）。人人都知道，自行车对于一条鱼来说是几乎派不上用场的，因为：1. 鱼生活在海洋里，可以轻松游到想去的地方；2. 鱼没有腿，又怎能踩踏板呢？巴拉西尼被劲猛手机的闹铃叫醒，铃声是酷玩乐队的《催眠》。他昏昏沉沉地四处摸索，按下停止键，然后双眼茫然地看着镜头。

"早上好，我的美国同胞们，今天是个好日子，劲猛餐厅的产品全部特价，劲爆五折，当天有效。另外，今天也是拯救文明的好日子。记得吗，劲猛餐厅的目标就是为您服务，以方便的途径和合理的价格为您提供最高品质的商品和服务。我们的竞争对手可做不到这些。请扪心自问，为了获取这样的便利和价值，抑或为了保障像您一样的美国公民的权利，使他们能够对某个产品提出创意、像我们一样创建小型公司、努力扩大公司规模、通过辛勤和奉献等诚信手段获财富，为了这些权利，您愿意做出多少牺牲？您要问问自己：特朗克人的财富和发射激光的能力，是凭借努力奋斗得来的吗？他们是否跟我一样，是从卑微的催眠师或百老汇演员开始，一步一个脚印爬上来的呢？还是说，特朗克人只是由机器人制造出来的懒惰、臃肿的机器人，他们的存在本身就是对我们生活方式的一种冒犯？在劲猛餐厅，我们只雇人类，不雇机器人，让人类员工为您制作食物，运送产品，打造您的水上自行车、机器人，清洗您的——"

---

1 事实上这句话是澳大利亚作家、社会活动家和电影制作人伊琳娜·邓恩说的，而不是艾琳·邓恩。

这个时候，特朗克机器人已经自动关闭了睡眠模式，脱离充电插口，听起了巴拉西尼的演讲。他们异口同声地唱起了爵士风无伴奏纯人声版的《依帕内玛姑娘》，动听而无拘无束。我脑中的大门打开（我相信战场上其他人脑中的大门也打开了），一个貌美如花、身穿比基尼的特朗克人出现在眼前，轻摆美臀从我身边走过。他就是那位"依帕内玛姑娘"。老天，他可真漂亮。我已经完全听不到巴拉西尼的声音了。从特朗克人那温暖而肉感的身体上飘来的香气让我沉醉，那是香草味、薰衣草味、麝香味与老人汗味的混合气息。他勾起一根纤纤玉指召唤我过去。这个可望而不可企及的"女神"竟然在召唤我！我脑中那个"小小的自己"朝他走了过去。突然间，马乔里出现在眼前，她身穿一件半透明长袍制成的性感万圣节天使装，悬浮在我的头顶。我抬头看去，特朗克人也抬头看去。

"死对头。"他说。

"B，"马乔里柔声低语道，"在劲猛餐厅，我们关心你的福祉。我们会自动把美食送到你家门口，热气腾腾、美味多汁。在劲猛餐厅，我们拥有肥硕诱人的美臀，而不是那种靠吃肯德基胖起来的、巨大、沾满污渍的老年白人男性屁股。"

马乔里像电转烤肉架上的一只性感烤鸡一般在空中旋转，这烤鸡可比肯德基的鸡健康多了，她那令人惊叹的臀部尽收眼底。我又看了一眼向我招手的特朗克人，发现刚才的幻象已经消失了。在我的眼中，他又一次变回了那个让人性欲全无的东西。现在，我要忠于劲猛餐厅、忠于马乔里。一枚爆炸的迫击炮让我从对马乔里的幻想中惊醒，被扯回残酷的战争。距离我不过四五米的地方，是一堆血肉模糊的士兵，有的已经死亡，有的则在垂死挣扎，有的身穿《星球大战》中帝国冲锋队的服装，有的打扮成蝙蝠侠，还有一些装扮成神奇女侠。一位身材瘦弱、看上去可怜兮兮的家伙装扮成了魔术师曼德雷[1]，《鲍勃汉堡店》[2]里人到中年的鲍勃也在其中，我猜他那鲜血淋漓的围裙之下可能已是内脏横流。我给伤员拍照，也给死者拍照。这是我的工作，因为我是战争的记录者。事后在饭厅里，我不幸坐在了鹰眼和捕手约翰[3]中间，听他们用电视剧中俗套的方式插科打诨。我试着把今天目睹的惨状从脑中清除，好回忆起更多关于电影结局的内容。

*

我看到，算算在一个洞穴中挖了起来。是这个洞吗？是我所在的这个洞吗？我觉得我好像认得那边的钟乳石。对于考古的兴趣似乎缓解了它的孤独感，因为人生是一根漫长而无间断的链条，它是其中的一部分，在它死后，这根链条仍会延续下去，希望还是有的，这个想法让它感到慰藉，而我也有同感。它通过画外音解释道，这个洞穴是它挖出东西最多的地方。画面切换到一个平移拍摄的镜头，展示了它宅邸舞厅中堆得满满的各种尸骨化石和重新修复的动物标本。今天和往常没什么不同：它找到了一副头骨，来自一个新物种，其头盖骨之巨大前所未见。我们能看出这是人类的头骨。算算对头骨开口说：

---

1 魔术师曼德雷：美国同名漫画中的超级英雄，能够迅速催眠敌人，被认为是美国漫画中最早的超级英雄。
2 《鲍勃汉堡店》（又译《开心汉堡店》）是 2011 年的一部动画剧集，讲述鲍勃一家人经营汉堡店的故事。
3 捕手约翰：《陆军野战医院》中的角色，也是其衍生剧《捕手约翰》的主角。

"我的朋友，你到底是谁？我还从来没有见过这么奇怪的头骨。唉，可怜的魂灵，要是我能在你生前对你有所了解该多好。一种突如其来又深厚悠长的亲切感涌上心头。我们是否拥有相似的头骨构造，而这种相似性能够让我推测，我们拥有类似的智力和相近的世界观？我们会成为朋友吗，我的巨人，我的小豆芽？我那孤独的灵魂会不会在我们的互动中得到解脱？真希望如此。"

算算继续挖掘着，发现了越来越多的人类骨骼。它用巨大的蚂蚁之力（蚂蚁要比人类强壮一万倍）将发现的骨头一根根拖回了家。这一过程整整在屏幕上播放了五个小时。一回到家，它就将骨架组装了起来（时常七小时），然后又煞费苦心地进行了法医面部重塑（十三小时）。我在哈佛大学学过解剖学，发现这具骨架的梭骨[1]有点问题。梭骨是不是受了什么伤？算算那高度娴熟又极尽精准的复原技术也让我叹为观止。一经复原，这具骨架的面部与我的脸惊人地相似。

"我要给这迄今为止从未被发现的物种起一个名字：the Great Ache，大悲伤，它源于希腊语中的 'akhos'，也就是 '悲伤' 的意思。"

我重新回忆起来的这部分电影情节是如此惊人，简直让我茅塞顿开。

"对不起，"算算对头骨（我的头骨？）说，"我的潘通 489C 色号黏土已经用完，只能在你面部和颈部的左下部位用潘通 PMS2583 号黏土了。"

奇怪的是，不知是不是巧合，紫色的黏土刚好落在了我的葡萄

---

1 此处 B 把"锁骨"（clavicle）误写成了"古钢琴"（clavichord）。

酒斑胎记处。

"没关系。"记得在电影放映期间我曾这样说过，当时英戈已经去世，我独自一人坐在他公寓的硬背椅上。和当时一样，一阵因幡然顿悟而起的激灵顺着我的脊椎直流而上——是直流而上，还是直流而下？

"我这里倒是有一些植物制品，可以用来掩盖色素误差。我叫它'老头儿胡'，这并不是说你很老，我的巨人，它只是这种制品的俗称，我知道它的学名叫松萝。"

说完后，它从储物箱里取出一些毛发状的地衣，黏在重建好的脸部下端三分之一处。上次观影时，此景让我目瞪口呆，因为这就是我本人。毫无疑问，算算在一百万年后挖出的就是我的骨骼，我的头骨。这一切居然存在于我对英戈电影的回忆中，让我更加困惑不解。这一幕是英戈在我搬到他公寓对面后拍摄的吗？抑或他是凭借着超自然的预见力预知了我的到来？不管怎样，现在的我终于明白，为什么我首次观看这部电影后会有如此强烈的亲切感，因为我就是片中人。这部电影是关于我的。

"好了，"算算温柔地说，"说不定你生前的脸上真的耷拉着这些奇怪的须子呢。我已经无法查证，但某些生物的确可能进化出这样的须子，或许是为了保暖，或许是为了展示自己具有充分的生育能力和阳刚之气，而这两种特质我相信你都具备。我相信，你很可能是一个性能力最强的——"

我意识到，我是会死的！这就是证据。我不知道确切的时间，但在未来的某个时间点我死了，然后被重建出来，成了一只有知觉力的蚂蚁的自然历史博物馆中的展品。

"在我所有的化石里，我对你情有独钟，"算算说道，"你活着的时候，都会想些什么呢，我的小甜心？你有怎样的忧虑？又有怎样的欢喜？"

"可能跟你的大同小异吧，算算，"我回答说，"艺术、死亡、蔡小姐。"

"可能跟我的大同小异吧，"算算沉思着自语道，"艺术、死亡、贝蒂。哦，我多么想跟你聊天呀……我该怎么称呼你呢？用硼的化学符号'B'合适吗？或者说，我是不是该叫你罗森堡，因为我把你挖出来的那个洞穴上方有沙漠玫瑰石膏层[1]？抑或把二者结合在一起怎么样？"

怎样都行！拼在一起吧！我要叫你算算，我心想。

"你可以叫我算算，"它说，"告诉你吧，B. 罗森堡，我的蚂蚁同类们似乎非常安于自己的生活，而我却不知道怎么融入。每只蚂蚁都能在派对上应付自如，我却会别扭地坐在角落。我有一条不好用的对策，那就是努力装出一副阴郁深沉的样子。有的时候我会读书，好装出一副深思熟虑的样子。不知为何，我坚信总会有人被我吸引。之所以这么想，可能是因为我觉得这种深沉的样子很吸引人吧。所以我便坐在那里，等待着另一只蚂蚁走过来对我说：'你看上去既深沉又忧郁，你在读什么呢？'但我从未如愿。当然了，其他蚂蚁根本不会说话，更不知道书是什么东西，因此这种事是永远不会发生的。但即便如此，我还是继续坚守自己的'搭讪'方式。我告诉自己（因为很遗憾，我没有其他蚂蚁可以倾诉），这或许就是'疯

1　"罗森堡"的英文为"Rosenberg"，其中的"rose"是"玫瑰"的意思，"berg"则有"山岩"之意。

狂'的定义[1]吧。"

"你可以向我倾诉！"我对着屏幕说。

"但是，罗森堡，我当然可以向你倾诉，"算算说，"即便隔着漫长的岁月，我也知道你会懂我的。"

"我懂你。"我说。

话落，不知为何，就在此时此处，我哭了起来。

"我好孤独，罗森堡，"算算又说了一遍，"孤独得无以复加。"

我为它诵读了几句丁尼生的诗："我这样梦着，但我是何人？/ 一个孩子在黑夜里哭喊 / 一个孩子在把光明呼喊 / 没有语言，而唯有哭声。"

"你知道吗，罗森堡，"算算继续说道，"我发现了一种观察世界的方法，可以说是一种嵌入叙事，一种'故事中的故事'。该怎么解释呢？ 嗯……对于我的生活和这个世界上的麻烦事，我会试着制造出一种距离，莫如说是与之脱离开来。针对这些事件，我会留出一些轻松调侃的空间。我称之为'嘻剧'或'幽魔'，如果操作得当，这能让一段痛苦的经历变得勉强可以忍受。"

"我们把'嘻剧'和'幽魔'称为'喜剧'和'幽默'，"我对着那现已存在于我回忆之中的屏幕说道，"我本人对这种东西的效用乃至价值存疑。不过在我生活的年代，有一位人称贾德·阿帕图的天才，他——"

---

1 此处借用了爱因斯坦对"疯狂"的定义："疯狂就是一遍又一遍地重复同一件事，又期望可以得到不同的结果。"

82

一颗子弹射穿了我的肩膀，让沉浸于旧日回忆中的我猛然回到残酷的现实，然后又立即重新回到了回忆之中，因为我发现，我被射中的地方正位于那具骨架梭骨上的伤口处。我难道要在此时此地以这种方式离开人世吗？

"医生！"我大声喊道，"医生！"

两个身穿白大褂的小丑一前一后抬着担架，从看不见的地方向我奔来。除了担心之外，我一头雾水。我想要把他们赶走，却是白费力气，因为事情无论如何都会发生。他们来到我面前，把担架放在旁边，把我抬上去，然后每人抓起担架的一端，举起来，想要抬着我跑。当然，两个人是朝相反的方向跑的，这一跑，我身下的担架便重重地摔在了地上。我在伤者的号叫声中听到了大笑，我抬起头来，看到整个场景正在巨大的劲猛电视屏幕上实时播放。我看到，两个小丑并没有意识到自己手中已无担架，在此起彼伏的大笑声中继续朝着相反的方向跑去。我希望他们永远也不要意识到自己的失误，希望有真正的医护人员赶来把我送到医院，哪怕来的是鹰眼或者捕手约翰。看上去，我好像流了很多血。两个小丑同时意识到

876

（这一幕是如何协调的？）他俩并没有抬着我，观众们又一次爆发出大笑。两人用双眼圆睁的小丑式表情表现惊讶，然后又折返回来，把我放在担架上，比画着演了一段争执该朝哪个方向走的哑剧。另一个小丑走了过来，比画着询问他们时间。两个小丑同时举起右手看了看表，松开了担架的一侧，又一次把我摔在地上，引来更多的欢笑和掌声。在接下来的十五分钟里，我被摔、被扔，还被"无心"踩了几脚。我被塞进一辆逼仄的救护车里，空间小得连我的脑袋都从车后伸了出去。救护车撞到了一块突起物，我飞了出去，掉进了洞穴地面上的一个洞里。

我终于来到了一家小丑医院，被绷带从头到脚缠裹得像个木乃伊一样，双臂和双腿被那种只能在老电影和《纽约客》单幅漫画中看到的牵引滑轮吊起，看护我的，是一个穿着女护士服、用气球做乳房的男小丑。病房里的壁挂电视向我展示了这搞笑的一幕，剧情继续发展下去。以这种姿势待在这里既难受又羞耻，却让我有时间思考关于算算的事。在我的记忆中，现在的算算正在那座它未来将建起的城市中，那空空荡荡、烈焰滚滚的街道上徘徊，走过发电站、电影院和裁缝铺。城市很小，一来因为它是只蚂蚁（但帽子店却几乎是正常大小），二来因为这里没有谁能与它共享这座城市，因此没有理由进行扩建。其他的蚂蚁不愿加入它的社区。在它们眼中，这只不过是个搜寻食物残渣的地方，食物残渣主要出现在"美味餐厅"的后厨里，这是一家五星级海鲜餐厅，算算既是这里的主厨，也是唯一的主顾。它走进电影院，打开放映机，在除它之外空无一人的场地中静候着。字幕出现在大屏幕上。

算算出品

算算主演

《算你好看！》

　　电影开幕是一只蚂蚁（算算）走在空荡街道上的画面。它仰头欣赏着大自然的美景：天空中的云朵、树木、远处欧利埃拉·德波山脉被白雪覆盖的山尖。它没有注意脚下，被一粒沙子绊倒，飞了出去。"砰"的一声，它下巴着地，右眼从头顶飞了出去，向远处弹去。

　　"哦，不！"算算一边追赶眼球一边说道。

　　这是一段巧妙得令人称奇的追逐场面，让威廉·弗里德金那糟糕透顶的《法国贩毒网》相形见绌（在后面那部影片中，为了追上自己弹出的眼球，吉恩·哈克曼饰演的"爆眼"道尔在布鲁克林高架铁轨下跑了 8 公里[1]）。因此，这部电影轻松登上了我的掉落眼球类电影榜单之首，而且片子的发行速度也只有区区一百万年。算算将镜头右半部分的画面涂黑，巧妙地展现出主人公现在的独目视角。视力上的缺陷导致了一连串事故：碰到灯柱，被垃圾桶绊倒，差点跟一只推着幼虫童车的蚂蚁（由戴着假睫毛的算算饰演）撞了个满怀。最终，那只黑色的实心眼球弹进了"欢乐天地保龄球馆"，顺着球道滚下，打了个全中。算算耐心地等待着自动回球器将它跑丢的眼球传回。它把传回的眼球重新按进脑袋里，然后大喊道："我还是看不见！"终于，真正的眼球被回球器传回。意识到自己搞错后，

1　在《法国贩毒网》中，吉恩·哈克曼饰演的侦探道尔绰号"大力水手"，英文为"Popeye"，可直译为"爆眼"，因此 B 才有了这段眼球被弹出的臆想。原片中并无这段情节。

它将保龄球从头盖骨里取出，换上了自己的眼睛。

"亲眼见证，才有'保'证[1]！"它对着镜头说道，然后眨了眨眼睛。

接着，算算挥舞着拳头摆出一个胜利的手势，画面定格，在我看来，这简直是画蛇添足。

坐在观众席中的算算大笑鼓掌，它四处环顾，想看看其他蚂蚁的反应，却意识到观众只有自己，它变得异常忧郁起来。唉，这个表情我太熟悉了。算算和我有许多相似之处。我们都是自学成才（我虽然上过大学，但最后却不得不通过自学成为我老师的老师），都因为智力超群而与周遭格格不入，也都在不停地挑战着电影的边界。

*

事后，算算在冰激凌店里想："如果能回到过去，我能和朋友B. 罗森堡见面吗？我们在现实生活中会成为朋友吗？这个巨人会把我当成志同道合的挚友，还是一只踩在脚下的小虫？真希望我们能成为形影不离的好朋友。"

"我们会的，算算！"我透过那可笑的绷带大喊道，"我要把你放在我的肩膀上！"

我的一只胳膊突然摆脱了束缚，我单手从医院的地板上捡起几只蚂蚁，想要看看哪只蚂蚁的脸上带着内省的神情。唉，所有的蚂蚁看起来都一模一样，而且说实话，它们个个都是一副蠢样。我意识到这是自己的偏见，是物种歧视，或是纯粹的"反蚁主义"，也的

1　原文用了"保龄球"一词的谐音。

确因此感到羞愧，但即使绞尽脑汁，我还是没法区分这些看上去像白痴一样的生物。有一只蚂蚁的脸上似乎有一处小坑，但我觉得这只是某种伤疤或是先天缺陷留下的痕迹。话说回来，这个小坑给它增添了几分可爱，尤其是在它笑起来的时候，这让我觉得它比普通的蚂蚁还要蠢。当然，我意识到自己是在以貌取"蚁"，也因此更加羞愧了。我把可爱的蚂蚁放回地板上，又恍恍惚惚地回到了对算算的回忆之中。

欧利埃拉·德波的一座火山爆发。未来的天空被毒气笼罩，漆黑一片。街道上流淌着熔岩。算算的宅邸已经变成了一堆堆熏烧着的灰烬，镜头搜寻着，终于找到了已经失去知觉、身上满是水泡的算算。过了很长一段时间，它醒了过来，昏昏沉沉地环顾四周。

"出什么事了？"它问。

它的目光落在了宅邸的残骸上。

算算惊呼一声，一瘸一拐地走到近前。在那里，它发现了挚友罗森堡已被烧焦的尸骸，唯一完好无损的是那块葡萄酒色的黏土。它栽倒在地上，哭了起来。

"现在，真的只剩下我自己了。"它惆怅地说道。

之后，它漫无目的地徘徊着，用脚踩着余烬，茫然不知所措。它找到了自己的笔记本电脑，电脑的盖子已经熔化，但神奇的是电脑还能用。它把想法输进去：

"我的孩子们，也就是我的空气狂犬病毒会回到过去，终有一天与这位叫 B. 罗森堡的'彼类'[1]（这是我给他的物种取的名字）相

---

1 原文为"huthon"，将"human"（人类）中的"man"（男性）改为了无性别的代词"thon"。

遇，那时的他还活着，但已苟延残喘，因为这二者难道不是同一种状态吗？但是在这里，他却化为了灰烬，也将这样永存下去。而我则被困在了'前进'的时间之矢中，将离我那早已过世的挚友越来越远。"

算算瘫倒在地上哭了十天十夜，日历纸页的飘落让我们看到了时间的流逝，尽管如此，拍摄仍进行了十天。然后，它终于说话了，这不是对任何人说，而是在对上天说：

"我无名的'大悲伤'已经离去，化作尘粒和粉碎的黏土。无论是在心智还是精神上，这段友谊都与我所知的任何一段友谊不同。我知道他死前遭了罪。从他粉碎的头骨和破损的骨架、他被刺穿的梭骨和不见的手指上，我能看出，他可能是重重地跌进了一个大洞里，或者是不那么重地跌进了许多不那么大的洞里，这些不那么大的洞累积成了我找到他时他所在的那个深洞。在落入深洞之后（也或许是之前）的很长时间里，他都靠啃食自己的脚趾和手指维系生命。我失去了自己唯一的朋友。在这里，已经没有什么值得我留恋的东西了。"

算算想到了自杀。它在厨房的水槽下放了一罐古老的灭蚁喷雾，以备不时之需。但事到临头，它却无法按下按钮。它想活下去！它想要活在过去！

它心想："有没有什么方法能让我也回到过去，好让我在将来／曾经的某天遇见我那尚且活着的早已死去的友人？"

"拜托了，"我抽噎道，"来找我吧，算算。我会等你的。"

"我一定会找到你的，"算算抽噎道，"哪怕这是我一生中要做的最后一件事。或者说，这是我一生中要做的第一件事？但是，我

881

该怎么做呢？"

算算需要换换脑子来帮助自己思考。它看了看时间表，有一部电影要在十五分钟后开播。这是它的电影《碳算钙》，在这部喜剧中，它扮演一位软饮巨头，生产一种名叫"安塔"的人造橘子味汽水。它在巨大的纸杯中灌满汽水，然后将之倒在人行道上吸引蚂蚁，因为它虽是一位坐拥几幢豪宅的富贾，但仍然孤独难耐。一次，一只漂亮的雌蚂蚁碰巧经过，算算被它迷住了。贝蒂（这是它给雌蚁取的名字）对它几乎视而不见。这让我想起了戈达尔的电影《爱的挽歌》，这是 21 世纪头十年最伟大的电影，不仅涉及时间的逆转，也运用了色彩对比鲜明的电影胶片[1]。由蚂蚁贝蒂饰演的贝蒂，就如戈达尔杰作中塞西尔·坎普饰演的艾丽一样美好得让人揪心。若说贝蒂的表演非常自然、有人情味（我找不到更好的形容词了，能说很有"蚂蚁味"吗？），似乎完全没有意识到镜头的存在，那么这或许是这十年——更准确地说应该是这一百万年来最严重的低估。

我和算算一起看下去，我多希望自己能跟它在一起，而不是裹着纱布躺在一家小丑医院里，我祈祷它能知道我有多么欣赏，不，有多么热爱它的作品。在很长一段时间里，我忘记了算算并非真实存在，而是英戈·卡特伯斯令人费解的创作，它从一个小佃农（？）之子的大脑中蹦出，虽已完全成型，却自相矛盾，涵盖了我们作为人类的所有恐惧和希望：对功成名就的希望，以及对永远不被理解的恐惧，这"永远"是一百万年、一百万辈子、10^6 年、一百万个一百万年，诸如此类。

---

1 《爱的挽歌》打乱了叙事的时序，用黑白胶片展现当下，用高饱和的彩色影像表现过去。

突然，胶片卡在了入口处。算算一栋宅邸的画面上被烧出了一个洞，它赶忙跑到放映室，关掉投影仪以止损。

事后，在放映室的剪辑区，它把毁掉的那帧画面剪掉，把剩下的前后两段胶片剪辑在一起，然后重新放映电影。

算算和我继续看起电影来，我们坐在放映室里，投影仪流畅地掠过了那缺失的 1/24 秒。我突然意识到，人类对时间旅行的想法或许是错误的。也许真实的情况是，生存的每一个瞬间都是量化的。也就是说，如果一幢房子在某一刻燃烧，而这一刻恰好被剪掉了，那么房子的燃烧就不会延伸到下一个瞬间去。其他所有瞬间中的房子都将保持不变，或许只会在拼接处留下极其细微、几乎看不到的缺失痕迹。当然，在影片《四十岁的老处男》中，贾德·阿帕图就针对这个概念进行了探讨。还有比贾德·阿帕图更超前的人吗？如果你还记得片中那场用蜜蜡除胸毛的戏（怎么会有人忘记这段经典的阿帕图式幽默喜剧表演呢？），那这正是他向我们传达的信息，只是当时的我还没有做好接收这个信息的准备。"我现在准备好了，贾德。"我对宇宙表示。从史蒂夫·卡瑞尔[1]胸口拔下一根又粗又黑的胸毛，完全不会改变我们对卡瑞尔"胸毛"的印象。想要改变我们对卡瑞尔胸毛的印象，唯一的办法就是一根接一根地拔。每一根毛发都是我们所知的"史蒂夫·卡瑞尔的胸毛"这一概念的一部分，如果只拔去一根，那么除非是最敏锐的电疗脱毛专家，谁也不会注意到有什么不同。而电影或量化的现实亦是如此。

当然，英戈给这只蚂蚁取名为"算算"也并非偶然。如果把这

1　史蒂夫·卡瑞尔：好莱坞喜剧演员，《四十岁老处男》主演。

个名字（Calcium Ant）中的字母打乱，我们很快就能得出"Lacuna MICT"这个很能说明问题的词语，一番探索后，我们就能发现，其中的"MICT"是"Multiple Image Computed Tomography"（多重影像计算机断层成像）的首字母缩写。根据词典释义，"断层成像"是指对某个对象进行分层扫描。如果其中某"层"的影像缺失，我们能看出来吗？如果不能，那么这对于我们必然且绝对身处的世界而言，又意味着什么呢？

这缺失的一百万年，是否只是电影中一个无关紧要的细节？如果要为之创造一个术语，我们是否可以称它为一根"卡瑞尔胸毛"？我坚信，这消失了的一百万年是一堵将我的朋友算算和我阻隔开来的墙壁，而这也是它唯一的意义。

我希望自己能够穿越这无尽且无意义的一百万年，将这个信息传达给算算。或许，这能够让它不再那么心事重重。然后，我又一次提醒自己，算算很可能并不存在于未来。事实上，它只存在于英戈很早以前拍摄的一部电影中的过去，甚至连那里也找不到它的身影，因为电影已经被毁了，而且是被我毁的。因此，算算只存在于我的大脑、我的想象、我的回忆中；因此，如果我愿意的话，是可以与它交流的。因为我们俩都存在于我的大脑中。

83

今天晚上，在帮我换绷带的时候，护士又一次滑稽地把"她"的气球乳房贴在了我的脸上，引得笑声四起。我想起了另一个场景（是我的回忆还是我的臆想？），算算坐在自己的房子里，在日记本上写着：

为方便讨论，我们暂且说时间的原理就像一部放映机放出的电影，因为时间是由离散的瞬间组成的，运动的实相是与宇宙这台"放映机"的机制相匹配的错觉。如果真的如此，那么在一个所谓"向前移动"的观察者看来，一个逆时间方向移动的元素便会瞬间消失得无影无踪。或许，我的实验用化合物已经对这个问题进行了探索。我们没有办法知道确切答案，因为任何重新创造化合物的尝试，都会导致该化合物在瞬间消失，从而让我们没有任何"时间"进行评估。如果这种元素以某种方式存活着，或者带有病毒性质呢？毕竟，它呈子弹状，与狂犬病毒没什么两样。那么，这种元素会与其所在的环境发生怎样的相互作用呢？换句话说，通过创造这种元素，我对过去产生了怎样的影响？如果我在此时此刻继续鲁莽行事，又会对过去造成怎样的后果呢？不断远离这个陌生现实的我，永远也不会知道答案。这扰得我心神不宁。

一个小丑护工把一桶五彩纸屑倒在我的身上，算是给我洗澡。笑声四起。

"对我混乱的人生而言，这一切到底有何意义？"我躺在病床上想，"这一切只是一部电影而已。在现实中，我身处世界尽头洞穴中的一家小丑医院，身上缠着绷带，被五彩纸屑覆盖。如果我是一系列彼此离散的图像，那么从传统意义上说，我算是活着的吗？对于自己而言，我只是个幻象吗？我们是否只是由一系列照片拼成的呢？"

算算双膝跪地，向某种看不见的力量祈求着。是上帝吗？是宇宙吗？还是它自己的灵魂？

"我为什么这么孤独？为什么落得无亲无故？我的要求是如此卑微。我的一生都在为他者服务，努力改善我同类的处境。我只为自己做过一件事，那就是建造 B. 罗森堡这座比我最高的摩天大楼还要高好几倍的史前纪念碑。这座纪念碑象征着包容，作为友好的表示，我让它高高举起一只手臂，握着点燃的火炬，为迷失和疲惫的旅人们照亮前路。而今，这座纪念碑也消失不见了。"

一股对算算的强烈深情涌上心头，准确来说，这是一种恒久不变的爱。算算，这只电影中用定格动画形式呈现出来的蚂蚁……不，连定格动画蚂蚁也算不上……是我对电影中一只定格动画蚂蚁寻回的回忆，被记忆模糊不清的特质所扭曲。对于黑格尔和施莱格尔这两只动画鸟的邈远回忆给了我慰藉，对于卡通圣徒威利博德和威尼博德的回忆给了我温暖，让我在这孤独的少子化时代忆起拥有兄弟姐妹的乐趣，而对动画中滑冰猴子格罗伯利和毛赫¹的回忆则让我想起，有的时候，没有血缘的双方可以发展出最为亲密的关系。话说回来，家人是靠我们自己寻找的，不是吗？不过我很担心自己的视力。我的边缘视力似乎出现了逐步的退化，由于我被绷带包裹着，很难评估退化的速度，但我怀疑，如果能够采用延时摄影，我就会体验到一种默片结尾处普遍使用的螺旋状渐黑。这可能是因为我得了青光眼，也可能是因为电影播完了。

或许已经没有什么值得回忆了，但是，需要担心的事情还有很多。无论电影是否还在继续，未来仍在接近，随着一帧一帧的画面，伴着一个一个的忧虑。未来会去向何方？我将去向何方？真希望现在的我在这个世界上有个朋友，而不是等到我死后一百万年才有。那还有什么意义？真希望算算现在就在我身边：我们一起破案，一起讨论哲学，诸如此类。真希望格罗伯利就在我身边——我这辈子从没有遇见过叫格罗伯利的人。一个可以打电话谈心、告诉我一切都会变好的人，一个可以与我一起滑冰的人。这不是一种慰藉吗？我需要找个爱好。一直以来，我都需要寻找一个爱好。我从没学过滑冰，从没有为这件事花过时间。在年轻的 B 眼里，学习就是一切。那时我的野心，那种孤注一掷的野心到底是从哪里来的？

电影播完了，我茫然无措。现在我该把时间花在思考什么问题上呢？我对自己的生活还有什么记忆？不是对英戈电影的记忆，而

---

1 格罗伯利和毛赫：影射了瑞士滑冰选手沃纳·格罗伯利和汉斯·毛赫，他们以冰上喜剧二人组"哼哈二将"的身份为人熟知，合作了近五十年，他们的组合名后来成了英文俚语，意指"工作中的好朋友"。

是对我自己人生的记忆。我无法让自己打起精神从头开始。我甚至没法走进劲猛影院去评论电影。那些电影不适合我。我不知道那些片子是拍给谁看的。那些东西已经不能算是电影了，而是……轰炸，是对感官漫不经心的侵犯。我听说有一部电影正在上映，反响不俗，而整部片子的内容只是一个性别不明的年轻人对着镜头大喊："看看我吧！"年轻人喊了一次又一次，足足喊了九十分钟。《劲猛公报》称这部片子是"我们这个时代最完美的成长故事"，但我坚决不会看。影评人接着写道："博查德·梅诺瓦贡献了职业生涯中最精彩的表演。彼的尖叫体现了所有性别中立之人的痛苦。"其中的细微之美在哪儿？我发问。当然，对于片子多种族、多性别的演员阵容，我举双手赞同，在这方面，我们无疑已经获得了长足的进步。可我担心，人类的文化中已经没有细微之美可言。我可不愿意用我的劲猛钞票助长这种风气。对我来说，电影一直是一种用来理解世界的方式，但这一切都已变得意义全无，即便英戈的电影也一样，这一切还有什么意义？就算我能记起来，又有谁会在乎呢？一点作用都没有。我这一生已逝，而这就是我一生的所作所为。

可是，等一下。

英戈的电影中还有其他内容。回忆浮上心头，仿佛是要将我从这空虚中挽救出来，把我从自己的颓败中拯救出来。这是一种恩赐。或许，上帝是存在的。

84

算算正在计算。看着黑板上潦草写就的数学和化学方程式，它陷入了沉思。它来回踱步。它透过一扇仍然矗立着的窗框向外望去，看着已经成为废墟的城镇。它拉起那把已被烧毁的小提琴，奏起了神秘的音乐，我猜是弗里吉亚调式。它走回到黑板前。它在残存的室内攀岩墙上练习攀岩。它似乎并不需要使用把手点和踩脚点，因为它是一只蚂蚁，估计长有中垫[1]，又或许手脚的多次变异让它失去了中垫。但话说回来，它的技法还是非常娴熟的。多年来，我一直是个狂热的攀岩爱好者，而且技艺高超。我的内科医生说，我的体型非常适合攀岩，因此我便坚持了下来，很快，我就成了我攀岩老师们的老师。然而，我在"秃山"[2]的山脚处落入了一口18米深的天坑，若不是那次着实让人莫名其妙的不幸事故，我到现在应该还在攀岩。我的伤势并不严重，但还是在坑底待了四天，那时运动器材商才意识到我还没有归还设备。这是一次痛苦的经历，让我对攀岩避而远之。为了生存，我不得不吃掉了自己的三根脚趾，这也在很

1　中垫：昆虫足部的膜状垫，有吸附黏合作用。
2　原文为"Mount Bald"，应指巴尔迪山（Mount Baldy），位于洛杉矶。

大程度上导致了我对这项运动的厌恶。若问为什么非要在摔落洞底的十五分钟内吃下第一根脚趾，我自己也说不清，但我觉得，这是常伴恐慌之情而来的非理性冲动引起的。

"找到答案了！"算算尖叫道。

叫声使我从白日梦中惊醒。

"我创造的化合物的确能够穿越回过去，"算算说，"剩下的问题是，这种化合物是否能够以一种生命体的形式存在，如果能的话，它会不会摄取其他生命体，对其穿越过的世界产生影响，从而造成反向的时间轴上的变化？换句话说……不，不对。它会在向前发展的有机体身上引起变化，但会利用这种能量将自己进一步推回过去。虽然这只是我的猜想，但是，这种新的生物能不能摄取向前发展的生物脑中的思绪、回忆和幻想，利用产生的能量进行繁殖，然后将这些生物的大脑遗弃，进一步深入过去，寻找更多的大脑，进行同样的操作，并将排泄物储存在这些大脑之中，也就是经过消化的之前（即未来）大脑中的思绪、回忆和幻想？"

算算来回踱步，狠狠掰着自己的双手。

"现在，想要预测'时间狂犬病生物'的逆转时序，我就要考虑它们的生命周期。"

算算又一次算了起来，黑板很快就被新的方程式填满了。现在，算算走进它的工作室，我们看到了一个巨型荒地模型。它从书架上取下一只标有"蚂蚁"字样的硬纸箱，从里面抖出了一千只看上去像是蚂蚁木偶的东西。我需要提醒自己，这些蚂蚁木偶或许只有实物的六分之一大。在屏幕上无法确定它们的实际大小，但如果说算算的大小和真实的蚂蚁一致，那么每只木偶大约只有 1 毫米长。我认为，出于现实层面的考虑，英戈基本上是不可能操作这么小的木偶的，所以我们不得不假设算算最小的木偶大概也有 5 厘米长。因为 1 厘米等于 10 毫米，因此算算（不要忘了它自己也是木偶！）必须是这个长度的 6 倍，也就是 30 厘米，而假如作为人的我身高是蚂蚁的 500 倍，那么作为化石的 B 的人偶高度就是 30 乘以 500 厘米，即 15000 厘米——150 米。我验算了一下。没错，绝对没错。英戈建造了一个 150 米高的我的化石骨架。如果他真是在遇见我之后才开始拍摄这一部分的电影，我怎么会从没有见过这个巨物呢？这些场景他是在哪里拍摄的呢？他的公寓天花板跟我的一样，都是 2.7 米高。这简直太不可思议了。就算英戈拥有一双力大无比的巧手，能够制作和移动实际大小的蚂蚁人偶，他仍需制作一个与我等大的木偶。我很确定，这样大的物件我是一定能看见的。我虽然个子不高，但也无法被塞进他书架上的箱子里，对于这一点我还是很确定的——至少现在还塞不进去，因为到目前为止，我虽然在缩小，但基本上还是正常人的身高。

在影片中，算算正在制作"时间狂犬病毒"（这是我给它取的名字）的木偶，这些木偶比蚂蚁的还要小，小到一只蚂蚁木偶的脑袋里可以塞下好几只。我可能得回到计算大小的画板前重新验算一番，因为这些木偶或许只有蚂蚁头部大小的八分之一。也就是说，B 的化石人偶有差不多 610 米高。在整个圣奥古斯丁，英戈都不可能找到一个能藏匿这巨型人偶又不让我或其他任何人看出蛛丝马迹的地方。我又检查了一次自己的算式。是 6100 米？还是 61 米？我的大脑现在宕机了。只能说这化石人偶真的很大。

算算正在雕刻的微型时间狂犬病毒木偶是透明且没有固定形

状的。它狂热地工作着，墙上时钟的指针加速旋转，表示时间过了四十八小时。延时摄影画面结束，算算的眼眶下浮现出黑眼圈，胡子也需要刮了。虽然看上去很疲惫，但它有任务在身，不曾停歇。它把灯光架设好，摆出一排蚂蚁，放好摄像机的位置，开始一帧帧地将蚂蚁向前移动。镜头又一次朝时钟推进，这一次，我们看到时钟快进了十四天的时间。镜头拉远，我们看到了一个看上去比之前更加疲惫的算算，现在的它胡子已经非常浓密。它瘫倒在办公桌前的椅子上，打开电脑，查看自己的工作成果。在屏幕上，一队蚂蚁木偶朝着一个蚁丘前进，而另一队蚂蚁木偶则从蚁丘处走远。除此之外也有离群的蚂蚁，它们一副不知所措的样子，一会儿撞到东西，一会儿歪歪斜斜，然后又摸索回来。此处的动画制作技术令人叹为观止，在艺术和技巧方面，算算与英戈简直难分伯仲。我又一次提醒自己，算算是不存在的，英戈才是真正的傀儡师。我对自己这无可厚非的疏忽哑然失笑。

一种没有固定形状的生物突然出现在电影中，漫无目的地沿着时间轨迹向后飘动。仿佛是无心之举，它进入了一只蚂蚁的耳朵里。等等，蚂蚁有耳朵吗？我已经记不清了。我想它们是有的，就像鸟类和鱼类一样，但是鸟类和鱼类没有外耳郭，而这些蚂蚁的耳朵看起来却与人类的很相似，我几乎可以肯定，这其中有什么东西搞错了。但我也觉得，算算比任何人都有发言权。现在，我必须再次提醒自己，算算只是一个木偶，是英戈的作品，而英戈不是一只真正的蚂蚁，所以他可能把细节搞错了。先不管这么多了。

我们跟随这个生物进入了蚂蚁的大脑。蚂蚁有思想吗？我觉得它们是有的。显然，算算的大脑要比普通蚂蚁的精密得多（也要比绝大多数人类的精密得多！哈哈！），不过蚂蚁确实是有思想的。蚂蚁有没有思想，或许不是人类能够解答的问题，因为根据笛卡儿的说法，大脑不等于思想，而我也同意这种思想（或者说这种大脑？！哈哈哈！）。我很容易看出，算算既有大脑也有思想，但普通的蚂蚁也是如此吗？算算（英戈！别搞混了！）似乎也是这样想的，因为场景切换到了前文那只被侵入的蚂蚁的思想中。在那里，我们看到了它的渴望、它的需求、它的失意和小小的成功，所有这些回忆和幻想都以深褐色的定格动画表现出来，手法颇具电影感，与之最接近的或许要数伟大的女性电影导演玛雅·黛伦的作品。这种不定形的生物游走在这些片段之间，将之吞进肚子里，像极了岩谷彻《吃豆人》中的角色，《吃豆人》是20世纪80年代一款流行的儿童电玩。这个生物边吃边分裂成两个完全相同的生物，它们从这只蚂蚁身上离开，立马进入第二只蚂蚁的大脑中，第二只蚂蚁存在于稍早一刻的世界（别忘了，这种生物是在时间里逆向行进的！）。这两个生物将蚂蚁的一些思想摄入体内（不得不承认，这些思想和前一只蚂蚁的思想大同小异，真够没意思的），但是这次，它们将第一只蚂蚁的思想排泄了出来，留在了第二只蚂蚁的大脑中，进而成为第二只蚂蚁意识的一部分（已被部分降解）。这两个生物又分裂为四个，进入不久之前的过去。有的时候，时间狂犬病生物会再次进入刚刚进入过的蚂蚁的思想中，与第一次到访之间相隔片刻，因此它们等于是将这只蚂蚁的思想排泄到了其较早前的身体中。或许这便能够解释我们所谓的"既视感"[1]？还是叫"既梦感"？"既听感"？

1　既视感：对眼前发生的事情似曾相识的感觉。

反正是诸多"既×感"中的一个。这种逆时运动很难解析。作为一名物理专业的学生，我知道时间定律是固定不变的，因此一个人朝着哪个方向穿过时间并不重要，但当然，作为活着的人类，我们当中还没人有过这种经历。若说心碎教会了我什么，那就是破镜不能重圆。因此，虽然在这个年纪的人中还算健康，但我知道，我再也不能在两分半钟内跑完一公里的路程了。（当我获得富布赖特奖学金，在牛津大学进修时，班尼斯特[1]是我的教练。他在我的同学录上写道："你比我要优秀。修修胡子，减轻些累赘，你就能打破我的记录。爱你的小罗罗。"）对现在的我来说，如果能在三分钟以内跑完一公里，就已经是万幸了。这就是时间的效力。即便如此，英戈的猜测中还是有些令人兴奋的信息。他的猜测让我们对时间有了怎样的认识？或者更准确地说，在他的猜测的启发下，对于这些经过消化、被排泄到毫无戒备的过去大脑中的未来思想，我们有了怎样的认识？时间狂犬病生物是否已经来到了我所在的当下？它们是否从所有生命形式在这个地球上起始的那一刻便开始对其进行感染？一旦逆时回到生命起始之前那个死气沉沉的冰冷地球，它们又该何去何从？它们会死在那里吗？还是会像那些自驾横穿美国的人一样，不得不因为工作而返回呢？

1　罗杰·班尼斯特：英国运动员、神经学专家，曾在不到两分半钟的时间里跑完一公里。

85

"能不能用时间狂犬病生物做我喷气式飞机的燃料呢？"算算的画外音响起，"这能实现吗？这架喷气式飞机能否把我带回过去，好让我去找我的罗森堡呢？"

算算算了起来。

"要想回到 B 的时代，需要使用大量的时间狂犬病生物燃料，"它自言自语道，"当然，还要考虑到'大虚无'，也就是那场神秘的大规模灭绝。我内心的一部分相信，这是小行星撞地球的结果，另一部分则觉得这是伽马射线爆发所致，还有一部分觉得这是洪水造成的灾难。我觉得可燃冰喷射假说[1]也有点道理，这大概占我内心的五分之一。全球变暖是有可能的，还有全球变冷。我的脑中充斥着好多想法。不管怎样，很显然，有这么一段或许长达一百万年，或许长达 10^6 年的漫长时光，那时蚂蚁之外的所有物种都灭绝了。或许我不该给这个时期取名'大虚无'，因为不消说，这是对我同类的蔑视。或许可以改叫'小物种的大时代'？这包含两层意义，一是

---

[1] 可燃冰喷射假说认为，海底甲烷气水包合物的大量释放引发了灾难性的全球变暖，进而导致物种大规模灭绝。

说我们是微小的物种，二是说我们是很聪明的物种。我必须把这个名字用在什么地方才行。但是，'大虚无'这个名字很有冲击力，何况我的同类好像都既不理解也不关心这两个名字的不同，所以我就先坚持这个选择，直到我听到任何反对声为止，到了那时，我会很乐意做出修改的。所以根据我的计算，这一百万年是蚂蚁的时代。在这一百万年里，逆时旅行的时间狂犬病生物以蚂蚁为食。如果我能发明出某种网络、某种真空装置，把时间狂犬病生物从空气中吸进去，我就可以用它们作为我飞机的燃料，回到 B. 罗森堡的时代。"

就这样，算算开始在它的喷气式飞机上安装一台这样的吸入装置。完成后，它在飞机里装满了时间狂犬病生物，将飞机朝向后方，透过风挡玻璃看着当下永远地远去。

*

我知道，我的造物者已经跟我切断了关系。我知道，他已经把我抛弃，把我简化成了一句妙语。他将我抛弃在这家小丑医院里。我知道他累了，付出的努力和时间已让他筋疲力尽。玩笑，玩笑，那些没完没了的鬼玩笑。我敢确定，这些玩笑是有代价的。我知道，他会离开这里，去别的地方，去找别的人，在别人身上复仇，而我也将不复存在。我知道这是迟早的事。他筋疲力尽，我也早已入土，但是我仍要继续努力点燃我的生命、发表我的想法，因为这些都是证明，证明我存在于属于自己的独立、自主，且一点点侵蚀自我的现实中。我有自己的想法。我必须有自己的想法。想要与世界有所关联，唯一的方法就是与之对立，要坚定、威严、不可动摇地矗立着，就像我眼前的欧利埃拉·德波一般。若非如此，你就像天气一

896

样，任由微风、狂风、潮汐和他人的想法摆布，如转瞬即逝、滚滚而来的烟雾，飘摇，消散。没有人会看着大海想：看看那让人叹为观止的水分子吧。不，那个水分子只是亿万中的一个，匆匆走一遭，不被人所见，也不为人所知。而且话说回来，我并不是为了逆反而逆反。之所以出现逆反情绪，无不是出于对群体思维的抗拒，出于渴望摆脱炒作、夸大、风潮和当下的需求。我的想法是殚精竭虑地分析后得出的结果。但是现在我已经心力交瘁，几乎完全无法理解这个全新的洞穴世界。年轻人有了自己的流行语：蠢萌、滑屏、美女霸屏。这些词什么意思，我一个都搞不懂，也不在乎。一批新的名人出现：迪雷泽·捕蝇纸、帽帽·宾特、W 小子、空空·特雷克、利德尔·藏猫猫，还有俊美的小鲜肉和精灵梦幻女孩。我提不起兴趣来。我已经做过尝试，却只是打了一场没有胜算的仗。

在这个由劲猛餐厅建造、由特朗克军队镇守的洞穴世界里，我试着让自己跟上潮流，因为现在看来，这两方势力好像已经站在了一起（他们不是一直都在一起吗？）。我鄙视这场疯狂联姻的产物，但是，唉，我是多么渴望他们的爱呀。我希望他们收养我，把我奉为他们的威廉·巴勒斯[1]、塞缪尔·富勒[2]、亨特·汤普森[3]——他们充满睿智的先辈，他们要追捧我、崇拜我、全神贯注地聆听我的话语。我觉得这一切或许都没有可能了。这个身份已经被心狠手辣、步履蹒跚的阿尔蒙德·怀特占据，在这一历史时刻，他具有独一无二的优势：他是个非裔洞穴人。

---

1 威廉·巴勒斯：美国作家，"垮掉的一代"的代表人物。
2 塞缪尔·富勒：美国编剧、小说家、先锋电影导演，被誉为"美国 B 级片、黑色电影、独立电影教父"。
3 亨特·汤普森：美国记者、作家，"刚左新闻主义"代表人物。

我突然想起，即便是"忘记电影"这件事，很可能也是英戈策划的结果。这部电影的目的就是让人在观后忘却吗？我的昏迷是否和莫洛伊的一样，都是电影事先设置好的情节？看完电影之后，这个世界已变了模样，对这一点我很确定。我也被世界改变，但这改变虚无缥缈、难以确定，因为我们知道改变本身也是无常的。人们变了样，有时愤怒，有时又无缘无故地微笑。天气也变得怪异：死气沉沉、忽热忽冷，有的时候根本没有天气可言。我感觉怪怪的，我已不再是自己。我既是孩童时的自己，又是成人后的自己。我的脑袋软软的，脖子却硬硬的。有什么事情在当下说不清道不明，而除却当下，已别无他物。我筋疲力尽。那扇门怎么也打不开。为了记起这部电影而长期不睡觉，让我的脑袋一片混沌。哪有什么门？这儿根本没有门。我刚刚在说什么呢？

"每个人都在忍受煎熬，伤痕累累、痛不堪忍、忧心忡忡。"不知从哪儿传来了这样一则公告。这是不言而喻的事，还有必要广而告之吗？

这时，一切都结束了。最后一卷胶片放完，我呆若木鸡。这次的"无名猿"观影体验，是之前所有的"无名猿"观影体验都无法比拟的。我只能坐在这里，一语不发，看着投影仪继续呼呼飞转。我说不出话，也不想说话。我失去了声音。我凝视着眼前这个白色的长方形。这部电影让我心碎，又将我治愈。我获得了重生。我的基因已经被改变。我坐在这里，感觉一坐就是几个小时甚至几天，终于，我再一次行动起来，迈动双腿，踏入了这个世界。

86

外面的一切似乎变了模样，也确实变了模样。光线更亮了，天空也更蓝了。现在，是空气在呼吸着我。我行走着，一股平静将我笼罩。经过我身边的人冲我微笑点头。生活在这个世界，这感觉是多么奇怪而美妙啊。能够微笑点头回应，这感觉是多么奇怪而美妙啊。我领悟到了一个秘密，我是一个比我更伟大的整体的一分子。我真的变了。我不再用指责和鄙视的眼光看待过去的自己。对于那个人，对于每个人，对于每一支舞蹈，对于宇宙中每一个旋转的电子，我的心中只有悲悯和爱。现在我明白了，我不需要把英戈的电影拿给任何人看。没错，我不能把英戈的电影拿给任何人看，这部电影是给我一个人看的。想要将之和其他人分享，唯一的方法就是展现我现在的样子。我被这部电影改变，而我的存在也会改变其他人。不消说，这部电影本身就是"未见之地"，至少在他人眼中如此。现在，一切都真相大白了。

我要再次想起这部电影，一次又一次地想起。我会在整个余生中记住这部电影，但不是以影评人的身份记住。我不会试图去掌控它、拥有它、传授它，那些日子已经过去了。竖起旗帜、宣告所有权的日子已经成为过去。从现在开始，我要臣服于伟大的艺术。艺术想对我做什么，就尽管去做好了。艺术让我去哪儿，我就去哪儿。我要敞开心扉让艺术进入，任它将我撕成碎片，把我铲除，按照它的意象将我重新拼装起来。我要安住在这意象之中，就像一个安住于天国的臣民。我再也不会试图拥有任何东西，无论是电影、人还是想法。

我给我的编辑打去电话。"你好，戴维斯。"我说道。

"B，你在哪儿呢？我已经找你好几个月了。"

"对不起，"我说，"我体验了一段颠覆人生的经历。"

"你还好吗？你听上去跟平时不一样。"

"我是不一样了，这感觉真奇妙。"我亲切地咯咯笑了起来。

"嗯，那太好了。《弗州迷魅》那篇影评写得怎么样了？我们一直等着看呢。"

"戴维斯，我很敬爱你，也很感激你给我的机会。"

"很好，这是我的荣幸。"

"我已经达到了一个新境界，不能再靠评判他人的作品过活了。我感激自己活在世上，感激这个宏伟而精密的鲜活世界。"

"你在说什么？"

"我不能再写评论了。"

"我们可是为这篇文章下了血本呀，B。我们把你派到了佛罗里达。"

"我很感恩，谢谢你。你是不是可以把这个机会让给丁斯莫尔？我可以把我的笔记发给他／她。丁斯莫尔是变性人，这篇文章理所当然该归他／她。"

"我真的搞不清楚到底发生了什么。"

"坦白来说，我也搞不清楚到底发生了什么，这在我的人生中还是头一次。这感觉真的很棒。再见了，戴维斯，我爱你。"

我挂了电话，但没有像平常那样摔电话，而是轻轻把电话放下。我带着感激，毫无内疚感地挂了电话。我挂断电话，因为是时候挂断了。然后我打电话取消了为英戈的墓地定制的纪念滑梯。虽然订金拿不回来，但我并不在乎。事后，我为英戈订了一块新的墓碑，上面只刻着他的名字和生卒年月，既简单又私密。或许就连这些信息也嫌多。我不知道。现在的我什么都不知道了。我还在学习，我是个学生，永远都是个学生，就像人们说的，一个彻头彻尾的初学者，这是件好事。这种状态真好。我可以自由呼吸了。我不必为任何事情而戒备警惕。我自由了。

87

在接下来的几天里，我心情舒畅。在与人的交往中，我不抱任何期望，而正因如此，一切都变得简单起来。我会友善而温柔地对待这个世界，世界也同样反过来善待我。我已不再……我停了下来，我不知道该如何说完这句话，但最后我意识到，这本身就已是一句完整的话了：我已不再。

我新生活中的所谓计划，就是把电影、英戈的笔记本和他所有的道具打包好，装进一辆租来的大卡车里，运回纽约。到了那里，我马上就能找到新的工作，或许是为一家慈善机构工作，或许是在某个欠发达的"食物荒漠区"[1]管理一片社区农圃。从事这样的事业就是我现在的梦想。我只希望能为他人服务。每年一次，我会腾出一些休息的时间，重温一遍英戈的电影，以便学习更多、感受更多、更好地活在当下、更好地服务他人。这是我的计划，暂且说是计划吧，但我完全明白，就像约翰·列侬先生教导我们的一样，生活就是你忙于制订计划时发生的事情。

---

1 食物荒漠区：一些无法买到新鲜食物的偏远地区，美国的百货公司、超市、购物中心大多设在市区，导致偏远地区的居民无法以合理的价格购买食材。

我开着一辆差不多8米长的卡车，后面拖着自己的汽车。我看到前面的路边有一家劲猛餐厅，正是我来时中途停靠的那家。发生了这么多的事情，经历了这么多的改变，回想起过去那个自己的不幸遭遇，我微微一笑。谁没有年少轻狂过呢？我决定停下来，或许可以带一杯劲猛"步道牌"可乐上路，或许可以买一个不加奶酪的劲猛素食汉堡，因为现在我是一位捍卫动物权利的纯素食主义者。

停车场空空如也。即便如此，我还是把大卡车停在了草地的尽头，以防占据太多车位（说不定会有午餐高峰期呢！）。我穿过停车场。天气炎热，热得我透过鞋底都能感觉到被太阳烤化的沥青的热气。炎热的感觉很好，走进空调房的感觉很好，再次看到收银台后老朋友的感觉也很好。她可能已经不记得我了。她凭什么会记得我呢？我微微一笑，她也回了我一个微笑。

"欢迎来到劲猛餐厅，"她说，"想吃点什么吗？"

"是的，谢谢。"我说。

很明显，她根本没有认出我的脸。没关系，过去的我肯定会因此而自尊心受挫，但现在的我知道，她可能每天会遇见几百个人，而我只是其中之一。这没什么。

"是的，谢谢。请给我来一巨杯原味'步道牌'可乐。"

"好的，亲，"她说，"还要什么吗？"

她居然叫我"亲"，我吃了一惊。我心里美滋滋的，必须把从前的本能压制下去。

"嗯，我还想来一份劲猛素食汉堡，不加奶酪，谢谢。"

"亲，这种汉堡是自带奶酪的。"她说。

我抑制住了冲动，没有告诉她我是一个纯素食主义者，不能昧着良心摄取任何动物产品。

"好的，没问题。"我说。

"还要点别的吗？"

"不，这些就够了，"我说，"谢谢。"

"一共 5.37 美元，亲。"

她一口一个"亲"，这感觉挺好。这种叫法不带任何感情，只是她表示友好的方式。这不代表她在跟我调情。这很可能是这个区域中非裔美国人常用的一种爱称，就好像咖啡厅的服务员叫顾客"亲爱的"一样。

我付了钱坐下。我试着跟她进行眼神交流，想看看我们之间是不是还有别的情愫。我并没有任何更多的期许，但她只是面无表情地往我身后的窗外看去。食物过了好一会儿才准备好，这让我匪夷所思，因为这里除了我之外并没有其他顾客。

"那里停的大卡车是你的吗，亲？"她终于开口对我说。

"是的。"我回答。一股冲动涌上心头，我想跟她说说英戈的电影，讲讲他的非裔美国人血统和瑞典血统，聊聊他的电影是如何改变了我，但我想起来，我曾经向自己和英戈发过誓，绝不把这部电影的存在透露给任何人。这种新的心态于我很有益。我必须时时刻刻保持警惕。

"你的车着火了。"她说。

我猛地扭过头，看到滚滚浓烟从卡车里冒出来。

88

　　我的双眼被烟雾蒙蔽。以这种扩散成颗粒的全新形态，我又一次，也是最后一次将这部电影"观看"了一遍。我知道，这迷雾是无论如何都不能重新拼凑成电影的。我对熵有足够的了解，因此心里有数。宇宙永远会朝着越来越混乱的方向倾斜。

　　突然，眨眼之间，人类灭绝了。现在地球上只剩下蚂蚁和真菌，偶尔还会出现某种变异的奇特花朵，某种色泽奇异的玫瑰，这颜色前所未见、不合常理。英戈是怎么创造出一种从未有人想象过的颜色的？这是尖叫的颜色、悖论的颜色、虚无的颜色。一百万年来，因为蚂蚁、真菌和花朵没有耳朵，这里寂静无声。这个世界上没有喜剧，也没有悲剧，因为蚂蚁无法理解，也不需要这些东西。你瞧，蚂蚁是完美的生物。它们知道自己是谁，却不知道自己知道自己是谁。它们没有羞耻，也没有傲慢。它们的蚁性是如此理所当然、如此干净利落。它们没有必要给自己讲故事，也没有必要创造神话或神灵。电影中这个时长一个月的段落不是用来娱乐我的。对于蚁族来说，我只是个置身事外的旁观者，可以看，也可以不看。我选择了看。

在长达几天的影片中，完全没有一只蚂蚁出现，只有石头、真菌和超自然的鲜花。这部电影不是关于我的，当然，这个事实却恰恰让电影与我相关。万事万物都是关于我的，万事万物都必须通过我被理解，除此之外别无他法。这就是意识的机制的不完美之处。我记得这个月的观影体验，与进入一种全新的状态无异。万事万物都放缓下来。由于导演没有设置焦点（只是设置了相机的位置，因为我们是无法完全摆脱主观性的），我发现我的双眼可以在画面上自由徘徊。这种感觉刚开始很可怕，就仿佛是一个孩子被布置了作业，却没有得到任何指导一样，可是随着时间的推移，经过了好长好长的时间，我开始意识到，这种自由让人精神振奋，就像自我引导的冥想一样，我先是煎熬地意识到了自己的"心猿"，然后又逐渐慢慢使之平静下来。

第二周的时候，我观察了蚂蚁、非蚁、石头、真菌和花朵，不带任何分别心，也不再把人类的动机强加于任何发生的事情上，不触及任何拟人的思想。总之，我只是单纯安居在那里而已。一天终了，在试着入睡的时候，我会极其细致地疯狂自慰，脑中浮现的，是我从未有过的幻想，但我明白，这些幻想只是我的"心猿"离开躯体的产物。我开始觉得，之前经历的种种，全都是在为这颠覆一切的体验扫清道路而已。在这番顿悟之后，这组涵盖一百万年的镜头又持续了两周时间，在这期间什么都没有发生。终于，我在心中默念：我受够了。我悟了，真的悟了。就这样，一切天翻地覆。学生做好准备的时候，老师就会出现。

89

躺在小丑医院的病床上，我知道自己已经变了。嗯，应该是我觉得自己已经变了，但我又怎能确定呢？或许，我对于从前自己的记忆是不准确的。如果我现在的记忆是不准确的，而我又与之前的自己完全相同，那么我过去的记忆就也是不准确的，同时我也并不会记得自己的记忆不准确。我意识到，从一次漫长的昏迷中醒来，是彼类能够在一次长久离别后审视自己的唯一机会。与久别的朋友或亲戚重逢的经历，我们每个人都不陌生。他们或是看起来老了些，或是长高了，或是发了福，但是我们每分每秒都与自己共处，就没有这样的机会与自己重逢。此外，我们对他人变化的评估也不一定是客观的。离开几十年后再次看到儿时的住宅，那幢房子会显得比从前更小。房子当然没有变小，是我的记忆出了问题，或者至少可以说问题出在了我的主观性上：回忆里的房子更大，是因为那时的我更小，因为那时我的世界比现在更小。这么说来，现在的我是不是与以前不同了呢？或许等我回到纽约，我可以针对认识的人做个调查：我看起来是不是不一样了？如果是，有什么不一样？我是否真的像我感觉的一样越变越小了？

在这里，认识我的人似乎都抛弃了我。医院的工作人员告诉我没有人来看我，也没有人打电话。前妻不打电话并不奇怪，但我的女儿呢？这真让人伤心。我的儿子呢？的确有什么事情变得不一样了，我能感觉到。即便别人告诉我一切都没变，我也不会相信他们。他们一定是在撒谎，不管是出于什么原因，好意、恶意，还是权宜之计。但是有什么东西真的遗失了。是某种火花，是我步履中的轻盈（即便在病床上被吊起腿时也能体验到）。那时的我比现在年轻——也许老了三个月的感觉就是如此？我从未这么衰老过，所以不知道衰老至此是什么感觉，又怎能知道？我唯一能做的就是继续前行，永远也不得而知自己为什么有所改变，只知道自己出现了怎样的改变。甚至连自己有怎样的改变也说不清楚。我的脑子昏昏沉沉。我的记忆漏洞百出。或许，吸引我的事物也有了变化。我还不能确定。关于我的需求、我的性取向，我还摸不透。

*

醒来时，我发现旁边的病床上躺着一个人偶，身上裹着纱布，腿被吊了起来。她告诉我，她也在战斗中受了伤，她是外地人，来自"未见之地"，来到这里和挖掘军并肩作战。她说，反对社团主义和法西斯主义是每个人的责任，无论这些主义在什么地方抬头，都必须进行抗争。因此她来到了这里，来到了洞穴，但现在她受了伤，变得残缺不全，泛起了思乡之情。她想念自己的姐妹莫莉。我询问她层层绷带之下的身体上是否长着阴茎，因为我觉得她可能有。

"没错。"她回答。

我问人偶，如果她的世界已经在时间和烈火中湮灭，再也无法恢复，那她要怎样回去。她说，你无法回到已经消失的世界，只能朝着当下的世界前进。

"这话是什么意思？"我问。

"宇宙中没有什么东西会遗失。事物只会改变，只会重新组合。那些原子永远都在那里，时子也永远都在那里。"

"时子是什么？"

"构成瞬间的时间单位，一种基础材料。它们也是永远存在的，只是会在别的地方被重新组合成其他的瞬间，不同的瞬间。"

"所以，我们无法找到那些遗失的瞬间，就是因为这些时子已经成了组成其他时刻的一部分？"

"从物理学上讲当然并非不可能找到，但时子碰巧组合成与原先完全一致的状态的概率，就像死者被火化后所扩散出的原子再次聚在一起、重新构建出他的概率一样小。"

"有这种可能性吗？"

"有。"

"你是说克隆体？"

"不，是同一个人，但存在于不同的时空。"

"也就是说，时子可以聚集在一起创造出同一个瞬间，但这个瞬间处于不同的时空。"

"对，但你必须进入未来，才能找到这种可能存在的过去。"

"听起来很荒谬。"

"但你的兴致还是被提起来了。"

"没错。我们总是在这个世界上寻找奇幻魔法，没有一个人能免俗。为什么会这样，真让人匪夷所思。"

"的确。"她说。

"我不想死。"

"我懂，亲爱的。我懂。"

90

　　拷贝与原片是否一样？一种仅以拷贝存在的艺术形式（例如电影）到底有什么意义？它或许只是一系列静态的画面，只因为观众的大脑被视觉幻象所欺骗，便将这些画面通过时间拼接在一起理解。从这个意义上说，电影不存在于观众的大脑之外，而英戈的电影仅存在于这一位观众的脑中。正如哈里·里默[1]在为《圣经》的真实性辩护时所说：“《圣经》的作者们皆已逝去，而且已经逝去了许许多多个世代。他们还在世的时候，其他见证者也尚且在世，可以对他们的证词质疑，却并未如此。**证据法承认这样一个事实，如果目击证人的证词在其有生之年无人质疑，那么这番证词就将永远定性，不受后来者的质疑**（粗体是我加的）。所以说，《圣经》的真实性已经超越了法的权限。”简而言之，我是英戈电影唯一的见证人，因此我说什么，就是什么。

　　现在的我确信，我已经尽己所能地记起了电影的内容，应该开始在记忆中将它从后往前倒放了。我觉得，这部电影最倡导的就

1　哈里·里默：美国福音传教士，神创论捍卫者。

是让人们从后往前重新记忆。看起来，英戈很有兴趣对这个领域进行探索。事实上，每个人的生命中都会出现这样一个阶段：没有什么值得期望的东西，唯一的方向就是回头看。但我不会直接跃入某段回忆，然后往前追溯，而是要把整部电影都倒放出来，研究其中的因果关系，把潘多拉释放出的所有东西都吸回魔盒里，彻底理解"倒序"的意义。我觉得英戈本能地意识到了这一点。作为一个目不识丁的铂尔曼酒店行李员（？）的儿子，他目睹了鲜有人见过的炎凉世态。

电影放完了，结尾我记得。我觉得，对于正向观影，对于这"无名猿"的记忆，我已经获得了所能获得的一切。还有很多缺失的信息，还有很多疑点。或许倒着回忆的时候，我能找回这些缺失的部分。或许从果开始，能够倒推出因，在这个过程中我或许能有更多的收获。但是当然，在人类这种动物所体验的现实中，时间是往前走的，因此我也必须一边在时间中前进，一边扭头回顾。这就是我的困境，就像但丁笔下那个被诅咒的永远要头朝后前进的算命师，就像因为扭头回望一眼而被变成盐柱的罗德的妻子[1]，在那本父权主义的经文中，她连自己的名字都没有，让我们暂且叫她伊冯吧。无论是像算命师一样往前看，还是像伊冯一样往后看，似乎都是必定要受到惩罚的。若是这样，我觉得干脆想往哪儿看就往哪儿看吧。

因此，我向后回望，朝前进发。看着世界逐渐折叠而不是逐渐展开的算算，不知会在回到过去的路上有怎样的经历。它是否在过去找到了我？等等，我想到了一个瞬间。当时我正开车去佛罗里达，

---

[1] 罗德的妻子：《圣经》中的人物，所多玛城毁灭时，上帝帮助罗德一家人逃走，但叮嘱他们不能回头。罗德的妻子因为好奇而回望城市，被变成了一根盐柱。

风挡玻璃上沾满了——

我掉进了一个洞里。这个洞一片漆黑，显然也很深，因为我坠落了很长一段时间。我知道，或者不如说是因为先前的经历而觉得自己知道，这次坠落的结果可能是死亡，甚至是重伤，因为这就是专属于我的遭遇。有的人爱患湿疹，而我则老往洞里掉。这个认识让我放松下来，任自己下落，据说醉鬼和婴儿是不会摔伤的，因为他们几乎没有预判的能力，不会在下落时绷紧身体。我既没有喝醉，也不是个婴儿，但已经到达了一个可以自称为佛教徒的境界，因为我曾跟随伟大的杰克·康肥尔德[1]练习内观禅修，杰克总是告诉我："你们必须活在当下。你们！这群！浑蛋！必须！活在当下！"我们照做了。因此在下落的过程中，我继续进行自己的工作，将记起的电影在脑中倒放。当然，如此一来，一切都被颠覆了。在纳罗帕大学进行那场著名的演讲《浑蛋们！都他妈的给我范式转移[2]！》时，杰克把这种体验称为"范式转移"。现在，我用前后颠倒的顺序观察自己的坠落，我看到自己从洞中升起，成了一位英雄，准确地说，是一位超级英雄。我的果导出了因，我遭受的羞辱带给了我对重力的驾驭能力。这是一种真正的神力。我是"逆转超人"。我以颠倒的顺序继续观看电影。我看到了亨丽埃塔、蔡小姐、巴拉西尼、格蕾斯，他们都在通往降生的路上，他们的伤痕被一道接一道地抹去。我看到他们回到出生前的状态，分裂成精子和卵子，将父母的特征退还回去，挣脱了羁绊。我还看到了特朗克，看到他越变越小，把悲伤渐渐遗忘。随着每一缕悲伤的消失，我看到引出这些悲伤的

1　应为杰克·康菲尔德，美国著名学者、佛教徒、内观禅修导师。
2　范式转移：哲学术语，指行事或思维方式出现巨大变化。

道路亦被抹去。我想象着他可能拥有的多种多样的人生，而既然能够想象，就说明这些版本的人生在某个地方必定是真实存在的。我意识到，在我回忆这部电影的时候，也是在回忆自己，因为没有我这部电影就不存在——好吧，二号 B 的版本会存在，那个放在矩形胶片盒里的版本也会存在，但它们都不是原版。莫如说它们都是某种形式的变体、某种形式的重组、某种拙劣的模仿，让人不屑一顾、嗤之以鼻。我现在意识到，对电影的回忆便是电影本身，即便是那些我记不起来的片段，也是电影本身。回忆是不完美的，回忆是不精确的，却是我们通过时间与世界保持联系的唯一工具。没有了回忆，我们所知的生命也将不复存在。我跌到了洞底。

致谢

在此，对安娜·考夫曼（Anna Kaufman）、本·格林伯格（Ben Greenberg）、克劳迪娅·巴拉德（Claudia Ballard）、迪安娜·斯托瑞（Deanna Storey）、丹妮斯·莫纳汉（Denise Monaghan）、艾玛·巴莱－威尔逊（Emma Balay-Wilson）、伊娃·H. D（Eva H. D）、海伦·考夫曼（Helen Kaufman）、肯·里克曼（Ken Richman）、麦克道尔·克隆尼（MacDowell Colony）、迈伦·考夫曼（Myron Kaufman）、里瓦·莱勒（Riva Lehrer）、莎伦·杰克逊（Sharon Jackson）和苏珊·考夫曼（Susan Kaufman）表示诚挚的感谢。

春潮现场　春潮公众号

 春潮 nov+  春潮 NOV+

小红书 春潮工作室　春潮工作室

「春潮」·回到分歧的路口

图书策划　中信出版·春潮

策划编辑 杨爽 徐竞鹿
责任编辑 杨心怡
营销编辑 赫冉 毛海燕
装帧设计 鲁明静
内文制作 白旭东

出版发行　中信出版集团股份有限公司

服务热线：400-600-8099 网上订购：zxcbs.tmall.com
官方微博：weibo.com/citicpub 官方微信：中信出版集团
官方网站：www.press.citic